Las hijas de la tierra

Las hijas de la tierra

Alaitz Leceaga

Papel certificado por el Forest Stewardship Council®

MIXTO
Papel procedente de
fuentes responsables
FSC® C117695

Primera edición: septiembre de 2019

© 2019, Alaitz Leceaga
Esta edición se ha publicado gracias al acuerdo con Hanska Literary&Film Agency, Barcelona, España
© 2019, Penguin Random House Grupo Editorial, S. A. U.
Travessera de Gràcia, 47-49. 08021 Barcelona

Printed in Spain – Impreso en España

ISBN: 978-84-666-6633-6
Depósito legal: B-15.197-2019

Compuesto en Infillibres, S. L.

Impreso en Liberdúplex
Sant Llorenç d'Hortons (Barcelona)

BS 6 6 3 3 6

Penguin
Random House
Grupo Editorial

Yo, en cambio, llevaba un infierno dentro de mí, y nadie podría arrancarlo jamás.

MARY WOLLSTONECRAFT (SHELLEY),
Frankenstein, o el moderno Prometeo

PRIMERA PARTE

LAS VIÑAS MUERTAS

JUEGOS DE NIÑOS

Nuestra madre tenía también el pelo rojo: rojo como la sangre, rojo como el vino que produce esta tierra. Mamá era una endemoniada, igual que nosotras. Eso es al menos lo que todos cuentan de ella y puede que tengan razón, porque la noche de 1848 en la que ella nació, la comarca entera tembló abriéndose aquí y allá. Casi como si nuestra madre hubiera salido de las mismas entrañas de la tierra.

No era la primera vez que un terremoto sacudía esta región, pero, precisamente aquella noche, la presa de La Misericordia construida solo cinco años antes se derrumbó por el temblor cediendo al peso del agua. El río volvió a reclamar lo que era suyo, inundando el antiguo pueblo de San Dionisio y sepultando en una tumba de agua a cincuenta vecinos que en ese momento todavía estaban despidiéndose de sus casas y sus calles.

Así es como se empezó a hablar de la maldición de las Veltrán-Belasco: las endemoniadas con el pelo hecho de fuego. O puede que fuera antes de mamá, antes incluso de que el agua de la presa aplastara el antiguo San Dionisio.

Nuestra tía abuela Clara también tenía el pelo de color rojo brillante, y solía decir que los demonios la perseguían. Los describía como criaturas afiladas, de forma casi humana pero mucho más altos y delgados, con los brazos largos y los dedos puntiagudos. Demonios sin rostro que, a medianoche, mientras ella dormía, le susurraban secretos inclinados sobre su almohada. Un brillante día de julio, mientras estaba pasando las vacaciones de verano en nuestra casa, harta de esas criaturas siniestras y de las voces que llenaban su cabeza, la tía abuela Clara se colocó un rifle de carabina debajo de la barbilla y apretó el gatillo. Tenía diecinueve años entonces, la misma edad que yo ahora.

—¿Crees que la campana de la vieja iglesia todavía puede sonar? —le pregunté a mi hermano—. Me gustaría escucharla aunque solo fuera una vez. Ya sabes, para comprobar si suena diferente por haber estado bajo el agua todos estos años en compañía de los muertos.

Rafael y yo estábamos tumbados sobre nuestra espalda en la orilla del lago de La Misericordia. Antes de responderme, se levantó sobre sus codos para mirar a las ruinas del pueblo que no habíamos llegado a conocer. En los meses de verano, cuando las semanas sin una sola gota de lluvia se acumulaban, podía verse el campanario de la iglesia del viejo San Dionisio asomando sobre el agua del lago a modo de lápida improvisada. Un monumento a todos los que murieron aquella noche.

—Pues claro que esa campana todavía puede tañer, es más: yo la he oído desde mi habitación algunas noches de invierno, cuando sopla el cierzo —dijo, tan seguro de sí mismo como siempre—. Pero esa campana es una trampa mortal, hermanita.

—¿Una trampa mortal? —repetí, colocándome una mano sobre los ojos para protegerme del sol de mediodía mientras miraba al campanario—. ¿Para quién?

—Para los vivos, claro. Esa campana la hacen sonar los muertos que esperan bajo el agua a que nos reunamos con ellos —añadió Rafael—. De vez en cuando se cansan de esperar y tocan la campana para atraer a algún desgraciado hasta la orilla. Cuando el infeliz está lo suficientemente cerca, entonces ¡zas! sacan sus brazos de muertos del agua y se lo llevan al fondo para siempre.

A pesar del insoportable calor, un escalofrío me recorrió la espalda al imaginar los brazos de un muerto saliendo del agua, muy cerca de donde estábamos tumbados.

—Otro muerto más para las endemoniadas —añadió Rafael—. Las Veltrán-Belasco se roban otra alma.

—Yo no le he robado el alma a nadie —respondí, todavía mirando la superficie del lago para asegurarme de que nada se movía.

Estábamos despidiendo septiembre de 1889 y apenas había llovido un día desde abril, así que el nivel de agua en el lago de La Misericordia estaba muy bajo. Tanto que, además del campanario de la iglesia, podían verse los viejos tejados de las casas cortando la superficie del pantano. Desde la orilla también se intuía la silueta del viejo puente que antes unía las dos orillas de San Dionisio separadas por el río, pero que ahora solo servía para que las ramas de los árboles ahogados se enredaran en él.

—¿Sabes una cosa? No te creo. La única campana que has oído repicar es la que todavía cuelga en el patio trasero de la casa, la que antiguamente servía para avisar a los hombres que trabajaban en los viñedos cuando era la hora de comer —añadí, antes de volver a tumbarme sobre el suelo caliente de cantos rodados—. La vieja campana de esa iglesia no puede sonar, no después de haber pasado más de cuarenta años bajo el agua, así que deja de intentar asustarme. Ya soy muy mayor para cuentos de fantasmas, Rafael.

Él se volvió hacia mí y me miró desde el fondo de sus ojos claros. Eran tan distintos a los míos que a menudo me daba la impresión de que era un extraño quien me devolvía la mirada y no mi hermano mellizo.

—Sí, ya me he dado cuenta de cuánto has crecido, Gloria. Ahora eres toda una mujer —me dijo, sin molestarse en ocultar una media sonrisa—. No creas que no me he fijado. Ya deberías saber que yo siempre estoy pendiente de ti.

Rafael había nacido solo cinco minutos antes que yo, pero

esos cinco minutos bastaban para que él no tuviera el pelo rojo como el fuego o arrastrara una maldición. Esos cinco minutos de ventaja, junto con el hecho de que era un varón, bastaban para que él fuera el único heredero de los Veltrán-Belasco. Rafael lo heredaría todo tras la muerte de padre: la gran casa solariega donde vivíamos, las tierras que la rodeaban, las viñas, la bodega... todo, menos la maldición. Ese era mi legado, mi siniestro privilegio. Mío y de mis dos hermanas pequeñas, Teresa y Verónica, ambas con el pelo tan rojo como el mío.

—Deja de mirarme así, por favor —susurré sin ninguna esperanza de que él me hiciera caso—. Ya sabes que está mal, esto está mal. Lo que haces... lo que hacemos cuando nadie nos ve, es un pecado mortal.

—No he hecho nada aún —respondió Rafael, volviendo a tumbarse sobre su espalda para fingir que me ignoraba—. No te hagas ilusiones.

Suspiré aliviada, pero entonces él extendió su brazo para acariciarme el dorso de la mano.

—La tía Angela dice que nuestras viñas duermen y que el campo está seco desde hace años porque algo malvado ha infectado nuestra tierra. Algo diabólico —murmuré.

Rafael se rio en voz baja y sentí su cuerpo caliente moviéndose junto al mío.

—Ya entiendo, esa vieja solterona y amargada te lo dice, ¿y tú la crees? ¿De verdad crees que las viñas duermen por lo que hacemos aquí? ¿Por nuestra culpa? —preguntó él, aunque ya sabía la respuesta—. ¿Por eso hace años que no tenemos una buena cosecha en la casa? Qué inocente eres.

Cerré mis dedos sobre los cantos rodados calentados por el sol que rodeaban el lago, pero el resto de mí permaneció inmóvil mientras Rafael me apretaba la mano cerrada sobre las piedras hasta hacerme daño. El calor acumulado en los peñascos me quemó la palma de la mano, pero yo estaba acostumbrada porque eso era algo que solíamos hacernos: daño.

—No, no solo por lo que hacemos aquí —dije, mientras intentaba con todas mis fuerzas que no me temblara la voz por el dolor caliente que ahora me subía por el brazo—. Ya lo sabes.

—Mejor, porque la verdad es que no importa si lo que hacemos está bien o mal porque tú tienes el demonio dentro, Gloria. Igual que las dos pequeñas, mamá o la tía abuela Clara antes que vosotras, los demonios os echaron el ojo desde que nacisteis —respondió él con tranquilidad—. Mis pecados, lo que yo haga o piense no cambia eso. Lo sabes, ¿verdad?

Asentí en silencio, mordiéndome el interior de la boca para contener el dolor en mi mano.

—Por eso no crece nada bueno en nuestra tierra y por eso mismo las viñas de la finca están secas. Dormidas. Es solo vuestra culpa, vosotras os habéis llevado la vida de esta tierra —terminó él.

Me soltó la mano porque ya no necesitaba seguir apretando: el daño de sus palabras era más intenso y afilado que el dolor en mi mano.

—Yo intento ser buena, de verdad, con todo mi corazón. Pero algunas veces puedo sentir su peso sobre mis hombros: el peso del demonio. Así es como solía llamarlo mamá antes de morir. —Al pensar en ella cerré los ojos un momento y dejé que el sol seco me quemara los párpados—. De vez en cuando, mientras sueño, noto la piel áspera del demonio alrededor de mi cuello, acariciándome, apretando hasta dejarme sin respiración. Y sus palabras incomprensibles se cuelan por mi oído, arañando mi cabeza por dentro con sus uñas afiladas.

Los labios finos de Rafael se curvaron en una sonrisa.

—Sé que intentas ser buena, de verdad, pero ahí tienes tu prueba: a los demonios no les importan tus planes. Por eso mismo nada de lo que hagamos aquí cuenta —me aseguró—. Por muy bien que te portes y por mucho que te esfuerces, no hay salvación posible para tu alma, hermanita. Dios nunca mira en tu dirección.

Abrí los ojos de nuevo para ver el cielo azul y vacío sobre nosotros.

—¿Y qué pasa con Teresa y Verónica? No quiero que mis

pecados se conviertan en los suyos. A lo mejor, si ellas son buenas y se portan bien...

—¿Teresa y Verónica? Pero si se pasan el día solas haciendo Dios sabe qué, merodeando por las habitaciones prohibidas de la casa y vestidas como salvajes. No, nuestras hermanas pequeñas ya están condenadas, lo están desde el mismo día en que nacieron. Antes incluso —respondió él, convencido—. De nosotros cuatro yo soy el único que verá el cielo.

Me acomodé mejor sobre el suelo de guijarros, al moverme sentí como algunas piedras pequeñas se colaban por la espalda de mi vestido de lino blanco de verano y bajaban hasta encontrarse con el límite de mi corsé. Incluso con el calor sofocante de finales de verano yo seguía llevando corsé y saya de algodón con puntillas debajo de mi vestido. Arreglarse era importante, a pesar del calor, a pesar de las malas cosechas y de la falta de futuro. No quería convertirme en una de esas chicas dejadas con las que ningún muchacho querría pasear del brazo por el centro de San Dionisio.

—A mí me da igual no conocer nunca el cielo —admití—. Me conformaría con poder vivir a salvo el tiempo que pase en la tierra. Y con que lloviera de vez en cuando también.

—Estás a salvo, yo cuido de ti. No tienes nada de que preocuparte mientras sigamos juntos.

Preferí no decirle nada a Rafael sobre los gritos que oía algunas noches desde mi habitación. Gritos espantosos, seguidos de una risa histérica que recorría las paredes de piedra de nuestra gran casa de madrugada para llegar hasta mi dormitorio. Los gritos empezaron hace ya algunos años, pero nunca me había atrevido a contárselo a nadie para no terminar como mamá. Mi habitación estaba alejada de la que mis hermanas pequeñas compartían, así que no tenía manera de saber si ellas también podían oírlos o si yo era la más endemoniada de las Veltrán-Belasco.

—¿Sabes? Todavía recuerdo a madre en sus últimos días, mientras el cura le recitaba las sagradas escrituras para intentar salvar su alma. Antes de que su demonio particular se la llevara para siempre —empezó a decir Rafael como si pudiera adivinar mis pensamientos—. Por aquel entonces ella pasaba todo el tiempo tumbada en su cama, ya se había arañado el rostro y el cuello hasta hacerse sangre, así que tenía las manos atadas al cabecero para que no pudiera hacerse más daño o hacérselo a otros. Casi puedo verla ahora: con las llagas en la piel por haber pasado semanas en cama, los labios pálidos como los de un espectro y su pelo rojo sucio esparcido sobre la almohada amarillenta. Gritaba y gruñía igual que un animal salvaje mientras el demonio dentro de ella se hacía más fuerte cada vez, hasta que un día simplemente se rindió.

—Yo me acuerdo de cómo era mamá antes, antes de que el demonio se la llevara para siempre —murmuré sin atreverme a mirar a mi hermano.

—Los recuerdos son engañosos: mamá no siempre fue buena con nosotros. Algunas veces, incluso cuando los demonios no la rondaban, era malvada solo porque sí.

—Sí, lo era —admití, seguramente por primera vez en voz alta—. El último día que la vi me gritó e intentó arañarme la cara. Aun así, a pesar de todo el dolor, ella no se merecía lo que le pasó.

Tragué saliva y me di cuenta de que la garganta me quemaba. Pensé que sería por el calor de la tarde o por el polvo seco que flota en el aire cuando pasan semanas enteras sin llover, pero eran las lágrimas amontonadas al recordar cómo murió nuestra madre. Aunque para mí era algo mucho peor que un recuerdo: era también una promesa, como echar un vistazo detrás de una cortina y ver un instante tu propio futuro.

—Si tú lo dices...

—En el fondo mamá era buena, estoy segura. No fue culpa suya. Lo que le pasó fue una desgracia, un puñetazo de la mala suerte en el estómago —dije, con los ojos fijos en el cielo despejado—. Es como en una tormenta: el rayo golpea la tierra quemándola, pero no es culpa de nadie, sucede y ya está.

—Pues claro que fue su culpa, por ser débil y por rendirse —masculló Rafael—. Si nos hubiera querido de verdad no le habría quedado un hueco dentro para el demonio. Pero ella no nos quería lo suficiente, sobre todo a mí.

Nuestra madre nos había dejado en el invierno de 1882, hacía casi siete años ya, pero al contrario de lo que suele suceder con aquellos que nos abandonan, yo la recordaba igual que si se hubiera marchado ayer. O mejor dicho, recordaba dos madres diferentes porque había conocido bien a las dos: la que iba a todas partes con su diario anotando detalles sobre las viñas, las plantas de la zona y datos sobre la temporada de lluvia. Pero también había tenido otra madre: una que se pasaba días enteros sin mirarme o sin dirigirme la palabra a pesar de lo mucho que yo le suplicaba, hasta que de repente estallaba en llanto o en gritos para encerrarse después en su habitación durante una semana. Días más tarde salía de su dormitorio como si nada hubiera sucedido, simplemente abría la puerta y ahí estaba otra vez: mi madre. La madre buena. El demonio tardaba días o incluso semanas en volver, aunque al final siempre regresaba y todo empezaba de nuevo.

—¿Qué es lo último de mamá que recuerdas? —quise saber de repente—. Yo recuerdo cuánto amaba sus libros y diarios.

Antes de responder Rafael hizo un molesto chasquido con la lengua, igual que solía hacer cuando estaba enfadado.

—Una mañana, aprovechando un descuido del padre Murillo y de nuestro padre, entré en su habitación a escondidas. Quería verla porque sospechaba que ya estaba en las últimas y quería despedirme de ella. ¿Y sabes lo que me dijo mamá la última vez que la vi? —Rafael hizo una pausa y me miró—. Me dijo que yo no era su hijo. Que el demonio me había llevado a casa envuelto en una manta para que ella me criara como si fuera suyo. Ya sabes, como hacen algunos pájaros que van a un nido ajeno y cambian sus huevos por los de verdad para que la otra madre se los cuide.

—Los polluelos intrusos se comen a sus hermanos recién nacidos —terminé yo—. Mamá me lo contó cuando era una niña. Tuve pesadillas espantosas con polluelos medio devorados al nacer durante semanas.

Rafael se rio en voz baja.

—Así era nuestra madre en realidad. Cruel, incluso cuando el demonio no la rondaba.

—Creo que ella lo leyó en uno de sus libros de naturaleza —dije, intentando todavía alejar las visiones de los polluelos devorados de mi cabeza—. Me pregunto dónde estarán ahora todos sus libros y todo lo demás. Sus diarios, por ejemplo, ella siempre estaba tomando notas de todo. ¿Te acuerdas?

—Tampoco es que importe demasiado ya, ¿no crees? —dijo, pero Rafael lo pensó un poco mejor y añadió—: Seguramente padre hizo que sacaran sus libros, sus cuadernos y el resto de sus cachivaches científicos de la casa incluso antes de enterrarla. Y mejor así, de ese modo evitó que alguna de las tres os convirtierais en una sabidilla* o en algo peor. Bastante mal hizo ya padre al permitirle acumular todos aquellos libros y novelas mientras vivía. Seguro que todos esos libros tuvieron algo que ver en cómo terminó ella.

Suspiré y miré alrededor. En el terreno que rodeaba el lago de La Misericordia no había sombra y no crecía nada más que algunos arbustos bajos de tomillo y zarzamora desperdigados. Casi parecía que la muerte y la tumba de agua hubieran ahogado también la vida alrededor del pantano. Lo único que rompía la línea del horizonte era el cerro donde se levantaba el nuevo San Dionisio, bien a salvo del agua, pero estaba demasiado lejos como para que algún vecino entrometido pudiera ver lo que hacíamos allí. Precisamente por eso íbamos a aquel lugar cada tarde.

—Yo no voy a terminar como mamá, luchando en una cama mientras un cura asustado me recita salmos. Ni hablar. —Lo dije en voz alta pero en realidad era una promesa, un pacto conmigo misma—. Antes de eso busco la vieja carabina de la tía abuela Clara y hago como ella.

Despacio, Rafael apartó algunos cantos rodados del suelo y se tumbó más cerca.

—Pues claro que eso nunca te pasará a ti. Yo cuido de ti, ¿recuerdas, hermanita? —susurró, muy cerca de mi oído—. Solo nos tenemos a nosotros dos, estamos solos en esto. Algún día padre morirá y entonces tú y yo seremos los dueños

---

* Sabidilla: mujer que presume de lista.

de la casa, de la finca y de todo lo que hay debajo. Ese es nuestro plan.

—Ese es nuestro plan —repetí, aunque en realidad era solo «su» plan.

Pero él se rio con la garganta seca y apoyó su cabeza sobre mi hombro. Las ondas de su pelo rubio oscuro resbalaron hasta mi cuello haciéndome cosquillas.

—No te preocupes tanto por el futuro, eso es lo que hago yo, es más fácil así —me dijo él, olvidando convenientemente que su futuro era mucho más prometedor y brillante que el mío—. Además, siempre he pensado que si alguna de vosotras tres tiene que terminar atada a una cama, retorciéndose mientras un sacerdote le salpica agua bendita para librarla del demonio, esa será Verónica.

—Pobre Verónica —murmuré.

Cerré los ojos un momento y sentí el sol del atardecer picándome en la piel. Respiré hondo dejando que el aire caliente inundara mis pulmones, llenándolos de fuego.

—¿Tú crees que los muertos de ahí abajo nos vigilan desde el otro lado del agua? —pregunté sin saber muy bien por qué.

Rafael se incorporó un poco para mirarme.

—Espero que no —me dijo mientras sus ojos centelleaban—. No creo que les guste mucho lo que hacemos aquí.

Después me besó, un beso torpe pero ansioso. Sus labios tenían el sabor de la tierra arcillosa que rodeaba nuestra finca, agrietados, secos por el sol. Enseguida se colocó sobre mí y noté el peso de su cuerpo caliente apretándome aún más contra los cantos rodados. Sus besos bajaron por mi cuello mientras sus manos buscaban el final de la falda de mi vestido. Le dejé hacer, como siempre. Miré el cielo azul brillante sobre nosotros sabiendo que esa semana tampoco caería una sola gota de lluvia, solo la luz dorada del sol aplastándonos a todos.

Entonces oí un ruido que venía de los arbustos cercanos. Una voz.

—¿Qué ha sido eso? —susurré, intentando moverme para ver de dónde venía el ruido.

Pero Rafael no se apartó.

—No es nada, será solo una de esas asquerosas urracas que merodean por todo el valle buscando comida. O tal vez sea un cuervo.

—No, espera —le dije, aunque sus manos siguieron buscando el camino debajo de mi vestido blanco igualmente—. Creo que he oído a alguien.

Solo al mencionar que había oído una voz Rafael se movió por fin. Contuvimos la respiración un instante para oír mejor, y la misteriosa voz llegó otra vez hasta la orilla del lago.

—Viene de ahí, de esos arbustos de tomillo que hay justo detrás —susurró—. No hay ningún otro sitio para esconderse por aquí.

Alrededor del lago no había casas o ruinas y apenas crecía vegetación: solo unos matorrales secos capaces de sobrevivir bajo el sol de verano y un viejo chopo con las raíces podridas por el agua que se había salvado milagrosamente de la inundación, pero que cada día se inclinaba un poco más sobre la superficie.

—Alguien está cantando, y que yo sepa las urracas no cantan —murmuré—. Me resulta familiar, parece una canción de cuna.

La melodía, lenta y melancólica, llegó hasta donde estábamos flotando en el aire de la tarde. Al escucharla me sentí triste sin saber por qué.

—Es Verónica, y seguro que Teresa está con ella. Siempre andan las dos juntas escondiéndose por ahí, son como uña y mugre.

—¿Cómo sabes que son nuestras hermanas? —pregunté en voz baja.

—Porque nadie más en San Dionisio se atreve a venir aquí: todos son unos palurdos que creen que este sitio está embrujado —respondió de mala gana—. Es esa cancioncilla que Verónica tararea todo el tiempo.

Me senté, las piedras en el suelo ahora estaban tan calientes que me quemaron la piel que Rafael había dejado al descubierto en mis piernas.

—*One for sorrow, two for joy**... —canturreaba alguien desde detrás del arbusto.

—Tienes razón. Esa siniestra cancioncilla infantil que Verónica se pasa el día tarareando. Mamá solía cantarnos esa misma nana antes de dormir. Hacía años que no pensaba en la letra —dije, ignorando el nudo de mi garganta—. Me parece increíble que Verónica pueda recordar esa canción, era muy pequeña cuando murió. No ha cumplido doce años pero ya tiene mejor oído para la música que muchos artistas famosos.

—¿Sí? Pues mira para lo que le han servido su oído y su talento musical.

Rafael se levantó, su cuerpo atlético y bronceado se movía de forma diferente cuando estaba furioso. Le vi coger una piedra del suelo con la mano derecha y otro par con la izquierda.

—¿Qué haces? Para.

Pero antes de que yo hubiera terminado de protestar, él lanzó la piedra con todas sus fuerzas en dirección a los matorrales donde se escondían nuestras hermanas.

—Hay que darles una lección a esas dos, así aprenderán que espiar a la gente a escondidas está mal —dijo, pero sonrió como si estuviera encantado de tener una excusa para lanzarles piedras—. Teresa tiene ya dieciséis años, sabe que está mal esconderse para observar a los demás.

—No lo entiendo. ¿Por qué lo hacen? Espiarnos, quiero decir.

—Porque nos tienen envidia, sobre todo a ti —dijo él, convencido—. Tú eres la mayor de las tres y además mi hermana melliza. Dentro de unos años serás la señora de la casa mientras que ellas dos tendrán que conformarse con malvivir trabajando en alguna de las fincas de la zona, o casarse con el primero que se lo proponga. Por eso mismo tienen celos de ti, hermanita. Cualquiera estaría encantada de ser tú.

---

* *One for sorrow, two for joy:* canción de cuna inglesa sobre las urracas. Según una vieja superstición, la cantidad de urracas que uno ve determina si se tendrá mala suerte.

Me guiñó un ojo y después tiró otra piedra, más lejos esta vez, tanto que estuvo a punto de acertar al arbusto de tomillo.

—Espera, ¿qué pasa si les das? No quiero tener que escuchar sus protestas durante semanas —dije mientras me ponía de pie casi de un salto—. Que pares te digo.

Le sujeté la mano pero Rafael se zafó enseguida. Me fijé en que apretaba el canto rodado con tanta fuerza que sus nudillos se volvieron blancos, así que di un paso atrás.

—¿Quieres que le vayan con el cuento a la tía Angela? Porque si le cuentan a ella lo que nos han visto hacer aquí te aseguro que se acabó para nosotros. ¡Se acabó todo! —Rafael gritó, tan fuerte que prácticamente me escupió las palabras—. Yo todavía podría conseguir que padre me nombrara su heredero porque no tiene a nadie más a quien dejarle la finca, pero ¿sabes lo que te pasaría a ti? Tú acabarías desterrada de San Dionisio, encerrada en un convento el resto de tu vida o algo mucho peor. ¿Es eso lo que quieres, hermanita?

Lo pensé un segundo. Si Teresa y Verónica le contaban a nuestra tía lo que Rafael y yo hacíamos en el lago, padre me enviaría a un retiro forzoso durante años o me echaría de la casa y después haría que el Alcalde me desterrase de San Dionisio bajo pena de muerte si se me ocurría volver.

—No... no es lo que quiero —admití.

—Claro que no, por eso lo hago: por ti, Gloria. Lo hago por nosotros dos, para que nunca puedan separarnos. Tú y yo, juntos para siempre —me dijo Rafael, con voz suave ahora.

Y yo le creí porque siempre le creía, incluso cuando sabía que estaba mintiendo como ahora. Esas veces, también le creía.

—Vamos, coge una piedra tú también y lánzasela tan fuerte como puedas a ese par de cotillas, así aprenderán.

Le obedecí. Cogí el canto rodado más grande que había cerca de donde estábamos y lo sostuve en mi mano un momento, era pesado y estaba caliente.

—¡Muy bien! Ya sabía yo que estabas de mi parte —dijo, satisfecho. Después se volvió otra vez hacia los arbustos y añadió—: ¡Por mucho que corráis no podéis salir de ahí sin que os veamos, ¡estáis atrapadas! Vamos, tírasela para que vean que no es un farol.

Sin pensar demasiado en lo que hacía lancé la piedra hacia los matorrales tan fuerte como pude. Oí un único golpe, seco pero escalofriante. El grito vino después, solo que no era un alarido de dolor o de sorpresa: era un grito de puro pánico. Tanto, que apenas pude reconocer la voz de mi hermana Teresa distorsionada por el terror.

Rafael soltó los cantos rodados que aún tenía en las manos y echó a correr hacia los arbustos. Yo todavía tardé un segundo más en reaccionar, me quedé allí quieta mientras los gritos se apagaban y solo quedaba el rumor del agua a mi espalda, los pasos rápidos de Rafael sobre los cantos sueltos y el zumbido del calor en mis oídos.

—¡Gloria! —Rafael gritó mi nombre, pero mis piernas no querían moverse—. ¡Ven aquí! Date prisa.

Cuando por fin me atreví a acercarme vi el rostro de Teresa salpicado de gotas de sangre, gotas finas y rápidas, que también manchaban las hojas del arbusto de tomillo alrededor. Pero no era su sangre. Verónica estaba tumbada en el suelo con la cabeza apoyada en el regazo de nuestra hermana mediana. A pesar del calor aplastante, la pequeña temblaba igual que si tuviera mucho frío y un hilo de baba blanquecina escapaba entre sus labios.

—¿Por qué has tenido que hacerlo? ¡No es más que una niña! —me gritó Teresa entre lágrimas—. ¿Cómo se te ocurre hacer algo semejante? Lanzarle una piedra a tu propia hermana. Sabes que Verónica no está bien, nuestra hermana está delicada de salud. Mira lo que le has hecho, Gloria.

El ojo izquierdo de Verónica se había convertido en una masa rojiza. La piel del párpado alrededor parecía derramarse sobre la cuenca, igual que si se estuviera derritiendo por el calor.

—Lo-lo siento. No pensé que fuera a daros a ninguna de las dos. Yo no quería hacerlo, de verdad —tartamudeé, intentando no mirar el ojo, ahora líquido, de mi hermana pequeña—. Su ojo...

Pero la sangre de Verónica ya goteaba sobre los cantos rodados en el suelo y manchaba también el cuello de encaje desgastado de su blusa de algodón, mientras las convulsiones le retorcían el cuerpo.

—Es el demonio dentro de ella, ¡está intentando manifestarse! —exclamó Rafael, dando un paso atrás para apartarse de Verónica—. Por eso tiembla.

—No es el demonio. Lo que pasa es que está enferma y siente dolor, por eso tiembla. —Teresa era siempre la más tranquila de nosotras tres, pero noté que ahora su voz sonaba aguda, distorsionada por el miedo—. Desde luego no ha sido ningún demonio quien ha tirado esa piedra.

El cuerpo infantil de Verónica se retorció un momento más mientras su espalda se arqueaba en un ángulo imposible, después se quedó inmóvil sobre la falda azul cielo de Teresa. Casi parecería que había caído en el sueño profundo de las princesas de los cuentos de hadas de no ser por su respiración, ronca y superficial, propia de las criaturas que luchan contra su muerte.

—Pobrecita, yo estoy contigo, tranquila. No te dejaré —susurró Teresa, meciéndola en su regazo como si estuvieran ellas dos solas bajo el sol—. Pasará. Esto también pasará y te pondrás bien.

Algunas veces, muy en el fondo y siempre en secreto, yo dudaba de que la maldición de las Veltrán-Belasco fuera real. Pero esa tarde, viendo a nuestra hermana pequeña luchando por respirar mientras manchaba el suelo con su sangre, estuve segura de que era cierto: había un demonio dentro de mí.

Cuando la tía Angela consideró que el demonio ya había sufrido suficiente, me dejó levantarme por fin para irme a dormir. No dije nada, tampoco miré a nuestra tía porque no quería darle el gusto de ver mi cara contraída por el dolor prolongado. Tan solo me levanté cojeando, apoyándome en el papel pintado descolorido de la pared para no perder el equilibrio por el dolor en mis rodillas, y subí penosamente la doble escalera para llegar hasta mi habitación en el segundo piso, en el otro extremo de la casa.

Cada mañana al alba y cada noche antes de acostarme debía rezar para conseguir el perdón por lo que le había hecho a mi hermana pequeña. Pero la tía Angela no se refería al perdón de Verónica, que no parecía guardarme ningún rencor por lo de su ojo, sino a otro tipo de perdón que solo podía conseguirse mediante el dolor y el sufrimiento. Por eso mismo me obligaba a pasar una hora cada día rezando, arrodillada frente a la gran cruz que custodiaba la habitación donde mi madre había muerto. La cama ya no estaba, pero ese era el único cambio visible porque el resto de los pesados muebles de roble, la lamparita de queroseno en la mesita, el juego de tocador e incluso las cortinas gruesas de paño para evitar que la luz del sol entrara en el dormitorio seguían en su lugar. La primera vez que volví a esa habitación, el olor de los últimos días de nuestra madre todavía estaba atrapado allí. Como una capa más de polvo sobre los muebles olvidados, enredado en las malditas cortinas de color rojo oscuro.

Cada tarde, la tía Angela entraba en mi dormitorio sin molestarse en llamar a la puerta, con gesto de resignación fingido en su cara mofletuda y un puñadito de arroz en la mano.

«Es lo que hace falta para mejorar, cariño. Sé que duele, pero así no te olvidarás de que tienes que ser buena. Ya me lo agradecerás después, cuando te haya salvado el alma —decía, mientras esparcía los granos de arroz en el suelo de gruesas tablas de madera de nogal bajo la cruz—. Ahora arrodíllate encima y pide perdón. Cuando empiece a dolerte de verdad sabrás que Dios te está escuchando.»

Y supongo que Dios escuchaba todo el tiempo, porque cada noche volvía arrastrándome hasta mi dormitorio para quitarme con la mano temblorosa los granos de arroz que se me habían quedado incrustados en la piel.

—Esa vieja inglesa y sus estúpidos castigos... —mascullé, cerrando la puerta de mi habitación cuando por fin estuve sola.

«Es por tu bien. Tuviste un descuido, pero esto es para que no te olvides de seguir siendo una buena chica. No querrás acabar como tu madre o como mi pobre hermana Clara, ¿verdad?», solía decir cuando me castigaba.

La llamábamos «tía Angela» pero en realidad era nuestra tía abuela, la hermana de Clara, y lo único de angelical que había en ella era su nombre. Angela Raymond era una mujer muy alta, seguramente la más alta que había en toda la región, con el pelo perfectamente canoso siempre recogido en su nuca, y unas gafas de montura ridículamente pequeña para las dimensiones de su cara. Aunque tenían una relación distante, Angela y su otra hermana se hicieron cargo de nuestra madre —y la torturaron igual que a nosotras— cuando nuestros abuelos maternos murieron en un accidente de ferrocarril.

Después, cuando nuestra madre murió, la tía Angela se ofreció amablemente a nuestro padre para cuidarnos y hacernos de institutriz. «Mejor yo que soy de la familia que alguien de fuera. Ya he cuidado de su madre. Además, yo no soy una de las endemoniadas, mi pelo nunca fue de ese color rojo. Yo soy de las buenas.»

—Si yo hubiera tenido que vivir con ella desde niña también me habría pegado un tiro con la carabina —masculló, recordando la historia de nuestra tía abuela Clara—. Siempre encuentra nuevas formas de torturarme la muy imbécil.

Encendí la lamparita de queroseno en la mesilla, los apliques de gas en las paredes iluminaban demasiado y no quería arriesgarme a que alguien viera el resplandor de la luz por debajo de la puerta. Me senté en el borde de la cama despacio y me remangué la falda beige de algodón fino con rayas blancas para poder verme las rodillas. Con la luz dorada del fuego vi que la carne se había vuelto blanda, maleable; y que toda la zona alrededor de mis rodillas era ahora de color escarlata brillante.

—Menos mal que dentro de unos meses ya no tendré que seguir fingiendo interés en tus ridículas clases —masculló, apretando los dientes por el dolor—. Total, para lo que me van a servir...

Con cuidado de no hacerme más daño empecé a retirar los granos de arroz que aún estaban pegados a mi piel castigada.

Pero ese castigo era poca cosa comparado con los dos días que pasé encerrada sola en el desván de la casa.

Sucedió después de que los tres lleváramos a Verónica de vuelta a casa. Para poder moverla tuvimos que esperar a que su respiración se volviera casi normal y evitar que se tragara su propia lengua. Mientras avanzábamos por el camino polvoriento que separaba el lago de La Misericordia de nuestra finca, la sangre se mezcló con un líquido lechoso de olor agrio que brotaba de su ojo. Recuerdo que no habíamos llegado aún a la entrada del ruinoso palacete familiar pero ya era evidente que Verónica nunca podría volver a ver con su ojo izquierdo. La tierra del cruce de caminos que había frente a la entrada de la casa se manchó con la sangre de nuestra hermana sin que nos diéramos cuenta. Fue casi como si selláramos un acuerdo con el demonio que, según decían, esperaba a los incautos y los desgraciados a medianoche en ese mismo cruce para hacer un pacto por su alma.

Aquella tarde, al vernos llegar a los cuatro, la tía Angela apretó con fuerza su rosario sobado de cuentas de nácar en una mano mientras colocaba un paño limpio sobre el ojo destrozado de Verónica para intentar que dejara de sangrar. No funcionó.

Nuestro padre volvió de la cooperativa de vinos en San Dionisio más tarde, cuando el sol ya había empezado a esconderse detrás de nuestras viñas dormidas. Rafael fue a buscarle cuando limpiamos a Verónica y la tumbamos en su cama por si acaso había que hacer venir también al padre Murillo. Esa era una de las raras ocasiones en que nuestro padre estaba en la casa. Solía pasar largas temporadas de viaje, buscando inversores extranjeros que ayudaran a paliar la ruina inminente de nuestra finca, o mejorando sus contactos políticos en Logroño o en la capital. Durante sus interminables ausencias, la tía Angela era la encargada de la casa y de nuestro cuidado.

La tía y padre hablaron durante unos minutos al pie de la doble escalera de roble que bajaba hasta el recibidor de la casa. Susurraron a oscuras, tal como se dan las malas noticias. La tía Angela, siempre recta y petulante, ahora estaba inclinada hacia padre y murmuraba mientras sostenía una lámpara de aceite: estaba tan asustada que la lámpara temblaba en su mano, haciendo que el fuego bailara en el amplio recibidor vacío de la casa.

La tía Angela le contó a padre lo mismo que mi hermano le había dicho cuando llegamos con Verónica. Después de un rato, ambos decidieron que lo mejor sería encerrarme unos días en el desván con un poco de borraja hervida, pan y agua para «debilitar al demonio hasta estar seguros de que no es un peligro para nadie más». Además, así yo tendría tiempo para pensar en las cosas malas que pasaban si no me portaba bien.

Cuando me dejaron salir del desván habían pasado casi tres días de frío, oscuridad y miedo. La bajocubierta del palacete estaba aún más abandonada y olvidada que el resto de la propiedad. Un par de años antes, una colonia de abejas se había colado en el último piso de la casa durante el invierno para escapar del frío, así que padre ordenó condenar las extrañas ventanas redondas de la buhardilla para matarlas. Y supongo que funcionó, porque en los dos interminables días que pasé encerrada en el desván no oí una sola abeja. Nada, además de mi respiración superficial y mis sollozos. Recuerdo que tenía tanto frío que al volver por fin a mi habitación, todas las mantas que me trajo Teresa a escondidas no consiguieron hacerme entrar en calor, no dejé de temblar hasta que nos tumbamos las dos abrazadas en mi cama bajo la montaña de mantas.

Sí, el desván fue lo peor, mucho peor que el arroz.

Me desvestí deprisa, alejando el recuerdo del frío bajo mi piel, y me puse el camisón blanco de plumeti con bordados y un lazo del mismo color en el bajo que ya me quedaba demasiado corto. Sabía que Rafael no vendría a visitarme esa noche porque estaba manchando otra vez, y él no se me acercaba hasta que no estaba limpia. Rafael acostumbraba a venir a mi dormitorio de madrugada, cuando la casa dormía. Pero la semana que sangraba él apenas me dirigía la palabra, como si yo hubiera dejado de existir. Según él, la sangre que salía de mí no era otra cosa que una infección: los demonios y sus alimañas moviéndose en mi interior. De modo que hasta que no paraban de «moverse» él fingía que yo no existía. Después de algunas noches abría la puerta de mi habitación y preguntaba: «¿Han dejado ya de moverse?». Para saber si podía visitarme otra vez.

Además de mi habitación, el de Rafael era el único dormitorio en el pasillo del tercer piso de la casa, pero a diferencia de la suya, mi habitación estaba orientada al este y colgaba sobre el campo de viñedos que bajaba hasta el río. En verano, el calor acumulado durante el día hacía las noches insoportables. Pero todavía faltaban meses para que los rayos del sol empezaran a calentar la savia que latía dentro de las viñas, escondida durante el largo invierno.

—Tal vez esta temporada los viñedos florezcan por fin —murmuré, sin muchas esperanzas de que fuera así.

Me solté la larga trenza pelirroja que estaba obligada a llevar durante el día —al igual que mis hermanas— y mi pelo endemoniado cayó suelto casi hasta mi cintura. Saqué el cepillo del fondo del armario donde lo escondía, envuelto en un vestido de verano que me había quedado pequeño tres años atrás, y me cepillé el pelo con fuerza intentando hacerme daño al pensar en Rafael y en sus visitas de madrugada. Funcionó, porque además del dolor de centenares de agujitas afiladas clavándose en mi cuero cabelludo, al terminar vi algunos mechones rojos atrapados entre las cerdas del cepillo. Lo había robado de la habitación de mamá antes de que ella muriera, cuando se volvió insoportablemente evidente que mi madre —la madre buena— ya nunca volvería.

No había espejo en el viejo tocador de cerezo con cajones en el frente. Padre había mandado arrancarlo por consejo de la tía Angela para evitar que me volviera «demasiado presumida», pero hacía algunos meses había descubierto que podía verme reflejada en el cristal de la ventana cuando afuera todo estaba oscuro. La abrí y dejé que el aire de la noche entrara en mi habitación. Sabía que después tendría que dormirme temblando de frío, pero me daba igual. Fuera, la luna de invierno brillaba sobre la tierra. Al asomarme intuí las siluetas de los troncos retorcidos de las viñas en el paisaje, llano e infinito, que llegaba hasta donde yo podía ver.

—Sí, más vale que florezcan... —repetí, mirando a los viñedos silenciosos.

Terminé de peinarme, cerré la ventana y volví a guardar el cepillo de mamá en mi escondite. Ya estaba a punto de acostarme cuando oí un susurro fuera, en el pasillo. Contuve la respiración un segundo para escuchar mejor y el murmullo volvió a sonar, más fuerte ahora:

—Gloria...

Alguien me llamaba.

No era la voz de Rafael ni de ninguna de mis hermanas la que murmuraba al otro lado de la puerta, pero había pronunciado mi nombre con claridad, de la manera en que se dice el nombre de alguien a quien se conoce desde hace años. Sin pensarlo dos veces cogí el chal de lanilla azul que usaba para entrar en calor en las mañanas de invierno y me lo puse sobre los hombros. Antes de abrir la puerta me aseguré también de coger la lámpara de queroseno de la mesilla.

«Espera un poco, no seas insensata. Lo mismo es algún demonio que te llama para llevarse tu alma y tú vas directa a la trampa», pensé mientras mi mano dudaba un momento en el picaporte.

—Pues si ese demonio quiere tanto mi alma que venga a buscarla él mismo, y de paso que sea él quien sufra los imaginativos castigos de la tía Angela —mascullé.

El pasillo estaba vacío. La luz del fuego dibujó sombras en el ajado papel de cuero que recubría las paredes del último piso del palacete. Las sombras me siguieron hasta la escalera doble que servía de columna vertebral de la casa. Los dos brazos de nogal negro nacían en la galería del segundo piso y más adelante se unían para formar la escalinata que llevaba hasta el vestíbulo, pero uno de ellos estaba podrido, así que teníamos prohibido usarlo. Aun así, la madera casi negra de las escaleras crujía y se quejaba como un animal herido aunque nadie la hubiera pisado en años; tanto era así, que algunas tardes silenciosas los lamentos de la madera recorrían los pasillos angostos de Las Urracas hasta encontrar el camino de salida hacia los viñedos.

Con cuidado, alargué la mano con la lámpara sobre el pasamanos para intentar ver lo que había en el primer piso de la casa. Nada. Abajo todo estaba oscuro y vacío, y sin embargo los susurros me llamaron otra vez:

—Gloria. Glooooria...

Estaba descalza y las baldosas granates que cubrían el suelo de las zonas comunes en toda la casa principal —y que ayudaban a mantener el interior fresco en los interminables días de verano— me helaron hasta el alma mientras bajaba deprisa las escaleras.

—¿Hola? —Mi propia voz me sonó extraña entre las paredes vacías de la casa.

«Así es justo como las sirenas embrujan a los marineros: les llaman con sus canciones y sus voces atrayéndoles hasta las rocas afiladas para hacer encallar los barcos», pensé. Luego recordé que yo nunca había visto el mar, ni siquiera sabía en qué dirección estaba el mar porque todo lo que rodeaba San Dionisio era un océano de tierra de color dorado sediento.

—¿Verónica? ¿Eres tú?

Verónica solía caminar en sueños. Desde que era una niña, se levantaba y salía caminando de su habitación en el primer piso para deambular por la finca en camisón, con su larga melena de fuego suelta igual que un fantasma. Precisamente por eso compartía habitación con Teresa: para que ella se asegurara de cerrar cada noche la puerta de su dormitorio.

—¿Hay alguien ahí?

Nadie respondió.

Pensé en regresar a mi habitación para intentar dormir —o fingir que dormía— mientras esperaba al alba temiendo el momento de tener que volver a arrodillarme con la carne de mis rodillas dolorida. Pero había algo extrañamente familiar en esa voz que susurraba mi nombre, así que bajé el último tramo de escaleras y la seguí a través de la oscuridad del primer piso.

Allí era donde estaban la cocina de la casa, la salita en la que la tía Angela nos daba clase cada tarde y también el dormitorio que compartían mis hermanas. Era también donde estaban casi todas las habitaciones prohibidas. Padre había mandado cerrar con llave la mayoría de las habitaciones del palacete hacía años, cuando se hizo evidente que no teníamos dinero suficiente para mantener la propiedad en condiciones. Había habitaciones cerradas en las que yo nunca había entrado.

Atravesé el vestíbulo silencioso de puntillas y continué en dirección a la galería que llevaba al edificio anexo de la bodega. La luz de la luna entraba por las grandes ventanas en el frente de la casa, siguiéndome a cada paso.

La finca de Las Urracas abarcaba casi setenta hectáreas de viñas en un recodo del Ebro. No había vallas ni cercado, solo dos pilares altos de piedra blanca a cada lado marcaban el principio del camino que llevaba hasta la casa principal. En las columnas, tallado en la piedra, podía leerse nuestro nombre: VELTRÁN-BELASCO.

Además de los viñedos y del gran palacete de planta rectangular con fachada de sillería, la propiedad familiar incluía la galería de cuevas subterráneas que recorrían la finca como un laberinto —donde antes se dejaba envejecer el vino en soledad durante años— y la nave de la bodega, que llevaba abandonada y cerrada desde que yo podía recordar. La casa principal estaba unida a la bodega mediante un pasillo acristalado a modo de «jardín de invierno», muy parecido a los que hay en algunas casas modernas inglesas, donde la luz del sol es un bien escaso en los meses del invierno y las señoritas de la casa pasan el rato leyendo poesía o cosiendo en habitaciones acristaladas. En esa zona el sol no era precisamente un bien escaso, pero la propiedad ya tenía la galería acristalada cuando padre compró la finca y la bodega años antes de que Rafael y yo naciéramos. Era solo otra de esas cosas especiales que hacían que Las Urracas fuera una hacienda única en toda la región.

Con la mano libre acaricié el cristal de la galería mientras avanzaba: estaba frío, tanto que casi me pareció estar tocando una lámina de hielo. Acerqué la lámpara de queroseno al cristal, pero al otro lado el campo estaba silencioso y oscuro, congelado por el invierno eterno que parecía haber echado raíces en la tierra arcillosa de Las Urracas.

Ninguno de nosotros, ni siquiera Rafael, teníamos permiso para acercarnos a la bodega. Aquella era la zona más abandonada y prohibida de toda la finca, más incluso que el pozo del acuífero que corría bajo la propiedad o la caseta para los aperos oxidados de la que salía un olor nauseabundo cuando uno se acercaba lo suficiente.

En la antigua bodega de Las Urracas todavía dormían las grandes cubas de roble donde hacía años se fermentaba el vino, las prensas para las uvas —que se recogían del mar de viñedos tras la casa— o la entrada a las galerías subterráneas: más de trescientos metros de cuevas excavadas directamente en la tierra bajo los cimientos de la casa donde se dejaba envejecer el vino en silencio y oscuridad, como sucede con los secretos.

Terminé de cruzar el pasillo acristalado y llegué a la sala de prensado. La sala principal de la bodega era enorme. Con el techo abovedado, sujeto por un entramado de vigas de madera que se cruzaban entre sí, y tan alto, que llegaba casi hasta el segundo piso de la casa principal. Dos de las paredes de la nave estaban revestidas de ventanas de sobre para poder ventilar la sala mientras el vino fermentaba en las cubas, creciendo y alimentándose del oxígeno igual que si fuera una criatura viviente.

Allí dentro el aire estaba helado por el frío de la tierra que subía desde la maraña de cuevas subterráneas, filtrándose a través del suelo. Antes, en esas mismas cuevas donde ahora solo vivían los fantasmas y el olvido, se dejaba reposar el vino durante años envejeciendo dentro de su botella hasta que estaba listo para vendérselo a algún empresario que había hecho fortuna con las minas de hierro en Bilbao, o a un financiero francés que venía desde el otro lado de la frontera atraído por la fama de los vinos de esta tierra.

Temblé debajo de la tela fina y desgastada de mi camisón de plumeti blanco, y vi el humo que salía de la lámpara de queroseno en mi mano, elevándose hacia el techo oscuro de la nave hasta desaparecer.

«Tal vez aún no sea tarde para volver a la cama...», pensé, alargando el brazo con la lámpara para intentar abrir un agujero en la oscuridad de la bodega.

A pesar de la sequía intermitente de los últimos años y de los incendios ocasionales, otras bodegas de la región funcionaban bien y habían crecido a la sombra de la filoxera. La temida plaga que arrasaba los viñedos de medio mundo milagrosamente no había infectado las vides de La Rioja todavía, convirtiendo esta zona en una de las pocas regiones libres de la temida plaga que quedaban. Pero aun así, hacía años que Las Urracas no producía una sola gota de vino.

Pero nuestra mala suerte en los negocios no tenía que ver con la plaga que devoraba las raíces de los viñedos franceses ni con ninguna otra enfermedad conocida de la vid: simplemente nuestras viñas parecían estar durmiendo, con la savia y la vida encerrada en sí mismas. Nadie sabía por qué había sucedido exactamente, pero con el paso de los años, el palacete, la bodega y la tierra que la rodeaba habían ido cayendo en ese mismo sueño profundo hasta convertirse en la ruina polvorienta y seca donde yo nací.

La voz que había oído se convirtió en una cancioncilla. El murmullo salía del antiguo estudio de mamá en una esquina de la nave. En realidad, no era más que una habitación sin ventanas donde nuestra madre solía pasar todo el día catalogando minuciosamente las flores y plantas que crecían en la zona, escribiendo en sus diarios o leyendo las novelas y libros científicos —en cualquier idioma que pudiera conseguir— que guardaba como tesoros en ese cuartito aislado lejos de los ojos de nuestro padre.

Reconocí la canción: era una canción de cuna que mamá solía cantarnos. La lámpara tembló en mi mano y por un momento estuve segura de que mi madre —la madre buena— estaba otra vez en su cuartito clasificando flores.

—One for sorrow, two for joy...

Entonces noté el olor a hierbabuena flotando en el aire oscuro de la bodega y comprendí que no era ningún demonio quien me había llevado hasta allí.

—¡Por Dios, Gloria! Menudo susto me has dado —exclamó Teresa, todavía con el cigarrillo entre los labios cuando abrí la puerta—. ¿Cómo nos has encontrado?

—Me ha parecido escuchar unos pasos en el vestíbulo —mentí, no quería tener que contarles nada de los susurros que me llamaban—. He bajado a mirar por si acaso se había colado alguien en la casa o por si Verónica estaba caminando en sueños otra vez.

Teresa se relajó visiblemente y le dio una calada rápida al cigarrillo casero que tenía entre los dedos.

—Ya, ¿te ha seguido alguien de la casa? ¿Rafael?

—No, nadie me ha visto bajar y cruzar el pasillo de cristal. Estoy sola. Pero ¿qué estáis haciendo aquí? —pregunté, aunque era bastante evidente.

Teresa y Verónica llevaban cada una un camisón largo de tela de batista blanca, con las mangas de bullón ceñidas al puño y lazos en el frente. El de Teresa ya era demasiado pequeño para ella, pero no tanto como para que Verónica pudiera utilizarlo. Las dos estaban sentadas en el centro del antiguo estudio de mamá sobre una manta. Junto a ellas había comida, una cajita de tabaco de liar, dos lámparas de queroseno y unos libros abiertos. La habitación era pequeña y se había ido caldeando por el humo y sus susurros.

—Es nuestro ritual secreto, aquí es donde nos escondemos —dijo Verónica, encantada de compartir por fin su secreto con su hermana mayor—. Le robamos comida a la tía Angela, solo comida de la rica, claro, y por la noche venimos aquí a comérnosla y a contar historias de miedo. Es nuestro nido.

Parpadeé sorprendida.

—¿Cómo que «vuestro nido»? Espera... ¿eso es chocolate? —pregunté enseguida, señalando una cajita metálica que había sobre la manta de cuadros.

—Sí, se lo robamos a Angela de su habitación cuando no se da cuenta —respondió Teresa con orgullo—. Su otra hermana vive lejos, en Alemania creo, y le envía chocolate, dulces y, algunas veces, también licor de guindas. Cuando vemos que ha recibido correo, yo la entretengo en la salita donde estudiamos mientras Verónica se escabulle para ir a su habitación y coger lo que nos guste. Luego venimos aquí a comérnoslo y a hablar de nuestras cosas, este es el único sitio de la casa donde podemos estar sin que alguien nos vigile.

Miré el botín de comida y dulces esparcido sobre la manta de cuadros.

—¿Y la tía Angela no se ha dado cuenta aún de lo que sucede? —pregunté—. Es imposible que no note que le faltan estas cosas.

Por un momento sentí una punzada de terror en el estómago, imaginando lo que nos haría nuestra piadosa tía si llegaba a descubrir que Verónica entraba en su habitación para robarle.

—Sí, claro que se ha dado cuenta. Pero la muy idiota cree que son los demonios o los ratones que se cuelan en la casa cuando empieza el frío. Como si los ratones supieran abrir cajones y llevarse solo lo bueno. —Teresa dio unas palmadas sobre la manta—. Siéntate con nosotras si quieres y come algo, pero no puedes decirle una palabra de esto a nadie. Ni siquiera a Rafael.

Aunque habían pasado casi seis meses, yo no tenía permiso para sentarme a la mesa familiar a la hora de la cena, no después de lo que le había hecho a Verónica, y desde luego no tenía permiso para comer chocolate —suponiendo que hubiera algo semejante en la casa—. Así que me senté sin dudar en un lado de la manta, pero dejé escapar un gemido de dolor al doblar las rodillas: me había olvidado de la carne herida por el arroz y la penitencia.

—¿Qué te pasa? —preguntó Teresa con sus ojos avellana muy abiertos.

—Nada, es solo que el perdón duele. ¿De dónde has sacado los cigarrillos? —quise saber, mirando la lata con tabaco—. ¿También se los robáis a Angela? Y la muy falsa diciéndome que las señoritas no deben fumar porque está feo en una mujer.

Pero en vez de responder, Teresa se levantó y revoloteó un momento por el estudio abandonado. Abrió los cajoncitos del viejo escritorio de cerezo de mamá —donde sus libros y cuadernos se amontonaban en pilas de papel amarillento— y rebuscó entre los tarros de cristal de diferentes tamaños cubiertos de polvo en la estantería de la pared hasta que por fin encontró lo que estaba buscando, después volvió a sentarse con nosotras. Tenía un mortero de mármol en la mano, como los que yo había visto en el dispensario de la farmacia del pueblo, y dentro aplastaba algo que había sacado de uno de los botes.

—No, Diana la vinatera me deja usar su tabaco especial de hierbabuena —respondió sin mirarme—. Ya sabes que ella siempre anda fumando por ahí. Cuando prepara para ella siempre me da un poco para mí, dice que pronto me explicará cómo se hace para que no la moleste. Puedes coger si quieres, pero luego acuérdate de cepillarte bien el pelo para que nadie note el olor.

Alargué la mano hacia la cajita metálica y nada más abrirla el aroma fresco de la hierbabuena inundó la habitación.

—Es fuerte —dije mientras jugueteaba con un montoncito esponjoso de tabaco entre los dedos—. Y Diana, ¿te lo da gratis?

Diana la vinatera era la mujer del encargado de cuidar los viñedos de Las Urracas. O solía serlo. Su marido había muerto de cólera hacía varios años, en el mismo brote infeccioso que mató a casi cincuenta hombres más en el pueblo. Ahora vivía en una casucha medio derruida a las afueras de San Dionisio, vendía sus conocimientos sobre el cuidado de las viñas y el vino a otros bodegueros de la zona para malvivir. Pero aunque Diana era más experta en viñas, climatología y elaboración de vinos que cualquier hombre de la región que se dedicara a ello, ninguno de los jefes de bodega se tomaba su saber sobre el vino demasiado en serio porque era una mujer y, además, pobre. Para empeorar las cosas, Diana bebía sin ningún pudor y tenía fama de loca porque hablaba con las cepas y solía caminar descalza entre las vides al atardecer.

—Sí, no sé de dónde lo saca, pero a ella le sobra. Algunas veces se lo cambio por comida, ropa o viejos libros de mamá para que se entretenga en esa caseta mugrienta donde vive —me explicó Teresa—. Aunque después de algunas semanas siempre termina devolviéndome los libros.

Cogí un papel de la cajita, era fino y delicado, y lo coloqué sobre la manta. Después coloqué una pizca de tabaco encima, pero tenía los dedos tan fríos y agarrotados que se me salió casi todo.

—Mira, así es como lo hace Teresa, la he visto muchas veces. Deja que te enseñe —dijo Verónica, que llevaba su larga melena roja suelta y enmarañada por la almohada—. Yo me fijo siempre en como lo hace, pero ella no me deja fumar porque dice que entonces no creceré más y me quedaré siempre así de bajita. Sé que no es verdad porque solo tengo doce años y es imposible que no vaya a crecer más.

Algunas veces Verónica tenía esa forma alborotada y profusa de hablar, casi como una explosión de palabras. Un caño que deja salir el agua fresca sin control. Otras veces, sin embargo, no decía una sola palabra durante días, se encerraba en sí misma igual que las viñas durmientes de Las Urracas, con la mirada de su ojo bueno perdida en algún punto de la pared de piedra blanca. Me recordaba a nuestra madre cuando hacía eso, a la «otra» madre.

—Gracias por ayudarme. No lo he hecho nunca y no consigo girarlo entre mis dedos —dije sin atreverme a mirarla directamente.

—No importa, yo te enseño encantada. Teresa no me deja que le enseñe nada porque ella cree que ha descubierto el mundo entero por leer los libros abandonados de nuestra madre. Se piensa que ya lo sabe todo. —Verónica le sacó la lengua a Teresa en un gesto de complicidad—. Pero se equivoca. El mundo está lleno de misterios. ¿Tú no lo crees?

Verónica me miró esperando una respuesta.

—Desde luego —respondí, con un nudo de culpa en la garganta—. Lleno de misterios.

Habían pasado meses desde la maldita tarde en que lancé esa piedra a los matorrales de tomillo donde se escondían mis hermanas. Verónica no perdió el ojo por lo que yo hice aquel día, pero sí que perdió la visión de su ojo izquierdo. Su ojo se había convertido en un globo lechoso y nublado, sin pupila ni iris. Dentro, nada más que niebla. La piel del párpado alrededor había mejorado algo en este tiempo, pero aún le caía sobre el ojo cubriéndolo ligeramente y no parecía que fuera a volver a su sitio.

—Así que aquí es donde han estado guardadas las cosas de mamá todo este tiempo. Pensé que padre había mandado sacarlo todo de la casa después de su muerte para que no nos volviéramos como ella —dije, jugueteando con el cigarrillo entre los dedos, pero sin atreverme a encenderlo aún—. Pero sus libros, diarios y todo lo demás están donde ella los dejó. Es casi como si nunca se hubiera marchado.

Una de las paredes del estudio estaba cubierta por una estantería de madera tan alta que llegaba casi hasta el techo de la habitación. Las baldas apenas se intuían porque estaban enterradas bajo montones de libros, cuadernos, tubos de ensayo, matraces polvorientos, álbumes, mapas desordenados y otras cosas de las que ni siquiera conocía el nombre.

—Sí, todas sus cosas todavía están aquí. Además de sus libros de biología y sus libretas con fórmulas secretas también hay una caja con su viejo equipo de química y unos cuantos tubos de ensayo guardados en algún sitio. —Noté que Teresa cambiaba completamente al hablar de nuestra madre. Puede que ella también recordara a mamá tal y como era de verdad, y no con la indulgencia con la que solemos recordar a los muertos—. A ver, déjame ver esas rodillas.

Me levanté con cuidado el camisón de plumeti blanco rematado con un lazo a juego, y vi el gesto torcido en la cara de mis dos hermanas al ver mis heridas.

—¿Tan mala pinta tiene?

—Qué feo, parece casi una cara al revés si lo miras con la

cabeza inclinada. ¿Te duele mucho? —preguntó Verónica con curiosidad infantil, sin apartar su mirada de mi carne arrugada y amoratada—. Parece que tiene que doler. Maldita tía Angela y sus ocurrencias, no se le acaba la imaginación nunca a la muy puñetera. La próxima vez que me cuele en su habitación aprovecharé para dejarle una rata muerta bien escondida en alguno de sus cajones. Así le apestará la ropa, pero no podrá encontrarla.

Me reí en voz baja.

—Gracias, pero no me gustaría que te metieras en algún lío con Angela por mi culpa —le dije a Verónica—. Yo estoy bien, tú bastante tienes ya con...

Pero no supe cómo acabar la frase, así que dejé de hablar. Algunas veces no comprendía que mi hermana pequeña me hubiera perdonado tan deprisa por lo que yo le había hecho. Después recordé que Verónica apenas tenía años, aún le quedaba tiempo para cambiar de opinión acerca del perdón.

—Ten. Es una cataplasma de verbena y miel, es para el dolor. Te aliviará y hará que baje la hinchazón. —Con delicadeza, Teresa me extendió la mezcla que había preparado en el mortero sobre mis rodillas—. Déjatelo puesto toda la noche para que te haga más efecto. Si mañana por la noche vuelves aquí con nosotras te prepararé más.

La mezcla olía a flores rancias, pero también a tierra recién mojada por la lluvia. Hacía meses —años quizá— que no sentía ese olor.

—Gracias —respondí casi sin voz, como alguien no muy acostumbrado a la ternura repentina—. ¿Y qué hacéis aquí abajo? Además de comeros los dulces de la tía y fumar.

—Pues pasamos el rato. Curioseamos entre las cosas de mamá, leemos los libros de naturaleza, sobre todo las láminas con los dibujos coloreados tan vistosos que le enviaban desde Inglaterra, o terminamos alguna de las novelas que ella dejó a medio leer. Oh, y también intentamos descubrir de dónde vienen las voces.

—¿Las voces? —repetí sorprendida.

—Sí, suenan como una risa, pero una risa mala, ¿entiendes? Y algunas noches también gritan —añadió—. Teresa dice que son solo las voces de la gente del pueblo que se filtran a través del agua del acuífero y llegan hasta la casa, pero yo creo que es otra cosa.

—Yo también las he oído, las voces —dije, atreviéndome a contarlo por primera vez—. ¿Vosotras también podéis escucharlas desde vuestra habitación?

Teresa me quitó el cigarrillo de hierbabuena de la mano para encenderlo ella misma con ayuda de la lamparita, después le dio una calada larga.

—Sí, así es como encontramos este lugar y empezamos a bajar aquí. Por los gritos —respondió mientras el aire se llenaba del aroma fresco de la hierbabuena mezclado con tabaco barato—. Una noche las voces sonaban tan fuerte que la pobre Verónica se despertó convencida de que había alguien en nuestro dormitorio.

—Pensé que era «él» —dijo Verónica con un hilo de voz.

—¿Él? —pregunté.

Verónica asintió con vehemencia y su ojo sano pareció más brillante con la luz del fuego.

—Sí. Él. Algunas noches me observa mientras duermo, parado a los pies de mi cama. Es más alto y delgado que nadie que haya visto nunca. Sus manos son largas y sus dedos afilados, no son manos humanas. Lo sé porque algunas veces le he visto extender sus brazos hacia mí mientras sueño...

—Ya es suficiente, Verónica —la cortó Teresa con suavidad, aunque detecté un temblor en su voz—. Hemos hablado de esto muchas veces: «Él» no existe, es solo tu imaginación. No hay ninguna sombra ni demonio acechándote.

—Pero a Gloria podemos contárselo, ella no se lo dirá a nadie —se defendió Verónica—. ¿Verdad que no lo contarás? Teresa tiene miedo de que le hable a quien no debo de esa criatura oscura y afilada que me persigue, porque no quiere que me hagan un exorcismo como a mamá o algo peor. Pero tú no dirás nada porque eres nuestra hermana mayor y cuidas de nosotras.

Miré a mis hermanas pequeñas sentadas sobre la manta a

la luz del fuego. Eran tan parecidas a mí en el color del pelo, los ojos almendrados y la piel lechosa y cubierta de pecas que era casi como mirarme a mí misma. No había hecho un trabajo precisamente bueno cuidando de ellas dos.

—Descuida, te prometo que no le hablaré a nadie sobre esa criatura. Y seguro que como dice Teresa solo está en tu imaginación, como una pesadilla —respondí—. Contadme un poco más sobre las voces y los gritos. ¿Qué sabéis?

—No mucho más —respondió Teresa—. La primera noche que bajamos aquí, después de que consiguiera calmar a Verónica, seguimos la voz hasta el edificio de la bodega. Parecía salir del estudio de mamá, pero cuando conseguimos entrar no había nadie aquí.

—Qué extraño. Es un misterio, como en esos folletines baratos de detectives que solía leer mamá —recordé.

—No es ningún misterio: son los demonios que viven en Las Urracas, se despiertan de madrugada para buscar a un incauto a quien robarle el alma —dijo Verónica con su ímpetu infantil—. Rafael me contó una vez que antes de que los Veltrán-Belasco compraran esta casa, la finca y el palacio pertenecían a dos hermanas. Todo el mundo en el viejo San Dionisio sabía que las hermanas eran brujas, adoradoras de los demonios y de todo lo oculto. Por eso mismo hay un cruce de caminos en la entrada de la finca. Ahí es donde las hermanas esperaban a que el demonio se apareciera para hacer un pacto con él.

Teresa dejó escapar un bufido.

—Nada de eso es verdad. Rafael te ha tomado el pelo, no te creas nada de lo que cuenta tu hermano —le advirtió—. La casa está construida justo aquí porque el Ebro pasa por detrás de las tierras, así sus antiguas dueñas podían aprovechar el agua del río para regar las viñas durante los meses más secos del año. Lo del cruce de caminos frente a la entrada solo es una casualidad, lo mismo ni existía cuando se construyó el palacete.

—Pero... ¿y la veleta con las tres urracas que todavía está sobre el tejado? —insistió Verónica—. ¿Qué pasa con ella?

Sobre el tejado a cuatro aguas del palacete, una veleta de hierro forjado siempre apuntaba al oeste. Cambiaba de dirección cada vez que el viento soplaba desde las montañas que había un poco más al norte, pero después volvía siempre a señalar al oeste. En la veleta se distinguía la silueta de unas urracas con sus largas colas y sus picos abiertos como si estuvieran graznando al viento.

—Eso es porque las dos hermanas que vivían antes aquí se llamaban Urraca —respondió Teresa con su paciencia habitual—. Ahora es un nombre menos común, pero hace algunos años Urraca era un nombre de mujer bastante popular. Por eso la finca se llama así. Eran dos hermanas, ¿recuerdas? De ahí el nombre: Las Urracas.

—Dos hermanas. Las Urracas, claro... —repitió Verónica, encajando las piezas—. ¿Y la tercera urraca? ¿Quién era?

—Eran dos hermanas y una prima, de nombre Maravillas —añadió.

—Vivo en esta casa desde que nací y no lo sabía —admití, mirando a Teresa sorprendida—. ¿Cómo lo averiguaste?

—No fui yo, fue mamá en realidad. Ella investigó la historia del palacete y lo anotó en una de sus libretas: las historias sobre las dos hermanas, el misterioso cruce de caminos frente a la entrada, las galerías bajo la propiedad... Yo solo lo leí —respondió Teresa, otra vez sin mirarme al nombrar a nuestra madre—. Sus diarios todavía están aquí por si sientes curiosidad, puedes leerlos. Ya sabes cómo era ella, siempre estaba enfrascada en su mundo particular, le gustaba apuntar cada cosa, cada detalle a su alrededor por pequeño que fuera. Pero ten cuidado cuando rebusques entre sus cosas: la carabina con la que la tía abuela Clara se suicidó también está por aquí, así que procura no pegarte un tiro en el pie o algo peor.

—No te preocupes, tendré cuidado con el arma —murmuré.

Pero estaba pensando en mamá, con su pelo tan rojo y ondulado como el nuestro, cayéndole sobre la cara mientras anotaba en sus diarios fórmulas secretas, palabras inconexas o rimas que eran un misterio para cualquiera de nosotras.

—Sí, casi parecía que quería tener un archivo del mundo entero. Siempre rodeada de libros, notas o misterios... —dije con suavidad—. Nunca hablamos de ella.

Me di cuenta de repente de que el dolor de mis rodillas se había ido convirtiendo en un recuerdo sordo y vago gracias a la conversación y al remedio de Teresa.

—No, nunca hablamos de ella o de cómo era. Me refiero a cómo era de verdad. —Teresa hizo una pausa como si le costara hablar de nuestra madre, y añadió—: De todas formas da igual porque tú siempre estás con Rafael, solo vosotros dos. Por eso no sabías que veníamos aquí. Él no te permite estar con nadie más.

—Eso no es verdad —me apresuré a decir, pero entonces recordé todas las veces en que mi hermano se había enfadado conmigo si yo no le prestaba toda mi atención—. Es solo que él y yo nos entendemos bien, hemos estado juntos antes incluso de nacer. Somos mellizos y algunas veces no tenemos que hablar siquiera para saber lo que piensa el otro.

—A mí me gusta más cuando estamos las tres juntas, como ahora. Sin Rafael —dijo Verónica, con una sonrisa traviesa en los labios—. Los demonios se callan cuando estamos las tres juntas.

Viéndola sonreír ahora a la luz del fuego, con su pelo rojo desordenado y su ojo nublado, era fácil comprender por qué Verónica parecía la más embrujada de nosotras tres a pesar de ser solo una niña. También era la que más se parecía a nuestra madre.

—Rafael no es bueno para ti, pero no solo porque sea tu hermano: Rafael no es bueno para nadie —dijo Teresa con voz grave—. Es como uno de esos gusanos que se esconde en las raíces de las viñas y va mordiendo y mordiendo, alimentándose de la savia y de todo lo bueno que hay en la planta hasta que ya no queda nada que comer. Y cuando ya la ha dejado seca, entonces pasa a otra planta y vuelve a empezar. Así es nuestro hermano. Es un parásito.

—¡Qué sabrás tú! Lo que pasa es que tenéis celos de mí porque yo soy su favorita mientras que a vosotras dos casi ni os dirige la palabra. Soy muy madura para mi edad, yo no soy como las demás chicas. Soy especial. —Recordé todas las veces en que Rafael me había dicho esas mismas palabras antes de tumbarse entre mis piernas—. Mientras que vosotras dos no sois más que un par de chiquillas, absortas con vuestros escondites y vuestros juegos secretos. Yo soy una mujer.

—No tenemos celos de ti, Gloria. Yo agradezco cada día no estar en tu pellejo, no podría soportar lo que haces con Rafael. O lo que Rafael te hace, mejor dicho.

—No sé de qué hablas, él no me hace nada que yo no quiera —mentí con torpeza, y miré a Verónica para ver cuánto comprendía ella de nuestra conversación—. Algún día yo seré la dueña de todo esto, la señora de Las Urracas, y ese día lamentaréis haber insinuado algo tan horrible de nuestro hermano. Él me ama de verdad, no solo como a su tonta hermana pequeña.

Intenté mantener el cigarrillo casero entre los dedos, pero me temblaban tanto que estuve a punto de dejarlo caer sobre mi camisón. Bajé la cabeza y me mordí las mejillas por dentro para controlar el dolor, el otro dolor. Ese dolor oscuro y viscoso que sentía cuando pensaba demasiado en lo que hacía con Rafael. O en lo que Rafael me hacía, como acababa de decir Teresa.

—No pasa nada, Gloria, está bien —me dijo como si no estuviéramos hablando de algo muy importante—. Sé que crees que Rafael te ayudará cuando padre muera y él sea el heredero de todo, así no tendrás que preocuparte por casarte o quedarte en la calle. Es una bonita fantasía, pero solo es eso, una fantasía. Da igual lo buena que tú seas: nuestro hermano no te salvará, ni se casará contigo.

—Eso no lo sabes. Tú no le conoces tan bien como yo, y sé que Rafael podría cambiar. Ser mejor —susurré sin atreverme a levantar la cabeza—. Si me porto mejor con él y tengo paciencia sé que él podría cambiar. Solo se comporta así porque me quiere demasiado.

—Rafael es un chico apuesto, con su pelo casi rubio y sus ojos claros de gato llama la atención. No tardará mucho en encontrar una esposa en la capital: la hija de algún banquero local, la hermana de alguno de los hombres del gobierno destinados en Logroño o en Haro —empezó a decir Teresa—. Necesita una esposa de verdad, una que le sirva para prosperar en la vida porque esta finca no vale gran cosa tal y como está, y Rafael no es de los que se conforman. No se casará con su hermana melliza, eso te lo garantizo.

Suspiré sin querer y la llamita dentro de las lámparas tembló un momento.

—No va a desentenderse de mí sin más, no después de todo lo que yo he hecho por él. Rafael cuida de mí desde que nacimos —insistí, repitiendo lo mismo que él decía cada vez que yo dudaba—. Él me ha prometido que estaremos siempre juntos.

Teresa señaló mis rodillas doloridas, ahora cubiertas por la cataplasma con olor a tierra húmeda.

—Pues no parece que haga un gran trabajo cuidando de ti —dijo—. Él también estaba presente aquella tarde, junto al lago. Fue Rafael quien tiró la primera piedra y quien te convenció para que tú hicieras lo mismo, pero no son sus rodillas las que pagan las consecuencias. Cuando herede la finca se olvidará de ti y de sus promesas.

—Rafael nunca heredará Las Urracas, lo he visto en un sueño —dijo Verónica de repente.

Miré a mi hermana sin saber muy bien qué decir, ella se entretenía repasando con el dedo las líneas rectas de los cuadros en la manta como si estuviera dibujando sobre la arena.

—Rafael es el hermano mayor, el primogénito varón —recordé—. Él será el único que herede esta tierra.

Verónica sacudió la cabeza sin mirarme, absorta en sus dibujos invisibles.

—No. Las Urracas me lo han contado en un sueño: Rafael jamás será el dueño de la finca.

—¿Y tus sueños suelen volverse realidad? —pregunté con un hilo de voz.

No podía ver bien su cara porque estaba oculta por la cabellera despeinada.

—Sí. Algunas veces. Cuando pasa me cuesta diferenciar la realidad de uno de mis sueños. Nunca sé bien si estoy dormida o despierta —respondió ella, y de repente me pareció que Verónica me hablaba desde muy lejos. Levantó la cabeza y me miró—. ¿Ahora estoy dormida?

—Estás despierta —respondí con un nudo en la garganta sin saber muy bien por qué.

—Bien, es bueno saberlo. Pero eso no cambia lo que he visto en mi sueño: Rafael nunca será el dueño de Las Urracas.

Ninguna de nosotras dijo nada durante un rato largo. Las palabras de Verónica se quedaron flotando en el aire tibio de la habitación junto con el olor a hierbabuena, a libros cerrados y a tierra mojada por la lluvia.

—Se hace tarde, debería volver ya a mi habitación para intentar dormir un poco —empecé a decir.

No quería marcharme. Lo único que quería en el mundo era quedarme en el viejo estudio de mamá —donde sus libros y notas se habían salvado del tiempo y de las ganas de borrar el pasado de padre—, hablando con mis hermanas un rato más. En el cuartito de mamá el aire era cálido, con olor a chocolate robado y a flores secas.

—No tienes por qué irte si no quieres —me recordó Teresa—. Aquí no hay nadie que nos mande o nos diga lo que debemos hacer, por eso mismo venimos.

—Lo sé, pero es muy tarde y mañana tengo que levantarme antes de que amanezca para rezar con la tía Angela.

Me levanté despacio, tuve que apoyarme en la estantería donde descansaban los frascos con las hierbas secretas de mamá y el cristal tintineó un momento cuando los botes chocaron entre sí. El dolor se había vuelto más soportable gracias al ungüento de Teresa, pero en cuanto estuve de pie sentí una corriente recorriendo mis piernas para acabar en los dedos de mis pies, parecido a lo que debe de sentirse al ser alcanzado por un rayo.

—Ahh... —me quejé, buscando otra vez la estantería para sujetarme.

Pero en vez del estante lleno de misteriosos frascos de cristal, encontré la mano de mi hermana.

—No aguantarás mucho más tú sola. Puedes apoyarte en mí —dijo Teresa con una pequeña sonrisa esperanzada—. Así te dolerá menos.

Apreté su mano un poco más fuerte y abrí la boca para responder, pero entonces un lamento llenó el aire del estudio. Era un quejido agónico y ronco que venía de las entrañas de la casa, al oírlo me pareció como si alguien estuviera sufriendo una horrible tortura mientras nosotras hablábamos y comíamos chocolate robado.

—Es la voz... Otra vez la estoy oyendo. —Verónica se tapó los oídos con las manos como si quisiera dejar fuera el gemido siniestro que lo llenaba todo—. Me da mucho miedo, haz que pare ya. ¡Haz que pare!

—Está bien. Todas podemos escucharlo, ¿verdad que sí, Gloria? ¿Verdad que tú también lo oyes? —dijo Teresa por encima del lamento, que ahora sonaba más alto y más cerca—. Tranquila, no está dentro de tu cabeza, está fuera. Es real.

Hasta ese momento no había comprendido que Verónica también podía presentir de alguna manera que ella era la más embrujada de las tres, y que el miedo a terminar como nuestra madre era mucho más intenso en ella.

—Sí, yo también puedo oírlo.

Entonces Verónica se levantó de la manta y me abrazó con fuerza, rodeándome por la cintura, como solo abrazan los niños.

El lamento cavernoso todavía duró un momento más. Las tres permanecimos juntas hasta que el eco de la voz se desvaneció en el aire de la noche tan rápido como había llegado, Teresa cogiéndome de la mano y Verónica abrazada a mi cintura: una cadena invisible formada solo por tres eslabones.

—¿Ya se han callado los demonios? —preguntó Verónica contra la tela fina de mi camisón—. No me gusta cuando gritan así.

Sentí su cuerpo frágil y tibio temblando, asustada. Yo no estaba acostumbrada a la ternura —ni a darla ni, mucho menos, a recibirla—, pero le acaricié su larga melena de fuego para tranquilizarla.

—Sí, ya se han marchado los demonios —le prometí, aunque no tenía modo de saberlo.

—¿Y estarás aquí mañana cuando los demonios vuelvan? Para ahuyentarlos igual que has hecho ahora —quiso saber ella, mirándome con su ojo lleno de niebla.

Teresa me apretó la mano y sentí la cadena invisible haciéndose más fuerte aún.

—Claro, estaré aquí cuando regresen —respondí—. Espantaremos a los demonios. Juntas.

La primavera en que cumplí veinte años dejé de tener permiso para asistir a las clases particulares de la tía Angela. Nuestro padre y la tía —junto con un centenar de filósofos, escritores y doctores importantes que no dejaban de publicar artículos sobre el tema— tenían la teoría de que un exceso de estudio o conocimientos era peligroso en las mujeres porque las convertía en literatas* o sabidillas, poniendo en peligro su feminidad y su alma inmortal. Así que para salvarme de ese espantoso destino, padre me prohibió volver a sentarme con mis hermanas mientras la tía Angela les enseñaba las sagradas escrituras, gramática inglesa, modales o hablaba de economía doméstica. El próximo verano Teresa dejaría de poder asistir a clase también y nos haríamos compañía mutuamente en esos ratos muertos, pero de momento tenía que entretenerme sola. Así es como empecé a aficionarme a la lectura.

Yo fui la primera sorprendida con mi nueva costumbre. Nunca me habían interesado mucho los libros sobre la vida de los santos, gramática, ética o las guías de «modales, princi-

---

* Literata: peyorativo o despectivo para escritora o mujer estudiosa y culta.

pios y delicadeza para buenas señoritas» que la tía Angela nos leía durante nuestras horas de estudio, pero el primer día que tuve veinte años llovía. Era el tipo de lluvia débil, de la que apenas sirve para enturbiar el agua del río y que no llega a empapar la tierra sedienta, pero me refugié en el antiguo laboratorio de nuestra madre mientras Teresa y Verónica aprendían a hacer punto en silencio en la salita de la casa principal donde la tía nos daba clase. Pasé la mano por los lomos de los libros de mamá, mal ordenados en la estantería, y cuando terminé me soplé los dedos de la mano para limpiarme el polvo acumulado durante años. Entonces una palabra escrita en uno de los lomos de los libros me llamó la atención: *Frankenstein*.

No tenía ni idea de qué era *Frankenstein*. ¿Era un hombre? ¿Un lugar lejano rodeado de montañas? Nunca antes había oído esa palabra en toda mi vida, así que cogí el libro igual que si alguien hubiera susurrado un encantamiento al pronunciar esa única palabra y lo hojeé. Tenía el olor a humedad y a tinta atrapado entre las páginas que tienen los libros olvidados, parecido a una habitación secreta llena de tesoros, pero con el aire viciado porque hace demasiado tiempo que nadie se atreve a entrar. Ese aroma me fascinó porque no recordaba haber olido nada semejante antes. Sin soltar el libro me senté en la misma manta de cuadros donde mis hermanas y yo compartíamos confidencias cada noche, y empecé a leer.

Después de aquel día, leer se convirtió en mi refugio. Cada tarde, mientras mis hermanas estudiaban o cuando Rafael era cruel conmigo, yo corría a esconderme dentro de un libro. Vivía las vidas de todas las que sufrieron lo mismo antes que yo, lloraba con sus lágrimas o viajaba a lugares remotos rodeados de agua, y tan verdes, como hasta entonces no pensaba que fuera posible.

Ese día era casi el último de primavera. En otras fincas de la zona las viñas ya habían desplegado sus hojas verdes brillantes, y las primeras uvas empezaban a dejarse ver: aún eran pequeñas como guisantes, pero madurarían durante los meses de verano hasta convertirse en racimos jugosos de diferentes tonos morados. Pero en Las Urracas la sequía nos había regalado otra cosecha vacía. Muerta. Aquel año tampoco tendríamos vendimia.

Esas tardes perdidas, después de que mi padre —y todos los demás— decidieran que yo ya era demasiado lista para mi propio bien, solía caminar entre las cepas que crecían detrás de la casa principal y que llegaban hasta la orilla del río. El terreno en esa zona bajaba en una suave pendiente hasta un recodo del Ebro y las viñas crecían ordenadas en filas desde el patio trasero casi hasta la misma orilla del río, pero no había flores en ninguna. Los troncos leñosos salían del suelo cubiertos de cicatrices, retorcidos y secos; vacíos. Me recordaban a las ilustraciones de esqueletos que había visto en los viejos libros de mamá: sin piel o músculos que los protegieran del sol, tan solo los huesos.

Las viñas estaban dispuestas en hileras silenciosas, a ambos lados del único sendero que llevaba desde el porche trasero de la casa hasta el río. Me gustaba recorrer ese campo dormido y sentarme en la orilla para leer. Nadie me buscaba allí y estaba lo suficientemente lejos de la casa como para que Angela o nuestro padre no me vieran leer desde alguna de las ventanas. Por eso mismo me sorprendió tanto oír unos pasos familiares acercándose por el sendero entre las viñas.

—Aquí estás, por fin te encuentro. Te he buscado por todas partes, hermanita.

Como yo no levanté la vista de mi libro cuando le oí llegar, Rafael le dio una patada a un terrón de tierra seca que había muy cerca de mí para tirarlo al río.

—Pensé que tardarías más en volver del pueblo —le dije, cerrando el libro. Sabía que no se iría ni me dejaría tranquila hasta que le hubiera prestado atención—. ¿Qué tal ha ido la reunión? ¿Habéis conseguido que esos estirados del banco nos alarguen el plazo del préstamo?

Esa tarde, nuestro padre —que había regresado antes de uno de sus viajes al extranjero— y Rafael habían ido a una reunión importante en la cooperativa de vinos de San Dionisio para hablar de las cuentas de la finca. El Alcalde, el notario del pueblo y algunos bodegueros de la comarca, afectados por la sequía y la mala suerte, habían solicitado una reunión con los representantes de los bancos en Haro y en Logroño para hablar sobre los pagos del crédito agrario que no podían pagar.

—Padre todavía está en el pueblo, quería hablar de unos asuntos con el Alcalde antes de regresar.

Una arruga vertical cruzaba la frente de Rafael igual que el primer rayo en el horizonte antes de una tormenta.

—Vaya. A juzgar por tu cara imagino que no ha habido suerte —añadí.

—Ya, muy lista —masculló entre dientes—. La reunión ha sido un fracaso. Si queremos que esos banqueros chupatintas nos alarguen el plazo del crédito, tendremos que poner la finca como aval. No hay más dinero sin la casa y las tierras.

—¿Las Urracas? Pero no habéis aceptado, ¿verdad? —No me di cuenta de que estaba cogiendo el libro con tanta fuerza mientras hablaba que mis nudillos se volvieron blancos alrededor de la cubierta de *El mecanismo de los cielos*—. No podéis darle Las Urracas al banco.

Rafael dejó escapar un bufido y después se sentó a mi lado sin fijarse en que lo había hecho sobre mi falda de lunares blancos.

—¿Y qué querías que hiciéramos? No íbamos a negarnos a firmar la prórroga del préstamo cuando todos los demás bodegueros, incluidos los Sarmiento, y los terratenientes de la comarca ya habían aceptado el acuerdo. Imagina cómo nos hubiera hecho quedar eso, como unos cobardes. Cualquier cosa menos eso —respondió cortante—. Ha sido todo culpa de ellos, de los hermanos Sarmiento. Los muy desgraciados ya habían llegado a un arreglo con los del banco antes de que padre y yo apareciéramos por la reunión. Claro, como a ellos y a la vieja de su madre les sobra el dinero se amilanan enseguida. Son buenos hombres, no me entiendas mal, pero no están hechos para mandar. Les puede el miedo.

Rafael se acomodó mejor y sentí como mi falda se estiraba mientras él se movía.

—Así que si ahora no pagamos, el banco se quedará con

Las Urracas —terminé—. Pues este año tampoco habrá cosecha, ni siquiera una pequeña.

Miré hacia la casa. Desde allí no podía ver la ventana de la salita de estudio donde la tía Angela estaría atormentando a mis hermanas pequeñas con verbos irregulares o clases de etiqueta para señoritas.

—Ya estás otra vez con eso, ¿qué sabrás tú de cómo va a ir la cosecha este año? Las viñas todavía pueden despertar de repente y dar frutos —dijo Rafael muy serio, como si realmente pensara que semejante cosa fuera posible—. Y si lo hacen vamos a tener que contratar a un experto en vino para que nos ayude. Pero uno bueno, alguno de los que trabaja para otras familias bodegueras de la comarca. En cuanto las viñas vuelvan a dar frutos no vamos a dar abasto de trabajo y de ganancias. Hazme caso, hermanita, que yo sé cómo funciona esto.

—Tal vez Diana la vinatera pueda ayudarnos con las viñas a cambio de comida o algo de ropa... —sugerí.

Pero los ojos claros de Rafael brillaban al tiempo que su plan imaginario crecía en su mente.

—Deberías haberme visto antes: sentado en esa mesa con los banqueros, los hermanos Sarmiento, el notario, el Alcalde y el resto de los mandamases de toda la provincia, hermanita —me cortó él—. Les he dicho cuatro cosas bien dichas y al final de la reunión ya los tenía prácticamente comiendo de mi mano, vaya que sí. Tú ya sabes que enseguida me gano a la gente con mi labia.

—Qué bien —dije con ironía—. Así cuando nos desahucien al menos ya sabrán tu nombre.

Tiré de mi falda para que él se apartara y poder levantarme, pero Rafael me ignoró.

—Nosotros tres somos el futuro de este pueblo, y de toda la comarca. Los dos hijos de la viuda de Sarmiento y yo —continuó él—. Ellos ya se ocupan prácticamente del negocio solos, aunque esa vieja momia de su madre todavía les da órdenes de vez en cuando, pero su bodega es una de las mejores de todo el valle.

Jacinto y Osorio —junto con su madre, Alvinia— eran los propietarios de «Bodegas viuda de Sarmiento e hijos». A pesar de la sequía interminable que barría la región —de la que muchos en el pueblo nos consideraban culpables—, la suya era una de las poquísimas grandes fincas familiares que todavía producían y exportaban vino en nuestro valle. A Rafael le gustaba compararse con los hermanos —que habían estudiado en un famoso colegio para caballeros de Madrid y eran prácticamente los únicos bodegueros de menos de cuarenta años de toda la comarca— a pesar de que no tenían nada en común.

—Creo que ya casi me consideran uno de ellos, un igual. Desde luego lo harán en cuanto yo me haga cargo de todo el negocio familiar y consiga remontar esta ruina. Esta tarde padre me ha presentado como heredero y primogénito de los Veltrán-Belasco nada menos, para que vayan haciéndose a la idea de quién mandará aquí en el futuro. Luego yo he hecho lo mío también, no creas que no —añadió orgulloso y me guiñó un ojo—. Lo del préstamo ha ido mal, pero no sé por qué me da que pronto me escribirán de la capital para invitarme a ir de visita, hoy les he impresionado.

Suspiré y miré la superficie del río que se había teñido con la luz dorada de la tarde. Antes no solían importarme las mentiras de mi hermano porque me las creía: esas fantasías que vivían únicamente dentro de su cabeza, en las que Rafael hablaba de convertirse en un bodeguero famoso en media Europa y ver su nombre escrito en las etiquetas de las botellas, o quizá en un importante empresario del campo, un banquero en Laguardia, un influyente hombre del gobierno en Logroño... cualquier cosa que mereciera ser digna de Rafael Veltrán-Belasco. Pero desde hacía algunos meses había empezado a cansarme de esas historias en las que él siempre era el protagonista. Encontraba sus medias verdades y sus planes imaginarios tediosos y obvios. Tanto que empecé a preguntarme si Rafael contaba esas mentiras para impresionarme a mí o para convencerse a sí mismo de que su futuro iba a ser más brillante que el de un terrateniente arruinado a solo una mala cosecha de perder su finca.

—Ojalá les hayas impresionado de verdad, porque padre y tú habéis puesto nuestra casa como aval. —Le miré para ver si comprendía realmente lo que habían hecho—. Si no conseguís el dinero para el préstamo...

—Lo conseguiremos. O si hace falta convenceré al Alcalde para que me lo preste. Hoy me ha mirado con buenos ojos, me he dado cuenta enseguida, nada más empezar la reunión.

Todos le llamábamos «el Alcalde», pero Marcial Izquierdo era, en realidad, el cacique de San Dionisio. Su enorme influencia política, su dinero y un puñado de hombres del pueblo que trabajaban para él hacían posible que siempre ganara las elecciones amañadas y tuviera contentos a los hombres del gobierno en Logroño.

—Yo creo que le caigo bien y que ve en mí a un joven de provecho. Alguien con futuro —continuó Rafael—. Seguro que puedo convencerle para que me dé unas recomendaciones y hable en mi nombre ante los banqueros.

Me reí. No pensé que la risa fuera a sonar también fuera de mi cabeza, así que me asusté al oírla y cerré la boca de golpe. Miré a Rafael de refilón, atenta a su reacción.

—¿Se puede saber por qué te ríes? Yo al menos soy capaz de trabajar para vivir, algo de lo que tú no tienes ni idea. Te pasas el día escondiéndote por las habitaciones para leer los libros de una muerta. —Rafael hizo un gesto con la cabeza y me miró con desdén—. Yo al menos tengo un futuro, ¿tú qué tienes? Tan lista que eres y se te olvida que dependes de mi caridad para no quedarte en la calle cuando padre muera.

—Lo siento —murmuré sin atreverme a mirarle—. Ha sido sin querer. No era mi intención molestarte.

Pero sabía que ya era tarde para disculpas. Con Rafael era imprescindible ser perfecta siempre, cada segundo. Si veía un solo centímetro de carne donde clavar los dientes, se cebaba en él hasta que la sangre empezaba a salir.

—Ya has cumplido veinte años y no hay ningún hombre en San Dionisio o en todo el valle dispuesto a pedirnos tu mano. Ni uno solo —continuó él, ahora que la sangre ya había empezado a salir—. No contenta con eso, además te dedicas a leer a pesar de que todos te hemos advertido de lo peligroso que es para ti y de lo que pasará si te conviertes en una literata de esas.

Rafael me quitó el libro del regazo sin miramientos, lo cerró de golpe y me lo acercó a la cara, tan cerca que sentí el olor de sus páginas. Pensé que iba a pegarme con el tomo de Mary Somerville, pero lo mantuvo así, cerca de mi cara un momento más.

—Vives en una tierra que te odia, tan podrida y seca por dentro como tú y como las otras dos —empezó a decir—. La ruina de Las Urracas se está convirtiendo en la ruina de todo San Dionisio, ¿y sabes lo que se rumorea en el pueblo? Que todo es culpa de las endemoniadas Veltrán-Belasco: la sequía que dura años ya, las malas cosechas, el hambre, los incendios... hasta la epidemia de cólera que mató a tantos hombres hace algunos años y dejó enfermos de por vida a otra docena. Todo por vuestra culpa. Vosotras sois lo peor que ha crecido en la tierra maldita de Las Urracas: la mala cosecha. Las hijas de la tierra.

Con la mano libre Rafael me sujetó la cara por las mejillas obligándome a mirar en dirección al cerro donde se construyó el nuevo San Dionisio.

—Toda esa gente que vive ahí te odia, hermanita. Os odian con todo su corazón, y yo soy el único que se interpone entre ellos y vosotras tres. Una palabra mía y todo el mundo empezará a murmurar que Teresa es una machorra o que Verónica está poseída —me dijo, prácticamente escupiéndome las palabras en la cara—. ¿Recuerdas cómo terminó nuestra madre?

Le di un manotazo para hacer que me soltara. Funcionó, pero me dolían las mejillas en donde él me había apretado.

—Déjalas en paz. A Teresa le gusta estudiar y Verónica solo es una niña con mucha imaginación —dije con un nudo en la garganta—. Se le pasará cuando crezca un poco y vea que no hay lugar para imaginaciones o sueños en la vida real.

Pero en los ojos de Rafael vi que él ya había descubierto hacía mucho tiempo el poder que tenía sobre nuestras vidas, las de las tres. Lo sabía. Una palabra suya y nos convertiríamos en brujas, locas, endemoniadas o cualquier cosa que se le ocurriera contar. Igual que había hecho en su historia sobre las hermanas que habían sido las dueñas de la finca antes de que padre las comprara. Las Urracas, en las fantasías de Rafael, eran dos brujas de pelo blanco encorvadas con la piel tan arrugada como el pellejo de un animal muerto que lleva días bajo el sol.

Gracias a Teresa, ahora sabía que en realidad, Las Urracas habían sido dos hermanas —y una prima de nombre Maravillas— que al no tener hermanos varones habían administrado solas la finca y elaborado su propio vino durante casi treinta años, hasta que las tres murieron la misma semana sin dejar herederos. Pero las palabras malintencionadas podían ser más peligrosas y afiladas que el filo de un garillo,* de los que se usaban para cortar los racimos maduros. Por eso temía lo que Rafael pudiera contar sobre nosotras.

—Estoy harto de malvivir así: sin dinero y sin el respeto que merezco. Voy a convencer a padre para que venda la casa, la bodega y todo lo demás —amenazó decidido—. Esta tierra seca y árida es como una de esas mujeres que no puede quedarse embarazada. No vale gran cosa, pero el desgraciado que se casa con ella no sabe ese detalle cuando entra en la iglesia.

—No dirás en serio que quieres que padre venda Las Urracas —dije, poniéndome de pie casi de un salto—. Es tu herencia, tu legado. Es nuestro nombre el que está escrito en las piedras de la entrada. No puedes renunciar tan fácilmente a esta finca.

—Ya, pues menuda herencia polvorienta me ha tocado en suerte —dijo entre dientes—. Soy el heredero, el primogénito de los Veltrán-Belasco. Se supone que debería ser rico y poderoso, y en cambio esto es lo que voy a heredar: una casa ruinosa que se cae a pedazos, con la mitad de las habitaciones cerradas porque no tenemos dinero ni para mantenerla como

* Garillo: navaja de punta curvada (similar a una pequeña hoz) que se utilizaba para cortar los racimos durante la vendimia.

es debido. Un puñado de viñas secas y setenta hectáreas de tierra ácida donde no crece nada. Esta ruina es mi herencia.

—Y aun así es más de lo que voy a heredar yo —murmuré—. Yo no puedo seguir aprendiendo con la tía Angela y tampoco puedo ir a las reuniones con los hombres de negocios y los demás bodegueros de la zona, así que dime, ¿qué se supone que tengo que hacer yo con mi herencia? ¿Quieres hablarme a mí de injusticias? No te atrevas.

—Lo tuyo no es ninguna injusticia, hermanita. Solo es la ley. Así es como está ordenado el mundo.

Dejé escapar un suspiro y me fijé en el río, nuestro pedazo del Ebro que marcaba la frontera entre las tierras de los Veltrán-Belasco y el resto de la tierra dorada alrededor.

—Precisamente por eso me necesitas tanto, piensa en qué será de ti cuando nuestro padre, Dios no lo quiera, ya no esté entre nosotros. O de las otras dos. ¿Te imaginas a Teresa casada o llevando una casa? Yo la verdad no, y me consta que no soy el único al que le pasa porque en el pueblo se comentan cosas sobre ella, ¿lo sabías?

Sí que lo sabía. O al menos, lo intuía en la mirada de algunos vecinos de San Dionisio cuando acompañaba a Teresa a buscar a nuestra hermana pequeña a la escuela de oficios para chicas donde Verónica tocaba el piano dos veces por semana para las demás niñas.

—Dicen por ahí que a Teresa le gustan muchos los libros y las chicas, mucho más de lo que debería para una muchacha.

—Eso no es verdad —respondí muy segura—. Lo que pasa es que a esos bobos analfabetos del pueblo les damos miedo, nada más: tres hermanas pelirrojas y zurdas. Tienen que inventarse algo sobre nuestra familia para entretenerse hasta que ocurra la próxima desgracia.

No aparté la vista de la superficie del río porque no quería que Rafael notara que no estaba convencida del todo de lo que estaba diciendo. La verdad era que no sabía mucho sobre mi hermana Teresa —o sobre Verónica— porque hacía solo unos meses que había empezado a entenderme con ellas. Desde la noche en que me escabullí de la casa principal y las encontré en la antigua oficina de mamá en la bodega. Ahora iba cada noche, cuando todos los demás en Las Urracas dormían, para fumar cigarrillos de hierbabuena, comer chocolate robado, espantar a los demonios juntas o contar historias. Pero antes, mis hermanas pequeñas habían sido poco más que una molestia para mí: dos niñas extrañas que pasaban el rato juntas y me seguían a todas partes. No me di cuenta hasta la noche en que las encontré en la bodega de que yo también era una niña extraña y callada. Antes.

—Ya, pues más vale que tengas razón en esto y que Teresa no nos haya salido virago.* Ya hemos pasado por suficientes escándalos y desgracias en esta familia. No sé qué ganas tenéis las mujeres Veltrán-Belasco de estar siempre en boca de todo el mundo. Precisamente antes se lo decía en la reunión al Alcalde...

Unas notas de piano llegaron flotando en el aire cálido de la tarde hasta donde estábamos.

—¿Qué es eso? —preguntó Rafael, mirando hacia la casa.

—Es Verónica. Supongo que la clase de la tía Angela ya ha terminado y le ha dado permiso para practicar.

Verónica no siempre tenía permiso para tocar el viejo piano de pared que había en una de las habitaciones cerradas del lado oeste de la casa. Según decía tía Angela, era para proteger a Verónica del polvo y del aire viciado que llenaban las habitaciones prohibidas de la casa, pero en realidad era solo porque las melodías lentas y melancólicas de Verónica molestaban a nuestro padre. Pero él seguía en la cooperativa de vinos de San Dionisio.

—Creo que está escribiendo un concierto para piano o algo así —añadí con una media sonrisa de admiración—. Verónica me lo ha explicado muchas veces, ya sabes cómo se entusiasma hablando de su música. Yo no entiendo casi nada, pero creo que ella es muy buena. Sobre todo para tener doce años.

* Virago: marimacho. También insulto, despectivo para lesbiana.

—Me parece increíble que Angela le haya dado permiso para tocar el piano. Sabe de sobra que alimentar esa necesidad de llamar la atención que tiene Verónica no le hace ningún bien. —A diferencia de nosotras tres, Rafael siempre llamaba a nuestra institutriz por su nombre de pila para dejar bien claro que en eso, él también estaba por encima de sus hermanas—. Así solo empeora sus fantasías.

—No creo que Verónica lo haga para llamar la atención. Lo hace porque le gusta, nada más.

Algo me hizo cosquillas en el brazo. Pensé que sería un mechón rojo de mi pelo que se habría escapado de mi trenza obligatoria. Era una mariquita que se había posado en mi mano y subía por mi brazo. Me había remangado las mangas de mi blusa con encaje rematada con lazos amarillos nada más sentarme junto al río, me gustaba notar el calor del sol. Después me ardía la piel y me pasaba media noche soplando para calmar el picor, pero seguía haciéndolo igualmente. Iba a espantarla cuando Rafael me dio un manotazo aplastando la mariquita contra mi piel.

No grité porque estaba acostumbrada al dolor, pero vi la mancha rojiza en mi brazo y supe que Rafael lo había hecho por haberle llevado la contraria antes. Él no sonreía ni parecía satisfecho después de golpearme y aplastar la mariquita, su expresión era la misma de siempre.

—Voy dentro, será mejor que vaya a ver si Teresa puede ayudarme a remendar un viejo vestido de mamá —dije, levantándome del suelo arcilloso de la orilla con las piernas temblando por el susto y la rabia contenida—. Quiero poder usarlo este verano.

No era verdad. Yo no estaba interesada en los vestidos de mamá, que cogían polvo en uno de los baúles de su antigua habitación. Pero cada tarde, después de que la tía Angela hubiera terminado su clase, mi hermana Teresa me repetía la lección de aquel día para que no me perdiera nada.

—Espera, aún no he terminado de contarte cómo me ha ido en la reunión con el Alcalde y los demás caballeros importantes.

Pero yo ya estaba avanzando hacia la casa a través del camino entre los viñedos.

—Me da igual la reunión o lo que haya pasado, total, no hay nada que yo pueda hacer —masculllé sin volverme para mirarle—. Tú eres el único heredero de los Veltrán-Belasco como bien has dicho. No me interesa nada la reunión, los plazos del préstamo o lo que te haya dicho el Alcalde. No es mi problema.

Sentí que Rafael me seguía caminando entre las cepas, noté sus pisadas fuertes y seguras aplastando los terrones de tierra detrás de mí.

—Para. Ya te he dicho muchas veces que si pudiera hacer algo al respecto te ayudaría, pero no es mi culpa que la ley sea así. ¿Quieres que pida perdón por haber nacido varón? —dijo, como si estuviera muy dolido por mis palabras—. Tú eres una mujer, y, además, segundona. Nunca podrás heredar un solo puñado de esta tierra. Así es el mundo, hermanita: yo gano y tú pierdes.

Me detuve donde estaba, pero no me giré porque no me apetecía ver su expresión de victoria. Apreté fuerte el tomo de *El mecanismo de los cielos* contra la falda de mi vestido.

—Tú ganas y yo pierdo —repetí sin mirarle—. Yo siempre pierdo.

—Ojalá pudiera hacértelo entender, Gloria. Yo no soy tu problema. Precisamente por eso me duele tanto que no veas que lo único que intento es ayudarte, cuidar de ti. Igual que de las pequeñas, por eso mismo hago todo esto: las reuniones, aguantar a padre y a los demás —empezó a decir Rafael, con voz más suave ahora—. Yo cuidaré siempre de ti, estaremos juntos después de que padre muera. Tú y yo, siempre juntos.

Rafael me dio la mano libre, sus dedos suaves se cerraron alrededor de los míos.

—Ya no sé si creerte —murmuré, esa era la primera vez que me atrevía a decirlo en voz alta—. ¿Cómo sé que no te casarás con alguna chica de la capital cuando llegue el momento? La hija de uno de los hombres de gobierno destinados en Logroño o con la hermana de algún bodeguero de la zona para heredar también lo suyo. No vas a casarte con tu herma- na melliza, Rafael. Como tú has dicho, esta familia ya ha so- portado suficientes escándalos para añadirle uno más.

—¿Quién te ha metido esas ideas en la cabeza? Ha sido Teresa, ¿no es verdad? —Rafael me tironeó del brazo y yo me volví para mirarle, pero no dije nada—. ¡Responde!

La melodía del piano, que salía por la ventana abierta del abandonado estudio de música, se oía más alta ahora que nos habíamos alejado un poco de la corriente del río.

—¿No ves que solo es envidia? Teresa tiene celos de ti por- que tú y yo estamos juntos, porque eres mi hermana favorita. —Rafael me acarició el dorso de la mano—. Lo cierto es que Teresa daría su brazo derecho por estar en tu lugar, no dejes que te engañe con sus historias.

El viento del oeste llegó de repente arrastrando una nube- cilla de polvo y hojas muertas hasta mis pies. La veleta con las urracas giró sin control en el tejado para volver a señalar al oeste. Estábamos a mitad de primavera, pero me estremecí debajo de mi vestido.

—Pensé que habías dicho que a Teresa no le interesaban los asuntos de chicos —le recordé—. ¿No es eso lo que has dicho antes? ¿Por qué iba a tener celos de nosotros entonces?

Vi sus ojos claros encenderse con mis palabras. Rafael me apretó la mano más fuerte a modo de recordatorio de lo de- prisa que sus caricias podían convertirse en otra cosa.

—Nunca he entendido por qué algunas veces te pones de ese humor extraño conmigo, precisamente conmigo, con todo lo que he hecho por ti. —Rafael sacudió la cabeza igual que si fuera un maestro decepcionado con una alumna res- pondona—. Todo lo que hago es por ti, por vosotras, si hasta voy a heredar esta ruina polvorienta por vuestra culpa. Y aun así algunas veces tú te permites tratarme con desprecio.

—¿Nuestra culpa? No es nuestra culpa que hayan pasado meses desde las últimas lluvias o que la tierra de Las Urracas esté cansada, harta. La verdad es que la entiendo. —Forcejeé hasta que conseguí soltarme, pero mi mano palpitaba de do- lor—. ¿Sabes? Tal vez sea mejor así, de todas formas no creo que tú supieras qué hacer con la finca. No sabes nada sobre vino, no tienes paciencia y tampoco tienes ni idea de dirigir este lugar. Seguramente acabarías más arruinado que nuestro padre.

Rafael me empujó y me caí al suelo. Sucedió tan rápido que no me di cuenta de lo que había pasado hasta que no estuve a la misma altura que las viñas. La tierra marrón me había manchado el vestido y el libro se me había caído de la mano, lo vi un poco más adelante abierto contra el suelo.

—Puede que tengas razón y la sequía, la mala cosecha y todo lo demás no sea culpa tuya... puede que sea solo culpa de Verónica —empezó a decir con voz calmada—. La otra noche pasé por delante de su habitación y la escuché hablando en sueños en un idioma imposible. Está tan endemoniada como lo estaba madre, puede que más. Igual es el momento de avisar al padre Murillo para que él decida si hay que hacerle un exorcismo también a ella.

Aunque estaba desorientada por la caída me levanté de un salto.

—No te atreverás. Deja en paz a Verónica, bastante ha sufrido ya —dije entre dientes, y mi propia determinación me sorprendió porque nunca jamás me hubiera atrevido a hablarle así a Rafael antes—. Solo es una niña que no sabe lo que dice.

—Sí que ha pasado por mucho la pobre, y casi todo por tu culpa. ¿O ya se te ha olvidado quién lanzó esa piedra aquella tarde en el lago? —me recordó—. Puede que Verónica te haya perdonado, pero todos en esta casa sabemos de quién fue la culpa de lo de su ojo. Desfigurada para siempre con doce años, pobre niña.

Apreté los puños con tanta fuerza que me clavé mis propias uñas en la palma de mis manos.

—No he olvidado que yo lancé la maldita piedra. No lo olvidaré jamás.

Pero Rafael dio otro paso hacia mí y añadió:

—Pobre Verónica, es con diferencia la más guapa de las tres y también la más endemoniada, es idéntica a madre en todo. —Frunció los labios al recordar a nuestra madre—.

Pero no creo que ningún muchacho del pueblo quiera casarse con una Veltrán-Belasco, y mucho menos con una tuerta. Ni siquiera el pequeño de los Sarmiento, que la pretende desde siempre, aceptaría casarse con ella. Y aunque él quisiera, la vieja nunca se lo permitiría. Ni hablar. A esa momia le gusta demasiado la tradición como para dejar entrar en su casa a una Veltrán-Belasco. A lo mejor Verónica tiene que quedarse conmigo siempre, aquí, bajo mi protección en Las Urracas.

Le golpeé con todas mis fuerzas. Un puñetazo directo a su cara de superioridad, muy cerca de su boca. Un hilo de sangre cortó los labios de Rafael. Tuve que mirarme los nudillos y ver que estaban manchados con su sangre para comprender lo que acababa de hacer. Yo nunca respondía a sus golpes con más golpes o con violencia, hasta esa tarde.

—Vaya, a lo mejor también hay que llamar al padre Murillo para que venga a visitarte a ti —dijo. Después escupió unas gotas de sangre al suelo sediento del camino entre las viñas—. Estás loca.

—Deja tranquila a Verónica o acabaré contigo mientras duermes —le prometí, envalentonada con la adrenalina que todavía corría por mis venas—. Entraré en tu habitación y te cortaré el cuello con un garillo oxidado mientras sueñas.

Pero Rafael se limpió la sangre que quedaba en sus labios con la manga de su camisa blanca de verano.

—Descuida, no me interesa para nada esa cría. ¿Ya te estás imaginando cosas raras otra vez? Sabes de sobra que no puedes fiarte de tu cabeza, es por el demonio: pone imágenes dentro de tu mente, ideas extrañas y peligrosas. —Mientras hablaba, más bajo cada vez, Rafael cubrió la distancia que había entre nosotros y me dio un beso rápido en los labios. Sabía a sangre y al tabaco que fumaban los hombres en la cooperativa de vinos—. Solo puedes fiarte de mí. De lo que yo también puedo ver y tocar, esa es la única verdad, y te prometo que sigues siendo mi hermana favorita.

La melodía triste del piano se volvió borrosa cuando Rafael me besó otra vez, más fuerte ahora, sujetándome contra su cuerpo por la cintura.

—¡Madre de Dios! —exclamó una voz femenina detrás de mí—. Pero ¿qué estáis haciendo, criaturas?

Era la tía Angela, que nos miraba espantada con sus pequeños ojos de comadreja muy abiertos detrás de sus gafas redondas.

—¿Cómo se os ocurre? Degenerados —dijo, mientras buscaba algo en el bolsillo de su vestido marrón—. Ahora ya sé por qué no crece nada en esta tierra, por qué las viñas están dormidas: es por vuestra culpa. Por las cosas inmorales que hacéis bajo este techo a pesar de ser hermanos.

Angela sacó su rosario de nácar y apretó las cuentas alrededor de su mano.

—No es nada de eso. Por favor, no le digas una palabra a padre o a nadie —le rogué, a la misma mujer que no tenía reparos en obligarme a arrodillarme sobre un puñado de arroz—. Podemos hablarlo con tranquilidad antes de hacer nada irreparable.

Pero la tía Angela dejó escapar un suspiro airado.

—¿Hablarlo? No hay nada que hablar aquí, Gloria. No eres como yo creía.

—No es nada importante, Angela —dijo Rafael con el mismo tono embaucador que solía utilizar con nuestro padre—. No es nada serio. Solo son juegos de niños.

La tía Angela sacudió la cabeza y en ese momento comprendí que ese tono no tenía ningún efecto en ella. Rafael no lo sabía porque él no había tenido que pasar cada tarde desde hacía ocho años en compañía de esa mujer sin compasión.

—No, nada de eso. El mal que habéis hecho, vuestro pecado, es lo que ha corrompido esta casa y esta familia —dijo, y su acento se volvió más denso por el desprecio con el que nos hablaba—. Por eso no crece nada en esta tierra: por vuestra vergüenza. Pienso contárselo todo a vuestro padre en cuanto regrese. Oh, sí, él os enseñará lo que es bueno.

Angela se dio la vuelta y empezó a caminar hacia la casa principal. Era fácil seguirla porque caminaba con torpeza sobre la tierra floja entre los viñedos.

—No, por favor, no le digas nada a padre. Piensa en cómo

afectará este escándalo a mis hermanas. Ellas no tienen culpa ninguna —intenté convencerla, pero sabía bien que Angela Raymond era de ese tipo de personas demasiado estrictas con los pecados de los demás como para conocer el perdón—. Por favor, no le digas nada a nuestro padre. No volveremos a hacerlo.

—Si tanto te preocupan tus hermanas pequeñas debiste haberlo pensado antes de dejar que él se metiera entre tus piernas —me dijo, jadeante por el calor y la caminata—. La mayor culpa es la tuya, por dejarle hacer.

Me quedé quieta donde estaba, sabía que no la haría cambiar de opinión. Vi cómo se alejaba en dirección al patio trasero, lista para contarle al mundo nuestro sucio secreto.

En ese momento sentí a Rafael pasar junto a mí, rozándome el vestido con la mano en la que llevaba uno de los cantos rodados que el río arrastraba hasta la orilla. Se acercó por detrás a la tía Angela y la golpeó en la cabeza con la piedra. Ella cayó al suelo con un ruido seco. Su vestido marrón se le levantó hasta las rodillas con la caída, así que pude ver su saya amarillenta y sus piernas blancas recorridas por venas. Su pierna izquierda se sacudió contra la tierra durante unos segundos como si quisiera ponerse de pie, pero su cuerpo no respondió.

Rafael se arrodilló junto a ella y la golpeó otra vez con la piedra en un lado de su cabeza. Vi cómo su pelo canoso se manchaba deprisa de sangre, igual que la piedra y la manga de la camisa de mi hermano. Angela me miró sin verme, con la misma expresión perpleja y asqueada que tenía solo un momento antes. Su mano seguía aferrada al rosario, pero estaba manchada del polvo que lo cubría todo en Las Urracas. Rafael levantó la piedra y golpeó a la tía Angela en la cabeza una vez más, la última.

—¿Qué has hecho? —No sabía si gritaba porque la música del piano y mi corazón latiendo deprisa en mis oídos lo llenaba todo—. ¡Qué has hecho!

Rafael dejó caer la piedra ensangrentada al lado del cuerpo.

—Bueno, ahora ya no podrá contarle a padre lo que ha visto.

Estaba cubierto de una fina capa de sudor que brillaba con los últimos rayos del sol, su pecho subía y bajaba deprisa por el esfuerzo y la adrenalina.

—La has matado.

—Tenía que hacerlo, no me ha dejado otra salida. Iba a contárselo todo a nuestro padre. Hubiera sido el final de todos nuestros planes, Gloria.

Me fijé en la sangre que seguía saliendo de la herida en la cabeza de Angela. Era espesa y oscura, y resbalaba entre su pelo gris para empapar la tierra abierta por la sequía.

—No me ha dejado otra opción, ¿o hubieras preferido que se lo contara todo a padre? ¿Te imaginas lo que él nos hubiera hecho de haberlo descubierto? —Rafael se pasó la mano manchada de sangre por su pelo claro—. Ni hablar. No iba a consentir que una vieja asquerosa arruinara nuestro futuro.

—¿Y qué vamos a hacer ahora? —pregunté en voz baja—. Si encuentran su cuerpo en la finca sospecharán de alguien de la familia.

La música del viejo piano de pared seguía saliendo por la ventana abierta del cuartito abandonado de música.

—No la encontrarán —dijo Rafael, y su voz sonó fría como el hielo que se formaba en enero alrededor de los troncos de las viñas—. Yo me ocuparé de ella. No encontrarán su cuerpo, jamás.

Volví a mirar el cadáver de la tía Angela tirado en el camino de tierra entre las viñas. La sangre bajo su cara empezaba a coagularse por el calor.

—Tú encárgate de la tierra y la piedra, tíralo todo al río y lávate bien las manos después. Luego entra en la casa para asegurarte de que las dos pequeñas no han visto nada, no sea que tengamos que pensar en algo para ellas también.

—No hará falta, ellas no han visto nada —dije con vehemencia.

Rafael me acarició la cara, dejándome un rastro de sangre en la mejilla.

—No te preocupes, no dejaré que nadie nos separe nunca.

Yo no lo permitiré —susurró, apoyando su frente contra la mía. Noté su respiración familiar en mi rostro cubierto de sudor frío—. Ya te lo dije una vez, estaremos siempre juntos, tú y yo. ¿Lo recuerdas? Fue la tarde en que casi te ahogas, cuando te caíste al lago de La Misericordia y yo te rescaté.

Abrí la boca para responder, pero las palabras tardaron todavía un momento más en formarse en mi boca:

—Sí, lo recuerdo.

—Bien, entonces sabrás que yo me ocuparé también de esto, no debes preocuparte por nada. Te protegeré, no permitiré que te pase nada malo —me prometió con voz extrañamente tranquila—. No podría aunque quisiera, sería como condenarme a mí mismo. Tú eres tanto yo como yo mismo.

Asentí despacio y noté como Rafael me dejaba un beso en la frente antes de apartarse de mí.

—¿Qué vas a hacer con ella?

Le vi mover el cuerpo de la tía Angela con el pie, casi como si quisiera asegurarse de que realmente estaba muerta. Después la cogió por los brazos y la arrastró a lo largo del camino de tierra hacia el patio trasero.

—No te preocupes por nada, hermanita. Esta vez ella pierde y tú ganas.

Rafael me guiñó un ojo mientras se alejaba. Pero yo solo podía fijarme en el hilo de sangre pegajosa que manchaba la tierra a su paso, y que le seguía en dirección a la casa.

El viento del oeste llegó de repente, serpenteando entre las viñas dormidas hasta encontrarme de pie en el camino. La veleta con las tres urracas giró sobre el tejado del palacete apuntando hacia el oeste como un mal augurio. La mano invisible del viento agitó la falda de mi vestido intentando llamar mi atención, pero yo solo podía ver cómo mi hermano se alejaba arrastrando el cuerpo de la tía Angela.

Esa fue la primera vez que pensé que tal vez estar maldito no fuera una condición únicamente femenina. Supe que los demonios susurraban a medianoche en el oído de mi hermano también.

LA PARTIDA DE BÚSQUEDA

L a primera vez que morí tenía once años. Me ahogué en el pantano de La Misericordia un mes después de que nuestra madre muriera. Ella había pasado más de dos semanas atada a la cama de su habitación, retorciéndose, mientras el padre Murillo hacía poco más que salpicarle agua bendita con la mano temblorosa y recitar párrafos del libro del Apocalipsis en el aire ácido del dormitorio. No sirvió de nada porque mamá murió luchando contra el demonio que le susurraba al oído desde el día en que nació.

Yo era la mayor de las chicas, así que padre me lo contó a mí primero. Recuerdo su voz serena, la mano sobre mi hombro en algo parecido a un gesto de consuelo hacia una niña que acababa de perder a su madre. Pero sobre todo, recuerdo la expresión de alivio en sus ojos pequeños:

—Ya está. Tu madre ha dejado de sufrir por fin.

Esa misma noche me escabullí de la cama dejando atrás mi almohada empapada por las lágrimas y bajé hasta la habitación de mamá. Ya se habían llevado su cuerpo para enterrarlo —fuera del cementerio de San Dionisio, ya que nuestra madre había muerto sin poder recuperar su alma—, pero lo que a mí me interesaba estaba en el primer cajón de su mesilla.

Era el diario que mamá llevaba con ella a todas partes: un

librito encuadernado en piel, desgastado por el roce de sus manos, donde nuestra madre anotaba todos sus pensamientos dispersos. Lo hojeé a la luz de la lámpara de queroseno fijándome en su letra afilada e imposible de descifrar, en los dibujos de algunas plantas que crecían en la zona, en complicadas fórmulas matemáticas y en las fotografías desgastadas. También había una flor seca, prensada entre las últimas páginas del diario, que ya siempre permanecerían vacías. Era un lirio de color blanco.

Cogí el diario de la mesilla sin dudarlo y lo escondí debajo de mi colchoncillo durante días. Una tarde, metí la mano en mi escondite pero ya no estaba allí. Lo único que encontré fue una fotografía de las cuatro que mamá guardaba entre sus páginas y que debía de haberse caído accidentalmente. En la imagen se nos veía a mis hermanas y a mí con nuestra madre en el patio trasero de Las Urracas, debajo de la parra cuando todavía crecían las hojas y los racimos dulces de uva. Mamá estaba sentada en una de las sillas con un bebé de grandes ojos en el regazo —Verónica— mientras que Teresa y yo estábamos de pie a su lado, cogidas de la mano, con el pelo suelto y una sonrisa en los labios. Detrás de nosotras, las viñas en flor se extendían hasta la orilla del río.

No recordaba esa fotografía. La miré sorprendida un instante más porque no recordaba que hubiera existido un momento en que las cuatro hubiéramos estado así: felices, juntas bajo la parra del patio trasero.

Escondí la fotografía en el fondo del cajón del aparador donde guardaba las medias de hilo que usaba en invierno, sin dejar de pensar dónde estaría el diario de mamá. Acompañada solo por la lámpara de queroseno, busqué en todas las habitaciones prohibidas y abandonadas de Las Urracas. Recorrí a medianoche los lugares donde lo había estado leyendo a solas hasta que recordé que dos días antes había estado hojeándolo en el lago de La Misericordia.

Corrí fuera de la casa. Atravesé el cruce de caminos que había frente a la entrada de Las Urracas, sin ver a ningún demonio esperando para hacer un trato conmigo a pesar de la hora, y seguí corriendo por el camino polvoriento que bajaba hasta el lago. Nadie del pueblo se atrevía a ir allí, y mucho menos en invierno, por eso supe que el diario de mamá seguiría allí.

Y ahí estaba, olvidado sobre la lámina de hielo que se había formado en la superficie del lago. Sin dudarlo, caminé sobre el agua congelada. Estaba acalorada por la carrera y mis mejillas ardían, pero podía ver mi aliento flotando delante de mi cara.

El hielo crujió bajo mis pies y solo un segundo después toda la placa congelada se hundió en el agua, llevándome a mí y al diario al fondo oscuro del lago. El agua gélida me llenó el cuerpo y la mente. Tenía tanto frío que no podía pensar en nada más que el dolor de cientos de agujas muy finas clavándose en mi piel. Entonces vi el diario de mamá, con las páginas abiertas, llenas de sus pensamientos y sus dibujos, hundiéndose.

Intenté alcanzarlo, pero estaba demasiado lejos y tenía demasiado frío, así que el cuaderno se fue al fondo del lago helado junto con los muertos del viejo San Dionisio. El papel de sus páginas se deshizo lentamente en el agua gélida, hasta que las palabras de nuestra madre se ahogaron.

Rafael me salvó. Reconocí su mano, caliente y familiar, entrando en el agua helada para tirar de mí y devolverme al mundo de los vivos. Esa noche, mientras los dos estábamos tumbados sobre la tierra congelada que rodeaba el lago intentando recuperar el aliento después de casi habernos ahogado, Rafael me apretó la mano y me dijo:

—No te preocupes, hermanita. Yo siempre cuidaré de ti. Siempre estaremos juntos.

Y yo le creí. Mi hermano mellizo, mi amante obligado.

Por eso ahora, mientras los cinco cenamos en silencio en el comedor después de haberme pasado meses castigada, miro a Rafael y siento un estremecimiento bajo mi piel al recordar la primera vez que morí en el lago helado.

Hace dos días que Rafael mató a la tía Angela, pero se ríe con un comentario de padre mientras corta las patatas con pimientos secos que ha preparado la señora Gregoria —la única persona de servicio que todavía trabaja para nosotros y que entra y sale de Las Urracas cuando le apetece—. Rafael me toca la rodilla por debajo de la mesa, levantando despacio mi falda de batista de color beige. Sé que esta noche vendrá a mi habitación.

Tres días después de que Angela Raymond desapareciera sin dejar rastro, nuestro padre y el Alcalde de San Dionisio organizaron una partida de búsqueda.

Todo el mundo en el pueblo se apuntó a la búsqueda. No fue porque la tía Angela estuviera bien vista por la gente de la zona o porque quisieran ayudar a encontrarla, no: fue por curiosidad. La curiosidad malsana, el chismorreo entre vecinos y la posibilidad de ser quien la encontrara —viva o muerta— y de ese modo tener algo de lo que hablar durante los próximos diez años. Incluso Alvinia Sarmiento —que prácticamente nunca salía de su finca desde la muerte de su marido— había abandonado su retiro para unirse a la búsqueda.

Los voluntarios se organizaron en grupos de diez personas para cubrir más terreno. Armados con cantimploras de agua fresca de la fuente de la plaza, silbatos y faroles de mano, buscaron a la tía Angela en la Peña del Cuervo —una roca arcillosa donde no vivía nada por la falta constante de sombra y de agua— que se levantaba al sur de San Dionisio. También recorrieron el bosquecillo de encinas que había unos kilómetros al norte: un terreno irregular donde apenas crecían algunos árboles bajos y poco frondosos. Aun así gritaron su nombre mientras registraban la zona, por si acaso se había caído por alguno de los terraplenes de tierra y estaba malherida.

Otro grupo buscó en las bodegas abandonadas que todavía quedaban en San Dionisio y alrededores. La mayoría no tenía cerrojo en las puertas y muchas ni siquiera habían sido selladas debidamente cuando empezó la sequía años atrás. Cualquiera podía entrar en los *calaos** y perderse en los kilómetros de túneles polvorientos que recorrían toda la zona bajo tierra. Uno de los grupos de voluntarios incluso se ofreció para ir hasta el pantano de La Misericordia con cuerdas y garfios para ver si los muertos al otro lado del agua la habían arrastrado al fondo con ellos.

—¿Y si la encuentran?

—No la encontrarán —me aseguró Rafael.

Esa mañana, los cuatro atravesábamos el cruce de caminos frente a Las Urracas para subir el sendero que llevaba hasta el cerro donde se alzaba el nuevo San Dionisio. Las dos pequeñas caminaban delante. Teresa llevaba a Verónica de la mano como siempre, que se entretenía dando patadas a los terrones de tierra que aparecían aquí y allá en el camino inclinado.

—Pero ¿y si averiguan lo que le pasó? ¿Qué será de ellas entonces?

Miré a mis hermanas pequeñas, las dos con sus vestidos de color azul cielo, los mejores que tenían en el armario para que todo el mundo pudiera ver que aún teníamos algo de dinero a pesar de que la finca estaba arruinada. Llevaban guantes de encaje tupidos y sombrero de paja con un lazo a juego atado bajo la barbilla para protegerse del intenso sol. Yo me había puesto un vestido blanco de lino y organza que no podría seguir utilizando el próximo año, con las mangas largas de farol ceñidas al puño de lazo. El vestido se me subía por encima del insoportable corsé con cada paso que daba. Por supuesto, también llevaba guantes de encaje y mi larga melena de fuego recogida en una trenza medio escondida debajo de mi sombrero para protegerme del sol.

—No la encontrarán nunca, pierde cuidado. Me he asegu-

* *Calao*: también, «calado». Nombre que reciben las bodegas que están bajo las casas.

rado de esconderla bien. —Rafael me dedicó una media sonrisa afilada y añadió—: A esa bruja no volveremos a verle el pelo jamás. Se acabaron sus castigos y todo lo demás: eres libre, hermanita. Ella pierde y tú ganas.

Lo pensé un momento mientras llegábamos a la parte más empinada del camino. Rafael tenía razón en algo: me había librado para siempre de la tía Angela y de sus imaginativos castigos. Y aun así, no sentía que hubiera ganado en absoluto. Tal vez fuera por la falta de práctica en ganar que no reconocía una victoria cuando la tenía delante. Aunque fuera una victoria amarga como aquella.

—Sí, ella pierde —repetí, no muy convencida todavía.

La finca de Las Urracas estaba separada del nuevo San Dionisio por un paseo de quince minutos, siete, si conseguías correr todo el camino sin que te faltara el aliento. Era un sendero polvoriento de tierra agrietada que empezaba en el cruce de caminos frente a la entrada de nuestra casa —nada más dejar atrás los dos pilares de sillería con nuestros apellidos escritos en ellos— y subía poco a poco hasta que empezaban a aparecer casetas de aperos abandonadas, un abrevadero para los animales que siempre estaba seco, y un poco más adelante una de las dos farolas de gas que se habían instalado en San Dionisio cinco años antes. El gas ciudad había llegado al pueblo gracias a la mano del Alcalde con los hombres del gobierno destinados en Logroño, pero la mayoría de las casas de la zona aún se iluminaban con fuego.

—Tú tranquila, si por casualidad encuentran a esa bruja, uno de nosotros acepta toda la culpa por lo que pasó y ya está. Uno carga con todo para que el otro viva.

Rafael había dicho «uno de nosotros», pero yo tenía muy claro que había querido decir que yo debería cargar con la culpa. Como siempre.

Cuchicheábamos entre nosotros, pero Teresa, que caminaba unos metros por delante, se volvió un momento y vi un destello de preocupación en sus ojos castaños idénticos a los míos. No les había contado nada a mis hermanas pequeñas. Después de deshacerme de la piedra con la que Rafael había matado a la tía Angela y tirar la tierra manchada de su sangre al río, mi hermano mellizo me había obligado a jurar por nuestra madre muerta que nunca jamás contaría nada de lo que había pasado esa tarde.

«Hay un sitio en el infierno para los chivatos también, hermanita», me había susurrado al oído.

A pesar de que hacía días que todo el mundo buscaba a la tía Angela yo no había tenido valor para contar nada, pero Teresa intuía que algo iba mal. Noté cómo apretaba más fuerte la mano de Verónica antes de volverse otra vez, como intentando protegerla del peligro invisible que entonces solo podía imaginar.

—Quieres decir que soy yo quien debería asumir toda la culpa si encuentran el cuerpo de la tía Angela —dije, con la voz entrecortada por el paseo y el calor.

—Es lo más lógico, ¿no te parece? —respondió Rafael sin molestarse en mirarme—. De nosotros dos yo soy el mayor, y, además, el varón. Soy el que heredará Las Urracas y todo lo demás.

—Pero ¿y si me llevan presa? ¿Qué será de ellas? —señalé a nuestras hermanas con un gesto de la cabeza.

—No seas tonta, aunque te descubran yo seguiré siendo su hermano. Si al final se sabe y te acaban llevando presa, las pequeñas necesitarán un lugar donde vivir, alguien que se ocupe de ellas —añadió—. Yo cuidaré de ellas si a ti te pasa algo. No tengas miedo.

Rafael me sonrió. Era una sonrisa afilada como un cuchillo. En ese momento me di cuenta de que él no se sentía ni remotamente culpable por lo que le había hecho a Angela.

—Ahora lo importante es estar aquí, con el resto del pueblo —añadió mientras llegábamos por fin a la primera casa de San Dionisio—. Que nos vean y noten que estamos buscándola también para que no sospechen nada. Al fin y al cabo, somos los Veltrán-Belasco, la segunda familia más importante de la comarca después de los Izquierdo. Ya es hora de que se nos reconozca un poco, digo yo. Esta es una buena oportunidad para que en el pueblo vean que aún somos importantes.

Las calles estrechas y enroscadas sobre sí mismas de San Dionisio nos dieron la bienvenida y nos regalaron sombra.

—Los de aquí se han pasado media vida ninguneándonos, murmurando sobre vosotras y sobre madre. Ya es momento de que tengamos atención y reconocimiento como hace años —continuó Rafael—. Antes no era así, ¿sabes? Antes de la epidemia de cólera, de la sequía y antes de que naciéramos, los Veltrán-Belasco éramos tan importantes en la región como la familia del Alcalde. Puede que más, incluso.

Aquel prometía ser unos de esos días transparentes sin nubes en el cielo, en los que el sol golpea sin compasión la tierra y a todos los que vivimos en ella. No eran ni las diez de la mañana, pero el sol ya abrasaba la tierra desde hacía un rato, así que todas las ventanas y contraventanas de las casas a nuestro alrededor estaban bien cerradas para dejar fuera el calor. Avanzamos por una calle angosta en dirección a la plaza del pueblo mientras caminamos entre las casas estrechas, de dos alturas, con fachadas de piedra y tejados rectos.

—No lo sabía —admití.

—¿Qué pasa? ¿No me crees? —preguntó Rafael en tono desafiante.

—No es eso. Es solo que me resulta extraño pensar que hubo una época en la que todo era mejor para nosotros. En la que los Veltrán-Belasco no éramos los apestados de San Dionisio —admití con la boca seca. Allí se estaba más fresco, pero el corsé y las ballenas debajo de mi vestido apenas me dejaban respirar—. Esto es todo lo que yo he conocido desde que nací: la sequía, la tierra muerta, las viñas dormidas y el desprecio de cuantos viven aquí.

Pero entonces recordé la fotografía que encontré en el diario de mamá hace tantos años: lo único que se había salvado de la lengua helada del lago de La Misericordia. En la imagen, detrás de nosotras cuatro felices y sonrientes en el patio trasero de Las Urracas, se veía el mar de viñedos en flor. Puede que sí hubiera existido una época mejor para las endemoniadas Veltrán-Belasco.

Mis hermanas y yo estábamos en el grupo de voluntarios encargados de registrar las bodegas y galerías de San Dionisio. Las tres habíamos pasado casi todo el día caminando a través de túneles, cuevas y pasadizos subterráneos. Cada una de nosotras llevaba un farol de aceite en la mano para iluminar las paredes irregulares de piedra y los techos bajos de las galerías.

—Este lugar es como un laberinto, casi parece que un montón de topos se hayan divertido excavando túneles y canales bajo todo el valle —dijo Teresa cuando salimos del último *calao*—. Podría haber cualquier cosa ahí abajo.

—Sí, al menos nos hemos librado del sol —comenté—. Mucho peor lo habrán pasado los que hayan tenido que darse una caminata hasta la Peña del Cuervo para buscar a esa bruja.

Ya estaba anocheciendo, pero aquel había sido un día especialmente caluroso, así que el sol todavía proyectaba colores naranjas y rosas intensos en el horizonte como sucede en los días de mucho calor a los que les cuesta despedirse.

—Esto ha sido una total y absoluta pérdida de tiempo, solo hemos venido para que no se piensen que tenemos algo que ver con lo que le haya podido pasar —dijo Teresa mientras las tres caminábamos hacia el punto de reunión en el centro de la plaza del pueblo—. Si la tía Angela se ha metido por error en alguna de las bodegas abandonadas más le vale encontrar el camino de vuelta ella solita. Yo no pienso volver a bajar, me asusta un poco estar bajo tierra.

—Incluso cuando no está la tía Angela es un fastidio.

Las dos miramos sorprendidas a Verónica al escuchar su comentario. Pensé que Teresa la reprendería con suavidad, pero en vez de eso, se quitó su sombrero de paja para abanicarse con él y le preguntó:

—¿Y tú cómo estás? ¿Cansada después de todo el día caminando?

Verónica tenía uno de esos días apagados en los que apenas pronunciaba dos palabras seguidas, se limitaba a seguir a Teresa como una sombra cabizbaja a todas partes.

—Tengo sed —murmuró sin mirarnos.

Teresa la ayudó a quitarse su sombrero para que estuviera más fresca y le acarició su pelo rojo oscuro despeinado por el mimbre. Algunos mechones se habían salido de su trenza obligatoria y se habían pegado a su frente por el sudor.

—No te preocupes, se acabó buscar a Angela por hoy. Seguro que en la carpa del Alcalde tienen un poco de agua para darnos. Venga, vamos a refrescarnos un poco —dijo Teresa, mirando alrededor como si estuviera buscando a alguien—. Las tres necesitamos algo de beber, nos lo hemos ganado.

En la plaza de San Dionisio había instalada una carpa para proteger del sol que aplastaba todo el valle a los voluntarios. El Alcalde y su esposa se habían encargado de todo lo que la partida de búsqueda pudiera necesitar: desde la gran carpa de tela blanca, hasta la lista de vecinos que se habían apuntado para la partida, pasando por la mesa con garrafas de agua fresca, bocadillos fríos de pimientos, chorizo o queso para quien necesitara recuperar energías después de buscar. Y, por supuesto, vino. Un tinto cosechero de ese mismo año que nadie fuera de San Dionisio había querido comprar por ser demasiado ácido.

Los vecinos que estaban en la plaza a esa hora tenían la

cara enrojecida por el esfuerzo y el calor, algunos además tenían la ropa manchada de tierra, pero la misma expresión en los ojos: nadie había encontrado a Angela Raymond.

«Sí que ha debido de esconder bien su cuerpo», pensé cuando llegamos bajo la carpa.

Noté una punzada de dolor en la sien derecha y me llevé la mano para frotarme.

—Es por el calor, no te preocupes. Bueno, por el calor y por habernos pasado todo el día entrando y saliendo de las bodegas que siempre están a quince grados —dijo Teresa sin mirarme pero adivinando lo que me sucedía—. Los cambios de temperatura bruscos pueden ser peligrosos en esta época. Después, cuando volvamos a casa, te daré algo para el dolor de cabeza. He estado trabajando en un tónico a base de sauce y melisa para el dolor.

—No estoy tan segura de que sea por el calor —masculé mientras miraba a Rafael que hablaba con el Alcalde y su mujer—. A lo mejor empiezo a enfermar, como le pasó a mamá antes de... ya sabes, antes de que se fuera para siempre.

Teresa se olvidó de lo que sea que estuviera buscando en la plaza y me miró por fin.

—No digas esas cosas, Gloria. Es normal estar asustadas porque vivimos rodeadas de miedo; en casa, en el pueblo... el miedo flota en todas partes. Respiramos ese miedo con cada bocanada de aire caliente —me dijo—. A las tres nos preocupa acabar como mamá, pero eso no nos pasará a nosotras porque tenemos algo que ella no tenía.

—¿Y qué es? —pregunté sin comprender.

Pero entonces, los ojos castaños de Teresa centellearon con la luz del atardecer al encontrar lo que estaba buscando.

—Pues a nosotras, boba. Nos tenemos a nosotras tres. —Teresa se rio con suavidad y después le dio un empujoncito cariñoso a Verónica, que estaba cogida de su mano—. Cuida de ella un rato, ¿quieres? Tengo que hablar con alguien.

Y sin más se alejó caminando en dirección a otro grupito de voluntarios que charlaban en el otro extremo de la plaza. Verónica me dio la mano y las dos vimos a nuestra hermana mediana alejarse hacia la fuente pública bajo las higueras que la mantenían siempre a la sombra.

—¿Crees que te lo ha dicho a ti o a mí? —preguntó Verónica.

Sonreí y le apreté la mano con una ternura extraña en mí que solo había empezado a permitirme desde hacía unos meses.

—Ni idea —admití aún saboreando mi recién descubierto afecto por mis hermanas que tenía regusto a tabaco de hierbabuena y a chocolate robado en el paladar—. ¿Tienes hambre? ¿Quieres merendar?

Verónica me miró con su ojo lleno de niebla y asintió.

—Vamos. Diana está ahí mismo, cerca de la carpa. Cogeremos algo de merendar para ella también, por si acaso algún vecino no le deja.

La plaza de San Dionisio era la zona más nueva y elegante del pueblo. Era casi un rectángulo perfecto flanqueado por el ayuntamiento, la cooperativa de vinos y la casa-torre del Alcalde. Tres edificios, enormes y distinguidos, que representaban el poder en San Dionisio y donde ninguna de nosotras tenía permiso para entrar.

En la plaza crecían una docena de higueras, con grandes hojas verdes brillantes, que daban sombra al suelo empedrado en los días más calurosos del verano. Además de la fuente pública, debajo de las higueras había unos bancos de madera en los que algunos vecinos se sentaban en las noches más insoportables de agosto, cuando el calor estaba tan metido en las casas de piedra que era imposible dormir sin sentir quemazón bajo la piel.

—¿Qué son esas notas que te he visto dejar antes? —le pregunté a Verónica con curiosidad—. Me he fijado en que últimamente llevas una de las libretas vacías de mamá en tu bolsito. Te he visto dejar al menos tres notas en la última bodega que hemos inspeccionado, y eso sin contar las que no he visto.

Una noche, rebuscando entre los cajones polvorientos del viejo laboratorio de mamá, encontramos casi una docena de libretas idénticas a las que ella llevaba siempre encima para anotar sus pensamientos, sus poemas sin rima y sus misteriosas fórmulas matemáticas. No fue hasta una semana después que me di cuenta de que Verónica se había llevado al menos un par de los diarios en blanco.

—No pasa nada, puedes contármelo si quieres —insistí con suavidad.

La suavidad y la dulzura no eran características mías, igual que no lo eran de la tierra áspera y seca en la que vivíamos, pero siempre era diferente cuando se trataba de Verónica. No hubiera tenido valor de levantarle la voz aunque se lo hubiera merecido. Mi penitencia autoimpuesta era ser siempre buena con mi hermana pequeña.

—Sea lo que sea no me enfadaré, y no se lo contaremos a Teresa si tú no quieres —añadí—. Puede ser nuestro secreto.

—No quiero guardar más secretos. Todo lo que hay en nuestra familia son secretos, cuelgan del aire de las habitaciones prohibidas de Las Urracas como las telas de araña.

La miré sorprendida. Aquella era la frase más larga que había salido de los labios de Verónica desde hacía días.

—Bien, sin secretos entonces —dije.

Llegamos por fin a la carpa blanca, colocada a la sombra de la impresionante fachada de sillería clara del ayuntamiento. El Alcalde y su mujer, Jimena, estaban allí, pero les rodeaba un grupo de personas que hablaban en voz demasiado alta y todos a la vez. Bajo la carpa había dispuesta una larga mesa con un mantel tan blanco como la propia tela de la carpa, con bocadillos, tostadas, bebidas, una fuente con fruta y hasta lo que parecía un pastel de mermelada de fresas cortado en pedacitos perfectamente cuadrados para que los voluntarios pudieran recuperar las fuerzas. Serví agua fresca de una de las cantimploras en un vaso y se lo di a Verónica mientras buscaba algo que pudiera interesarle para merendar a mi hermana pequeña.

—¿Son cartas para alguien? ¿Una amiga tal vez? —pregunté, sin ninguna esperanza ya de que me respondiera.

Verónica se bebió toda el agua del vaso de un trago, sin

respirar. Después se lamió los labios y noté que sus mejillas, pálidas y cubiertas de pecas claras, estaban enrojecidas por el sol y la caminata.

—¿Quieres más agua?

—Son para la tía Angela —respondió de repente—. Las notas. Son por si acaso la señorita Raymond las encuentra, para que pueda leerlas. Por eso las dejo caer de vez en cuando mientras avanzamos por los túneles de las bodegas o en las habitaciones prohibidas de Las Urracas.

Tragué saliva al escucharla. Tenía la boca seca por el calor y la mentira que llevaba contando los últimos cuatro días: no sabía nada sobre el paradero de Angela Raymond. Terminó su clase con mis hermanas pequeñas en la salita de la casa principal, después salió de la finca para dar un paseo hasta el pueblo aprovechando el frescor de la tarde, y esa fue la última vez que la vi. Era una mentira sencilla y fácil de recordar, como deben serlo las buenas mentiras para no ser descubiertas.

—Comprendo. ¿Y puedo saber qué pone en las notas? —pregunté con un ligerísimo temblor en la voz.

En vez de responder inmediatamente, Verónica metió la mano en su bolsito de cuero —que siempre llevaba cruzado sobre el pecho—, donde guardaba lo que ella llamaba «sus tesoros», y me entregó el cuadernito.

Mis dedos pasaron deprisa las páginas escritas con la letra inclinada y puntiaguda de Verónica:

«No vuelvas.»

Eso era todo. En cada página del diario únicamente esas dos palabras. No vuelvas.

—Se las voy dejando por ahí por si acaso le da por aparecer, para que sepa que ya no le tenemos miedo. Aunque sé que no va a volver —dijo muy tranquila—. ¿Puedo tomar de eso?

Yo todavía sostenía el diario en las manos sin saber qué decir, pero Verónica señalaba unas tostadas untadas con mantequilla y mermelada de moras que había en un plato sobre la mesa.

—Claro, ten —respondí, alcanzándole una de las tostadas.

Verónica le dio un mordisco salvaje a la tostada, como si no hubiera comido en días.

—No estés triste. No hace falta que te preocupes más por la señorita Raymond —me dijo con la boca llena de moras—. Ahora es ella la que está encerrada sola en un lugar oscuro y frío.

Y después le dio otro mordisco a la tostada.

Cerré el diario temiendo que alguien más pudiera leer sus palabras. Puse las manos en mi cintura y noté el corsé rígido debajo de mi vestido de lino, clavándose en mi carne acalorada. Respiré profundamente a pesar de las varillas que me cortaban la circulación. Sentí el aire de la tarde que olía al vino cosechero que había en la mesa un poco más adelante, a moras y a pan fresco.

—¿Sabes dónde está la señorita Raymond? ¿Por qué dices que está en un lugar oscuro y frío? —pregunté con suavidad.

Verónica dejó de comer y me miró con un ojo castaño y el otro lleno de bruma.

—¿He hecho mal en decirlo? —respondió preocupada—. Nunca sé bien cuáles son las cosas que se pueden decir en voz alta y las que no. Por eso prefiero estar callada casi todo el tiempo, porque digo cosas malas algunas veces. Pero es sin darme cuenta, te lo prometo.

No se movió a pesar de que la mermelada resbalaba densa y oscura de la tostada mordisqueada hasta su mano. Verónica permaneció inmóvil como si estuviera esperando una orden mía para volver a la vida.

—No, no pasa nada. Tú puedes decir lo que quieras, no tienes que tener miedo de tus propias palabras —respondí con un nudo de incomodidad en la garganta—. No me voy a enfadar porque digas lo que se te pasa por la cabeza.

Después de un instante que me pareció eterno, Verónica me sonrió y le dio otro mordisco a la rebanada de pan.

—¿Lo prometes?

—Lo prometo.

Parecía satisfecha por mi respuesta, pero aun así añadió:

—Bien. Así podré contarte los secretos que sé.

Debajo de la carpa blanca se estaba más fresco, aunque el viento caliente que llenaba el aire se había ido colando también allí después de todo el día. Algunas vecinas se abanicaban disimuladamente con las servilletas.

—¿Qué secretos? —pregunté en voz baja, inclinándome hacia ella.

Verónica se limpió el rastro de mermelada de los labios y después se lamió los dedos manchados de moras con avidez. Me recordó a un gato disfrutando de su presa aún con vida entre sus garras.

—Las mentiras que nos han contado —respondió.

—¿Nos han estado mintiendo? ¿Quién?

Antes de responder Verónica miró a los vecinos que llenaban la plaza. Nunca antes le había visto esa expresión de desprecio en sus rasgos infantiles.

—Todo el mundo —respondió con aspereza—. Las cosas que creemos ciertas no son verdad.

Sorprendida, miré alrededor buscando lo que había provocado esa reacción en Verónica. Todos los que estaban bajo la carpa tenían las mejillas sonrosadas por el bochorno de la tarde, los brazos quemados después de haber pasado todo el día bajo el sol buscando a la tía Angela. Todos, excepto Jimena Izquierdo.

La esposa del Alcalde tenía la piel clara, casi como si estuviera hecha de porcelana, libre de pecas o manchas y sin las rojeces típicas de quien pasa mucho tiempo al aire libre. Su pelo, negro como la medianoche, estaba recogido debajo de una redecilla de encaje dorado que contrastaba perfectamente con su pelo. Como era habitual en ella, Jimena Izquierdo llevaba el vestido más elegante y caro de todos los que había en la plaza: era de raso amarillo y parecía aún más brillante con los últimos rayos del sol, con delicados bordados de nido de abeja en la zona del pecho.

—Ahí está Inocencio. Él también guarda un secreto, uno de los grandes. Es solo que no lo sabe todavía —dijo Verónica.

Inocencio, el hermano pequeño de la Alcaldesa, era mucho más joven que ella. Apenas tenía quince años, pero tenía los mismos ojos negros brillantes que su hermana Jimena.

—Pero si Inocencio no habla, nunca le he visto decir una palabra. ¿Cómo sabes que esconde un secreto? —pregunté, mirando con disimulo al chico de aspecto lánguido.

—A mí sí que me habla, aunque algunas veces esté callado.

En el pueblo murmuraban que Inocencio Izquierdo era un poco especial. No tenía muy claro lo que querían decir cuando murmuraban que Inocencio era «especial», pero Rafael me había explicado en una ocasión que eso significaba que el hermano pequeño de la Alcaldesa era «cortito y delicado».

«No un mariposón, ojo. Eso sería una vergüenza terrible para la familia. —Me había insistido Rafael—. Es un muchacho muy delicado para su edad. Debería estar persiguiendo a las chicas, aprendiendo a llevar las cosas del pueblo para cuando sea el nuevo alcalde o montando a caballo al aire libre por ahí. Pero en vez de eso es un apocado al que le da miedo separarse de las faldas de su hermana.»

Inocencio Izquierdo —que a ojos de todo el pueblo ya había heredado el apellido del Alcalde— lo heredaría todo en San Dionisio. Aunque llevaban años casados, Jimena y el Alcalde no tenían hijos, así que lo más parecido a un heredero —para el cargo de alcalde, el dinero y los contactos en el gobierno— era Inocencio.

—Voy a saludar a Inocencio. Parece que el pobre está un poco incómodo con tanta gente a su alrededor —dijo Verónica.

—No, espera...

Pero antes de que pudiera detenerla, ella se alejó caminando hacia la familia más importante de la comarca dando saltitos con su sombrero de paja bajo el brazo y sin soltar la tostada de mermelada de moras.

Verónica iba a la escuela de oficios para señoritas de San Dionisio dos veces por semana. No iba allí para que las dos únicas maestras del pueblo le enseñaran a coser, a leer o hacer cuentas, no. Verónica iba a enseñarles música a las alumnas. O más bien a tocar el piano durante dos horas mientras las

chicas la miraban ensimismadas, como si mi hermana pequeña fuera una aparición casi divina. Con su larga cabellera cobriza ondulada suelta —entre las paredes del colegio nadie
nos decía cómo debíamos peinarnos— y sus vestidos de muselina blanca, tocando furiosamente fragmentos de *La Dam-
nation de Faust* en el piano.

Aparte del viejo piano vertical que teníamos en Las Urracas, el de la escuela para señoritas era seguramente el otro único piano que había hasta Bilbao. Jimena Izquierdo —funda-
dora, directora y administradora de la escuela de oficios para
señoritas— lo había pagado de su bolsillo para asegurarse de
que las niñas pudieran estudiar aunque fuera solo lo más básico de la música. Inocencio era el único muchacho del pueblo
que tenía permiso para entrar en la escuela, siempre acompañado de su hermana mayor, claro, y nunca se perdía las clases
de Verónica.

Alvinia Sarmiento y sus dos hijos pasaron a mi lado. Los
dos me saludaron amablemente, pero su madre apenas me dedicó una inclinación de cabeza. Su vestido de luto completo
crujía bajo el sol del verano con cada paso. Vi como los tres
pasaban de largo y buscaban cobijo bajo la gran carpa cerca
del ayuntamiento.

—La vieja ha salido de su escondite. Hacía años que no
veía a la viuda de Sarmiento, por así decir. Cuentan por ahí
que se esconde en su finca por el dolor del luto, pero hace más
de veinte años que murió su marido. No. Yo creo que se esconde del mundo nuevo que la asusta, del progreso.

Reconocí al instante la voz rasposa de Diana la vinatera detrás de mí. También el olor a hierbabuena de sus cigarrillos caseros, los mismos que fumábamos a escondidas Teresa y yo.

—¿Y cómo está la Alcaldesa hoy? Me juego una mano a
que lleva puesto uno de sus mejores vestidos, puede que con
mantilla y todo a pesar del calor —añadió, con la cabeza vuelta hacia la gran carpa—. Dicen que cualquiera es guapa teniendo dinero, pero estoy segura de que Jimena Izquierdo
sería igual de hermosa aunque fuera tan pobre como yo.

Sonreí aprovechando que Diana no podía verme.

—Sí, es muy guapa. Y desde aquí parece que se ha puesto elegante para que todos podamos contemplarla.

—Bueno, casi todos —terminó Diana, y después se rio muy cerca de mi oído—. Aunque ser joven y rica seguro que también ayuda a estar guapa. Veintiocho años cumple este año la Alcaldesa. Si no han tenido descendencia ya, no creo que la tengan. Jimena se hace mayor y esas cosas cuestan más con la edad, como todo. Con lo que nuestro «querido» Alcalde desea un heredero varón para dejar su apellido a alguien.

Diana hizo una mueca de desdén al mencionar al Alcalde y después siguió:

—En fin, a ella se la ve que se muere por mandar en el pueblo tanto o más que a su marido. De poder votar lo mismo la votaba a ella, que lleva años fingiendo que es tontita y que no se entera de nada cuando todos sabemos que es más lista que el hambre. Total, tampoco nadie vota a su marido en realidad.

A Jimena Izquierdo todo el mundo en San Dionisio la llamaba irónicamente la Alcaldesa. Las malas lenguas murmuraban que le interesaba el poder del cargo de su marido más de lo que debería, y afirmaban que era su fría mano de porcelana la que en realidad manejaba los asuntos importantes de San Dionisio.

—¿Crees que es tan mala como dicen? —le pregunté a Diana en voz baja.

Jimena Izquierdo nos miraba entre los demás vecinos que buscaban su atención o su conversación.

—¡Seguro que es incluso peor! —exclamó Diana, sacudiendo el brazo para darle más efusividad a sus palabras—. Su hermano Inocencio es un muchacho muy apuesto también, ya lo creo. Aunque sea un poco especial no le faltarán candidatas cuando sea un poco más mayor. Pero no parece que tenga madera de líder como su hermana. Lástima, se lo comerán vivo en cuanto ponga un pie en el ayuntamiento. O antes.

Cuando Inocencio asistía a las clases de piano de Verónica se quedaba mirándola en silencio, con su pelo negro cayéndole sobre los ojos, apoyado en el marco de la puerta del aula de música hasta que terminaba su recital. Nunca le había visto hablar, ni siquiera recordaba haberle visto hablar con su hermana mayor alguna vez.

—Creo que solo es un muchacho tímido, nada más. Pero es casi la única persona aparte de nosotras que se entiende con Verónica —dije en voz baja para evitar los oídos curiosos—. Supongo que es porque Verónica también es un poco especial. Mucho, a decir verdad.

«Así podré contarte los secretos que sé.» Aún no habían desaparecido de mi memoria las misteriosas palabras que había pronunciado antes.

—Verónica es muy especial. Tu hermana pequeña es de esas criaturas que no duran mucho en este mundo: ya sea por enfermedad, muerte prematura o cualquier otra desgracia —me dijo, muy seria—. Son frágiles y preciosas, por eso mismo vuelven pronto al lugar mágico del que salieron. Pero mírala, la niña aguanta.

Me fijé en que Verónica se había terminado su tostada con mermelada de moras y charlaba con Inocencio con normalidad. Aunque él no parecía responder a nada de lo que Verónica le decía.

—La niña aguanta —repetí sin dejar de mirarla—. Supongo que es normal que los dos se entiendan bien.

—Sí. Inocencio es delgaducho y pálido, igual que su hermana Jimena, solo que la Alcaldesa tiene más gracia y elegancia, pero eso se aprende. De niños, nadie por aquí creía que fueran a llegar a nada en la vida. Los hijos del Eduardo, «El poeta del pueblo». —Diana soltó un bufido al pronunciar el nombre del vecino más famoso de San Dionisio, y seguramente de toda la provincia—. ¡Menudo pájaro es su padre! Menos mal que hace años que el Eduardo dejó el pueblo para vivir en Madrid. Allí todos le adoran como si fuera un gran escritor y poeta, cuando no es más que un vividor que no sabe distinguir su propio trasero de una cuartilla.

Me reí con ganas. No conocía a nadie —especialmente a ninguna mujer— que no tuviera reparos en decir siempre lo que pensaba. Diana sacó una cajita metálica con el dibujo de la tapa desgastado por el roce de sus dedos ásperos. La abrió, palpando despacio con sus dedos acostumbrados a ver por ella, y se colocó un cigarrillo ya liado entre los labios.

—Y fíjate en ellos ahora: viviendo en la casa del Alcalde desde que Jimena se casó con él. Y bien que hizo. —Diana encendió el cigarrillo con una cerilla contra el borde de la caja y después le dio una larga calada. El aire caliente de la tarde se intoxicó con el olor a tabaco y hierbabuena seca—. Total, si vas a tener que casarte de todas formas, mejor cásate con uno que tenga poder y dinero. Aunque tú solo vayas a olerlo de refilón.

Jimena Izquierdo se abanicaba con delicadeza. Tenía un abanico hecho de hueso y encaje beige. Me fijé en que sonreía a don Mariano —el notario del pueblo— mientras él hablaba con su marido, pero sus ojos permanecían serios.

—No puede ser la alcaldesa de verdad porque es una mujer, claro, pero según dicen por ahí, Jimena controla a su marido como a una marioneta, y con él, controla San Dionisio entero.

—Me cuesta creer que alguien, ni siquiera su mujer, pueda controlar la voluntad de Marcial Izquierdo —dije mirando al Alcalde—. Nuestro padre y él son amigos, o algo parecido, desde siempre. Marcial Izquierdo es un hombre estricto y sin muchos afectos. No parece el tipo de hombre que se deja manejar por nadie.

Un grupo de cuatro voluntarios pasó muy cerca de donde estábamos y miraron con desprecio a Diana.

—¿Qué pasa? ¡No os daré tanto asco cuando hace dos meses quisisteis contratarme para que ayudara a vuestras raquíticas viñas! —les gritó ella, como si hubiera intuido sus miradas de desdén—. ¡Anda y que os den! Me sobran a mí todas vuestras miradas de desprecio y de pena. Dinero, eso es lo que necesito, dinero. No vuestras moralinas que no sirven para comer.

Los cuatro vecinos entrometidos corrieron a refugiarse de la ira de Diana bajo la carpa.

—¿No te importa que te desprecien? —le pregunté—. Debe de ser muy difícil para ti ser señalada siempre, la excluida, la rara o...

—La ciega, o la borracha —terminó ella sin inmutarse.

Diana enfermó y perdió la vista siendo una niña. Y poco después perdió a su madre por culpa de la misma enfermedad que la había dejado ciega. Ahora no solo fumaba más que cualquier hombre, también bebía hasta quedarse dormida en cualquier rincón y no recordaba nada al despertar.

—¿Por qué quieres vivir así? Repudiada por todos. Aunque no tengas dinero en el pueblo podrían ayudarte, darte trabajo en alguna casa. Seguirías siendo pobre, pero al menos no te despreciarían como ahora.

Diana le dio una larga calada a su cigarrillo y me lamí los labios en un gesto instintivo al ver cómo se iluminaba el extremo encendido. Quería fumar. Últimamente me daba cuenta de que fumaba tres o hasta cuatro cigarrillos a escondidas cada día.

—Que les den. ¿Te piensas que voy a pasarme la vida limpiando el suelo de los mismos que me desprecian? ¿O durmiendo en un cuarto sin ventanas y sin poder acercarme a las viñas? Ni hablar. —Diana tosió con fuerza y su garganta sonó como si se estuviera desgarrando por dentro—. No voy a cambiar eso por la aceptación de unos imbéciles demasiado estúpidos como para entender sus propios viñedos. Además, alguien tiene que ser la loca del pueblo. Hay una en cada pueblo, es obligatorio, ¿lo sabías?

Me reí a pesar de todo.

—Sí, ya lo sé.

—No te preocupes por mí, ya sé que me odian. Me desprecian porque yo desobedezco: soy ciega, viuda, pero no visto de negro, soy la mejor en un trabajo de hombres, vivo sola fuera del pueblo, fumo, bebo, me cago en el Altísimo sin miedo y no tengo hijos. ¡Pues claro que me odian! —exclamó—. Quieren que obedezca todas sus normas invisibles. Esas mismas normas que tus hermanas y tú lleváis mamando toda vuestra vida, ¿y para qué? Para nada.

—No creo que sea por eso —empecé a decir.

Pero Diana bufó dejando escapar una bocanada de humo.

—¡Bobadas! Algún día, cuando tú desobedezcas, cuando no tengas otra opción que desobedecer, también te odiarán a ti.

Pensé en lo que Diana acababa de decir. Me limpié el polvo que se había quedado pegado a mi vestido blanco de lino y organza mientras buscaba en las cuevas subterráneas.

—No, a mí eso no me pasará, ni a ninguna de mis hermanas. Pero aun así podrías ser un poco más normal. Solo un poco más como se espera que seas —le dije sin mirarla todavía—. Tal vez si finges, algunos bodegueros de la zona se animarían a contratarte más a menudo y podrías dejar de malvivir en esa casucha tuya.

Diana se rio en voz alta y su cuerpo lleno de curvas y sin corsé se rio con ella. Había pasado toda mi vida aprendiendo a reírme en voz baja y sin molestar, «como hacen las señoritas» solía decir la tía Angela. Pero a Diana no le importaba molestar. No le importaba ser oída.

—¡Oh, Gloria! Estás muy equivocada si crees que por portarte bien y estar calladita te vas a librar —me dijo—. No nos libramos ninguna. Tarde o temprano harás o dirás algo que no encaje con las normas y con lo que se espera de ti, y entonces verás esa misma mirada de desprecio en sus ojos, pero esta vez dirigida a ti.

Me fijé en que Jimena estudiaba a Verónica disimuladamente desde el otro lado de la carpa. Incluso había dejado de fingir que prestaba atención a don Mariano para intentar descubrir de qué hablaban su hermano pequeño y ella.

—Te equivocas, eso no me pasará a mí —insistí convencida—. Únicamente las que se buscan su propia ruina acaban mal, solas o repudiadas. Yo no soy así, soy una buena chica.

Jimena Izquierdo debió de notar que la estaba observando porque sus ojos negros se fijaron en mí y me saludó con un movimiento de su cabeza.

—Yo soy lista —añadí—. Tengo un plan y no voy a buscarme ningún problema. Nada que me convierta en una de esas mujeres que llevan la desgracia cosida en la piel.

—¿Como yo, quieres decir?

No respondí pero Diana continuó:

—Es curioso. No he conocido en mi vida una mujer a la que le gustara más obedecer las normas que a esa asquerosa de vuestra tía Angela. Pero obedecer de verdad: de dar las gracias por poder servir con esa dedicación mezquina de los que son felices sirviendo mientras sepan que otros están por debajo de ellos —empezó a decir—. Le gustaba chasquear la lengua cuando algo no era de su agrado. Ella también pensaba que no era «de esas mujeres». La muy perra estaba encantada haciendo de chivata y torturadora tras los muros de Las Urracas, escondiéndose detrás de esas gafitas ridículas de santa. Siempre obedeciendo: a tu padre, a la ley, al Altísimo... Cualquiera en el pueblo te dirá que no había una mujer más normal y decente que Angela Raymond. Y mira lo que le ha pasado.

—Todavía no sabemos si le ha pasado algo —masculló.

Pero hasta ese momento no me había dado cuenta de que ser una mujer recta y hacer siempre lo que se esperaba de ella no había protegido a la tía Angela de la ira de Rafael. Ni tampoco a mí.

—Pero tú tranquila, el día que te des cuenta de que obedecer no sirve de nada, porque te darás cuenta más tarde o más temprano igual que todas, yo estaré a tu lado para decirte: te lo dije. —Diana le dio la última calada a su cigarrillo y después lo tiró al suelo de la plaza—. Mira a la Alcaldesa, ella también desobedece: quiere mandar y controlar los negocios y los contactos de su marido en Logroño. Pero como es la Alcaldesa los que la critican tienen que conformarse con chismorrear sobre ella en voz baja. Una vez me pidió consejo sobre viñas, ¿te lo había dicho?

Me volví para mirar a Diana.

—No, no tenía ni idea —admití—. ¿Y para qué necesitaba ella consejo sobre crianza y vendimia? Su familia no tiene bodega ni vides.

Jimena se abrió paso entre los vecinos que buscaban un instante de su atención para llegar hasta Inocencio y Verónica. Noté como le rozaba el brazo a su hermano para que supiera que estaba allí.

—No me lo dijo a las claras, solo me dio un montón de excusas. Pero por los ratos que pasé con ella enseñándole lo más básico sobre el ciclo de las viñas y la fermentación, me pareció que estaba pensando en abrir una bodega. —Diana se puso seria por primera vez—. Eso, o quería saber cómo acabar con una bodega entera ella solita. Viñas incluidas.

Jimena le susurró algo a su hermano pequeño, él asintió en silencio y volvió a sumergirse en su habitual estado de apatía.

—¿Ni rastro de esa víbora inglesa en los *calaos*? —preguntó Diana, mientras mis pensamientos todavía giraban alrededor del asunto de las viñas y la Alcaldesa.

—No, ni rastro —respondí—. Antes he oído a algunos que creen que el Aguado se la ha llevado. Ya sabes, ese hombre sin casa que merodea algunas veces por el pueblo. Dicen que hace unas semanas le pillaron durmiendo en las cuadras de una familia de la zona.

Me sentí mal por intentar empujar las sospechas hacia el Aguado: un infeliz que vivía en la calle y que comía gracias a la caridad y a lo que podía robar de algunas huertas de la zona mientras miraba a las chicas de la casa.

—No, ni hablar. Yo también he oído los rumores sobre el Aguado, pero esto no lo ha hecho él. No es más que un pobre desgraciado que tiene la cabeza ida —respondió Diana, muy convencida—. Esto lo ha hecho un hombre normal, con la cabeza en su sitio, ya te lo digo yo.

—¿Crees que ha sido alguno de los hombres del pueblo? —pregunté con un nudo en el estómago—. Pero ¿por qué? No creo que ninguno de aquí hiciera algo tan espantoso.

—El porqué ni idea. Pero para matar a alguien y luego librarse del cuerpo hay que estar en tus cabales y tener la mente despejada, digo yo. Esto lo ha hecho un hombre normal, que son los que siempre acaban haciendo estas cosas —respondió, muy seria ahora—. Cuídate de los hombres normales, chica.

A pesar del calor de la tarde se me erizaron los pelillos de la nuca. Diana se había acercado peligrosamente a la verdad. Rafael era, para todos en San Dionisio, un hombre normal. Un buen chico.

—La primera mujer del Alcalde también desapareció —dijo Diana pensativa—. ¿Lo sabías? Se la tragó la tierra. ¡Puff!

Diana sopló un puñado invisible de tierra dorada en su mano que se perdió en el aire del atardecer.

—Es verdad, fue hace muchos años, antes de que yo naciera. Mi madre hablaba de ella algunas veces, cuando me hablaba... —recordé, intentando llegar a mis recuerdos esquivando las partes más dolorosas—. Hacía años que no pensaba en eso. ¿Cómo se llamaba ella?

—Milagros.

—Eso es. Milagros. —Y al decir su nombre en voz alta casi sentí que el viento de la tarde lo arrastraba muy lejos, como si aún estuviera buscándola en el valle—. ¿Y no se sabe qué le pasó? ¿Nunca la encontraron?

—No, solo desapareció. Fue años antes de que Marcial se convirtiera en el Alcalde. Cuando era más pobre que una rata y trabajaba como mozo y guardés para tu padre en Las Urracas, por eso no le dieron mucha importancia a la desaparición de su mujer —siguió Diana—. Yo la conocí, ¿sabes? A Milagros. Yo solo era una cría entonces y ella tendría la edad de la Alcaldesa ahora. Me impresionó, claro, yo era una muchacha huérfana de madre y ciega. Ya te puedes imaginar que, además de mi padre, Milagros era casi la única persona en el mundo que me prestaba atención; yo la admiraba y me pasaba el día revoloteando a su alrededor. Recuerdo que fumaba como una desgraciada aunque su marido lo odiaba. Ella fue quien me pegó el vicio de los cigarrillos, y también el vicio de desobedecer. Ya lo creo que sí.

Me pareció que la expresión en su rostro, siempre quemado por el sol, se oscurecía al recordar a Milagros. Nadie sabía exactamente su edad, pero Diana la vinatera rondaría los cuarenta años. Sin embargo, la piel alrededor de sus ojos y su boca era frágil y temblorosa por los años que había pasado trabajando bajo el sol.

—Hubo rumores por entonces, claro, pero Milagros no era muy querida en el pueblo y, desde luego, no era una buena cristiana: fumaba, decía la buenaventura a cambio de algunas monedas y nunca iba a misa. Y mucho menos después de que su único hijo muriera siendo solo un bebé, eso acabó para siempre con sus ganas de obedecer —añadió—. Después de lo del niño se quedaba todo el día en la cama o encerrada en casa. Milagros no era de las que obedecían, así que al final se dejó de hablar del asunto. Un año después de su desaparición, Marcial se casó con Jimena, en cuanto ella tuvo la edad para consentir, y empezó a ascender hasta convertirse en el Alcalde.

Verónica caminaba hacia nosotras, miraba el suelo y traía un ramito de lavanda en las manos.

—¿Cómo es que te acuerdas de todas esas cosas? —le pregunté, impresionada. Para la mayoría, Diana era poco más que una borracha.

—Oh, ya lo creo que me acuerdo. Da igual que no pueda verlo: lo recuerdo del mismo modo en que se recuerdan las historias. O los cuentos.

Me di cuenta entonces de que yo también podía recordar las historias que leía a escondidas. Capítulos y escenas que volvían a la vida en mi mente al pensar en ellas, aunque nunca las hubiera visto con mis propios ojos.

—No soy vieja pero tengo edad suficiente como para recordar los secretos de los poderosos de San Dionisio. Todas esas cosas que ellos se piensan que el tiempo entierra y el cierzo se lleva lejos... yo las recuerdo —añadió ella—. Por eso no me han desterrado oficialmente de San Dionisio. Bueno, por eso, y porque soy la única aquí que sabe susurrarles a las viñas.

Nos reímos juntas, y puede que mi risa sonara demasiado escandalosa y poco discreta para una señorita, porque dos vecinas me miraron con reproche al oírme.

—Mira lo que me ha dado la Alcaldesa. Es lavanda —dijo Verónica cuando llegó hasta nosotras—. Huele un poco triste, como a algo precioso que está encerrado mucho tiempo. Pero se la daré a Teresa, seguro que ella puede hacer algún ungüento con la lavanda.

—Claro que sí. ¿Por cierto? ¿Dónde está Teresa? —pregunté—. Hace un rato que no la veo.

—Está allí, detrás de esa higuera.

Verónica señaló en esa dirección y yo me volví para mirar a la zona más escondida de la plaza del ayuntamiento. Teresa hablaba en voz baja con una chica de nuestra edad más o menos, con el pelo color miel y un vestido de cuadros descolorido. Susurraban a salvo de las miradas de los chismosos, y me pareció que Teresa le acariciaba el dorso de la mano con el pulgar. Al verlas, bajé el brazo a Verónica con disimulo para que nadie más mirara en esa dirección y las descubriera.

—¿Con quién está hablando Teresa? ¿Lo sabes? —pregunté, intentando disimular el temblor en mi voz.

Verónica jugueteó con las flores de lavanda antes de responder.

—Es Gabriela, la hija de una de las maestras de la escuela para señoritas. Siempre andan las dos juntas escondiéndose por ahí y contándose secretos.

A pesar de que nos separaban casi cincuenta metros, vi cómo Teresa le daba la mano a Gabriela. Duró solo un momento, pero Diana se acercó a mí y susurró:

—¿Lo ves? Tu hermana ya está empezando a desobedecer.

Algunos meses después de que la tía Angela se hubiera ido para siempre, su desaparición había empezado a convertirse en un rumor sin importancia para casi todos en San Dionisio. Había quien pensaba que Angela se había vuelto a Inglaterra sin dar explicaciones porque estaba harta de tener que cuidar de las Veltrán-Belasco. Después de todo, a nadie le gusta tener al diablo rondando su puerta.

«En un par de semanas todo este jaleo estará olvidado. Al fin y al cabo, Angela Raymond era una forastera. No era uno de los nuestros. Verás como pronto nadie en el pueblo se acordará ni de su nombre», me había dicho Rafael al poco de matarla. Pero hacía tiempo ya que no me creía sus mentiras.

—¿Estás bien? Parece que estés a un millón de kilómetros de aquí —dijo Teresa.

Estábamos las tres en mi dormitorio, con la puerta cerrada mientras hablábamos de nuestras cosas. Estaba sentada en el borde de mi cama, notaba el colchoncillo de lana hundiéndose bajo mi peso y el de mi hermana Teresa, sentada a mi lado.

—Sí, estoy bien. Es solo que el verano me pone un poco triste, no sé por qué —respondí, y no era mentira del todo—. Me paso el año esperándolo, rezando para ver algún brote verde en las vides cuando empieza la primavera, pero después llega el verano y las viñas siguen dormidas. Otro año más.

—Puede que el próximo año llueva lo suficiente —dijo Teresa sin muchas esperanzas en la voz—. Este año ha sido de los más secos que recuerdo. Apenas ha llovido media docena de días, hasta el acuífero bajo la casa se ha secado.

—¡Auch! Me hacéis daño —protestó Verónica de mala gana.

Verónica estaba sentada en el suelo con las piernas cruzadas. Su largo pelo de fuego estaba suelto y nosotras intentábamos desenredarle los nudos de su melena en llamas.

—Pues deja de moverte entonces. Este es el único cepillo de toda la casa y lo usamos las tres —replicó Teresa mientras estiraba con suavidad de un mechón de Verónica—. Menuda estupidez no permitirnos tener cepillos o un espejo donde mirarnos para saber si estamos presentables. No creo que nadie haya ido al infierno por hacerse derechas las trenzas, vamos, digo yo.

Verónica se rio con su risa descontrolada y alta. La misma risa que según la tía Angela «no era apropiada para señoritas» y que nuestra hermana pequeña debía evitar a toda costa. «Esa es risa de bruja o de loca. Por cada vez que te rías así te tendré despierta otra hora más, hasta que amanezca si hace falta. Ya sé yo lo que me digo, si no os enderezo ahora, dentro de unos años andaréis por ahí haciendo lo que os da la gana y hablando como mamarrachos. Igual que la otra.»

«La otra» era nuestra madre muerta. Angela y su hermana mayor —la que vivía en Alemania y le enviaba licor de guindas que nosotras le robábamos— habían criado a nuestra madre. Después de haber sido torturada por Angela Raymond durante los últimos e interminables años, podía imaginar cómo de interminables debían de haber sido también para nuestra madre los años que pasó bajo su cuidado. Seguro que eso había tenido mucho que ver con la mujer distante, fría y cruel que nosotras habíamos conocido. En las noches como esa, cuando Verónica se reía sin miedo a ser castigada, me alegraba secretamente de que Angela Raymond estuviera muerta.

—Dame un poco más de loción para el pelo, este nudo no hay quien lo suelte —dije mientras me afanaba por desenredar un mechón rojo de Verónica—. No sé cómo lo has hecho, pero parece que alguien te ha estado arañando el pelo.

—Es que duermo peor ahora. Cuando empieza el calor nuestra habitación es un horno, ¿verdad que sí, Teresa? Algunas noches salimos al patio trasero a intentar respirar porque en nuestro dormitorio no hay aire, solo fuego.

Teresa me dio el frasquito de cristal con la loción suavizante para el pelo que ella misma preparaba en la antigua oficina de mamá.

—Ya lo creo que hace calor, el suelo de cerámica se calienta tanto que quema las plantas de los pies si te quedas quieta mucho tiempo —respondió ella—. Es como estar en el horno de la bruja de ese cuento donde dos hermanos se cuelan en la casita de chocolate que hay en mitad del bosque...

—Hansel y Gretel —terminó Verónica, siempre encantada de poder formar parte de la conversación—. Y en el cuento, al final los hermanos se salvan. La bruja muere y ellos viven. Sus padres se arrepienten de haberles abandonado para que murieran de hambre y ellos les perdonan. Todos son felices.

—Sí, y comen perdices —mascullé, mientras le pasaba el peine a Verónica—. Yo no les hubiera perdonado, y no entiendo por qué los hermanos les perdonan al final del cuento. Si yo fuera Hansel o Gretel, no hubiera perdonado a mis padres jamás después de abandonarme en el bosque para que muriera de hambre.

La loción suavizante para el pelo que Teresa preparaba en el viejo laboratorio de mamá olía a manzanilla y a melón dulce, del tipo que solo puede encontrarse a finales de verano cuando el sol ha calentado la fruta durante semanas. Me gustaba el olor que se me quedaba pegado a las manos durante horas después de usarlo.

—Pero eran sus padres y tenían que perdonarles —dijo Verónica confundida—. En una familia hay que perdonarlo todo, ¿no es verdad?

Le di un tirón más fuerte de lo necesario y ella dejó escapar un respingo de dolor. Me sentí culpable incluso antes de notar la mirada castaña de Teresa clavada en mí al darse cuenta de lo que había hecho.

—Lo siento —dije en voz baja, el cepillo robado tembló en mi mano un momento antes de volver a su melena salvaje—. Y no tienes que perdonar todo lo que alguien te haga solo porque sea de tu familia. Se supone que si te quisieran, me refiero a quererte de verdad, no te hubieran hecho daño en primer lugar. Nadie que abandona a sus hijos merece que le perdonen.

Verónica se movió incómoda en el suelo de baldosas granates.

—Pero si alguien de tu familia te hace daño debes perdonarlo. No importa lo que haya hecho porque para eso es la familia. Un beso y todo solucionado otra vez.

No podía ver su cara, pero supe por su tono de voz que Verónica estaba contrariada.

—La familia también puede hacerte daño, más que nada en el mundo —respondí, frotándome las cicatrices irregulares de mis rodillas.

Dejé el cepillo robado sobre la colcha de mi cama, remendada muchas veces, preguntándome otra vez dónde habría escondido Rafael el cuerpo de Angela Raymond.

—El padre Murillo y algunos del pueblo empiezan a hablar de asesinato. Dicen que el Aguado la cogió cuando ella salía sola de la finca para ir a dar su paseo como hacía algunas veces. —Teresa se levantó despacio y se acercó a la ventana en la otra pared de la habitación—. De momento el Aguado está bien escondido, lo mismo se ha marchado del valle y no vuelve a asomar su cara por aquí nunca más. Espero que no le dé por volver al pueblo. Si se le ocurre aparecer por San Dionisio, no creo que salga vivo.

Teresa abrió la ventana y los sonidos de la noche entraron en la habitación empujados por el aire cálido del verano.

—Puede que Angela esté bien y que solo haya regresado a su país húmedo y brumoso sin decir nada —mentí.

Desde que estaba muerta había comenzado a llamarla por su nombre. Angela. Ya no podía castigarme, así que empezaba a perder el miedo a sus castigos imaginativos y crueles.

—Sí, a lo mejor... —masculló Teresa, mirando fuera por la ventana al campo oscuro.

Las voces de los grillos que cantaban entre la maleza que crecía pegada a la fachada llenaron la habitación. Eso era lo único que crecía en Las Urracas: maleza. Sin control, y en cada rincón adonde llegara el sol.

—Diana está convencida de que no ha sido el Aguado el que se ha llevado a la señorita Raymond —dijo Verónica, jugueteando con un mechón de su melena—. Ella dice que ha sido alguno que la conocía bien, alguien a quien la señorita Raymond conocía lo suficiente como para dejar que se le acercara. Un hombre normal.

Una luciérnaga entró por la ventana abierta atraída por la luz de gas que bailaba en el aplique de la pared. Vi al pequeño insecto brillante revolotear hasta la lámpara para quedarse flotando delante de la llamita al otro lado de la tulipa de cristal.

—Yo no quiero que lo cojan, al que se ha llevado a la tía Angela... no quiero que lo cojan —dijo Verónica, levantándose del suelo de un saltito—. La odiaba y me alegro de que esté muerta.

Verónica no solía hablar así, con ese desprecio y furia en la lengua. Ni siquiera recordaba haberla visto enfadada jamás, tampoco después de que yo le tirara aquella maldita piedra.

—Puedes pensar lo que quieras, pero procura que nadie fuera de estas cuatro paredes te oiga hablar así de una muerta —le advirtió Teresa, aunque sin muchas ganas—. La gente espera que hables bien y seas buena, sobre todo con los muertos.

—¿Por qué? —Verónica no se volvió para mirarnos, seguía atenta a la luciérnaga—. ¿Qué les importa a los demás si yo me alegro de que la tía Angela ya no esté? ¿O es que tengo que actuar y decir siempre lo que otros esperan de mí?

«Tu hermana ya está empezando a desobedecer», había dicho Diana algunas semanas atrás.

Verónica también estaba empezando a desobedecer.

—Debes hacerlo porque si en el pueblo empiezan a creer que somos raras se fastidió todo —dije, con tono urgente—. Nos pondrán un apodo y adiós, nos llamarán siempre de esa manera, y cualquier cosa que hagamos será vista como algo raro. Unas mujeres de esas que se buscan su propia ruina de las que no hay que tener lástima. ¿Eso es lo que quieres?

—Despierta, Gloria, ya tenemos un apodo. Somos las endemoniadas, las Veltrán-Belasco —me recordó Teresa con aspereza, pero entonces se volvió hacia Verónica—. ¿Y tú cómo sabes que Angela no va a volver?

—No lo sé...

—Lo sabes. Has dicho «ojalá no atrapen al que se la ha llevado». ¿Cómo sabes que alguien se la ha llevado y que no se fue por su propia voluntad?

—Lo único que importa es que está muerta y ya no va a volver. Nunca —respondió Verónica. Y con su voz de niña esas palabras sonaron mucho más siniestras que si las hubiera pronunciado un adulto—. Está en un lugar frío y oscuro, el mismo sitio al que van los mentirosos y los traidores. No va a volver con nosotras, y me alegro.

Después Verónica alargó la mano en un gesto imposiblemente rápido y atrapó la luciérnaga en su puño.

—Al diablo los que intentan aplastarnos para que seamos como ellos ansían —añadió.

Noté la mirada estupefacta de Teresa al escuchar a nuestra hermana pequeña —que hacía solo cinco minutos estaba sentada en el suelo mientras le desenredábamos el pelo— hablando de aquella manera.

—Deja ir a la luciérnaga, Verónica. No te ha hecho nada —le dije con suavidad—. Si le haces daño después te sentirás mal contigo misma. Las criaturas hermosas y delicadas no deberían sufrir.

Pero Verónica se volvió para mirarnos. Había una extraña sonrisa torcida en sus labios.

—Yo también soy hermosa y delicada, y sufro. Solo es un bicho, un asqueroso bicho, y nadie va a llorar si la aplasto —respondió ella.

Vi como cerraba el puño alrededor de la luciérnaga y de repente me pareció estar delante de Rafael. Otra vez en el recodo del río al que solía escaparme para leer en secreto, antes de que Angela nos descubriera y yo tuviera que tirar la tierra manchada con su sangre al agua.

Verónica se rio con malicia. ¿Sería así como el demonio se hacía fuerte dentro de ella? Asomándose a su ojo bueno como ese brillo que había visto solo un momento antes. Puede que esa fuera la primera vez que me pareció estar viendo al demonio que vivía dentro de mi hermana pequeña.

Teresa, siempre la más práctica y racional de las tres, se lamió los labios con determinación —igual que si estuviera a punto de pronunciar un importante discurso— y dio un paso decidido hacia ella. Pero entonces algo sonó fuera, en el pasillo.

Intercambié una mirada rápida con Teresa: ella también lo había oído.

Era parecido a un susurro, algo grande rozando la pared al pasar. Y también pasos.

—Es «él». El demonio sin rostro y con dedos afilados que viene algunas noches a mi habitación —susurró Verónica con un hilo de voz—. Ha venido a por mí.

La puerta de la habitación se abrió un segundo después y las tres dimos un respingo.

—¡Rafael! Menudo susto nos has dado —dije, todavía notando el corazón latiendo deprisa contra mi pecho—. ¿No sabes llamar? No se entra así en la habitación de una chica.

Rafael nunca llamaba a la puerta cuando venía a visitarme. No llamaba porque eso significaría que necesitaba mi permiso para entrar.

—Bueno, no eres una chica, eres mi hermana. Tampoco es tan grave —respondió él. Le vi mirar a nuestras hermanas con reproche y después sus ojos claros volvieron a mí—. Pensé que estarías sola leyendo. Quería contarte cómo nos ha ido en la cooperativa de vinos esta tarde.

Mentía, claro. Rafael no había venido a mi habitación para explicarme lo que el resto de bodegueros y vinicultores habían dicho durante su reunión semanal, pero él no contaba con abrir la puerta de mi habitación y ver a nuestras hermanas.

—¿Y se puede saber qué estáis haciendo vosotras dos aquí tan tarde? Se supone que estabais ya en la cama. Luego que si oís pasos y gritos de madrugada, normal. Ya me diréis qué se os ha perdido en esta habitación a estas horas —dijo con voz baja y firme—. Ya os estáis marchando a la cama.

Teresa cruzó los brazos sobre el pecho. No supe si para evitar que Rafael se fijara en ella y en el encaje casi transparente de su camisón, o simplemente porque no estaba contenta con tener que darle explicaciones.

—¿Y qué pasa contigo? Tú también estás aquí —le espetó—. Lo mismo eres tú el que tiene que marcharse.

Rafael caminó hasta ella y se detuvo muy cerca. Pensé que Teresa retrocedería, intimidada al tenerle tan cerca —yo lo hubiera hecho—, pero ella aguantó sin dar un solo paso atrás.

—Luego le iréis a padre con cuentos de fantasmas y sombras que se mueven. Si camináis por la casa a medianoche es normal que os asustéis y oigáis cosas que no debéis. —Rafael se retiró un mechón rubio de la frente en una de esas pausas dramáticas que tanto le gustaban—. Os asustáis de vuestra sombra y luego todo son lloros.

—Te aseguro que no es una sombra lo que nos preocupa —replicó Teresa.

Rafael sacudió la cabeza y dejó escapar un suspiro condescendiente.

—Pues claro que sí: os asustáis de una corriente de aire, de una rata o del ruido de vuestros propios pasos en el piso de abajo. Esta casa es muy vieja y más de la mitad de las habitaciones están cerradas. Precisamente por eso es tan peligroso que os dediquéis a deambular por la finca, y encima de noche.

—Te repito que hay algo en esta casa. Hemos oído una voz, y también pasos —insistió Teresa, menos convencida cada vez—. ¿Verdad que sí, Gloria? Díselo tú también, anda, para que nos crea de una vez.

Rafael me miró esperando una respuesta que sabía de sobra que no llegaría. Me daba demasiado miedo llevarle la contraria, y delante de nuestras dos hermanas pequeñas nada menos. Así que no dije nada. Solo bajé la cabeza, notando la vergüenza arremolinándose bajo la piel pecosa de mis mejillas mientras notaba la mirada traicionada de Teresa clavada en mí.

—Sí, eso es lo que pensaba —terminó Rafael con desdén—. Y ahora ya os estáis las dos volviendo a vuestra habitación calladitas y sin hacer ruido. No quiero tener que despertar a padre para decirle que estáis paseando por la casa de madrugada.

Cabizbaja, vi los pies descalzos de mi hermana Teresa dar un paso hacia la puerta abierta de la habitación. Pensé que iban a marcharse resignadas y «calladitas» de vuelta a su habitación en el primer piso. Pero en vez de eso Teresa se quedó quieta.

—No nos vamos a ningún lado. Gloria es nuestra hermana mayor y tenemos todo el derecho del mundo a estar en su dormitorio —dijo, mirándole fijamente a pesar de la diferencia de altura entre ellos—. No estamos haciendo nada malo, solo hablamos de nuestras cosas de chicas.

—Sí, ya he oído cuánto te gustan a ti las «cosas de chicas». Demasiado para tu propio bien —respondió él entre dientes.

El habitual tono condescendiente y frío que Rafael usaba con nuestras hermanas pequeñas se había convertido en esa forma amenazante de hablar que utilizaba conmigo cuando estábamos los dos solos.

—No sé de qué me hablas... —empezó a decir Teresa, pero el temblor en su voz la delataba.

—Te han visto por ahí, en los alrededores del pueblo, con esa otra chica... la hija sin padre de la maestra. Como los rumores lleguen a la Alcaldesa, Jimena Izquierdo echará a su madre de la escuela para niñas donde vomita su basura sobre literatura y filosofía. —Rafael se inclinó hacia ella y añadió—: Y a ver adónde va después la madre de tu amiga a enseñar sus bobadas de mujeres. Lo mismo tiene que dedicarse a enseñar otra cosa para poder comer.

Vi el odio pasando detrás de los ojos castaños de mi hermana. Me pareció que estaba pensando en darle un puñetazo a Rafael.

—Ten cuidado con lo que haces por ahí, Teresita —siempre la llamaba así para fastidiarla—. Mucho ojo si no quieres acabar encerrada en una escuela especial o en un convento chupando cirios. Lo mismo lo pruebas y te gusta.

—¡Cállate ya! —grité.

Mi propia voz me sorprendió. No tanto como a mis hermanas, que me miraban desde el otro lado de la habitación con una mezcla de sorpresa y admiración. Los ojos de Rafael estaban abiertos de par en par, afilados como cuchillos. Las aletas de su nariz se movían deprisa mientras respiraba con fuerza.

—¿Cómo te atreves? —Su voz grave hizo temblar las tulipas de cristal de los apliques de gas—. No eres más que una chiquilla que se cree muy mayor y muy especial, pero escúchame bien: no vales nada. ¡Nada!

—¡Que te vayas te digo! Y no vuelvas porque no eres bienvenido en esta habitación a partir de esta noche —añadí, sin saber muy bien de dónde sacaba el valor hasta que vi a mis hermanas paralizadas en un rincón—. ¡Fuera!

Rafael nos dedicó una mirada furiosa, pero después se marchó sin cerrar la puerta.

Yo misma la cerré de un portazo cuando escuché sus pasos alejarse por el pasillo hacia su habitación y coloqué la silla del tocador sin espejo bajo la manilla para asegurarme de que no pudiera volver a entrar. Todavía me temblaban las manos por el miedo y el valor repentino que corría por mis venas.

Teresa temblaba de puro miedo, igual que yo.

—Lo has echado —dijo, intentando sonreír y fracasando miserablemente—. Sabía que al final conseguirías librarte de él.

Le di la mano y ella la apretó en silencio.

—Yo tampoco sé muy bien cómo lo he hecho —admití, y después dejé escapar una risita alterada—. Y puede que mañana o los próximos días tenga que pagar de alguna forma por lo que acaba de pasar, pero lo hemos echado.

Verónica abrió la mano y la luciérnaga revoloteó desorientada por la habitación hasta que llegó a la ventana abierta y volvió a perderse fuera, en la noche cálida.

—Si hemos conseguido echar a Rafael, podemos echar también a los demonios. Juntas —dijo Verónica, de nuevo solo nuestra dulce hermana pequeña.

Entonces, me dio la misma mano con la que había retenido a la luciérnaga. Volví a sentir la cadena formada solo por tres eslabones haciéndose más fuerte. Aquella no era una cadena de las que te atan, dejándote marcas en la piel. No. Era el tipo de cadena segura e irrompible con la que te atreverías a adentrarte en la oscuridad más absoluta.

A partir de esa noche las cosas fueron diferentes para las tres. Empezamos a darnos cuenta de que juntas éramos más fuertes que padre y que los demonios. Más fuertes incluso que nuestro hermano. El problema fue que Rafael también empezó a darse cuenta.

LOS INOCENTES

Pasé meses sin atreverme a volver al recodo del río donde me escondía para leer. Rafael también me había arrebatado eso. Después de la tarde en que mi hermano mató a Angela Raymond, me preocupaba volver a mi escondite y descubrir que había olvidado limpiar su sangre del tronco leñoso de alguna de las viñas, o que la tierra sedienta del camino entre las vides no había sido capaz de absorber toda la sangre que salió de su cabeza. Solía tener pesadillas en las que regresaba junto al río y me encontraba a Verónica o a Teresa de pie, delante de un charco de sangre mal coagulada, mientras el dobladillo de sus vestidos se teñía de rojo. Solía despertar justo cuando Rafael aparecía por el camino entre las vides, con una piedra ensangrentada en la mano listo para acabar también con mis dos hermanas pequeñas.

Durante semanas probé a esconderme en distintos lugares de Las Urracas para leer. Siempre acompañada de alguno de los libros de la biblioteca de nuestra madre, deambulé por las habitaciones prohibidas de la casa —las que pude abrir sin tener las llaves que nuestro padre escondía en su despacho—. No tardé en comprender por qué casi todas las estancias del ala oeste del palacete permanecían clausuradas.

Enormes habitaciones cerradas, encadenadas unas a otras

donde solo vivían el polvo y las telas de araña. En algunas se amontonaban en el centro de la habitación los grandes muebles, cuadros y espejos que hacía años habían decorado la casa, en otra vida. Ahora estaban cubiertos con sábanas viejas para protegerlos del polvo suspendido del aire, como si fueran los fantasmas de un cuento infantil. Sin embargo, otras habitaciones estaban completamente vacías y destrozadas, con el papel pintado arrancado a jirones de las paredes y esparcido por el suelo —como si un monstruo con garras poderosas lo hubiera hecho trizas—, las molduras doradas habían perdido el brillo, los frescos de muchos colores pintados a mano en paredes y techos aparecían ahora desconchados. Las tuberías del gas colgaban peligrosamente donde antes hubo apliques de bronce y cristal, o lámparas de araña que ahora estaban olvidadas en el rincón. En algunas zonas de la casa, las anchas tablas de madera del suelo habían sido levantadas en una búsqueda del tesoro imposible.

Muchas de las habitaciones tenían los cristales de las ventanas rotos, esparcidos por el suelo. La tierra de Las Urracas se había colado por las ventanas para tejer una alfombra dorada arrastrada por el viento que se iba difuminando cuanto más se alejaba de la ventana. Alguien había clavado las pesadas contraventanas de roble al marco para evitar que el cierzo entrara en esas habitaciones abandonadas, pero igualmente hacía frío en todas sin excepción. Me fijé en que no había luz suficiente para leer en ninguna de las habitaciones prohibidas del palacete, y no quería tener que cargar con el farol de queroseno, así que tuve que buscar otro lugar para esconderme.

El otoño de ese año se despedía de Las Urracas sin dejar un solo racimo en sus viñas, y yo pasaba las tardes sola, sentada junto al lago de La Misericordia. Ya no había clases particulares para ninguna de nosotras tres, así que mientras Verónica practicaba en el piano de pared del cuarto del primer piso y Teresa paseaba hasta el pueblo al atardecer para ver a Gabriela, yo me acercaba hasta el lago para evitar pensar en que estábamos a punto de perder la casa, la finca y todo lo demás.

El campanario de la iglesia del viejo San Dionisio proyec-

taba una siniestra sombra en la superficie del lago —seguramente esa era la única sombra en kilómetros a la redonda—.
De vez en cuando una ráfaga de viento del norte conseguía
rebasar la hilera de montañas que había al otro lado del valle y
arrastraba el olor del invierno cercano. Cuando eso pasaba
solía levantar la vista de mi libro para mirar la campana en el
torreón fantasmal de la vieja iglesia. Nada. Nunca, en todas
las tardes que pasé a solas junto al lago, oí a los muertos bajo
el agua tocando la campana del viejo San Dionisio.

—Vaya, creía que ya nunca venías aquí. No después de lo
que le pasó a Verónica —dijo una voz a mi espalda—. Yo no
sé si me atrevería a volver después de algo así. Y mucho menos a un sitio tan remoto y lleno de muertos como este.
A saber lo que podría pasarte aquí.

—A Verónica no le pasó nada, se lo hicimos nosotros, Rafael. Tú y yo —respondí sin molestarme en mirarle.

—Sí, pero sobre todo se lo hiciste tú —respondió él—.
Tenías opciones, nadie te obligó a lanzar esa piedra.

Dejé escapar un suspiro de frustración. Sabía que no ser-
viría de nada intentar explicarle a Rafael que él me obligó a
lanzar aquella maldita piedra, igual que me había obligado a
hacer otras muchas cosas.

—¿Qué quieres? Pensé que estarías con los demás hombres en la cooperativa de vinos fingiendo que habláis de negocios mientras jugáis a las cartas.

Rafael se sentó a mi lado, rozándome el brazo con la manga de su única camisa buena —la que usaba siempre para ir a
las reuniones con el resto de bodegueros de la zona— y el libro que sostenía en mis manos tembló.

—Fíjate, desde aquí, si entrecierras un poco los ojos, se ve
la finca de los Sarmiento en el horizonte —dijo él, ladeando la
cabeza para ver mejor—. Tan grande y moderna, y todo para
que esos dos hermanos calladitos y estirados se ocupen de
administrarla. Menudo desperdicio de tierra, de hombres y
de viñas. Lo que haría yo si tuviera una bodega así a mi cargo,
ya lo creo...

No levanté la cabeza de las páginas porque conocía de sobra la silueta alargada de la finca de los Sarmiento, pero tuve que morderme la lengua para no responderle que él podría ser el dueño de la mayor o más próspera finca de la región y seguiría encontrando motivos para quejarse.

—¿Recuerdas cuando te ahogaste en este mismo lago? El hielo se rompió bajo tus pies, te caíste al agua helada, pero yo te salvé —me dijo sin mirarme—. Éramos unos críos y podíamos habernos ahogado los dos, pero yo corrí hasta el límite del hielo roto sin dudarlo para sacarte del agua. Yo te salvé.

—Tú me salvaste. Y a cambio de eso me pediste el mundo entero.

Cerré mi ejemplar de *Cumbres borrascosas* y lo dejé a mi lado en el suelo de cantos rodados.

—No sé qué quieres de mí, pero no puedo darte nada más —le dije, sin ninguna esperanza de que comprendiera lo que esas palabras significaban realmente.

—¿Sabes? Estás muy rara últimamente, has cambiado. Antes solías alegrarte de verme aquí. ¿O ya no te acuerdas de cuando nos escabullíamos de la casa para venir a estar solos en esta misma orilla? —preguntó, con sus ojos claros fijos en la superficie del agua—. Antes te gustaba estar conmigo, pero ahora siempre estás de mal humor, apenas soportas que te toque.

—No recuerdo que me haya gustado nunca —respondí en un susurro.

Sentí como Rafael se volvía para mirarme, casi como si mi confesión le hubiera herido tanto como él a mí durante estos últimos años. Casi.

—¿Por qué quieres hacerme daño? Yo te amo, más que nadie en este mundo. Mucho más de lo que nadie te amará nunca. —Rafael sacudió la cabeza, decepcionado, y añadió—: No me gusta que pases tanto tiempo con las dos pequeñas, te meten ideas raras en la cabeza y últimamente siempre estáis las tres juntas. Espero que no te estés volviendo como Teresita...

Una ráfaga de viento del oeste barrió el lago de La Misericordia arrancando destellos al agua en calma y sacudiendo el polvo amontonado entre las rocas durante todo el verano. El olor a tomillo de los arbustos cercanos llenó al aire de la tarde cuando llegó hasta la orilla.

—No me estoy volviendo de ninguna manera, es solo que quiero estar a solas para leer un rato. Tampoco es para tanto.

—Ya nunca estás conmigo, te echo de menos. Apuesto a que incluso te has olvidado de nuestro plan. —Rafael me cogió la mano y la acercó hasta sus labios para besarla—. Cuando padre se vaya con Dios...

—Nosotros dirigiremos Las Urracas, las bodegas y todo lo demás. Así yo no tendré que buscarme un marido y podré seguir viviendo en la finca siempre —respondí sin ninguna emoción en la voz—. No me he olvidado de nuestro plan. Es solo que últimamente he estado pensando en algunas cosas y leyendo algunos de los viejos libros de mamá. Ese ya no me parece el mejor plan para mí.

Por primera vez desde que había llegado, Rafael se fijó en el libro cerrado a mi lado.

—¿Los libros te han hecho cambiar de opinión sobre nosotros dos? ¿Sobre todo lo que hemos planeado estos años?

—¿Sabías que hay mujeres escritoras? —le pregunté con una peligrosa chispa de esperanza—. Algunas tienen que usar un pseudónimo o el nombre de sus maridos para poder publicar, pero la gente lee sus historias igualmente. Ganan dinero escribiendo.

—¿Mujeres escritoras? ¡Qué locura! Nunca se me hubiera ocurrido. —Rafael hizo una pausa como si necesitara un momento más para hacerse a la idea—. Es muy loable, claro, apuesto a que realmente se esfuerzan. Aunque seguro que no están al nivel de los escritores de verdad. Al fin y al cabo, un hombre puede escribir sobre cualquier cosa, pero las mujeres únicamente saben de sentimientos, amor, niños... Cosas de mujeres.

Acaricié la cubierta manoseada de *Cumbres borrascosas*. Había perdido el brillo del color verde y algunas de las letras doradas del título estaban descoloridas y sin relieve. Supe que había sido uno de los libros favoritos de mamá.

—No creas. Hay autoras que escriben cuentos tan terrorí-ficos que podrían robarte el sueño durante semanas —le dije—. Paisajes lejanos barridos por el viento y tan verdes que no pensé que pudieran existir. Algunas escriben sobre monstruos que cobran vida al ser alcanzados por un rayo, historias de fantasmas que rondan castillos abandonados, aventuras de piratas, demonios...

Rafael me soltó la mano y cogió el libro sin preocuparse de no arrugar las esquinas de las páginas.

—¿Y tú crees que podrías escribir un libro? —preguntó, sin molestarse en contener una sonrisa.

—No uno como ese, claro, pero...

—¿Y de qué se supone que vas a escribir tú? Si nunca has salido de este pueblo y te pasas el día sola leyendo —me cortó él—. No creo que tengas una historia dentro que contar.

Me fijé en la manera en que Rafael sostenía el libro en sus manos bronceadas: no era nada para él. Comprendí entonces que mi hermano nunca entendería el verdadero poder de las historias: el poder para cambiar nuestro modo de entender el mundo. Rafael ni siquiera tenía miedo de lo que pudiera po-ner en sus páginas o del impacto irreversible que las palabras de su autora habían tenido en mí. El libro era solo un objeto insignificante para él.

—Te equivocas —le desafié, y él me miró—. Voy a escribir una historia sobre tres hermanas pelirrojas que luchan por romper una maldición. Un embrujo por culpa del cual ya han muerto su madre, su tía abuela y a saber cuántas más. Las tres hermanas viven en un palacio abandonado y polvoriento en mitad de la nada, olvidadas por todo mundo en una tierra quemada por el sol. Todo cambia para ellas cuando las herma-nas se dan cuenta de que los peores demonios no son los que están dentro de ellas, sino fuera.

—Ya basta... —me cortó él, con un tono que dejaba muy claro que no me lo volvería a advertir.

Pero le ignoré.

—Uno de los demonios más peligrosos es su hermano mayor. Es peligroso porque cree que merece más de lo que tiene, y eso que él lo tiene todo. Pero aun así fantasea con ser un hombre importante algún día. Persigue a sus propias hermanas por las habitaciones prohibidas de la mansión —añadí—. También ha asesinado a su tía y se ha deshecho de su cuerpo.

—¡Que te calles ya, te digo!

Di un respingo al oír su grito. Las piedras suaves de la orilla temblaron, y dos urracas, que bebían agua cerca junto al lago, echaron a volar espantadas al oírle.

—¿Qué pasa, Rafael? ¿No quieres oír el final de mi historia? —Me temblaba el aire en la garganta, pero no dejé que él lo notara.

—Lo que pasa es que ya sé cómo acaba tu historia: ellas pierden y el hermano mayor se queda con todo.

—Te equivocas. No es así como termina esta historia.

En un gesto rápido Rafael dejó caer el libro y me sujetó por el cuello. Sentí su mano familiar cerrándose con fuerza alrededor del cuello de encaje de muselina de mi camisa blanca, marcando la carne debajo.

—Ese es el único final posible para las tres hermanas —siseó entre dientes—. Por eso mismo nunca serás una escritora de verdad.

La garganta me ardía y el aire en mis pulmones se convirtió en fuego mientras luchaba por respirar. Forcejeé y le di un manotazo en el pecho para librarme de él. Rafael me soltó un momento después, cuando ya empezaba a ver destellos de luz detrás de mis ojos y mis pensamientos se habían vuelto torpes y lentos. Tosí con fuerza. Mi garganta magullada me arañó por dentro cuando logré volver a respirar.

—Dios... cuánto te odio —dije, con la voz áspera por el dolor y el desprecio—. Ojalá la tía Angela hubiera corrido más aquella tarde y se lo hubiera contado todo a padre. Así al menos no tendría que tenerte cerca todo el tiempo.

Me levanté para marcharme, pero sentía el estómago del revés y mis piernas temblaban, débiles, como cuando intentas correr en una pesadilla.

—Espera, por favor. Lo siento mucho. No lo volveré a

hacer. —Rafael no se levantó, pero me sujetó por el brazo para detenerme—. Ya sé que algunas veces me enfado, pero es solo porque te quiero demasiado. Te prometo que a partir de ahora me portaré mejor, contigo y también con las otras dos. Lo que pasa es que he estado muy preocupado por cómo nos va en los negocios. Padre está pensando en vender algunas hectáreas de la finca para salir del paso, por eso he estado de tan mal humor últimamente. Pero voy a cambiar.

Me reí con amargura. Había perdido la cuenta de todas las promesas y disculpas que le había escuchado a mi hermano.

—Tú no vas a cambiar, Rafael. Tú eres así. También tienes un demonio que te susurra mientras duermes. —Tironeé de mi brazo para intentar soltarme, pero no pude y suspiré—. Tenemos que contar lo que pasó. Todo. Lo nuestro y lo de la tía Angela. Solo así se acabará esto, ya estoy cansada de los secretos y de las mentiras.

—No, por favor... Cambiaré. Te lo juro, esta vez es de verdad. —Rafael hablaba deprisa y me miraba suplicante desde sus ojos claros, casi pensé que se iba a echar a llorar—. Voy a ser mejor hermano mayor. Para ti y también para las otras dos, os dejaré tranquilas. Te lo prometo.

—Ya no te creo. Ya no creo nada de lo que dices. —Mi voz tembló porque sabía que no había vuelta atrás después de pronunciar esas palabras—. Tan solo déjanos tranquilas a las tres o te juro que le contaré a todo el mundo lo que hacíamos junto al río y qué le pasó de verdad a la tía Angela. Después de todo, tú tienes mucho más que perder que yo.

Por un momento pensé que le había convencido, que realmente, por una vez, podría apartarme de él sin que su violencia pegajosa me siguiera como una sombra de madrugada. Pero entonces sentí un dolor intenso en la espinilla izquierda, y antes incluso de comprender que Rafael me había dado una patada para hacerme caer, ya estaba tumbada sobre los cantos rodados.

—¡A mí no me amenaces! —me gritó—. No se te ocurra nunca jamás volver a amenazarme con quitarme algo que me pertenece. ¿Estamos?

Rafael se inclinó sobre mí con su cara crispada por la ira, tan cerca, que sentí su respiración furiosa en mi piel. Pensé que iba a darme un puñetazo, pero en lugar de eso me sujetó por la pechera festoneada de mi blusa.

—Antes acabo contigo. Cualquier cosa antes de dejar que me lleven preso por lo que pasó esa tarde —me prometió—. ¿Te crees que yo no me siento culpable por haber acabado con ella? Pienso en lo que pasó cada día, pero no voy a desperdiciar mi vida por eso o por ti.

Me zarandeó contra los cantos rodados una vez más. El borde rígido del corsé me arañó la espalda y sentí mi sangre caliente empapando mi blusa.

—Hay muchos muertos en ese lago. No pasa nada por tirar dos o tres cuerpos más, sobre todo si es por un buen motivo —dijo, mirando al agua pensativo—. A ti tampoco va a buscarte nadie de todas formas, una partida de vecinos de San Dionisio un par de tardes y se acabó. Desaparecerás; como tantas otras chicas que se fugan o desaparecen de su casa. El agua te tragará y nadie se acordará de ti. Porque no eres nada.

Antes le hubiera creído. Hacía apenas un año, las palabras de Rafael se habrían vuelto más peligrosas aún que sus manos o que el odio que chisporroteaba en sus ojos. Pero no ahora, ahora sabía que él mentía. La cadena formada solo por tres eslabones que había forjado con mis hermanas era mucho más fuerte que las palabras cubiertas por el odio viscoso de Rafael. Así que estiré mi brazo sobre las rocas calentadas por el sol mientras él me sacudía otra vez, más fuerte ahora, hasta que rocé con los dedos el libro que me había llevado para hacerme compañía.

Cogí el libro y golpeé con él a Rafael en la cara tan fuerte como pude. Él gritó de dolor. Un sonido completamente nuevo para mí, porque normalmente, quien gritaba siempre de dolor era yo. Su voz ronca se quedó atrapada entre los matorrales de tomillo y zarzamora que crecían en la orilla pero no me soltó aún, así que le pegué otra vez, más cerca del ojo ahora.

Rafael dejó escapar un quejido de dolor y me dejó ir por fin. Le vi cubrirse el rostro con las dos manos como si estuviera llorando, aunque yo sabía bien que Rafael no lloraba jamás. Un momento después su sangre escurrió entre sus dedos y manchó las rocas, muy cerca de donde yo había sangrado también.

—¡Estás loca! —gritó, todavía cubriéndose la cara con las manos—. Esto no te lo perdonaré jamás. Jamás.

Me levanté tambaleándome. La herida en la espalda me dolía, apenas podía respirar y todavía estaba mareada después de que él me hubiera zarandeado, pero le golpeé otra vez con todas las fuerzas y el odio que me quedaban en las entrañas. Rafael cayó al suelo inmóvil, con el mismo sonido áspero que hacen los árboles secos cuando sopla el viento del oeste.

—Ya no me interesa tu perdón —dije. Pero no supe si lo decía para él o a modo de promesa conmigo misma.

Salí corriendo sin importarme que pudiera caerme y romperme el tobillo entre las rocas sueltas de la orilla. Corrí de vuelta a Las Urracas por el camino polvoriento que llevaba hasta el palacete, con los latidos de mi corazón golpeándome las sienes y el grito de dolor de Rafael aún en mis oídos. No solté el libro en todo el camino mientras me preguntaba si acababa de matar a mi hermano.

Mi sangre había teñido irremediablemente el raso de las costuras reforzadas de mi único corsé y no había podido lavarlo a escondidas todavía, así que decidí guardarlo en el fondo del último cajón de mi tocador sin espejo. Me sentí extraña vistiéndome sin la sensación del corsé marcando mi piel.

Me había untado en el corte de mi espalda la misma loción de caléndula y miel que Teresa preparaba en el viejo laboratorio de mamá. La guardaba en un tarrito de cristal con tapón de rosca, y cada vez que lo abría en la habitación olvidada de nuestra madre, el aire olía dulce.

En los últimos meses, Teresa había empezado a elaborar algunos de los remedios caseros con plantas y flores que nuestra madre apuntaba en sus cuadernos de forma casi frenética.

Teresa era muy buena descifrando las anotaciones y fórmulas secretas en las páginas amarillentas hasta que estas empezaban a tener sentido. Después recogía las flores necesarias durante sus paseos al atardecer, y por las noches, mientras pasábamos el rato en el viejo laboratorio, preparaba las diferentes cremas, ungüentos y lociones que podíamos necesitar: agua de limón y sal para aclarar las pecas que cubrían nuestra piel, una pomada de laurel que curaba los moratones, jabón de naranja y menta, e incluso una crema hecha con cera de abejas y aceite de lavanda que evitaba las quemaduras del sol cuando salíamos en verano sin sombrero y guantes.

Pero Teresa no solo era buena fabricando cremas y lociones. También parecía tener un talento especial para la química. Era capaz de fabricar distintos compuestos: medicinas caseras para dormir de un tirón y sin pesadillas, bebedizos para el dolor de estómago y hasta unas gotas para cuando el ojo nublado de Verónica le picaba como si estuviera lleno de hormigas diminutas.

No le había contado a nadie lo sucedido con Rafael en el lago —no podía hacerlo sin tener que explicarles también lo que le pasó a la tía Angela—, de modo que me había untado yo sola la loción de caléndula y miel para las heridas.

—Puedo oler la miel sobre tu herida desde aquí —me dijo Teresa en voz baja para que nuestra hermana pequeña no la escuchara—. Y estás sentada tiesa como una vela. Ya me dirás qué te ha pasado esta vez. Aunque viendo la cara de susto que llevas todavía no me cuesta nada imaginármelo. Eso, y que nuestro querido hermano mayor y heredero tiene una herida abierta en la ceja de la que no quiere hablar.

Rafael no había muerto en la orilla del lago. Mientras corría de vuelta a casa por el sendero silencioso no dejaba de imaginar que Rafael se desangraba sobre los cantos rodados hasta que su sangre llegaba al agua para mezclarse con la del resto de los muertos que tocaban la campana de la vieja iglesia de San Dionisio de madrugada. Pero en vez de eso, Rafael volvió caminando penosamente a Las Urracas tres horas después, con su mejor camisa manchada de sangre, su pelo claro revuelto y una herida profunda sobre la ceja de la que no dio ninguna explicación creíble. Ni siquiera cuando padre se lo preguntó.

—Él solito se lo ha buscado —murmuré, temporalmente envalentonada después de haberle arrancado un grito de dolor a Rafael.

Teresa sonrió, pero solo duró un momento.

—Seguro que sí. Pero ten mucho cuidado, es tan peligroso como siempre, y en cuanto se le pase la vergüenza de que le hayas podido en una pelea, volverá a ser como siempre. —Los ojos nerviosos de Teresa brillaron a la luz del fuego de los faroles de queroseno que iluminaban la habitación—. Es un animal herido. Te atacará sin descanso hasta que acabes con él o hasta que él...

—Hasta que él acabe conmigo —terminé yo—. Hace tiempo que sé que nunca me dejará tranquila. A ninguna de nosotras. Tú tenías razón y yo estaba equivocada: Rafael es una infección, un parásito de las raíces que se alimenta de la savia y pudre todo lo que toca.

Verónica revoloteaba por la habitación mientras buscaba un libro de partituras de piano que había pertenecido a la tía abuela Clara, así que no podía oír lo que decíamos. Al parecer, ella también había sido un genio de la música cuando era apenas una niña, antes de que las voces de los demonios se volvieran demasiado insistentes como para poder soportarlo.

—Últimamente he estado pensando en una cura para ella. Un remedio para Verónica —empezó a decir Teresa mirando a nuestra hermana pequeña—. Mamá había marcado muchos capítulos en sus libros y diarios que hablan sobre el mal que corrompía su mente. En sus notas no habla de ello como si fuera un demonio, sino como una enfermedad que llevamos en la sangre.

—El mal como enfermedad hereditaria. Nuestra hemofilia particular. Hace mucho que estoy bastante segura de que ningún demonio nos ronda, al menos ninguno que no viva en la casa con nosotras. Y tampoco creo que exista la maldición de las Veltrán-Belasco. No estamos endemoniadas, nunca lo hemos estado —dije, sintiéndome como una estúpida por haberlo creído durante tantos años y por haber permitido que ellas lo creyeran también—. Todo eso no son más que historias que nos han repetido. Mentiras, para que tengamos miedo hasta de nuestra sombra y así poder controlarnos. Para que seamos buenas.

Me moví incómoda en mi camisón de muselina, la larga herida que atravesaba mi espalda envió una corriente de dolor que me recorrió todo el cuerpo por debajo de la piel.

—A mí no me ha servido de nada ser buena —terminé, todavía con un escalofrío por el dolor—. ¿Y a ti?

Teresa no respondió, pero yo sabía bien que la mentira era espesa y difícil de disolver. Precisamente por eso funcionaba tan bien, con la precisión del viejo reloj suizo que padre había heredado de su abuelo: era mucho más fácil creer en demonios de dedos afilados que aceptar que tu propia familia esperaba que sufrieras sin rechistar.

Teresa se sentó a mi lado en la manta, olía a tabaco de hierbabuena y a alcohol de perfumería. Llevaba su larguísima melena suelta y algunos de sus rizos me hicieron cosquillas en el brazo.

—Verónica está enferma —me dijo con calma—. Su mente sufre, y creo que a mamá también le pasaba, igual que a la tía abuela Clara. Hace tiempo que sospecho que ella nunca estuvo endemoniada, Gloria.

—Pues claro que nunca ha estado endemoniada, ninguna lo ha estado nunca. Todo eran mentiras de padre, de la tía Angela, de Rafael, de la gente del pueblo... Repítele a una chica frágil que está embrujada las veces suficientes y acabará por creérselo. Hasta te dirá que puede ver a los demonios que la persiguen —respondí—. Nosotras tres, igual que otras mujeres de la familia, hemos heredado su dolor. Igual que hemos heredado el color del pelo o las pecas en la piel. Pero esa es la única maldición que cargamos realmente, su dolor.

—Pero hay maldad en nuestra sangre, en nuestra familia. Eso también lo hemos heredado —dijo Teresa muy convencida—. La tía Angela y su otra hermana eran crueles con Clara porque su madre lo había sido antes con ellas. Y después, cuando nuestra madre fue a vivir con ellas tras quedarse huérfana, trasladaron sus juegos crueles a nuestra madre. Y ella a nosotras, en un círculo infinito. Ese es el verdadero mal con el que cargamos: la crueldad.

De nuevo ahí estaba, cerrándome la boca del estómago igual que un puño: la incómoda sensación de estar enfadada con una muerta.

—Lo sé. Por eso mismo no deberíamos tener hijos nunca,

ninguna de nosotras tres —respondí lacónica—. Que la maldición termine en nosotras y no se extienda más.

Verónica canturreaba otra vez la siniestra nana sobre las urracas mientras abría unas cajas polvorientas y rebuscaba dentro:

—*One for sorrow, two for joy...*

—Y aun así, la enfermedad mental o el dolor no puede explicar por completo lo que le sucede a Verónica. Lo especial que realmente es —murmuró Teresa, mirando a nuestra hermana pequeña.

—¿Crees que hay algo más en ella? ¿Algo más que la locura hereditaria de las Veltrán-Belasco? —pregunté con una sonrisa amarga.

—Esta habitación y estos libros están llenos de fórmulas, definiciones, números, teorías científicas..., pero nada de lo que hay aquí explica por completo el carácter especial de nuestra hermana pequeña. Verónica sabe más de música que algunos grandes maestros aunque nunca ha estudiado música, aprendió a hablar sin que nadie le enseñara y tiene sueños en los que puede predecir el futuro —añadió—. Sí, creo que hay mucho más en nuestra hermana pequeña de lo que la ciencia moderna puede explicar.

Verónica abrió otra de las cajas y las partículas de polvo olvidado revolotearon a la luz del fuego del farol. Sonrió encantada y sacó un viejo libro de la caja.

—Tú y yo somos normales, pero ella es extraordinaria —terminó Teresa, aún mirando a nuestra hermana pequeña con ternura.

—No, yo soy la única normal de las tres. Mírate, tú eres experta en matemáticas, fórmulas científicas, biología... Si fueras un chico podrías estudiar en la universidad. Ser ingeniera, física, inventora... lo que tú quisieras —le dije—. Cualquier facultad de ciencias estaría encantada de contar contigo.

—Si fuera un chico podría hacer muchas cosas —respondió Teresa, apartando la mirada de Verónica de repente—. El caso es que mamá trabajaba en una cura para ella cuando padre y el cura Murillo la mataron de hambre. Creo que puedo reproducirla, o intentarlo al menos. Algo para Verónica, para ayudarla a estar más tranquila y centrada. Y también para nosotras, por si acaso llega el día en que nada de lo que hay en esta habitación pueda explicar lo que nos pasa.

—Hazlo.

Teresa asintió, y justo en ese momento, Verónica se dejó caer en la manta a nuestro lado.

—Lo he encontrado, lo he encontrado —nos dijo encantada. Era una de esas semanas en las que hablaba sin descanso—. Sabía que estaba aquí guardado, en algún sitio a salvo del polvo. Mamá me lo dijo.

Era un libro de partituras encuadernado en piel, con grandes letras escritas en cursiva en la cubierta. Las grandes cartulinas rugosas de dentro estaban sujetas por un cordoncillo que las mantenía unidas dentro de la cubierta de piel. Parecía muy antiguo y algunas de sus páginas estaban sueltas. Verónica lo sostenía como si fuera un tesoro frágil.

—*Sinfonía contra los demonios* —leí el título en la cubierta y miré un momento a Teresa antes de añadir—: Parece que lleva años olvidado en esas cajas. ¿Cómo has sabido dónde estaba?

—Mamá me lo ha dicho en un sueño —respondió Verónica sin mirarme, pasando ensimismada las cartulinas de su nuevo tesoro—. Dentro están las instrucciones para romper el embrujo.

—¿Qué embrujo? —pregunté.

Verónica me miró por fin y su ojo bueno centelleó.

—¡Pues el nuestro! ¿Cuál va a ser si no?

Después se rio con una extraña risa de adulta mientras se apartaba unos mechones de fuego detrás de la oreja. Durante un momento estuve segura de que, en realidad, era mamá quien se reía. Pensé que, de alguna manera, nuestra madre había tomado el control del cuerpo de Verónica y que en cualquier instante se abalanzaría sobre nosotras o se encerraría durante días, mientras yo lloraba contra la puerta de su habitación rogándole que me perdonara por lo que fuera que hubiera hecho.

—Trae, deja que lo lea. Igual nos sirve de ayuda —escuché que decía Teresa mientras cogía el misterioso libro para colocarlo sobre su regazo.

Pero yo continuaba atrapada en esa sensación pegajosa que anuncia que algo va terriblemente mal. Miré a Verónica con atención mientras ella apoyaba la cabeza en el hombro de Teresa para leer también.

—Para romper un embrujo, una maldición o una promesa con un demonio se debe enterrar a los causantes del maleficio en tierra resucitada para que así estos nunca puedan descansar —leyó Teresa en voz alta y clara—. Después, la sangre de una víctima inocente debe empapar esa misma tierra resucitada hasta que su corazón deje de latir.

Las tres nos quedamos en silencio un segundo.

—Es un poco extraño, pensé que solo era un viejo libro de partituras para piano —recordé—. ¿Y qué significa exactamente «tierra resucitada»?

—No tengo ni idea —admitió Teresa, y por su expresión parecía tan sorprendida como yo—. El resto del libro parece ser solo partituras para piano, pentagramas, instrucciones sobre el ritmo de la pieza... cosas así. Aunque también hay algunas páginas más escritas, además de las instrucciones siniestras que acabo de leer. Tendremos que estudiarlo un poco mejor.

—Qué raro. Casi parece un libro de hechizos —dije.

Nos reímos las tres con una risita nerviosa que llenó el aire cálido del estudio. Abrí la boca para decir algo que después olvidaría, porque justo en ese momento una campana empezó a repicar.

—¿Qué es eso? —Verónica se levantó de un salto, mirando en todas direcciones—. Es la campana de los muertos. La de la iglesia del antiguo San Dionisio. Los muertos están tocando la campana.

—No. Es la campana del patio trasero de la casa principal —dije, con el corazón latiéndome deprisa por el susto y el ruido—. Puede que solo sea el viento del oeste haciéndola sonar. Voy a mirar, vosotras quedaos aquí.

Me levanté, cogí el chal de lanilla para protegerme del frío de la noche y salí del estudio sin olvidarme de llevarme uno de los faroles de queroseno. Por supuesto, no había salido aún del edificio helado de la bodega cuando oí los pasos suaves y el murmullo de mis hermanas pequeñas detrás de mí.

—Vamos a mirar contigo, solo por si acaso es un demonio quien está tocando la campana —dijo Teresa con una sonrisa nerviosa.

Juntas desanduvimos el camino de vuelta a través de la galería de cristal que unía la bodega con la casa principal. Oí movimiento en el segundo piso de la casa y supuse que nuestro padre se había despertado al oír la campana. En camisón, descalzas y protegidas de la oscuridad solo por las lámparas humeantes, atravesamos el vestíbulo en tinieblas y llegamos a la puerta trasera. Allí el sonido de la campana cortando la noche era casi insoportable. Abrí con cuidado la pesada puerta que conducía al patio de atrás y a los viñedos, y me asomé. Sentí el calor del cuerpo de mis hermanas apoyado en mi espalda, deseando mirar también.

Rafael tocaba la campana colocada al final de un poste de madera, justo donde terminaba el suelo empedrado del patio trasero y comenzaba la tierra seca de Las Urracas.

—Tenías algo de razón, un demonio está tocando la campana —murmuré, antes de abrir la puerta y salir a la noche.

Era imposible que mi hermano me hubiera oído acercarme por detrás, pero justo en ese momento paró. Entonces oí los gritos y las voces que venían del otro lado del río. Desde donde estaba distinguí el resplandor de antorchas y faroles moviéndose deprisa en la otra orilla.

—Lo han encontrado —dijo Rafael cuando estuvimos lo suficientemente cerca—. Al Aguado. Resulta que el muy cobarde ha estado escondiéndose en una bodega abandonada todos estos meses. ¿Lo imaginas? Meses y meses viviendo bajo tierra sin ver la luz del sol. Esta tarde alguien le ha encontrado por casualidad y ha avisado a los hombres del Alcalde.

Al otro lado del río intuí cómo un grupo de hombres armados arrastraban una figura sujetándola por los brazos. Los hombres del Alcalde eran un grupo de unos cinco o seis hombres que se encargaban de hacer cumplir la «ley» en San Dionisio, pero sobre todo hacían cumplir la voluntad de Marcial Izquierdo. Amenazaban, extorsionaban, intimidaban o sobornaban a quien fuera necesario en el pueblo y alrededores para que el Alcalde no tuviera que ensuciarse las manos.

—Ha intentado huir y esconderse cerca de la Peña del Cuervo, pero han organizado una partida de caza y al final lo han encontrado. Dicen que tenía el rosario de nácar de la tía Angela escondido en su guarida. Al parecer, lo ha guardado todos estos meses como recuerdo —añadió Rafael con voz calmada.

Los gritos se convirtieron en risas cuando la silueta a la que arrastraban cayó al suelo definitivamente. Un par de los hombres del Alcalde dejaron sus faroles en el suelo y se agacharon para recogerlo.

—Has sido tú —murmuré, sin poder dejar de mirar lo que sucedía en la otra orilla.

—Llevan toda la tarde detrás de él, casi consigue escapar cuando se ha puesto el sol, pero me ha parecido verle merodeando en el límite de nuestra finca desde la ventana de mi habitación. Por eso he tocado la campana: para avisarles de dónde estaba el Aguado. —Rafael se tocó con cuidado el corte de su frente—. Me alegro de que le hayan detenido por fin, ¿te imaginas que le hubiera dado por entrar en la casa mientras dormís? A saber qué podría haberos hecho el muy desgraciado.

Me volví para mirar por encima de mi hombro. Teresa y Verónica estaban de pie un poco detrás de nosotros, abrazadas pero lo suficientemente lejos como para no oír nuestros susurros. Me fijé en que Verónica se retorcía las manos con fuerza sobre la tela blanca de su camisón.

—Creen que también mató a la primera esposa del Alcalde hace algunos años, antes de que tú y yo naciéramos.

Intuí la mirada horrorizada en los ojos de mis hermanas cuando uno de los hombres le dio una patada a la forma del suelo. Los demás se rieron igual que perros salvajes.

—El Aguado es inocente. Lo sabes bien —rogué con un hilo de voz.

—Entonces ve y cuéntaselo a ellos. Diles lo que sucedió realmente aquella tarde —me retó Rafael, pero yo volví a mirar a mis hermanas y me quedé inmóvil—. Ya, eso pensaba. Han mandado avisar a los guardias de Haro para que vengan a llevárselo preso, pero no creo que llegue vivo a mañana.

El humo pálido que salía de los faroles de queroseno se mezclaba con los restos de bruma atrapados entre las viñas un poco más adelante, y flotaba en el aire de la noche hacia el río.

—Guardaste el rosario de la tía Angela aquella tarde, por si acaso necesitabas usarlo algún día contra mí —dije con la lengua pastosa por el miedo y la culpa.

—No todo, solo lo que no tenía agarrado en su mano rígida. Por si acaso alguna vez te olvidas de todo lo que me debes y te da por empezar a inventarte cosas.

Rafael metió las manos en los bolsillos de su pantalón, me fijé por primera vez en que no se había cambiado de ropa a pesar de ser de madrugada. Su perfil afilado y apuesto ni siquiera se inmutó cuando los hombres del Alcalde consiguieron levantar lo que quedaba del Aguado del suelo y sujetarlo por debajo de los brazos.

—Van a matarle por tu culpa, por lo que tú hiciste.

—Por lo que yo hice, sí. Pero también por lo que tú callaste, hermanita. Los dos compartimos esta culpa. —Me miró un segundo con una sonrisa lenta y después volvió a fijarse en los hombres del Alcalde—. Él pierde y nosotros ganamos. Han encontrado parte del rosario de nácar de la tía Angela manchado de sangre entre sus cosas. Está acabado.

Temblaba. No sabía si era por el frío seco de la medianoche pasando a través de los agujeros de la lana de mi chal o de miedo. Miré a mis hermanas. Verónica había escondido su cara entre el pelo suelto que cubría los hombros de Teresa para no ver nada más y la abrazaba con fuerza. No supe si estaba llorando porque solo podía oír los gritos de los hombres.

Rafael se inclinó hacia mí y me susurró:

—Ahora ya no podrás contárselo a nadie.

El invierno de aquel año no se había marchado todavía, pero apenas nos había dejado tres días de lluvia. Incluso el peor y más torpe bodeguero de la zona sabía que eso no era agua suficiente para dar de beber a la tierra sedienta después de años de sequía. En vez del agua que tanto necesitábamos, el invierno de 1890 dejó a su paso escarcha que terminó de congelar los viñedos del valle, tormentas secas que hacían retumbar la tierra y viento helado del norte.

A pesar de eso, Verónica y yo habíamos cogido la costumbre de pasear hasta el bosquecillo de encinas que había hacia el norte después de dejar atrás el cerro sobre el que se alzaba San Dionisio. Cada tarde después de comer, cuando aún quedaban tres horas de luz en el cielo, mis dos hermanas pequeñas y yo salíamos juntas de la casa principal y caminábamos hasta el cruce de caminos frente a Las Urracas. Ahí era donde nos separábamos. Verónica y yo seguíamos hacia San Dionisio por el camino del norte, pero Teresa iba hacia el sur, dando un pequeño rodeo para asegurarse de que no se encontraba a ningún vecino entrometido, hasta la Peña del Cuervo. Gabriela, la hija de la maestra en la escuela para niñas del pueblo, la esperaba allí cada tarde para su encuentro secreto.

«Sé que está mal y que no debería gustarme, porque ella es una chica y yo también. Y ojalá me gustara un muchacho del pueblo y así solo tendrías que preocuparte de que me dejara embarazada —me había confesado Teresa una madrugada en el viejo laboratorio de mamá cuando Verónica ya se había quedado dormida en su regazo—. Puede que sí haya algo malvado dentro de mí después de todo. Tal vez ellos tengan razón sobre las Veltrán-Belasco.»

«Tú procura que nadie lo descubra nunca. No sé qué harían Rafael o padre si lo tuyo con la hija de la maestra llega a saberse.» Y eso era todo lo que había hablado con mi hermana mediana sobre el asunto. Prefería fingir que su relación con Gabriela no era una bomba de engranajes que giraban, escondida al fondo de un cajón.

—¿Recuerdas dónde dejamos de leer ayer? —le pregunté a Verónica cuando llegamos al límite del bosquecillo de encinas—. Yo lo he olvidado.

Lo recordaba perfectamente. Conocía la historia del doctor suizo que daba vida a una criatura monstruosa llevado por la pena, tan bien como si la hubiera escrito yo misma. Pero Verónica tenía una de esas semanas en las que apenas hablaba y se limitaba a deambular cabizbaja por los pasillos oscuros de Las Urracas, y quería animarla a hablar conmigo.

Ella no respondió, solo se sentó en la manta de cuadros rojos y azules que llevábamos para protegernos del suelo de la arboleda. Apenas había dos docenas de encinas y un puñado de abedules en el bosquecillo, todos árboles bajos de troncos finos que malvivían en el clima árido del valle intentando atrapar cada gota de humedad del aire y la tierra. Sus ramas eran cortas y nunca llegaban a tocarse unas con otras ni a bloquear la luz del cielo, así que en el suelo de la arboleda no crecían nada más que arbustos silvestres. Ni una sola flor.

—¿No te está gustando la historia? Podemos cambiar de libro si te aburres, en el estudio de mamá hay bastantes donde elegir. Seguro que encontramos alguno que te guste —le dije, sentándome a su lado.

—No, me gusta este. Quiero ver qué pasa después con la

criatura. Sé que es malo, pero me da lástima porque su única familia le abandona a su suerte por ser un poco diferente. Muy diferente —se corrigió ella.

Verónica se tumbó en la manta colocando su cabeza en mi regazo.

—Léeme un poco más, por favor. Aún es temprano —murmuró.

Pero yo acaricié su pelo rojo suelto, extendido sobre mi falda azul igual que un incendio.

—¿Te preocupa algo? —quise saber—. Si estás preocupada por Teresa, ella está bien. Ya hemos hablado de eso antes, ¿te acuerdas? No está enfadada contigo ni nada parecido. Es solo que de vez en cuando prefiere pasar el rato a solas con Gabriela. Nada más.

Verónica era demasiado pequeña —o eso al menos era lo que había decidido yo— como para hablarle de la verdadera relación entre Teresa y Gabriela. Me había limitado a explicarle que nuestra hermana mediana ayudaba a la hija de la maestra con sus deberes de aritmética.

—Cuéntame más cosas sobre ella. La autora. —Verónica le dio un golpecito al libro para llamar mi atención—. ¿Sabes cómo se le ocurrió la idea para escribir la historia del doctor y el monstruo triste?

Casi más que la historia del doctor de nombre impronunciable, a Verónica —y también a mí— le fascinaba cada pequeño detalle de la vida de su autora.

—Ella era muy joven cuando escribió la novela, ¿lo sabías? Más joven de lo que yo soy ahora. Escribió esta historia una noche de tormenta, en un castillo embrujado junto a un lago donde pasaba las vacaciones con su marido y unos amigos —empecé a decir.

Y funcionó, porque Verónica pareció salir de ese estado de apatía que la había rondado durante los últimos días y se movió para mirarme.

—¿Lo escribió todo en una sola noche? —preguntó con una mezcla de curiosidad y admiración—. ¿Todo de una sola vez?

—Sí, bueno... Supongo que después lo revisó unas cuantas veces antes de publicarlo.

—Parece razonable —aceptó ella después de pensarlo un momento—. ¿Y qué más sabes? Cuéntame más cosas sobre ella.

Aún quedaba luz en el cielo, era la clase de luz lechosa de los días de invierno que se derrama por todo el valle, pero era suficiente para leer un rato más. Abrí las páginas amarillentas del libro por la marca que le había hecho el día anterior, pero antes de leer añadí:

—Nunca conoció a su madre —dije sin pensar—. Era escritora también, entre otras muchas cosas, pero murió solo once días después de haber dado a luz a Mary. La única forma que tuvo de conocer a su madre fue a través de sus escritos y sus libros.

—Como nosotras.

Nunca me había dado cuenta hasta ese momento. Nosotras tres, sobre todo Verónica, habíamos conocido a mamá principalmente por los libros y notas que había dejado olvidados en su estudio.

—Sí, como nosotras supongo. —Le acaricié el pelo sintiendo el calor de su cuerpo de niña pasando a través de la tela de mi vestido—. Además de a su madre, Mary también perdió a su marido y a sus hijos. Pensaba que la muerte la seguía allá donde iba. Estaba obsesionada con esa idea, imagino que por eso mismo escribió un libro que trata sobre resucitar lo que ya no vive. Mary también creía que estaba maldita.

Las ramas cortas de los árboles se agitaron, el viento del oeste corrió esquivando los troncos finos hasta llegar a nosotras. Verónica se encogió en mi regazo.

—¿Estás bien? No quería ponerte triste con la historia de su vida, pero me has preguntado...

—No estoy triste por eso. Es que he hecho una cosa mala —dijo ella de repente—. Otra vez.

Me moví para acomodarme mejor sobre la manta mirando alrededor, de repente la arboleda no me parecía el mismo lugar tranquilo que solo un momento antes.

—Bueno, sea lo que sea seguro que no es para tanto —respondí, todavía mirando a todas partes con cautela—. Cuéntamelo y te digo si es tan grave. ¿Te parece bien?

Algo oscuro y grande se movió de repente en las copas bajas de los árboles. Solo un segundo más tarde, una enorme bandada de urracas salió volando de entre los árboles como una sombra cubriendo la arboleada.

—No puedo contártelo, es un secreto.

Yo todavía miraba al cielo invernal mientras las urracas se alejaban en dirección al palacete, batiendo sus alas formando una gran nube de tormenta.

—¿Un secreto? ¿Es tuyo o de alguien más?

—De Rafael —respondió—. Pero se supone que los secretos deben ser eso: secretos. Si se cuentan ya no significan nada. Es una traición. Como romper un contrato o un matrimonio, ¿no es verdad?

Dudé un segundo antes de responder:

—Bueno, hay muchos tipos de secretos. No todos tienen el mismo valor. Igual que sucede con las promesas. No solo importa proteger el secreto, también importa la persona con la que lo guardas —empecé a decir—. ¿Puede ese secreto hacer daño a alguien más?

—¿Daño?

—Sí. Hay secretos peligrosos, secretos que es mejor contar para que no se conviertan en un cuchillo afilado que nos rasga la piel desde dentro. ¿Comprendes lo que digo? Si es un secreto de los que corta, es mejor contárselo a alguien.

Durante un momento que me pareció eterno Verónica no dijo nada. Se acurrucó más sobre la manta, encogiéndose como si quisiera abultar lo menos posible hasta hacerse invisible.

—Pero le prometí a él que no lo contaría. Y Rafael es de la familia, es mi único hermano, nuestro hermano mayor. Mi deber es confiar en él y creer que actúa siempre de buena fe, ¿no es verdad?

—Algunas veces las personas en nuestra familia también nos mienten. Y nos hacen daño —dije, recordando todas las mentiras de mi hermano mayor que yo misma me había creído durante años—. ¿Qué tipo de secreto es?

—De los que hacen daño. —Verónica se sentó en la manta pero no se atrevió a mirarme. En vez de eso se retorció sus manos pálidas contra su vestido verde descolorido—. Rafael quería saber dónde íbamos las tres cada tarde. No le gusta que salgamos solas de la casa, pero no puede impedirlo porque a padre le da igual lo que hagamos mientras no armemos escándalo. Estaba muy enfadado...

En otra época padre no nos hubiera permitido salir a pasear solas todas las tardes, pero desde hacía un par de años solo le importaba conseguir inversores extranjeros —sobre todo franceses— para mantener la finca y no perder la casa. Se pasaba casi todo su tiempo en la cooperativa de vinos o viajando a Haro, así no podía vigilarnos como antes y tampoco le importaban demasiado las quejas habituales de Rafael. Nosotras tres éramos invisibles para él.

—Rafael estaba muy enfadado, me dio miedo y me hizo jurar que no lo contaría antes de decirme de qué se trataba en realidad —continuó Verónica—. Amenazó con llevarse mi piano y quemarlo en el patio de detrás de la casa. Tuve que contárselo.

—¿Qué le has contado? —Mi voz tembló porque ya intuía su respuesta—. ¿Qué es lo que le has contado a Rafael?

Verónica me miró por fin, lloraba. Me di cuenta de que nunca antes la había visto llorar, ni siquiera cuando era un bebé.

—Todo.

Esa misma noche vinieron a llevarse a Teresa.

Un coche tirado por cuatro caballos donde viajaban el chofer y otros tres hombres, todos en silencio y vestidos de negro, hombres y bestias. Se detuvieron delante de la casa, en el cruce de caminos de Las Urracas sin importarles los demonios que a esas horas se aparecían para hacer tratos con los incautos. De no haber sido por el aliento de los caballos mientras esperaban, hubiera jurado que el coche, los hombres y los animales eran una aparición sacada de una pesadilla. Una alucinación.

Pero por desgracia, eran muy reales.

Después de que Rafael embaucara a Verónica con mentiras y la amenazara con quemar su querido piano, ella le contó dónde íbamos realmente cada tarde. Nosotras dos a leer al bosquecillo de abedules y Teresa a la Peña del Cuervo, a verse en secreto con Gabriela.

Verónica me contó que los ojos claros de nuestro hermano se habían vuelto dos incendios al oírlo.

Tan pronto como me contó lo que había sucedido corrimos de vuelta a Las Urracas para detener a Rafael. Mi primera idea fue ir a la Peña del Cuervo para advertir a Teresa, pero estaba hacia el sur, mucho más lejos que la finca, y si

Rafael no había salido todavía sabía que podía entretenerle en la casa.

El atardecer lechoso se había convertido en una tormenta —la primera en años—, y cuando llegamos al cruce de caminos frente a la entrada del palacete, el primer rayo cortó el cielo. Lo vi golpear la veleta con las tres urracas.

Dejé a Verónica en su habitación y busqué por todas partes a Rafael. Corrí por el laberinto de pasillos del primer piso abriendo todas las puertas sin llamar. Lo busqué en la gran cocina vacía, en los antiguos cuartos para el servicio junto a la despensa... Nada.

—¡Rafael!

Grité su nombre en el vestíbulo, al pie de la escalera doble dejando que mi voz corriera escaleras arriba con la débil esperanza de que él se asomaría en cualquier momento para mandarme callar. Pero no sucedió, todo lo que Las Urracas me devolvió fue el eco de mi voz.

Lo busqué también en las habitaciones prohibidas por si acaso, por algún milagro, mi hermano estaba allí. Las ventanas rotas de las habitaciones cerradas dejaban entrar el viento y la tormenta, tuve que cubrirme los ojos con el brazo para protegerme del remolino de polvo y hojas secas que el viento del oeste había arrastrado hasta allí.

—¡Rafael!

Lo llamé una vez más, sola en uno de los interminables pasillos abandonados que recorrían la planta baja de Las Urracas. Fuera, la tormenta se llevaba el polvo escondido durante años entre las grietas de las piedras de la casa principal mientras la tierra sedienta se bebía la lluvia.

Supe que Rafael ya se había marchado. Después de romper a llorar, Verónica no fue capaz de recordar a qué hora le había contado a Rafael nuestro secreto —el secreto de Teresa—, así que podía haber llegado a la Peña del Cuervo hacía horas para descubrir a nuestra hermana. Podía incluso haber ido al pueblo antes para buscar a padre y asegurarse de que él no ignoraba sus quejas esta vez. Y no podría hacerlo si sorprendía a Teresa y a la hija de la maestra juntas. Porque si algo odiaba nuestro hermano por encima de todas las cosas era ser ignorado. Yo lo sabía dolorosamente bien.

Ya no tenía tiempo de ir hasta la Peña del Cuervo para advertir a Teresa y no sabía qué más hacer, de modo que me dejé caer en el suelo del vestíbulo a esperar intentando no llorar. En algún rincón de la casa una de las contraventanas se abrió por el viento y ahora golpeaba la fachada sin piedad. Sus golpes resonaban por encima del sonido de la lluvia y los truenos en las habitaciones prohibidas.

Habíamos entrado con tanta prisa en la casa que olvidé cerrar la doble puerta de roble de la entrada. La lluvia salpicaba las baldosas granates del suelo del vestíbulo, algunas gotas llegaron hasta donde yo estaba empapándome la cara poco a poco, pero ni siquiera me importó. Era la primera vez en años que sentía la lluvia en mi rostro y en mi pelo alborotado por la carrera.

Tuve que esperar todavía otra hora más hasta que padre y Rafael entraron por la puerta abierta de Las Urracas, llevando sujeta del brazo a Teresa. Padre tenía el gesto serio, Teresa estaba cabizbaja y no me miró cuando pasaron a mi lado. Rafael sonrió.

Esa misma noche vinieron a llevársela. Padre mandó a uno de los hombres del Alcalde a caballo a avisar en Haro de lo que necesitaba, y a media noche, el coche de caballos con los tres hombres vestidos de negro esperaba a Teresa frente a la casa.

—¿Ya sabes dónde te llevan? —pregunté, mientras padre terminaba de dar instrucciones a los hombres.

—Cerca de Burgos. Padre ha conseguido que me acepten en un colegio especial para personas como yo, para «invertidos». Allí me curarán —respondió Teresa.

Sus ojos estaban enrojecidos, había estado llorando, pero ahora parecía extrañamente tranquila y supe que había aceptado su destino.

—Burgos no está muy lejos, podrás venir a visitarnos en vacaciones y en Navidad —intentaba animarla, pero al escuchar mi tono de voz supe que había fracasado miserablemente—. No es como si fueras al otro extremo del mundo.

—Daría igual que así fuera. —Una sonrisa triste cruzó sus labios—. Los internos no pueden salir del colegio, tampoco en las fiestas de guardar ni volver a sus casas en vacaciones, por si acaso vuelven a caer en su enfermedad, así las hermanas que regentan el centro se aseguran de que seguimos el tratamiento para curarnos.

La única luz en el cruce de caminos frente a Las Urracas eran las lámparas de aceite a los lados del carruaje, que apenas iluminaba suficiente como para distinguir los botones del anticuado abrigo de viaje de color azul marino de Teresa.

—No tengas miedo. Estaré bien —dijo.

Di un paso hacia mi hermana, que ya estaba junto a la portezuela abierta del coche de caballos esperando a que le dieran la orden de subir. Había dejado de llover, pero el suelo estaba empapado y noté mis botines hundiéndose en la tierra blanda al caminar.

—Te escribiré cada semana —le prometí, notando el sabor de las lágrimas en mi garganta—. Te contaré cómo está Verónica, cómo pasamos el rato las dos o cualquier cosa que se me ocurra sobre la finca y tus plantas.

—Gracias, pero los internos no pueden recibir cartas ni visitas. —Teresa hizo una pausa y después me miró con sus ojos avellana muy abiertos—. No te preocupes por mí, apuesto a que ese sitio no es para tanto como dicen. Estaré bien y me curaré, ya lo verás. Pero necesito saber que cuidarás de Verónica mientras yo no esté. No permitas que le pase nada malo. Ahora solo te tiene a ti.

—Cuidaré de ella, te lo prometo. Y cuando por fin te dejen salir de ese lugar horrible te estaremos esperando, las dos. Piensa en eso cuando necesites consuelo.

Teresa asintió despacio, ella siempre había sido mucho más serena que yo, pero al verla supe que si hablaba rompería a llorar. Detrás de mí, los pasos rápidos de Rafael se acercaron por el camino que unía la entrada de la casa con el camino de tierra.

—Aquí están sus cosas. Su ropa y todo lo demás —dijo, entregándole un bolso de viaje de tela a cuadros a uno de los hombres que hablaba con padre—. Todo lo que ella puede necesitar en estos próximos años, pero nada que ponga en peligro su recuperación. Lo he revisado personalmente para estar seguro.

Rafael estaba serio, pero sus ojos castaños chisporroteaban a luz del fuego de las lámparas. Estaba encantado: librarse de Teresa era más efectivo que cualquier mentira o golpe que hubiera podido darme. Ella ni siquiera se había marchado aún y yo ya sentía su ausencia en el aire de la noche refrescado por la tormenta. Iba a doler, más que cualquier cosa hasta ahora. La cadena perdía un eslabón.

Cubrí la distancia hasta Teresa y la abracé con fuerza, a pesar de que sabía que mi fuerza no era comparable a la de los cinco hombres que estaban a punto de separarnos.

—Vamos, hay que salir ya. El viaje hasta Burgos dura casi un día entero si no hay nada raro en el camino —dijo uno de los hombres vestidos de negro mientras tiraba de Teresa para separarnos—. Nos vamos.

Vi cómo la conducían del brazo hasta las escalerillas del coche para hacerla entrar, igual que a un condenado al que conducen a la horca. Pero cuando ya estaba a punto de entrar en el coche, Teresa se volvió para mirarme.

—Los demonios no están dentro, no todos al menos —me dijo con una diminuta sonrisa—. Lucha contra los que están fuera.

Asentí, incapaz de hablar cuando la metieron en el coche seguida de uno de los hombres y cerraron la portezuela. Los otros dos se sentaron en el pescante envueltos en sus capas negras de viaje. El sonido de las riendas cortó la oscuridad y los caballos se pusieron en marcha.

El carruaje se alejó por el camino de tierra hacia la noche hasta que el ruido de las ruedas y los cascos de los caballos en la tierra se convirtió en un rumor en mis oídos. Detrás de mí, inmóvil y enorme, pude sentir la silueta rectangular de Las Urracas. El viento del oeste barrió el cruce de caminos,

furioso, agitando la falda de mi vestido húmedo y los hierbajos secos que malvivían allí. En el tejado de la casa la veleta de hierro forjado dio vueltas y más vueltas sin ninguna
dirección.

—Una menos —susurró Rafael en mi oído—. Ya solo te
queda una hermana.

SEGUNDA PARTE

LA MALA COSECHA

LAS RENDIJAS DEL DOLOR

Cuatro años después de la madrugada en que se llevaron a Teresa todo era diferente en Las Urracas. Yo era distinta.

En esos cuatro años vacíos sin Teresa aprendí dos de las cosas que más me servirían el resto de mi vida: a cuidar de mi hermana pequeña —y de mí misma por fin— y a comprender las viñas.

—¿Lo ves?, estas plantas son más jóvenes que las que crecen en vuestra finca, por eso su fruto no es tan regular ni tan dulce —nos explicó Diana mientras acariciaba las grandes hojas rugosas de una de sus viñas.

Paseábamos por el terreno de Diana, cerca de su chabola ruinosa. Las maderas que formaban su casucha —todas robadas y desiguales— apenas habían soportado en pie el último invierno. Su terruño era una porción de tierra de nadie a un kilómetro al este de Las Urracas, donde ella cuidaba de unas cuantas cepas. La mayoría de las vides las había robado de otras fincas y trasplantado allí. Apenas una hectárea, lejos de los ojos de los curiosos, que Diana cuidaba con entrega y delicadeza. Una delicadeza que esa mujer áspera y malhablada no mostraba hacia nada ni nadie más en el mundo. Pero a pesar de esa aspereza —propia de las personas heridas mil veces—, Diana nos dejaba acompañarla en su paseo mientras ella se ocupaba de sus queridas plantas.

—Las vides más viejas, como las que hay en Las Urracas, dan un fruto más regular y de mejor calidad. Y no solo me refiero al rendimiento, también hacen que el fruto sea más dulce —dijo, mientras palpaba las hojas de una de sus plantas—. Mucho mejor para elaborar buen vino.

—Eso no importa porque nuestras vides no producen frutos de ningún tipo —le recordé con fastidio—. Ni bueno, ni malo. Nada. Tan solo una cosecha vacía tras otra.

—Vuestra tierra está cansada y hambrienta, eso es lo que le pasa. Es como una criatura abandonada durante años, encerrada en una habitación oscura —dijo Diana, acariciando el borde de las viñas con los dedos bien abiertos para saber por dónde avanzábamos—. Pero el día en que vuestras viñas despierten de nuevo, porque algún día volverán a la vida, vuestro apellido se hará famoso en todo el mundo.

—Sí, seguro... —respondí con ironía mientras le daba una patada de frustración a una piedrecilla en el camino—. Embotellaremos el mejor vino cada año y en las etiquetas pondrá «Bodegas Veltrán-Belasco» en grandes letras doradas.

—No te rías tanto, Gloria. Aunque soy ciega he visto cosas mucho más imposibles volverse realidad en estos años, y a gente más imbécil que tú ganar dinero con un vino que no utilizaría ni para lavarme los pies.

Me reí quedamente y dejé que los últimos rayos de sol me acariciaran la piel de los brazos y la cara.

Cada tarde, Verónica y yo cruzábamos el río por el sur de nuestra finca, donde las orillas casi se tocaban, y paseábamos hasta los viñedos robados de Diana.

—Lo primero que tendréis que hacer cuando despierten vuestras viñas es proteger la tierra donde crecen con cantos rodados. Los podéis robar del río o de la orilla del lago de La Misericordia. A los muertos les da igual que les quitéis unas piedras, no se van a quejar.

—¿Y para qué queremos cubrir el suelo de cantos rodados? —pregunté, evitando recordar la orilla del lago y a Rafael, inmóvil en el suelo.

—Muy fácil: así mantenéis el calor en las raíces de las plantas. Las noches, especialmente las noches de heladas, pueden ser peliagudas para algunas criaturas de esta tierra. Igual que para todos los que están solos o creen en demonios —respondió, después me guiñó uno de sus ojos sin luz y añadió—: Para que algo crezca fuerte y haga cosas increíbles, como darnos vino, hay que mimarlo desde abajo. Lo invisible, lo que está bajo tierra, es tan importante como lo que asoma. Vaya que sí.

—¿Y qué pasa si no cuidas bien de una planta desde el principio? Desde que es pequeña, quiero decir. ¿Se tuerce y solo da frutos amargos?

Era junio y Verónica llevaba puesto un sombrero de paja para protegerse de los últimos rayos de sol. La miré mientras caminaba un poco más adelante entre los viñedos que le llegaban casi hasta la cintura.

Entonces Diana se detuvo y miró en dirección a Verónica, casi como si pudiera verla.

—Algunas veces sí. Algunas veces el daño que causa la falta de luz, de tierra buena donde echar raíces y de agua pueden causar efectos irreversibles en algunas plantas. Para siempre. Se retuercen sobre sí mismas enroscadas por el dolor, hasta que su propio tronco se convierte en una cárcel que termina por asfixiarlas. —Diana se volvió para mirar a Verónica, aunque sin verla realmente—. Pero tú lo estás haciendo bien. No creo que haya daño permanente en la planta más especial de Las Urracas.

—Desde que Teresa se fue he estado cuidando de ella, pero no mejora, al contrario. Está peor —admití—. Antes de que se la llevaran, Teresa estaba intentando producir un tónico para ella, algo que la hiciera estar más centrada y tranquila. Era una de las fórmulas imposibles que encontramos en un diario olvidado de nuestra madre. Pero sin Teresa... A mí no se me dan bien esas cosas, la ciencia. Lo mío son las historias.

—Lo tienes todo en el mundo para rendirte, para caer derrotada de rodillas frente al dolor —me dijo Diana muy seria—. ¿Y en lugar de eso, tú qué haces? No le dejas entrar más. Le dices «hasta aquí» a ese bastardo. Al dolor. No le das ni un centímetro más de lo que ya tiene, ni una habitación prohibida más, ni un libro perdido, ni una hermana más.

Acaricié una de las grandes hojas que asomaban entre los tallos más jóvenes de la planta.

—El dolor se cuela hasta por las rendijas más pequeñas y se instala ahí. Anida en las grietas oscuras. Crece, crece y crece como un animal hambriento que se alimenta de todo lo demás, devorándolo. Hasta que solo queda él; el dolor —añadió Diana.

—Guardo cuatro años de cartas para mi hermana en un baúl a los pies de la cama. Cuatro años de palabras que Teresa nunca leerá —respondí—. El dolor como legado de las Veltrán-Belasco, como única herencia para nosotras cuando nuestro padre muera. Ojalá Teresa estuviera aquí, ella sabría qué hacer.

—Sí, tu hermana mediana es todo un cerebrito. No me entiendas mal: está bien que sea lista y, mejor aún, que no se moleste en esconderlo para agradar a otros más imbéciles que ella. —Diana sacó su cajetilla metálica de un bolsillo oculto en el forro de su vestido descolorido por el sol—. Pero va a pasarlas canutas en esta vida siendo una chica lista. Pronto se dará cuenta, si no lo ha hecho ya en ese agujero de culo de monja al que la han enviado, de que no podrá hacer nada con toda esa inteligencia. Su talento y su potencial se desperdiciarán, igual que sucede con los frutos de vuestras viñas que no terminan de aparecer. Se podría hacer el mejor vino de toda la región con ellos, pero las circunstancias de dentro y fuera lo impiden.

Mientras hablábamos, los últimos rayos de junio inundaban el campo de viñas robadas. Diana caminaba descalza entre los terrones de arcilla, asegurándose de acariciar con la mano cada una de las cepas. Alguien que no la conociera bien podía pensar que lo hacía para orientarse en su oscuridad permanente, pero yo sabía bien que era por el placer —o la necesidad, casi dolorosa— de acariciar sus plantas. Como quien acaricia a un amante.

—Si el tiempo aguanta y se porta bien con el campo, habrá buena cosecha este otoño —dijo, levantando la cabeza hacia el cielo—. Puede que la mejor de los últimos años.

Podía oler el final del verano en el aire del atardecer y sabía que ese sería un buen año para el vino de La Rioja. La mayoría de las viñas tenían ya frutos, pequeños y verdes como guisantes que pronto empezarían a cambiar de color y a engordar. Primero amarillos, luego dorados y rojizos hasta volverse morados por fin. Pero las viñas de Las Urracas seguían vacías, como un ejército silencioso de troncos retorcidos con la savia congelada en su interior.

—Así tu padre podrá seguir con sus negocios y sus viajes al extranjero; timando a esos franceses incautos que le han salvado de la ruina y de la vergüenza total. Mira que fiarse de un bodeguero español... —Diana se rio y el humo de su cigarrillo la hizo toser en su garganta desgarrada.

—Sí, por fin ha encontrado inversores. Padre ha hecho un buen negocio con esos pobres franceses. Además de las diez hectáreas de tierra que nos compraron hace dos años, el acuerdo incluye que debemos enviarles tres cuartas partes de la producción de vino de cada cosecha. Solo espero que no sepan mucho sobre vinos y que nunca se molesten en venir a ver la tierra y las cepas por las que pagan —admití.

Nuestro padre había esquivado la bancarrota y el desahucio de Las Urracas vendiendo una parte de la finca a unos inversores franceses que buscaban ampliar su negocio invirtiendo en la incipiente industria de vinos de La Rioja. Las diez hectáreas eran suyas, pero como nuestros viñedos no producían una sola gota de vino, padre compraba excedentes más baratos a otra bodega de la zona —con el propio dinero de los franceses—, lo embotellaba en botellas sin etiqueta, y después les enviaba ese vino como si fuera nuestro.

—De no ser por la maldita plaga los franceses ni se hubieran molestado en cruzar la frontera para hacer tratos con los bodegueros de esta región —dijo Diana, casi con aprensión al mencionarla—. Pero la dichosa filoxera ha dejado en carne viva sus viñedos.

—Viviste muchos años en Francia, ¿verdad? De niña, quiero decir. Con tu padre.

—Sí, allí es donde aprendí casi todo lo que se puede aprender sobre el vino y sus secretos —respondió, volviendo a ponerse los zapatos en sus pies manchados de tierra—. Mi padre era viticultor de una gran finca de mucho renombre, igual que lo fue su padre antes que él. Las únicas cosas en el mundo que recuerdo haber visto con mis propios ojos fueron las viñas donde pasaba la tarde ayudando a mi padre. Poco después, antes de que yo hubiera cumplido los diez años, mi madre enfermó. La pobre murió, pero antes de eso le dio tiempo de ver cómo su única hija se volvía ciega por el mismo mal. Han pasado treinta años de aquello, pero todavía puedo ver los viñedos cuando cierro los ojos... Y también a mi madre.

Diana dio una calada larga a su cigarrillo casero y el humo llenó el silencio mientras ella terminaba de recordar.

—¿Cómo es Francia? —le pregunté con suavidad—. ¿Y cómo es producir vino allí? ¿Es muy diferente de como lo hacemos aquí?

—Cuántas preguntas, Gloria. Ni que fueras un letrado de la capital intentando encerrar a un preso —me dijo—. Los franceses tienen las mejores técnicas, son los más adelantados en la elaboración de vino, la crianza de cepas... Pero la condenada filoxera ha matado todas sus viñas, así que han tenido que buscarse otro sitio donde cosechar. En esta zona tenemos un clima especial, el suelo adecuado y nuestras plantas todavía están libres de ese bicho apestoso, pero no tenemos ni idea de cuáles son las mejores técnicas para hacer vino. Estamos anticuados en comparación con ellos. Como mucho, aquí elaboramos un vinacho ácido que no hay dios que se beba y que no se puede vender excepto a algún tonto de ciudad que quiera dárselas de listo.

La sombra del atardecer ya empezaba a cubrir la tierra un poco más adelante.

Le di un golpecito en el brazo a Diana para que me diera uno de sus cigarrillos, ella rezongó pero al final abrió su cajita metálica, palpando los bordes con sus dedos ásperos, para darme uno. La primera calada siempre me llenaba el pecho y hacía que me diera cuenta de cuánto había echado de menos fumar desde el último cigarrillo.

—Comprendo. Así que los franceses tienen las técnicas y los medios para producir buen vino y nosotros tenemos el fruto y el clima —resumí entre el humo de hierbabuena—. Imagina si nos pusiéramos de acuerdo para trabajar juntos, produciríamos un vino excelente.

—Sí, pero eso jamás pasará, pierde cuidado. Los franceses nos odian y nosotros a ellos. Siempre ha sido así y eso no va a cambiar, es el orden natural de las cosas —respondió ella con una risotada—. Podrían traer carros cargados de oro por estos caminos y seguiríamos odiándoles.

—Y ellos a nosotros.

—Eso es. Pero si quieren vino tienen que joderse y comprárnoslo a nosotros. —Diana hizo algo parecido a intentar peinarse su pelo castaño con un mechón canoso permanentemente alborotado—. Tu padre tiene un buen negocio montado con esos hermanos franceses, ya lo creo. Aunque ha tenido que venderles parte de la finca, pagan un precio mucho más alto del que deberían por un vino cosechero que no se bebería ni un perro sediento. El negocio le seguirá funcionando mientras los franceses no hagan preguntas o no decidan presentarse por sorpresa.

El viento cálido llegó del sur y serpenteó entre las viñas para llegar hasta donde estábamos. Noté el olor a tierra y al potasio que Diana usaba para alimentar sus plantas flotando en el aire.

—Es tarde pero todavía hay abejas revoloteando por aquí. Puedo oírlas. Será mejor que apagues el cigarrillo, el humo las vuelve tontas y dóciles y yo necesito que estén espabiladas para ayudarme con la cosecha —me dijo.

Mientras hablábamos, una abeja revoloteó hasta donde estábamos y se posó sobre una de las hojas extendidas de una vid.

—Se ha parado. ¿Qué hace? —pregunté mirando a la abeja.

—Está descansando. Estas pequeñas vuelan durante kilómetros cada día buscando flores y después otra vez de vuelta a su colmena. Apuesto a que hay una colmena cerca. Eso da buena suerte, ¿lo sabías? —continuó Diana, hablando en voz baja para no espantar a la abeja—. Si una colonia de abejas decide instalarse en tus tierras es señal de que hay alimento cerca: agua, flores, tierra... Si dejas que se queden, a cambio ellas te darán miel, cera y jalea.

—¿Como un acuerdo entre socios? ¿Algo de lo que ambas partes se benefician? —pregunté, mirando la abeja con nuevos ojos.

—Eso es.

—En Las Urracas, hace algunos años se instaló una colmena, pero padre mandó que las mataran a todas —recordé de repente—. Vivían en el desván. Entraban y salían cuando querían a través de una de las ventanas de ojo de buey que hay en el tejado, esas con cristales de muchos colores.

Durante los larguísimos tres días que pasé encerrada en el desván después de lanzarle la piedra a Verónica esperé escuchar el zumbido de las abejas revoloteando en la oscuridad total. Pero cuando se hizo de día y la luz implacable del sol entró por las ventanas de colores del ojo de buey, vi en el suelo una alfombra de abejas muertas.

—Ya. Muy propio de tu padre o de cualquier otro inútil: acabar con algo bueno y hermoso mientras permite que las malas hierbas crezcan a su antojo bajo su techo.

«Malas hierbas», pensé. No necesité preguntar para saber que se refería a Rafael. Después de la marcha de Teresa yo me había mudado a la habitación en el primer piso con Verónica. Le dije a nuestro padre que así evitaría que mi hermana pequeña se levantara en mitad de la noche para caminar sonámbula por las habitaciones cerradas de la casa.

O peor aún, que saliera y la encontráramos congelada en el suelo, entre las viñas. Padre aceptó. Después de lo de Teresa había dejado de importarle lo que hiciéramos con tal de que no le molestáramos cuando estaba en casa. Las visitas nocturnas de Rafael habían acabado con el cambio de habitación, pero a pesar de lo que sucedió en el lago, mi hermano mellizo todavía me perseguía por los pasillos abandonados de Las Urracas.

—Vaya. Sí que es especial la más joven de las Veltrán-Belasco. Desde luego que sí —murmuró Diana de repente—. Ven, deja de pensar en ese hermano mellizo tuyo con ojos de rapaz y mira lo que está haciendo tu hermana.

Verónica estaba de pie un poco más delante, en la última hilera de viñas. Sonreía, se había quitado el sombrero y lo sostenía en la mano. Cientos de abejas revoloteaban a su alrededor. Mi primera reacción fue gritar asustada y correr hacia ella, pero Diana me sujetó con fuerza por el brazo.

—No le hacen nada. Fíjate, ella está bien —susurró como si quisiera evitar que las abejas la escucharan—. Se entienden. Las abejas la conocen.

Verónica sonreía encantada, levantó despacio el brazo donde sujetaba el sombrero y una nubecilla de abejas la siguió. Primero arriba, y después abajo otra vez. Despacio, al ritmo constante en el que Verónica movía el brazo.

—Pero ¿y si le pican?... Podría morir. Algunas personas mueren cuando les pica una sola abeja, imagina cientos de ellas.

El enjambre parecía simplemente flotar en el aire alrededor de Verónica, atento a sus movimientos.

—No la van a picar. Apuesto a que la pequeña es de esa gente que puede hablarles a las abejas, hacer que estas la entiendan. No le harán nada.

Verónica se rio con ganas y bajó el sombrero definitivamente. La vi dar una vuelta despacio sobre sí misma, como lo haría una bailarina, su vestido vaporoso de color crema girando con ella en el aire dorado de la tarde. Y las abejas la siguieron, como un ejército silencioso y diminuto.

—Parece que las abejas la obedecen —murmuré—. No lo entiendo.

Diana me dio un codazo suave en el costado mientras yo miraba fascinada a Verónica y a sus nuevas amigas.

—No hay una explicación para cada cosa en este mundo, Gloria. Eso lo sé bien. Por las rendijas del dolor algunas veces también se cuelan cosas buenas.

Una semana después de la tarde en que vi como mi hermana pequeña era capaz de manipular las abejas a su voluntad, regresaba a Las Urracas tras uno de mis paseos solitarios al otro lado del río. Cuando Verónica dormía la siesta o estaba entretenida aporreando el piano polvoriento, yo solía escabullirme con uno de los cuadernos vacíos de nuestra madre para escribir sin que nadie me molestara. Salía de nuestras tierras —convencida secretamente de que ni siquiera las palabras podían florecer en Las Urracas— con el cuaderno escondido bajo el vestido y una maraña de ideas en mi cabeza. Lo que escribía en aquellos ratos robados casi nunca me parecía bueno, al menos no tanto como para atreverme a enseñárselo a alguien. Y desde luego no era tan bueno, ni tan conmovedor, como lo que habían escrito otras autoras antes que yo con las que no podía parar de compararme. Pero esa tarde antes de volver a casa escribí casi la mitad de un cuento corto.

«La joven de las abejas.»

Trataba sobre una chica huérfana, que vivía sola en una gran casa en ruinas. Los padres y el resto de la familia de la joven habían muerto cuando ella aún era una niña pequeña, de modo que nadie le había enseñado a hablar. Únicamente era capaz de comunicarse con una colonia de abejas que habitaba en una de las enormes habitaciones sin ventanas de la primera planta. La joven sin voz recorría los pasillos medio derruidos de su gran casa vacía en silencio, acariciando las paredes de piedra áspera con las yemas de los dedos, siempre sola. Pero una tarde, uno de los muchachos del pueblo cercano se acercó a las ruinas de la casa después de apostar con otros dos que no se atrevería a hacerlo. Cuando vio a la muchacha, paseando sola frente a la casa, le pareció muy guapa y se acercó para saludarla y charlar con ella. Pero la joven no había aprendido a hablar, así que cuando fue su turno abrió la boca y de ella salió un enjambre de abejas. El muchacho gritó, asustando a las abejas que le picaron una y otra vez hasta que cayó al suelo. Murió, y con él murieron casi todas las abejas que la chica sin voz conocía.

Por supuesto nunca le enseñaría ese cuento a Verónica. Pero cuando entré en el vestíbulo de la casa principal esa tarde —sujetando el cuaderno con fuerza en la mano y con el corazón acelerado por el paseo y la escritura—, pensé en cuánto me gustaría poder enseñárselo a mi hermana mediana.

Oí unos susurros que venían del pasillo lateral, el que conducía al despacho de padre y a la habitación de invitados. Eran voces masculinas y discutían. Aunque cuando crucé el vestíbulo y me acerqué al pasillo me pareció que, en realidad, solo uno de ellos discutía. El otro intentaba razonar. Reconocí la voz de Rafael y sentí lástima por aquel hombre que intentaba razonar con él.

Verónica estaba escuchando en el pasillo, pegada a la puerta cerrada del despacho. De puntillas, me acerqué hasta ella y pegué mi oreja a la madera para escuchar también.

—Son los hijos de la viuda Sarmiento. Han venido para hablar con Rafael sobre los negocios de padre con esos franceses. Quieren saber por qué padre ha aceptado vender algunas hectáreas de la finca a los extranjeros en lugar de a ellos —susurró Verónica—. Al parecer, tenían un acuerdo de venta anterior con los Sarmiento, pero padre no lo ha respetado. Y Rafael se ha puesto hecho una furia nada más verlos aparecer.

Escuché la voz de mi hermano al otro lado de la puerta. No pude entender bien lo que decía, pero era una de esas respuestas hirientes suyas que yo conocía tan bien. Después nada, solo silencio durante unos segundos hasta que el otro hombre respondió con calma.

—Me hace gracia escucharlo hablar así, como si él mandara en realidad —añadió Verónica con la mirada ausente—. Como si Rafael tuviera algún tipo de poder. Él así lo cree, desde luego.

Oímos pasos amortiguados acercándose a la puerta y tuve el tiempo justo para coger a Verónica del brazo y llevármela al vestíbulo. La puerta del despacho se abrió de golpe y Rafael salió por el pasillo dando grandes zancadas para que todos los que estábamos cerca supiéramos lo enfadado que estaba. Ni siquiera nos saludó cuando pasó a nuestro lado como un torbellino, ni nos miró. Tan solo vimos cómo se alejaba por las escaleras hacia las habitaciones.

—Menudo carácter tiene su hermano, señoritas —nos dijo Jacinto, el mayor de los dos hermanos con una sonrisa de disculpa—. Espero que se le pase pronto y entre en razón.

Jacinto y Osorio se parecían tanto entre sí que, a pesar de que los conocía desde siempre, a menudo me costaba un instante distinguirlos. Los dos con el pelo moreno, enmarañado en bonitos rizos, con los ojos del mismo color y con la misma barbilla.

—Ya se nota que no conoce bien a mi hermano —respondí, justo cuando Rafael cerraba de un portazo la puerta de su dormitorio, en el último piso de la casa.

Jacinto asintió con pesar. Noté que sus ojos oscuros recorrían las paredes y los techos altos del vestíbulo con interés.

—Es una lástima, desde luego. Con un poco de cariño y mano izquierda esta finca mejoraría considerablemente. —Siguió a su hermano pequeño hasta la doble puerta principal que yo había dejado abierta antes y se volvió para despedirse de nosotras—. Que tengan buenas tardes, señoritas.

Los vimos alejarse por el camino de tierra que salía de la casa hacia el cruce de caminos.

—¿Puedo leer tu cuento cuando esté terminado? —preguntó Verónica de repente.

Casi me había olvidado del cuaderno que llevaba en la mano. La miré de refilón un momento, sintiendo el peso de mis propias palabras entre las páginas.

—Claro que sí. Tan pronto como lo acabe me encantará que lo leas —mentí.

Esa misma noche los cuatro cenábamos en silencio en la cocina mal iluminada de Las Urracas. Siempre me había parecido que esa cocina descomunal y moderna era en realidad la cocina de otra casa, una gran casa de ciudad, donde un ejército de cocineras y doncellas cortaban patatas, rallaban zanahoria y rellenaban perdices para bañarlas en salsa de vino tinto. Esa cocina con alacena, grandes armarios todos bien terminados en maderas nobles, utensilios de cobre colgados de la pared frontal y el impresionante fogón de hierro con puertecillas, cajoncitos y compartimentos en el frente que resoplaba fuego por cada rendija al encenderlo después de mucho tiempo apagado. Era la cocina de una casa donde se organizaban fiestas de disfraces, bodas o se celebraba el fin de año con invitados vestidos de gala mientras los camareros entraban agobiados con enormes bandejas de plata para volver a rellenarlas con canapés y copas de champán.

Algunas veces, mientras estaba sola o con Verónica calentando la comida que la señora Gregoria había dejado preparada el día antes, casi imaginaba el séquito de cocineras, doncellas, camareros y trabajadores bailando en la cocina vacía. El aroma de esas comidas exquisitas que conocía solo por los libros que leía, la cubertería de plata brillante secándose sobre un paño de lino blanco o una vajilla delicada con dibujos de flores pintadas a mano.

La casa principal —con sus extravagantes habitaciones, las ventanas de ojo de buey con cristales de colores o los pasillos interminables que únicamente llevaban a habitaciones cerradas— se había construido para otra vida, una mucho más interesante que la nuestra. No había nada parecido a esas fiestas en Las Urracas, no en la época en que yo había conocido la finca al menos. En esa cocina enorme y silenciosa solo había patatas manchadas de tierra, alguna lechuga, pan y pimientos asados, y eso cuando había mucha suerte.

—No lo entiendo. ¿Por qué si ahora tenemos dinero seguimos siendo pobres? —preguntó Verónica, con su curiosidad habitual—. Estoy cansada de comer patatas cocidas o acelgas cada día.

—La señora Gregoria solo tiene permiso para seguir cocinando guisos simples, tostadas y sopas, nada exótico o demasiado caro. Así es como lo decidió padre —le recordé.

—Ya, pues pensé que después de haberles vendido parte de la finca a esos franceses de los que tanto habláis, al menos tendríamos algo más que patatas para comer y cenar —replicó Verónica.

Estábamos sentados en la gran mesa de la cocina. Por su tamaño y el estilo, la mesa de madera de roble era ideal para un elegante comedor formal, pero padre había mandado colocarla en la cocina cuando clausuraron las habitaciones del primer piso, incluido el comedor formal. Aquella era la primera semana completa que nuestro padre pasaba en casa ese año.

—El dinero de los franceses es para pagar los intereses atrasados, las multas por retrasos y la cuota del crédito. Por eso mismo casi no nos queda nada para la casa —respondió Rafael sin mirarla—. Son asuntos de negocios de mayores, muy complicados para una cría de dieciséis años como tú.

—Tengo casi diecisiete —replicó Verónica, extrañamente charlatana esa noche—. Y no hace falta ser muy listo para saber lo que estáis haciendo. Pagáis a otros por su vino y se lo vendéis después a los franceses como si fuera vino producido en Las Urracas. Diana dice que os funcionará mientras los franceses no se den cuenta de lo que hacéis.

—Diana, buff... —resopló Rafael con desprecio—. Ya he tenido bastante por hoy con ese par de prepotentes de los hermanos Sarmiento. Y, además, ¿qué sabrá esa borracha, ciega y mal hablada de hacer negocios? No tiene ni donde caerse muerta y va por ahí dando lecciones como si lo supiera todo del vino. No es más que una loca. Su marido era el que tenía algo de idea, ella no es más que una inútil con la lengua muy larga. Ten cuidado de no juntarte mucho con esa desgraciada si no quieres acabar igual.

—Total... ya soy pobre —masculló Verónica, bajando la cabeza y volviendo a concentrarse en su plato—. Al menos Diana hace lo que le da la gana.

Los ojos claros de Rafael se clavaron en ella un instante, reconocí el desprecio en ellos porque lo había visto muchas veces antes.

Últimamente me había dado cuenta de que había una furia nueva en mi hermano mellizo, casi siempre dirigida a Verónica. Era un tipo de furia caliente y muy peligrosa, del tipo que late deprisa bajo la piel. El veneno mortal de un depredador.

«Ahora es un animal herido. Es más peligroso que nunca», había dicho Teresa aquella noche en el antiguo laboratorio de mamá.

Verónica le molestaba. Cuando era solo una cría le bastaba con ignorarla o atemorizarla para mantenerla lejos, pero desde hacía algún tiempo yo sabía que Rafael sentía auténtico desprecio por ella. Suponía que era porque habían pasado cuatro años desde aquella madrugada en la que consiguió que se llevaran a Teresa, pero en ese tiempo no había podido hacer nada para apartarme de Verónica. Hasta me había instalado con ella en su habitación para cuidar de ella y de paso espantar así a mi propio demonio nocturno. Había funcionado, pero el resentimiento de mi hermano había crecido igual que una mala hierba. Un desprecio tan profundo y visceral que casi podía palparlo en el aire cuando Verónica estaba cerca.

—Solo me faltaba tener que aceptar lecciones sobre las cepas o sobre cómo llevar el negocio por parte de esa marginada muerta de hambre —añadió Rafael entre dientes—. Y vosotras dos tendríais que dejar de escuchar sus consejos, que hay que ser tonto de remate para escuchar los consejos de alguien que no tiene donde caerse muerto.

No tenía hambre —y secretamente odiaba los guisos con patatas también—, así que me había entretenido casi toda la cena empujando los guisantes con la cuchara hasta que escuché a Rafael.

—Diana podría encargarse ella sola de llevar alguna de las fincas más importantes de la zona. Si a ella le diera la gana, claro —dije para fastidiarle.

Funcionó, porque Rafael dejó ese aire de tutor malhumorado dirigiéndose a un grupo de alumnos perezosos para centrarse solo en mí.

—Seguro que sí, hermanita —me dijo—. Lo que deberíais hacer vosotras dos es ser un poco menos desagradecidas con nosotros. Que aquí vuestro padre y yo os lo hemos dado todo gratis y todavía protestáis por las patatas.

—¿Desagradecidas? —repetí, mirándole desde el otro lado de la mesa—. ¿Y exactamente qué esperabas que te diéramos a cambio, Rafael?

Sentí cómo se encogía en su silla.

Confieso que algunas veces le extrañaba, extrañaba incluso lo peor de él. Pero no ahora, mientras le veía tragar saliva nervioso y mirar de soslayo a padre para ver si él se había percatado de algo.

Nuestro padre estaba silencioso como de costumbre. Nunca había sido un hombre especialmente hablador, de esos que son el centro de atención en todas las reuniones sociales o que siempre tienen un consejo no solicitado listo en los labios para compartir. Aunque pasara largas temporadas sin vernos, para nuestro padre, nosotras dos éramos simplemente invisibles. Parte del escaso y mal cuidado mobiliario de Las Urracas. Ni siquiera sentía que nos debía explicaciones acerca de la marcha de los negocios familiares o de la casa, tampoco cuando estuvimos a punto de quedarnos en la calle. Llevaba toda la cena absorto, leyendo el correo atrasado en su silla al frente de la mesa, tanto que aún no había tocado el guiso.

—¿Padre? —preguntó Rafael. Pero él ni siquiera le miró.

La correspondencia llegaba con retraso a la oficina de correos de San Dionisio a menudo, pero, además, padre y Rafael tenían la mala costumbre de evitar pasar por delante de correos durante semanas. Era un método cobarde —y no demasiado eficaz— de no aceptar telegramas, notificaciones o multas por impago de sus proveedores y del banco. Ignorándoles.

—¿Qué sabrán unos franceses de vino? No lo descubrirán nunca. Y si el día de mañana quieren más, les vendemos otras diez hectáreas para ir tirando y listo. Solucionado —sentenció Rafael, dejando caer la cuchara con fuerza en la mesa.

Noté que Verónica se removía sentada junto a mí. Le asustaban los ruidos demasiado fuertes y los golpes. Igual que un animalillo al que habían tratado con crueldad: puede que no recordara los golpes, pero recordaba el miedo. Le acaricié el hombro por encima de su vestido azul celeste recolocándole un mechón despeinado de su trenza.

—No pasa nada, pequeña.

Verónica no respondió y entonces fue cuando me fijé en nuestro padre. Estaba pálido, sus manos temblaban mientras sujetaban la misma carta que llevaba leyendo los últimos veinte minutos.

—¿Padre? ¿Qué sucede? —pregunté, escuché el temblor en mi propia voz—. ¿Padre?

Pero él ni se movió.

Rafael le quitó la carta de entre las manos con un gesto impaciente. Sus cejas espesas se juntaron en una línea en su frente mientras leía la carta. Noté por su expresión que había llegado al final y volvía a empezar a leer. Como sucede cuando recibes malas noticias y quieres asegurarte antes de decirlas en voz alta porque sabes bien que después no hay vuelta atrás.

—¿Qué pasa? ¿Es Teresa? —pregunté con urgencia—. ¿Le ha pasado algo a Teresa?

—¿Cuánto tiempo llevaba esta carta esperándonos en la

oficina de correos, padre? ¿Lleva usted una semana larga en casa y no se le ha ocurrido ir a recoger el correo? —El tono de Rafael era grave, pero destilaba puro desprecio—. ¡Cuánto tiempo!

—Un mes, puede que más —murmuró nuestro padre sin atreverse a levantar la cabeza—. Pensé que sería del banco. Si no la dan por recogida puedo decir que no sabía nada de los impagos...

—No era del banco.

Intenté quitarle la carta de las manos a mi hermano como él había hecho con nuestro padre, pero Rafael era más rápido y me dio un manotazo con la mano libre.

—¿Qué pone? —le grité, mientras me quemaba el dorso de la mano donde él me había pegado—. Rafael.

—Es de los franceses, los hermanos a los que les hemos vendido parte de la finca. Les sorprende que el vino que producimos en Las Urracas sea de tan baja calidad, así que van a venir este año para la vendimia. Quieren ver qué sucede. Llegan dentro de dos semanas.

Verónica se echó hacia atrás en su silla y se rio en voz alta, tanto que el pan que estaba mordisqueando se le cayó al suelo.

—Vaya —dijo con esa voz desconocida con la que hablaba de vez en cuando—. Pues parece que los franceses sí que saben algo de vino después de todo.

Esa misma noche me despertaron los golpes. Abrí un ojo contra la almohada y por un momento no reconocí dónde estaba, hasta que mi cerebro adormilado recordó que me había cambiado de dormitorio hacía ya más de cuatro años.

Tap-tap-tap.

Los golpes eran secos y sonaban siempre de tres en tres. Me recordó al sonido agónico de un pájaro perdido golpeando el cristal de la ventana con sus alas, solo que estos golpes sonaban siempre con el mismo ritmo.

Tap-tap-tap.

Miré a la cama idéntica que había al otro lado de la habitación cubierta de sombras. Eran dos camas infantiles, demasiado pequeñas para nosotras desde hacía varios años ya. Me había mudado de habitación pero nadie me había ayudado con los muebles, de modo que mi cama y el resto de mis cosas seguían en el dormitorio del último piso. Las dos camas tenían el mismo dosel infantil de tela blanca y cabeceros de forja que protestaban cada vez que me daba la vuelta para intentar dormir.

—Verónica... —susurré, mirando al revuelo de sábanas y mantas en la otra cama—. ¿Pequeña?

Pero ella no estaba en su cama. Me incorporé de un salto

mientras buscaba a tientas la lámpara de queroseno en la mesilla entre las dos camas. Entonces la vi. Verónica estaba de pie, contra la puerta cerrada de la habitación. Su frente golpeaba la puerta con un ritmo repetitivo cada vez que intentaba salir sin abrir el cerrojo. *Tap-tap-tap.*

Al verla, ahí de pie con su camisón blanco y su pelo suelto cubriéndole la cara igual que un espectro en un cuento de fantasmas, necesité un segundo más para comprender que Verónica estaba caminando en sueños.

Me levanté, el corazón latiéndome deprisa como sucede al despertar de una pesadilla, y me acerqué hasta ella. Sabía que no era bueno despertar a un sonámbulo porque lo había leído en uno de los libros de medicina de mamá. Le toqué el brazo con suavidad para que no se asustara en sus sueños, pero Verónica ni siquiera pareció notarlo porque intentó volver a salir de la habitación golpeándose la frente.

—Shhh... vamos, pequeña. Ya pasó —susurré, mientras la apartaba con delicadeza de la puerta—. Mañana te dolerá la cabeza y no sabrás por qué.

Sonreí en la oscuridad para espantar el miedo que todavía latía bajo mi piel cuando oí un ruido que venía del otro lado de la puerta. Sin soltar el brazo de mi hermana me volví, convencida de repente de que alguien intentaba entrar en nuestra habitación. Incluso en la oscuridad noté cómo la manilla de la puerta subía y bajaba, alguien estaba tratando de abrir la puerta.

—¿Rafael? Para ya, no tiene gracia —dije con voz frágil—. Que pares, te digo.

—No es Rafael. Es esa criatura con brazos largos y dedos afilados, viene a buscarme. Puedo escucharla merodeando por los pasillos de la casa de madrugada, llamándome.

Ahora Verónica estaba despierta y temblaba entre mis brazos. Sentí como se aferraba con fuerza casi como si temiera que alguien —o algo— fuera a llevársela.

—No, no es nada de eso. Será solo tu hermano intentando ser gracioso o puede que una corriente de aire traicionera. Hay muchas ventanas rotas en la casa y el viento se cuela por ellas algunas noches. Yo también me he llevado algún que otro susto estos años —dije, procurando tranquilizarla y de paso también a mí misma—. No es ningún demonio ni una criatura con dedos afilados.

Entonces, como si estuviera intentando llevarme la contraria, algo rozó la puerta y la pared de nuestra habitación desde fuera. Reconocí el sonido de unos dedos sin uñas rascando la puerta un momento más antes de alejarse por el pasillo seguido de unos susurros indescifrables.

—¿Lo ves?, había algo ahí fuera, en el pasillo —dijo Verónica con la voz entrecortada por el miedo—. Viene algunas noches e intenta entrar aquí. Es esa criatura sin rostro que me busca en sueños. Me busca para llevarme.

—No, ni hablar. —Le aparté el pelo húmedo de sudor frío de la cara para verla mejor—. Nadie va a llevarte a ningún lado, porque yo no lo voy a permitir. Y si quieres, solo para que no tengas miedo, a partir de ahora podemos colocar algo contra la puerta. Si eso te ayuda a dormir mejor.

Verónica asintió pero no pareció muy convencida.

—¿Puedo dormir contigo? —me preguntó.

—Claro. Vamos, en un par de horas amanecerá y tenemos mucho que organizar estos días. Hay que adecentar la finca para la visita de los franceses.

Nos metimos en mi cama, que ya había perdido el calor del sueño atrapado entre las sábanas. Verónica respiraba deprisa frente a mí, pero se hizo un ovillo y no se movió.

—¿Qué pasa si no se creen nuestro plan? —preguntó en voz baja—. ¿Se llevarán su dinero a otra parte y perderemos la casa?

—Se lo creerán, es un buen plan —respondí, aunque no tenía forma de estar segura de que fuera a funcionar—. Ellos creen que han comprado diez hectáreas de una finca elegante y próspera, así que eso mismo es lo que les enseñaremos mientras estén aquí. Arreglaremos la casa, solo lo que esté a la vista y podamos mejorar gastando poco dinero: las ventanas rotas, el brazo de la escalera que lleva años suelto, cosas así. Limpiaremos las habitaciones que están abiertas y sacaremos algún mueble que esté medianamente presentable para que la casa no parezca tan vacía y desangelada. También encargaremos ropa nueva para nosotras, para parecer señoritas modernas. Algo sencillo que no cueste demasiado porque saldrá directamente del dinero para pagar la letra del banco. Se lo creerán.

Nuestro padre se había marchado a su habitación sin terminar de cenar. Nos había dejado a los tres alrededor de la inútilmente grande mesa de comedor que había en la cocina sin una sola explicación o idea sobre cómo íbamos a salir de semejante lío. Así que Rafael y yo habíamos hecho lo que mejor se nos daba: mentir. Sabiendo que nuestro padre se limitaría a evitar el problema hasta que los franceses estuvieran llamando a nuestra puerta de entrada, Rafael y yo habíamos decidido mentir. Éramos buenos mintiendo —al fin y al cabo, llevábamos años engañando a todo el mundo y también a nosotros mismos—, así que trazamos un plan para engañar a los franceses el tiempo que estuvieran de visita en Las Urracas.

«Ellos ya saben que tenemos algún problema de dinero, por eso mismo les vendimos parte de la tierra. Así que no tendremos que aparentar mucho, tan solo disimular lo más sangrante —había dicho Rafael mientras la cena se enfriaba sobre la mesa—. Un poco de pintura, una buena limpieza, arrancar los hierbajos que crecen sin control en el camino de la entrada... Funcionará.»

«Se te olvida lo más importante. No hay una sola uva en nuestros viñedos y estamos en julio, debería haber frutos ya», le recordé.

Los ojos claros de mi hermano se volvieron turbios, como el agua de mar después de una tormenta, mientras pensaba una respuesta.

«Ya lo sé. Les diremos la verdad, solo a medias.»

«Les diremos que no hemos tenido cosecha este año —terminé yo por él, porque siempre intuía lo que Rafael iba a decir—. Diremos que es por culpa de la sequía. Otras fincas de la zona recogerán algo en otoño, pero si se quedan tanto tiempo les convenceremos de que esta será una mala cosecha.»

«Muy bien, hermanita. Se te da casi tan bien mentir como a mí.»

Verónica había vuelto a quedarse dormida, ahora su respiración era lenta y pausada. Yo siempre había tenido el sueño ligero y ya no podría volverme a dormir. Supe que me quedaría despierta hasta que las primeras luces se colaran por la ventana de nuestra habitación dibujando despacio la silueta de los muebles, así que repasé mentalmente la lista de cosas en la finca —y también en nosotras— que debíamos arreglar para engañar a los franceses.

Fuera, en el pasillo, los susurros se colaron por debajo de la puerta otra vez mientras unas manos en la oscuridad movían la manilla arriba y abajo.

LA FIESTA DE LA VENDIMIA

L a primera sorpresa que nos llevamos aquellas semanas de verano fue que «los franceses» eran en realidad dos hermanos: un chico y una chica. Denise y Vinicio Lavigny no mucho mayores que Rafael y yo. La segunda sorpresa de ese verano fue que eran bastante más inteligentes de lo que habíamos previsto.

Denise y Vinicio llegaron a San Dionisio dos semanas exactas después de la noche en que leímos su carta. Mandaron aviso a la casa antes, cuando ya estaban en Logroño, pidiendo instrucciones para el cochero y rogándonos que tuviéramos preparadas sus habitaciones.

De pie en el cruce de caminos, paradas entre las dos columnas de piedra con nuestro apellido grabado en ellas, Verónica y yo esperamos su coche. Estrenábamos dos de nuestros vestidos nuevos con sombrero a juego para protegernos del sol.

—Qué calor hace —protestó Verónica, moviéndose dentro de las capas de tela de su vestido de chifón y organza—. ¿Cuánto más tendremos que esperar a que aparezcan? Llevamos aquí media hora como dos idiotas tostándonos al sol.

Sonreí con disimulo debajo de mi sombrero de paja con flores de tela de varios colores.

—Un poco más, hasta que aparezcan. Si quieres puedes entrar en la casa a refrescarte y de paso te aseguras de que padre no haya cambiado nada de sitio mientras estamos fuera.

Además de las reformas, grandes y pequeñas, que habían agotado todo el dinero de la familia, también habíamos limpiado a fondo los pasillos, el vestíbulo, la cocina y las habitaciones abiertas de Las Urracas. Hasta Rafael había cogido un escobón para barrer el patio trasero de rastrojos y polvo mientras la señora Gregoria, Verónica y yo fregábamos el mar de azulejos granates del suelo de la casa principal.

—Ni hablar. Prefiero quedarme aquí fuera esperando contigo —respondió ella—. Además, seguro que padre y Rafael están tan nerviosos que ya han cambiado algo de sitio o están sudando como cochinillos en el horno debajo de sus ropas nuevas. Ha sido buena idea que nosotras les demos la bienvenida primero.

—Sí, seguro que ellos ya están hechos una pena —admití con una sonrisa—. Pero la casa ha quedado muy bien. Ahora que la hemos adecentado un poco casi parece una mansión elegante de alguna ciudad europea.

Detrás de nosotras, al final del camino de tierra marrón que nacía entre las columnas de piedra, podía sentir la sombra silenciosa de Las Urracas. En las últimas dos semanas habíamos mejorado tanto la casa principal, el porche trasero y la entrada que casi me costaba reconocer la ruina polvorienta donde había nacido.

—Mientras rebuscaba entre las cosas olvidadas de mamá, Teresa encontró muchos planos y dibujos originales de la casa. Los que se utilizaron para levantar Las Urracas —dijo Verónica, con la voz apagada al nombrar a nuestra hermana perdida—. En los planos se ven todos los detalles especiales y extraños que las hermanas querían para su casa: desde las ventanas de ojo de buey con cristales de colores en el ático hasta una habitación pintada como si fuera la selva en el primer piso, con palmeras de grandes hojas verdes, leones sentados entre la maleza y el cielo azul brillante pintado a mano en el techo. Nunca he visto esa habitación, supongo que es una de las habitaciones prohibidas.

Verónica bajó la cabeza y su cara quedó oculta por su sombrero. Desde que la tía Angela desapareció teníamos permiso para llevar el pelo suelto en las ocasiones especiales, como ese día. Una cascada de rojo fuego resbaló sobre los hombros de Verónica.

—Yo también extraño a Teresa. Pienso en ella todos los días. Está bien si te sientes triste, tienes derecho a sentirte así —le dije, y pensé que ojalá alguien me hubiera dicho algo parecido a mí el día en que nuestra madre murió—. No pasa nada por estar triste algunas veces, de verdad. Y no fue culpa tuya lo que sucedió, antes o después alguien en el pueblo hubiera terminado por descubrir lo suyo con la hija de la maestra.

—Estoy triste por Teresa, la echo mucho de menos... pero sé que volverá pronto a casa —respondió, sin mirarme aún.

Le acaricié el pelo suelto con delicadeza mientras pensaba en cómo decirle que nuestra hermana no volvería a casa hasta que padre no diera orden de sacarla del hospital especial donde estaba recluida.

—Puede que falten algunos años aún para que la volvamos a ver. Lo comprendes, ¿verdad? A Teresa, me refiero —dije con suavidad—. Su vuelta no es algo que dependa de nosotras, por mucho que lo deseemos.

Verónica me miró con su ojo blanco como si pudiera volver a ver con él, pero yo sabía que solo era una ilusión.

—Teresa volverá pronto. Lo sé —insistió, extrañamente convencida.

Le acaricié el brazo sobre la manga de farol de su vestido nuevo y rígido.

—Ojalá tengas razón, pequeña.

Miré un segundo hacia la casa, casi esperando ver a nuestra hermana mediana corriendo hacia nosotras por el camino de tierra.

El palacete de Las Urracas parecía ahora la casa señorial que se había diseñado hacía tantos años. Los detalles estrafalarios y poco habituales en esta zona del mundo que las hermanas Urraca habían escogido para su finca eran más evidentes después de las pequeñas reparaciones de las últimas semanas. Detalles como las enormes ventanas en el frente de la casa que dejaban entrar el sol todo el día, el portón doble con clavos de hierro negro a juego del llamador en forma de urraca con las alas extendidas al que habíamos sacado lustre, la galería de cristal que conectaba la casa principal con la nave de la bodega, o el laberinto de pasillos del primer piso con el techo en forma de arco. Solo había visto detalles similares en las casonas misteriosas de algunos de los libros de nuestra madre, y siempre eran mansiones en paisajes húmedos y lluviosos, muy diferentes a San Dionisio. Aunque como había descubierto años atrás, el mal no necesitaba de paisajes neblinosos o páramos azotados por el viento para vivir. No; el mal también podía vivir y echar raíces bajo el sol más brillante de verano.

—Incluso en un paisaje como este puede esconderse algo maligno, a plena vista de todos. No creas que estás a salvo de los demonios solo porque luzca el sol, al contrario —dijo Verónica de repente—. Las criaturas malvadas prefieren esconderse en la oscuridad, pero también viven a sus anchas bajo la luz del sol más brillante.

La miré sin comprender cómo era posible que Verónica hubiera adivinado el hilo de mis pensamientos. Pero ella solo me devolvió una sonrisa inocente debajo de su sombrero.

—¿Estás bien, Gloria? Tienes cara de susto y te has puesto más pálida aún, como si acabaras de ver un fantasma.

—Estoy bien. Solo es el calor de la tarde y que me asfixio con este vestido —respondí más bruscamente de lo que pretendía, y volví a mirar hacia el horizonte para ver si veía aparecer el coche de los franceses.

Quedaban apenas un par de horas de luz en el cielo. Al atardecer todo el valle se volvía de color dorado primero y naranja fuego después. Habíamos limpiado el suelo de azulejos color vino, y ahora, cada tarde, el sol de verano inundaba la casa con un impresionante resplandor cobrizo que se reflejaba en paredes y techos. Igual que un caleidoscopio gigante.

«Vaya. Apuesto a que por esto mismo las hermanas Urraca mandaron poner tantos ventanales en el frente y este suelo
en casi toda la casa —dije el primer atardecer que vi el efecto
de la luz en las paredes y los techos altos—. Cuánta luz, y qué
bonito. Parece otro sitio.»

«Sí, ahora parece una casa menos triste», había respondido Verónica mientras la luz del atardecer bañaba Las Urracas.

Por fin, detrás de una de las colinas bajas que se amontonaban en el horizonte, intuí una nube de polvo acercándose
por el camino que llevaba a la casa.

—Son ellos.

La nube de polvo se convirtió en un torbellino cuando
estuvieron más cerca. Denise y Vinicio Lavigny no venían en
un solo coche, si no en tres carros de caballos que acortaban la
distancia hasta la casa a cada momento. Cuando el primero de
los coches de la caravana se detuvo frente a la entrada, el polvo levantado de las ruedas y los animales llenó el aire mientras
el cochero abría la portezuela.

—¡Hola! *Bonjour* —exclamó una voz femenina—. Vaya,
qué encantadoras sois. Y qué cosmopolitas, me encanta. ¡Y
vuestros sombreros son preciosos!

Una joven con una enorme sonrisa se bajó del coche para
acercarse a donde estábamos y darnos un abrazo a cada una.
Olía a perfume caro y a polvos de rosa de los que se usan para
conservar la ropa en los armarios. Su ropa elegante crujió
cuando se separó de mí.

—Hola, soy Denise Lavigny. Tenía muchas ganas de co-
noceros a las dos —dijo con un acento cantarín y sin perder la
sonrisa—. Tú debes de ser Gloria, y tú eres Verónica, claro,
la más joven.

—Me gusta tu vestido. ¿Es de raso auténtico? —le preguntó Verónica con su curiosidad habitual.

Denise se rio y su risa agradable me recordó al sonido que
hacen algunos pájaros después de beber agua.

—¡Qué amable! Sí que lo es, gracias. Raso auténtico y
seda salvaje, confeccionado en uno de los talleres más exclusivos y antiguos de París. Según dicen, la mismísima Marie An-

toinette mandaba hacer parte de su ropa en ese mismo taller. Espero no terminar como ella, ya sabes.

Denise se pasó el dedo índice por el cuello en un gesto mientras soltaba un quejido y Verónica se rio con ganas.

—Tengo cuatro baúles de viaje llenos de ropa y sombreros, por si quieres ponerte algo —añadió, mirando a Verónica—. Tú eres más menuda que yo, así que seguro que encontramos algo que te sirva. Si no puedes pasar el rato probándote mis cosas igualmente.

Cuatro baúles de viaje llenos solo de ropa y sombreros, aparte del resto de las cosas que su hermano y ella habían traído. Eso explicaba el séquito de carruajes que los acompañaba.

—Sí, desgraciadamente no soy del tipo de chicas que saben viajar ligeras —me dijo con una sonrisa de disculpa al descubrirme mirando los carros—. Me preocupaba que no tuviéramos suficiente lugar para todas nuestras cosas. Al fin y al cabo, somos invitados y no querría ser una molestia para vosotros, pero ahora que veo la casa estoy segura de que no tendremos problemas de espacio. ¡Es enorme! Podría vivir todo un pueblo en ella y todavía habría sitio de sobra para mis cosas.

Denise miraba a la casa principal al final del camino de tierra. No era en absoluto como me la había imaginado: me agradó en cuanto se bajó del coche. Su gran sonrisa sincera, sus mejillas amplias coloradas por el calor de la tarde, sus ojos color ceniza que recorrían el paisaje con curiosidad y su pelo rubio oscuro bien peinado y sin sombrero. Sentí una punzada de culpa en el costado al recordar que vivíamos básicamente de estafarles.

—Perdona que haya mirado los carruajes así antes —le dije—. No es asunto mío cómo viajes, y por supuesto que tenemos sitio para todas tus cosas. Además, estaremos encantadas de enseñarte la casa y la finca cuando hayas descansado del viaje. ¿Verdad que sí, pequeña?

Verónica asintió encantada con la idea de hacer de guía.

—Hay habitaciones prohibidas en la casa, pero te diré

cuáles son para que no tengas problemas —le dijo, muy seria.

—Tu pelo es muy bonito, Verónica. Nunca había conocido a nadie con el pelo de ese color. Me recuerda un poco al paisaje, solo que más rojo. Y veo que es cosa de familia —observó Denise, señalándome con la cabeza—. Tengo unos prendedores de perlas y cristales austríacos que destacarían una barbaridad en un pelo como el vuestro.

—Antes no teníamos permiso para llevarlo suelto nunca, pero desde que nuestra tía desapareció podemos llevarlo suelto de vez en cuando —le explicó Verónica con su hablar rápido y desordenado.

Denise parpadeó, pareció genuinamente sorprendida.

—¿No teníais permiso para llevar el pelo suelto? ¿Permiso de quién? —quiso saber.

—Hay una bañera en el aseo junto a tu habitación, por si te apetece refrescarte antes de la cena —respondí, deseando cambiar de tema—. El agua corriente no funciona demasiado bien por culpa de la sequía. El acuífero de la finca lleva años medio vacío, pero si no te importa esperar un rato al final acaba saliendo agua.

—Te lo agradezco mucho, me vendría muy bien después del viaje. Llegar hasta aquí ha sido una auténtica pesadilla. —Denise nos cogió del brazo como si las tres fuéramos amigas de toda la vida—. El paisaje es hermoso y único. En casa no tenemos nada parecido a esto, ni siquiera en Borgoña, donde antes de la plaga teníamos los mejores viñedos del mundo. Este lugar es especial, hay algo misterioso en este valle a pesar de la luz brillante del sol. En fin, qué se le va a hacer. *C'est la vie.*

La filoxera había acabado con los viñedos franceses alimentándose de ellos desde hacía años como si fuera un animal sediento de su sangre. No existía cura para la plaga. Tampoco se conocía forma alguna de luchar contra el temido insecto. Lo único que parecía funcionar era plantar viñas americanas sobre los pies de viña autóctonos. Pero era una cura lenta, a largo plazo y, sobre todo, cara. Por eso mismo tantos bodegueros e inversores franceses buscaban hacer negocio al otro lado de la frontera antes de que la plaga se cebara también con nuestros viñedos.

—Es extraño —dijo Denise, mirando alrededor—. Ahora que estoy aquí me doy cuenta de que este lugar me recuerda a un sueño recurrente que tengo desde hace algunos años. Una pesadilla en realidad.

Acababa de conocerla pero me pareció que su cara se llenaba de sombras al recordar el mal sueño.

—¿Te encuentras bien? —pregunté.

—Sí, magníficamente —respondió, pero sus ojos todavía temblaron un momento más—. Además de esa visita guiada por la finca podría aceptaros también algo de comer y una copa de vino. No he dejado de ver el mar de viñas desde la ventanilla del carruaje y me apetece probar el famoso vino de La Rioja.

Intenté sonreír, pero mis músculos no me obedecieron, me había quedado paralizada dentro de mi vestido nuevo de hilo de lino con bordado inglés y chaquetilla corta a juego.

—Vino. Desde luego, para eso habéis venido hasta aquí, ¿verdad? —dije, intentando mantener la mentira todo el tiempo que fuera posible—. Vamos dentro, te enseñaremos tu habitación.

—Vamos, Vinicio querido —le gritó a su hermano, volviéndose para mirarle—. Y asegúrate de que los mozos lleven todo el equipaje dentro, por favor. Hay una caminata hasta la entrada de la casa.

Vinicio Lavigny sonrió con resignación y después nos hizo un gesto con la mano a modo de saludo. Era guapo, igual que su hermana. Tenía los ojos del mismo color ceniza que ella pero su pelo ondulado era notablemente más oscuro. Pómulos altos y marcados que le daban un aire distinguido pero amable.

—Mucho gusto, señoritas Veltrán-Belasco —dijo, con un acento más discreto que el de su hermana—. Me alegro de conocerlas por fin.

—Igualmente —respondí, mirándole un momento más de

lo necesario antes de darme la vuelta y caminar hacia la casa del brazo de Denise.

—Las hermanas con la palabra «cuervo» en su apellido. Veltrán en germánico significa «cuervo brillante o hermoso» —me explicó—. Para algunos es un mal augurio, pero a mí me agradan. Los cuervos y las urracas son animales muy inteligentes, solo que con mala reputación.

Me reí.

Vinicio también me gustó nada más conocerle, igual que su hermana, solo que de una manera muy distinta.

Mientras avanzábamos hacia la casa principal por el camino de tierra, mis botines nuevos atados con cintas rompían los terrones bajo mis pies y la falda de mi vestido con pequeños ramos de flores bordados crujía con cada paso. Denise y Verónica charlaban animadamente sobre música y me pareció escuchar algo sobre un gramófono cuando ya estábamos cerca de la puerta principal.

—¿Me estás diciendo que nunca has escuchado los valses de los Strauss? Pero eso no puede ser. Es casi inaceptable para una señorita que sabe tanto de música como tú. Mi propósito en la vida mientras estemos aquí será ponerte al día de la música moderna —decía Denise entre risas—. En cuanto me instale como es debido te lo mostraré. ¡Antes incluso!

Verónica se rio encantada y después escuché como charlaban sobre el caprichoso llamador con forma de urraca con las alas extendidas de la puerta. No estaba preparada para aquello, ninguno de nosotros lo estaba, lo supe mientras esperábamos a que Rafael nos abriera la gran puerta doble de la entrada. Los Lavigny parecían haber permanecido ajenos al mal toda su vida. Le había oído decir a padre que eran huérfanos, así que, desde luego, conocían el dolor. Pero el mal, el tipo de mal retorcido y enquistado —que era lo único que crecía en nuestra tierra—, estaba a punto de tragárselos vivos.

El sol de verano se reflejaba en los cristales limpios de los ventanales en el frente de la casa, arrancando destellos cobrizos y dorados al extraño suelo de baldosas granates. Entramos en la casa seguidas de Vinicio, pero antes me volví para mirarlo con disimulo por encima de mi hombro. Él me miraba también y algo caliente se deslizó por debajo de mis costillas hasta llegar más abajo de mi vientre cuando me devolvió la sonrisa.

Sí, aquella fue una de las sorpresas de ese verano. Pero no fue la más terrible de todas.

Dos semanas después de aquella tarde, una ola de calor barrió todo el valle. El aire de julio se convirtió en fuego que secaba los campos y arañaba la piel. Los viñedos en los que maduraban las uvas, que esperaban ser recogidas un par de meses después, cambiaron de color para volverse de un tono dorado en un intento desesperado de las plantas por conservar dentro hasta la última gota de humedad.

El dormitorio del primer piso que compartía con Verónica era mucho más fresco que mi antigua habitación en la fachada sur de la casa, con el techo inclinado y las ventanas pequeñas, donde las noches de verano eran interminables y asfixiantes. Pero esa semana de canícula era imposible dormir en cualquiera de las habitaciones de Las Urracas.

Verónica, por el contrario, soñaba extendida en su cama sin sábanas y con el camisón de plumeti remangado hasta las rodillas. Murmuraba palabras sin sentido en sueños —o sin sentido para mí, al menos— y también tarareaba una cancioncilla lenta. Al principio pensé que sería alguna de las canciones que ella y Denise se pasaban el día escuchando en el moderno gramófono de esta. Había decidido que la chincharía con ternura al día siguiente contándole que acostumbraba a cantar en sueños, así que contuve la respiración un momento para escuchar mejor. Pero Verónica no tarareaba ninguno de los modernos valses que había escuchado en las últimas semanas.

—*One for sorrow, two for joy...*

Ahí estaba otra vez, la siniestra nana de las urracas que mamá solía cantarnos antes de dormir.

Yo era la hermana mayor y apenas recordaba la letra, Verónica era casi un bebé cuando nuestra madre murió y conocía cada palabra de la cancioncilla infantil. Tal vez era por su extraordinario talento para la música o tal vez fuera por algo para lo que no existía explicación alguna. Parecido a cuando Verónica hablaba con una voz adulta muy distinta a la suya, o como cuando utilizaba palabras y frases que sonaban igual que las que solía decir nuestra madre. Puede que todas esas cosas fueran solo otra característica heredada de nuestra madre y de otras Veltrán-Belasco antes que ella, aunque no siempre compartieran el mismo apellido: igual que el color del pelo, las pecas o el gusto por el dolor propio y ajeno.

Ya no iba a volver a quedarme dormida, así que me levanté de la diminuta cama infantil intentando no hacer ruido, cubrí con la sábana a Verónica —que seguía tarareando en sueños— a pesar del calor, y caminé hasta la puerta.

Desde la noche en que alguien intentó entrar en nuestra habitación de madrugada —cuando encontré a Verónica golpeándose en sueños contra la puerta— colocábamos una silla bajo la manilla para evitar que alguien —o algo— pudiera entrar. Aparté la silla con cuidado de no hacer ruido para no despertar a Verónica y salí al pasillo.

Nuestra habitación estaba al final de uno de los largos pasillos del primer piso, con el techo de bóveda y una bonita pintura de color verde pastel que llevaba desconchada desde que podía recordar. No había cogido la lámpara de queroseno, pero la puerta trasera estaba muy cerca, así que avancé por el pasillo acariciando la pared desconchada con la mano para no perderme en la oscuridad.

La puerta que daba al porche trasero de la casa estaba al final del pasillo. No había llegado pero ya podía oír los sonidos nocturnos del campo colándose por debajo de la puerta: los grillos entre las hierbas altas o el rumor del agua en el río al final del mar de viñedos. El aire de la noche tenía un olor diferente cuando hacía calor. Mis pulmones se llenaron del aroma a tierra seca y a las plantas de lavanda que crecían salvajes en el camino de la casa a pesar de la sequía.

Entonces la campana del patio trasero sonó una vez, después otra.

Me quedé quieta donde estaba, esperando. Pero la campana no volvió a sonar y el eco murió en el pasillo angosto en vez de extenderse por toda la casa. El corazón me latía deprisa en la garganta, pero me di cuenta de que la campana no había sonado como si alguien hubiera tirado del cordel intencionadamente. Parecía casi que alguien, despistado en la oscuridad, hubiera pasado caminando cerca del poste donde estaba y la hubiera rozado sin querer haciéndola sonar por accidente.

La luna creciente brillaba en el cielo iluminando el porche y el campo de viñas con un resplandor plateado. Me recordó a uno de esos cuadros nocturnos tan famosos, con paisajes lejanos o un océano interminable bañados por la luna. La campana se movía despacio en el poste. No había nadie más en el gran porche trasero, así que me acerqué y la detuve con la mano para evitar que volviera a sonar.

Hacía más de treinta años, cuando Las Urracas era la finca más próspera de todo el valle, esa campana servía para avisar a los hombres que estaban vendimiando cuando era la hora de comer o para advertirles del final de la jornada. Yo nunca había conocido la finca funcionando, ni había visto a las decenas de trabajadores recogiendo racimos de nuestras viñas como un ejército bien organizado con sus garillos afilados, las cestas de mimbre para recoger la cosecha o los grandes pesos que se cargaban entre dos personas para calcular si aquel había sido un día productivo.

Me detuve en el límite del porche, allí el suelo empedrado se convertía en tierra agrietada donde empezaban las hileras ordenadas de viñas que bajaban hasta la orilla del río.

Una nube de luciérnagas revoloteaba entre las plantas sin frutos.

—Siempre has tenido problemas para conciliar el sueño, supongo que es por la mala conciencia, que no te deja dormir tranquila —dijo la voz de Rafael detrás de mí—. A mí tampoco. Y te extraño.

—Te aseguro que yo no te extraño en absoluto y que no es mi conciencia lo que me mantiene despierta sino el calor. —Dejé escapar un suspiro, lo último que me apetecía esa noche era volver a discutir con mi hermano—. ¿Has sido tú? La campana. ¿Le has dado un golpe sin querer?

—Yo nunca golpeo sin querer, eso ya lo sabes.

Me volví para mirarle. Su pelo claro estaba revuelto por la almohada y llevaba los tres primeros botones de su pijama con rayas azules abierto. Intuí su piel debajo, iluminada por la misma luz plateada que los viñedos.

—Sí, ya lo sé —respondí a mi pesar—. Me vuelvo a la cama. Tú haz lo que quieras pero procura no despertar a toda la casa. Mañana tenemos que seguir convenciendo a los hermanos Lavigny de que la cosecha de este año será terrible, bastante malo ha sido tener que enseñarles las plantas sin frutos.

Empecé a caminar decidida hacia la puerta trasera, pero Rafael me sujetó por el brazo cuando pasé a su lado.

—¿Te crees que no sé lo que estás haciendo con el francés? —masculló entre dientes—. Veo cómo te mira, y cómo le miras tú a él. ¿Vas a casarte con él? Es eso, ¿verdad? Apuesto a que está pensando en pedir tu mano a padre antes de la vendimia.

Vinicio Lavigny era todas las cosas que Rafael no era. Afable, de buen carácter, con una risa contagiosa y una curiosidad juvenil por los pequeños detalles que le llevaban a hacerme un millón de preguntas sobre los viñedos, la fermentación o las estaciones en nuestra pequeña y dorada parte del mundo. Me gustaba, lo suficiente como para pensar en aceptar su propuesta si es que se decidía a preguntar.

—¿Y qué pasa si es así? —dije, mucho más segura de lo

que me sentía en realidad—. Que él me propusiera matrimonio sería lo mejor que me podría pasar ahora mismo. Si me caso con Vinicio tendré acceso a mi dote por pequeña que esta sea, mi parte de los bienes familiares quedará a salvo de ti y podré cuidar de Verónica y Teresa sin tener que pedirle permiso a padre para todo.

—Pienso negarme, ¿me oyes? No os daré mi bendición ni en cien años.

Tiré de mi brazo para soltarme. El algodón fino de verano de mi camisón crujió, pero no me importó haber estropeado alguna costura con tal de zafarme de él.

—No necesito tu permiso para casarme, padre sigue estando al frente de esta familia. ¿O es que tienes tantas ganas de ser un hombre importante que te has olvidado? —pregunté, saboreando las palabras porque sabían que eran veneno para él—. Tú no serás nada más que el hijo de Cayo Veltrán-Belasco hasta que él muera. Solo eso.

Rafael se acercó más, sentí el calor familiar que salía de su cuerpo pasando a través de la tela de mi camisón. Se inclinó y susurró en mi oído:

—Al menos no soy una zorra como tú, hermanita. ¿Sabe el francés lo que has hecho? ¿Le has contado las cosas inmorales que hemos hecho juntos? Apuesto a que no. Lo mismo se cree que eres virgen y todo, pero yo sé la verdad, lo sé porque he estado ahí, todas las veces...

—Basta —masculló.

—Si intentas dejarme para casarte con él, le mataré —me prometió.

Le miré con los ojos húmedos. Me temblaban las piernas por sus palabras y porque sabía que era verdad.

—Tú eras mi hermano mayor, tu deber era cuidar de mí —dije con voz frágil—. Pero en vez de eso te has aprovechado de mi dolor y mi soledad todos estos años, como un parásito. Yo te adoraba, Rafael.

—Entonces no me abandones. No te cases con ese crío de sonrisa bobalicona que no te conoce en absoluto. Yo te conozco, mejor que tú misma. Sé cómo eres de verdad. —Rafael me cogió la mano y se la llevó a los labios para besarla—. No me dejes, no podría vivir sin ti. Sería como intentar vivir sin el corazón. Por favor.

Me solté y di unos pasos en dirección a la puerta apartándome de Rafael. Los grillos sonaban más alto cerca de la casa.

—Se te pasará con el tiempo, igual que sucede con todas las enfermedades no mortales. Eso es lo que ha sido esto: una infección caliente y ponzoñosa provocada por el dolor que se ha extendido por nuestra sangre. Nada más. —Me alejé dándole la espalda por fin—. Solo doy gracias a Dios de que no hayamos hecho un niño enfermizo en estos años.

—No tiene nada que ver con Dios. Es porque estás seca, muerta por dentro y nada crece en ti. Eres como esta tierra, solo tienes muerte y polvo.

Abrí la puerta, pero sus palabras todavía resonaban en mis oídos por encima del resto de los ruidos nocturnos.

—¡Estás manchada, hermanita! —gritó en el aire cálido de la noche—. Para siempre. Pero no solo por las cosas que hemos hecho: ya estabas marcada antes. Estás endemoniada, como las otras dos. Tienes un demonio dentro, por eso no importa lo que hagas. Nunca conseguirás dejar al demonio atrás, porque está dentro de ti.

Me volví para mirarle. Sus ojos claros estaban muy abiertos, como un depredador que busca a su presa entre la maleza. Pero de repente me pareció que él tenía más miedo de que le abandonara para siempre del que yo le había tenido jamás. Eso me envalentonó.

—Al demonio puede que no, pero a ti... a ti ya te he dejado atrás. Tú pierdes, y yo gano.

Rafael caminó furioso hasta mí. Su cuerpo atlético y ágil se movió con soltura a pesar de la poca luz. Se detuvo muy cerca, tanto que sentí su respiración acelerada en el sudor que se había quedado pegado a mi piel. Pensé que iba a darme un bofetón y casi hasta imaginé el dolor en mi mejilla y mi labio caliente palpitando después. Pero en lugar de eso, Rafael se arrodilló sobre el empedrado del suelo y me abrazó por la cintura como si fuera un niño pequeño.

—Por favor, no me abandones. Te quiero. Te quiero más que nada en este mundo —suplicó—. Sé que no siempre me he portado bien, pero es solo porque tenía miedo de que llegara este día.

Enterró su cabeza entre el algodón blanco del camisón. Su pelo claro le cubrió la cara y durante un segundo luché contra el impulso de dejar que mis dedos se enredaran en él.

—Suéltame —le dije, por encima del ruido de las cigarras y los grillos que cantaban entre las hierbas altas que crecían pegadas a la fachada de la casa—. Déjame ir por fin.

Pero él no se movió, así que le aparté los brazos y me alejé sin decir nada más.

—Si me abandonas, le pediré matrimonio a Denise.

Me quedé paralizada donde estaba y me volví para mirarle.

—No te atreverás...

—Claro que sí. Y ella aceptará, dirá que sí. Y cuando sea su esposo convertiré su existencia en un infierno solo por diversión y también para hacértelo pagar a ti y al imbécil de su hermano. —Rafael se levantó despacio, mirándome desafiante—. La arruinaré, la arruinaré de todas las formas en las que es posible arruinar a alguien. Acabaré con su espíritu, su dinero, su piel, sus huesos... no dejaré nada de ella por destruir. Te lo juro por nuestra madre muerta.

Pensé un segundo en Denise Lavigny, en su sonrisa sincera, su piel bronceada por el sol del valle, su pasión por las cosas hermosas de la vida y los folletos sufragistas que ella misma me había enseñado orgullosa dos días antes. Yo no sabía muy bien qué eran esos boletines llenos de consejos, datos económicos y fotografías de mujeres con carteles a favor del voto femenino antes de que ella me lo explicara con la pasión con la que se explican las cosas en las que uno cree con el corazón.

—No. Jamás podrás convencer a Denise para que se case contigo. Y suponiendo que pudieras hacerlo, su hermano tampoco la obligaría a aceptar —respondí, muy segura.

—¿Por qué no? ¿Por esa bobada de grupito a favor del voto para las mujeres del que forma parte? —Rafael hizo un gesto de desprecio con la mano—. Por favor, he visto los panfletos en su equipaje mientras ella pasa el tiempo con Verónica hablando de Dios sabe qué y metiéndole ideas raras en la cabeza. Solo son alborotadoras con demasiado tiempo libre. Podría convencerla para ser mi esposa igual que a cualquier otra, solo tendría que disimular mi verdadera naturaleza algo más de tiempo para que no sospechase.

—No es solo por eso. Nunca podrás convencerla porque Denise, al contrario que yo, no está sola y sabe lo que es el amor —respondí—. Ella nunca confundiría tu pasión enfermiza con amor.

El viento del oeste barrió el patio trasero arrastrando el olor de la lavanda que crecía salvaje al otro lado de la casa, alborotando con su mano invisible el bajo de mi camisón y mi pelo suelto. La campana se movió en su poste sin llegar a sonar y la veleta de hierro giró sobre sí misma en el tejado.

—Eso ya lo veremos —me retó él—. Al final todas caéis en las mismas trampas. Las asquerosas sufragistas también.

Los ruidos de la noche que solo un momento antes lo llenaban todo ahora estaban cubiertos por una espesa manta de silencio. Oí el quejido metálico de la veleta girando sin control sobre el tejado.

—Adiós, hermanito. Disfruta de tu irrelevancia.

Ya estaba de regreso en el largo pasillo verde pastel que llevaba hasta el dormitorio. El calor del día seguía atrapado entre las gruesas paredes de la casa y noté el cambio de temperatura nada más entrar.

—Puedes irte, pero algún día descubrirás que no importa cuánto te alejes de la jaula en la que te metiste encantada hace tantos años, el mismo día en que te rescaté del agua helada del lago de La Misericordia.

Me quedé quieta, sin volverme para mirarle pero dejando que sus palabras se me clavaran en la espalda.

—Aunque hayas conseguido escapar de la jaula te darás cuenta de que ahora esa cárcel va contigo a todas partes; dentro de ti —me dijo, escupiendo cada palabra—. Lo cierto es que no importa cuánto te alejes de mí, porque lo que yo te he hecho irá siempre contigo. Tú pierdes, y yo gano.

No habría cosecha en Las Urracas ese otoño tampoco. Otras fincas de la zona habían salvado algunos racimos de la ola de calor y la sequía del último mes, y ahora tenían algo que vendimiar. Sería una cosecha pequeña, áspera y tardía, pero al menos era algo.

Por primera vez, la primavera pasada había visto algunas yemas verdes que asomaban en los troncos retorcidos de las vides que estaban más cerca del río. Las vigilé con dedicación día y noche, como quien cuida de un bebé prematuro, pero no sobrevivieron al calor del verano. Las encontré muertas en el suelo agrietado, secas.

«Los hay que se creen que la vida en un clima frío es dura. ¡Ja! A todos esos les traía yo aquí a pasar un verano de sequía y polvo en los ojos como el que estamos dejando atrás. —Fue lo que masculló Diana la vinatera cuando le conté que nuestras vides habían perdido las yemas—. En el frío todavía puede crecer la vida, donde hay nieve hay agua y árboles. Pero para sobrevivir bajo este sol... Ni hablar. Hay que estar hecha de furia para aguantar la luz brillante del sol cada día. Si no sientes rabia en las entrañas no podrás sobrevivir aquí.»

Convencimos a los hermanos Lavigny de que ese era el primer año de cosecha vacía en Las Urracas. Más o menos.

Tampoco hicieron demasiadas preguntas, aunque sospecho que fue más para no hacernos pasar por el mal trago y la vergüenza de seguir con la mentira. Aun así, vi la decepción en los ojos ceniza de Denise al explicarle que no vería las vides cargadas de frutas, cambiando de color a lo largo de las semanas, hasta volverse por fin del ansiado morado oscuro.

«Qué lástima. Me hubiera gustado ver cómo van engordando esas uvas rechonchas repletas de delicioso azúcar. En fin. Otro año será. —Había dicho Denise mientras leía el periódico atrasado que hacía que le enviaran desde París—. Y cuando recojamos uvas el año próximo, pienso hacer eso tan divertido de aplastarlas con mis pies descalzos.»

Yo me había reído al escucharla.

«Me temo que ya no hacemos eso con las uvas. Usamos métodos más modernos para eso, tenemos una prensa. —Nunca la había visto funcionar pero recordaba la enorme prensa cogiendo polvo en la nave de la bodega—. Pero prometo dejarte aplastar las uvas con los pies el próximo año si es lo que quieres.»

«*Oh, c'est magnifique!*»

Habíamos instalado a Denise en una de las habitaciones vacías de la primera planta. La adecentamos para ella. Bajamos mi antigua cama por las escaleras para colocarla en el centro con sábanas limpias y una sobrecama de color azul cielo; decoramos el tocador con flores frescas en uno de los jarrones de porcelana blanca sencilla que rescatamos de las habitaciones prohibidas. Después le pusimos unas bonitas cortinas de color beige con entredós y Verónica rellenó algunos saquitos de batista con lavanda y hojas de limón para que el gran armario de cerezo de la habitación —cerrado con llave durante casi quince años— perdiera el olor a vacío y a miseria. Por supuesto, a Denise le encantó la habitación que habíamos preparado para ella. La primera noche que pasó allí, mientras la ayudábamos a deshacer su interminable equipaje, abrió lo que parecía una maleta de cuero y colocó su gramófono sobre el grueso alféizar de piedra de su ventana. La música grabada llenó por primera vez las habitaciones olvidadas de Las Urracas, corriendo por los pasillos llenos de curvas para llegar hasta las viñas.

Ahora sabía que una mujer como Denise Lavigny nunca habría aceptado casarse con un patán inútil como Rafael. Pero hacía solo cinco años, la posibilidad de que él hubiera querido casarse con otra chica me habría encogido el corazón. Puede que yo, como nuestras viñas, estuviera volviendo también a la vida después de un interminable invierno.

—¿De verdad puedo llevar tu prendedor de jazmín a la fiesta? —volvió a preguntar Verónica, mirándose en el espejo vertical de la habitación.

Verónica llevaba puesto un vestido de color rosa pastel, con manga larga y encaje doble color marfil en la cintura y el cuello. Como aquella era una ocasión especial, llevábamos el pelo suelto y ella se había recogido a un lado su larga melena de fuego, sujetándola con un gran prendedor de flores.

—Claro que puedes llevarlo a la fiesta. Es más, insisto en que lo hagas. No es jazmín auténtico, pero las flores están hechas de tela rígida y esmalte para parecer de verdad. Y puedes quedártelo también, te favorece más que a mí. Es lo que pasa cuando tienes dieciséis años, que todo te queda maravillosamente. —Denise le sonrió y alargó el brazo hasta la mesilla para coger la botella de Dubonnet—.* No le contéis a nadie que me gusta beber directamente de la botella. Mi fama de señorita de ciudad quedaría automáticamente arruinada.

Después le dio un trago al licor oscuro y dulce con cuidado de no mancharse la barbilla o el cuello de su vestido al beber.

—Tu fama de señorita de ciudad puede que sufriera un duro revés, pero apuesto a que tu reputación como sufragista y alborotadora mejoraría considerablemente si se supiera —le dije, cogiendo un vaso para servirme más de ese vino empalagoso con sabor a especias.

—Considerablemente. Pero así son las cosas, ¿no es ver-

---

* Dubonnet: Aperitivo parecido al vermut dulce, elaborado a base de hierbas, especias y quinina.

dad? Una tiene que elegir: o eres una señorita que adora el encaje y los cosméticos, o una bruja sufragista que nunca enamorará a ningún hombre —respondió Denise con frustración mal contenida—. Detesto a la gente estrecha de miras, siempre haciéndonos elegir. Como si no pudiéramos ser varias cosas al mismo tiempo. Tienen una idea fija e inamovible de lo que podemos ser las mujeres: o santas o... —pero miró a Verónica y se mordió la lengua.

—Eres la primera bruja sufragista que conocemos, ¿verdad que sí, Gloria? —me preguntó Verónica terriblemente seria.

Asentí conteniendo una sonrisa mientras le daba otro trago al Dubonnet ya caliente de mi vaso.

—Sí, eres la primera.

La canción terminó y el disco dejó de girar despacio en el gramófono, y Verónica se acercó al alféizar para volver a ponerlo con delicadeza. Verónica adoraba aquel aparato dorado y misterioso, tanto que yo estaba considerando preguntarle a Denise si sería posible conseguir que nos enviaran uno a San Dionisio para ella. Los primeros compases de un vals llenaron la habitación y salieron volando por la ventana hasta el porche trasero.

—Qué bonito ha quedado el patio de atrás para la fiesta —dijo Verónica con orgullo, mirando hacia el porche dos pisos por debajo—. Nos ha llevado toda la mañana, pero ha valido la pena. Y eso que hemos tenido que hacer todo el trabajo nosotras tres solas. La señora Gregoria no nos ha ayudado con la mesa ni con la decoración.

El patio trasero seguía sin sombra. La parra que serpenteaba sobre vigas de madera se negaba a crecer, igual que sucedía con todo lo demás en Las Urracas, así que nosotras tres habíamos sacado la enorme mesa de roble al patio trasero para colocarla cerca de la pared de piedra. Cenaríamos allí cuando el sol empezara a esconderse detrás del horizonte y el paisaje se volviera de color naranja fuego. Buscando un mantel lo suficientemente grande y que no estuviera amarillento, encontramos un baúl en la alacena de la cocina con piezas de varias vajillas distintas. No estaban todos los servicios, pero eran antiguas y elegantes, con delicadas flores pintadas a mano en los bordes. Así que decidimos colocar los platos, boles y fuentes mezclados. El resultado era bonito y original. Como no encontramos un mantel, utilizamos un camino de mesa bordado, algunos vasos de cristal con flores y unos candelabros para cuando el sol se escondiera definitivamente.

—Sí, ha quedado precioso. Lástima que no haya fotógrafos de revistas de hogar y moda en la zona para hacer un reportaje. Toda la propiedad es magnífica: con la casa principal hecha de grandes bloques de sillería, los ventanales en el frente, las viñas alrededor o esa veleta tan extraña en el tejado y la galería de cristal. Eso por no hablar del paisaje tan imponente que corta la respiración... Pero con la decoración especial para la fiesta de la vendimia ha quedado de revista —admitió Denise—. Muy rústico y especial. Me encanta. El año que viene me traeré un fotógrafo conmigo desde París para inmortalizar la fiesta y el ambiente. Quizá después de verlo, en un par de años, Las Urracas se ponga de moda como destino de vacaciones y todos nuestros amigos se mueran por venir.

—Ya. No creo que esta fiesta sea como una de las que tú estás acostumbrada a ir en París... —le advertí—. Pero la casa y el patio han quedado muy bien.

—No imagino cómo ha debido de ser para vosotras crecer en este palacio. —Los ojos de Denise viajaron alrededor de las paredes de su habitación—. Con todos esos pasillos extraños llenos de curvas y techos abovedados, las molduras doradas, los frescos delicadamente pintados a mano que he intuido debajo de alguna pared desconchada, esas habitaciones encadenadas unas a otras que parecen no acabar nunca... Vinicio y yo hemos vivido siempre en el mismo piso, en la rue de Rivoli. Es bonito y elegante, no me entiendas mal, pero no es como esto. No hay magia en un piso de la rue de Rivoli.

Denise se rio y dejó la botella de licor en la mesilla otra vez.

—¡Y la luz de este valle! *C'est magnifique!* —añadió—. Dorada y brillante. Cualquier pintor estaría encantado con este paisaje y esta luz. Y el vino, claro.

Las tres nos reímos juntas.

Puede que fuera por la visita inesperada y cálida de los Lavigny, por las yemas verdes que había visto en las viñas aquella primavera o por el recuerdo más lejano cada vez de mi amor venenoso con Rafael, pero yo también sentía un renovado cariño por Las Urracas. Cada atardecer que pasamos las tres sentadas en el patio trasero sin parra viendo trabajar a las abejas, bebiendo Dubonnet caliente a escondidas o leyendo artículos en inglés sobre el derecho al voto de las mujeres en Europa, Las Urracas me parecía menos una ruina polvorienta y vacía. Envidiaba profundamente a Rafael por ser el único de nosotras que heredaría la propiedad.

—Nunca pensé que la casa pudiera tener este aspecto —admití—. No siempre ha llegado la luz a todos los rincones oscuros de Las Urracas.

Denise se levantó de la cama, donde estaba sentada bebiendo mientras nosotras dos rebuscábamos en sus baúles de viaje, y se acercó hasta mí.

—Las penas son como las estaciones, mi querida Gloria. Parece que se quedarán con nosotros para siempre pero al final siempre se van —me dijo con su acento ensortijado—. Y presiento que este invierno interminable que has vivido está a punto de dejar paso a la primavera.

Fuera, unas voces subieron hasta la ventana abierta y se colaron en la habitación. Verónica se inclinó un poco más en el alféizar para ver mejor.

—Ya han llegado. El Alcalde, su mujer e Inocencio. Y también el notario y su horrible esposa.

Desde las ventanas en ese lado de la casa podía verse el camino de tierra que llevaba hasta la puerta principal de la casa. Me asomé con disimulo: el matrimonio Izquierdo caminaba del brazo y sin prisa a pesar de que todos llegaban tarde, como solo caminan los que saben que siempre son esperados para sentarse a la mesa. Jimena se protegía de los últimos rayos de sol con una sombrilla.

—¿Esa es la famosa Alcaldesa de la que tanto he oído hablar? —preguntó Denise detrás de nosotras—. Es guapa, ahora entiendo a qué viene tanto revuelo con ella en el pueblo. Y también es más joven de lo que imaginaba. Apenas tendrá cinco o seis años más que yo.

La Alcaldesa llevaba puesta una blusa blanca con mangas abullonadas ceñidas con encaje al puño y una impresionante falda de raso de color rojo vino.

—Sí, esa es Jimena Izquierdo. Y el tipo que va con ella, ese con el pelo claro y traje, es su marido: el Alcalde —le expliqué en voz baja—. Los otros dos son el notario del pueblo, don Mariano, y su mujer, doña Justa.

—¿Es el alcalde pero no le votáis? No acabo de comprender bien esa parte —susurró entre risas Denise. Su aliento olía dulce como el Dubonnet—. Pero Jimena es muy elegante. Me gusta su falda, apuesto a que nos llevaremos bien ella y yo...

Verónica y yo dejamos escapar una risita y nos apartamos del alféizar antes de que nuestros invitados estuvieran lo suficientemente cerca de la ventana como para escucharnos.

—Yo que tú no contaría con entenderme con Jimena Izquierdo. Ella no es del tipo de personas que se llevan bien con los demás, solo le interesa el poder —dije.

—Pues como a todo el mundo entonces —respondió Denise—. ¿Y quién es el muchacho que va con ellos? Es guapo, como un escritor fracasado y melodramático, o tal vez un actor de opereta...

—Es Inocencio, el hermano pequeño de Jimena —respondió Verónica sin dejarla terminar.

Denise y yo cruzamos una mirada y nos apartamos definitivamente de la ventana. Con el paso de los años, Inocencio y Verónica pasaban más tiempo juntos robando ratos vacíos a sus obligaciones diarias: algunos minutos después del recital de piano de Verónica en la escuela de señoritas del pueblo, cada vez que pasábamos por el dispensario de farmacia para recoger las tisanas de hierbas de padre para el estómago o cuando simplemente se encontraban en la plaza del ayuntamiento. Inocencio seguía en silencio —o al menos yo nunca le había oído decir una palabra—, pero a Verónica le gustaba pasar el rato con él casi tanto como juguetear con el gramófono de Denise.

—Vamos, no quiero hacer esperar a los Izquierdo —dije, abriendo la puerta de la habitación para que saliéramos—. Bastante ha costado ya conseguir que vinieran esta noche a cenar. No tienen finca ni bodegas, pero todos los empresarios y familias importantes de aquí hasta Logroño buscan su compañía. Sospecho que han venido solo para ver a «los franceses» con sus propios ojos.

Denise se rio a su pesar.

—Seguramente. Todavía recuerdo el primer día que fuimos las tres juntas de paseo a San Dionisio —dijo, poniendo los ojos en blanco—. Ni que Vinicio y yo fuéramos precisamente los únicos inversores franceses de la zona. ¡Qué expectación! Podría haber cobrado entrada, como en uno de esos horribles espectáculos donde exhiben personas que se han traído de países lejanos.

Bajamos por la escalera doble hasta el vestíbulo iluminado por la luz del atardecer. La habíamos arreglado, así que la madera oscura, casi negra de nogal americano, ya no se lamentaba peligrosamente al subir y bajar como hacía unos meses atrás.

Fuera, alguien había encendido las velas de los candelabros sobre la mesa y también las lámparas y los velones más gruesos que habíamos dejado agrupados esa misma tarde en las esquinas más oscuras del porche trasero. Nuestro padre hablaba con el Alcalde y don Mariano al final del patio trasero, mientras sus esposas fingían que no les importaba ser completamente ignoradas.

—La decoración es una maravilla, exquisita. Habéis hecho un milagro con este lugar. Se nota la influencia francesa —dijo doña Justa, la esposa del notario cuando nos vio aparecer—. Estáis muy guapas y elegantes las tres, por cierto. Ninguna muchacha de la capital os haría sombra.

Intenté sonreír con amabilidad, pero nunca me había gustado mucho esa mujer. Ahora le parecíamos «guapas y elegantes», pero solía chasquear la lengua con disgusto al ver a

Verónica en el pueblo después de que esta dejara de utilizar el parche para su ojo cuando fue evidente que nunca se recuperaría.

—Falta una de las fuentes para los entrantes —dijo Verónica, mirando la mesa con atención—. Voy a la cocina a buscarla.

Y entró en la casa sin molestarse en decir nada más, a ella tampoco le gustaba demasiado la esposa del notario.

Hubo presentaciones, una ronda de besos poco sinceros en la mejilla y algunos cumplidos más cuando nuestro padre y los otros dos se dignaron a dejar su conversación secreta para acercarse a nosotras.

—Jacinto, gracias por aceptar nuestra invitación en un día tan especial —le saludé con amabilidad mientras su hermano pequeño miraba disimuladamente hacia dentro de la casa, por donde había desaparecido Verónica—. ¿Qué tal se encuentra su madre? Bien, espero.

El mayor de los Sarmiento me dedicó una sonrisa de cortesía.

—Se encuentra bien, gracias por preguntar. Hubiera venido también pero ya sabe, cada año le cuesta más, aunque les envía saludos —respondió él.

Era mentira, por supuesto. Alvinia jamás hubiera aceptado nuestra invitación para venir a Las Urracas, pero su hijo mayor era demasiado educado como para decirlo.

Rafael ya estaba sentado en la mesa, no parecía contento de que le hubieran dejado al margen y se entretenía aplastando entre los dedos una de las flores silvestres que habíamos usado de decoración. Oí unos acordes de Debussy flotando en la brisa de la tarde y me di cuenta de que habíamos olvidado apagar el gramófono de Denise.

Vinicio salió al patio solo un momento después y me miró como se miran dos personas que comparten un secreto feliz. Yo intenté contener una sonrisa al verle aparecer. Vinicio llevando un bonito traje de verano —todavía hacía calor a pesar de que estaba atardeciendo—, y su pelo ondulado estaba peinado hacia atrás como un caballero elegante.

—Siento el retraso, no conseguía hacer salir el agua corriente —se disculpó con una sonrisa encantadora.

Por supuesto, todo el mundo se rio y las presentaciones continuaron. Nuestro padre empezó a repartir las copas de vino de la mesa entre los presentes, después abrió un reserva que había comprado en secreto esa misma semana, y empezó a llenar las copas.

—Esta fiesta de la vendimia es muy especial para nuestra familia. Puede que no hayamos tenido cosecha este año, pero definitivamente algo ha crecido en Las Urracas en estos meses. —Hizo una pausa y me miró, después miró a Vinicio y supe lo que iba a decir—. Os agradezco mucho a todos que hayáis venido esta tarde para poder compartir esto con vosotros. Mi hija Gloria me dio ayer una muy buena noticia, lo que todo padre espera poder anunciar alguna vez.

—Tal vez deberíamos esperar a que Verónica vuelva de la cocina para decírselo a todos —le sugerí.

—¡Bobadas! —replicó él con voz grave—. Con las ganas que tengo de explicarlo, llevo mordiéndome la lengua desde que me lo habéis contado. Ya se lo dirás luego a tu hermana.

Nuestro padre era un hombre corpulento, de cuello corto y manos graciosamente pequeñas para un hombre de su tamaño. No era muy viejo, pero había perdido casi todo el pelo de la cabeza cuando murió nuestra madre.

—Ya sabéis que nuestros amigos franceses han confiado parte de su fortuna familiar a Las Urracas, apoyando nuestra tierra y nuestras cosechas. Pero además del dinero, también van a invertir en nuestra familia de otro modo. —Cayo sonrió y la piel de sus mejillas coloradas por el sol y el vino se tensó—. Vinicio Lavigny le pidió ayer la mano a mi hija Gloria y ella ha aceptado. El año que viene se casarán.

Escuché algunos aplausos suaves por encima de las notas de Debussy, felicitaciones e incluso a doña Justa dándome palmadas de aprobación en la espalda de mi vestido de tafetán azul medianoche.

—¡Felicidades! —exclamó Denise, dándome un abrazo

tan inesperado como sincero—. Ya sabía yo que os traíais algo entre manos mi hermano y tú, solo había que ver cómo os mirabais. Y con tanto paseo al atardecer por los viñedos, los dos solos y siempre hablando de libros...

—Gracias. Perdona que no te lo contara antes, pero queríamos decírselo a todo el mundo al mismo tiempo. Te prometo que me moría por contártelo —confesé con una pequeña sonrisa culpable—. Me lo propuso ayer por la tarde, mientras paseábamos hasta el río.

Hacía semanas que supe que Vinicio estaba pensando en pedirme matrimonio. Algunas veces evitaba siquiera pasar el rato con él por miedo a que reuniera el valor necesario para hacerlo. Pero otras veces, como ayer por la tarde después de descubrir a Rafael observándome al final del pasillo, deseaba que lo hiciera con todas mis fuerzas y buscaba cualquier excusa para estar a solas con él. No amaba a Vinicio, no como se supone que hay que amar a alguien para casarse con él. Pero sabía que llegaría a amarle de ese modo con el tiempo. Y después de haber tenido un atisbo los últimos meses de cómo podría ser mi vida —y la de Verónica— junto a los Lavigny, no estaba dispuesta a volver a nuestra vida solitaria llena de habitaciones prohibidas.

—Sí, *monsieur* Lavigny no me ha pedido la mano de Gloria a mí directamente, sino que han hablado entre ellos antes de contárselo a nadie. Cosas de la nueva generación supongo —dijo padre, fingiendo que no le molestaba que le hubiéramos dejado al margen y fracasando miserablemente—. Pero me alegro mucho de que haya pasado igualmente, claro que sí.

Vinicio me miraba sin dejar de sonreír, sus mejillas se habían vuelto del mismo color que las hojas de las viñas en septiembre.

—Gracias señor Veltrán-Belasco. Me alegro mucho de que tengamos su bendición aunque lo hayamos hecho a nuestra manera —se disculpó Vinicio.

—Bueno, ¿y cómo fue? La petición, digo. ¿Te pusiste de rodillas y todo para pedirle matrimonio, hermano? —Denise le sacó la lengua en un gesto cariñoso y después se volvió hacia mí—. Me alegro mucho de que vayas a ser mi hermana, oficialmente quiero decir. Y también Verónica. Por cierto, ¿dónde está?

Miré alrededor buscándola pero me rodeaba una nube de personas, todos demasiado sonrientes, que me daban consejos no solicitados sobre el matrimonio y las bodas. Intuí a Rafael al fondo, seguía sentado a la mesa y me miraba fijamente con sus ojos claros en llamas. De haber sido posible supe que me hubiera quemado allí mismo, delante de todos los demás. Pero ahora no me importaba Rafael.

—Verónica debería haber vuelto ya, solo iba a la cocina a por una fuente.

Alguien puso una copa de vino en mi mano pero me separé del grupo y entré en la casa. Dentro el aire era más fresco y la luz del atardecer centelleaba en el suelo granate. Detrás de mí todavía podía escuchar los sonidos de celebración en el patio trasero, pero también escuché algo más.

Alguien cantaba en la casa.

—Verónica... pequeña —la llamé en el gran vestíbulo vacío—. Olvídate de la dichosa fuente y vamos fuera, tengo que darte una buena noticia.

Nada. Pero definitivamente alguien tarareaba en alguna de las habitaciones de la casa. Atravesé el vestíbulo con paso ligero hasta la cocina. Las cazuelas de cobre, los cucharones o las cebollas a medio cortar aún seguían desperdigadas por la gran encimera de mármol, pero Verónica tampoco estaba allí.

—¿Señora Gregoria?

El aire de la cocina olía a paletilla asada y a verduras salteadas con mantequilla y pimienta negra. El enorme horno de hierro estaba apagado ahora, pero después de haber estado funcionando desde la mañana, todavía podía sentir el calor del fuego quemándome a través del tafetán de mi vestido al pasar a su lado. Un cacito con leche hervida se había desbordado sobre la cocina, que seguía encendida. Lo aparté con un trapo para no quemarme la mano y apagué el fuego.

—Hola...

La señora Gregoria se había encargado de la comida, como de costumbre, y era también la encargada de limpiar aquel desastre, pero tampoco la vi por ningún lado. Gregoria Llanos era una mujer solitaria, discreta y poco habladora, pero me pareció extraño que no respondiera cuando dije su nombre.

Escuché unos susurros en el pasillo, así que volví a coger mi copa y salí a mirar, convencida de que encontraría a Verónica y a la señora Gregoria juntas. El murmullo provenía de la galería de cristal que conectaba la bodega con la casa principal. Según me acercaba me di cuenta de que era la canción de cuna que Verónica cantaba siempre:

—*One for sorrow, two for joy...*

El ruido de algo haciéndose añicos llegó hasta mí, un plato rompiéndose contra el suelo. O una fuente de la vajilla dispareja que habíamos encontrado esa misma mañana olvidada en un baúl de la despensa.

—Verónica... —Mi voz tembló al decir su nombre.

Incluso antes de saber lo que estaba pasando mi estómago se hizo pequeño y la copa de vino tembló en mi mano. La certeza ciega de que algo terrible sucedía corrió por mis venas más rápido que cualquier idea racional.

Verónica estaba de pie en mitad de la galería de cristal, la fuente de porcelana pintada a mano hecha pedazos a sus pies.

—Pequeña... ¿qué pasa?

Pero ella estaba de espaldas y no se volvió para mirarme. Solo entonces vi que había alguien más en la galería, en el extremo que conectaba el pasillo de cristal con la bodega. Era una aparición, un fantasma: una mujer con la piel tan blanca que parecía casi transparente, el pelo largo completamente canoso y un vestido blanco demasiado grande para su cuerpo consumido y huesudo. La carne de sus mejillas estaba hundida, como un cadáver, y sus ojos parecían cubiertos de un velo blanquecino.

—*Three for a girl...* —siguió cantando el fantasma con su voz rota.

Pero no era un fantasma, era muy real. Estuve segura

cuando noté que había una gran mancha de sangre fresca en su vestido. La sangre le había empapado el bajo del camisón para subir casi hasta sus rodillas, como si se hubiera parado sobre un charco de sangre.

—Soy yo, soy yo cuando era solo una niña. Por fin me he despertado, no ha sido más que un mal sueño. Una pesadilla —dijo con la voz seca—. Hagas lo que hagas no te cases con él.

Durante un momento estuve segura de que el fantasma me lo decía a mí: que se refería a mi compromiso con Vinicio, como una siniestra advertencia de futuro que llegaba justo a tiempo por la boca de un espíritu. Pero estaba claro que hablaba con Verónica.

—No te cases con él. Aceptar su propuesta de matrimonio no es la forma de escapar de la tía Angela y de sus castigos. No. Te lo puede parecer ahora, pero por muy lejos que vayas nunca conseguirás alejarte del dolor que has conocido viviendo a su lado. Y Cayo también te hará daño. Y tú se lo harás a él y a las niñas... Serás cruel con tus hijas como otros lo han sido contigo. —Se detuvo un momento estudiando a Verónica como si acabara de verla—. Pero qué joven y qué guapa era yo antes de toda esta oscuridad.

La mujer caminó penosamente hasta Verónica y la estrechó entre sus brazos delgados.

—No te cases con él, busca otra forma de escapar de la tía Angela, pero no te cases con Cayo Veltrán-Belasco. Y sobre todo, nunca vayas a vivir a Las Urracas —le advirtió con urgencia mientras le pasaba su mano cadavérica por la cara—. Recuérdalo bien: Las Urracas. Esa casa será tu cárcel. Tu muerte.

—Mamá... —La palabra salió de mis labios sin que me diera cuenta—. ¿Mamá?

Ella se fijó en mí por primera vez y supe que no me había reconocido, lo vi en sus ojos blanquecinos.

—Soy Gloria. Tu hija. —Mi voz se llenó de lágrimas al final de mi garganta—. No lo entiendo. Estás muerta.

—Gloria... mi querida Gloria —dijo el fantasma que se parecía a nuestra madre y hablaba como ella—. Cuánto siento verte aquí, en el lado de los muertos.

Sacudí la cabeza, las lágrimas ya habían llegado a mis ojos.

—No, mamá. No estoy muerta, ninguna lo estamos —fui capaz de decir a pesar de todo—. Y ella no eres tú de joven, es Verónica. ¿Te acuerdas de ella? La pequeña Verónica.

Caminé despacio hasta ellas, el vacío de mi estómago se había transformado ahora en un bloque de hielo en mis entrañas. Mis piernas temblaban debajo del tafetán que crujía con cada movimiento y tuve que apoyarme contra la pared de cristal para no perder el equilibrio.

—Verónica... —dijo, viéndola por fin—. Cuánto has crecido.

Su mano de nieve estaba manchada de sangre y dejó un rastro rojo en la mejilla de mi hermana al acariciarla.

—¿Y esa sangre? —pregunté—. ¿Estás herida?

—Estoy herida, pero esa sangre no es mía. La señora Gregoria por fin se despistó. Llevaba años esperando una oportunidad y hace un rato la muy estúpida me ha dado la espalda por fin, se ha confiado. Así es como he escapado.

Nuestra madre se miró las manos manchadas de sangre

fresca y se limpió en la falda de su vestido dejando dos marcas rojas idénticas. Yo sujeté a Verónica apartándola de ella disimuladamente.

—¿Cuánto tiempo ha pasado? —quiso saber de repente, con los ojos muy abiertos—. El tiempo siempre ha sido algo confuso para mí, pero mucho más desde entonces. ¿Cuánto tiempo he estado a oscuras ahí abajo?

—No comprendo lo que quieres decir. Lo siento —respondí con un nudo en la garganta—. ¿Por qué no vamos fuera? Estamos celebrando la vendimia, y tenemos invitados. El Alcalde y su mujer, también está don Mariano y...

—¿Cayo aún vive? —me cortó con brusquedad.

—Sí, claro. Papá aún vive, y está bien —respondí—. Está fuera, en el patio trasero con Rafael y el resto de los invitados.

No dijo nada más, se separó definitivamente de nosotras y cruzó la galería de cristal rumbo al vestíbulo. Caminaba tan cerca del cristal que lo manchó de sangre con el bajo de su vestido al pasar.

—Mamá está viva —murmuré, no muy segura aún de que fuera cierto—. Después de todos estos años... no sé cómo es posible, pero ella está aquí.

—Ella siempre ha estado aquí. En la casa, nunca se ha ido.

Miré a Verónica, con la mancha de sangre en su mejilla y el prendedor de flores sujetándole el pelo.

—¿Qué? —pregunté mientras una idea oscura empezaba a formarse en mi mente—. ¿Aquí? ¿En Las Urracas?

Pero antes de que Verónica pudiera responder oímos los gritos. Era el tipo de grito que se escapa sin querer de la garganta, cuando el dolor y el miedo se mezclan y olvidamos las palabras.

Corrimos hacia el patio trasero, pero nuestra madre había llegado antes. Rafael estaba de pie junto a la mesa, pálido y con la mandíbula desencajada en un gesto de sorpresa que nunca jamás le había visto antes.

—Mamá... eres tú. —Su voz tembló.

Cubrió la distancia hasta nuestra madre para abrazarla, pero ella se apartó como si Rafael fuera el mismísimo demonio.

—No me toques. Tú no eres hijo mío, ¡nunca lo has sido! —gritó ella, y los bloques de piedra del patio temblaron con su voz—. Todo esto es por tu culpa. Por tu maldita culpa he estado encerrada en ese agujero todos estos años, porque yo lo sabía. Siempre he sabido la verdad sobre ti, incluso antes de darme cuenta de todo, ya lo sabía. Sabía quién eras en realidad.

—No. ¿Otra vez con eso, mamá? ¿Cómo puedes decirme algo así precisamente en este momento? Cuando te acabo de recuperar. —Oí el dolor y la traición en la voz de mi hermano—. Yo soy tu hijo, el primogénito.

Pero nuestra madre negó muy despacio con la cabeza.

—Tú nunca has sido mi hijo. La noche en que Gloria nació solo tuve una hija. Me desmayé, casi muero desangrada, y al despertar ellos intentaron convencerme de que había dado a luz a dos niños. Un niño y una niña, dos mellizos que dormían en la misma cuna —respondió con desprecio acumulado durante años—. Pero uno de ellos no era un recién nacido, era más grande.

—No... —masculló Rafael—. Yo soy tu hijo, el hermano de Gloria. Soy el primogénito de los Veltrán-Belasco.

—Mírala a ella y luego mírate a ti. ¡No os parecéis en nada! —gritó, con la misma voz gélida que yo recordaba—. No te pareces a ninguna de tus hermanas y tampoco te pareces a tu padre, desde luego no a ese que me está mirando como si fuera un fantasma. Ahí le tienes, pregúntale al gran Cayo Veltrán-Belasco lo que pasó la noche en que nació Gloria. Su primogénita era una niña.

Todos los ojos se volvieron hacia nuestro padre. La piel de su cuello corto temblaba.

—¿Padre? ¿Qué está diciendo? —preguntó Rafael con los ojos temblorosos.

Mamá se rio con esa risa afilada y despectiva que tenía Verónica algunas veces.

—¿«Padre»? —se burló ella—. Cayo no es tu padre y desde luego yo no soy tu maldita madre. Tú no eres más que uno de esos asquerosos polluelos que algunos pájaros colocan en nidos ajenos para acabar con las demás crías.

—Ya es suficiente, Camila. El muchacho no tiene la culpa de lo que pasó, él no sabe nada. Mírale, el pobre está tan sorprendido como todos los demás —dijo Cayo.

—Sí, «pobre» —respondió con ironía—. Tiene los mismos ojos que su verdadero padre: claros y huidizos. Estuve segura de que tenía razón sobre él en cuanto empezó a crecer y me fijé en cómo miraba a mis hijas. Y fíjate ahora, el Alcalde tiene una nueva esposa. Una mucho más joven que él. ¡Qué casualidad!

Marcial Izquierdo no había dicho nada hasta ese momento, pero no parecía sorprendido de ver a nuestra madre de nuevo entre los vivos.

—No sabes lo que dices, solo eres una vieja loca y muy enferma —dijo con voz calmada—. Siempre lo has sido, Camila.

—Y aun así teméis que cuente la mentira que habéis estado tejiendo vosotros tres todos estos años. Tú, mi «querido» esposo y ese melindroso notario de pueblo.

El viento del oeste llegó de repente haciendo temblar las copas vacías sobre la mesa y las flores silvestres.

—Te veo bien, Marcial, has prosperado mucho. Y seguro que con el apoyo de Cayo todos estos años por fin te has convertido en ese hombre poderoso y temido que siempre deseaste ser. Todavía recuerdo cuando no eras más que el sucio y traicionero guardés de Las Urracas, hace ya una vida entera... —Nuestra madre hizo una pausa como si el peso de los recuerdos fuera demasiado.

—Yo no hubiera sido tan compasivo —dijo Marcial con sus ojos claros en llamas—. Te hubiera matado el primer día.

—Lo sé bien—respondió ella—. Tú tenías un hijo varón pero no tenías nada más en el mundo, y Cayo lo tenía todo pero solo una niña como heredera. Y una esposa que parecía medio muerta en su cama después del parto. Seguro que pensaste que iba a dejar este mundo aquella misma noche sin darte más hijos. Sin darte un varón. Un heredero.

—Ya basta, por favor... —suplicó Cayo, y noté que su labio inferior temblaba de miedo—. No delante de los invitados. No tienes ni idea del infierno por el que hemos pasado estos años. Lo que hemos tenido que hacer para mantener la finca.

—¿De quién fue la idea? La brillante idea, ¿eh? ¿De verdad creísteis que las madres no nos daríamos cuenta de lo que habíais hecho? —continuó ella, ajena a las súplicas de padre—. Ya se nota que vosotros no los paristeis.

Miré a Rafael, pero nada más ver su expresión comprendí que él también se había dado cuenta ya. Noté cómo escrutaba el rostro del Alcalde descubriendo sus mismos rasgos: los ojos claros, el pelo rubio oscuro, la nariz recta...

—Estás loca, Camila. Siempre has estado loca. Deberías estarme agradecida: lo hice por ti, para evitar que te encerraran en uno de esos horribles hospicios para mujeres locas y perdidas. Para protegerte de ti misma y para proteger a nuestros hijos de ti y de tus locuras. Tú llevas dolor allá donde vas, te sigue como una sombra y mi deber era proteger a nuestros hijos de ese dolor.

—¿Tu deber? —Ella se rio sin nada de humor—. ¿Y protegerlos de qué, si se puede saber?

—Del demonio que vive dentro de ti, Camila. —Padre hizo un gesto de desprecio con los labios al decir su nombre—. Eres como una enfermedad que lo contagia todo, una infección que se extiende deprisa por la sangre, y se la has pasado a tus hijas. Siempre te ha gustado hacer daño a los demás.

Camila asintió despacio y dio unos pasos hacia nuestro padre.

—Sí, es verdad. Siempre me ha gustado hacer daño a los demás —admitió.

Entonces sacó algo brillante de la manga de su vestido, era un cuchillo de postre que centelleó un segundo en la luz del atardecer. Después se lo clavó a nuestro padre en un lado del cuello.

—Pero aquí nunca ha habido ningún demonio, solo tú.

Alguien gritó y Verónica se agarró con fuerza a mi brazo. Vi la sangre saliendo del cuello de nuestro padre y manchando su mejor traje, el que se había puesto para anunciar el compromiso de su hija mayor.

Cayo se tambaleó, torpe por la traición y por la pérdida de sangre. Dio un par de pasos bamboleantes y se agarró al camino de mesa bordado. La vajilla y todo lo demás cayó al suelo haciéndose añicos contra el empedrado del patio. Antes de que nadie pudiera ayudarle él también cayó sobre los pedazos de cerámica y cristal rotos. La sangre, oscura y densa, salió deprisa de su cuerpo empapando el suelo y dibujando pequeños ríos que corrían caprichosos entre las piedras.

MIEL DE AZALEA

No pude ir a visitar a nuestra madre hasta un par de semanas después. Camila fue la segunda mujer de nuestra familia a la que vi cómo metían en un coche de caballos en el cruce de caminos frente a la entrada de nuestra finca.

«Todo ha terminado por fin para mí, Gloria. Me alegro mucho de no seguir en ese agujero, eso es lo más importante. Pensé que me iba a morir sin volver a ver jamás la luz del sol», me dijo nuestra madre antes de que el coche de caballos con los guardias que habían venido desde Logroño para detenerla se pusiera en marcha.

La vi desaparecer por el camino de tierra polvoriento, igual que había visto desaparecer a Teresa hacía más de cuatro años.

Vinicio no había querido molestarnos en nuestros últimos momentos juntas mientras esperábamos a los guardias, así que se había quedado en la entrada de la casa, viendo la escena en la distancia.

«¿Sabes cuándo podrás ir a visitarla?», me había preguntado cuando llegué hasta él.

Los apliques de gas a ambos lados del portón principal estaban encendidos y la puerta delantera de Las Urracas parecía un faro en un mar oscuro. Los rasgos distinguidos de Vinicio se volvían afilados con esa luz, como si fuera una persona diferente tras la caída del sol.

«No lo sé. Primero tienen que decidir qué van a hacer con ella. Ha matado a dos personas delante de testigos: un alcalde y un notario nada menos. Pero también hay circunstancias especiales. El letrado de la capital al que he escrito para pedirle ayuda me ha dicho que lo más seguro es que la condenen a cadena perpetua por lo de padre.»

Vinicio había intentado sonreír para animarme, pero fracasó miserablemente. Denise y él habían retrasado su viaje de vuelta a Francia algunas semanas. Padre había muerto y ya no podían hacer negocios con Rafael, no hasta que se aclarase a quién pertenecía realmente la propiedad. Por supuesto, ahora ya sabían que les habíamos estafado enviándoles vino barato de otra finca durante los últimos tres años, pero aun así se habían quedado en Las Urracas para ayudarme. También supe que acerté la primera tarde, cuando los vi aparecer en el cruce de caminos: los Lavigny no estaban en absoluto acostumbrados al mal.

«Cadena perpetua es mejor que la horca, supongo.»

«Sí. Pero ella ya ha cumplido una cadena perpetua», respondí, mirando de refilón al edificio de la bodega, unido a la casa principal por la galería de cristal.

«No me he atrevido a volver ahí. —Señalé el pasillo acristalado con un gesto de la cabeza—. Sé que hay sangre en el suelo y en los cristales, vi como la sangre de su vestido manchaba el cristal al pasar. Pero no sé por qué no me atrevo a volver.»

Vinicio me dio la mano despacio, dejando que sus dedos se enredaran con los míos. Su piel era suave y su contacto no dolía, él no era como Rafael.

«Es normal que necesites algo de tiempo para reponerte o para decidirte a bajar a la bodega. Teniendo en cuenta lo que ha pasado, lo raro sería que no te diera miedo bajar y ver dónde ha vivido tu madre todos estos años. El dolor necesita su tiempo para despedirse de nosotros y marcharse. Es como uno de esos invitados que se queda demasiado tiempo en casa», había dicho Vinicio con una media sonrisa.

«No es solo el dolor. También me asusta entrar en una habitación y volver a verla frente a mí, de pie, con el pelo blanco suelto, su vestido manchado de sangre y su carne pegada a los huesos. Como un cadáver; un espectro. Y Verónica tampoco está bien.»

Verónica no se había repuesto aún: ni de la muerte de padre ni de su mentira. Su cuerpo frágil y su mente difusa se habían hundido en un estado casi permanente de sueño. Pasaba el día entero en la cama tapada hasta la barbilla, con los ojos abiertos sin comer o decir nada. Ni siquiera a Denise, que solía sentarse en mi cama vacía para leerle o hablarle de música como solían hacer antes. Había encargado que le enviaran a San Dionisio más libros en diferentes idiomas y nuevos discos con los últimos éxitos para su gramófono, todo para intentar sacar a Verónica de ese ensueño de cuento de hadas en el que había caído. Por las noches, caminaba en sueños hasta el patio trasero, golpeándose a su paso con puertas y paredes que le dejaban marcas oscuras y cortes en la piel. Después se quedaba de pie al lado de la mancha oscura en el suelo empedrado que ninguno de nosotros había conseguido limpiar. La encontraba al amanecer, cuando me levantaba después de otra noche de pesadillas, temblando de frío y con los labios azules.

«No creo que Verónica extrañe a vuestro padre, no es eso lo que le pasa. Me parece que está muy triste y no sabe cómo volver a despertarse para estar con nosotros. Está soñando, atrapada en un mal sueño que no deja de repetirse en su cabeza —comentó Denise una tarde mientras le cepillaba el pelo a Verónica con delicadeza para que no se le enredara con la almohada—. Ya sabes a qué me refiero: uno de esos sueños horribles en los que crees que has despertado por fin, pero en realidad sigues soñando. Pero seguro que pronto encontrará el camino de vuelta. Será una canción que escuchará desde donde está ahora, la frase de un libro o tu voz lo que la hará despertarse. Encontrará la forma de volver con nosotros.»

Verónica únicamente abandonó ese estado de sueño despierto en el que había caído la última tarde de verano. Fue para salir a recoger miel de una colmena escondida que se había formado en el lateral oeste de la casa, bien protegida del sol implacable por el tejadillo que sobresalía de la fachada. Yo ni siquiera sabía que existiera esa colmena —pensaba que padre había acabado con todas las abejas de la finca—, precisamente por eso me sorprendió tanto ver a Verónica entrar en la cocina con el pelo suelto, descalza, su camisón de plumeti y encajes arrugado después de haber pasado días enteros en la cama. Dejó el tarrito con la miel que había recolectado sobre la enorme mesa de comedor y se volvió a su habitación sin decir una palabra. Había una etiqueta atada con un lazo y escrita a mano alrededor del tapón: «Miel de azalea para mamá».

Por eso mismo llevé el bote de miel conmigo cuando fui a visitar a nuestra madre.

Había estado antes en Logroño, pero nunca en la Casa-Galera que había al norte de la ciudad. No era una cárcel propiamente dicha, sino un centro donde enviaban a las mujeres presas para «corregir» las conductas femeninas moralmente reprobables. Ladronas, prostitutas, estafadoras, mujeres que habían abortado —o que ayudaban a otras a hacerlo—, las que huían de su hogar abandonando a su familia, mendigas, blasfemas o cualquiera que se desviara del camino.

Me había puesto mi mejor ropa para visitar a mamá, quería convencerla de que estábamos bien —aunque no fuera así— para que ella no tuviera que preocuparse por nosotras. Llevaba una falda de algodón fino con motivos de flores silvestres de colores suaves, una blusa blanca con bordados en el cuello y una chaquetilla verde de terciopelo con remates dorados en los hombros que Denise me había prestado encantada para el viaje. También me prestó el tocado a juego de la chaquetilla, con medio velo de red verde que me cubría el rostro. Al atravesar el vestíbulo oscuro del pabellón de mujeres oí que los guardias susurraban: «Hay que ver, qué elegante viene esta para visitar a una de las desgraciadas que tenemos aquí. Lo mismo es alguien importante».

Sonreí encantada debajo de mi medio velo al comprobar que les había molestado. Me sentí extrañamente poderosa sin ser capaz de explicar muy bien por qué: molestar a otros —a hombres armados, además— solo con mi presencia, hacer que se sintieran incómodos y cohibidos al verme. Me acordé de repente de Jimena Izquierdo y de cómo su ropa elegante y su aspecto cuidado siempre eran motivo de cuchicheos y envidias en el pueblo. Hasta ese momento nunca se me había ocurrido pensar que tal vez Jimena Izquierdo se vestía con tanto esmero para fastidiar a quienes la criticaban. Para que no olvidaran que, como había susurrado el guardia: «ella sí era alguien importante».

Mi repentino buen humor me duró hasta que llegué a la pequeña sala de visitas de la cárcel. Era una habitación poco más grande que la cocina de Las Urracas, con cuatro mesas largas y bancos corridos de madera, todos atornillados al suelo de piedra helada. En la parte superior de la pared más larga, una hilera de ventanas con rejas dejaban entrar la luz gris del otoño.

Mamá estaba sentada sola en una de las mesas. Su pelo canoso estaba ahora atado con un cordón muy corto —para evitar que se colgara en su celda— y llevaba una chaquetilla de lana azul encima de un vestido gris oscuro desgastado.

—Has venido. Pensé que estarías muy ocupada con todo el papeleo de los letrados y procuradores para venir hasta Logroño —dijo cuando me senté en el banco vacío frente a ella.

—Claro que he venido —respondí, molesta con ella por haber pensado lo contrario—. He tenido que esperar a que me dieran permiso para verte. No es fácil conseguir visitar a alguien acusada de matar a su marido delante de medio pueblo.

—A mi marido, sí. Pero también a esa taimada asquerosa que le ayudó a mantenerme encerrada ahí abajo tantos años —dijo sin molestarse en ocultar su orgullo—. No te olvides de la señora Gregoria porque yo no me olvido de ella, ni de la cara de sorpresa que puso la muy miserable al caer al suelo sobre su propia sangre.

Un único guardia nos vigilaba desde la esquina. No podía escuchar lo que decíamos y tampoco parecía estar especialmente interesado en nuestra conversación. Tan solo miraba de vez en cuando el reloj en la pared del patio para estar seguro de que no sobrepasábamos nuestro tiempo.

—Espero de verdad que no estés diciendo eso por ahí, a otras presas o a los vigilantes. No conseguirás librarte de la horca si no creen que realmente lamentas lo que hiciste —susurré.

—No lo lamento. Lo único que siento es no haber sido más lista o más rápida para haber conseguido escaparme antes. Matarlos hace tantos años hubiera estado mejor, pero me alegro de que estén muertos igualmente —respondió ella.

Camila me sonrió despacio y las líneas en su rostro pálido se volvieron más marcadas. Era parecido a mirarse en un espejo distorsionante, de esos que había en algunos parques de atracciones donde podías verte más bajito o imposiblemente delgado al pasar. Yo me vi del todo trastornada por el dolor, la oscuridad y la venganza.

—Pues miente —le supliqué—. Cuéntales que después de años encerrada en la bodega por tu marido tuviste un ataque de ira y escapaste. Diles que no recuerdas nada de lo que pasó o cómo conseguiste hacerte con el cuchillo, si no te ahorcarán.

El aire en la sala de visitas olía a suciedad pegada a la ropa y a comida de hacía tres días. Intentaba respirar por la boca para no sentirlo demasiado, pero cuanto más hablaba más notaba ese olor nauseabundo bajando por mi garganta, pegándose a la bonita ropa prestada de Denise.

—Le robé el cuchillo a Gregoria hace cuatro... no, cinco años ya. Sí, eso es. Lo cogí con la esperanza de matarme a mí misma. Puede que clavándomelo en el cuello o en las muñecas para que mi sangre lo dejara todo perdido —empezó a decir mamá con sus dos ojos blanquecinos por no haber visto más que oscuridad durante años—. Pero con el paso de los días empecé a pensar que prefería matarla a ella. Y a tu padre, claro. Oculté el cuchillo en la manga de mi vestido durante todos estos años esperando una oportunidad, hasta que esa vieja medio sorda por fin se despistó y entonces ¡zas!

Se rio con la misma risa siniestra que había oído correr de madrugada por los pasillos y las habitaciones prohibidas de Las Urracas. Entonces lo comprendí.

—Eras tú. Todos estos años, siempre fuiste tú —dije—. Pensábamos que la finca estaba embrujada, tan embrujada como nosotras tres. Creíamos que los demonios se paseaban por las noches, rozando las paredes con sus dedos afilados para no dejarnos dormir y que intentaban entrar en nuestra habitación después de la puesta de sol. Pero siempre fuiste tú. Los gritos, los pasos, los susurros... siempre fuiste tú. No hay ningún demonio en Las Urracas.

Camila se inclinó hacia delante sobre la mesa igual que alguien a punto de decir un secreto.

—Te equivocas en una cosa: sí había demonios en Las Urracas, solo que ni se escondían ni vivían dentro de ninguna de vosotras. Estaban a tu lado, comían a la mesa contigo y paseaban entre las viñas como si fueran los dueños. Los demonios de verdad, los que de verdad te roban el sueño y la vida, nunca se molestan en esconderse —me dijo muy bajito con su voz áspera—. Pasean a plena luz del día y bajo el sol más brillante.

—Bajo el sol más brillante —repetí. Eran las palabras exactas que había pronunciado Verónica.

El vigilante nos miró un momento y se aclaró la voz a modo de aviso para que nos separásemos.

—Solía pasar horas enteras en esa habitación, yo sola, en la nave abandonada de la bodega. Mi laboratorio, como lo echo de menos. Incluso después de que vosotras nacierais solía esconderme allí para estar sola —empezó a decir enredada en sus recuerdos—. Sin un marido o tres niñas pequeñas que me necesitaban todo el tiempo. Tan solo yo, mis libros y mis fórmulas, nada más. Pero, por supuesto, eso era una desviación demasiado imperdonable para una mujer. Ese fue el primer motivo por el que tu querido padre quiso encerrarme allí abajo: yo desobedecía.

—¿Podías escucharnos cuando hablábamos? O mientras caminábamos cerca del río, ¿y también en tu antiguo laboratorio por las noches? De repente comprendo tantas cosas —admití con una sonrisa triste—. Los gritos, la nana de las urracas que canta Verónica y todo lo demás. Podías escucharnos.

—Sí, podía escucharos; y vosotras a mí. El laboratorio tenía un viejo respiradero, no debería estar ahí, pero cuando Cayo compró el palacete no lo arregló. Conectaba con la galería de túneles de la bodega, era para asegurar que siempre hubiera aire respirable ahí abajo, ya sabes. Así es como podía escucharos, a través del conducto.

No había regresado al laboratorio desde la madrugada en que se llevaron a Teresa. No me atrevía a entrar allí sin nuestra hermana mediana y tener que explicarle al polvo y a los libros olvidados, que se habían adueñado de la habitación, que habíamos perdido a otra.

—He pensado mucho en lo que pasó, en lo que te pasó —me corregí sin atreverme a mirarla—. Y no consigo comprender cómo sucedió. Tu marido, el antiguo guardés de la finca y el notario recién llegado al pueblo te traicionaron y ocultaron el secreto todos estos años. Las tres personas que hacen falta para falsificar un acta de nacimiento. ¿Cómo es posible que tres hombres cambiaran para siempre el destino de todos nosotros?

—He estado encerrada en las galerías de Las Urracas doce años, y he pensado en ello cada minuto de oscuridad que he pasado ahí abajo —me dijo—. El destino es un camino de ida y vuelta; eso es lo que nadie te explica nunca. Tu padre y esa rata de Gregoria ya lo han descubierto.

Mamá levantó la cabeza hacia las estrechas ventanas cerca del techo de la sala de visitas. Aquel no era un día especialmente radiante o memorable, pero comprendí que para alguien que había pasado doce años en la oscuridad ese día debía de ser tan brillante como cualquier estrella. Sus ojos pálidos se habían vuelto insensibles a la luz, sus pupilas no se encogieron con el sol de otoño.

—Estás muy guapa, veo que a pesar de todo os las arregláis bien solas. No sé por qué me sorprende, siempre has sido una chica de muchos recursos. —Había un tono de reproche en su voz.

Al oírla, de repente volví a sentir que tenía quince años y merecía ser castigada por haberme mirado al espejo o por haber reído en voz alta. Dejé que esa sensación de culpa aprendida se esparciera por mis venas pero solo le di un momento a mi veneno favorito, nada más.

—Ya estoy cansada de llevar la culpa atada con una cadena a la pierna, igual que un condenado arrastra su piedra hasta que su piel se queda en carne viva —respondí secamente—. Mi mayor culpa en esta vida nada tiene que ver con ser hermosa, zurda o con leer cuentos de fantasmas.

—Todos tenemos un demonio dentro que nos susurra al oído, Gloria. Algunas personas fingen que no lo oyen, pero los endemoniados es la única voz que pueden oír.

—Yo ya no creo en demonios. Solo en los que pisan la misma tierra quemada por el sol que yo —respondí.

—¿Se ha ido de la casa? Rafael, quiero decir —dijo, como si no me hubiera oído siquiera—. ¿Se ha marchado de Las Urracas?

Suspiré frustrada. Al escoger la ropa para ese día pensaba en contentar y tranquilizar a nuestra madre, pero solo había servido para que ella me hiciera daño sin ningún motivo. Realmente había olvidado cómo era ella en estos años.

—Sí. Se fue el mismo día de... del accidente —respondí con la garganta áspera.

—No fue ningún accidente.

—Da igual. Ahora vive con el Alcalde y su familia en su bonita casa, en el pueblo. Estamos solas con los hermanos Lavigny, pero cuando ellos vuelvan a París en un par de semanas nos quedaremos solas en la finca.

—No estaréis solas mucho tiempo —dijo, mirando por encima de mi hombro como si hubiera alguien de pie detrás de mí. Tuve que mirar con el rabillo del ojo para estar segura de que no había nadie—. Lo importante es que Rafael no vuelva nunca al palacete. Ya os habéis librado de tenerle merodeando por vuestras habitaciones o esperando en los pasillos como una sombra. Ahora tú eres la heredera Veltrán-Belasco. La casa, las viñas y todo lo demás es tuyo otra vez.

A ojos de la ley, Rafael seguía siendo el primogénito y heredero de Las Urracas. Marcial Izquierdo, su «nuevo» padre, le había convencido para no reclamar la propiedad hasta que no se calmara el escándalo por la muerte de Cayo para no parecer «demasiado ansioso por cobrar». Eso era lo que el Alcalde le había dicho mientras el cuerpo de nuestro padre no había terminado aún de desangrarse sobre el patio trasero.

«Si reclamas ahora los derechos sobre Las Urracas y las dejas en la calle habrá un pequeño revuelo. Y no queremos que a alguien le dé por investigar ese certificado de nacimiento, o por escuchar la historia de Camila. ¿Verdad que no? —le había dicho Marcial, sujetándole por los hombros y mirándole a los ojos como si no le hubiera cambiado siendo un bebé por el favor de Cayo Veltrán-Belasco—. Después de todo, si se descubre la verdad no tendrás ningún derecho sobre la finca. No, mejor deja que se despeje el polvo del aire antes de hacer nada. Mientras tanto yo cuidaré de ti, como compensación por estos años. Será nuestro secreto, claro. Aparte de los que hemos vivido esto tan terrible hoy nadie en el pueblo debe saber que eres mi hijo. Lo entiendes, ¿verdad? La gente hablará cuando vean que te mudas a casa conmigo, sobre todo después de lo que ha pasado hoy. Pero tú no podrás contarle a nadie que eres mi hijo o lo perderemos todo.»

Rafael había asentido en silencio, después pasó a mi lado sin siquiera mirarme para subir a su habitación y recoger algunas cosas antes de marcharse con los Izquierdo. El notario se fue incluso antes, dejó a su mujer consolando a Verónica y cuando esta quiso darse cuenta su marido ya había llegado a la mitad del camino que unía Las Urracas con el pueblo. Cuando los guardias llegaron para detener a nuestra madre ya solo quedábamos nosotras.

—Puede que yo sea la hermana mayor ahora, pero si a Rafael le da por reclamar la finca...

—Ese cobarde no hará nada —me cortó ella—. Deja que se entretenga con su nuevo padre, el muy ingenuo no sabe bien quién es Marcial Izquierdo. Con un poco de suerte igual se matan entre ellos y os dejan tranquilas por fin.

Me reí a pesar de todo.

—Rafael nunca nos dejará tranquilas. Él cree que tiene derecho a poseer las cosas que desea.

El vigilante volvió a mirar el reloj que había en el patio.

—¡Cinco minutos! —gritó, aunque no había nadie más en la sala de visita.

Me ajusté los botones de la chaquetilla para salir al aire afilado de la tarde. Ya estaba a punto de ponerme de pie para despedirme cuando sentí el peso del tarrito de miel en mi bolsito de mano.

—Casi se me olvida. Verónica no está muy bien desde que pasó todo, pero te ha hecho esto y me ha dejado encargado que te lo traiga. El guardia de la entrada me ha dicho que puedo dejártelo si después devuelves el cristal. —Dejé el tarrito sobre la mesa desgastada—. A la pequeña de la casa se le dan muy bien las abejas y las flores.

Camila jugueteó con la etiqueta escrita a mano en la letra inclinada de Verónica.

—Miel de azalea. Sí, estoy segura de que mi pequeña tiene un don especial para las abejas y otras criaturas únicas. —Después me miró y añadió—: Los demonios irán contigo siempre si tú les dejas. No te quedes atada al dolor, Gloria. Si se lo permites el dolor se repetirá una y otra vez hasta que no distingas nada más, hasta que no sepas siquiera qué día o qué año es. El dolor lo ocupa todo.

Me levanté despacio, todavía con sus palabras resonando en mi cabeza.

—Volveré dentro de dos semanas. Y si Verónica está mejor la traeré para que te vea, le gustará.

Camila asintió, sus dedos huesudos y afilados —los mismos que habían llenado las pesadillas de mi hermana pequeña— acariciaron la etiqueta de la miel una vez más antes de coger el tarro.

—Eso me gustaría mucho. Gracias, Gloria.

Después se levantó y caminó sin prisa hacia el guardia

para volver a su celda, no se giró para mirarme una última vez antes de desaparecer. Sus pasos se alejaron por el pasillo hacia la penumbra del módulo de mujeres y yo desanduve el camino hasta la puerta de la cárcel. Esta vez no hubo murmullos sobre mi ropa o mi sombrero, ni siquiera un «adiós» cuando por fin estuve fuera y el aire dejó de ser oscuro y denso.

Pensé en las palabras de mi madre todo el viaje de vuelta a Las Urracas: «El dolor lo ocupa todo».

Cuando el coche de caballos se detuvo en el cruce de caminos frente a la entrada ya había anochecido. La imponente silueta rectangular del palacete llenaba el horizonte al final del camino, pero vi luz en la ventana de la cocina.

Diana la vinatera se había acercado aquella tarde por la casa. No dijo nada pero yo sabía que, a su manera hosca y reseca, se preocupaba por Verónica, y puede que también un poco por mí. Diana charlaba animadamente con Denise, las dos sentadas a la gran mesa del comedor con un plato de sopa de calabaza y puerro con pimienta, y pan recién tostado delante.

—... y por eso es tan importante que las mujeres podamos votar. Es lo primero que hace falta para conseguir cambiar todo lo demás —escuché decir a Denise con su pasión habitual, mientras cruzaba el gran vestíbulo hacia la cocina.

Sus voces se volvieron más cercanas y el olor reconfortante a puerros con mantequilla y a pan tostado llenó el aire.

—Aquí en los pueblos, lo que se dice votar de verdad no vota nadie: ni hombres ni mujeres. Es así desde siempre. Y en la capital votan algunos *estudiaos* a los que los demás les importamos una cagada de rata. Por eso aquí nunca cambia nada —respondió Diana.

—Oh, pero eso es terrible —respondió Denise sorprendida—. Una comarca tan hermosa y con tanto futuro por delante. Cuando la industria del vino despegue definitivamente eso cambiará, estoy convencida.

Pero Diana soltó una de sus risotadas habituales que llenó el aire de la cocina.

—Ojalá tengas razón. Yo no lo veré, claro.

Y se rio de nuevo para desconcierto de Denise, que tardó un momento en unirse a su carcajada.

—Hola —dije con suavidad—. Veo que estáis ocupadas hablando de política. Tened cuidado: hay quien piensa que la política y las mujeres no deben mezclarse.

—Sí, pero ninguno de esos bastardos está en la casa esta noche —respondió Diana, levantando su vaso de vino.

Las tres nos reímos, pero entonces vi la carta de aviso y las risas se apagaron. Supe que algo iba terriblemente mal por la mirada que intercambiaron.

—Lo siento mucho, querida Gloria. Estos son realmente malos tiempos.

—Sí. Algunas veces la vida es una cabrona que te da patadas cuando ya estás en el suelo y no puedes defenderte —dijo Diana con algo parecido a la ternura—. La carta urgente es de la cárcel. Ha llegado a casa antes que tú.

Vi la carta abierta en la encimera de madera maciza, muy cerca del moderno fogón. Ni siquiera me quité el sombrero prestado o la chaquetilla que aún retenía el frío de la noche atrapado en el terciopelo para leerla. El papel amarillento tembló en mi mano mientras leía las palabras intentando encontrarles sentido, pero tuve que leer la carta una vez más:

Lamentamos informarle del fallecimiento de la señora Camila Veltrán-Belasco. La señora Veltrán-Belasco ha sido encontrada muerta en su celda antes de la llamada para la cena. Se le dará sepultura fuera del cementerio de la prisión. 20 de octubre de 1894.

Me dejé caer en una de las sillas, la cinturilla de mi falda se clavaba en mi estómago pero no me di cuenta hasta después.

—Se ha quitado la vida, por eso van a enterrarla fuera del cementerio —murmuré, con la carta todavía en la mano—. No lo entiendo. He estado con ella hace algunas horas y parecía... normal.

Denise se sentó a mi lado, sus ojos ceniza temblaban igual que si estuviera conteniendo las lágrimas.

—Lo siento tanto, *ma chère* Gloria. Nuestra madre murió cuando éramos niños, en un accidente. Sé que es diferente marcharse de repente a todo lo que tu madre tuvo que pasar, pero el dolor que queda a los que sobreviven es el mismo.

Dejé la carta en la mesa y empecé a quitarme los alfileres que sostenían el sombrero. Coloqué el puñadito de alfileres sobre la carta con cuidado de no perder ninguno, después el tocado de terciopelo y fieltro.

—¿Lo sabe Verónica? ¿Se lo habéis contado ya? —pregunté con voz cansada por el viaje y todo lo demás.

—No. Hemos pensado que será mejor para ella si se lo cuenta su hermana mayor —respondió Denise.

Me pasé los dedos por el pelo para asegurarme de que no quedaba ningún alfiler. Después de todo el día con el pelo recogido tenía la sensación de que me hormigueaba el cuero cabelludo.

—Sí, ahora se lo explicaré a Verónica. No es lo que necesita ahora mismo, pero nuestra madre siempre fue bastante inoportuna y poco dada a pensar en los demás.

Diana se levantó arrastrando la silla sobre las baldosas granates sin importarle el quejido de la madera contra la cerámica. A tientas, palpando el aire con las manos extendidas, cogió un cuenco del armario, una cuchara, y lo colocó en la mesa delante de mí.

—Come. Las penas son menos penas con la tripa llena —me dijo.

—Tantos años encerrada en la casa, todas las horas que nos escuchó hablar o llorar por ella... y decide quitarse la vida —murmuré como si estuviera sola en la cocina.

—No hay nada de malo en estar enfadada con un muerto, o con una muerta. Tienes derecho. Incluso aunque el muerto sea alguien a quien le pasó algo terrible, sigues teniendo derecho a estar enfadada. No dejes que te hagan creer lo contrario —dijo mientras empujaba con cuidado el cuenco de sopa de calabaza hacia mí—. Si a alguien bueno le pasa algo terrible puede que se vuelva malo, por rencor o por venganza. Pero sabe Dios que nunca jamás una desgracia ha vuelto santo a ningún villano.

Denise me sirvió un cazo de sopa y se sentó a mi lado, jugueteando con las horquillas en la mesa.

—Tu madre y tu padre no están, y Rafael no pretende reclamar la propiedad, al menos no de momento. Ahora tú eres la dueña y administradora de la finca. ¿Ya has pensado qué vas a hacer? —me preguntó con suavidad.

—No, no tengo ni idea —admití—. Jamás pensé que llegaría un día en que Las Urracas fuera mía, nuestra. Siempre había imaginado un futuro muy distinto, un futuro sin... posibilidades.

—Ahora todo puede pasar, *ma chère* Gloria. La vida es extraña algunas veces, ¿verdad? Un suceso horrible os da a tus hermanas y a ti la libertad que nunca imaginasteis que tendríais.

—Sí, la vida es extraña algunas veces. El mundo está lleno de misterios —respondí—. Mañana mismo escribiré por cable al letrado en Haro para que me explique exactamente qué derechos tengo sobre la finca.

El cuenco de sopa humeaba sobre la mesa, jugueteé con la cuchara un momento mientras una idea revoloteaba en mi mente. Diana sacó su cajita metálica de tabaco y dejó dos de sus cigarrillos caseros de hierbabuena sobre la mesa. Cogí uno sin dudarlo y lo encendí. Después de dos caladas ansiosas me di cuenta de cuánto tiempo había pasado sin fumar. Lo extrañaba.

—Lo mío no es el tabaco, pero gracias igualmente. Cada una tiene sus vicios y su modo de adormecer el dolor —dijo Denise con su acento cantarín antes de levantarse—. Tengo una botella de Dubonnet abierta en mi habitación, así que si hacéis el favor de ir sacando las copas, queridas...

Las tres nos reímos y el humo me hizo cosquillas al final de la garganta. O puede que fueran las lágrimas por una madre que nos había abandonado mucho antes de aquella noche.

No vi a Verónica de pie en el vano de la puerta hasta un momento después. Se había puesto un chal de lanilla de color beige por encima de su camisón para protegerse de la noche fría de otoño. Llevaba el pelo suelto, que le caía como una cortina cobriza hasta más abajo de la cintura.

—¿De qué os reís? —preguntó con voz adormilada.

—¿Te hemos despertado? Perdona —le dije con suavidad.

Pero ella entró en la cocina y se sentó en una de las sillas libres, haciéndose un ovillo en el asiento para que sus pies descalzos no tocaran las baldosas.

—No podía dormir. Alguien habla muy alto en mi habitación, creo que se esconde debajo del suelo, o detrás de la pared del armario, y no para de hablar en toda la noche. —Hizo una pausa y miró la mesa puesta y las copitas de cristal para el Dubonnet—. ¿Estáis celebrando algo?

Me sorprendió ver a mi hermana pequeña tan despierta y lúcida. Le apreté la mano con delicadeza un momento para que me mirara.

—Verás, pequeña... se trata de Camila. De mamá.

—¿Ya se ha marchado? —preguntó, mirándome con su ojo nublado—. Espero que ya se haya marchado. Me daba miedo, incluso después de haberse ido seguía dándome miedo, y de todas formas ella no quería quedarse más tiempo aquí. Ya había estado demasiado tiempo aquí...

La miré sin comprender y adiviné por la expresión de las otras dos que ellas tampoco comprendían nada.

—Sí, mamá se ha marchado ya y esta vez no va a volver. Ha muerto, lo entiendes, ¿verdad?

Verónica asintió.

—Lo entiendo. Así dejará de embrujar esta casa por fin.

Había sido sorprendentemente fácil, mucho más de lo que pensé que sería.

—Sí, así por fin dejará de embrujar esta casa. ¿Tú estás bien? —le pregunté después de darle una calada a mi cigarrillo.

El humo de hierbabuena y tabaco barato se mezcló con el olor de la sopa de calabaza y puerros que flotaba en la cocina bien caldeada.

—¿Le ha gustado la miel especial que le preparé? A mamá, ¿le ha gustado? —preguntó Verónica de repente—. La miel de azalea, mamá me pidió que la hiciera para ella. ¿Le ha gustado?

—Sí, claro que le ha gustado —dije, pero entonces lo pensé mejor y añadí—: pero ¿cuándo te lo pidió? No te despediste de ella antes de que se la llevaran. No tuvo tiempo de pedirte la miel.

Verónica se colocó mejor el chal sobre los hombros.

—En un sueño. Quería que les dijera a las abejas que recolectaran solamente polen de azalea y de otras plantas especiales de la zona para ella —respondió tranquilamente—. Las azaleas son venenosas, ¿lo sabías? Puedes morirte si te las comes. Te duele mucho el estómago si te envenenas con ellas, supongo que por eso mismo mamá quería que se lo diera con miel. Para amortiguar el dolor.

Ese verano eterno cuajado de despedidas también se marcharon Denise y Vinicio Lavigny. Fue una semana después. Los días antes de su partida parecía que un caprichoso viento cálido se hubiera colado en Las Urracas para desordenarlo todo. Puertas de armarios abiertos, perchas vacías sobre la cama, montañas de sábanas y mantas secadas en el patio trasero, baúles de viaje con sus compartimentos desperdigados, zapatos perdidos condenados a ser dejados atrás...

—Os echaremos mucho de menos, y a la casa también. Ya me había acostumbrado al silencio mortal que hay en este valle. Después de estos meses aquí, vivir en el centro de París me parecerá casi insoportable —dijo Denise, mirando alrededor una vez más como si quisiera grabar cada detalle de la fachada en su memoria—. Menos mal que el próximo otoño volveremos. Y tenemos que ir organizando la boda, tengo que pedirle a mi diseñadora favorita que te envíe unas muestras de tela para tu vestido y el de las damas de honor. Ya sé que aquí no tenéis esa costumbre, pero lo bueno de las costumbres es que siempre pueden inventarse unas nuevas y mejores. Y Verónica sería una dama de honor tan preciosa...

El comentario de Denise funcionó, porque mi hermana pequeña se rio con suavidad.

—Seguro que te acostumbras pronto a vivir de nuevo en un precioso apartamento en medio de París —le dije con una sonrisa indulgente—. Pero nosotras también te echaremos mucho de menos. Prometemos escribirte cada semana para contarte cómo van las viñas y todo lo demás.

—¿Lo prometéis? —preguntó Denise, haciendo un mohín exagerado que seguramente volvía locos a la mitad de los jóvenes de toda Francia.

—Prometido.

Una sonrisa triste cruzó sin querer los labios perfectamente pintados de rosa de Denise mientras se ponía los guantes de terciopelo reforzados para el viaje.

—Sí que voy a echar de menos Las Urracas —dijo, mirando a la gran casa detrás de nosotras—. Este lugar tiene algo, algo hermoso y terrorífico que vive detrás de sus paredes y camina sobre ese suelo de baldosas granates. Me temo que no puedo explicarlo de otra forma.

Me volví hacia Las Urracas, el viento caprichoso del oeste me removió el pelo suelto, pero pude ver la forma rectangular de la casa entre mis mechones pelirrojos.

—Sí, definitivamente algo embruja aún Las Urracas —admití.

Me gustaba pensar que era nuestra madre quien embrujaba Las Urracas. Ella, paseando de madrugada cuando ya nadie podía verla del brazo de la señora Gregoria mientras todos dormíamos, rozando las puertas con su vestido al pasar, haciendo que la madera negra de la escalera doble crujiera al bajar para volver a su cárcel subterránea. Sí, su voz seca y enterrada y su presencia secreta habían embrujado nuestra casa todos estos años. Pero el embrujo no se había marchado con ella. Era como si el recuerdo de todo ese dolor y ese secreto terrible hubiera impregnado las paredes de piedra desconchadas y se hubiera escondido bajo los tablones del suelo. Una mancha oscura de humedad que se extendía por toda la casa. El dolor acumulado durante años vivía ahora en Las Urracas como otra Veltrán-Belasco más, invisible pero muy real. Tanto que incluso una mujer moderna y práctica como Denise Lavigny podía sentir ese dolor como una presencia viva en la casa.

—¡Me da tanta pena despedirme de vosotras! —exclamó.

Denise abrazó a Verónica con ternura y después le colocó bien la cinta para el pelo que le había regalado mientras hacía el equipaje.

—Qué bien te queda, estás muy guapa. El terciopelo azul medianoche es definitivamente lo que mejor te va, pequeña. Te he dejado también unos cuantos libros sobre tu cama para que no te aburras, la mayoría está en francés, pero no he podido resistirme a tratar de corromper tu joven mente con el sufragismo y otros asuntos políticos. —Después me miró y me abrazó también—. Cuida bien de ella, y cuídate tú también.

Cuando se separó de mí su caro perfume francés todavía revoloteaba en el aire de la tarde. Después, Denise se subió a uno de los tres coches de caballos que habían ido a recogerles —a ellos y a todo su equipaje— para llevarlos hasta Logroño y de ahí a Bilbao.

—Vendría muy bien una estación de tren aquí, en San Dionisio —empezó a decir Vinicio—. Estoy seguro de que muchos bodegueros de la zona estarían de acuerdo con la idea también. Ahorrarían costes con una estación en el pueblo, así el vino llegaría más rápido a Bilbao para poder enviarlo por mar a cualquier parte del mundo.

—Tienes razón, nos vendría muy bien una estación de tren en el pueblo. Se lo propondré al Alcalde —respondí entre risas, pero después me puse seria otra vez—. Lamento que tengáis que marcharos.

Era verdad. En esos meses me había acostumbrado a los charlatanes y radiantes hermanos Lavigny, su presencia alegre era como uno de esos bálsamos de caléndula y flores de violeta que solía preparar Teresa para el dolor.

—Volveremos el próximo otoño, antes de que tengáis tiempo siquiera de echarnos de menos. Tenemos que ocuparnos de los negocios de nuestra familia allí y ponerlo todo en orden para la boda y lo demás. —Vinicio me miró un momento intentando averiguar si mis sentimientos habían cambiado después de todo lo sucedido, pero yo tenía una vida entera de experiencia ocultando mis secretos—. Y después de la boda ya decidiremos dónde vivimos. Llevar nuestros negocios desde San Dionisio es complicado pero no imposible, y si no, siempre podréis venir con nosotros a París si os apetece. Hay sitio de sobra para las dos en ese apartamento de la rue de Rivoli sin nada de magia.

Vinicio le dio un abrazo a Verónica y después se inclinó para besarme en la mejilla. Sentí sus labios cálidos y suaves en mi piel, cerré los ojos mientras su olor a jabón y a ropa limpia me envolvía un momento.

—Adiós, y buen viaje —le dije con una sonrisa triste cuando nos separamos.

—Os escribiremos cuando estemos en Bilbao y luego en casa —respondió—. Y muchas veces más después.

Vinicio caminó hasta la portezuela abierta del coche de caballos, se sacudió el polvo de los pantalones, luego nos dedicó una última sonrisa y subió. El convoy con los tres coches se puso en marcha llenando el aire con el ruido de las ruedas y los caballos, pero Denise se asomó por la ventanilla cuando todavía podíamos oírla y gritó:

—Cuidad bien de mi gramófono, Veltrán-Belasco. ¡Volveré a buscarlo!

Después vimos los coches alejarse por el camino de tierra que los llevaba fuera de San Dionisio y de nuestras vidas.

Verónica se abrazó a mi cintura mientras las dos veíamos cómo los Lavigny se convertían en una nube de polvo en la distancia.

—No estés triste, Gloria —me susurró—. Teresa estará en casa mañana.

TERCERA PARTE

EL VINO SECRETO

SOLAS OTRA VEZ

El día siguiente amaneció gris, como si el otoño hubiera llegado de repente. El viento frío voló desde las montañas que había más al norte para colarse por cada rendija de Las Urracas y me despertó al amanecer. Verónica dormía cuando me levanté de puntillas de la cama y el frío de la mañana se coló bajo mi piel haciéndome temblar. Cogí un chal de lana suave de color rosa pálido que Denise se había dejado olvidado y me lo puse sobre los hombros.

Fuera de nuestro dormitorio el aire era gélido, tanto que pensé que tal vez habíamos olvidado cerrar alguna ventana. El largo pasillo del primer piso estaba ocupado por lo que antes eran habitaciones prohibidas, así que era casi imposible calentar esa ala de la casa incluso ahora. Frotándome las manos para hacerlas entrar en calor caminé hasta el vestíbulo silencioso.

Era extraño estar las dos solas en la casa. Sabíamos que ya nadie nos prohibiría entrar en ninguna habitación —habíamos encontrado las llaves de todas en el escritorio de nuestro padre—, instalar de nuevo los espejos en su lugar, abrir las contraventanas del lado oeste, desempolvar o colocar los viejos muebles y cuadros donde nos diera la gana. El dinero de los Lavigny, que habíamos utilizado para arreglar la casa, había conseguido que algunas habitaciones y zonas fueran habitables otra vez, pero todavía estábamos muy lejos de recuperar el palacete de décadas de abandono y polvo. Había zonas de la casa donde ni siquiera nos habíamos atrevido a acercarnos aún: el desván con sus ventanas de ojo de buey, el pasillo oeste de la segunda planta, las galerías subterráneas de la bodega... Miré de refilón al pasillo acristalado que empezaba en un lado del vestíbulo y llevaba hasta la nave de la bodega. No había nadie ahí, claro, pero aún no había reunido el valor para volver a entrar y limpiar la mancha de sangre que mamá había dejado en la pared de cristal.

Oí un ruido que venía de la cocina, al final del vestíbulo. Sonaba como si alguien estuviera rebuscando en un cajón, apartando cosas innecesarias mientras busca algo importante. Mi primer pensamiento fue que Rafael —o alguno de los hombres del Alcalde— se había colado en la casa mientras dormíamos. Miré alrededor buscando algo con lo que defenderme, pero el vestíbulo estaba tan vacío como siempre.

«Vamos a tener que buscar la carabina con la que se mató la tía abuela Clara. Solo por si acaso», pensé mientras caminaba de puntillas hasta la cocina.

No había nadie. Ni Rafael ni ninguno de los siniestros hombres que trabajaban para Marcial Izquierdo. Los platos de la cena de anoche seguían acumulados en el gran fregadero sin lavar —el agua del grifo seguía sin salir la mitad de las veces— y todavía había cuatro vasos sobre la gran mesa de comedor de la cocina. Sonreí con tristeza al acordarme de Denise y Vinicio, pero entonces, con el rabillo del ojo, vi como algo oscuro se movía sobre la encimera de madera.

Era un pájaro. Una urraca que llevaba algo brillante en el pico.

—Qué susto me has dado... —masculló, sintiéndome un poco tonta pero con el corazón aún latiéndome deprisa—. ¿Qué llevas ahí?

Me acerqué despacio para no espantarla y ella me miró con sus pequeños ojos negros intentando decidir si yo era una amenaza. La urraca dio unos saltitos sobre la encimera para alejarse.

—No pasa nada, solo quiero ver qué es lo que nos has robado.

Di un paso más y en ese momento lo vi. Entre su pico corto la urraca llevaba una de las cuentas de nácar del rosario de la tía Angela. Mis piernas temblaron debajo del camisón de muselina.

—¿Dónde has encontrado eso?

Pero entonces la urraca salió volando hacia el vestíbulo y después desapareció en el aire oscuro de la casa, de vuelta a la ventana por la que se había colado.

Solo lo había visto un segundo, pero estaba segura de que era una de las cuentas del rosario de la tía Angela.

—No puede ser, Rafael dijo que habían encontrado el rosario de nácar manchado de sangre entre las cosas del Aguado cuando le detuvieron... —no me di cuenta de que estaba hablando sola en mitad de la gran cocina vacía y mi propia voz me sobresaltó—. Puede que Rafael no colocara todas las cuentas en el escondrijo del Aguado. Tal vez se guardó algunas, solo por si acaso.

Las urracas pueden recorrer grandes distancias buscando materiales para construir sus nidos. Y les atraen las cosas brillantes y preciosas. El pájaro que yo había visto podía haber encontrado esa cuenta blanca en cualquier sitio, pero mientras rellenaba la cafetera no pude dejar de pensar que la urraca había encontrado la dichosa cuenta de nácar en nuestra finca.

—Maldito seas, Rafael. Tú y tus jueguecitos de poder —masculle.

Abrí el grifo sin muchas esperanzas y coloqué la cafetera de hierro debajo. El caudal de agua era escaso por la sequía, así que tuve que esperar un buen rato hasta que la cafetera se llenó para encender la cocina y ponerla sobre la chapa metálica. La luz anaranjada del fuego inundó el aire frío de la cocina, que pronto empezó a llenarse de olor a café.

Nunca habían encontrado el cuerpo de Angela Raymond. Donde sea que estuviera, Rafael la había escondido bien. El Aguado aguantó vivo de milagro hasta que llegaron los guardias para llevárselo preso. Los hombres del Alcalde le habían dejado en un estado tan lamentable que no pudo volver a hablar, ni siquiera para defenderse en el juicio. En San Dionisio ya casi nadie hablaba del asunto, pero yo recordaba a menudo la noche en que vi cómo se lo llevaban desde la otra orilla del río, y no hice nada.

Empezó a llover de repente. Una lluvia lenta y espesa que empapó la tierra hasta las entrañas. Miré por la ventana de la cocina y sentí el olor de la lluvia llenando mi garganta, el sonido constante de las gotas contra la tierra. Sonreí igual que si estuviera presenciando un milagro. Esa lluvia nada tenía que ver con esas tormentas violentas que descargaban sobre el valle de repente, destrozando viñas y tejados a su paso pero sin aliviar la sequía.

—La sequía se ha terminado. Y este año tendremos cosecha —dijo una voz a mi espalda.

Me volví para ver a Verónica de pie junto a la mesa en el centro de la cocina.

—Me ha despertado la lluvia —añadió, frotándose los brazos por encima de las mangas blancas de su camisón.

—¿Despertado? Pero cómo, si acaba de empezar a llover —dije con suavidad.

Ella simplemente se encogió de hombros y añadió:

—Hace horas que oigo la lluvia acercándose, no me dejaba dormir.

Sin decir nada más, Verónica recogió los vasos de la noche anterior y colocó las cosas para el desayuno sobre la mesa: pan cortado en rebanadas gruesas, cuidadosamente envuelto el día anterior en un trapo de algodón para que se conservara bien, los cuchillos para la mantequilla, el salvamanteles de hierro para colocar la cafetera caliente encima y tres tazas.

—Somos solo tú y yo, pequeña. No necesitamos tres...

Pero en ese momento sonaron unos golpes suaves en la puerta principal. Miré hacia el vestíbulo sorprendida. No esperábamos a nadie.

—Tú quédate aquí, iré a ver quién es —le dije a Verónica.

Y sin darle tiempo a responder salí de la cocina y atravesé el gran vestíbulo, oscuro por la luz de la lluvia, maldiciendo por segunda vez aquella mañana no haber buscado aún la carabina de la tía abuela Clara.

Abrí la pesada puerta doble de roble todavía pensando en la vieja escopeta. Al principio no la reconocí porque su pelo rojo estaba muy corto y alborotado, como el de un muchacho, y sus ojos parecían los de otra persona. Pero era ella. Teresa. Estaba ahí de pie, refugiándose de la lluvia bajo el gran pórtico de piedra de la entrada.

—Teresa... —Mi voz se cortó en la garganta.

—He venido caminando desde Laguardia, por eso he tardado tanto en llegar a casa.

Las lágrimas inundaron mis ojos y la abracé con fuerza intentando que los últimos cuatro años separadas se desvanecieran. Teresa olía a la tierra del cruce de caminos, a ropa guardada mucho tiempo en un cajón y a flores silvestres.

—No sabía que volverías hoy. Hubiéramos mandado a buscarte para que no tuvieras que caminar más tú sola —le dije sin soltarla todavía—. Lo siento mucho.

Teresa no se movió y tampoco me abrazó, sus brazos se quedaron quietos a ambos lados de su cuerpo.

—No pasa nada, quería caminar y ver el paisaje otra vez. No ha cambiado casi nada —respondió.

Me separé de ella para verla mejor.

—Tú sí estás cambiada —dije con una pequeña sonrisa.

—Pues anda que tú... Ya no pareces una cría pecosa, ahora te pareces a «ella» cuando era más joven.

«Ella», por supuesto, era nuestra madre. Nuestro propio espectro del que no podíamos pronunciar el nombre.

—Me gusta tu pelo así de corto. Lo mismo consigues que se ponga de moda y todas las chicas de aquí hasta Madrid deciden cortarse el pelo.

Pero Teresa agachó la cabeza para mirarse los zapatos.

—Me lo cortaron en el hospital. Yo no quería, pero según ellos es parte de la «terapia» para ponerme bien, así que me obligaron. Ya sabes, para que sea como se supone que debo ser. Según ellos, si me veía como un muchacho, me espantaría y volvería a la normalidad. —Me miró y por primera vez distinguí sus ojos avellana iguales a los míos—. Pero creo que no ha funcionado muy bien. Me siento igual solo que ahora tengo más frío en la cabeza y la gente se cree que tengo piojos.

Me reí con cautela. No sabía si bromeaba y no quería herir sus sentimientos.

—Te buscaremos un sombrero. Nadie lo notará.

Teresa esbozó algo parecido a una sonrisa. Me fijé en que estaba mucho más delgada y entonces me di cuenta de que llevaba puesta la misma ropa que la noche en que se la llevaron. Quería preguntarle muchas cosas sobre estos últimos cuatro años —aunque no estaba segura de querer oír todas las respuestas—, pero como siempre, ella se me adelantó:

—El director del hospital me ha contado lo que ha pasado. Todo. Hace tres días me leyó tu telegrama, cuando me dijo que iban a dejarme salir.

Teresa estudió el portón de roble y alargó el brazo para acariciar el llamador de hierro forjado en forma de urraca con las alas extendidas. Me pareció que quería tocarlo para asegurarse de que realmente estaba en casa.

—Sí. Ahora yo soy la administradora y la cabeza de familia, así que les escribí para decirles que prescindíamos de sus servicios. Nadie volverá a obligarnos a hacer nada que no queramos —le prometí.

—¿De verdad se han ido todos? ¿También Rafael?

—Sí. También Rafael.

La lluvia no había cambiado su ritmo, caía como una cortina gris fuera del pórtico oscureciendo la tierra a nuestro alrededor.

—¿Eso que huelo es café?

Asentí.

—Sí. Estábamos a punto de sentarnos a desayunar. Vamos dentro. Verónica está en la cocina preparando el desayuno. Creo que ella ya sabía que venías —admití con una diminuta sonrisa.

Entonces recordé la tercera taza que Verónica había colocado en la mesa y sonreí. Cerré la puerta detrás de Teresa, dejando fuera la lluvia.

Dos días después del regreso de Teresa, se hizo evidente para las tres que no quedaba nada para nuestra hermana mediana en Las Urracas.

—Padre nos mandó guardar todas tus cosas, tu ropa, tus libros y todo lo demás en el desván. Intentamos protegerlo del polvo y del tiempo ahí arriba lo mejor que pudimos, pero no queda mucho que puedas usar —le había dicho cuando bajé del desván mientras me limpiaba el polvo de las manos en la falda de mi vestido—. Lo siento.

No me había atrevido a subir la escalerilla estrecha y oscura que llevaba al desván de la casa desde la noche en que la tía Angela me encerró allí para «adormecer a mi demonio» después de tirarle aquella piedra a Verónica. Esta vez, cuando volví a la cámara vacía del desván tantos años después, llevé conmigo uno de los potentes faroles de exterior para asegurarme de iluminar cada rincón de mis pesadillas.

—La ropa no me importa tanto, seguro que me queda enorme después de todos estos años en ese lugar, pero mis libros de química y naturaleza... Mis libros, eso sí que es una pérdida irreparable. Una más —había dicho Teresa, con sus ojos castaños apagados y sin rastro de la rebeldía que solía ver en ellos—. Se me antoja que las personas mezquinas, ahogadas de prejuicios incluso contra sus propios hijos y desprovistas de corazón, no deberían nunca jamás tener poder sobre otras personas. Porque hieren.

Le di la mano para intentar consolarla, pero los dedos cubiertos de cicatrices de Teresa se encogieron igual que si solo mi contacto la hubiera quemado.

—Te diré lo que haremos. En el pueblo todavía funciona la tienda de telas y vestidos de la Tomasa, y además ahora se pueden pedir cosas por catálogo a Bilbao o Madrid. Tardan un poco en llegar, eso sí, pero esta misma tarde iremos al pueblo para que veas los folletos y puedas escoger algunos vestidos...

—No. Yo no voy a ir a ningún lado. No mientras parezca... un muchacho. —Teresa se había tirado con desprecio de los mechones cortos de su pelo como si quisiera hacerlos crecer.

—No pasa nada. Yo iré y traeré los catálogos de todo lo que encuentre y se envíe por correo: ropa, zapatos, libros...

Algunos vecinos de San Dionisio se habían enterado del regreso inesperado de Teresa. Así que mientras subía la cuestecilla que llevaba a la plazuela, donde estaba el despacho de farmacia y la pequeña oficina de Correos, un par de mujeres se me acercaron para preguntarme por ella. Aunque a juzgar por sus palabras y la expresión de sus ojos me pareció que les movía la curiosidad más que una sincera preocupación por Teresa.

La diminuta oficina de Correos de San Dionisio era la central de todo el valle, lo que significaba que prácticamente todos los paquetes, cartas y telegramas pasaban por los casilleros de roble que había en la pared del fondo. Tuve suerte: la hija del cartero atendía el mostrador para los pedidos y me dejó llevarme a casa los catálogos a condición de que «los traigas de vuelta pasado mañana sin falta».

Cuando salí a la plazuela con los pesados catálogos bajo el brazo, el cielo tenía el color gris que precede a una tormenta y las nubes oscuras se amontonaban sobre el campanario de la iglesia en la plaza del ayuntamiento.

—Señorita Veltrán-Belasco —dijo una voz masculina detrás de mí—. He oído lo del regreso de su hermana mediana. Cuánto me alegro por las tres. Las familias deben permanecer unidas, sobre todo después de una pérdida como la suya.

Era Jacinto Sarmiento, que me dedicó una sonrisa sincera bajo el ala de su sombrero gris, a juego con su traje.

—Gracias. Salude a su madre y a su hermano de mi parte —respondí, y empecé a caminar para bajar la cuestecilla que llevaba hasta la salida del pueblo.

Pero él me siguió y se puso a mi lado.

—Perdone que la moleste, Gloria. Pero si pudiera dedicarme apenas unos minutos de su tiempo... —empezó a decir con su habitual condescendencia amable—. Me gustaría hablar de negocios con usted.

Me detuve con un suspiro, cambié de brazo los catálogos porque empezaban a pesar y mi paciencia se acababa deprisa.

—¿Qué clase de negocios? —pregunté con suspicacia.

Pero Jacinto asintió despacio antes de responder.

—De la clase que es mejor hacer con personas razonables y prudentes, como usted. Quiero comprar su finca. Las Urracas, ya sé que no está en venta ahora mismo, pero estamos dispuestos a ofrecerles un buen precio por su tierra, el palacete y las viñas.

Estaba tan sorprendida por su propuesta que no sentí la primera gota de lluvia sobre mis mejillas.

—¿Quiere comprar Las Urracas? —lo pensé un momento—. Aunque aceptara su oferta, no sé si tengo poder legal para autorizar una venta de la propiedad.

—Estoy informado de su situación legal, pero es algo que no me importa. No es ningún secreto que siempre hemos estado interesados en su propiedad —confesó Jacinto—. Intentamos llegar a un acuerdo justo con su difunto padre y también con Rafael, pero ninguno de ellos han resultado ser hombres razonables.

—Ya, menuda novedad —mascullé.

La lluvia empezó a oscurecer el suelo empedrado a nuestro alrededor. Ahora llovía con más intensidad.

—Podemos acordar un precio justo, transferirles el dinero a usted y a sus hermanas a cambio del certificado de propiedad y la escritura de la finca. Únicamente a ustedes tres —recalcó Jacinto, subiéndose el cuello de su chaquetilla gris para protegerse de la lluvia—. Y si llega el día en que Rafael intenta impugnar la venta, será solo nuestro problema. De nuestros procuradores, más bien. Ustedes se quedarán fuera del asunto y tendrán dinero suficiente como para empezar una nueva vida en cualquier lugar. Piénselo, coméntelo con sus hermanas. Esperamos su respuesta.

Jacinto se tocó el ala de su sombrero a modo de despedida y después se alejó caminando calle abajo hasta que desapareció de mi vista al doblar la esquina de la última casa de San Dionisio.

Me quedé allí un momento más, pensando en lo que acababa de suceder, hasta que la lluvia fría me devolvió a la realidad. Me cubrí la cabeza con los catálogos esperando que el agua no los estropease demasiado, y corrí de regreso a Las Urracas.

—No me extraña que Verónica no haya querido bajar aquí. Este sitio da escalofríos —dije, siguiendo a mi hermana mediana escaleras abajo.

—Hace frío, sí, pero es para conservar el vino mientras envejece. La temperatura aquí abajo nunca sube de los quince grados.

Levanté la lámpara de queroseno por encima de la cabeza de Teresa para iluminar un poco. Las escaleras de piedra terminaban algo más abajo.

—Si no fuera por la dichosa lluvia seguiría sin molestarme en bajar —protesté.

—No está tan mal. Veremos cómo está el resto, pero esta zona está bien conservada. Las paredes están mal iluminadas y las escaleras son demasiado estrechas para bajar con cosas, pero tienen el tamaño perfecto para pasar las barricas —respondió ella—. Y seguro que puedo arreglar la toma de gas de la casa para que la luz llegue hasta aquí abajo, así no te dará tanto miedo bajar a la bodega.

—No me da miedo —mentí penosamente—. Lo que pasa es que no tengo ningunas ganas de ver dónde ha vivido encerrada nuestra madre todos estos años. Es solo eso.

Pero Teresa se volvió para mirarme por encima de su hombro con una sonrisa indulgente en los labios.

—No pasa nada por tener miedo, lo raro sería que no te diera un poco de respeto bajar aquí sabiendo todo lo que ha pasado. Pero no ha parado de llover en una semana larga y hay que ver si el agua nos está causando daños en la casa. Ahora mismo lo único que nos faltaba era la lluvia filtrándose a través de las paredes que no podemos permitirnos reparar.

No había dejado de llover desde la mañana en que Teresa volvió a casa, casi como si ella hubiera traído la lluvia consigo. Desde su vuelta, habían pasado nueve días en los que no había parado de llover, y algunos en San Dionisio —los que tenían edad y ánimo para recordarlo— miraban la lluvia gris con desconfianza desde detrás de los cristales de sus ventanas sin dejar de pensar en aquella noche de 1848, cuando el agua cubrió el viejo San Dionisio. El río se había desbordado en algunos lugares del valle anegando fincas y sótanos, la lluvia también era la responsable de un par de tejados hundidos cerca de Haro. Pero de momento, Las Urracas soportaba el agua sin demasiados problemas.

—Hay que ver, o se pasa siete años sin llover más de cuatro gotas o llueve tanto que se inundan la mitad de los *calaos* de la zona —masculló.

—A mí me gusta que llueva, todo se queda limpio después. Y además el pozo del acuífero bajo la finca ha vuelto a llenarse, y el agua del grifo ya sale con normalidad. Antes hacían falta dos horas para llenar la maldita bañera.

Una corriente de aire frío subió por las escaleras para darnos la bienvenida.

—Me gusta tu idea de arreglar la toma de «gas ciudad» para tener luz aquí abajo —dije—. Cuando deje de llover iremos al pueblo a comprar lo que necesites para arreglar la instalación.

Teresa se rio en voz baja y su risa rebotó en las paredes de piedra.

—En algunos sitios empiezan a instalar luz eléctrica en pueblos y ciudades... y aquí seguimos dependiendo del gas o las velas para iluminarnos, es ridículo —dijo Teresa, más seria ahora—. La electricidad es el futuro, luz en todas partes solo con levantar un interruptor en la pared. ¿Lo imaginas? Cuando hayamos iluminado cada rincón los monstruos ya no tendrán donde esconderse.

Desgraciadamente, había aprendido que hay monstruos y demonios capaces de ocultarse y caminar bajo la luz más brillante. Pero como de costumbre me impresionó la visión moderna del mundo que tenía Teresa, incluso después de haber estado encerrada en ese horrible hospital más de cuatro años, ella seguía teniendo una chispa de esperanza en el futuro. Le di la mano libre en la oscuridad y ella me devolvió el gesto, la cadena de tres eslabones se volvía más fuerte cada día.

—Hay una lista interminable de cosas que arreglar en la casa: tablones sueltos, apliques de gas peligrosos, ventanas que no cierran bien en el lado oeste, la puerta de la sala de música que chirría cada vez que Verónica la cierra... —enumeró Teresa—. Y eso es solo lo que puedo recordar ahora. Hay cosas que podemos hacer nosotras, pero tarde o temprano tendremos que contratar a alguien para que nos ayude a mantener la casa en condiciones.

—Lo sé, Las Urracas es una propiedad enorme y nosotras solo vivimos en media docena de habitaciones, eso como mucho —admití—. El resto de la casa sigue fría, vacía y abandonada.

—Tal vez deberíamos aceptar la oferta de compra de la familia Sarmiento —sugirió Teresa, solo medio en broma.

—Es tentador, desde luego —reconocí—. Había pensado en contratar a Diana la vinatera para que nos echara una mano. Es de confianza y trabajaría por un precio justo. Podría mudarse a la casa, hay sitio de sobra, así nos ayudaría con la propiedad y también con las viñas... si es que despiertan este año.

—Podemos hablar con Diana, claro, necesitaremos su ayuda cuando los viñedos empiecen a dar frutos esta primavera —respondió ella muy convencida—. Pero yo pensaba también en un guardés, un trabajador a tiempo completo que se ocupe de las reparaciones, las herramientas, la seguridad... ese tipo de cosas. La finca no tiene verjas ni muros, cualquiera puede entrar en nuestra propiedad para robarnos o algo peor.

—Sí, ya había pensado en eso —admití—. Un par de veces estos días me ha parecido ver a los hombres del Alcalde observando la casa desde el otro lado del río. También los he visto merodear por el cruce de caminos, cerca de las columnas de piedra de la entrada.

Teresa me miró intranquila.

—¿Y por qué no me lo habías contado?

—No quería preocuparte, ni tampoco a Verónica. Tú acabas de volver y ella está un poco delicada últimamente, ayer estaba vomitando de nuevo —dije—. Lo último que necesita es pensar que no está a salvo en su propia casa, otra vez. He encontrado la carabina de la tía abuela Clara, la he limpiado y creo que aún dispara. También hay algunas balas y cartuchos. La he guardado en el armario para abrigos del recibidor, cerca de la puerta. Solo por si acaso.

Noté como Teresa se reía en voz baja en el último escalón.

—Bien. Tendré cuidado de no dispararme en el pie mientras busco mi abrigo —dijo entre risas.

La entrada a las galerías subterráneas estaba en la nave de la bodega. Al fondo del recinto, detrás de las grandes y modernas prensas, que no habían llegado a usarse, había una puerta de madera. Un tramo de escaleras excavadas en la tierra llevaba hasta la primera cámara del laberinto de túneles subterráneos bajo la casa.

—Y pensar que ella siempre estuvo aquí. Al otro lado de esa puerta —dije cuando llegamos a la cámara—. La señora Gregoria pasó años ocupándose de que nunca pudiera escapar. Le llevaba comida de la casa y la atendía cuando empezó a ponerse realmente enferma, pero era ella quien guardaba la llave de esa puerta.

Allí abajo hacía frío y el aire estaba oscuro. Alargué la mano con la lámpara para ver mejor, pero me pareció que en esa primera cámara solo había paredes de piedra y unas viejas barricas cubiertas de telas de araña olvidadas en un rincón.

—Todavía me parece increíble que nuestro padre hiciera algo así: criar al hijo de otro como si fuera el suyo propio y encerrar a su mujer en este laberinto cuando empezó a hacer demasiadas preguntas. —Teresa se colocó mejor la chaquetilla de lana que se había puesto sobre su vestido para protegerse del frío de la bodega—. Es horrible. Sé que está mal pensar así, pero me alegro de que mamá los matara, a los dos. Y ojalá hubiera podido llevarse por delante al Alcalde también. A saber lo que estarán tramando ahora contra nosotras esos dos. Conociendo a Rafael estará rabioso como un perro por haber perdido la finca y todo lo demás. Miedo me da lo que puedan hacer.

Pensaba en Rafael a menudo. Había pasado toda mi vida unida a él, como si fuéramos unos hermanos de esos unidos por la cadera que hay en los circos de monstruos que recorren el país de feria en feria. Nosotros también habíamos sido monstruos, solo que nuestra deformidad era invisible a los ojos.

—Ya han empezado a ponernos las cosas difíciles en el pueblo —empecé a decir—. El Alcalde ha dado orden a todos los de la cooperativa de vinos de que no trabajen para nosotras. No tendremos mano de obra, ni préstamos de la caja rural ni ayuda con el papeleo para exportar el vino. Si el próximo año tenemos cosecha tal y como asegura Verónica, ningún hombre del pueblo querrá trabajar en nuestra vendimia. No sé qué vamos a hacer.

—Si los de San Dionisio no quieren trabajar para nosotras por no hacerle un feo a Marcial Izquierdo, contrataremos a alguien de fuera del pueblo —respondió ella—. Pondremos un anuncio buscando trabajadores o algo parecido, seguro que algo se nos ocurrirá.

Había una reja de hierro forjado que protegía una puerta. Saqué del bolsillo de mi vestido la argolla oxidada con todas las llaves de Las Urracas que había encontrado en un cajón del abandonado despacho de nuestro padre.

—Hay muchas, podemos pasarnos toda la mañana intentando averiguar cuál es la dichosa llave... —protesté, mientras las pasaba una a una—. Tiene que ser una muy vieja, esto tiene aspecto de llevar muchos años aquí abajo, desde que se construyó la bodega.

—Trae, déjame probar a mí.

Le di el manojo de llaves con un suspiro.

—¿Vas a saber qué llave es solo con verla? —pregunté con ironía.

Pero Teresa hizo girar una de las llaves en la cerradura de la reja y la puerta se abrió con un quejido.

Puse los ojos en blanco cuando entramos, pero vi como ella sonreía triunfante.

—Solo has tenido suerte... —murmuré.

Al otro lado de la reja había una gran sala con las paredes de piedra y los techos bajos, tanto que pude sentir el frío que se filtraba a través de la tierra en el cuero cabelludo. Había un catre con las mantas sucias amontonadas en el suelo, una mesita con una única silla, un farol de queroseno y un aparador al que le habían arrancado el espejo. Eso era todo.

—¿Te imaginas lo que debe haber sido vivir así? —pregunté, con los ojos aún fijos en el catre—. ¿Encerrada como si fueras un monstruo?

—No tengo que imaginarlo —respondió Teresa con aspereza.

No me atreví a mirarla.

Algunas noches Teresa gritaba en sueños. Había vuelto a dormir con Verónica y ahora yo ocupaba la habitación en el segundo piso donde instalamos a Denise. Podía oírla gritar en sueños desde el piso de abajo, eran aullidos de dolor y rabia que venían de algún lugar oscuro que Teresa intentaba enterrar. Lo sabía porque ella no hablaba del tiempo que había pasado encerrada en ese espantoso hospital. Un par de veces había intentado que me contara qué le habían hecho mientras estuvo encerrada —además de cortarle el pelo como a un muchacho y matarla de hambre—, pero lo único que había conseguido eran respuestas mordaces o silencios. Supuse que ya me lo contaría cuando se sintiera a salvo —o simplemente cuando le diera la gana—, pero pasaban los días y los gritos de madrugada eran más frecuentes cada vez. Casi como si nuestra madre nunca hubiera salido de ese sótano y siguiera gritando desquiciada a medianoche.

«El dolor se cuela hasta por las rendijas más pequeñas, y se instala ahí. Anida en las grietas oscuras. Crece, crece y crece como un animal hambriento que se alimenta de todo lo demás, devorándolo. Hasta que solo queda él; el dolor», había dicho Diana en lo que ahora me parecía otra vida.

—Aquí no se ha filtrado el agua de la lluvia, algo es algo. Pero hay más túneles por ahí —dijo Teresa, señalando al fondo de la celda de piedra con un gesto de su cabeza—. Vamos a ver qué encontramos, lo mismo hay algo de valor que nos sirve.

Ella ya estaba llegando a la siguiente galería, pero yo todavía di un vistazo más a la cámara donde nuestra madre había estado encerrada los últimos doce años de su vida. Me fijé en la gran mancha oscura que había en el suelo de tierra: sangre. Ahí mismo debió de ser donde le cortó el cuello a la señora Gregoria.

—Tiraremos todo esto o se lo daremos a la caridad. Esta sala tiene que convertirse en una de esas modernas salas de catas donde se enseña el vino a los clientes importantes —dije, siguiendo a Teresa por el nuevo túnel—. Pondremos una mesa decente de buen tamaño, sillas, y luces, claro; luces por todas partes. Si nos va bien podemos instalar uno de esos botelleros que ocupan toda la pared para colocar nuestras botellas.

—Veo que llevas mucho tiempo pensando en qué hacer con la finca y con la marca familiar. Bodegas Veltrán-Belasco. —Teresa hizo una pausa—. Me gusta cómo suena. Ahora solo necesitamos algo que vender.

Avanzamos un poco más por el pasillo. Calculé que deberíamos estar bajo la casa, a la altura de las habitaciones prohibidas del primer piso en el lado oeste.

—Qué grande es este lugar. Apuesto a que llega hasta el patio trasero. Mañana volveré con papel y lápiz para dibujar un mapa, así nos servirá para saber exactamente qué vamos a hacer aquí abajo.

—Parece que un poco más adelante hay otra puerta —comenté, alargando el brazo donde llevaba la lámpara—. ¿Qué crees que habrá dentro?

Oí el tintineo de la argolla oxidada y supe que Teresa estaba buscando la llave.

—Bueno, ahora lo averiguaremos. No creo que ahí dentro haya nada peor que lo que había en la otra cámara —respondió con sarcasmo.

Intenté sonreír cuando la vi probar una de las llaves en la vieja cerradura, pero de repente me acordé del otro espectro que embrujaba Las Urracas. El cuerpo de la tía Angela seguía sin aparecer y unos días antes había encontrado otra de las cuentas de nácar de su rosario en mi bañera.

La llave hizo un *clic* perezoso en la cerradura y se abrió.

—Está atascada —protestó Teresa, apoyándose con el hombro en la puerta para intentar abrirla—. No se abre. La madera de la puerta ha debido de hincharse con la humedad a lo largo de los años y ha crecido dentro del marco.

Me apoyé en la puerta empujando con todas mis fuerzas, tanto que sentí mis botines resbalando en el suelo de tierra.

—No quiere abrirse...

Y justo en ese momento la puerta cedió. Estuvimos a punto de caer las dos al suelo de la recién descubierta habitación.

—Dichosa puerta, hay que apuntarla en la lista de cosas que tenemos que reparar —dijo Teresa, limpiándose el polvo de la manga de su chaquetilla de lana azul—. Espero que haya merecido la pena entrar aquí.

Detecté que su humor había cambiado hacía un rato, desde mi comentario acerca de vivir escondida como un monstruo. Sabía que tarde o temprano tendría que hablar con Teresa acerca de lo que le había sucedido, de su propia celda oscura donde había pasado los últimos cuatro años. Pero el miedo al dolor era casi tan poderoso como el propio dolor, así que decidí no presionarla. Dejar que mi hermana mediana saliera por sí misma de esa cárcel en la que seguía encerrada y desde la que la oía gritar cada medianoche.

—Parece que no ha entrado nadie en años. Puede que desde que padre compró la propiedad, tal vez más —comenté, iluminando la habitación con la lámpara.

—Desde luego esa puerta no se ha abierto en los últimos treinta años. Puede que padre ni siquiera supiera lo que había aquí abajo. Después de todo, Las Urracas solo tuvo un par de añadas antes de que las viñas se quedaran dormidas. Y eso fue antes de la sequía.

La habitación era alargada y estaba completamente oscura, no podía ver el final de la sala desde donde estábamos, pero intuí que había algo cubriendo las paredes hasta el techo bajo. Botelleros.

—Espera, fíjate en esto. Son botellas de vino. —Me acerqué hasta la pared y la iluminé con cuidado—. Sí que lo son. Habrá centenares de botellas aquí abajo.

—Hay una mesa ahí con lo que parecen velas. Ayúdame a moverla para poder ver algo más.

Cuando me volví Teresa estaba intentando empujar una mesa de madera cubierta de telas de araña. Dejé la lámpara en el suelo para ayudarla y juntas acercamos la mesa a una de las paredes cubiertas de botellas, las patas de la mesa chirriaron un poco al principio pero cedió enseguida. Mientras Teresa se recuperaba limpié las velas con los dedos y me sacudí después el polvo en la falda de mi vestido.

—No sé si se encenderán después de tantos años aquí abajo. Espero no prenderle fuego a todo... —murmuró con una media sonrisa.

Teresa acercó la mecha de una de las velas a la llama dentro de las lámparas, la mecha chisporroteó un momento pero enseguida prendió.

—Y se hizo... ¡la luz! —dije, mientras ella terminaba de encender todas las velas y las colocaba con cuidado en el candelabro—. Mucho mejor.

Ahora podía ver que los botelleros cubrían las paredes de la habitación y se perdían hacia el fondo de la galería.

—Vaya. ¿Cuántas crees que habrá? —pregunté, mirando alrededor para intentar hacerme una idea más aproximada.

—Cientos de botellas, puede que más. Seguro que muchas son valiosas, podríamos venderlas o enviárselas a esos socios franceses que tenéis para que ellos las distribuyan. —Teresa cogió una de las botellas del mueble, limpió el polvo acumulado durante años sobre la etiqueta y la leyó—: CÁLAMO NEGRO. COSECHA DE 1848, LAS URRACAS, SAN DIONISIO. LA RIOJA.

—¿1848? Es el año en que se rompió la presa de La Misericordia. El año en que nació mamá —dije sorprendida—. Este vino lleva aquí abajo casi cincuenta años. Lo embotellaron las hermanas Urraca cuando aún eran las propietarias de la casa. Cuesta una fortuna. Hay mucho dinero en esas botellas, Teresa. Muchísimo.

Intenté no reírme encantada, pensando en el tesoro que acabábamos de descubrir.

—Cálamo Negro —repitió Teresa, mirando la etiqueta—. Me gusta el nombre. Si este vino es famoso y caro deberíamos llamar así a nuestro vino también. Aunque hay muchas botellas aquí abajo, podríamos vivir los próximos seis años sin preocupaciones solo vendiendo todo lo que hay en la bodega.

—Y pensar que esto ha estado aquí todos estos años... Con lo bien que nos hubiera venido el dinero. Si nuestro querido padre no hubiera decidido convertir este lugar en una cárcel, lo hubiéramos encontrado antes.

—Sí, seguramente. Es irónico, encerró a su esposa aquí abajo y sin saberlo encerró también una fortuna en vino. El muy idiota —dijo Teresa con un gesto de desprecio. Después dejó la botella sobre la mesa y añadió—: ¿Hasta dónde crees que llega el túnel? ¿Crees que lleva fuera de la propiedad?

—No lo sé. Desde aquí no puedo ver el final. Volveremos a bajar mañana, mejor preparadas, con otra ropa y más lámparas. Así Verónica podrá verlo todo por sí misma.

—Bien. Mañana escribiré al registro de Laguardia, por si acaso guardan allí los planos originales de la casa —dijo ella—. Nos serán muy útiles ahora que vamos a arreglarla por fin. ¿Lo imaginas? Las Urracas dejará de ser una ruina polvorienta.

Cogí la botella de la mesa. Era una botella de cristal ahumado negro, tenía una etiqueta simple, blanca, con grandes letras negras. El corcho estaba perfectamente sellado y no parecía tener fugas. Miré el vino a la luz de las velas, buscando imperfecciones o residuos sólidos tal y como me había enseñado a hacer Diana. Dentro de la botella el vino parecía en perfecto estado, a salvo del tiempo y del polvo durante todos estos años.

—Si la mayoría de las botellas están tan bien conservadas como esta, sacaremos una fortuna. El vino ha estado envejeciendo en su botella todos estos años, Teresa. Nos pagarán lo que pidamos.

Ella asintió, pero intuí en su rostro que todavía no parecía muy convencida con nuestro descubrimiento.

—Sí. Hay que contarlas y comprobar el estado de cada una de ellas con cuidado. Lógicamente aún no podemos decirle a nadie lo que hemos encontrado, tampoco a Diana —dijo, cogiendo su lámpara para marcharnos ya—. Y mañana mismo deberías escribir a esos hermanos franceses de los que tanto habláis para contarles lo que hemos descubierto. Van a ponerse muy contentos.

Tenía frío y la humedad del suelo empezaba a empapar el bajo de mi falda de muselina, pero acaricié la etiqueta otra vez.

—Sí, vamos a tener que pensar en cómo enviamos todo esto hasta Bilbao y después a Francia para venderlo —dije, sin dejar de sonreír—. Cálamo Negro. Me gusta como suena.

VENENO DE ACCIÓN LENTA

Denise envió un telegrama solo un día más tarde en el que nos daba instrucciones acerca de cómo enviar el primer lote de botellas en tren hasta Francia. Treinta botellas de Cálamo Negro para vender a uno de sus clientes más exclusivos, allí en París, después de acordar un precio que nos permitiría pasar el invierno sin tener que preocuparnos por el dinero. Aprovechando sus contactos estaba intentando conseguir una entrevista para nosotras en una de las revistas femeninas más populares de Francia, para darle más publicidad a nuestro tesoro líquido enterrado. También nos preguntó por su gramófono, sus discos de valses, y nos dijo cuánto se alegraba de nuestro afortunado hallazgo:

«Las diez hectáreas de viñas más provechosas de la historia, mis queridas. Ganamos tres hermanas y cuatrocientas botellas de Cálamo Negro. La entrevista está casi cerrada. *C'est magnifique*», había escrito al final de su mensaje.

En la cooperativa de vinos de San Dionisio estaba prohibida la entrada a las mujeres, así que tuvimos que escribir a un abogado de Laguardia —experto en asuntos vinícolas que ayudaba a otros bodegueros de la zona a exportar sus vinos a

Francia e Inglaterra— para que nos ayudara con el papeleo y los permisos.

Estábamos en la antigua salita para recibir visitas del primer piso de Las Urracas. Antes era una de las habitaciones prohibidas, pero Teresa y yo necesitábamos un despacho donde poder trabajar para organizar el negocio de exportación de vinos, preparar los envíos, hacer facturas o recibir a los futuros clientes. Así que habíamos colocado dos grandes escritorios idénticos, uno frente al otro en el centro de la habitación, para poder trabajar, también reparamos las tomas de gas en la pared para evitar accidentes —Teresa se ocupó de que todas volvieran a funcionar— e instalamos unos cortinones de raso color ladrillo que llegaban hasta el suelo y que encontramos durante nuestra primera exploración en la casa las tres juntas. Movimos las dos otomanas tapizadas con tela con brocados en beige y dorado, y que cogían polvo en la antigua salita de estudio —donde hacía años la tía Angela nos torturaba con las vidas de los santos, el álgebra y el libro de «etiqueta y buenos modales para señoritas»—, a nuestro nuevo y acogedor despacho.

—Dos envíos de vino más y pronto toda la casa tendrá este aspecto —le había prometido a Verónica.

—¿Y podré instalarme en la habitación de las palmeras? —me había preguntado entusiasmada—. Odio mi dormitorio, es demasiado ruidoso. Siempre hay alguien hablando cuando apago la luz. La habitación de las palmeras es donde quiero dormir a partir de ahora.

—Claro que podrás. Será la siguiente habitación que arreglemos, te lo prometo —respondí, colocándole un mechón de pelo rojo detrás de la oreja.

La habitación de las palmeras era un cuarto en la zona oeste de la casa, en la misma pared donde estaba la colmena de las abejas. La habíamos descubierto mientras buscábamos lámparas y apliques de cristal para las nuevas tomas de gas. Con dos grandes ventanas idénticas desde las que se veía el río y las colinas bajas que se perdían hasta el horizonte, Verónica se había entusiasmado con aquella habitación nada más verla.

Las paredes estaban decoradas con grandes palmeras de color verde brillante con grandes hojas, troncos leñosos que se mezclaban con las tablas oscuras del suelo, y un cielo azul que cubría el altísimo techo de la habitación.

—En esta habitación no se oyen más voces, aquí solo estamos nosotras —había dicho, acariciando el llamativo papel pintado de las paredes.

Por supuesto, yo le prometí que podía quedarse en esa habitación sin siquiera consultarlo con Teresa.

Esa tarde, Teresa y yo estábamos planificando nuestro siguiente envío a los hermanos Lavigny: cuarenta botellas de Cálamo Negro para el restaurante de un famoso hotel en el centro de París. Además, si los encargados del hotel y el sumiller del restaurante quedaban satisfechos con nuestro trabajo y con el vino, podíamos optar a un jugoso contrato con ellos para suministrárselo de manera regular a todos los hoteles de la cadena repartidos por media Europa.

—Este puede ser el pedido más importante que hagamos nunca. Si nos sale bien y podemos optar a ese contrato con los hoteles... No dejo de darle vueltas a todo lo que podríamos conseguir. Creo que deberíamos tratar el asunto del ferrocarril con el Alcalde —dijo Teresa desde su silla.

La miré con la ceja levantada antes de seguir anotando pedidos y horarios en las páginas del libro de contabilidad que ahora utilizábamos de diario para la empresa.

—Sí, ya lo sé, vale —añadió—. Pero Marcial Izquierdo tiene amigos importantes del gobierno en Logroño que podrían darle el visto bueno a la idea del ferrocarril si se lo proponemos. A todos nos vendría bien una estación de tren en San Dionisio. Si tuviéramos tren en el pueblo, podríamos enviar nuestros pedidos a casi cualquier lugar y mucho más baratos. Piénsalo.

Un mes antes, cuando Vinicio había hablado de construir una estación de tren en San Dionisio para conectarlo con Haro y con el resto del mundo me había reído, pero en aquellas semanas comprobé lo sencilla que sería nuestra vida si el tren pasara por nuestro pueblo.

—Ojalá fuera así, de verdad. Lo pienso, y entiendo bien lo que quieres decir. Pero también sé que a Marcial Izquierdo no le interesará el asunto de la estación. Él solo se dedica al negocio del poder y no necesita un tren para eso —respondí, pasando la página para seguir apuntando antes de que se me olvidara el número de botellas que enviaríamos la próxima semana—. Y aunque así fuera, estaría en contra igualmente solo para perjudicarnos. Eso por no hablar de Rafael, con quien no he cruzado una palabra desde la tarde en que se marchó de esta casa con el Alcalde.

—Otros bodegueros de la zona estarán con nosotras tan pronto oigan la idea. Los hermanos Sarmiento puede que nos apoyen, también sería bueno para su negocio. Ellos venden casi todo su vino en Madrid y en el interior: ahorrarían mucho dinero y tiempo con un ferrocarril. Si se lo contamos a ellos y nos dan su apoyo, estaremos más cerca de convencer a Marcial —insistió Teresa—. Por mucho que algunos hombres como Marcial Izquierdo se empeñen en retrasarlo, tarde o temprano el progreso llega a todas partes. También a San Dionisio.

Levanté la cabeza de mis notas para mirarla. Su pelo cobrizo seguía igual de corto que el día en que llegó y apenas le llegaba a la altura de los ojos, resaltando su nariz menuda y las pecas que cubrían sus mejillas.

—Te prometo que lo pensaré, ¿de acuerdo? Hablaré con los dueños de algunas de las bodegas que hay en el valle, de manera discreta para ver si están con nosotras. Seguro que les interesará la idea de no tener que llevar sus barricas hasta Haro para enviarlas por tren, todos ahorraríamos mucho dinero —dije, pensando en cuánto nos ahorraríamos en nuestros envíos—. Es muy buena idea.

Teresa torció los labios, pero no me respondió y yo volví a tener esa sensación, aguda y fría a la altura del estómago, que me hacía creer que en realidad mi hermana no había regresado de ese hospital terrible.

—Qué frío hace en esta habitación —dije, intentando arrancarle alguna palabra a Teresa—. ¿Tú estás bien?

Al otro lado de las ventanas la luz del invierno era lechosa y fría. Habíamos tenido que encender todas las lámparas de la habitación para poder ver lo que anotábamos, y que Teresa pudiera hacer cálculos con la máquina sumadora sin quedarse ciega. A través de las grandes ventanas en el frente de la casa, podía ver el camino de entrada que llevaba hasta los pilares de piedra.

—Lo primero que arreglaremos cuando llegue el dinero será la maldita calefacción. —Dejé la pluma en el escritorio y me froté las manos para que entraran en calor—. Estoy harta de pasar frío. Siento como si llevara toda la vida pasando frío en esta casa. No me extraña que estemos las tres enfermas.

Teresa bajó la manivela mecánica de su sumadora y me miró por fin.

—Es que llevamos toda la vida pasando frío en esta casa —respondió—. Excepto en verano, cuando hace un calor insoportable y nos asfixiamos hasta que se va el sol. Pero al contrario de lo que algunos creen, «eso» —dijo, señalando el vaso de vino que había en mi escritorio— no ayuda a entrar en calor. Es solo la ilusión de que te calienta el alma y la sangre, nada más.

Una de las botellas que sacamos de la bodega no tenía etiqueta ni referencia alguna. No íbamos a poder venderla, así que la abrí y ya llevaba una semana bebiendo el misterioso vino. Tenía regusto a madera dulce, a fresas y a otra cosa que no logré identificar.

—Ya, pues algunas veces la ilusión es suficiente —dije, dándole otro trago corto al vino misterioso que tenía toques de vainilla y frutas silvestres cuando bajaba por mi garganta—. ¿Y qué hay de eso que tomas tú? Esa infusión de hierbas apestosa que bebes constantemente parece mucho más dañina que mi vino sin nombre.

—Es una mezcla especial de menta y ortigas —respondió ella sin mirarme—. La tomo para olvidar, pero no funciona. Tendré que mejorar la fórmula. O tal vez debería probar con ese tinto misterioso tuyo... Lo mismo te quedas ciega antes de terminar la botella.

Hice una mueca, pero justo en ese momento, desde el cuarto de música al final del pasillo llegaron flotando las mismas notas de piano que llevaba escuchando toda la mañana.

—Estará enferma, pero no le da un descanso a esa maldita partitura. Empiezo a estar harta de oír la misma melodía todo el tiempo —masculló, dejando el vaso sobre el escritorio otra vez—. Lleva casi una semana entera tocando lo mismo, y eso a pesar de los vómitos.

Verónica volvía a tocar los primeros compases de la *Sinfonía contra los demonios*. La extraña partitura que encontró hacía tantos años en el viejo laboratorio de mamá. No se había acercado a su querido piano vertical durante años, pero por algún motivo, no había parado de tocar la misteriosa sinfonía desde hacía cinco días. Pasaba horas sentada en el banquito de su piano tapizado con la tela de terciopelo color berenjena tan desgastada por los años que el relleno de guata y algodón asomaba en algunas partes, pero a ella eso no le importaba. Se sentaba al piano después de desayunar una infusión de manzanilla con azúcar que tomaba a cucharadas para las náuseas, y tocaba sin descanso hasta la hora de comer.

El día anterior había dejado de contar botellas de vino y de planificar envíos en el despacho para acercarme a verla. Verónica aporreaba las teclas con una energía que no parecía posible después de llevar días enferma, su larga melena ondulada estaba suelta y le caía sobre la cara como un velo de fuego. Cuando la llamé ella aún tardó un momento más en darse cuenta de que yo la observaba desde la puerta, como si estuviera en un especie de trance unida a esas teclas descascarilladas. Dejó de tocar y me miró, su cara pálida brillaba por el sudor:

—Ya casi lo tengo. Si practico más los demonios nos dejarán tranquilas por fin —había dicho ella, con la voz entrecortada por el esfuerzo y la fiebre—. Y luego solo necesitaré encontrar a los que nos han embrujado para enterrarles aquí. En esta tierra.

—Igual es por la fiebre —sugirió Teresa—. Cuando es

muy alta puede producir alucinaciones o pensamientos desordenados. La infusión a base de salvia y zumo de limón que he preparado para el mareo y el resto de síntomas no es suficiente. Necesitamos algo más fuerte para mejorar, pero no tengo muchas esperanzas en lo que un doctor pueda recetarnos; además, el médico más cercano está en Laguardia. Tendremos que aguantar y esperar a que se nos pase el resfriado a las tres, seguramente nos hemos contagiado mutuamente.

Me acomodé mejor en la silla, era la misma silla de cuero tachonado que nuestro padre tenía en su despacho. Unos años atrás no me hubiera atrevido siquiera a fantasear con la idea de sentarme en su silla, pero hacía una semana la bajé por las escaleras y la coloqué detrás de mi escritorio —que también había pertenecido a nuestro padre— sin inmutarme siquiera.

—No puedo quitarme de la cabeza la idea de que esto no es solo un catarro normal —empecé a decir con cautela—. Las tres hemos caído enfermas casi al mismo tiempo. Verónica está peor, pero las tres tenemos los mismos síntomas: náuseas, vómitos, dolor de cabeza, fiebre, sudores fríos... Alguien nos está haciendo esto. O algo.

Teresa se quitó las gafas para mirarme. Nunca había utilizado gafas antes, pero ahora, cuando pasaba mucho tiempo con los ojos fijos en la sumadora automática, el dolor de cabeza se volvía insoportable:

—Es como una aguja al rojo vivo entrándome por el lagrimal, removiendo mi cerebro —había dicho.

Así que cuando encontramos las viejas gafas de la tía Angela al registrar su habitación, no lo dudó.

—¿Algo? No me digas por favor que has vuelto a pensar en esas tonterías de demonios y embrujos. —Suspiró cansada y se recostó en su silla—. Pensé que ya habíamos superado todo eso, Gloria. No hay nada sobrenatural en Las Urracas. Era la injusticia y el dolor de nuestra madre encerrada durante años lo que embrujaba este lugar, y ella ya no está. Así que no, no creo que «algo» nos esté haciendo esto. Hay una explicación perfectamente racional y lógica para lo que nos pasa. Estamos enfermas.

La *Sinfonía contra los demonios* dejó de sonar y un momento después oí la puerta de la sala de música abriéndose al final del pasillo.

—¿Y cuál es? Esa explicación lógica y racional, me gustaría oírla.

Teresa se frotó el arco de la nariz. Ella también había estado vomitando la noche anterior y había amanecido con unas extrañas ronchas rojizas en los brazos y en el cuello.

—No lo sé todavía, ¿de acuerdo? —admitió—. No tengo ninguna teoría sobre lo que nos pasa, pero si nosotras no fuéramos las endemoniadas Veltrán-Belasco, diría que alguien con nuestros síntomas ha comido algo en mal estado. Los vómitos, la debilidad, la fiebre... Todo encaja con eso.

—Diana come lo mismo que nosotras y ella está bien. No puede ser la comida, tiene que ser algo más. Otra cosa.

Noté que el rostro de Teresa se crispaba y supe que iba a responderme con alguno de sus comentarios sarcásticos antes de pasarse otra hora en silencio, pero en ese momento la puerta del despacho se abrió.

—Hay alguien fuera. En el cruce de caminos —dijo Verónica, visiblemente agitada en la puerta—. Ha aparecido de repente. Yo estaba mirando por la ventana y cuando he parpadeado, allí estaba, de pie en mitad del cruce.

Me acerqué a la ventana para mirar discretamente a través de las cortinas de raso.

—Sí, tienes razón. Hay alguien en el camino de entrada. Es un hombre.

—¿Lo veis? Antes no estaba ahí, lo han enviado ellos, los demonios —respondió Verónica con su modo atropellado de hablar—. No nos van a dejar tranquilas jamás, siempre encontrarán una rendija en Las Urracas para colarse mientras dormimos. Seguirán viniendo y viniendo...

Verónica estaba más pálida de lo habitual, había dos círculos oscuros alrededor de sus ojos y me fijé en que ella también tenía una misteriosa mancha rojiza cerca de los labios.

—No es ningún demonio, pequeña. Solo es un hombre, y ahora no estamos durmiendo. —Miré a Teresa, que se había levantado para acercarse también a la ventana—. Iré a ver qué es lo que quiere. Vosotras quedaos aquí.

—De ninguna manera vas a salir tú sola —dijo Teresa muy seria—. Podría ser uno de los hombres del Alcalde buscando problemas o algún lunático de esos que van por los caminos de pueblo en pueblo...

—Yo soy la mayor y la que mejor se encuentra de las tres, no estoy tan débil como vosotras —respondí cuando salí al pasillo—. Además, no voy a ir sola.

Me siguieron por el largo pasillo de techo abovedado hasta el vestíbulo. A través de una de las ventanas que había a los dos lados de la puerta principal vi que el misterioso hombre seguía fuera, esperando.

—¿Y con quién se supone que vas a ir? —preguntó Teresa.

Pero en vez de responder inmediatamente, abrí la puerta doble del armario para abrigos y gabanes que había en un lado del vestíbulo y empecé a rebuscar.

—Con ella —dije, sacando algo del armario.

Era la carabina de la tía abuela Clara. Todavía olía al aceite para armas con la que había limpiado y engrasado cada piececita del mecanismo unas semanas antes. Cogí también cuatro cartuchos de la caja de cartón donde los había encontrado y la cargué. El cerrojo lateral del arma hizo el mismo ruido que la cerradura de una gran puerta cuando la amartillé.

—Vaya, ahora ya sé por qué se llama así: escopeta de cerrojo —dije con una media sonrisa, mientras mis dos hermanas pequeñas me miraban sorprendidas—. Quedaos aquí. Y si es alguien buscando problemas ya pensaremos dónde enterrarle, la finca es muy grande.

Teresa puso los ojos en blanco al escucharme, pero yo abrí la pesada puerta principal con la mano libre.

Avancé por el camino de tierra que llevaba desde el gran pórtico de piedra de la entrada hasta los dos pilares que marcaban el límite de nuestra propiedad. El viento del norte agitó mi falda y me revolvió el pelo suelto mientras caminaba hacia el desconocido. Había dejado de llover un par de días antes, pero el horizonte detrás de San Dionisio estaba gris y las nubes oscuras volaban deprisa sobre nosotros arrastradas por el viento.

—¿Se ha perdido, amigo? —pregunté cuando estaba lo suficientemente cerca de él como para que viera el arma.

—Espero que no. Busco a las señoras Veltrán-Belasco —dijo, y noté que su acento era de algún lugar mucho más al norte que Laguardia.

Le estudié un momento. El desconocido tendría treinta y pocos años, aunque era difícil adivinarlo porque su pelo castaño suelto le llegaba hasta los hombros y su barba le ocultaba casi la mitad de la cara. Pero sus ojos, de un poco habitual marrón pálido, me parecieron los ojos de alguien más viejo; o los ojos de alguien que esconde un gran secreto.

—Pues ya las ha encontrado. Soy Gloria Veltrán-Belasco. La señora de esta casa.

—Miguel, tanto gusto —dijo, colocándose mejor el petate que llevaba de un solo hombro—. Estoy aquí por el anuncio.

Su respuesta me cogió por sorpresa, pero disimulé y no aflojé mis dedos de la carabina.

—¿Qué anuncio? Nosotras no hemos puesto ningún anuncio...

Pero entonces recordé que dos semanas antes, Teresa había enviado un anuncio a varios periódicos de Logroño, Vitoria y hasta Bilbao, buscando candidatos para trabajar como guardés en Las Urracas.

—Ese anuncio, sí —me corregí—. ¿Y tiene experiencia trabajando como guardés? ¿Referencias de otras fincas, tal vez?

—No, señora. Ninguna referencia que le pueda hacer decidirse a darme el trabajo, pero soy discreto, hablo poco y trabajo bien. No notarán que estoy aquí —dijo, con la voz grave de quien no está acostumbrado a tratar con personas.

—¿Eso qué significa exactamente? —quise saber—. Si hace bien su trabajo desde luego que notaremos su presencia.

El forastero cambió de postura antes de responder y entonces me di cuenta de que llevaba una estructura de metal que rodeaba su pierna izquierda. Los hierros empezaban en su rodilla y bajaban hasta el tobillo, ayudándole a mantenerse de pie.

—Significa que a mí no me importan quiénes sean ustedes, o por qué todo el mundo al que he preguntado por la dirección de la finca se ha santiguado antes de hablar. No me meto en sus asuntos ni hago preguntas, tan solo me dedico a trabajar —respondió él—. Y puedo hacer el trabajo por menos dinero de lo que ponía en su anuncio, para compensar la falta de referencias.

Le miré intentando decidir si podía fiarme de él tanto como para dejarle pasar. Era apuesto y alto, su nariz era recta y tenía los ojos brillantes debajo de sus pestañas pobladas y oscuras, pero había algo diferente en su aspecto. No se parecía a los demás hombres de San Dionisio ni del valle. El desconocido no dijo nada, tan solo se quedó quieto mientras le escrutaba y comprendí que estaba acostumbrado a despertar curiosidad, lástima o desconfianza en los demás.

—¿Qué sabe hacer? ¿Es bueno con las reparaciones domésticas? Carpintería, mantenimiento, arreglos varios y ese tipo de cosas. Esta es una finca antigua y necesita reparaciones constantes para no deteriorarse más.

Casi como si quisiera darme la razón, el viento del oeste hizo girar con fuerza la veleta con las urracas en el tejado.

—Sí, ya me he dado cuenta del estado de la finca. Esta casa no es como otras de la zona, o como otras que yo haya visto, pero eso no es problema, puedo hacerlo —respondió con aspereza—. Mi pierna no es un impedimento para el trabajo, señora. Soporto bien el dolor

—No era eso lo que quería decir. —No pude evitar recordar a todas esas personas que habían menospreciado a Verónica solo por su lesión en el ojo y en cuánto las odiaba yo por eso—. Pero necesitamos a alguien capaz para el trabajo, y también que sea leal. Este puede ser un pueblo difícil algunas veces, no somos muy apreciadas aquí y surgirán situaciones... complicadas.

Me refería a los hombres del Alcalde que habían empezado a merodear por los límites de la finca sin ningún disimulo, y también a algunos vecinos que no nos atendían en las tiendas del pueblo. También estaba segura de que alguien se había colado de madrugada en la finca para robarnos pequeñas herramientas de la caseta de aperos que había en el lateral de la casa, pero no tenía pruebas aún.

—Parte de su trabajo consistirá en mantener la casa, la finca, y todo lo que hay dentro, a salvo —añadí.

—Sé usar un arma, varias en realidad. Y no me asusta hacerlo siempre que sea por una buena causa.

Apoyé la culata de madera de la carabina en el suelo de tierra y me aparté del rostro un mechón de pelo que volaba en el viento gris.

—No sé si somos una buena causa. Yo solo puedo prometerle trabajo, una paga justa y techo —dije muy seria—. Si busca usted una causa honorable que defender o cree que encontrará redención en esta casa de lo que sea de lo que está huyendo, se equivoca.

Me di la vuelta y empecé a caminar hacia la casa.

—No me conoce, señora. ¿Cómo sabe que huyo de algo? —me preguntó él por encima del sonido del viento.

Sonreí, aprovechando que el forastero no podía ver mi expresión, y después me volví para mirarle por encima del hombro un momento.

—Porque todos huimos de algo. El trabajo es suyo si aún está interesado.

No respondió, pero oí sus pasos detrás de mí en el camino de tierra.

Dos noches después de aquel día ninguna de nosotras tres había mejorado. Me había despertado solo un par de horas después de acostarme, empapada en el sudor gélido de las pesadillas que parecen reales.

«Es por la fiebre. La fiebre es quien pone esas imágenes en tu cabeza mientras sueñas», me dije sentada en la cama, cuando la pesadilla no se había evaporado aún.

Me levanté despacio y busqué la manta de lanilla que antes usaba para ir a la arboleda de encinas con Verónica. Las náuseas se habían convertido en una sombra que me acompañaba todo el día, junto con el dolor de cabeza y la sensación de tener la lengua pastosa y lenta que no desaparecía nunca. Habíamos empezado a comer únicamente conservas, hervidas y cerradas meses atrás, para estar seguras de que nadie —ni nada— nos estaba envenenando lentamente con la comida. Garbanzos, arroz, lentejas, melocotones en almíbar... y todo lo que pudimos encontrar en la despensa de la cocina.

Diana la vinatera se había instalado, en una de las habitaciones del servicio en la zona trasera de la casa para cuidar de las viñas. Teresa y yo habíamos intentado convencerla para que se quedara en una de las del primer piso —más grandes, con más luz y baño propio—, pero ella no había querido ni oír hablar del asunto: «Me gusta esta habitación, es la que más se parece a mi casa. No me gusta dormir en sitios demasiado amplios que no pueda controlar, no señor. Las paredes hacen que me sienta segura. No queda hueco para nada más si las paredes están cerca», había dicho mientras me ayudaba a poner sábanas limpias en la cama. Ella también empezaba a encontrarse mal por las tardes, pero se quitaba los zapatos y paseaba entre las hileras de viñas que crecían detrás de la casa. Bajaba descalza hasta la orilla acariciando los troncos leñosos y susurrando secretos a las vides. Una vez la vi detenerse en el camino entre las cepas, justo en el lugar donde tantos años atrás —en otra vida— Rafael mató a la tía Angela. Diana se volvió hacia mí, casi como si pudiera verme en la distancia. «Lo sabe —pensé—. Sabe lo que hicimos. Todo lo que hicimos.» Pero Diana dio media vuelta y continuó su paseo hasta el río contándoles historias a las plantas dormidas.

Me senté en uno de los bancos del porche trasero, me gustaba salir allí cuando no podía dormir porque veía las viñas desde el patio de piedra. Además de una gran mesa con sus sillas debajo de las vigas que sujetaban la parra inexistente, habíamos instalado apliques cerrados de cristal en la fachada trasera de la casa para poder estar fuera por las noches. Había sacado también una de las estufas de leña. La arrastré desde la habitación de la tía Angela —ella ya no iba a necesitarla— para poder sentarme fuera a leer después del atardecer sin que los dedos se me quedaran agarrotados por el frío. La encendí y me senté en mi silla favorita para seguir leyendo los cuentos de terror de Ann Radcliffe.

Algo se movió delante de mí, entre las viñas. Me asusté y mis manos sujetaron el libro con fuerza.

—Perdone, señora Gloria. No quería asustarla —dijo Miguel con un gesto de cabeza.

Estaba de pie entre las cepas, como a unos veinte metros después de que la piedra del patio trasero se convirtiera en tierra. A pesar del frío Miguel se había recogido las mangas de su camisa de trabajo hasta los codos y llevaba los primeros dos botones abiertos. Su pelo oscuro parecía más oscuro con la única luz del fuego.

—Duermo poco y me gusta adelantar trabajo por las noches —añadió con la voz entrecortada por el esfuerzo—. Estaba repartiendo el abono para las cepas que ha preparado la señora Teresa.

Teresa, con la ayuda de Diana, había ideado una mezcla de potasio y restos de podas anteriores para nutrir y alimentar a las cepas hasta que empezaran a despertar en primavera. Las dos se habían pasado una mañana entera en el viejo laboratorio de nuestra madre probando diferentes mezclas y cantidades.

—No pasa nada. No me ha asustado, es solo que no esperaba encontrarle aquí —mentí, con el corazón latiendo aún deprisa—. Aunque no duerma no tiene por qué trabajar de noche, puede descansar y esperar a que amanezca.

—Si no le importa a la señora prefiero trabajar, así mantengo la mente ocupada —dijo él desde donde estaba—. No soy de los que tienen sueños agradables, me gusta darles esquinazo siempre que puedo.

Sonreí a la luz anaranjada del fuego en la estufa.

—Le entiendo. Yo también estoy dando esquinazo a mis malos sueños esta noche —respondí—. Por favor, continúe. Prometo no molestarle.

Miguel hizo un gesto con la cabeza a modo de respuesta y siguió colocando montoncitos del sustrato especial de Teresa en cada pie de viña. En vez de volver a mi libro enseguida le observé un rato, mirándole por encima de las páginas mientras fingía leer. Trabajaba con delicadeza y mimo prestando atención únicamente a una viña cada vez, como si no existiera nada más en el mundo. Después volvía a coger otro puñadito de sustrato del saco y repetía el ritual. Le vi apartarse un mechón oscuro de la cara con el dorso de la mano antes de volver a dedicarse a las cepas.

—¿Qué haces aquí fuera tú sola? —me preguntó Teresa cuando salió al porche trasero—. Pensé que la mezcla de hierbas para infusiones que te preparé el otro día te ayudaba a dormir mejor.

Me acomodé mejor en la silla y cerré el libro, asegurándome de doblar la esquina superior de la página con cuidado para no perder la marca.

—Y me ayuda —respondí. Aunque no fuera del todo cierto no quería herir sus sentimientos—. Lo que pasa es que he tenido una pesadilla y no quería arriesgarme a volverme a dormir. Algunas veces es imposible escapar de un mal sueño.

Teresa suspiró y acercó otra silla a la estufa para sentarse.

—Ya lo creo. Los malos sueños tienen piernas largas. —Se rio con suavidad, pero entonces vio a Miguel trabajando entre las plantas y me miró—. Ya veo que no estás sola...

—No digas tonterías. Ni siquiera sabía que él estaba despierto —dije en voz baja para evitar que Miguel me oyera desde donde estaba—. No le importa trabajar por la noche, al parecer él tampoco puede dormir.

Noté que Teresa inclinaba la cabeza y le estudiaba con curiosidad.

—Es apuesto, de un modo extraño y poco habitual supongo, pero bastante guapo. Y no habla mucho, eso es bueno en un hombre —dijo con una media sonrisa—. Además, trabaja bien y es rápido. La lista interminable de tareas y reparaciones en la casa está encogiendo desde que él está con nosotras.

El dinero que nos envió Denise a cambio del vino hizo que en Las Urracas dejara de hacer frío todo el tiempo. Por primera vez desde que yo podía recordar, teníamos dinero para encender las estufas de leña y las chimeneas de todas las habitaciones de la casa, el aire de Las Urracas se volvió cálido y agradable; ya no era como estar dentro de un cuento de fantasmas de los que te hielan la sangre. Miguel reemplazó los cristales de las ventanas rotas para que el viento del oeste dejara de colarse en la casa sin ser invitado, y de merodear por los largos pasillos abandonados del primer piso.

—Sí, hicimos bien en contratarlo, supongo. Aunque tampoco es que hubiera otros candidatos para trabajar en Las Urracas —comenté—. Tuviste una buena idea con el asunto del anuncio.

—Lo sé. ¿Cuál crees que será su historia? —preguntó Teresa, estudiándolo con curiosidad—. Su secreto, quiero decir. Estarás de acuerdo conmigo en que nuestro guardés es bastante misterioso, con ese acento del norte y su pelo castaño largo. Sé que te has fijado porque te he visto mirándole un par de veces ya.

—¿Su secreto? —repetí, como si no hubiera escuchado la segunda parte de su frase—. No sé a qué te refieres.

Pero Teresa recogió las piernas en su silla pegándolas al abdomen para mantener el calor.

—Claro que lo sabes, todo el mundo tiene un secreto: uno oscuro e inconfesable. Algunos, incluso tienen más de uno. Tú eres novelista, o al menos querías serlo hace años —me recordó—. Los escritores deben saber qué secretos oscuros e inconfesables ocultan los demás, los buenos escritores al menos.

Me reí sin muchas ganas.

—Yo no soy novelista, ni escritora ni nada parecido. Eso se terminó para mí —admití, con una punzada de fracaso en el costado—. Ahora me conformo con ser la cabeza de esta familia y no perder la finca.

Teresa extendió los brazos para calentarse las palmas de las manos en el fuego. Con el resplandor naranja intuí las cicatrices en sus dedos de las que mi hermana nunca hablaba.

—La finca está bien, mejor que nunca. —Hizo una pausa para mirar la sombra de la gran casa detrás de nosotras—. Aunque ella no se ha marchado del todo, ¿verdad? Eso que flota en el aire de las habitaciones oscuras, algunas noches todavía puedo oírlo, arrastrándose por el suelo...

Le toqué el brazo con suavidad para llamar su atención. Teresa se olvidó de la casa y me miró, pero en sus ojos castaños todavía distinguí el miedo flotando como una película espesa de aceite.

—Todo está bien. Tú eres la hermana científica, la escéptica de la familia. Tú te burlabas de nosotras cada vez que hablábamos de demonios y embrujos —dije con una sonrisa nerviosa—. No empieces a hablar como Verónica, ¿de acuerdo? Al menos dos de nosotras deberíamos permanecer cuerdas.

Teresa asintió, pero miró al fuego que brillaba dentro de la estufa todavía perdida en sus pensamientos.

—Estoy en casa, he regresado de ese agujero oscuro y frío —murmuró, recordándoselo a sí misma una vez más—. He salido, y no voy a volver allí.

—No vas a volver allí —repetí.

Le di la mano por si acaso le costaba encontrar el camino de vuelta desde sus pensamientos sombríos, pero miré de refilón la gran silueta de la casa detrás de nosotras. Una ráfaga de viento invisible sacudió las cepas para llegar hasta nosotras y colarse a través de mi manta. La campana en el poste al final del patio trasero sonó tres veces.

Una de las muchas mañanas gélidas que nos dejó ese otoño, los hermanos Sarmiento llamaron a nuestra puerta sin avisar.

Les había visto llegar desde la ventana del despacho: primero vi como hablaban con Miguel en el camino y después él les acompañó hasta el pórtico de la casa con su silencio habitual. Al igual que mis hermanas, seguía padeciendo extrañas fiebres que desaparecían misteriosamente para golpearnos con más fuerza al día siguiente, así que me puse la chaquetilla corta sobre la blusa y salí a recibirles.

Cuando abrí la puerta el otoño entró revoloteando en la casa empujado por el viento frío.

—Buenos días, caballeros. ¿A qué debemos su visita? —les pregunté con voz tranquila.

—Muy buenas. Sentimos presentarnos sin avisar, pero tenemos un asunto de negocios a medio tratar —respondió Jacinto.

La venta de Las Urracas, claro.

—Desde luego, pasen por favor. —Me hice a un lado para que los hermanos pudieran entrar en la casa—. Estábamos a punto de desayunar, espero que nos acompañen y así podremos tratar los asuntos de negocios.

Miguel me miró un instante desde el pórtico. No dijo una palabra, pero asentí despacio para confirmarle que todo iba bien; después, simplemente dio media vuelta y se alejó de la casa.

—Claro, nos encantará desayunar con ustedes. Huele de maravilla —comentó Osorio, cerrando la puerta a su espalda.

El vestíbulo de Las Urracas olía a mantequilla dorándose despacio en el cazo y a la ralladura fresca de naranja.

Los pasos de los dos hombres me siguieron hasta la gran cocina de la casa, al final del vestíbulo.

—Ya supongo que esta no es únicamente una visita de cortesía —dije directamente cuando nos sentamos a la mesa, no tenía sentido alargar el mal trago—. Imagino que han venido esperando una respuesta a su proposición de comprar Las Urracas.

Teresa dejó la cafetera caliente encima del salvamanteles de hierro fundido que había en el centro de la mesa y se sentó a mi lado con gesto serio.

—Es curioso, tantos años pensando en esta casa y en cómo sería por dentro, y, sin embargo, nunca había estado en la cocina —respondió Jacinto, y su voz sonó diferente de ese tono condescendiente que siempre solía utilizar—. Su padre no nos dejó pasar de la puerta, y Rafael no nos dejó pasar del vestíbulo.

Noté que Jacinto dudaba antes de continuar. Sus ojos oscuros recorrieron la cocina, estudiando los muebles de madera, el gran fogón sobre el que colgaban los cazos y sartenes de cobre, o las encimeras de mármol que parecían resistir el paso del tiempo mejor que nada más de lo que había en nuestra casa.

—¿Han tenido la posibilidad de pensar en nuestra oferta? —Jacinto me miró—. Usted y sus hermanas, ¿nos venderán Las Urracas?

Teresa se movió en su silla, fue un movimiento casi imperceptible para cualquier otra persona, pero yo la conocía bien. Cogí la cafetera de hierro y, con cuidado, serví café recién hecho en las cuatro tazas. Pesaba, y el asa estaba caliente, pero no respondí hasta que no hube terminado y volví a colocar la cafetera sobre el salvamanteles.

—Mis hermanas y yo hemos hablado mucho acerca de su oferta, las tres estamos de acuerdo en que el precio y las condiciones son muy justas. También hemos consultado con el letrado de la familia que se ocupa de los asuntos de nuestra difunta madre, y después de tener en consideración todas la opciones, lamento informales de que no vamos a vender Las Urracas.

El silencio en la cocina se volvió más espeso que el olor de la naranja o el café.

—Siento escuchar eso. Aunque comprendo que no quieran deshacerse de una propiedad como esta, ¿quién querría? —dijo Jacinto después de un momento incómodo—. Es una pena. Intuyo que todo está a punto de cambiar y nos hubiera venido bien tener más peso en la comarca. Las cosas van a complicarse pronto: en el negocio y también en el pueblo.

Unas notas de piano, lentas y graves, llegaron flotando hasta la cocina desde el pasillo. Era Verónica, practicando con la misma intensidad que si esa noche fuera a dar un recital de piano en algún teatro europeo.

—¿Por qué piensa eso? —pregunté con curiosidad.

Jacinto pareció escuchar la melodía de piano un momento, complacido, antes de responder:

—Bueno, supongo que no se van a conformar con vivir a la sombra de la familia Izquierdo para siempre. El equilibrio de este pueblo, de todo este valle, es frágil, basta una chispa para que todo arda. Nuestra familia se hubiera sentido más cómoda con lo que se acerca si tuviéramos más poder.

—¿Lo que se acerca?

—Así es. Usted y yo sabemos bien que esto apenas es el principio de la industria del vino de esta región. Las grandes familias y sus propiedades en el valle seguirán elaborando vino dentro de cien años, sus nombres se imprimirán en miles de botellas que se venderán por todo el mundo, y cualquiera que se interese por el vino sabrá que en este valle hacemos el mejor. —Jacinto le dio unos tragos a su café a pesar de que yo sabía que estaba demasiado caliente como para poder bebérselo todavía—. Nos habría gustado que nuestra familia fuera una parte determinante en esta nueva industria.

—Tiene razón, esto solo acaba de empezar —admití con una sonrisa lenta—. Pero seguro que usted y su familia estarán bien. Es curioso que lo mismo que hace de este valle un lugar hostil para nuestra existencia, sea precisamente lo que convierte el vino en algo excepcional.

Jacinto asintió, dejó la taza de nuevo en la mesa y se levantó despacio. Su hermano Osorio le imitó en silencio. El mayor de los hermanos Sarmiento se ajustó mejor la chaqueta de su traje, preparándose para el viento de otoño que les esperaba en el camino.

—Por curiosidad, ¿si llegara el caso? Si ese equilibrio del que ha hablado antes se rompiera, ¿de parte de quién estarán? —Le miré con los ojos muy abiertos, esperando su respuesta sin importar que no fuera lo que quería oír.

—Si llega ese momento, nosotros apoyaremos el futuro de San Dionisio —respondió mientras se colocaba el sombrero—. Realmente es una propiedad única. Gracias por el desayuno, señoras.

Los dos hermanos se despidieron de nosotras con una inclinación de cabeza y salieron de la cocina, alejándose por el vestíbulo antes de que tuviéramos tiempo de levantarnos para acompañarles. Un momento después oímos la puerta principal cerrarse por encima de las notas de piano que llevaba el aire.

—Se lo han tomado mejor de lo que esperaba —dijo Teresa, aliviada.

—Desde luego. Creo que ya tenemos nuestros primeros aliados.

La primera noche que nevó aquel año todavía no habíamos despedido el otoño. Faltaba una semana para cambiar
oficialmente de estación, pero, al atardecer, el cielo se volvió
de color gris oscuro y la nieve empezó a caer cubriendo nuestras cepas y el resto del mundo. Todo lo que alcanzaba la vista
desde el portón de Las Urracas se volvió de color blanco antes
de la puesta de sol.

—Año de nieves, año de bienes —había dicho Diana
mientras fumaba a mi lado bajo el gran pórtico de la entrada.

—Y las viñas, ¿crees que estarán bien?

—No te preocupes por las cepas, aguantarán bien la nevada. Nada débil puede crecer en esta tierra, solo las mejores y
más fuertes plantas florecen aquí. Esta tierra no perdona a los
débiles, no señora. El sol, la luz... podría parecer que vivir
aquí es más sencillo que hacerlo en otros lugares, pero esta es
una tierra salvaje. Por eso todo lo que crece aquí, es fiero.
Y ya las he oído murmurar, a las viñas, igual que murmuran
los niños en sus sueños justo antes de despertar.

No me había acostado todavía porque estaba en la oficina
terminando de revisar los libros de cuentas. Eso era trabajo

de Teresa —las cuentas, las cifras y los impuestos del gobierno que todavía quedaban por pagar—, pero ella y Verónica se habían ido pronto a la cama con la esperanza de que las náuseas les dieran una noche de descanso. Había decidido que me iría a dormir también después de terminar aquella página y de darle el último trago al vino misterioso que quedaba en mi vaso. Miré las cifras al final de la página: incluso con la luz débil de la lámpara de queroseno pude ver que eran buenas. Sonreí. El negocio iba bien, mejor que bien en realidad. Todavía no habíamos cosechado una sola uva —ni siquiera teníamos forma de estar seguras realmente de que ese año fuéramos a tener cosecha—, pero gracias a las botellas de Cálamo Negro que encontramos en la bodega, la finca tenía beneficios por primera vez desde hacía casi veinte años.

—Y tú todos estos años pensando que eras el cerebro de la familia, Rafael. Que las tres estábamos perdidas sin ti —dije, casi esperando que él pudiera oírme—. Menuda sorpresa te habrás llevado.

—Usted perdone, señora Gloria.

Di un respingo en mi silla de cuero acolchado. Por un segundo realmente pensé que Rafael acababa de hablar desde la puerta del despacho.

—He llamado, pero no respondía —añadió Miguel—. Lamento haberla asustado.

—No pasa nada, he debido de quedarme dormida sobre los libros de cuentas. ¿Qué sucede?

Miguel llevaba la camisa blanca de trabajo por fuera de los pantalones, como si se hubiera vestido deprisa. También noté que su pelo revuelto estaba húmedo y le caía sobre los ojos cubriéndole la mitad de la cara que la barba dejaba al descubierto.

«¿Cuál será su secreto oscuro e inconfesable? —pensé—. Puede que sea un delincuente, un criminal huyendo de la justicia. O algo peor.»

—Perdone que la moleste, señora Gloria. Estaba cerca del río, lavando mi ropa y limpiando las herramientas para tenerlo todo a punto mañana, cuando he visto algo en la orilla que debería ver, señora.

—Ya le he dicho que puede utilizar las instalaciones de la casa siempre que quiera, no hace falta que se acerque al río por la noche —le recordé, cerrando la pluma y levantándome de la antigua silla de mi padre—. Y le pido también que reconsidere alojarse en la casa en lugar de en la casucha donde vivía el antiguo guardés de la finca. Hay habitaciones de sobra, no tiene por qué dormir en el otro extremo de la finca.

—No es necesario. Me gusta la casucha, señora.

La única condición que Miguel había puesto para aceptar el trabajo fue que le permitiéramos vivir fuera de la casa. No le importó cobrar solo la mitad del salario durante los dos primeros meses hasta probar que podía hacer el trabajo, y tampoco le molestó tener que ocuparse de las decenas de tareas de la lista interminable de Teresa. Pero no quería dormir en la casa. Supuse que había escuchado alguna de las muchas historias que se contaban en todo el valle sobre Las Urracas y prefería no arriesgarse a encontrarse con un demonio a media noche en el cruce de caminos.

—¿Qué ha encontrado? —pregunté mientras cogía la lámpara de la mesa.

Las sombras del despacho se movieron siguiendo la luz atrapada dentro del cristal de la lamparita. El vestíbulo estaba oscuro, acerqué la mano libre a la llave que abría el gas en la pared, pero él me detuvo.

—Tal vez prefiera que sus hermanas no lo vean, señora. Especialmente la señorita Verónica.

Noté su mano caliente y áspera sobre la mía un momento más y después Miguel se apartó. Lo pensé y caminé hasta el armario donde guardaba la carabina cargada, mi falda de tafetán azul crujió con cada paso en el vestíbulo silencioso.

—No le hará falta el arma, señora Gloria. Ya está muerto.

Le seguí fuera de la casa sin decir nada. La nieve recién caída me empapó los botines de lazo para llegar hasta mis pies.

Miguel había despejado el patio trasero y el camino de nieve mientras cenábamos, pero ahora, una capa fina volvía a recubrir de blanco el sendero entre las cepas. Ni siquiera hacía viento: todo estaba congelado, el único ruido de la noche era el rumor del río un poco más abajo. Caminé por encima del mismo lugar donde la tía Angela había manchado de sangre y sesos la tierra. Miré de soslayo por encima de mi hombro al pasar, casi temiendo ver su fantasma de pie junto a las viñas. Pero no había nada.

Miguel caminaba delante. Con la luz de la lámpara en mi mano me fijé en que apoyaba casi todo su peso en la pierna izquierda al caminar como si sintiera un gran dolor con cada paso. Hasta ese momento no se me había ocurrido pensar que además de la lesión en su pierna también pudiera sentir algún tipo de dolor constante.

Cuando llegamos al final del camino entre las cepas Miguel se detuvo, pero yo aún seguía mirándole cuando él se volvió hacia mí.

—Es ahí, un poco más abajo. En la orilla. Están por todas partes —dijo, con la voz baja de quien desea pasar desapercibido—. Tenga cuidado de no meterse en el agua sin querer, puede que esté envenenada.

Bajé la pequeña pendiente hasta la orilla, allí el ruido de la corriente era mucho más fuerte y el aire que arrastraba el río a su paso era gélido. Alargué el brazo donde llevaba la lámpara para ver mejor la superficie del agua, pero el terreno de la orilla estaba húmedo y me resbalé. En un movimiento rápido Miguel me sujetó por el brazo para evitar que me cayera al suelo. Sentí el calor de su piel pasando a través del algodón fino de mi blusa, la lámpara se balanceó en mi mano con un quejido metálico y noté sus ojos clavados en mí.

—Usted perdone, señora Gloria —murmuró antes de soltarme—. Debí haberla advertido, la nieve ha convertido la orilla del río en un barrizal.

Pero todavía sentí su contacto en la piel de mi brazo un segundo más antes de que él diera otro paso hacia la orilla.

—Mire. Tiene que ser algo que hay en el agua —dijo, agachándose junto al río—. Hace dos noches vi un par, pero hoy hay muchos más. Los peces están muertos.

Había casi una docena de peces muertos en la orilla, pececillos pequeños del tamaño de una bobina de hilo. Me fijé en que la corriente lenta del río arrastraba más peces muertos que flotaban en la superficie.

—¿Qué les habrá pasado? Hay muchos. ¿Cree que ha sido por el frío? —pregunté sin muchas esperanzas de que fuera por eso—. Tal vez la nevada ha vuelto el agua del río demasiado fría de repente como para que los más pequeños puedan vivir.

—Las criaturas pequeñas y frágiles como estos pececillos de río son muy sensibles a cualquier cambio en su entorno. Hasta la alteración más leve en su hábitat puede provocarles una enfermedad o la muerte —respondió él, mirando a los peces en la orilla.

—Sabe mucho sobre los peces.

—Por desgracia para mí, sé mucho sobre cómo destruir cualquier cosa viva —respondió Miguel, mirándome un segundo antes de volver a ocuparse de los peces—. Ayer no quise molestarla porque solo había un par de ellos. Un par de peces muertos puede ser por muchas cosas, pero esto no es normal.

—No, no es normal. Algo le pasa al agua, algo malo —murmuré, y una idea empezó a formarse en mi cabeza—. Algo le pasa al agua.

Las gotas frías me salpicaron la cara y las manos, pero seguí perdida en mis pensamientos un momento más.

—¿Señora Gloria?

—No era la comida, era el agua. Por eso mismo estamos enfermas, hay algo venenoso en el agua. Y si no descubrimos qué es, pronto empezará a afectar también a las cepas y no habrá cosecha. —Me levanté deprisa y la luz de la lámpara se movió conmigo—. El agua de este río es la misma que pasa bajo la finca, una parte de ella al menos. Toda el agua del acuífero que hay bajo la casa y que no usamos vuelve al río. A este río.

Miguel se levantó también, sus ojos castaño pálido parecieron mucho más brillantes con la luz del fuego.

—Hemos tenido sequía, durante años el acuífero ha estado casi vacío. Apenas salía agua de los grifos de la casa y ni siquiera conseguíamos llenar una bañera...

—Pero desde hace semanas vuelve a llover con normalidad. La sequía en el valle ha terminado —añadió él—. Ahora incluso nieva.

—Incluso nieva —repetí—. El acuífero natural de la finca se habrá llenado de agua otra vez después de todos estos años, por eso los grifos de la casa vuelven a funcionar...

Ya no hablaba para Miguel, pero al decirlo en voz alta, las palabras se llenaban de significado ayudándome a comprender lo que estaba sucediendo. Parecido a cuando el eco nos devuelve nuestra propia voz en un paisaje vacío.

—Creo que ya sé lo que ha matado a esos peces. Y también lo que nos está envenenando a mis hermanas y a mí —dije en voz baja—. Si no mentía cuando me aseguró que no era de los que hacen preguntas o juicios, ahora tendrá oportunidad de demostrarlo.

El acuífero de la finca estaba en el lado norte de Las Urracas. Tan apartado de la casa que no podía verse desde ninguna
de las ventanas ni tampoco desde el patio trasero. Tuvimos
que caminar casi diez minutos a través de la nieve para llegar
hasta el antiguo pozo de la propiedad.

—Mucha seguridad para un pozo de agua —comentó Miguel cuando llegamos al borde de piedra.

Hace años, antes de que nuestro padre comprara la propiedad, las hermanas Urraca decidieron bloquear el acceso al
pozo con una portezuela a modo de escotilla y un gran candado.

—Aquí el agua es un bien precioso, especialmente en verano cuando pasan semanas sin llover —tenía la voz entrecortada por la caminata y el frío que se filtraba a través de la
tierra helada—. Pero tiene razón, es mucha seguridad para un
pozo de agua.

Miguel me miró sin comprender.

—Hace mucho tiempo, cuando esta finca pertenecía a
otra familia, uno de los niños del pueblo desapareció sin dejar
rastro —empecé a decir—. Sucedió una noche de Todos los
Santos sin luna. En el valle todos estaban ocupados con la
vendimia y no notaron su falta hasta esa madrugada. Busca-

ron al pequeño por todas partes, pero no encontraron su cuerpo hasta meses después.

—¿Qué le pasó al niño? —preguntó Miguel con el ceño arrugado.

Dejé la lámpara sobre la escotilla de madera. Tenía las manos agarrotadas por el frío, así que me las llevé a la boca para intentar calentarlas.

—Según cuentan, el pequeño paseaba solo por los caminos y llegó por casualidad al cruce que hay en la entrada de la finca, el mismo donde nos conocimos. Todos los adultos estaban ocupados terminando las tareas de la vendimia y antes el pueblo estaba en otro lugar, así que nadie vio al niño acercarse a la propiedad —añadí mientras inspeccionaba el candado de la portezuela—. Se cayó a este mismo pozo por accidente. Estuvo vivo durante cinco días, en la oscuridad gritando y pidiendo ayuda, pero nadie le oyó y al final se desangró por dentro por la caída.

—¿Entonces? ¿Cómo lo encontraron?

Sonreí al ver que el candado estaba abierto, seguramente llevaba años así pero ninguna de nosotras iba nunca tan lejos.

—Dos meses después de que el pequeño desapareciera, las mujeres que vivían en esta casa empezaron a ponerse muy enfermas: vómitos, mareos, fiebre... así hasta que las tres murieron en menos de una semana y de forma inexplicable. —Levanté la portezuela con un gesto de victoria a pesar del frío—. El cadáver del pequeño había empezado a pudrirse y se filtraba al agua de la casa que bebían las hermanas. Por eso enfermaron y murieron. Pero muchos en el pueblo pensaron que las hermanas se lo merecían, porque de alguna manera el niño estaba muerto por culpa de ellas.

—Es una historia bastante macabra, ¿puedo preguntarle por qué sonríe?

Me ayudé en el montículo de tierra que rodeaba el muro del pozo para subir al borde de piedra. Miguel me dio la lámpara y pude ver la escalinata vertical que bajaba pegada a la pared de ladrillos del pozo.

—Sonrío porque es mentira. Es una historia falsa, de esas

que se cuentan a los niños para que se porten bien y no se escapen de casa. Seguro que algunos niños han desaparecido del valle en los últimos cincuenta años, claro, pero las mujeres que vivían en esta casa murieron de viejas —respondí, asomándome con cuidado al agujero. El ruido de agua era fuerte allí y subía amplificado por las paredes del pozo—. Mi hermano Rafael me contó esa historia cuando éramos pequeños, para asustarme.

Despacio, Miguel se subió conmigo al murete de ladrillos del pozo.

—¿Piensa bajar ahí? —me preguntó, tan cerca que mi falda húmeda rozó su mano.

—Desde luego.

Sujeté el farol por la argolla de metal con una mano y, después, con cuidado, empecé a bajar por la escalerilla de hierro pegada a la pared.

—No sabía que tuviera usted un hermano —dijo él, desde arriba.

—Y no lo tengo. ¿Cree que puede bajar aquí conmigo? Me temo que voy a necesitar su ayuda y su silencio.

Intuí que dudaba, pero fue solo un momento, porque me siguió, bajando por la escalerilla detrás de mí. El metal estaba oxidado por el tiempo y la humedad, y protestaba por nuestro peso mientras bajábamos.

—Espero que la escalera aguante la subida —dijo él, mirando hacia el agujero sobre nosotros mientras se frotaba las manos para quitarse los restos de óxido—. No me gustaría quedarme atrapado aquí abajo como el niño de su historia.

El acuífero era en realidad un río subterráneo, un afluente modesto del Ebro que corría por debajo de toda la propiedad antes de volver a mezclarse con el río principal. El fondo del pozo era poco más que una cueva de cinco metros con paredes siempre mojadas y una lengua de tierra en la orilla.

—No se preocupe, ya le he dicho que esa historia es falsa. Que se sepa ningún niño del valle murió en este pozo, pero mi hermano estaba obsesionado con esa historia, no sé cómo no se me ocurrió buscar aquí antes —dije por encima del ruido de la corriente—. Rafael solía asustarme diciendo que podía oír los gritos de socorro del niño saliendo del pozo de madrugada.

Hasta ese momento, nunca se me había ocurrido pensar que Rafael sí que oía gritos de socorro saliendo de la tierra de madrugada: los de nuestra madre. Su imaginación había hecho el resto del trabajo.

—Pero no lo entiendo. ¿Por qué ha pensado en esa historia al ver los peces? —quiso saber Miguel.

Caminé despacio sobre la tierra resbaladiza, acercando el farol al agua para iluminar la gruta.

—Porque yo también tengo un secreto oscuro e inconfesable —respondí sin pensar.

El ruido del agua era casi insoportable, pero aun así escuché un ligerísimo temblor en su voz:

—¿Qué es eso? Hay algo ahí, flotando en el agua. —Miguel hizo un gesto con la cabeza señalando un bulto pálido que había un poco más adelante—. Parece... una mano. O lo que queda, más bien.

Me acerqué con cuidado de no volver a resbalar en la tierra blanda, los tacones de mis botines se hundieron en el barro junto a la orilla. No tuve que acercarme más para sentir el olor flotando en el aire helado del pozo.

—Ahí está. Todos estos años y siempre ha estado aquí abajo —dije, conteniendo una náusea por el olor a descomposición y muerte—. Está muerta y todavía sigue haciéndonos daño.

Me levanté, pero el olor a cadáver en descomposición no me abandonó y supe que se había pegado a mi ropa y a mi pelo.

—¿Recuerda lo de no hacer preguntas? —Miguel asintió en silencio—. Sé que es mucho pedir, pero espere aquí, yo iré a la casa a buscar algo para envolverla y nos la llevaremos a otra parte. La muy desgraciada lleva matándonos lentamente desde que acabó la sequía.

Sacamos lo que quedaba del cuerpo de la tía Angela del agua y la envolvimos en la sábana vieja que había cogido de la casa. Era una sábana blanca sin iniciales bordadas ni nada especial, por si acaso algún día alguien la encontraba por casualidad no pudiera señalar a ninguno de los que vivimos en Las Urracas. Subimos el cuerpo entre los dos por la escalera resbaladiza, fuera la noche seguía siendo gélida y blanca, pero el horizonte empezaba a clarear.

Miguel no dijo ni una palabra mientras llevamos el cuerpo hasta el lago de La Misericordia. Metimos unos cuantos cantos rodados de la orilla en la sábana junto con el cuerpo y después la hundimos en el agua negra.

—Nadie la encontrará aquí. Y si la encuentran alguna vez creerán que siempre ha estado aquí, en esta agua —dije con la voz entrecortada por el cansancio y el sueño.

—Cuesta creer que un solo cuerpo en descomposición pueda envenenar a toda una familia, pudrir el agua y matar a todos esos peces.

—Ella ya era veneno cuando estaba viva, lo que me extraña es que no nos matara a las tres —respondí con el desprecio pegado a la lengua—. Por eso encontraba cuentas de su rosario por todas partes: se filtraban al agua y llegaban a la casa a través de las cañerías.

Estaba empapada y temblaba de frío, pero no me moví mientras veía como se hundía la sábana en el lago junto con el resto de los secretos del viejo San Dionisio.

—Mientras el pozo estuvo seco por la sequía no hubo ningún problema, pero cuando volvió a llenarse de agua las bacterias de su cuerpo en descomposición se filtraron al agua de la casa haciéndolas enfermar. —Miguel estaba de pie a mi lado viendo como a la prueba de nuestro delito se la tragaban las aguas—. Por eso se acordó de la historia del niño perdido al ver los peces muertos.

—Eso es —respondí sin mirarle—. Mis hermanas pequeñas no toman vino, solo agua. Por eso ellas estaban más enfermas que yo o que Diana. Ahora que ya no está envenenándonos pronto se pondrán bien, pero ellas nunca jamás deben saberlo. Nunca.

Pensé en todos los vasos de agua que había visto beberse a Teresa o a Verónica en estas semanas: infusiones, café, agua para preparar la comida...

—Descuide, no diré nada —me aseguró con voz áspera—. Deduzco que ahora soy cómplice de algún tipo de crimen del pasado. Y sospecho también que no fue usted quien la mató, por eso no sabía dónde estaba el cuerpo.

—Yo no la maté, pero me alegro de que esté muerta por fin. Muerta para mí después de todos estos años. —Las cicatrices en mis rodillas habían dejado de molestarme casi por arte de magia un rato antes—. Que se pudra en esa agua oscura y helada que, de todas formas, es una tumba demasiado buena para ella. Un demonio menos.

—Sé que prometí no hacerle preguntas —empezó a decir Miguel mirándome por fin—. Pero ¿está usted bien, señora Gloria?

No me atreví a responder hasta estar convencida de que la tía Angela se había ido al fondo del lago con el resto de los muertos del viejo San Dionisio.

—Yo me ahogué en este mismo lago persiguiendo los re-

cuerdos de una madre que no había muerto. Él me salvó
—murmuré, sin dejar de mirar hasta que las ondulaciones
desaparecieron de la superficie del agua—. Le pagaré el salario completo a partir de la próxima semana. Ya ha demostra-
do que es usted digno de confianza.

OSCURO E INCONFESABLE

D enise nos escribió entusiasmada una semana más tarde para contarnos que por fin había conseguido que su amigo —y antiguo pretendiente— se interesara por nuestra historia, tanto como para escribir un artículo sobre el hallazgo del Cálamo Negro. Además del artículo, el antiguo pretendiente de Denise se desplazaría hasta la zona para hacernos una entrevista a las tres y tomar algunas fotografías de la finca.

No he dejado de hablarle a todo el mundo de vuestro misterioso palacete desde que regresé. Extraño las paredes que murmuran y el viento entrometido. Pero sobre todo hablo de nuestro vino: nuestro tesoro enterrado. La entrevista será un éxito, conseguiremos mucha publicidad y eso hará que más restaurantes, hoteles y coleccionistas quieran comprarnos más Cálamo Negro. Cuidado con Guillé: es encantador, pero le gusta serlo con todas las señoritas que conoce.

No pude evitar sonreír al leer la última advertencia del telegrama de Denise. Lo guardé en el primer cajón de mi escritorio y todavía estaba ahí cuando el equipo de la revista llamó a la puerta de Las Urracas tres días después.

Además de Guillé —que resultó ser tan encantador como Denise había dicho, aunque no hablaba una sola palabra de nuestro idioma—, la revista envió a un redactor y a un fotógrafo especializado en casas antiguas y *châteaux* para el reportaje fotográfico.

Hicimos la entrevista en el patio trasero a pesar de que aquel fue uno de los días más fríos del año. Organizamos todo para las fotografías decorando el porche igual que hicimos para el día de la fiesta de la vendimia. El fuego encendido en la estufa de leña para calentar el aire gélido, flores silvestres de invierno de diferentes tipos en vasos de cristal sobre la mesa, y algunas velas encendidas repartidas igual que si estuviéramos otra vez a punto de dar la noticia de mi próxima boda con Vinicio Lavigny.

Yo apenas hablaba tres frases de francés, de modo que hicimos la entrevista en inglés. Guillé preguntaba —terminando cada una de sus frases con una sonrisa resbaladiza—, el redactor me traducía con un gesto de impaciencia, y yo respondía en inglés para que Guillé garabateara apenas un par de palabras torcidas en su libreta. Casi todas las preguntas giraban en torno a la casa, su historia o el rumor de que el Cálamo Negro era un vino encantado. Al parecer, Denise se había encargado de propagar ese rumor, que hacía crecer el interés y la publicidad —pero sobre todo las ventas— alrededor de nuestro vino.

A la revista le había gustado tanto la idea, que el mismo equipo visitaría la bodega de los Sarmiento al día siguiente para ofrecer una imagen más general de la nueva industria que despertaba en La Rioja.

Después de la entrevista, las preguntas y los detalles sobre el vino, llegó el turno de las fotografías. El fotógrafo que habían enviado pensó que las imágenes tendrían más impacto si las tres hermanas pelirrojas posábamos juntas. Así que las tres, llevando puestos nuestros mejores vestidos —como si nos arregláramos de ese modo cada día—, posamos juntas en el mismo patio donde años antes se había tomado la fotografía que nuestra madre escondió en su diario.

Posé sentada en una de las elegantes sillas de comedor que habíamos sacado al patio, con mi pelo de fuego suelto y una de mis hermanas de pie a cada lado de la silla. Una botella de Cálamo Negro sobre la mesa, y el mar de viñedos detrás de nosotras.

Esa tarde hacíamos inventario en la nave de la bodega con ayuda de Miguel y Diana la vinatera. Si las viñas despertaban por fin esa primavera necesitaríamos una nueva prensa, herramientas, cestas y también un par de carretillas. Además, seguíamos teniendo el problema de que ningún hombre en San Dionisio quería trabajar en la vendimia para nosotras. Pero ese sería un problema para octubre del año próximo.

La misteriosa enfermedad que nos consumía había ido remitiendo hasta desaparecer. Todavía encontré una cuenta de nácar del rosario de la tía Angela en mi bañera después de haber hundido su cuerpo en el lago de La Misericordia, pero esta vez sonreí para mí y tiré la maldita cuenta por el retrete.

Como ya no estábamos enfermas —y el dinero de los clientes de los hermanos Lavigny empezó a llegar por fin— contratamos a una partida de cuatro hombres en Haro para que trabajaran a las órdenes de Miguel y terminaran por fin todas las reparaciones de la casa. Las Urracas se llenó de voces masculinas, martillazos, carretillas que entraban y salían de la casa dejando sus huellas rectas en las baldosas granates del suelo para tirar todo lo que se había podrido en esos años de abandono. Se oía el quejido de sierras de cristal instalando paneles nuevos en armarios y espejos, el ruido de las patas de los muebles —antiguos y nuevos— al ser arrastrados en los pisos superiores, el olor de la pintura mientras se secaba, a barniz y a las habitaciones que ya no estaban prohibidas.

También habíamos limpiado el edificio de la bodega, abierto las ventanas de sobre para que el aire fresco entrara por fin allí y tenerlo todo preparado para la próxima primavera. Teresa se había ocupado personalmente de ordenar el laboratorio de nuestra madre. Llevó cajas enteras con sus libros, álbumes y mapas a la antigua biblioteca de la casa —que había dejado de ser una de las habitaciones prohibidas—, cuyas estanterías de cerezo macizo ahora estaban llenas de libros: manuales científicos en distintos idiomas, planos antiguos, artefactos para medir la longitud de las sombras sobre la tierra, y un juego de química que Teresa rescató del polvoriento laboratorio: «Esto me ayudará a mejorar el vino. Puedo hacer mejor fertilizante, elaborar algo contra las plagas de insectos, vitaminas para hacer que las cepas sean más fuertes, resistentes y den mejores frutos».

Teresa también clasificó diarios de notas de nuestra madre ordenándolos por fechas. Así es como pudimos ver la evolución de su enfermedad mental en las páginas que ella misma había dejado como prueba. Los primeros diarios —los que se remontaban a su juventud o a cuando acababa de casarse— tenían sentido: las palabras eran legibles y los dibujos y garabatos se parecían a las cosas que quería representar: un viñedo, el patio trasero bajo la parra, el pozo del acuífero... Pero a medida que iban pasando los años —y los diarios—, su letra se convirtió en una maraña fina y afilada, sus dibujos en algo que parecía sacado de mis peores pesadillas: criaturas con los brazos largos y dedos afilados que se inclinaban sobre ella mientras dormía, ojos brillantes espiándola detrás de las ventanas e incluso demonios sin cara sentados sobre su pecho durante su sueño. Conocía todos esos dibujos siniestros porque se parecían a lo que solía imaginar. Antes.

También se parecían a lo que Verónica veía cuando cerraba los ojos porque noté como se ponía pálida mientras Teresa sacaba los diarios y pasaba sus páginas amarillentas con olor a tinta y a humedad.

—¿Por qué no vas fuera un rato? Seguro que las abejas te echan de menos y de paso podrías recoger algo de miel —le sugerí mientras me ponía de pie y caminaba con ella hasta las grandes puertas de la nave—. Tu hermana ha prometido hacer bizcocho de vainilla para desayunar mañana, le vendría muy bien un poco de miel fresca para acompañarlo, ¿no es verdad, Teresa?

—Sí, desde luego —mintió ella con su mejor sonrisa—. Estaría de maravilla, gracias.

—Genial, porque tengo que contarles unas cuantas cosas sobre Inocencio Izquierdo y también hablarles de La *Sinfonía contra los demonios*. He hecho muchos avances con los últimos compases, ya puedo tocarla de memoria, incluso las partes más rápidas —dijo, mirándonos con los ojos muy abiertos—. A las abejas les gusta estar bien informadas de todo lo que sucede en la casa.

Después Verónica se alejó hacia la gran puerta de la nave de la bodega tarareando.

—No tengo ni idea de cómo se prepara un bizcocho, ni de vainilla ni de cualquier otro tipo —me susurró Teresa cuando ella ya no podía oírnos—. ¿Qué se supone que voy a hacer?

—Bueno, algo se te ocurrirá. Eres la mejor en química, si lo piensas, eso es bastante parecido a cocinar. Solo hay que seguir las instrucciones de la receta, medir bien las cantidades y todo eso. Para una científica como tú no creo que hacer un bizcocho sea más difícil que preparar insecticida de tabaco para las viñas —le recordé—. Y si no ya nos inventaremos otra cosa, pero no quería que Verónica siguiera viendo esos diarios. Estaba mejor pero últimamente sus pesadillas han vuelto, y también las voces y todo lo demás. La otra noche la encontré caminando en sueños por el camino que lleva hasta la entrada de la finca. Prefiero que se entretenga con otra cosa que no tenga nada que ver con mamá.

Me limpié el polvo de las manos en la falda de mi vestido de lunares beige. Ahora que teníamos dinero —por primera vez desde que yo podía recordar— había comprado nuevos vestidos y complementos —siguiendo siempre los consejos de moda de Denise Lavigny— y utilizaba mi ropa anterior para tareas como aquella. Sentí un bulto en el bolsillo de mi falda y recordé que llevaba encima la pluma estilográfica de padre.

—Sobre eso, y ahora que por fin hemos dejado de tener fiebre y vomitar hasta el hígado, he estado leyendo las notas que dejó ella. —Teresa era incapaz de decir «nuestra madre» o «mamá». Siempre se refería a mamá como «ella»—. Divagaba sobre su enfermedad en los diarios, sobre todo en los últimos años. Hasta llegó a escribir una fórmula con hierba de San Juan y valeriana para aliviar los síntomas y las crisis.

—¿Hierba de San Juan y valeriana? No crecen precisamente en la finca. ¿De dónde se supone que vamos a sacar algo así de exótico?

—Lo sé, pero he estado pensando y deberíamos construir un invernadero, ya sabes, para proteger las flores más delicadas. Hay sitio de sobra en el lado oeste de la finca. —Me pareció que Teresa estaba interesada en algo de verdad desde que había regresado y reconocí a mi hermana por primera vez en meses—. Además de las plantas que necesita Verónica para estar más centrada, podré hacer experimentos con cepas para mejorarlas.

Lo pensé un segundo mientras me sacudía el polvo de la falda de mi vestido.

—Podría estar bien, pero no tenemos ni idea de cómo se construye un invernadero. Necesitamos planos, mediciones...

Entonces oí el grito de Verónica desde la nave de la bodega. Su voz angustiada entró por las ventanas abiertas de sobre que hace años servían para evitar que alguien se asfixiara durante el proceso de fermentación. Tardé un momento más en darme cuenta de lo que sucedía, pero Teresa ya corría hacia las enormes puertas de hierro de la nave.

La seguí, la falda de mi vestido era pesada y se me enredaba en las piernas, pero corrí hasta llegar a la entrada principal de la casa. La puerta doble de roble estaba abierta y al pasar por delante sentí como del vestíbulo salía el calor de las chimeneas encendidas.

—¡Aquí fuera! —gritó Teresa, agitando la mano en el aire para llamar mi atención.

Desde donde estaba vi a mis dos hermanas, de pie en el cruce de caminos frente a la casa. Al acercarme noté que Teresa tenía el brazo sobre los hombros de Verónica como si intentara consolarla. Las dos miraban algo que había en el suelo.

—He salido para ir a la escuela de señoritas. Hoy es miércoles y tengo que tocar para las chicas de allí —mascullaba Verónica, sin apartar la vista del suelo—. Los miércoles tengo que tocar Schubert, es lo que más les gusta después de los valses. Los valses primero y después Schubert. Y hoy es miércoles.

Al principio, cuando llegué junto a los dos pilares de piedra no comprendí qué sucedía. Miré a Teresa y noté la expresión de horror en su cara, el asco subiendo por su garganta.

En el suelo de tierra, frente al camino que llevaba hasta la puerta principal de Las Urracas, había un perro muerto. Era grande, del tamaño de un lobo. Su pelaje estaba apelmazado en mechones desiguales, sucios y manchados de sangre seca. Tenía el cuello torcido en una postura imposible, su lengua negruzca e hinchada pegada a la tierra y los ojos abiertos. Casi toda la sangre que manchaba su pelo marrón claro parecía haber salido de su estómago. Vi las heridas y la carne hundida por los golpes, algunos insectos corrían sobre el cuerpo y dentro de él.

—Ni siquiera parece un perro. Al principio no sabía lo que era, está tan destrozado que me ha costado darme cuenta —dijo Teresa con la voz agarrotada.

Las miré y noté que sujetaba con más fuerza a Verónica por los hombros, ayudándose en ella.

—Han sido los demonios. Creéis que sí, pero nunca se han ido del todo, ahora entran y salen de Las Urracas cuando quieren. Puedo oírlos merodear entre las viñas de madrugada, caminan, rozando los sarmientos con sus dedos afilados...

—Ya es suficiente, pequeña. No han sido los demonios —le corté—. Ya no hay demonios en Las Urracas.

Pero Verónica no había dejado de mirar a la mezcla sanguinolenta de pelo e insectos.

—No están en la casa, vienen a la casa —murmuró—. Hoy es miércoles, debería estar en la escuela para niñas tocando Schubert.

Intentó alejarse para marcharse en dirección a San Dionisio, pero Teresa le sujetó la mano para detenerla.

—Hoy es jueves, pequeña. No tienes que ir a ningún lado —le dijo con suavidad—. ¿Has visto algo? ¿Quién lo ha dejado aquí?

Verónica negó con la cabeza.

—No. Hay gente convencida de que los demonios caminan por este valle, por este mismo cruce —insistió ella—. Algunos entierran cosas aquí o dejan flores como pago por sus tratos con los demonios antes de la puesta de sol, como una ofrenda.

—Esto no ha sido ningún demonio ni ningún dichoso adorador de demonios. La gente no va por ahí matando perros a golpes para dejarlos en un cruce frente a la casa de alguien —dije, más alto de lo que pretendía—. Han sido los hombres del Alcalde. Hace semanas que merodean por la finca, los he visto en la otra orilla del río algunas noches haciendo guardia. Intentan asustarnos para que se lo pongamos fácil y nos marchemos de aquí pensando que la propiedad está embrujada o que los demonios nos rondan. ¡O cualquier otra maldita cosa!

Miguel y Diana llegaron junto a las columnas de piedra en ese momento. Noté que Diana torcía el gesto al sentir el olor que empezaba a salir del animal muerto en el suelo. La expresión de Miguel no cambió; solo miró a Verónica un segundo y después a mí.

—¿Crees que ha sido Rafael? —preguntó Teresa.

Y noté como el asco en su voz se había convertido en otra cosa: furia.

—Desde luego que ha sido él. Te aseguro que Rafael es

muy capaz de matar a ese pobre animal a golpes y dejarlo frente a nuestra puerta. —Intercambié una rápida mirada de complicidad con Miguel—. Quiere que nos marchemos de nuestra casa, sabe que no lo tendrá fácil para reclamar la propiedad de la finca después de todo lo que ha pasado. Le facilitaría mucho las cosas que nos fuéramos por nuestro propio pie. Nuestro padre le reconoció como su hijo y le dio su apellido, pero si intenta echarnos de aquí le denunciaré y será él quien tenga que demostrar que es realmente el primogénito Veltrán-Belasco.

Antes de tomarse el veneno dulce de Verónica, nuestra madre escribió a su letrado en la capital explicándole cómo su marido había reconocido falsamente la paternidad de Rafael Izquierdo para procurarse un heredero varón.

—Si nos marchamos Rafael no tendrá que demostrar nada, podrá quedarse con la casa, las viñas y todo lo demás sin que nunca nadie descubra la verdad sobre él —empezó a decir Teresa, que ya había recuperado su habitual tono calmado—. No tenemos hermanos varones, ni primos o tíos que puedan reclamar la herencia de padre. Tú eres la primogénita, y si se descubre el engaño, la finca y lo demás pasará a tus manos por derecho de nacimiento.

Miré al animal muerto y después hacia el cerro donde se alzaba el nuevo San Dionisio. Atardecía y la luz helada del invierno empezaba a cubrir de sombras el camino hasta el pueblo.

—¿Puede enterrar al pobre animal? —le pregunté a Miguel con suavidad—. En algún lugar al que Verónica pueda ir y llevarle flores. Hay una pala en el almacén.

—Claro, señora Gloria.

Pero él no se apartó de mi lado todavía.

El viento silbaba por el camino arrastrando polvo y traía el olor a nieve de las montañas un poco más al norte. Esa sería una noche gélida; de esas en las que el aire está tan frío que casi parece mojado, igual que las sábanas en la cama imposibles de calentar por una sola persona.

Miré al cerro donde se levantaba San Dionisio, enroscado

sobre sí mismo, al final del camino de tierra. Ya había luz en algunas ventanas.

—Gloria, no... Ni se te ocurra —me advirtió Teresa—. Sé lo que estás pensando, siempre lo sé, pero no lo hagas.

—Si siempre sabes lo que pienso, entonces ya sabrás que no hay forma de detenerme —respondí.

Teresa me sujetó por el brazo intentando hacerme entrar en razón, intuí el miedo brillando en sus ojos cuando me miró.

—Espera, por favor. Sé que estás enfadada, puedo leerlo en tu cara, y es normal que lo estés después de... de esto. —Hizo un movimiento suave con la cabeza señalando al cuerpo del perro en el suelo—. Pero mejor espera a mañana, cuando hayas tenido tiempo de consultarlo con la almohada. Ahora es tarde, y, además, es una mala idea.

—Me da igual, tú puedes quedarte en casa asustada o acompañarme si quieres. Yo ya estoy harta de sus juegos —respondí entre dientes—. Voy a ir a hablar con mi «querido» hermano.

Me solté de ella y empecé a andar por el camino de tierra que llevaba a San Dionisio.

El silencio llenaba las calles estrechas de San Dionisio. Era tan claro y tan fuerte que el eco vacío retumbaba en las paredes de piedra de las casas. Hacía frío y podía ver mi aliento flotando en una nube de vapor delante de mí, estaba tan enfadada que había olvidado coger la chaquetilla de paño para protegerme del frío antes de salir de Las Urracas. El aire helado me hacía llorar y me arañaba la garganta con cada respiración, pero el paseo hasta el pueblo y el enfado mantenían mi sangre caliente.

—Espera, ¿ya has pensado qué vas a decirle? —preguntó Teresa, con voz entrecortada mientras intentaba seguir mi ritmo—. Hace meses que no lo ves. No has hablado con él desde la tarde en que padre murió. Y también es posible que Rafael no haya tenido nada que ver con lo de ese pobre perro.

Me detuve en seco al escucharla. Todavía no habíamos llegado a la plaza del ayuntamiento, pero estábamos ya muy cerca del corazón de San Dionisio, desde allí podía intuir el resplandor de las farolas de gas en el aire oscuro de la noche.

—¿Ahora le defiendes? ¿Cómo es posible? Después de todo lo que ha hecho, ¿precisamente tú? —le dije en voz alta, sin importarme que algún vecino pudiera escucharnos—.

Antes tú eras la más rebelde de nosotras tres. La que más odiaba a Rafael. Nunca me hubiera atrevido a enfrentarme a él de no haber sido porque te vi hacerlo a ti. Tú me enseñaste que podía desobedecer.

Teresa bajó la cabeza, no pude leer su expresión, pero noté que cerraba las manos en un puño y las escondía bajo las mangas de su blusa de batista blanca.

—Eso era antes —murmuró, sin mirarme aún.

—Tienes miedo. —No era una pregunta.

Por fin me miró. Teresa no lloraba, pero noté que su labio temblaba de puro terror.

—Pues claro que tengo miedo. Y tú también lo tendrías de haberte pasado cuatro años encerrada en ese lugar, pero tú no tienes ni idea de cómo era en realidad porque ni siquiera te has dignado a preguntarme cómo estoy. ¿Crees que me han enseñado a tener miedo y a obedecer siendo amables? ¿Con canciones de rimas o juegos de mesa? —me preguntó con voz rasposa—. No. Ese lugar es el sitio al que te envían para destruirte, Gloria. Está pensado para borrar cada pedazo de ti y hacer que otra cosa crezca donde antes solo estabas tú. Pues claro que tengo miedo: miedo de lo que haría si intuyo que van a enviarme de vuelta.

—Nadie va a enviarte de vuelta allí. Ahora yo soy la cabeza de familia, Rafael ya no puede...

—¡Me da igual! —me cortó ella. Después respiró una bocanada de aire gélido como si estuviera haciendo un gran esfuerzo para seguir hablando, y añadió—: Puede que ya no esté en ese hospital, he vuelto, pero sigo encerrada allí. La jaula me sigue a todas partes, está dentro de mí. ¿Cómo se supone que voy a escapar, si forma parte de mí?

«Aunque hayas conseguido escapar de la jaula te darás cuenta de que ahora esa cárcel va contigo a todas partes; dentro de ti», había dicho Rafael. Comprendí entonces que la jaula que Teresa llevaba a todas partes dentro de ella estaba hecha de unos barrotes distintos a la mía propia. Pero era una jaula igualmente.

—Tienes razón. No te he preguntado nada sobre ese hospital o sobre el tiempo que has pasado encerrada allí. Nada, ni una sola vez. Sé de sobra que soy una mala hermana para ti y para Verónica: ese es mi secreto oscuro e inconfesable —masculé de mala gana—. Ahora vamos, acabemos con esto de una vez. Tengo frío y quiero gritarle a alguien.

Teresa no respondió, pero oí el crujido de su ropa detrás de mí y supe que me seguía cuesta arriba.

Los cuatro edificios que rodeaban la plaza de San Dionisio también la protegían del viento helado que barría las calles del pueblo. La luz de las seis farolas de gas bañaba la plaza silenciosa y daba a las higueras —ahora sin hojas— aspecto fantasmagórico. Pasamos por delante de la estatua del Eduardo, nuestro vecino más famoso y padre de Jimena Izquierdo.

—En la casa del Alcalde no hay luz, pero la puerta de la cooperativa de vinos aún está abierta, ¿crees que Rafael está dentro? —preguntó Teresa con aspereza—. Antes se pasaba los días en el salón principal, con padre y los demás bodegueros del valle perdiendo a las cartas y culpando de todos sus males a los anarquistas y liberales. No podemos entrar en la cooperativa.

La cooperativa de vinos era un edificio de planta rectangular construido al otro lado de la plaza, justo enfrente del ayuntamiento. Tenía una altura de dos plantas, con pequeñas ventanas en su fachada; sobre la puerta doble de entrada, había un gran cartel donde podía leerse: SOCIEDAD DE CO-SECHEROS DE VINO DE LA RIOJA ALTA. COOPERATIVA DE VINOS DE SAN DIONISIO.

—Me da igual que no tengamos permiso para entrar en la maldita cooperativa. Si Rafael está ahí dentro, ten claro que entraré a buscarle.

—Ninguna mujer puede poner un pie en la cooperativa de vinos, Gloria. Es como uno de esos pomposos clubes de caballeros donde los hombres se reúnen para hablar de negocios, fumar puros o leer periódicos de otros países. No te dejarán pasar de la puerta.

Miré la puerta de doble hoja de la cooperativa, estaba

abierta pero no había luz en ninguna de las ventanas de ese lado del edificio.

—Ellos no lo saben aún, pero tarde o temprano van a tener que dejarnos entrar en su maldito edificio y dignarse a hacer negocios con nosotras —respondí—. Ya hacemos más negocio solo con las botellas de Cálamo Negro que la mayoría de las bodegas del valle con sus propios vinos. Ni siquiera hemos recogido la primera cosecha y ya tenemos más éxito que todos ellos juntos. Puede que ahora no nos dejen entrar en la cooperativa, pero pronto nos suplicarán que les dejemos hacer negocios con nosotras.

Como si quisieran llevarnos la contraria, oímos unos pasos y solo un momento después unas voces masculinas salieron por la puerta abierta del edificio. Reconocí la risa afilada de Rafael antes de verle aparecer en el vado de la puerta acompañado de dos de los hombres del Alcalde.

—Hola, hermanito —le dije antes de que él tuviera tiempo de reaccionar—. Veo que por fin te dejan jugar con los mayores y sentarte en la mesa con los hombres. ¿Estáis haciendo nuevos planes para intentar asustarnos y que nos marchemos de Las Urracas? Pierdes el tiempo, como siempre. Es lo que mejor sabes hacer.

Rafael tardó un instante en recomponerse. Una sonrisa torcida cruzaba sus labios, pero yo le conocía bien y vi los restos de la sorpresa todavía flotando en sus ojos claros.

—Vaya. Tan pronto y ya me echas de menos, Gloria. ¿Has venido a por más? —Se rio, y los otros dos se sumaron con esa risa cómplice que comparten algunos hombres cuando creen que nadie los escucha—. Y veo que te has traído a un muchacho flacucho contigo para que te ayude. ¡Ah, no!, que es Teresita. Casi no te reconozco, pensé que eras un chico con ese pelo tan corto.

Noté como las gotas de firmeza que todavía quedaban en mi hermana se evaporaban en el aire nocturno.

—Hemos encontrado tu «regalito» en la puerta —hablaba deprisa para borrar el sonido de sus risitas en la noche—. Supongo que no era suficiente con lograr que los hombres del pueblo no quieran trabajar para nosotras o con que no nos dejéis hacer negocios con los demás bodegueros y banqueros de la zona. No. Además de eso y todo lo demás, tenías que matar a ese pobre perro y dejarlo en nuestra entrada.

Rafael arrugó el ceño. Duró solo un momento, pero me pareció que no tenía ni idea de lo que hablaba.

—Estás loca. No es nada nuevo, claro, te viene de familia, como a todas las Veltrán-Belasco —respondió él—. No sé nada de ningún perro.

—Seguro que no. Igual que tampoco sabes nada sobre los sabotajes en nuestra finca, los robos de herramientas o las viñas desmochadas que he encontrado cerca del río. Tú o alguno de ellos.

—Mejor no os pongáis nerviosas, señoritas. No sea que digáis algo que podáis lamentar después. Nadie se ha acercado a vuestro terruño ni a vuestra casa de locos. Lo sabríais si hubiéramos sido nosotros.

Reconocí al hombre que hablaba y que acompañaba a Rafael. Era Linares, el jefe de los hombres del Alcalde. Como todos en San Dionisio, conocía las historias truculentas que se contaban sobre Linares: desde que había asesinado a su mujer e hijos cortándoles la garganta porque le molestaban, hasta que había estado involucrado en el asesinato de un presidente del gobierno en Madrid cortándole el paso a su coche de caballos. Linares había pasado ya los cincuenta años, su pelo era ralo y canoso, y las arrugas le habían descolgado la piel alrededor de la boca dándole un aspecto de un gran pescado que intenta respirar fuera del agua. Pero era de ese tipo de hombres con la mirada fiera y los puños siempre apretados.

—No te creo, Rafael. Sé que alguien entra en nuestra propiedad, nos han robado y he visto huellas de pisadas en la tierra húmeda que hay en la orilla. Pero lo de esta tarde ha sido demasiado.

Rafael se acercó. Al verlo ahora, iluminado por el gas ciudad de las farolas, me di cuenta de que realmente no había un solo rasgo de mis hermanas o mío en él. Lo miré todavía un segundo más, buscando algo familiar en su rostro que pudiera ayudarme a comprender cómo una mentira tan obvia había durado veintiséis años.

—Me da igual que no me creas, hermanita. No he hecho ninguna de esas cosas, estoy ocupado aprendiendo todo lo que el Alcalde me enseña sobre el negocio familiar —respondió él, tan cerca de mí, que volví a sentir su olor a tierra quemada en el aire frío—. Pero puede que haya sido ese forastero lisiado que trabaja para ti. No sé exactamente qué tareas puede hacer con esa pierna suya, pero he oído que hasta le dejas dormir en la casa algunas noches cuando hace frío. Vigila a quién metes en casa, hermanita, que luego vienen los lloros y los dos sabemos que tú eres mucho de cambiar de opinión cuando ya es tarde.

Una corriente de puro odio llenó el aire entre nosotros, parecido a lo que sucede con la electricidad antes de una gran tormenta. Linares también lo notó porque se acercó hasta donde estábamos para ponerse al lado de Rafael.

—Mejor os marcháis ya, que el camino de vuelta está oscuro y nunca se sabe lo que te puedes encontrar en las sombras —dijo Linares sin molestarse en ocultar el tono amenazante de sus palabras—. Lo mismo os pasa como a esa inglesa que os daba clases, que se os traga la tierra y nunca más se vuelve a saber de vosotras.

Ni siquiera parpadeé al escuchar su amenaza. No iba a permitir que ese hombre con aspecto de perro salvaje me intimidara. Ya no más. Guardé las manos en los bolsillos de mi vestido para protegerlas del frío y di un paso más hacia ellos.

—¿Tanto miedo tienes de tu hermana, que te escondes detrás de tu nuevo lacayo? —Conseguí que mi voz no temblara a pesar de tener los ojos encendidos de Linares clavados en mí—. Siempre serás un cobarde, Rafael. No importa cómo te apellides, eso no cambiará nunca.

Linares me sujetó por el hombro con su mano, corta pero fuerte. Noté como apretaba más de lo necesario para obligarme a dar media vuelta cuando la tela de mi vestido me arañó la piel.

—Largo de aquí. Ya —dijo entre dientes y sin soltarme—.

No tengo orden de haceros nada, pero os escarmentaba gratis a las dos y luego todavía me quedaban ganas de ir a buscar a la tercera.

Del bolsillo de mi vestido saqué la pluma estilográfica que usaba para anotar los pedidos de vino en mi libreta, le quité el tapón con un gesto rápido y se la clavé a Linares en el dorso de la mano tan fuerte como pude. Aulló de dolor y me soltó por fin. Bajo la luz de las farolas vi la tinta que había escapado de la pluma, arruinada para siempre, mezclándose con su sangre.

—Puta...

Linares se sujetaba la mano herida con la otra, apretando para dejar de sangrar. Miré un momento más la sangre oscura mezclada con la tinta escapando entre sus dedos cortos y nudosos.

—Ahora sí que iré a haceros una visita nocturna a Las Urracas —masculló con la voz ronca por el dolor.

—Inténtalo y te juro que la próxima vez te la clavaré en el cuello. No cometas el error de creer que la violencia es algo nuevo para mí —le advertí—. Que te cuente Rafael sino cómo se hizo esa cicatriz en la ceja.

—Mucho peores son las cicatrices que te dejé yo, hermanita.

La adrenalina en mi sistema, la sangre caliente de Linares que manchaba mis dedos y mi corazón latiendo deprisa contra mi pecho me gritaban para que me abalanzara también sobre Rafael.

—Te arrepentirás de esto, te lo aseguro —me prometió Linares, apretándose la mano ensangrentada.

Estaba a punto de responder, pero la mano fría de Teresa en mi muñeca me detuvo.

—Vámonos ya, por favor —la escuché decir.

—Sí, mejor marchaos ya. Y disfrutad del tiempo que os queda en Las Urracas antes de que vuelva a ser mía —dijo Rafael con ese tono prepotente que solía usar conmigo.

—Las Urracas nunca fue tuya para empezar. —Vi la expresión contrariada en su cara, sus labios apretados conteniendo la furia.—. Y que te quede claro, pienso seguir insistiendo, luchando y alzando la voz porque ya estoy harta de estar callada. He pasado callada e indefensa mucho tiempo, pero eso ya pasó. Tienes dos opciones, Rafael: acostumbrarte o marcharte de San Dionisio, porque yo acabo de empezar.

Sin molestarme en esperar su respuesta cogí a Teresa del brazo y las dos empezamos a caminar hacia el final de la plaza.

—¡Sí! Pues a lo mejor deberías preguntarle a ese tullido que trabaja para ti de qué huye exactamente —vociferó Rafael, a pesar de que aún estábamos relativamente cerca—. ¡Es un desertor! Un traidor, hermanita. Ese es su secreto oscuro e inconfesable: es un soldado huido, incluso hay una recompensa por entregarle a la justicia. Y tú le has dejado vivir en nuestra casa.

Me volví un momento para mirarle. Rafael tenía los ojos claros muy abiertos, los puños apretados, y enseñaba los dientes como un animal listo para atacar. Le había herido.

«Bien», pensé. Y por su expresión supe que era el tipo de herida que deja una cicatriz invisible en la piel.

—Es nuestra casa, no la tuya. Y si se te ocurre volver a acercarte a la finca, o a alguna de nosotras, te descerrajaré un tiro con la carabina de la tía abuela Clara —le dije con voz calmada—. Tú pierdes, y yo gano.

No volvimos al pueblo hasta una semana más tarde. Durante las noches de esa semana me aseguré de dejar bien cargada la carabina en el armario para abrigos del vestíbulo, por si acaso a Linares, o a alguno otro de los hombres del Alcalde, le daba por intentar cumplir sus amenazas. Pero no pasó nada.

Hacía varias semanas que me había trasladado al dormitorio principal en la primera planta de la casa. En otra época, esa habitación —con su gran baño anexo— había sido el dormitorio de nuestro padre, pero ahora solo servía para guardar polvo y malos recuerdos. Así que lo arreglamos con el dinero de las botellas de Cálamo Negro que encontramos en la bodega igual que hicimos con el resto de la casa. Mandamos instalar una cama alta con cabecero de capitoné tapizado en terciopelo de color azul intenso y una gran alfombra de nudos de seda sobre las tablas oscuras del suelo. En un rincón colocamos el tocador de nuestra madre con su encimera de mármol veteado, sus cajoncitos con tiradores de cristal y su gran espejo. También varias lámparas y faroles de cristal y plata que limpiamos entre las tres, siempre llenos de combustible, para no dejar rincones oscuros donde pudieran esconderse los demonios. En la pared frente a la cama, bajo la gran ventana, instalé un viejo diván de madera con grandes cojines de varios colores para poder sentarme a leer. Así, la vieja y lúgubre habitación de padre se había convertido en un dormitorio elegante y moderno.

«*C'est magnifique!*», hubiera exclamado Denise de haber estado allí. Además de todo eso, encargamos un gran armario macizo de seis puertas en Logroño para guardar toda la nueva ropa, zapatos, sombreros y el resto de cosas bonitas —y con las que antes no me hubiera atrevido ni a soñar— que tenía ahora.

«Asegúrate de dar siempre miedo o envidia a los que te critican y te temen, mi querida Gloria. La ropa y la actitud es casi lo único en una mujer capaz de intimidar a los demás. Úsalo en tu favor», me había dicho Denise Lavigny con su acento cantarín mientras me ayudaba a abrocharme su chaqueta de terciopelo para ir a visitar a nuestra madre a la cárcel de mujeres.

Todas las noches sin excepción de aquella semana vacía, me desperté sobresaltada en mi cama de madrugada convencida de haber oído voces masculinas en el vestíbulo de Las Urracas. Algunas noches era la voz de Rafael la que oía subiendo por las escaleras de madera negra para colarse por debajo de la puerta cerrada de mi nueva habitación. Otras veces era el aullido de dolor de Linares al clavarle la pluma en el dorso de la mano lo que me despertaba de madrugada. Me incorporaba en la cama, cubierta del sudor helado que siempre acompaña a las pesadillas más terribles, casi esperando que alguno de ellos estuviera oculto entre las sombras de la habitación con ese desprecio tan familiar flotando en sus ojos. También soñaba con el perro muerto en el cruce de caminos frente a la casa, solo que en mis sueños no estaba muerto del todo. Abría el hocico ensangrentado y gemía cuando Verónica lo tocaba a pesar de los insectos que recorrían su cuerpo maltratado, y yo tenía que dispararle con la carabina para rematar al animal.

Seis días después de que encontráramos al perro muerto frente a la casa, Verónica volvió a hablar por fin para decirnos que quería regresar a la escuela de oficios para señoritas.

—Mañana tengo que volver al colegio. Las niñas me estarán esperando. Nadie más sabe tocar el piano aquí y a ellas les gusta la música, sobre todo Schubert, pero también les gustan los valses y piezas más clásicas. Sí, eso es lo que tocamos los miércoles. Inocencio Izquierdo también se preguntará qué me pasa, quiere ser pintor pero no se atreve a contárselo a su hermana Jimena, así que siempre me habla de ello a mí. La última vez que hablamos estaba pintando en secreto otra vez, era un retrato mío y de mis abejas —había dicho Verónica casi de repente mientras las cuatro cenábamos en silencio alrededor de la gran mesa de comedor que había en la cocina de Las Urracas.

Teresa y yo hablamos de ello —o mejor dicho, discutimos— mientras cerrábamos el balance contable de aquel extraño último mes de invierno. Decidimos que iríamos a esperar a Verónica a la salida de sus clases al día siguiente para que no tuviera que caminar sola hasta casa después de la puesta de sol.

La escuela de artes y oficios para señoritas estaba en la parte más baja de San Dionisio. Eran tres barracones sin estufas o chimeneas, de manera que cuando empezaban las semanas más crudas del invierno la mitad de las alumnas no asistían a clase.

«Lo han construido tan cerca del cauce del río que si la presa de La Misericordia volviera a ceder, esas pobres niñas serán las únicas de todo el pueblo en morir —había dicho Diana el día que la Alcaldesa inauguró los barracones delante de medio San Dionisio—. Pero al menos tienen algo.»

Antes incluso de llegar a la explanada de tierra marrón donde estaba la escuela oí los primeros compases de piano.

—No soy ninguna experta, la música no es lo mío, pero no creo que nadie más en este mundo toque el piano como nuestra hermana pequeña —dijo Teresa con una sonrisa de orgullo—. Cuando toca, la empuja una pasión desconocida para mí. Te confieso que me da un poco de envidia, esa pasión suya.

Miré a Teresa un momento, había discutido con ella casi

cada hora que habíamos pasado juntas desde el incidente con Linares y la pluma. Parecía muy triste, más que nunca desde su regreso del hospital. Su pelo de fuego estaba volviendo a crecer, pero aún era tan corto como el de un niño, con mechones ondulados que apenas le llegaban a la nuca. Sus rasgos menudos y las pecas de su nariz le daban un aspecto infantil a pesar de sus casi veinticuatro años.

—Está tocando esa maldita sinfonía. Otra vez —repuso Teresa.

—Sí. Tiraría el dichoso libro de partituras al lago de no ser porque Verónica lo conoce de memoria y porque prácticamente duerme con él.

Pero me arrepentí de mis palabras en cuanto salieron de mis labios. Recordé las páginas del diario robado de nuestra madre deshaciéndose en el agua gélida del lago de La Misericordia la primera vez que morí.

—Solo espero que no se enteren en el pueblo: lo único que nos faltaba era que alguien descubriera el nombre de esa pieza o las extrañas anotaciones de las partituras. Imagina lo que nos dejarían en el cruce de caminos entonces.

Me reí en voz baja a pesar de todo y noté como Teresa se reía también debajo de su capa de invierno.

—A estas alturas creo que ya es un poco tarde para preocuparnos por nuestra reputación —respondí entre risas. Un par de mujeres que esperaban a sus hijas en la explanada de la escuela nos miraron con reproche mientras cuchicheábamos—. Además a Verónica le entusiasma esa sinfonía.

—Sí. No tengo ni idea de cómo encontró ese libro de partituras entre todos los demás libros, cuadernos y cachivaches que había en el viejo laboratorio de... de ella.

Para Teresa, nuestra madre había muerto para siempre la primera vez.

—Creo que Verónica podía escucharla. Puede que oyera su voz a través de los conductos del gas, o mientras caminaba en sueños por la casa. Por eso lo sabía, igual que sabía otras cosas —dije, seria otra vez—. Pero creo que escuchaba su voz y pensaba que era una de las voces que viven en su cabeza.

O un demonio; o las dos cosas. Tal vez incluso la viera alguna noche sin saberlo siquiera, cuando la señora Gregoria la dejaba salir de paseo entre las viñas.

—Ella se ha ido, pero todavía sigue encerrada en la casa. Esa es su jaula.

Teresa no me miró y supe que no quería seguir hablando del asunto. Justo en ese momento la música se fue apagando y las niñas empezaron a salir de los barracones. Después de las niñas, de todas las edades, salió la maestra para despedirlas en la puerta. Era Gabriela.

—¿Has hablado con Gabriela desde que volviste? —le pregunté con suavidad—. Al principio me preguntaba por ti casi cada día, ¿sabes?; cuando te fuiste quiero decir. Pero después del tercer año creo que le dolía demasiado preguntar. También te escribió muchas veces, me traía las cartas a escondidas a Las Urracas porque ella no tenía la dirección del hospital y no podía enviarlas sin que alguien sospechara. Están guardadas en el baúl junto con todas las cartas que te escribí y que nunca te pude enviar.

Gabriela nos miró desde la puerta de uno de los barracones al otro lado de la explanada, una distancia lo suficientemente segura como para que nadie más se diera cuenta de lo que pasaba.

—No, no he hablado con ella desde que volví. —Escuché el dolor, quebradizo como el cristal, en la voz de mi hermana al hablar—. Sé que está mal. Antes también lo sabía, pero me daba igual, solo quería estar con ella. Pero eso se acabó. No puedo evitar ser como soy, pero sí puedo evitar hacer las cosas que hacía antes. Igual que vosotras, yo tengo mis propios demonios intentando salir y arrasarlo todo.

Verónica apareció en la puerta del barracón. La vi ajustarse la capa sobre los hombros y ponerse los guantes para protegerse del frío de la tarde. Inocencio Izquierdo estaba a su lado, tan callado como siempre, pero la miraba con atención sin perderse uno solo de sus movimientos.

—Yo estaba equivocada. No estaba mal y debí habértelo dicho entonces —admití—. Gabriela te está mirando.

Noté como las mejillas pálidas de Teresa se volvían de color rosa intenso.

—¿Me está mirando? —Había un ligerísimo tono de esperanza en su voz que no oía desde hacía años—. ¿Y ahora qué hace? ¿Todavía me mira? No, espera; no mires directamente o se dará cuenta de que la estás mirando.

—Ya se ha dado cuenta. —Me reí y saludé a Gabriela con la mano. Ella me devolvió el saludo—. Vamos, ve a hablar con ella. No nos iremos a casa hasta que no hayas ido a saludarla.

Teresa dudó un instante, estuve segura de que no se decidiría, pero finalmente murmuró algo y caminó cabizbaja en dirección a los barracones. Se detuvo cuando estuvo lo suficientemente cerca de Gabriela como para poder hablar con ella, pero con mucho cuidado de no tocarla accidentalmente. No hubo abrazos ni besos de bienvenida, pero al menos se había atrevido a hablar con ella.

—Es curioso, nunca he sido muy admiradora de los comportamientos extraños o antinaturales, pero tu hermana mediana y esa chica son extrañamente... adorables.

Jimena Izquierdo estaba a mi lado mirando la escena.

—No sé a qué te refieres... —empecé a decir.

Pero ella hizo un gesto con su mano enguantada. Me fijé en el raso morado de sus guantes, a juego con la chaquetilla de su vestido decorada con abalorios brillantes y entredós de terciopelo en las mangas.

—Por favor, no sigas. Tu padre se lo contó a Marcial para que él usara su influencia y le ayudara a conseguir plaza en ese hospital especial para personas como tu hermana —añadió ella—. Pero ya veo que la terapia y las curas de agua helada no han tenido ningún efecto en su... afecto por la maestra de mi escuela.

—Han hecho mucho más que darle curas de agua helada en ese maldito hospital —respondí—. Pero supongo que la Alcaldesa de San Dionisio no se ha acercado a hablar conmigo para preguntarme por mi hermana.

Jimena inclinó la cabeza hacia un lado, como quien estudia una hormiga antes de aplastarla, e hizo algo parecido a una sonrisa.

—No, tienes razón. Como todo el mundo en el pueblo me he enterado de que estáis vendiendo un vino exclusivo, y de que, además, os va muy bien. Mejor que a nadie en todo el valle.

—Oh, comprendo. ¿Y quieres también que te venda un par de botellas con descuento, señora Alcaldesa? —pregunté con ironía.

No tenía ni idea de lo que quería de mí Jimena Izquierdo, pero sabía que no iba a ser nada bueno.

—Tenéis que parar. Cerrar la empresa y dejar de comerciar con vino, y, por supuesto, nada de recoger la cosecha este año si vuestras vides despiertan —me dijo sin perder la sonrisa—. Buscaos otra cosa que hacer para vivir: vende los cosméticos que fabrica tu hermana mediana, cásate con ese francés rico o convierte a Verónica en una estrella del piano en los teatros europeos. Me da igual lo que hagáis, pero no podéis producir ni vender vino. Y tenéis que dejar Las Urracas.

Parpadeé, genuinamente sorprendida.

—Sí que debe estar desesperado mi querido hermano para enviarte a ti a darme su mensaje —respondí—. Me sorprende que precisamente tú hayas aceptado las órdenes de Rafael.

—A mí me importa muy poco Rafael y el lío que te traigas con él, eso es solo cosa tuya. Pero van a echaros de la casa y eso sí me concierne.

—¿Por qué? —pregunté—. ¿Qué te importa a ti que nos echen de Las Urracas?

—Están planeando algo para arrebataros la finca, mi marido y él, algo realmente malo contra vosotras. Cuanto antes os marchéis mejor será para todos, sobre todo, para vosotras. —Unas mujeres pasaron a nuestro lado y saludaron ceremoniosamente a Jimena, que les sonrió de vuelta antes de añadir—: Alguien va a empapar la tierra de Las Urracas con su sangre y no serán ellos. Cuando Marcial quiere algo no se detiene jamás, lo he visto antes. Y Rafael es igual que él solo que más estúpido: cree que tiene derecho a tener lo que desea.

Si os interponéis entre él y algo que él considera su derecho, siempre acaba igual. Con sangre.

Cada vez quedaban menos niñas en la entrada de la escuela. La mayoría se había ido por la cuesta que llevaba al pueblo, solas o, las más pequeñas, acompañadas por sus madres.

—¿Y a ti qué te importa lo que nos pase? Nunca has movido un dedo para ayudarnos. ¿O es que te preocupa que las Veltrán-Belasco nos convirtamos en la familia más poderosa del valle? —le pregunté en voz baja para que nadie pudiera escucharme—. Es eso. Temes perder tu influencia en este pueblo y en toda la comarca del vino si nosotras seguimos con el negocio. Por eso quieres que nos marchemos de Las Urracas. Pues eso no va a pasar. Y puedes decirle a tu marido que deje de enviarnos a sus hombres para intentar asustarnos...

—No eran los hombres del Alcalde —me interrumpió, visiblemente molesta—. Si Linares o los suyos hubieran entrado en vuestra finca ahora mismo no estarías aquí hablando conmigo, eso te lo aseguro. Han tenido que coserle la herida de la mano, por cierto.

—Fuiste tú —dije, sintiéndome como una tonta por no haberme dado cuenta antes—. Los robos, los sabotajes en la bodega, las viñas arrancadas... Todo has sido tú. Y el pobre perro.

Ahora me parecía evidente que Jimena estaba detrás de todo. Esa manera sutil de presionar a alguien estaba completamente fuera de la imaginación de Marcial Izquierdo o de Rafael. Sin embargo, Jimena era quien movía los hilos de San Dionisio —y del resto de la comarca— sin que nadie la viera hacer otra cosa más que sonreír y organizar meriendas para los pobres. No le llamaban la Alcaldesa porque sí.

—Sí, fue cosa mía. Una mujer en mi posición debe tener secretos y aliados para mantenerse en el poder. Yo también tengo hombres que trabajan para mí, solo que son considerablemente más discretos que los hombres de Linares. Y cumpliendo mis órdenes ellos han entrado en vuestra propiedad para asustaros y conseguir que os fuerais —admitió sin inmutarse—. Pero lo del perro no fue cosa mía.

—Claro, todo lo demás sí, pero lo del perro no fue cosa tuya —respondí con sarcasmo—. ¿No esperarás que te crea?

—No me importa que me creas, quería ayudaros.

—¿Ayudarnos? Y de paso, ahorrarle a tu marido tener que echarnos él mismo de la finca y del negocio —le recordé—. Un hombre como Marcial Izquierdo no puede permitirse empezar una guerra con nuestra familia, no ahora que nuestro negocio de exportación de vinos marcha tan bien. Si otros bodegueros de la zona ven que le desobedecemos ellos lo harán también, entonces el Alcalde perderá su influencia, su poder. Y tú también.

Pero Jimena sacudió la cabeza, me pareció preocupada y por un momento casi me sentí tentada de creer lo que decía.

—¿Crees que Rafael va a conformarse y despedirse de Las Urracas sin más? Ni hablar. Estos meses se ha mantenido callado y sin armar escándalo porque Marcial es muy bueno engatusando a la gente, te lo digo yo. Pero Rafael se está impacientando. —Jimena le hizo un gesto a su hermano pequeño para que se acercara a ella e Inocencio comenzó a caminar hacia nosotras acompañado por Verónica—. No pasará mucho más tiempo hasta que Rafael se empeñe en reclamar vuestras tierras.

—No puede reclamar nada. No, sin tener que demostrar que es realmente el heredero de los Veltrán-Belasco —respondí, mucho más segura de lo que me sentía en realidad.

Al contrario de lo que me sucedía con Linares, Rafael o el propio Marcial Izquierdo —que me provocaban una furia sorda y abrasadora en la boca del estómago—, los modos suaves y la astucia natural de Jimena sí me intimidaban.

—¿No lo entiendes? —me dijo con la voz aguda por el miedo—. Irán a por vosotras aunque para ello tengan que prenderle fuego a todo el pueblo. Ellos creen que tienen derecho y vosotras os interponéis en lo que consideran que es suyo.

—Pues que vengan. Ya saben dónde estamos —respondí con frialdad—. Y si vuelvo a ver a alguno de tus hombres merodeando por mi propiedad le dispararé sin importarme lo discreto que sea.

Di un paso para apartarme de ella e ir en busca de mis hermanas, pero Jimena me tocó el brazo como si fuéramos amigas y hubiera olvidado contarme algo importante.

—¿Crees que Rafael es malo? ¿De quién crees que lo ha heredado? —me advirtió, y por primera vez intuí el miedo en sus ojos negros—. No tienes ni idea de cómo es Marcial Izquierdo en realidad. Habéis despertado algo terrible.

La última noche de invierno la luna llena iluminaba las cepas y la tierra alrededor de Las Urracas. La luz plateada era tan intensa que entraba por el ventanal de mi nueva habitación en el primer piso y me despertó, convencida de que había una tormenta fuera.

No volvería a quedarme dormida. Esa misma tarde había terminado de leer Jane Eyre, que todavía estaba en el sofá junto a la ventana donde lo había dejado. Me levanté, y un escalofrío corrió por mi piel debajo de la gasa marfil de mi camisón. Busqué con la mirada el chal de lanilla azul cielo para protegerme del frío intenso, esa semana había sido la más fría de aquel interminable invierno. Me acerqué al diván junto a la ventana para coger el chal y entonces lo vi: unas luces bajaban por el camino de San Dionisio en dirección a la finca.

Salí deprisa de la habitación y me asomé sobre la balaustrada negra de la escalera. El vestíbulo y la entrada de la casa estaban en silencio. No sabía cuánto tiempo tenía antes de que las luces llegaran al cruce de caminos, así que bajé corriendo las escaleras, con cuidado de no pisarme el camisón, y cogí el arma y la caja metálica con las balas del armario del vestíbulo.

Hasta más tarde no me daría cuenta de que estaba descalza. Cuando mis pies tocaron el suelo de piedra de la entradilla la furia sorda ya había cubierto todos mis sentidos con una capa de insensibilidad que se pegaba a todo lo demás. Estaba tan enfadada que ni siquiera se me ocurrió despertar a mis hermanas o a los demás, salí sola a la noche gélida con la carabina en una mano y la cajita con las balas en la otra.

Caminé deprisa sobre la tierra oscura en dirección a las columnas de piedra con nuestro apellido tallado en ellas. El aire helado me removía el pelo suelto y hacía ondear mi camisón.

Cuando ya estaba a medio camino conté cuatro luces acercándose hasta la entrada de la propiedad. Supuse que serían Linares y otros tres más, dispuestos a cumplir la amenaza que me hizo la noche en que casi le atravesé la mano con la pluma estilográfica.

Eran antorchas, ni faroles ni lámparas, me di cuenta cuando ya estaba casi en los pilares de piedra. Nada más en el mundo tiene el resplandor del fuego de madrugada. A pesar del frío intenso me ardían los pulmones de respirar deprisa para llegar antes que ellos a la entrada.

—No vienen a por usted, señora Gloria. Ni tampoco a por sus viñas, no esta vez al menos.

Miguel estaba de pie cerca de uno de los pilares. No le había visto hasta ese momento porque solía ser silencioso como un gato. Sus extraños ojos color de otoño estaban fijos en las luces que bajaban por el camino, más cerca de nosotros cada vez. Los botones de su camisa blanca estaban abiertos hasta la mitad y sus mangas recogidas hasta el codo, me fijé entonces en las cicatrices largas y afiladas que subían por sus brazos. Me recordó a las marcas finas que dejan las patas de los pájaros más pequeños al caminar sobre la nieve. Su pelo estaba revuelto, como si se hubiera despertado de repente también. Al menos él había tenido tiempo de ponerse los zapatos.

—Usted es la patrona y es quien manda, pero debería volver dentro de la casa y cerrar la puerta, por si acaso.

—Vienen a buscarte a ti. —No era una pregunta. Recordaba lo que Rafael me había contado acerca del misterioso guardés de Las Urracas.

—Vienen a intentarlo.

Le miré. El fuego, más cercano cada vez, arrancaba chispas de sus ojos. Noté que llevaba algo en la mano, un revólver que brilló un momento bajo la luz de la luna.

—Les pagaré. Yo misma les daré el dinero de tu recompensa a cambio de que se vuelvan por donde han venido. —Escuché mi voz titilar y no supe si era por el frío o por algo más.

—Se lo agradezco, señora Gloria, pero hay una cosa que algunos hombres ansían más que el dinero. El poder. —Miguel se acercó hasta mí, los dos de pie en la primera línea junto a los pilares de piedra—. El poder es algo invisible pero tan inamovible como una roca: algunos lo tienen, otros sueñan con él antes de quedarse dormidos... y otros lo combaten. Usted es una amenaza para el poder, señora Gloria. Desobedece. Y el poder siempre busca aplastar a quienes desobedecen.

—No desobedezco por gusto, lo que pasa es que no me han dejado otro remedio, ni a mí ni a mis hermanas. Desobedecer o morir —dije, todavía pensando en lo que él acababa de decir—. Siento que le hayan descubierto por mi culpa, de no haberle contratado para trabajar en la finca nadie en este pueblo se hubiera fijado en usted.

—Todavía puede volver a la casa, señora Gloria.

—Ni hablar. Una vez vi cómo esos mismos individuos se llevaban a un hombre que yo sabía que era inocente y no hice nada para impedirlo. No permitiré que se lo lleven a usted.

Miguel sonrió, la sonrisa torcida de alguien que ha escuchado muchas promesas de las que no pueden cumplirse.

—Yo no soy inocente —me dijo.

—Igualmente no dejaré que se lo lleven —le prometí.

El resplandor del fuego abrió un agujero en la oscuridad de la noche, más cerca de la casa cada vez.

—Solo son cuatro.

—¿Solo? —Casi tuve que contener una sonrisa—. Veo que no mentía usted cuando dijo que sabía usar armas y disparar. ¿Aprendió en el ejército?

—En el ejército solo aprendí a matar —respondió, sin ninguna emoción en la voz—. Por eso al final a mí tampoco me quedó más remedio que desobedecer.

Los cuatro hombres que bajaban por el camino estaban ya tan cerca que pude reconocer a Linares bajo la luz de su antorcha. Tenía puesto un sombrero ajado de fieltro negro que ocultaba sus ojos hundidos rodeados de piel caída, en la mano libre llevaba un palo tan alto y grueso como un niño de ocho años. Nada más verle recordé la noche en que se llevaron al Aguado, después de que Rafael le delatara: sus risas compartidas al otro lado del río y el sonido de ese mismo palo grueso golpeando la carne del Aguado mientras él estaba en el suelo. No estaba dispuesta a dejar que la escena se repitiera.

—Vaya, vaya. Veo que os hemos sacado de la cama —dijo Linares cuando llegó al cruce de caminos—. Vamos a llevarnos al tullido, es una pena que vayas a tener que volverte tu sola a la cama fría, pero más vale que te vayas acostumbrando. Ningún otro hombre en este pueblo está tan desesperado como para hacerte compañía.

Linares se rio y los otros tres se rieron con él.

—¿Qué te crees que haces en mi propiedad? Ya os estáis largando, tú y los imbéciles que te acompañan. ¡Fuera!

Las risas se apagaron. Sentí como los cuatro hombres se ponían tensos, no estaban acostumbrados a que una mujer les hablara como yo acababa de hacer. Noté la manera en que Linares sujetaba el palo con más fuerza, preparándose para atacar.

—Venimos a por el lisiado. Hay una recompensa muy jugosa por entregarle. —Linares señaló a Miguel con el palo.

—¿Os paga el Alcalde? —pregunté, pero luego lo pensé mejor y añadí—: No, seguro que os envía el cobarde de Rafael. Es más su estilo, hacer que sean los demás los que se ensucien las manos por él.

—Eso no importa. El lisiado es un traidor de nuestro ejército, un renegado. Abandonó a sus compañeros desplegados en el Rif hace un par de años, antes de que empezara la guerra. Los dejó a su suerte y se unió al bando de esos salvajes para luchar contra los hombres de su propio país. ¡Contra los valientes que están luchando por todos nosotros en ese asqueroso desierto dejado de la mano de Dios! —gritó Linares, mirándole con desprecio—. No eres más que una vergüenza de hombre, un cobarde. Y ahora te escondes detrás de las faldas de las Veltrán-Belasco. O debajo, más bien.

Los tres hombres detrás de Linares se rieron del chascarrillo.

—No sabes lo que dices. No había gloria en ese desierto ni en esa guerra, y desde luego no había valientes —respondió Miguel con voz rasposa. Hizo una pausa como si le supusiera un gran dolor pronunciar cada palabra—. Si hubieras visto lo mismo que yo, tú también habrías cambiado de bando, al final prefería poder dormir por las noches antes que cumplir las órdenes. Por eso me uní a los rebeldes, solo que sigo sin poder dormir.

Miré a Miguel de refilón. Recordé todas las noches que le había visto trabajando entre las cepas de madrugada, revisando el camino de la casa en la oscuridad o paseando junto al río en lugar de dormir.

—Guárdate tus mentiras, tullido. Aquí, a los perros que se vuelven en contra de sus amos se les sacrifica. Un golpe en el cuello y el chucho traidor no vuelve a revolverse.

—Él es mi empleado. Si quieres llevártelo contigo tendrás que hacer venir a un juez desde Logroño para que firme la orden de detención él mismo —dije, intentando no pensar en el cuerpo del perro que habíamos encontrado en ese mismo cruce—. De lo contrario ya estáis volviendo por donde habéis venido.

—Los hombres de esas tribus del desierto no son más que sucios monos con fusiles y cuchillos, pero tu perrito guardián los prefiere a los suyos. Si yo fuera tú daría las gracias por seguir de una pieza, deberías ver lo que esos monos del desierto les hacen a las mujeres...

—¡Nadie va a ir a ningún lado! —le corté, gritando al borde del cruce de caminos—. Y desde luego vosotros no vais a poner un pie en mis tierras. No, si queréis poder volver a subir ese camino por vuestro propio pie.

Hice una pausa y levanté la carabina para asegurarme de que la habían visto. Los otros tres se quedaron quietos donde estaban, pero Linares dio un paso más hacia el cruce de caminos.

—A mí no me asustas con eso. Sé de sobra que no vas a disparar, y aunque lo hagas, no tienes puntería para acertarnos. ¿Crees que Rafael no me ha hablado de ti? No eres más que una literata, una mujer que se pasa el día leyendo, enterrada entre montones de papel e intentando levantar el negocio ruinoso de su familia. Eres la criatura más inofensiva de la tierra. No eres más que una mujer con un rifle.

Se rieron otra vez. Todo el aplomo que habían perdido al ver la carabina parecía haber vuelto de golpe a su sistema, pero intenté que no se dieran cuenta de lo mucho que me afectaban sus risas de hiena.

—¿Qué tal tu mano? Espero que no te duela mucho. He oído que han tenido que coserte la herida —le recordé—. Para una vez en tu vida que te acercas a una pluma estilográfica resulta que te dejará una bonita cicatriz.

Linares todavía llevaba la mano derecha vendada donde sujetaba la antorcha. Vi la expresión de su rostro iluminada por el fuego: me hubiera golpeado de haber estado más cerca.

—No volverás a pillarme desprevenido, demonio. Esta noche hemos venido a por él, pero alguna otra noche vendremos a por ti y a por las otras dos.

Una ráfaga de viento del oeste salió de la nada y atravesó el cruce de caminos. Un remolino de polvo centelleó a la luz del fuego un segundo antes de correr por el camino en dirección a la casa. Sentí el polvo áspero rozándome el camisón y la piel al pasar junto a mí, como un demonio invisible de dedos secos y agrietados. Solo un momento después, en el patio detrás de la casa, la campana empezó a sonar llenando el aire de la noche.

—Parece que los demonios caminan esta noche por Las Urracas —dije por encima del sonido de la campana—. Lo mejor que podéis hacer es marcharos.

La campana tañó tres veces más, después se detuvo, pero

el eco todavía corrió libre por la tierra oscura para regresar hasta nosotros.

—No sé qué más trucos te ha enseñado el demonio, pero no te servirán de nada, mujer. El desertor se viene con nosotros.

Miguel no se había movido, seguía de pie a mi lado. Sus dedos largos acariciaron el revólver en su mano igual que si hubiera extrañado su contacto. Me recordó al alivio familiar, y culpable, que sentía cuando fumaba después de días sin haberlo hecho.

—Fuera de mi propiedad —repetí.

Sujeté la carabina con fuerza, sentí mis dedos agarrotados por el frío cerrándose alrededor de la culata de madera de cerezo.

—Técnicamente... —empezó a decir Linares— aún no estamos en tus tierras. El cruce de caminos es propiedad del demonio. La tuya empieza justo después de esos pilares.

Dio un paso, y después otro, sin perder esa odiosa media sonrisa en su boca flácida. Los otros tres hombres le siguieron y atravesaron muy decididos el cruce de caminos avanzando hacia nosotros. Apoyé la culata de la carabina en mi hombro, empujé el cerrojo lateral con la palma abierta de la mano y apreté el gatillo.

El estruendo del disparo retumbó en la pared de piedra de Las Urracas y llenó mi cabeza. Me dolía el hombro por el golpe del retroceso, entonces sentí algo caliente en mi mano derecha. Era sangre. Me había pellizcado la piel de la palma con el cerrojo y sangraba.

—¡Estás loca! —Linares dejó caer la antorcha al suelo haciendo que las sombras se volvieran más afiladas—. Disparas a tus vecinos para proteger a un forastero. ¡A un traidor! Estás tan desquiciada como lo estaba tu madre.

Todavía con el sonido del disparo en mis oídos, noté el aire helado con olor a pólvora llenando mi pecho que subía y bajaba deprisa debajo del camisón, mi pelo suelto pegándose a mi frente por el sudor frío.

—Pero tienes mala puntería. Ya te lo dije: no eres nada,

solo una mujer inútil con una carabina que no sabe disparar. No pongas las cosas peor, apártate, anda.

Los otros tres le animaron con gritos graves, uno incluso aplaudió y vi su aliento a la luz de las antorchas.

—Marchaos, o te juro por Dios que dispararé y dejaré que os desangréis en mi puerta. ¡Fuera!

Pero los cuatro hombres se rieron y atravesaron el cruce.

Con los dedos agarrotados volví a cargar la carabina dejando un rastro de mi sangre en el cerrojo de metal, apunté al que estaba más cerca de los pilares de piedra y apreté el gatillo.

El humo del disparo tardó un instante en disiparse y dejarme ver, pero oí un grito de dolor seguido del ruido de un cuerpo al caer al suelo. Le había dado.

—Vaya, parece que sí sé disparar después de todo.

El que estaba en el suelo se retorcía de dolor mientras se sujetaba el brazo izquierdo. Había dejado caer su antorcha cerca de donde estaba y gritaba tanto que era cuestión de tiempo que alguien de la casa saliera para ver qué estaba pasando.

—¡Zorra! Me has disparado.

Linares caminó a grandes zancadas hacia donde estábamos levantando la tierra a su paso, pero volví a cargar la carabina tan deprisa como pude y le apunté.

—Da un paso más y el siguiente disparo será para ti —le aseguré con voz firme.

Linares dudó un momento, pero se quedó quieto muy cerca, mirando el cañón humeante del arma. Me fijé en como la sangre empezaba a manchar la tela blanca de la camisa del que estaba en el suelo. Bajo la luz del fuego su sangre me pareció negra.

—Joder... cómo duele —gimoteó el que estaba en el suelo—. ¿Con qué me has disparado?

—¿Duele? Mejor. Estas balas son especiales, están bañadas de aceite de ortiga —le expliqué con voz calmada—. No te matará, pero la herida te picará horriblemente durante meses, puede que años. Incluso después de que esté curada seguirás sintiendo ese quemazón debajo de tu piel, pero nunca podrás rascarte. Piensa en ello la próxima vez que tengáis ganas de volver aquí.

Bajé la carabina. Me ardía la herida en la mano mezclada con la pólvora y estaba segura de que al día siguiente tendría un gran moratón en el hombro por el retroceso. Pero Linares y los otros tres parecían genuinamente sorprendidos por primera vez en sus vidas.

—Ahora largaos, vamos. Y llevaos a vuestro amigo de vuelta al pueblo. No quiero que se desangre frente a mi casa —dije con frialdad.

Los otros dos obedecieron y ayudaron al que estaba en el suelo a levantarse entre gemidos de dolor, ahora había más sangre en su camisa. Le sujetaron por debajo del hombro sano para que se mantuviera en pie y los tres echaron a andar penosamente hacia el camino de tierra de vuelta a San Dionisio. Antes de marcharse con ellos, Linares se volvió hacia mí:

—Algún día, cuando menos te lo esperes, volveré a por ti. Demonio.

El viento del oeste sopló en el cruce agitando mi pelo de fuego.

—Y yo te estaré esperando.

Después Linares dio media vuelta, le vi alejarse por el camino hasta alcanzar a los otros tres y perderse en la noche.

CUARTA PARTE

LA VENDIMIA MALDITA

DOS TIPOS DE LÁGRIMAS

El invierno de aquel año nos dejó poco a poco. Al contrario de lo que sucedía con casi todas las personas de nuestra vida, el invierno se resistía a abandonar Las Urracas. Los días se volvieron más brillantes y la luz lechosa que cubría el valle dejó paso al cielo azul pálido de primavera. Una promesa de la primavera, tan frágil como la escarcha que abrazaba las cepas hasta bien entrado el día.

—Tal vez este año, puede que por fin este año tengamos cosecha en Las Urracas —murmuré, antes de darle otro sorbo a mi taza de café.

Estábamos en marzo y era una mañana especialmente fría, pero era también el tercer día seguido con el sol calentando la tierra.

—¿Cuántos años han pasado desde la última cosecha? —preguntó Miguel con su habitual tono reservado.

—Veinte. Veinte años vacíos.

Acerqué la taza a mis labios y soplé antes de beber de nuevo.

Estábamos en el patio trasero, la enorme sombra de la casa no se proyectaba en ese lado de la finca hasta mucho más tarde, cuando el sol empezaba a esconderse en el horizonte. Llevaba un chal de color granate sobre los hombros para protegerme del frío de la mañana. Teresa y Verónica desayunaban en la cocina bien caldeada, pero desde hacía un par de semanas, yo me sentía demasiado inquieta por las mañanas como para poder sentarme a desayunar con mis hermanas. Así que nada más levantarme, salía al patio trasero para ver las viñas. Diana siempre estaba allí, caminando descalza entre las hileras de cepas. De vez en cuando la escuchaba cantar a las plantas desde donde estaba, otras, veía cómo acariciaba los troncos leñosos de algunas viñas al pasar a su lado. Era primavera, así que pronto empezarían a asomar los primeros brotes en los sarmientos. Pero de momento, ninguna de las dos habíamos visto ningún cambio en las cepas.

—¿Y qué pasará si no se despiertan? —quiso saber Miguel.

—Que pasaremos otro año esperando. Y todos los que creen en los demonios y las maldiciones se convencerán un poco más de que nuestra tierra está tan endemoniada como nosotras.

Le miré un momento, siempre pensativo, con sus ojos terrosos estudiando el horizonte como si estuviera a punto de marcharse en cualquier momento. Me había acostumbrado tanto a Miguel y a su presencia silenciosa, que secretamente me preocupaba que algún día dejara Las Urracas y nos abandonara también. Que me abandonara. Dependía de ese hombre taciturno y discreto para que guardara mis secretos, un hombre del que apenas conocía el nombre y poco más. Además de su nombre —suponiendo que fuera su verdadero nombre— no sabía mucho más de quien se había convertido en mi mano derecha y en mi apoyo. Había estado destinado en el Rif, en las tropas de refuerzo en la zona, pero había desertado antes de que empezara la guerra. Ni siquiera le había preguntado qué era lo que le había sucedido en la pierna o cómo se había hecho esas extrañas cicatrices en los brazos.

—Nunca se lo he preguntado y eso que lleva ya un tiempo con nosotras, ¿cree usted en demonios? —pregunté sin dejar de mirar las hileras de cepas.

No necesité mirarle para intuir una media sonrisa en sus labios. Desde el incidente con Linares y sus hombres, Miguel no se había separado de mi lado. Ninguno de los dos había vuelto a mencionarlo, igual que no habíamos vuelto a mencionar el asunto del cuerpo que hundimos en el lago de La Misericordia. Aquella era simplemente otra de las cosas invisibles que nos unían.

—Me temo que yo no soy de los que creen en demonios o fantasmas, señora Gloria. No soy de los que creen, en nada —respondió con un ligerísimo matiz de pesar en su voz—. Pero en el desierto, cuando el sol se esconde, alrededor de un fuego se escuchan historias increíbles sobre demonios del viento y del aire.

Le miré sorprendida.

—¿Demonios del viento y del aire? —repetí, casi como si esas palabras fueran un tipo poderoso de hechizo—. Nunca había escuchado algo así. ¿Y qué hacen esos demonios?

—Algunos son invisibles a los ojos o tienen cabeza de animales, pero otros tienen el rostro de cualquiera de nosotros, incluso de alguien conocido —empezó a decir—. Solo que un poco diferente, pequeños detalles que cualquiera podría pasar por alto: los ojos un poco más oscuros, los dedos de las manos más largos, una risa distinta... Llegan arrastrados por el viento del oeste.

Miré la veleta con las urracas en el tejado de la casa y sonreí.

—Durante el día es fácil no creer en demonios, pero por la noche, cuando la tierra se enfría y se vuelve negra, esta casa te hará creer que eso que temes en secreto es real.

Miguel estudió la fachada de piedra de sillería detrás de nosotros un momento. Al ver su expresión casi le imaginé, en otra vida, escuchando historias sobre demonios del viento alrededor de una hoguera.

—¿La casa está embrujada? —me preguntó, casi como si pensara que tal cosa fuera posible.

—Hay dos tipos de embrujo en esta vida: el que tienen algunos objetos o casas, y el que algunas personas llevan dentro. Y cuando se juntan ambos, los demonios caminan libres.

Cuando levanté la cabeza de mi taza para mirarle noté lo cerca que Miguel estaba de mí. Su mano rozaba mi falda granate y podía sentir el calor de su piel en el aire frío de la mañana.

—Yo no creo en demonios, solo en el mal que hacen los hombres —susurró, cerca de mi oído—. He visto lo que los hombres pueden hacerse. No hace falta ningún demonio o espíritu maligno para causar sufrimiento a otros.

—Ahora lo sé —dije sin pestañear—. Sí que estamos endemoniadas las Veltrán-Belasco. Endemoniadas desde el mismo momento en que nacemos, antes incluso; infectadas por algo oscuro y siniestro que vive dentro de nosotras y que empuja nuestras acciones. Pero no es ningún demonio, ahora lo sé. Es el dolor. El dolor corre por nuestras venas como un veneno dulce y espeso. Esa es nuestra verdadera herencia. Y también una enfermedad mental para lo que no existe cura ninguna. Nuestra madre la tenía, y sus tías, y mi hermana pequeña... y seguramente yo también la tenga.

—El dolor convertido en enfermedad mental. O al contrario.

—O ambas cosas —respondí con una sonrisa triste—. De todas formas, poco importa eso, las tres juramos hace años que nunca tendríamos hijos para evitar transmitir nuestros demonios a nadie más. Nosotras seremos las últimas endemoniadas.

—Es una lástima. Un apellido tan único como el de su familia se perderá para siempre. No hay muchas personas ahí fuera que lleven dos veces la palabra «cuervo» en su nombre.

—¿Dos veces? —recordé que Vinicio me había contado que Veltrán significaba «cuervo» en francés—: ¿Belasco?

Miguel guardó las manos en los bolsillos de su pantalón marrón de trabajo.

—De donde yo vengo, Belasco significa cuervo.

Parpadeé sorprendida por la coincidencia. También porque ese era casi el primer detalle personal que Miguel compartía conmigo.

—Habla francés. —No era una pregunta, recordé que había pasado años destinado en el norte de África—. ¿Y de dónde es en realidad? Si no le importa que se lo pregunte. Ya sé que su acento es del norte, pasado Vitoria, pero...

Iba a decir algo pero entonces oí un grito. No era un grito de dolor ni de angustia. Era de pura alegría.

—¡Hay lágrimas! —gritó Diana desde el viñedo—. Los sarmientos están llorando. ¡Ven corriendo, Gloria!

Atravesé el patio empedrado y llegué a la tierra marrón donde crecían ordenadas las cepas. Diana estaba un poco más adelante, en el camino que cruzaba el viñedo hasta la orilla del río dividiéndolo en dos mitades casi idénticas.

—¡Sabía que sería este año! Ya lo creo que sí —añadió Diana a viva voz—. Estas bastardas dormilonas tenían que despertar tarde o temprano.

Miré alrededor, al principio me pareció que las cepas estaban tan perdidas en su sueño como siempre: un ejército ordenado de plantas sin hojas y troncos retorcidos sobre sí mismos. Pero entonces el sol pareció iluminar el viñedo con más fuerza y vi las lágrimas brillando en algunas plantas.

—Están llorando... —dije, con un nudo al final de la garganta—. Las viñas están llorando.

El sol de primavera arrancaba destellos en los sarmientos, como perlas de cristal suspendidas al final de cada rama. Di un rápido vistazo desde el camino, me pareció que todas las plantas alrededor lloraban.

—Lo hemos conseguido, ¡por fin! —exclamó Diana—. Sabía que los viñedos de Las Urracas despertarían antes de morirme. ¡Pero hay que ver cómo se han hecho de rogar los muy desgraciados!

Diana me abrazó. Su gesto me cogió por sorpresa e hizo que se me encogiera el corazón en el pecho sin saber muy bien por qué. Yo no estaba muy habituada a los abrazos —o a cualquier otra demostración de ternura— y ella no era precisamente el tipo de persona que acostumbrara a darlos.

—Siempre supe que lo conseguirías. Has traído la vida de vuelta a Las Urracas, Gloria —me susurró, entre lágrimas de alegría.

—¿Qué significa? —preguntó Miguel, mirando las plantas con curiosidad—. ¿Por qué parece que lloran?

—Lloran por las heridas de la poda de este invierno. Después del letargo del invierno, las plantas se despiertan al empezar la primavera y bombean savia otra vez —empecé a decir—. Gracias al calor del sol la savia es más líquida y recorre la planta por dentro. Cuando llega a uno de los cortes de la poda, la planta «llora» a través del corte goteando y formando lágrimas. Llora savia hasta que cicatrizan los cortes, pero no son lágrimas de tristeza, son lágrimas de alegría. De la vida que regresa.

Miguel me miró, después alargó la mano para rozar uno de los sarmientos que lloraba. La gota de savia transparente y pegajosa resbaló por su dedo.

—Habrá cosecha —dijo. Y sonrió.

Nunca le había visto sonreír así antes: como si fuera posible. Intenté ignorar esa luz intermitente y cálida que revoloteaba dentro de mí cuando estaba a su lado.

«Puede que la vida esté regresando a todos nosotros, no solo a las cepas», pensé, con los ojos brillantes y la sensación de que todo era posible aún revoloteando contra mi pecho.

—Sí, habrá cosecha en Las Urracas —respondí.

Puede que fuera por el tenue sol de primavera, pero me pareció que, en ese momento, Miguel también pensaba que todo era posible: incluso las cosas buenas. Iba a decir algo más, pero justo entonces las voces de mis hermanas llenaron el aire fresco de la mañana. Teresa y Verónica corrían por el camino de tierra entre las viñas, cogidas de la mano. Se reían emocionadas como si los últimos años de nuestra vida hubieran sido solo un mal sueño.

—¡Lloran! Los sarmientos están llorando —gritaba Teresa con una gran sonrisa en sus labios. Casi la primera que veía en ella desde que regresó.

Las dos me abrazaron con fuerza cuando llegaron hasta mí convertidas en un remolino de pelo cobrizo, lazos de raso y encaje de color hueso.

Dos veces por semana iba a San Dionisio para enviar cartas, telegramas o para organizar los envíos de vino hasta Haro. Había que colocar las carísimas —y también frágiles— botellas de Cálamo Negro en cajas de madera bien protegidas con heno y serrín para amortiguar los golpes y baches del camino, y hacerlas llegar en carro de caballos hasta Haro. Después el encargado de la estación de tren allí —al que pagábamos una pequeña fortuna cada mes— se ocupaba de que nuestra mercancía subiera a salvo al tren rumbo a Bilbao y después a Francia.

—Es lento, es caro y, además, no hay garantías de que el vino llegue realmente a su destino. Ahora solo enviamos dos o tres cajas de botellas, pero ¿qué pasará cuando mandemos una docena o dos de cajas? —me preguntó Teresa cuando salimos de la oficina de Correos—. No podemos administrar un negocio con tanta incertidumbre. Hay demasiadas variables a tener en cuenta, muchas cosas que pueden salir mal.

Suspiré y me coloqué de nuevo el velo de mi tocado para protegerme los ojos del sol.

—Lo sé. Y también me hace mucha gracia ver cómo funciona tu mente científica —admití con una media sonrisa. Después añadí—: He estado pensando mucho en el asunto del ferrocarril. Necesitamos una parada de tren en San Dionisio. Es ridículo que no exista una ya.

—Pero ¿y el Alcalde?

La plaza estaba cerca, desde la entrada de la oficina de Correos podía ver el tejado del ayuntamiento y de la casa-torre de los Izquierdo.

—Tendrá que ceder. Tú eres científica, sabes bien lo que sucede cuando aplicas suficiente presión sobre algo. Al final siempre acaba cediendo —dije con voz calmada—. Ya he empezado a hablar con otros bodegueros de la zona sobre tu idea de la estación. En secreto. Un par de ellos no parecen muy dispuestos, pero la mayoría están con nosotras, nos apoyarían. Pero les da demasiado miedo Marcial Izquierdo.

—Sin los bodegueros del valle y el resto de empresarios que ahora le apoyan, los Izquierdo terminarán por perder su influencia y el poder. —Teresa me miró, siempre se ponía un sombrero cuando salía para que la gente no se le quedara mirando su pelo corto—. Vas a hacerles daño, Gloria. Mucho más del que nadie les haya hecho en años. ¿Estás lista para lo que vendrá después?

De nuevo tuve la sensación de que mi hermana mediana seguía encerrada entre los muros de ese hospital, muy lejos de mí. La mujer que me miraba con ojos preocupados era solo su fantasma, como en los cuentos góticos de espectros que tanto me gustaba leer. Una aparición que se había materializado en el aire como una manifestación del dolor de Teresa.

—Ya no tengo miedo. No me queda más miedo —respondí con voz firme—. Yo misma se lo diré a Marcial, lo del tren. Iré a buscarle ahora mismo y le contaré lo que he estado hablando a sus espaldas con el resto de empresarios del valle.

—No... por favor. No hagas nada, solo déjalo estar —me suplicó.

Me fijé en que Teresa cerraba las manos y se arañaba las palmas intentando hacerse daño. La sujeté para que dejara de hacerlo, pero vi la sangre roja y brillante formando líneas temblorosas en su piel.

—Tú fuiste la primera que me enseñaste a desobedecer.

A Rafael. ¿Recuerdas cómo le echamos de mi habitación aquella noche, cuando Verónica atrapó la luciérnaga? —le dije, sin soltarle las manos aún para evitar que se hiciera más daño—. ¿Recuerdas su cara? ¿Lo enfadado que se marchó cuando le hicimos frente. Juntas?

—Y mira el precio que he pagado.

—Necesito que esa hermana vuelva, Teresa. Tienes que salir de ese hospital de una maldita vez —le pedí—. Tú eres la científica, la hermana más racional de las tres, y te necesitamos desesperadamente. Vuelve con nosotras, por favor.

Pero ella sacudió la cabeza. Debajo del ala de su sombrero de color berenjena noté como las lágrimas se amontonaban en sus ojos.

—No sé cómo hacerlo. No consigo encontrar el camino de vuelta —respondió con voz frágil—. Una parte de mí sigue encerrada en ese lugar.

Le estreché las manos solo un momento más antes de soltarla. Algunos vecinos nos miraban con lástima o curiosidad al pasar a nuestro lado.

—Tú solo recuerda quién eras... antes. Piensa en esa chica que siempre sabía lo que estaba bien, aunque no fuera lo más fácil —le dije con una media sonrisa—. Esa chica que era mucho más valiente que su hermana mayor.

—Tú también has cambiado en estos años, Gloria. Apenas reconozco en ti a esa muchacha tímida, encerrada en sí misma, que se pasaba el día con la nariz metida en un libro para no molestar —me dijo con un ligerísimo tono de admiración—. Ahora te da igual molestar, no pasar desapercibida. Ya no te importa que los demás te escuchen y te vean.

Desde donde estábamos oí el reloj del ayuntamiento dar las doce del mediodía en la plaza del pueblo.

—Yo te enseñaré a desobedecer otra vez. Tú me enseñaste a mí, así que es lo justo —dije, y empecé a caminar por la calle empedrada hacia la plaza muy decidida—. Venga. Vamos a contarle a Marcial Izquierdo lo de la estación de tren.

A esas horas de la mañana la plaza de San Dionisio era un corazón que latía con fuerza. Había gente sentada en los bancos a la sombra de las higueras, en las que ya empezaban a asomar algunos brotes, llenando garrafas de agua en la fuente o charlando en la puerta del ayuntamiento. Pero todos los vecinos nos miraron al pasar. Puede que fueran mis pasos rápidos y decididos, o mis zancadas largas cruzando la plaza, asegurándome de que el sonido de mis tacones resonara entre los cuatro edificios más poderosos de toda La Rioja alta. El murmullo de voces curiosas se apagó cuando llegué ante la puerta abierta de la cooperativa de vinos.

—No pensarás entrar ahí, ¿verdad? —me preguntó Teresa con cautela.

En vez de responder, entré.

La cooperativa de vino de San Dionisio tenía un pequeño recibidor oscuro del que crecían las escaleras que llevaban al segundo piso, donde seguramente estaban las oficinas y el despacho del presidente de la cooperativa: Marcial Izquierdo.

Dentro hacía frío, el aire era húmedo y en el pequeño recibidor no había ventanas por las que entrara la luz. Oí voces masculinas que venían del final del pasillo y caminé hacia ellas, los hombres callaron tan pronto como el sonido de mis tacones y el crujir de mi vestido llegaron al salón de reuniones.

—Aquí no pueden entrar las señoras, aunque sean las dueñas de una bodega la entrada a la cooperativa no está permitida a las mujeres —me dijo un hombre que apareció rápidamente en la puerta del salón para cortarnos el paso—. Son nuestras normas, así que tenéis que marcharos, ya.

Oí como Teresa tragaba saliva a mi lado intentando deshacer el nudo de su garganta, pero no se movió.

—Aquí es donde se hacen los negocios y eso mismo es lo que he venido a hacer, así que ya te estás apartando. ¿Dónde está Marcial? He venido a hablar con el Alcalde.

El hombre torció el gesto, noté por su expresión que estaba buscando alguna respuesta ocurrente que darnos, pero no se le ocurría nada lo suficientemente rápido y yo empezaba a impacientarme.

—Marcial Izquierdo —repetí, más alto esta vez—. No tengo todo el día para esperar a que vayas a buscarle, como has dicho, soy la dueña de una bodega y tengo otros asuntos que atender.

Alguien se rio al final del oscuro pasillo. Me pareció que no se burlaban de mí sino del hombre que se había quedado mudo al vernos pasar a su lado.

—Deja que pasen, José. Total, ya están dentro y todos hemos visto lo bien que se te da vigilar la puerta. Que pasen, anda —dijo Marcial.

Tal y como yo siempre había imaginado, el salón principal de la cooperativa no era otra cosa que una taberna. Una taberna con poca luz y peor ventilación; el aire olía a humo de tabaco, a vino rancio y a favores sin cobrar. Había incluso una barra de madera manoseada en un costado y estanterías con botellas de vino y anís colocadas detrás. Varias mesas sin mantel con sillas repartidas por la estancia, todas con un cenicero y una lámpara en el centro. En la pared, un gran mapa del valle en el que aparecían señaladas todas las bodegas. También Las Urracas. Y debajo del mapa, un gran escritorio de madera oscura con aspecto de ser muy antiguo, mucho más que el mismísimo San Dionisio nuevo.

—Vaya, ahora comprendo que no permitan la entrada de las señoras aquí. ¿Quién podría resistir semejante decoración? —dije a modo de saludo—. Buenos días, caballeros.

Marcial Izquierdo estaba sentado a una de las mesas. Había varios papeles extendidos sobre ella y, aunque no alcancé a leer lo que ponía, sí distinguí el membrete y el sello del gobierno en ellos. Noté también que ninguno de los cinco hombres a su alrededor estaba sentado, a pesar de que era evidente que estaban tratando juntos algún tipo de negocio.

—Señora Veltrán-Belasco. ¿A qué debemos el honor de su presencia en nuestro pequeño club de caballeros? Confío en que vaya todo bien por Las Urracas.

Todos los hombres de la estancia nos miraron. Algunos estaban fumando y se olvidaron del cigarrillo que humeaba en sus labios. Había hablado de la estación de tren con la mitad de los que estaban en aquel salón. Jacinto Sarmiento también estaba allí, fue el único que se dignó a saludarnos.

—Todo va bien, muchas gracias por su sincera preocupación, Alcalde. Tengo un negocio que proponerle: el ferrocarril. Necesitamos una estación de tren en San Dionisio para conectarnos con el resto del mundo —dije con voz firme.

Los ojos afilados del Alcalde me estudiaron un momento. Me recordó a la manera en la que algunas aves rapaces vigilan a sus presas desde el aire antes de lanzarse en picado a la tierra.

—¿Una estación de tren? —repitió Marcial con fingida sorpresa—. ¿Y para qué demonios quiere conectar San Dionisio con el resto del mundo? Ya tiene a sus amigos franceses, deje algo del resto del mundo para los demás.

Se rio, pero ningún hombre del salón se rio con él. Marcial se levantó despacio, arrastrando intencionadamente las patas de la silla sobre el suelo de piedra con un chirrido agudo.

—Una estación de tren en el pueblo sería bueno para todos. Algunos vecinos tienen miedo de que San Dionisio se quede atrasado y aislado, atrapado para siempre en el pasado. Hay que apostar por el futuro —dije, mirando a Jacinto para comprobar si recordaba la promesa que nos hizo en la cocina de Las Urracas.

—Sé de sobra que ha estado preguntando por ahí acerca de esa estación. Intentando conseguir el favor de otros bodegueros, de las familias y de los terratenientes más poderosos del valle para que se pongan en mi contra —empezó a decir mientras se acercaba—. Ninguno de los hombres de esta cooperativa me ha dicho una palabra, por supuesto. Al parecer he sobreestimado la lealtad de algunos de mis colegas y vecinos, pero no pasa nada, yo tengo oídos en todas partes. En este pueblo nada se mueve sin que yo me entere.

Un murmullo bajo y avergonzado se extendió como el fuego entre los hombres del salón.

—Marcial, no es deslealtad, hombre. Solo queríamos estar seguros de que lo del tren iba en serio antes de comentarte nada —se disculpó uno de ellos, retorciendo su sombrero entre las manos con nerviosismo—. Cuando haces negocios con mujeres nunca puedes saber si te están contando toda la verdad o si hay gato encerrado. Ya lo sabes tú de sobra, que tienes una mujer en casa a la que le gusta mandar más que a un tonto un lápiz. Y a esta le pasa lo mismo, que quiere que le paguemos el capricho del tren entre todos para seguir subiendo en su negocio.

—La estación de tren de San Dionisio nos ayudaría a mejorar a todos, no solo a nosotras —respondí, ignorando al hombre que acababa de hablar y dirigiéndome al Alcalde—. Las mercancías serían más baratas, los vecinos podrían llegar a Haro en una hora y media, y en el pueblo tendríamos suministros de todo incluso en invierno, cuando los caminos se congelan y nos quedamos aislados por la nieve. El tren es el progreso para San Dionisio.

—El progreso por el progreso no tiene ningún fundamento, señorita Veltrán-Belasco. ¿Por qué molestar a nuestros vecinos con moderneces como el ferrocarril? —dijo Marcial, en ese tono aleccionador que solo utilizan los que nunca son cuestionados por sus ideas por muy ridículas que estas sean—. Se nota la influencia de sus amigos franceses en su familia: ellos son muy dados a los inventos modernos y todas esas majaderías, pero al final todos vienen aquí: a nuestra tierra. ¿Y sabe por qué?

Dejé escapar un suspiro sonoro. No tenía ganas ni intención de debatir con un hombre acostumbrado a ganar siempre.

—¿Por qué? —pregunté sin ocultar mi impaciencia.

Pero Marcial me dedicó una sonrisa llena de condescendencia.

—Vienen aquí porque todos sus conocimientos y sus avances científicos no les han servido de nada para salvar sus cepas de la filoxera.

Sentí cómo perdía. No solo la conversación, sino la lejana posibilidad de convencer a aquel hombre que había vendido a su propio hijo a cambio de la promesa del poder. A mi lado, Teresa también supo que perdíamos. Me pareció que se volvía más pequeña por momentos. Parecido a como hacen algunos animales heridos para evitar ser vistos por los depredadores. Para no molestar.

Algunos hombres murmuraron entre sí, otros volvieron a sus vasos a medio beber o a su partida de brisca, pero todos visiblemente más tranquilos: el peligro había pasado, yo les había desafiado, pero había perdido. El poder y el orden seguían siendo suyos.

—Desde luego yo hablaré con mi madre acerca de esa estación de tren —dijo Jacinto de repente—. Y estoy seguro de que la opinión de la viuda de Sarmiento será muy tenida en cuenta por usted, Alcalde, y también por los demás terratenientes y empresarios importantes de la zona.

Incluso desde donde estaba, vi la mirada traicionada de Marcial clavándose en el mayor de los Sarmiento.

Crucé el salón principal con paso decidido, a sabiendas de que solo me quedaba una oportunidad. Todos me miraron indignados por mi atrevimiento —tanto que pude sentir la rabia creciendo en ellos y pasando a través de las capas de tafetán y lino de mi vestido—, pero les ignoré y me acerqué al mapa del valle colgado en la otra pared. El terreno de Las Urracas no era el más extenso, pero sí el más cercano al río y el que tenía mejor orientación.

—Una estación de tren en San Dionisio me ayudaría a llevar mi vino a Francia e Inglaterra más rápido y más barato, sí —empecé a decir, todavía ignorando las miradas de rabia de los hombres y fingiendo que estudiaba el mapa en la pared—. Pero a usted también le ayudaría: algunos vecinos no están contentos del todo con su gestión. Creen que San Dionisio se está quedando atrás en comparación con otros pueblos de la zona. Haro, Santo Domingo, Laguardia... Todos son ahora más grandes e importantes que nuestro querido San Dionisio. Y algunos vecinos le culpan directamente a usted, Alcalde. El tren sería una buena manera de demostrar que está a favor del progreso. Puede que eso le ayude a recuperar el favor perdido de algunos de nuestros más importantes terratenientes.

Era mentira. Casi todo lo que había salido de mis labios era una mentira, pero al volverme y ver su expresión supe que le había herido. Algunos depredadores, cuando intuyen que su presa es más grande o peligrosa que ellos, huyen.

—Mi posición como hombre más influyente de este valle no corre ningún peligro, señorita Veltrán-Belasco. Pero gracias por su advertencia —dijo con voz seca—. La tendré muy presente y, desde luego, me pensaré lo de la estación de tren.

Sonreí intentando disimular mi entusiasmo. Era peligroso que Marcial Izquierdo pensara que éramos sus enemigas políticas, pero más peligroso era que creyera que éramos débiles ratoncitos.

—Perfecto entonces —respondí, y entonces reparé en el escritorio contra la pared—. Es muy bonito. Parece antiguo. ¿Es suyo?

Marcial asintió con la cabeza, el aire del salón se llenó de tensión cuando se acercó hasta mí y se detuvo junto al escritorio.

—Sí, es mío. Sé bien que, como presidente de la cooperativa, tengo derecho a utilizar el despacho de la planta superior, pero paso casi todo el tiempo aquí abajo y me gusta que todos los que entran se fijen en este escritorio y en la silla a juego.

Lo estudié un instante. El escritorio era tan grande que ocupaba casi toda la pared. Tenía dos cajones a cada lado y tres más pequeños arriba, los tiradores y cerraduras en los cajones estaban hechos de bronce fundido. Con orlas doradas pintadas a mano en las patas y en las cuatro esquinas de la encimera protegida de los posibles arañazos por una lámina de cuero. La silla era maciza, de madera oscura, del mismo tipo que el escritorio. Era elegante y robusta, pero no me pareció que tuviera nada extraordinario.

—¿Por qué? ¿Qué tienen de especial este escritorio y la silla? —pregunté.

Antes de responder, Marcial acarició la superficie pulida de la madera.

—Es una pieza única. Toda una obra maestra de la carpintería y la ebanistería. Este escritorio se construyó con palosanto y madera de caoba hace casi ciento cincuenta años. El artesano que lo hizo no utilizó más herramientas que cinceles, clavos y sierras para hacerlo. No hay nada mecánico o moderno en él, y aun así es hermoso. Sólido.

—Sí, es muy hermoso. Pero un escritorio no es un pueblo —le recordé.

—No, desde luego que no —respondió él con una sonrisa torcida—. Randal Giacomo Renato, este escritorio era suyo.

Miré el pesado mueble otra vez. Me pareció que había sido muy usado en otra época. Seguramente el escritorio había pasado mucho tiempo en algún lugar soleado porque el barniz estaba desgastado en el frente como si le hubiera dado el sol directo durante años, aunque la resistente madera de caoba todavía duraría otros ciento cincuenta años sin esfuerzo.

—Nunca había oído ese nombre antes —admití—. ¿Quién era?

—Randal nació en Estados Unidos, pero sus padres eran inmigrantes italianos y más pobres que las ratas. Randal empezó trabajando de mozo de establos en una plantación de algodón en Virginia, y antes de cumplir los treinta y ocho años ya era el dueño de toda la finca y de otras dos plantaciones más. Lo consiguió él solo, sin más ayuda que sus propias manos y su astucia natural para los negocios. En total, Randal acabó siendo el dueño de una propiedad de casi cuatro mil acres donde trabajaban más de trescientos esclavos. Era todo un triunfador, el sueño americano personificado —dijo Marcial con una amplia sonrisa—. Cada tarde, mientras se ponía el sol, Randal se sentaba en este mismo escritorio y en esta silla para revisar los libros de cuentas de la plantación, escribir cartas a sus proveedores o comprobar sus bonos del tesoro.

—¿Y qué le pasó? ¿A Randal? —pregunté, aunque ya intuía que la respuesta no iba a gustarme.

—Murió asesinado. Sus esclavos llevaban meses planeando una revuelta contra él. Una noche, Daima, la esclava en la que él más confiaba y su favorita, le llevó su té de raíces de valeriana para ayudarle a descansar como hacía cada noche. Solo que aquella noche el té llevaba una dosis de amapola blanca para hacerle dormir profundamente. —Marcial pasó sus dedos por las orlas doradas en las esquinas del escritorio rozando las líneas curvas pintadas a mano tantos años antes—. Cuando desapareció el efecto de la droga y Randal se despertó, estaba desnudo y colgado del sauce llorón más hermoso de su plantación. Lo único que aún le mantenía con vida era esta misma silla sobre la que estaba de puntillas mientras le ataban la soga al cuello.

Marcial dio un paso más hacia mí, sentí el olor de su loción de afeitado flotando en el aire viciado del salón. Había algo más debajo del aroma dulzón de su jabón, algo que no logré distinguir entonces.

—¿Se lo imagina? Haber sido el dueño del mundo entero; haber poseído a personas y sus miserables almas para que una madrugada lo cuelguen a uno de un árbol usando su propia silla de caoba como si fuera un perro. —Marcial sacudió la cabeza—. No. Eso no me pasará a mí porque yo estoy atento a todo lo que sucede en mi valle. Nunca dejaré que los esclavos me sorprendan.

—¿Tiene miedo de que alguien en San Dionisio intente colgarle de un árbol, Alcalde? —pregunté con voz calmada.

—Digamos solamente que cada vez que me siento en esta silla, recuerdo lo que le sucedió al desgraciado que se sentaba ahí antes que yo —respondió él—. Así que me mantengo vigilante siempre, especialmente con los peligros que parecen insignificantes como los esclavos... o el tren. Solo hace falta una chispa en un día de calor para que todo arda.

«Seguro que esa cosa arde como una vela impregnada en queroseno», pensé, mirando el pesado escritorio.

—A mí no me interesan las ciencias, sus avances ni tampoco los supuestos beneficios que tendrían para las personas. Nunca he sido un hombre que acostumbre a perder el tiempo en fantasías. A mí me interesan el orden y el imperio de la ley —dijo Marcial con voz áspera—. Todo debe estar en su sitio, es el orden natural de las cosas. Y no permitiré que este pueblo se corrompa por el interés de unos pocos. Soy el Alcalde, y parte de mi trabajo es vigilar que los esclavos no se amotinen. ¿Lo comprende?

Me aparté del maldito escritorio y de la silla.

—Comprendo que le asusta el progreso de este valle porque eso significaría el final para usted. El fin de su pequeño mundo —respondí sin pensar—. Y entiendo también que está dispuesto a hacer cualquier cosa para intentar frenar el progreso. Incluso enviar a sus hombres a arrestar ilegalmente a uno de mis trabajadores.

Marcial se rio sin muchas ganas, pero esta vez sí, el resto de hombres del salón se rio con él.

—Tengo entendido que ese hombre impedido que trabaja para usted es un desertor, así que puede que esos hombres de los que habla estuvieran intentando ayudarla para que no se convierta usted en alguien que da cobijo a delincuentes y traidores. En cualquier caso, me atribuye usted mucho más poder del que realmente tengo —respondió él con una media sonrisa en sus labios—. Me temo que lo que le suceda a continuación no está en mi mano, solo en la suya. Y le prometo que pensaré en su estación de tren. Tal vez tenga usted razón y sea beneficiosa para todos los vecinos del pueblo. También para mí y mi nuevo negocio.

Ya estaba a medio camino de la puerta del salón, lista para salir por fin de esa habitación donde todos me despreciaban. Podía ver la expresión tensa de Teresa debajo de su sombrero, ella también necesitaba salir de allí cuanto antes. Pero las palabras del Alcalde me hicieron detenerme y mirarlo otra vez.

—¿Qué nuevo negocio? —pregunté con una mala sensación en la boca del estómago.

Marcial dio una palmada entusiasmado y un respingo corrió bajo mi piel. El Alcalde se acercó al mapa que colgaba sobre el escritorio.

—Verá. Hace algunos años me hice con un terreno un poco más al sur, por esta zona de aquí. Algo más de doscientas hectáreas en total —respondió, señalando una zona vacía en el mapa—. La tierra es arcillosa, rica en minerales según los expertos, y recibe mucha luz del sol en primavera. Voy a construir una bodega: Bodegas Izquierdo. Rafael me ayudará con toda la parte técnica del negocio. Ya hemos traído y plantado viñas maduras de Estados Unidos, que como usted sabrá, son las únicas inmunes a la filoxera. Este mismo año tendremos nuestra primera cosecha.

Cuando salimos del edificio de la cooperativa me pareció que caminaba sobre arenas movedizas. El suelo ya no era firme y mis piernas temblorosas se hundían bajo el empedrado.

—¿Qué vamos a hacer, Gloria? —me preguntó Teresa, cogiéndome del brazo con fuerza—. Si Rafael y el Alcalde están levantando su propia bodega, los demás nos quedaremos sin mercado. Nos echarán del negocio. Ellos tienen todos los recursos, los medios y los contactos para vender el vino a quien quieran. ¡Y doscientas hectáreas de viñas nada menos!

—No te preocupes —mentí, intentando pensar deprisa mientras Teresa me apretaba el brazo con sus dedos cubiertos de cicatrices secretas.

—Pues claro que me preocupo, y tú también deberías estar preocupada. Ya has oído a ese pomposo de Marcial: están construyendo una bodega nueva y moderna... y encima las malditas cepas americanas que son inmunes a la plaga. Las nuestras pueden contagiarse en cualquier momento, y entonces adiós.

—Ellos pueden elaborar y vender su vino, nosotras haremos el nuestro —empecé a decir con voz calmada—. Sé que da un poco de miedo pensar que los Izquierdo van a entrar en el negocio del vino, pero si lo piensas bien nada ha cambiado en realidad: nuestras cepas han despertado, este año tendremos cosecha. Y aunque nuestro terreno sea más pequeño, nuestra producción será mejor.

Teresa me soltó el brazo. Sus ojos avellana dudaron un momento, pero al final asintió despacio.

—Más nos vale que sea la mejor cosecha que haya visto esta tierra, Gloria. O se nos comerán vivas. Los Izquierdo tienen todo el poder, y pronto tendrán también el vino.

—El invernadero —recordé de repente—. Las vitaminas que preparaste para las cepas han funcionado muy bien. Las han ayudado a despertar y son más fuertes que antes. ¿Puedes preparar más? Algo para que las plantas crezcan más rápido y den mejores frutos. Construiremos el invernadero para que puedas trabajar y hacer pruebas con las plantas. Tal vez no podamos tener una cosecha tan grande como la de los Izquierdo, pero nuestra calidad será mejor. ¿Sabes quién podría ayudarnos a construir un invernadero?

—Sí, pero no te va a gustar. —Teresa hizo una pausa y supe qué nombre estaba a punto de salir de sus labios—. Gabriela. Ella es muy buena construyendo cosas e inventando. Siempre está dibujando planos y estructuras imposibles, incluso les enseña dibujo técnico a las niñas en la escuela. Lo sabe todo sobre materiales, resistencias y diseño. Hubiera sido una arquitecta famosa de haber nacido hombre.

—Bien, habla con ella —respondí por fin—. Dile que le pagaremos por los planos y por sus ideas. Pero necesitamos que sea rápida.

Justo al otro lado de la plaza rectangular, vi a Jimena Izquierdo saliendo de su moderna casa-torre. Caminaba furiosa mientras atravesaba la plaza directa hacia donde estábamos. Estaba tan furiosa que un mechón negro se escapó de su recogido cuando esquivó el monumento a su padre —sin mirarlo siquiera— con una zancada larga.

—¿Estás segura de que quieres darle el trabajo a Gabriela? —me preguntó Teresa—. Se armará un pequeño escándalo cuando se sepa que trabaja para nosotras. A muchos no les gustará que pase tiempo en la finca... conmigo allí.

—Pues tendrán que aguantarse. Obedeciendo sus normas no vamos a ganar, nunca —respondí, todavía mirando a Jimena que estaba más cerca cada vez—. Sus normas están hechas a su propia medida, ellos las hicieron para evitar que personas como nosotras podamos vencerles. Precisamente por eso se agarran tan desesperadamente a las normas y a su ley, para que obedezcamos. Venga, ve a buscar a Gabriela y cuéntaselo.

Noté que Teresa se resistía a la idea. Cerró las manos y se alejó hacia la escuela para niñas, todavía clavándose las uñas.

—Aquí estás. Pensé que la última vez que nos vimos todo había quedado claro. —Nunca había oído a Jimena Izquierdo levantar la voz. No le hacía falta gritar para intimidar a sus vecinos—. Te dejé claro que debías abandonar el negocio del vino y marcharte de Las Urracas. Y resulta que decides empezar una campaña contra mi marido para traer el tren a San Dionisio. Teníamos un trato.

—No, ni hablar. No teníamos ningún trato. Tú me «recomendaste» que nos marchásemos de nuestras tierras y yo te dije que no.

Jimena colocó la mano sobre la cadera y miró al cielo azul de primavera como si ya estuviera harta de nuestra conversación.

—Cuando pido algo en este pueblo espero que se cumpla. Después de nuestra pequeña charla jamás deberías haberle ido con la idea del tren a otros bodegueros y hombres de negocios del valle, Marcial está furioso contigo. Y eso por no mencionar a tu medio hermano, o lo que sea ese reptil de ojos claros que ahora vive en mi casa.

—Rafael no es mi hermano. Ni mi hermanastro, ni absolutamente nada mío —respondí entre dientes—. Ahora es tu hijastro. Así que felicidades, supongo: el Alcalde ya tiene ese heredero que tanto ansiaba.

Pero Jimena se rio en voz baja, su risa era ácida y venenosa.

—¿De verdad crees que Marcial va a reconocer a ese fracasado como hijo legítimo? Si lo crees es que eres tan inocente como él. Jamás reconocerá a Rafael como su hijo, porque si lo hace tu hermanito perderá el derecho a reclamar Las Urracas —dijo ella, todavía con una sonrisa torcida en sus labios perfectamente pintados de rojo sangre—. Rafael solo le sirve mientras todos crean que es un Veltrán-Belasco. Ahora le tiene ocupado con su plan para la nueva bodega, pero pronto empezará a impacientarse. Me apuesto una mano a que Rafael no es de los que llevan bien estar en segundo plano.

Dos vecinos pasaron a nuestro lado y saludaron a Jimena tocándose el sombrero de tela. Pasaron de largo solo un instante después, pero noté que parecían muy interesados en nuestra conversación.

—Gracias por contarme lo de la nueva bodega, por cierto —le reproché cuando volvimos a estar a solas—. Ahora ya sé por qué ningún hombre en el pueblo quería trabajar para nosotras en la finca. Todos trabajan ya para tu marido construyendo esa maldita bodega.

—No es por eso. —Jimena miró un momento alrededor para asegurarse de que nadie más podía escucharnos y añadió—: Marcial contrató a algunos en secreto para levantar la bodega, convenció a otros para que no trabajaran para vosotras, y a los que no pudo contratar ni convencer, les pagó.

—Vaya, sí que debe odiarnos. He quedado como una imbécil delante de los hombres de la cooperativa.

—A esos hombres nunca jamás les parecerás uno de ellos, cuanto antes lo entiendas mejor será para ti y para todos. —Jimena se inclinó hacia mí, su voluminosa falda de raso y satén de color rosa palo crujieron—. Yo no tengo por qué contarte nada sobre los asuntos de mi marido, que no se te olvide. Solo porque tu hermana pequeña sea amiga de Inocencio no significa que te deba algo. Quería ayudaros para que Marcial y los suyos no os hicieran daño, y tú me lo has pagado ignorando mi advertencia.

—¿Y qué te importa a ti que mis hermanas y yo nos quedemos en Las Urracas? No me pareces precisamente el tipo de mujer que hace algo de forma desinteresada.

Jimena sonrió a una mujer que se acercó hasta la estatua en honor a su padre que se alzaba en un lado de la plaza, muy cerca de donde estábamos. La mujer se agachó y dejó una flor de color blanco en el suelo, junto al pie de la estatua.

—Espero de corazón que su padre se recupere, señora Izquierdo. Nuestro vecino más famoso, «El poeta del pueblo» —le dijo la mujer—. Es un orgullo para todos nosotros.

—Muchas gracias por su preocupación. Le transmitiré a mi querido padre sus buenos deseos —respondió Jimena, con un tono de voz muy diferente del que utilizaba conmigo—. Seguro que le ayuda mucho en su enfermedad saber cuánto le recuerdan en su pueblo. Gracias.

La mujer se despidió de Jimena con una inclinación de cabeza, casi una reverencia. Antes de continuar hablando, Jimena esperó a que la mujer estuviera lo suficientemente lejos como para que no pudiera escucharnos.

—A mí me da igual lo que os pase a tus hermanas y a ti. ¿Te crees que he pasado de ser su hija a convertirme en la Alcaldesa actuando de forma desinteresada? No —respondió ella. Y noté una chispa de desprecio en sus ojos negros al mirar la estatua de su padre—, pero Marcial y tu hermanito se están gastando una fortuna en la construcción de esa nueva bodega. La escritura de las tierras, los materiales, los hombres que trabajan hasta el atardecer allí, las malditas cepas americanas... Y eso sí que me importa, porque es mi dinero también el que ese par se están gastando en esa estúpida idea de la bodega. Y todo para competir contra vosotras. Quieren daros una lección, demostraros cuál es vuestro lugar.

Ahora lo comprendía todo. Cuando Jimena me advirtió sobre su marido no le preocupábamos nosotras: lo único que quería era que Marcial dejara de gastarse su dinero.

—Vaya, y yo pensando que te importaba alguien además de ti misma. Qué decepción —dije con ironía—. Me dan igual tus problemas de dinero. Y por lo que a mí respecta tu marido tendrá que acostumbrarse a la competencia.

Vi a Teresa subiendo la cuesta entre casas que llevaba a la plaza. No podía ver bien su cara a esa distancia, pero me pareció que sonreía debajo de su sombrero.

—Sigues sin entenderlo, Gloria. No sois la competencia:

os van a aplastar. Aunque esto termine con Marcial esposado y sin una peseta, van a acabar con vosotras. —Esta vez sí intuí un ligero tono de preocupación en su voz, pero no supe si era por nosotras o por ella misma—. ¿Has visto un perro rabioso alguna vez? Hace daño a los demás, sí, pero también se hace daño a sí mismo; al perro infectado con la rabia no le importa morir o matar. Marcial y tu hermano están rabiosos, vosotras sois su enfermedad.

Me aparté de ella y di un paso hacia el otro extremo de la plaza.

—Adiós, Jimena. Siempre es un placer charlar con nuestra alcaldesa.

—Se están gastando más dinero en las obras de la bodega del que pensaban. Mucho más —dijo, y yo me volví para mirarla—. Tanto que Marcial ha tenido que pedir varios préstamos de dinero y muchos favores a algunos banqueros y hombres del gobierno en Logroño. Como siga pidiendo dinero dejará de ser un cacique útil para los que mandan de verdad. Igual que sucede con tu hermanito, Marcial solo es valioso mientras siga siendo el Alcalde.

Teresa estaba más cerca ahora. La sonrisa voló de sus labios al ver que estaba hablando con Jimena Izquierdo.

—Ese es tu problema. Tú eres la que está casada con Marcial.

—Va a cerrar la escuela para niñas. Necesita todo el dinero que pueda conseguir para pagar esa monstruosidad de bodega, y la escuela para niñas es un gasto. —Por primera vez me pareció escuchar algo parecido a verdadero dolor en la voz de Jimena Izquierdo; era tenue, pero era auténtico—. ¿Qué va a ser de esas niñas si la escuela cierra? Tú y tus hermanas habéis tenido una buena educación, tenéis dinero y tierras, pero esas pobres chicas no tienen nada en este mundo. Nada en absoluto. La escuela es su única esperanza para escapar de una vida de ignorancia, oscuridad y servidumbre. ¿Tan importante es para ti ese maldito tren, que no te importa acabar con la única posibilidad que esas chicas tienen de valerse por sí mismas?

Lo pensé un momento. Recordé los dos barracones sin calefacción en la zona más baja y fangosa de San Dionisio. Y aun así, las niñas de todas las edades del valle asistían cada día a la escuela. En ningún otro sitio les enseñarían física, problemas matemáticos, historia o música. Verónica amaba esa escuela oscura y fría casi tanto como a sus abejas. Tocar todos los miércoles y viernes delante del resto de chicas la ayudaba tanto a ella como a las demás.

—¿Qué pensabas que iba a suceder? —me preguntó en voz baja—. Les venciste a su propio juego, Gloria, no iban a dejarlo pasar sin más. Los hombres como Marcial o Rafael no llevan bien el ridículo y la humillación pública, y menos si es a manos de una mujer. Y encima empezaste con el asunto de la estación de tren. Lo peor es que hay gente en el valle que te apoya. Hay quien cree que Marcial ya no es un buen alcalde para San Dionisio.

La miré intentando decidir si entre esa gente que me apoyaba estaba incluida ella. Un instante después, Teresa llegó hasta donde estábamos y Jimena retrocedió.

—Gracias por sus hermosas palabras acerca de mi padre —dijo con su mejor sonrisa humilde—. Su enfermedad está ya muy avanzada, pero en casa no dejamos de esperar un milagro. Adiós, señoritas Veltrán-Belasco.

Jimena se alejó con el andar majestuoso y lento de quien sabe que siempre es el centro de todas las miradas.

—¿Qué hacías hablando con la Alcaldesa? —me preguntó Teresa con una mueca—. Siempre me ha dado un poco de miedo. Es como una de esas mujeres perversas de los cuentos góticos que a ti tanto te gusta leer, me recuerda a la madrastra de Blancanieves. ¿Sabes que hace algún tiempo se me acercó discretamente para pedirme un remedio para no quedarse embarazada? Supongo que su marido no lo sabe, con lo mucho que nuestro querido cacique desea un heredero la hubiera desterrado de saberlo.

Lo pensé un momento.

—Sí que es extraño... —comenté—. ¿Y se lo vendiste? El remedio para no tener hijos.

—Sí, claro que se lo vendí —respondió Teresa como si fuera evidente—. No me fío de ella, pero es asunto de Jimena y de nadie más lo que ella quiera hacer con lo que hay dentro de ella. Yo sé bien cómo es que te obliguen a ser otra persona, cómo es que intenten cambiar tu cuerpo sin tu permiso.

Jimena llegó a la puerta de su casa y nos dedicó una última mirada.

—Siempre he pensado que es capaz de hacer cualquier cosa por mantenerse en el poder.

—Y seguramente así sea: Jimena Izquierdo nos vendería a ti y a mí a cambio de un puñado de oro. Pero sospecho que también hay cosas que le importan de verdad, además del poder o el dinero —respondí, pensando de nuevo en la escuela para niñas y en la expresión de Jimena al pensar que podría cerrar—. Y se te olvida que en esos cuentos que tanto me gusta leer, las mujeres perversas casi siempre tienen un motivo para serlo.

Jimena Izquierdo estaba junto a la puerta de la moderna casa-torre donde vivía con Inocencio y con su marido —y ahora también con Rafael—. Un hombre hablaba con ella mientras señalaba la estatua de su padre que estaba cerca de nosotras, y supuse que era otro vecino preocupado por la salud del Eduardo.

—Entonces, ¿la Alcaldesa es amiga o enemiga? —me preguntó Teresa.

La miré un momento más antes de admitir:

—No lo sé.

Levantamos el esqueleto del invernadero en el lado este de la casa, donde no crecían las viñas y el sol tocaba la tierra dorada solo de refilón.

Gabriela pasaba casi todo el tiempo en Las Urracas. Cuando no estaba enseñando física o álgebra a las niñas del colegio del pueblo, se pasaba las tardes de primavera en el lado este de la casa dibujando planos o calculando los mejores ángulos para aprovechar la luz del sol. Gabriela hablaba haciendo muchos gestos con las manos y arrugaba la nariz cuando tardaba más de un segundo en encontrar la solución a una operación matemática. También compartía secretos con Teresa en voz baja, siempre que no hubiera nadie más alrededor. Y se reía a carcajadas con el humor irónico y fastidioso de mi hermana mediana.

Pero Teresa seguía encerrada en su propia jaula. Un par de veces aquellas primeras tardes de primavera, la descubrí arañándose los brazos debajo de las mangas de farol de su blusa hasta hacerse sangre.

Ese día había estado lloviendo, así que tuvimos que olvidarnos del invernadero hasta el día siguiente. Por supuesto, Miguel todavía estaba trabajando bajo la lluvia afilada de primavera: con su pelo oscuro recogido y su ropa empapada. Le observé cuando me acerqué por el camino bajo el tejadillo para buscar a Teresa, que estaba recogiendo los últimos lápices, reglas de cálculo y compases de Gabriela.

—Aquí estás, por fin te encuentro —le dije—. Hace frío, deberías entrar ya y ponerte ropa seca. ¡Y usted también, Miguel!

Le grité por encima del sonido cortante de la lluvia. Pero Miguel fingió que no me había oído y continuó uniendo los listones de madera que formarían la columna vertebral del invernadero.

—Puede que también tenga dañado el oído —comentó Teresa, levantando una ceja para mirarme.

—Sí, claro —respondí, sintiendo cómo me ardían las mejillas sin saber muy bien por qué—. Esto es para ti. Lo encontré mientras limpiaba hace algunas semanas, por casualidad. Pensé que te gustaría.

—Tú odias limpiar, no lo haces nunca. —Teresa hizo algo parecido a una sonrisa—. ¿Me has comprado un regalo?

Señaló la caja rectangular que traía bajo el brazo.

—Sí. Algo parecido —admití por fin—. Le pedí a Denise Lavigny que me enviase desde París una cosa para ti. Aún no la conoces, a Denise, pero no sé cómo ella ha acertado con el regalo, se le dan realmente bien estas cosas. No importa, ten.

No solíamos celebrar los cumpleaños en Las Urracas, así que no tenía mucha práctica haciendo regalos —o recibiéndolos—. Angela Raymond solía decir que los cumpleaños no eran más que «una excusa para consentirnos, una puerta que le abríamos al demonio un día al año». Y después de que ella muriera seguimos sin celebrar los cumpleaños igual que si fuera una superstición familiar, una forma de mantener alejados a los demonios. Como quien se resiste a pasar por debajo de una escalera apoyada contra la pared.

Teresa abrió la caja de cartón y apartó el papel de seda de color rosa pálido.

—Son unos guantes. Me has regalado unos guantes. —Pareció confusa un momento, pero entonces se miró las manos y los antebrazos, cubiertos de cicatrices finas e irregulares—. Son muy bonitos y suaves, además me encanta el color. Así puedo llevarlos siempre sin importar qué ropa me ponga.

Despacio, Teresa dejó la caja de cartón en el suelo de tierra y sacó uno de los guantes. Era de cuero fino, de un bonito color verde esmeralda para que pudiera utilizarlos todos los días. Los guantes eran largos y llegaban casi hasta el codo. Vi cómo se subía el cuero verde, aliviada de no tener que ver sus propias cicatrices y aliviada también de que nadie más pudiera hacerlo.

—He pensado que si los llevas puestos todo el tiempo te resultará más difícil hacerte daño —dije con suavidad—. Tú solo inténtalo durante unos días. A lo mejor te gusta llevar guantes y así puedo regalarte otro par para tu próximo cumpleaños.

Teresa terminó de colocarse los guantes y volvió a bajarse las mangas de su blusa de color beige.

—Gracias —respondió con voz temblorosa—. Son muy bonitos. Dale también las gracias de mi parte a la señorita Lavigny.

Las gotas de lluvia caían por el tejado de la casa como una cortina, muy cerca de donde estábamos. Saqué una cajita metálica del bolsillo de mi vestido y me llevé uno de los cigarrillos caseros a los labios.

—Se lo diré a Denise, descuida. Además, tengo que escribirle para darle malas noticias. —Me encendí el cigarrillo y el aire alrededor se llenó de olor a tabaco y a hierbabuena—. Esta mañana he estado hablando con el abogado que contratamos para revisar la herencia de nuestro padre y... de ella.

No lo dije porque recordé que a Teresa la palabra «mamá» se le enredaba en la lengua como si fuera alambre de espino.

—Si no conseguimos expulsar a Rafael del testamento, puede hacer que un magistrado de su elección me supervise para asegurarse de que «no haga un mal uso de sus bienes» hasta que se resuelva la disputa por la herencia. —Le di una calada larga y desesperada al cigarrillo, como si eso fuera a ayudarnos—. No es fácil excluirle del testamento porque a ojos de la ley, Rafael es el primogénito de la familia. Nuestro padre le reconoció como hijo legítimo.

Los ojos avellana de Teresa centellaron con la rabia acumulada durante los cuatro años que pasó encerrada.

—Menuda ley despreciable que nos obliga a estar unidas a nuestro maltratador durante toda nuestra vida. Como si necesitáramos de su bendita tutela para hacer negocios.

—Si Rafael renunciara voluntariamente se acabarían nuestros problemas, pero las dos sabemos que él nunca haría algo semejante —añadí—. Y aunque tengamos testigos de lo que ella dijo la tarde en que escapó de la bodega, ahora está muerta, así que al final, con la ley en la mano, Rafael acabaría echándonos de la casa.

—Nunca ganaremos así: cumpliendo las normas. La ley y todo lo demás está de su parte, tú misma lo dijiste —me recordó Teresa—. No podemos ganar siguiendo sus normas.

La lluvia había formado un charco en la tierra cerca de donde estábamos; miré distraídamente el agua que goteaba desde el tejado y salpicaba el bajo de mi vestido.

—Tienes razón, lo dije. —Siempre que se trataba de algo relacionado con Rafael me costaba pensar con claridad. Él era mi jaula particular—. Ya estoy cansada de perder siempre, de ser siempre una víctima.

El extremo encendido del cigarrillo me quemaba los dedos.

—¿Qué pasará cuando te cases? —quiso saber Teresa.

Y de repente su pregunta me pareció extraña, fuera de lugar. Vinicio Lavigny se había convertido en un recuerdo borroso en aquellos meses, una estrella fugaz que pasa deprisa después de haber susurrado el deseo.

—Si me caso podré incluir mi dote y también las vuestras en la sociedad matrimonial. Ese dinero quedará a salvo de Rafael si decide reclamar la herencia —respondí, todavía pensando en Vinicio—. Él no podrá tocarlo. Según me ha explicado el abogado, casarme nos daría a las tres seguridad legal frente a Rafael.

—¿Entonces? No pareces precisamente entusiasmada con la idea del matrimonio.

Miré a Miguel de soslayo, que seguía trabajando bajo la lluvia constante ajeno a nuestra conversación.

—Ya veo. Esperabas que el abogado te diera algún motivo por el que no debías casarte —añadió Teresa—. Algún motivo además de nuestro apuesto guardés, quiero decir. Desde luego no es precisamente mi tipo, pero admito que las cicatrices y esos ojos tan poco habituales le dan cierto halo de misterio. Y no habla mucho, eso es definitivamente una buena cualidad en un hombre.

—No es eso... —protesté, pero no supe bien cómo terminar la frase—. Es solo que los asuntos románticos me desconciertan. No estoy acostumbrada a ellos, eso es todo.

Teresa se rio con ganas. No recordaba haberla visto reírse así desde que había vuelto a casa.

—Te has pasado media vida leyendo novelas llenas de grandes historias de amor ¿y ahora me estás diciendo que no sabes qué hacer?

Después se rio un poco más y su risa sonó por encima del sonido de la lluvia. Miguel nos miró con curiosidad un momento desde las entrañas del invernadero antes de volver a su trabajo.

—No tengo tiempo para perderme en fantasías románticas y asuntos del corazón. Eso es todo —respondí con aspereza.

—Pues claro que tienes tiempo, Gloria. Aunque ahora seas la cabeza de familia no deberías renunciar a toda tu vida, no está bien pasar de largo de las cosas que pueden hacernos felices.

—Teresa la Sabia. Y entérate bien, que esas novelas que leo no tratan únicamente sobre el amor —añadí, todavía pensando en lo que mi hermana acababa de decir—. Hablan sobre fantasmas, castillos abandonados, sobre la culpa, los monstruos... algunas tratan incluso sobre hermanas. A lo mejor deberías leerlas.

Teresa se puso seria otra vez, pero ahora había una chispa en sus ojos que no había estado ahí solo un momento antes.

—Puedes casarte con Vinicio si eso es lo que deseas, pero

la vida ya está llena de soledad y de dolor, no le veo ningún sentido a añadirle más. No es... práctico —me dijo ella, siempre la científica incluso cuando se trataba de amor—. Tienes derecho a estar con quien desees sin que eso te convierta en un monstruo o en una abominación. Yo lo sé bien. Amar a quien tú quieras también es una manera de desobedecer.

Me dio la mano y noté el tacto suave y frío del cuero verde esmeralda de sus guantes. Teresa terminó de recoger la caja de cartón y los lápices del suelo y corrió hacia la puerta de la casa por debajo del alero del tejado para no mojarse. Yo todavía me quedé allí un momento más, mirando a Miguel a través de la lluvia. Dentro de cuatro meses me iba a casar con otro hombre.

Esa primavera fue la más fría y lluviosa que habíamos tenido en el valle desde que se guardaban registros, pero no sería recordada por eso. Enterramos a dos vecinos de San Dionisio antes de que el verano asomara en el horizonte.

Primero se fue Diana la vinatera. Murió una noche mientras soñaba, se marchó de este mundo en silencio y sin hacer ruido, justo al contrario de como había vivido. La lloramos solo nosotras, su familia. Siguiendo sus deseos, la enterramos en su parcela de tierra robada para que nunca dejara esa tierra arcillosa y marrón que tanto amaba. Y así, con cada nueva cosecha, con cada flor, con cada uva... Diana seguiría estando cerca de sus cepas para poder susurrarles canciones con el viento del oeste.

La segunda muerte de aquella primavera fue muy distinta. No fue precisamente en silencio ni a espaldas del mundo. El Eduardo murió después de una larga enfermedad que arrastraba desde hacía años. Nuestro vecino más famoso y querido fue enterrado en Madrid, donde vivía desde que su hija Jimena se casó con el Alcalde hacía tantos años ya.

Los vecinos de San Dionisio se pusieron su ropa de domingo para ir a la ceremonia. Incluso la viuda de Sarmiento dejó su retiro para asistir al funeral, con un hijo de cada brazo. Todo el mundo en nuestro valle quería ver a Jimena Izquierdo, toda vestida de luto, sentada en silencio en el primer banco de la húmeda iglesia de San Dionisio.

«La pobre está tan desolada por el dolor que no le salen ni las lágrimas», decían algunos vecinos después de la misa. «Tantos años sin ver a su padre ni una sola vez, seguro que se siente culpable por no haber sido muy buena hija.»

Hubo una misa en su honor presidida por el padre Murillo.

Esa primavera también sería recordada en San Dionisio porque nuestro alcalde aceptó instalar luz eléctrica en algunas calles del pueblo. Era solo una prueba, y la luz apenas llegaría a las farolas de la plaza y a otra media docena de casas —incluyendo la casa-torre de los Izquierdo—. Marcial se había visto obligado a aceptar llevar la luz eléctrica al pueblo después de que empezara a correrse el rumor entre los vecinos de que el Alcalde se oponía a construir una estación de tren en San Dionisio. Una especie de compensación —y un mal truco de charlatán descubierto en su engaño— para contentar a la gente sin tener que dar su brazo a torcer.

Solía pasear al atardecer, cuando ya nada en Las Urracas requería mi firma o mi tiempo. Paseaba entre las hileras de viñas perfectamente ordenadas acariciando los sarmientos, prestando atención a las flores que empezaban a asomar de los tallos rugosos. También buscaba indicios de infección en nuestras plantas, señales de que la filoxera había llegado a Las Urracas, pero estaban a salvo. De momento.

Algunas tardes también me acercaba al invernadero para ver cómo avanzaba la construcción. Según Gabriela faltaban apenas dos semanas para que la estructura de cristal estuviera terminada, después solo tendríamos que trasladar las cosas de Teresa allí para que ella pudiera desarrollar nuevos remedios y alimentos para las cepas. Teresa no se quitaba los guantes de cuero verde esmeralda que le había regalado, los llevaba de día y de noche. Hasta me confesó que solía dormir con ellos para evitar hacerse nuevas heridas en sus pesadillas.

Los días se volvieron más luminosos y más largos cada vez, y en la construcción del invernadero solo había trabajo para uno. Miguel —sin apellido aún, solo «Miguel»— se pasaba los días vigilando la finca y cuidando las plantas. Y por las tardes, cuando la luz naranja pálida de la primavera acariciaba la tierra, se dedicaba a terminar el invernadero. Muchas tardes de aquella primavera me acercaba a verle con alguna excusa tonta, hablaba con él unos minutos acerca de la finca o de algo que había que reparar en la nave de la bodega, y después regresaba a la casa sintiéndome miserable y un poco infantil. También caminaba pegada a la fachada de piedra de la casa con un libro en la mano, y me sentaba debajo del alero del tejado a leer mientras él seguía trabajando. Algunas veces leía y otras veces tan solo fingía hacerlo, dependiendo de lo buena que fuera la historia.

—Una sola nota diferente puede cambiar toda una melodía completa. Conseguir que el ritmo y la armonía sean otras, si es la nota adecuada —había dicho Verónica casi de casualidad una tarde—. La pasión también puede depender únicamente de un pequeño cambio. Algunas veces una nota basta para cambiarlo todo.

Recuerdo que la miré mientras ella seguía absorta intentando resolver los misterios escondidos en las partituras de La *Sinfonía contra los demonios*.

—Te refieres a la música, ¿verdad? —le había preguntado, confundida.

Verónica levantó la cabeza de sus pentagramas para mirarme, como si no se hubiera dado cuenta hasta ese momento de que estaba con ella en la habitación.

—Claro. A qué iba a referirme si no. —Sonrió con la misma sonrisa inquietante que nuestra madre y después volvió a enterrarse en sus pentagramas.

Esa tarde decidí salir a pasear antes de que se hiciera de noche. Dejé atrás los dos pilares de piedra y atravesé el cruce de caminos sin pensar en demonios, con paso firme empecé a subir el camino de tierra que llevaba hasta San Dionisio. Llevaba semanas enteras escuchando hablar a otros sobre los cambios en el pueblo, pero todavía no había visto las nuevas farolas ni tampoco las obras para la luz eléctrica.

Precisamente por eso, cuando llegué a la plaza me sorprendió tanto ver que todo estaba casi como siempre. Las farolas eran nuevas, de hierro forjado con dos brazos cada una y tulipas de cristal reforzado, pero no estaban encendidas todavía. Además de las nuevas farolas, el único cambio en la plaza que me llamó la atención fueron los cables que pasaban ahora entre las ramas de las higueras para llevar la corriente eléctrica hasta las casas cercanas.

—¿No es lo que esperabas? A mí tampoco me parece gran cosa —dijo una voz desde un rincón entre sombras.

Era Jimena Izquierdo. Estaba de pie frente a la estatua en honor a su padre. Su vestido de luto, confeccionado con metros y metros de organza negra, hacía que su piel pareciera aún más blanca y perfecta. Me recordó a una de esas muñecas de porcelana que tanto solían gustarle a Verónica cuando era una niña.

—Lamento mucho lo de tu padre. No le conocí, pero está claro que era muy querido entre sus antiguos vecinos —respondí.

A los pies de la estatua había un pequeño ejército de velas, flores mustias e incluso cartas que la gente de San Dionisio había ido dejando allí en honor a nuestro vecino más famoso.

—Yo no lo siento. Lo único que lamento es que no muriera antes, o no haberlo matado yo misma.

Jimena se levantó un poco la pesada falda de su vestido y pateó con furia las velas, las cartas y todo lo demás. Después se acercó a la estatua, le dio una patada a la base y escupió sobre la piedra con el nombre de su padre grabado.

—Ojalá te pudras. —No había nadie más en la plaza para ver el repentino estallido de violencia de nuestra alcaldesa—. He pasado toda mi vida escuchando que este desgraciado era «un genio», «el poeta del pueblo». ¿Te lo imaginas? ¿Un genio? Un tipo que escribe coplillas sobre mujeres gordas que sudan en verano, y le llaman genio.

Una de las velas que Jimena había pateado llegó rodando hasta mis pies.

—Verónica es capaz de tocar de oído al piano el segundo

movimiento de la séptima sinfonía de Beethoven desde que tenía siete años y querían hacerle un exorcismo —recordé con amargura—. Nunca jamás nadie en este pueblo dijo que mi hermana pequeña fuera «un genio». La genialidad está reservada solo para los hombres.

Jimena puso las manos en las caderas y se rio sin nada de humor.

—Ya. Menudo genio resultó ser mi padre. Cuando yo era pequeña, una niña, cada vez que alguien en el pueblo hablaba de lo listo que era él o de cómo había hecho famoso el nombre de San Dionisio en media Europa gracias a sus canciones, a mí me quedaba muy claro que lo que él me hacía no importaba. No tanto como unas coplillas graciosas, porque era «un genio».

Jimena no dijo nada durante un momento y yo me acerqué despacio hasta ella. Noté que sus ojos estaban húmedos, pero no me pareció que hubiera estado llorando de tristeza: eran las mismas lágrimas de rabia que había visto en los ojos de mi hermana o en los míos tantas veces.

—Lo siento mucho. No lo sabía —murmuré.

Pero entonces recordé todas las veces que había escuchado rumores sobre el Eduardo. Recordé a Diana torciendo el gesto cada vez que alguien hablaba de él o como de niños teníamos prohibido acercarnos a él.

—Tú puede que no lo supieras, pero muchos de los que le llamaban «genio» y lloran su muerte hoy lo sabían de sobra y les dio igual. La vida de una niña, mi vida, no valía tanto como para retirarle el saludo al «genio». —Jimena miró con desprecio a la estatua sonriente de su padre—. ¿Sabes que incluso pidió una dispensa especial al padre Murillo para poder casarse conmigo? Este le dijo que al ser yo su hija natural tenía las manos atadas en cuestiones de matrimonio. De haber sido su hijastra me hubieran casado con él a los quince años, cuando tuve a Inocencio.

Busqué la cajita metálica en los bolsillos de mi vestido. Saqué un cigarrillo casero para mí y otro para ella. Lo encendí y se lo di a Jimena.

—Inocencio no es tu hermano. No es solo tu hermano —me corregí sin atreverme a mirarla.

—Es hijo del mismo padre que yo, así que técnicamente es mi hermano también —respondió ella mientras el humo de hierbabuena nos envolvía a las dos—. Y, por supuesto, en este pueblo lleno de cobardes todos estuvieron encantados de creerse la mentira de que Inocencio era mi hermano pequeño. Y con el tiempo, esa mentira se convirtió en la verdad.

—Claro, por eso te preocupa tanto que Inocencio sea... bueno, aunque eso signifique que parezca débil a los ojos de los demás: te da miedo que haya algo de su padre en él —comprendí de golpe—. ¿Lo sabe él? ¿Inocencio?

—No. Y así debe seguir —respondió ella sin mirarme—. Si él llega a enterarse de la verdad sobre su padre nunca podrá sacarse esa idea de la cabeza, se apoderará de él como una enfermedad. Me he esforzado mucho para evitar que lo descubra y enseñarle bien, como para que ahora se entere y empiece a pensar que hay algo malo en él.

Lo pensé un instante mientras le daba una calada corta y ansiosa a mi cigarrillo, y decidí que Jimena tenía razón: tan solo saberlo podía empujar a Inocencio —o a cualquiera en su lugar— a pensar que llevaba algo terrible dentro, esperando el mejor momento para salir. El dolor como herencia, como marca familiar, era algo que las Veltrán-Belasco conocíamos bien.

—Descuida, no se lo contaré a nadie —prometí—. Y creo que no deberías preocuparte: es un buen muchacho. Verónica no se acercaría a él si no lo fuera, lo has hecho muy bien.

Jimena me miró con sus ojos negros encendidos por la furia.

—A mí no me hables como si yo fuera una víctima. Una mujercita indefensa y asustada sin ningún poder a la que unos desconocidos asaltan en una calle oscura: yo soy Jimena Izquierdo. Incluso hoy, en esta tarde de debilidad, eso no ha cambiado. Soy la Alcaldesa, la mujer más poderosa que hay hasta Bilbao. No soy una víctima.

—Haber sido una víctima no te hace débil; al contrario. Yo lo he sido, durante muchos años, casi toda mi vida. —Le di una calada a mi cigarrillo y le devolví la mirada—. Por eso sé que, aunque logres dejar atrás a todos los demonios que te persiguen, lo que de ellos se ha quedado dentro de ti, te atrapa. Es tu jaula particular.

Las farolas de la plaza se encendieron de repente. La luz amarillenta llenó el aire y las dos miramos sorprendidas a las tulipas de cristal con las bombillas incandescentes brillando dentro.

—Hacen eso cada tarde, a la misma hora. Bienvenida al progreso, Gloria —comentó Jimena con desdén.

Miré la estatua en honor al padre de Jimena. La luz de las farolas le daba todavía un aspecto más bobalicón a la sonrisa tallada en la piedra.

—Mi padre no era un buen hombre: se quedó con el hijo de otras personas y encerró a su mujer en una bodega durante doce años. Nuestra madre tenía una enfermedad mental, puede que más de una. Además de eso, o puede que por eso mismo, resultó ser una madre terrible. Pero sus padres murieron siendo muy pequeña y ella se había criado en un hogar terrible con sus tías, así que no creo que la enfermedad mental que apretaba la soga alrededor de su cuello cada día fuera la única causa de su crueldad. Las personas que no están enfermas también pueden ser crueles —dije con pesar, pensando en Rafael—. A mí también me da miedo lo que hay de ellos en mí, dentro de mí. Descubrir el rastro de su crueldad en mí misma. Cada día veo a mi madre en mí, o en mis hermanas. Cuando me miro al espejo o cuando mi hermana pequeña se ríe, ella está ahí. Nos embruja; incluso ahora que ya no está todavía puedo notar como intenta apoderarse de nosotras. Es una pesadilla de la que nunca conseguimos despertar.

Un par de vecinos subían por la cuesta para ver las nuevas farolas encendidas. Charlaban y sus voces llegaron hasta donde estábamos antes de que se asomaran a la plaza.

—Marcial sigue adelante con su bodega. Ya casi no nos queda dinero, además, con este asunto está perdiendo su influencia entre la gente del pueblo y con los hombres del gobierno en Logroño. Pero a él le da igual, está dispuesto a terminar de construir la maldita bodega a cualquier precio. He intentado razonar con él, pero no quiere escucharme —empezó a decir Jimena, hizo una pausa y me miró desde el fondo de sus ojos negros—. También he intentado convencer y comprar a tu antiguo hermano para que le haga desistir de la idea, pero con él ni siquiera es posible terminar una conversación sin pensar en apuñalarle en el costado.

—Sí, Rafael produce ese efecto. ¿Por qué me lo cuentas? —quise saber—. Espero que esto no signifique que a partir de ahora somos amigas o aliadas.

—No, nada de eso, puedes estar tranquila. Mañana tú y yo volveremos a ser enemigas —respondió ella con brusquedad—. Te lo cuento porque las dos queremos lo mismo: evitar que mi marido termine de construir su bodega.

Sonreí con sarcasmo.

—Claro. Por eso me has contado antes lo de tu padre: querías que me pusiera de tu parte y colaborase contigo. Muy lista —admití—. Ahora ya sé por qué eres la mujer más poderosa de aquí a Bilbao.

—No. Te he contado lo de mi padre porque es la verdad, y porque solo tú y tus hermanas endemoniadas podéis comprender lo que es tener al diablo en casa. —La miré un momento y me pareció que Jimena decía la verdad. Al menos, eso es lo que elegí creer—. Y creo que podríamos ayudarnos mutuamente.

FUEGO EN EL HORIZONTE

E
l sol de la primavera calentó la tierra y nuestras viñas
florecieron por fin en abril de aquel año. Sería una cosecha tardía, pero después de años de vacío, tuve que
hacer un esfuerzo para no llorar de alegría la mañana que vi el
primer fruto en una de las cepas. Era verde brillante y más
pequeño que un guisante, pero era el primer racimo que crecía en Las Urracas desde hacía veintiún años.

Precisamente por eso me asusté tanto cuando el primer
rayo cortó el cielo. Esa estaba siendo una primavera fría pero
tranquila, sin tormentas o trombas de agua que estropearan
las cosechas. Pero nada más verlo supe que aquel rayo en el
horizonte no presagiaba nada bueno.

—¡Verónica! —la llamé a gritos mientras corría por los
pasillos del primer piso de la casa.

Antes toda esa ala estaba prohibida, pero desde que le
arrebatamos Las Urracas al polvo y al olvido, aquel se había
convertido en el lugar favorito de Verónica.

—¿Dónde estás? ¡Pequeña! —Tenía dieciocho años pero
seguía llamándola «pequeña».

Abrí la puerta de su habitación sin llamar. El misterioso
cuarto con las frondosas palmeras en la pared estaba vacío,
pero me fijé en que las puertas del balcón estaban abiertas.

Crucé la habitación dando grandes zancadas, avanzando entre ropa sin recoger y partituras esparcidas por el suelo, y me asomé. Fuera, la temperatura de la tarde había caído casi diez grados en tan solo media hora. La tormenta estaba cerca, pero oí la voz de Verónica debajo del balconcillo de piedra. También me llegó otra voz que no pude identificar.

—Eso es. Ya casi lo tienes —dijo Verónica entusiasmada—. Te advierto que las abejas son criaturas muy sensibles, si hay algo que no les guste en ti te lo harán saber enseguida y de manera dolorosa.

—Preferiría no haber sabido la última parte.

Me asomé sobre la barandilla del balcón al volver a oír la voz misteriosa que hablaba con mi hermana.

—Hola. ¿Quién está ahí contigo, Verónica?

Ella tardó un momento en responder. Pude imaginar a mi hermana pequeña, con su pelo de fuego suelto y su ojo nublado, hablando sola debajo del balconcillo poniendo voces para fingir que había alguien más.

—Es Inocencio Izquierdo. Ha venido aquí después de sus clases particulares —respondió Verónica con voz cantarina.

Solo un instante después los dos salieron de debajo del balconcillo para que los viera. Respiré aliviada al ver a Inocencio, mirándome con los mismos ojos negros que Jimena. Al menos Verónica no estaba hablando sola otra vez

—¿Sabe tu hermana que estás aquí? —pregunté, aunque ya imaginaba la respuesta—. Me extraña que Jimena Izquierdo te haya dejado venir a hacernos una visita.

—La señora Izquierdo tenía un asunto importante esta tarde, por eso Inocencio está aquí. Se aburría en su casa y no quería estar con... con Rafael. —Verónica respondió por él—. Estábamos probando una cosa: queremos saber si las abejas pueden detectar algo malo que vive dentro de Inocencio.

—¿Algo malo? —repetí con la boca seca de repente—. No hay nada malo en Inocencio.

—Eso mismo le he dicho yo, pero él insiste en que tiene sueños terribles donde es otro hombre. Últimamente sueña que es un hombre mayor al que le gusta quemar cosas, ¿verdad que sí, Inocencio? —El chico asintió con la cabeza—. Se despierta cada madrugada sintiendo el calor del fuego en la cara, tan cerca de las llamas que le quema la piel y le derrite los ojos. Por eso se me ha ocurrido que, si está endemoniado, las abejas nos lo dirán.

Me fijé entonces en la nube de abejas que revoloteaban alrededor de los dos. Verónica tenía una abeja apoyada en el pelo, era la más grande y brillante de las abejas. La reina.

—Nadie está endemoniado y a nadie se le van a derretir los ojos —repuse—. Y no dejes que te piquen las abejas, Inocencio, puede que seas alérgico a sus picaduras. Vamos, volved a la casa. Necesito que me ayudéis con una cosa.

En el invernadero, Teresa estudiaba algo a través de su microscopio mientras Gabriela dibujaba en su bloc.

—No te lo vas a creer, Gloria. He encontrado la solución para ese grupo de cepas que no termina de despertar, ya sabes, esas tres viñas en el lado oeste de la finca que pensábamos que estaban infectadas con un hongo —dijo Teresa muy animada, entonces vio la expresión de mi cara y añadió—: Pero no estás aquí por el hongo.

—No. He salido porque fuera está a punto de empezar a granizar —respondí, muy seria—. Y si no podemos proteger las plantas y los frutos nuevos del pedrisco, dará igual ese hongo. Vosotras dos sois las ingenieras de esta familia. ¿Qué se os ocurre?

Teresa se quitó las gafas prestadas y se acercó a la pared de cristal para mirar al cielo oscurecido al otro lado.

—Sí que tiene mal aspecto... —murmuró—. Algo que proteja a las plantas del pedrisco.

—No hace falta que sea a todas las plantas, pero no podemos permitirnos que el granizo dañe los frutos nuevos. Aún son delicados, no aguantarán una tormenta. Piensa, Teresa.

Otro rayo cruzó el cielo de cristal sobre nuestras cabezas. Esta vez oímos el trueno haciendo vibrar las placas del invernadero a nuestro alrededor.

—¿Tenéis en la casa cortinas viejas? ¿Sábanas? ¿Manteles? Cosas así —preguntó Gabriela de repente.

Asentí.

—Pues podemos proteger la mayoría de las plantas. Dependerá de cuánta tela tengáis, claro, pero se me ocurre que podríamos cubrir las cepas para evitar que el granizo destroce los racimos y agujeree las hojas —añadió.

—Bien. No es exactamente la idea genial que esperaba de vosotras dos, pero podría funcionar, sí. Vamos, cuantos más seamos más terreno cubriremos. Espero que el invernadero aguante los granizos.

Gabriela me dedicó una diminuta sonrisa de satisfacción.

—Aguantará.

Las tres corrimos hasta la puerta abierta de la casa, entramos y empezamos a sacar toda la ropa blanca de los armarios. Incluso dentro de la casa principal el aire estaba cargado de electricidad. Otro rayo iluminó un instante el armario de la colada del primer piso mientras yo cogía todas las sábanas limpias que podía. Cuando bajé las escaleras vi que los demás ya me esperaban en el vestíbulo con montones de ropa tan altos como el mío.

—¿Cómo nos organizamos? —preguntó Verónica con las mejillas enrojecidas por la carrera y la emoción.

—En equipos de dos. Hay que extender las sábanas y los manteles y cubrir con ellas tantas plantas como podamos. No importa que las viñas se mojen o se golpeen un poco, lo que queremos es amortiguar el daño del pedrisco en los frutos —respondió Teresa.

El resplandor plateado de otro rayo entró por la doble puerta abierta llenando el vestíbulo de una luz fantasmal. El trueno resonó en la tierra, mucho más cerca de Las Urracas esta vez.

—Id. Y procurad no haceros daño con las plantas, es fácil arañarse los brazos al pasar cerca.

Verónica e Inocencio salieron corriendo llevándose con ellos una montaña de ropa blanca.

—¿Podrás hacerlo tú sola? —me preguntó Teresa mientras el sonido del trueno se desvanecía en el aire.

—Sí, claro. Buscaré a Miguel para que me ayude, no estará lejos.

Las dos se fueron y yo me quedé sola en el enorme vestíbulo de la casa principal. El cielo de primavera se había vuelto gris oscuro, casi negro, y por las ventanas y la puerta abierta se colaba el aire helado que arrastraba el granizo. Cogí tantas sábanas blancas como pude y salí a la tormenta.

Corrí entre las viñas, la tierra arcillosa se volvía resbaladiza con el agua helada que empezaba a caer del cielo. Con el rabillo del ojo vi a Teresa desplegando uno de los manteles bordados en la zona sur del viñedo. La tela blanca cubrió el mar de viñas como un abrazo. Un poco más adelante vi más sábanas y manteles desplegados protegiendo las plantas.

Doblé la esquina oeste de la casa principal y estuve a punto de chocar con Miguel, que caminaba hacia la casa tan deprisa como podía.

—Usted perdone, señora Gloria —dijo, tan cerca de mí que sentí su respiración caliente sobre mi pelo húmedo—. El aire se ha vuelto frío. Va a granizar y las plantas no aguantarán la tormenta, tenemos que...

Entonces vio las sábanas que llevaba debajo del brazo e hizo algo parecido a una sonrisa.

—Ayúdeme a proteger las plantas de este lado, ¿quiere? —le pedí—. Todas las que podamos cubrir antes de que empiece a granizar.

Miguel cogió unas cuantas sábanas de las que llevaba bajo el brazo, su mano fría me rozó la cintura.

—Descuide, señora Gloria.

Le vi caminar entre las viñas sin que los hierros en su pierna derecha le hicieran siquiera resbalar en la tierra húmeda. Todavía me fijé un momento más en cómo desplegaba las sábanas de mi antigua cama y las colocaba con urgencia sobre las plantas formando una especie de dosel. Por fin le seguí entre las plantas. Ahora llovía con más fuerza y el agua empapaba mi pelo suelto haciendo que se pegara a mi cara y a mi cuello. La falda de mi vestido se había ido volviendo más pesada con el agua y me costaba avanzar. Noté que Miguel me miraba desde donde estaba.

—¿Todo bien, señora? —gritó por encima del ruido de la tormenta.

Asentí mientras intentaba desplegar una de las sábanas como si fuera la vela de un barco en mitad de una tempestad, pero tenía los dedos agarrotados por el frío y toda la montaña de ropa blanca perfectamente doblada cayó a mis pies.

—Demonios —masuclé, agachándome para recogerla.

—Deje que la ayude.

Sentí el primer granizo impactando contra mi brazo desnudo. Después otro en mi cuello, y solo un momento después, una cortina de granizo nos golpeó.

—Sujete ese extremo de la sábana. Entre los dos será más fácil. Así —dije, dándole uno de los lados de la tela.

Nuestros dedos se enredaron un instante más de lo necesario. Le miré mientras las piedras de hielo caían del cielo a nuestro alrededor y solté su mano por fin.

—Las plantas... —añadí—. Hay que proteger la cosecha.

Desplegamos juntos otra sábana y cubrimos un puñado de plantas. La tierra blanda intentaba atraparme con cada paso. Miré al suelo y vi algunas hojas y ramas pequeñas que ya se habían roto por la tormenta. Corrimos con cuidado hasta la siguiente hilera de cepas y extendimos otra sábana para proteger más plantas, y después otra más hasta casi llegar a la orilla del río.

—Ya están cubiertas casi todas las plantas de esta zona, no podemos hacer mucho más que esperar a que pase la granizada y rezar —grité para hacerme oír entre el pedrisco—. Nos hemos ido alejando cada vez más de la casa para cubrir las últimas plantas.

La casa principal estaba demasiado lejos como para poder llegar corriendo. Desde donde estaba, vi la cortina blanquecina de granizo golpeando sin compasión el tejado y las ventanas de la fachada de Las Urracas.

—Espero que la casa aguante —murmuré, y mis dientes castañetearon.

Estaba tan preocupada por proteger la cosecha, corriendo peligrosamente entre las cepas, que ni siquiera me había dado cuenta de que tenía la ropa empapada y mucho frío.

—Aguantará, es una buena casa.

Miguel se acercó hasta mí con la última sábana en la mano, la desplegó y nos cubrió a ambos. El ruido de la tormenta de hielo se quedó fuera, amortiguado por el algodón mojado que nos protegía.

—Gracias —dije, sin saber muy bien por qué—. No hubiera podido hacerlo sin su ayuda.

Algunos granizos perezosos resbalaban por mi espalda y se colaban debajo de mi vestido. Sentí como se derretían al bajar por mi columna. Tiritaba de frío, pero aun así pude notar el calor que salía del cuerpo de Miguel pasando a través de mi ropa empapada, su respiración acelerada por el esfuerzo calentando el aire bajo la sábana.

—Tiene los labios azules —susurró con una diminuta sonrisa.

Y me pareció que iba a besarme; o que estaba pensando en hacerlo. Así que, con cuidado, me puse de puntillas sobre la tierra blanda y me acerqué a él, despacio, igual que quien intenta atrapar una mariposa con cuidado de no espantarla. Le besé con mis labios de hielo. Al principio no pasó nada, Miguel no se movió. Pero solo un instante después sentí cómo pasaba su brazo por detrás de mi cintura, estrechándome más cerca de su cuerpo caliente. Miguel sabía a la tierra empapada por la tormenta, pero también a pólvora y a algo que me hizo pensar en el mar revuelto. Salitre.

Besar a Miguel era muy diferente; diferente de él.

Pasé los brazos por detrás de su cuello para no perder el equilibrio y acercarme más a él, mis labios se calentaron al mismo tiempo que mis mejillas.

Fuera de nuestro escondite, el sonido del pedrisco fue disminuyendo y apagando poco a poco hasta que la tormenta pasó de largo por fin arruinando para siempre toda la ropa blanca de la casa.

—Ha parado —dijo Miguel con voz rasposa, todavía muy cerca de mis labios calientes.

Tenía el pulso acelerado y me resistía a separarme de él y su calor salado tan pronto, pero quería ver los daños que la tormenta había causado en las plantas.

—Sí, deberíamos salir a mirar cómo están las viñas.

Miguel no dijo nada, solo se separó de mí y apartó la sábana que nos había protegido del granizo.

Fuera el aire estaba limpio y claro, como sucede después de una tormenta. Casi todas las viñas seguían protegidas por el mar de tela blanca que llegaba casi hasta la fachada de la casa. En el suelo había algunas flores, hojas agujereadas por el granizo y palitos rotos, pero nada importante.

—Parece que no hemos tenido muchos daños. Menos mal —le miré con mi mejor sonrisa, pero él apenas me devolvió la mirada.

Vi a Teresa moviendo los brazos junto a la puerta principal para llamar mi atención. Me pareció que estaba contenta, así que supuse que las plantas de su zona también habían salido bien paradas de la tormenta de hielo.

—¿Me acompañas a inspeccionar la casa? Quiero ver si hay daños en el tejado y en las ventanas del lado norte.

—Si no le importa prefiero quedarme aquí y recoger las sábanas, señora. Así podrá hacerse una idea del daño real que ha causado la tormenta —respondió él.

Parpadeé un momento sin saber qué decir. Solo un minuto antes Miguel había respondido a mi beso y ahora apenas me miraba y había vuelto al «señora».

—Claro. Como quieras —respondí secamente.

Y sin decir nada más me alejé caminando entre la tierra empapada y las ramitas rotas hacia la casa. Una ráfaga de viento del norte hizo estremecer las sábanas sobre las plantas, dejando a su paso un aire frío y un lejano olor a salitre.

Nuestras plantas apenas sufrieron daño por la tormenta de granizo. Perdimos todos los frutos en un par de cepas y algunas necesitarían los cuidados especiales de Teresa para recuperar sus ramas más jóvenes. El suelo del viñedo se cubrió de palitos, sarmientos arrancados, hojas, pequeñas piedras y flores destrozadas manchadas de barro. Una alfombra esponjosa que tuvimos que limpiar antes de que empezara a apestar y pudriera las plantas. El granizo tampoco hirió de gravedad la casa principal o la nave de la bodega. Un par de contraventanas agujereadas por el pedrisco, algunas tejas sueltas que aparecieron en el pórtico de la entrada y una pared del invernadero que amaneció cubierta de picados y marcas. Eso fue todo.

Pero otras fincas de la zona no corrieron la misma suerte que Las Urracas. Por todo el valle se oían historias de bodegueros que habían perdido la mitad de su cosecha la tarde de la tormenta; deudas que no podrían pagarse y préstamos de bancos imposibles de devolver solo con la otra mitad de la cosecha. Durante días después de la granizada, el aire cortante de la primavera arrastraba con él el olor de las frutas verdes arrancadas y las hojas que se descomponían por toda la comarca.

—¿Crees que se habrá arruinado mucha gente por culpa

de la tormenta? —me preguntó Teresa mientras se servía otra cucharada de azúcar en su taza—. Dicen en el pueblo que algunas bodegas del valle han perdido casi todo lo que tenían para este año. Y eso sin contar que todavía puede volver a granizar antes de que empiece el verano.

Cogí la jarrita con la leche caliente y me puse un poco más en mi café.

—No lo sé. Tampoco me fiaría mucho de las habladurías —respondí mientras añadía otra cucharada de azúcar a mi taza—. Es una lástima no saber cómo les ha dejado el viñedo a los Izquierdo. Me gustaría ver cómo aguantan el pedrisco sus flamantes viñas americanas.

En otra vida, Teresa me hubiera regañado —o lanzado una mirada de reproche— por ese comentario, pero esa mañana se rio mientras cogía la jarrita de porcelana con la leche caliente.

—¿Vendrá Gabriela más tarde? —pregunté como si nada.

—Sí, más tarde. Tenía que preparar unas cosas para sus clases. Este trimestre está enseñándoles dibujo artístico a las chicas.

Cada vez que le preguntaba por ella, a Teresa se le encendían las mejillas y bajaba la cabeza. Todavía llevaba los guantes verde esmeralda cada día, pero hacía tiempo que no la veía hacerse nuevas heridas.

—De verdad espero que Marcial no cierre la escuela —dijo de repente—. Se me ha ocurrido que si al final decide no seguir financiando la escuela podríamos trasladar las clases aquí. A Las Urracas. Sé que no es la mejor opción, pero podría servir como solución temporal.

Levanté la cabeza de mi taza para coger una tostada del plato y, de paso, mirar a mi hermana como si acabara de tener la peor idea de su vida.

—¿Quieres trasladar la escuela aquí? ¿A la casa?

—No es que quiera hacerlo, pero tenemos sitio de sobra para acoger a las niñas unas horas al día —respondió—. Y sería una forma de, bueno, de intentar acercarnos a la comunidad.

Puse los ojos en blanco, después empecé a untar mantequilla en mi tostada recién hecha.

—Ni hablar. Yo no quiero acercarme más a la comunidad.

—Pues tal vez deberías considerarlo. —Teresa jugueteó con su cucharilla un momento antes de añadir—: Yo sé bien cómo nos ha tratado este pueblo, créeme, lo sé terriblemente bien. Pero estás haciendo política, Gloria. Puede que no te lo parezca pero es así: te enfrentas al Alcalde, intentas traer el tren a San Dionisio, haces tratos con Jimena Izquierdo y te estás convirtiendo en la empresaria más importante del valle. Eso es política. Y para que funcione tus vecinos deben verte y pensar que eres capaz de preocuparte por lo mismo que ellos. Sus hijas, por ejemplo.

Recordé todas las veces que los vecinos de San Dionisio, y también del resto del valle, nos habían tratado a mis hermanas y a mí como si no fuéramos nada; menos que nada. Chicas perdidas a las que era fácil odiar o tener lástima por ser demasiado diferentes.

—Ni hablar, buscaré otra forma de vencer a Marcial. Esta casa no es un refugio para todas las criaturas heridas que viven ahí fuera, Teresa.

—Pero podría serlo. Podríamos dejar que todos los diferentes, los rebeldes y los que sufren tuvieran un lugar seguro, aquí, en Las Urracas —respondió ella, mirándome muy seria—. Tal vez así ella se marche para siempre y se lleve los últimos jirones de dolor tras de sí.

«Ella» era, por supuesto, nuestra madre.

Dejé el cuchillito para la mantequilla en el plato, pero mi mano tembló ligeramente.

—No puede ser, lo siento —dije sin mirarla.

—¿Por qué no? Yo he tenido que luchar por cada hectárea de libertad. He tenido que agarrarme a la vida con uñas y dientes para seguir aquí, a pesar del dolor. —Teresa hizo una pausa y miró el cuero verde que escondía las cicatrices de ese dolor invisible—. Me he ganado esa libertad, para todos. Para que otros no tengan que sufrir igual que yo.

La miré. El olor a café recién hecho y a pan tostado inundaba la cocina bien iluminada por el sol de la mañana.

—¿Y desde cuándo te has vuelto tan sabia? —pregunté con una media sonrisa—. Bien. Si Marcial cierra la escuela y no hay más solución, podemos trasladar la escuela para niñas a uno de los cuartos del primer piso.

Teresa se colocó un diminuto mechón cobrizo detrás de la oreja y me dedicó una sonrisa antes de darle un sorbo a su taza.

—¿Por qué estáis las dos tan contentas? —preguntó Verónica entrando en la cocina—. ¿Es Navidad ya?

—No, no es Navidad. Aún faltan meses para eso, pequeña. ¿Quieres desayunar? —le pregunté, acercándole una taza sobre la gran mesa de comedor—. Hay tostadas, café, mermelada de peras... y tu hermana hizo un bizcocho de miel ayer.

De alguna manera, Teresa había superado su resistencia inicial a la repostería y ahora dedicaba las tardes libres —cuando las obligaciones de la bodega y de la finca se lo permitían— a preparar bizcochos de limón, pastelitos de crema dulce, barquillos de mantequilla o cualquier otra cosa que se le ocurriera. Incluso había comprado un libro de recetas de postres por correo a una librería muy famosa de Madrid. No era extraño encontrarla por las tardes sola, en la gran cocina de Las Urracas, entre boles con restos de masa de buñuelos dulces, esterilizando botes de cristal para conservar mermeladas y miel, o amasando mazapán con ayuda del rodillo sobre la encimera de mármol. Cuando Teresa horneaba sus postres, el olor a azúcar caramelizado, a mantequilla clarificada o a frutas en almíbar salía de la cocina e inundaba todo el primer piso de la casa.

«Cocinar no es muy diferente de la química. Es solo un poco más difícil porque no te comes los experimentos, claro, pero las dos cosas son muy parecidas entre sí», me había dicho una tarde, mientras la ayudaba a pelar manzanas para una tarta. Ese era el único momento en el que se quitaba los guantes. Los dejaba perfectamente doblados sobre la mesa y no se los ponía otra vez hasta que se había lavado y secado las manos con delicadeza.

—¿Y a qué viene esa nueva manía con la Navidad? —le preguntó Teresa, mientras retiraba una silla a su lado para ella—. Nunca hemos celebrado unas Navidades precisamente felices en esta casa.

Verónica se dejó caer en la silla y, como siempre hacía, recogió sus pies descalzos subiéndolos a la banqueta.

—Pues precisamente por eso —respondió ella como si fuera evidente—. Este año celebraremos una gran fiesta de Navidad. Con regalos, un árbol decorado, canciones... —Verónica mordisqueó una tostada sin mantequilla, pero enseguida la dejó olvidada en la mesa—. ¡Qué tarde es! Tengo que ir a mi habitación para vestirme ya mismo. No quiero que vengan y me vean en camisón.

Y tan rápido como había entrado en la cocina, Verónica se levantó y salió por la puerta en dirección a su habitación.

—¿De qué está hablando? No esperamos visita hoy —repuso Teresa.

Pero justo en ese momento oímos el ruido de unos coches y los cascos de varios caballos acercándose a la casa por el camino de tierra.

—Alguien viene.

Dejé la taza, me levanté, atravesé el vestíbulo y caminé deprisa hasta la puerta principal. Ese era el día más brillante en semanas, así que el sol me cegó un momento cuando salí al pórtico. Mi falda de raso removió el polvo que ya se posaba en el suelo a esas horas mientras avanzaba por el camino hasta los dos pilares con nuestro apellido tallado en ellos.

Miguel estaba allí, en el cruce de caminos mirando los tres carruajes que se acercaban a la casa.

—¿Esperaban a alguien hoy, señora Gloria? —preguntó sin apartar sus extraños ojos de la nube de polvo que levantaban los caballos.

—No. Pero está bien. Ya sé quiénes son.

Apenas había cruzado dos palabras con Miguel desde nuestro beso bajo la sábana durante la tormenta de granizo.

Todo lo que habíamos hablado aquellas semanas incómodas se refería únicamente al trabajo en la finca, pequeñas reparaciones en la casa y cosas por el estilo. Ni una sola palabra sobre el beso. Empezaba a ser evidente incluso para alguien como yo, poco familiarizada con los asuntos del corazón, que nuestro misterioso guardés no tenía ningún interés romántico en mí. No le había contado a nadie lo del beso —ni siquiera a Teresa— y nadie nos había visto, pero aun así me sentía profundamente idiota por haber imaginado que ese hombre silencioso tenía algún tipo de interés en mí más allá del puramente profesional. Y, sin embargo, había visto los indicios delante de mí tan claros como la primera luz del alba: la manera en la que él me hablaba algunas veces, su forma de mirarme cuando pensaba que yo no me daba cuenta o la facilidad con la que guardaba mis secretos.

«Bueno, esto lo hace todo mucho más fácil. Ya no tienes que preocuparte por estar a punto de casarte con otro hombre», pensé, justo cuando los coches de caballos se detuvieron en el cruce.

—*Ma chère*, Gloria! Cómo te he echado de menos —gritó Denise en cuanto se bajó del coche.

Me abrazó con fuerza y de repente me pareció que había pasado una vida entera desde que me despedí de ella en ese mismo cruce, un día mucho más triste que aquel, con un padre muerto, una madre en la cárcel y un secreto horrible ocupando cada habitación de la casa.

—Cuánto me alegro de que estéis aquí —le dije antes de soltarla, y era verdad—. Pero ¿por qué no me has dicho que veníais? Hubiéramos preparado vuestras habitaciones y habríamos mandado que os fueran a buscar.

Denise hizo un gesto con su mano enguantada para quitarle importancia.

—No podía esperar más. Tenemos tantas cosas emocionantes que preparar y sobre las que discutir: la cosecha, la boda... Y tienes que hacerme una visita turística por esa maravillosa bodega vuestra. El Cálamo Negro es una joya, se vende solo. Si la cosecha que recojamos este otoño es la mitad de buena, conseguiremos el contrato para vender vuestro vino a los restaurantes de una famosa cadena de hoteles francesa. ¡Se pelearán por servirlo! —exclamó entusiasmada—. Pero vamos dentro, me muero por ver cómo habéis dejado la casa. Ya ha pasado casi un año desde la última vez que estuvimos aquí, ¿puedes creerlo?

Sacudí la cabeza, todavía sorprendida de que los Lavigny estuvieran de vuelta en Las Urracas.

—Sí, casi un año —repetí, pensando en ello—. Ha pasado tan deprisa...

Por el camino de la casa vi como se acercaban mis hermanas. Verónica corría encantada y arrastraba a Teresa de la mano. Denise las vio y se separó de mí para ir a abrazarlas también. Detrás de mí escuché cómo se saludaban, a Teresa presentándose y dándole las gracias por los guantes.

Me puse la mano sobre los ojos para protegerme del sol de la mañana cuando miré hacia el primer coche de caballos. Vinicio ya había bajado y hablaba con Miguel sobre el equipaje y los animales dándole instrucciones sobre lo que debía hacer.

—¿Unos cuantos meses en París y ya te has olvidado de mí? —bromeé.

Vinicio me dedicó una sonrisa.

—Jamás. Sentimos mucho presentarnos sin avisar, pero ya conoces a Denise, es como un torbellino de energía. Cuando se le mete algo en la cabeza no hay forma de hacerla cambiar de opinión. —Sus ojos brillaron cuando me acerqué a él—. Me alegro mucho de verte, Gloria. Estás... pareces diferente.

Hice algo parecido a una sonrisa.

—Es que ha sido un año muy largo —admití.

Vinicio me estrechó la mano y después me dio un abrazo más largo de lo necesario.

—Qué bien estar de vuelta aquí, en Las Urracas —dijo, cerca de mi oído—. Admito que he extrañado un poco esta casa. Es como si ejerciera algún tipo de poder sobre mí. Sé que no crees en maldiciones o supercherías sobrenaturales, pero casi sentía que me llamaba en la distancia. Como un embrujo del que no logro escapar desde el mismo día en que nos fuimos.

Conocía bien esa sensación. El dolor, los recuerdos y el polvo me ataban a cada piedra de Las Urracas, a cada habitación prohibida durante años, a cada cepa retorcida. Nunca me había alejado lo suficiente de la finca como para estar segura, pero de alguna manera intuía que esos mismos lazos que me unían a la casa también me ataban a ella incluso aunque estuviera muy lejos. De alguna manera *sabía* que sería capaz de oír la vieja campana del jardín de atrás repicando a un millón de kilómetros de aquella tierra.

—Sé bien a qué te refieres. Esta casa tiene algo que la hace... inolvidable —respondí, cuidándome mucho de no contarle lo imposible que era escapar de ese hechizo—. Te roba el corazón y el sueño si se lo permites.

—Puede que no sea solo la casa lo que me ha robado el corazón —respondió él—. Me alegro de estar de vuelta.

Entonces Vinicio me dio un beso rápido en la mejilla y después se alejó por el camino de tierra para saludar a mis hermanas. Los vi abrazarse entre risas y a Verónica charlando entusiasmada con Denise sobre música y acerca de los libros que ella le había dejado el año anterior.

—Me ocuparé de que los hombres lleven el equipaje de sus amigos a sus habitaciones —dijo Miguel, detrás de mí—. Y enhorabuena por su compromiso, señora Gloria.

Después pasó a mi lado, tan cerca que su mano áspera rozó la mía un momento más de lo necesario antes de alejarse hacia la casa.

Cuatro días después de la llegada de los Lavigny, los pequeños racimos verdes en nuestras cepas empezaron a engordar y se volvieron de un precioso color amarillo dorado. Descubrí el cambio de color en las plantas mientras paseaba entre las hileras de viñas con los hermanos Lavigny. Faltaban apenas un par de horas para que se hiciera de noche y el aire cálido de finales de la primavera olía a flores silvestres, a fruta madurando cerca de la finca y a la promesa del verano cercano.

—Has traído la vida de vuelta a esta tierra, Gloria. No sé bien cómo lo has hecho, pero has conseguido que estas obstinadas cepas den frutos otra vez —me dijo Denise, acariciando una de las plantas con una enorme sonrisa.

—Gracias. Pero no hubiera podido conseguirlo sin mis hermanas y sin la ayuda de Diana. —Habían pasado dos meses desde su muerte, pero su nombre todavía me pesaba en la lengua—. Ella me enseñó casi todo lo que sé sobre el vino.

Desde donde estábamos se veía el patio y la fachada trasera de la casa con todas las ventanas perfectamente reparadas. Hubo una época en la que eso me hubiera parecido algo imposible, un sueño muy vívido. Ahora incluso había grandes hojas verdes en el emparrado que cubría el patio trasero.

—No, gracias a vosotras —respondió ella con sus ojos muy abiertos—. Nadie en su sano juicio hubiera apostado a que tres hermanas sin ninguna experiencia lograrían resucitar esta finca, y, además, generar beneficios en solo un año. Pero así ha sido.

—Menos mal que vosotros no estáis en vuestros cabales —bromeé.

Los Lavigny se rieron.

—Desde luego que no lo estamos. Para muchos de nuestros familiares y amigos somos excéntricos, unos alborotadores inadaptados. Sobre todo yo, la sufragista —dijo Denise con orgullo—. Somos muy conscientes de nuestra propia extrañeza, como tú y tus hermanas. Al final, los animales extraños siempre se reconocen entre sí, *n'est-ce pas?**

—Sí, supongo que sí —admití, mirando los racimos dorados.

—Realmente tienes un don único para las cosas muertas y sin esperanza, mi querida Gloria. —Denise me acarició el brazo con afecto un momento—. Y ahora hablemos de negocios. He pensado que este año podríamos dividir el vino en dos mitades: elaborar un vino joven que no necesite envejecer mucho tiempo en la barrica para poder venderlo al por mayor a algunos de nuestros clientes.

—¿Y qué haremos con la otra mitad de la cosecha?

Denise sonrió emocionada antes de responder:

—Cálamo Negro. Queremos que sea una marca propia, el «buque insignia» de la bodega, como decís vosotros. Se vende muy bien y es más famoso cada día, algunos restaurantes y coleccionistas en Francia pagan una fortuna por cada botella. Se me ha ocurrido que podríamos ir vendiendo el otro vino mientras una añada de Cálamo Negro envejece en vuestra bodega. ¿Qué te parece?

Lo pensé un momento. Quedaban exactamente sesenta y dos botellas del Cálamo Negro original en la bodega. Hice una lista mental de todo lo que podría salir mal en ese plan.

* *N'est-ce pas?*: (francés) ¿No es así? ¿No es verdad?

—Podría funcionar —dije con cautela—. Nuestras cepas son viejas, pertenecían a las hermanas dueñas de la propiedad, así que su fruto será parecido o idéntico al que usaron ellas para elaborar el Cálamo Negro original. Sí, creo que es posible hacer otra remesa de ese vino.

Denise me abrazó.

—¡Qué bien! Cuánto me alegro de que aceptes. Tenía miedo de que respondieras que no. Ese vino ya es famoso en nuestro país. La entrevista para aquella revista fue todo un éxito, y vosotras tres estabais genial en la portada. No tiene ningún sentido elaborar ahora un vino con un nombre diferente y volver a darlo a conocer, sería un desperdicio de dinero y de recursos. ¿Se dice así? ¿Recursos?

—Sí, se dice así. Pero hacerlo no será barato y necesitaremos contratar más mano de obra para la vendimia. Uno de los secretos del vino es llevarlo a la bodega nada más cortar los racimos para que las uvas no sufran.

—¿Y eso es un problema? ¿La mano de obra? —preguntó Vinicio con gesto serio—. Si es una cuestión de dinero, nosotros podemos...

—No, no es por el dinero. —Respiré hondo antes de añadir—: El cacique local está en nuestra contra y ha hablado con los hombres del pueblo para impedir que trabajen en nuestra finca.

Los dos hermanos se miraron en silencio un momento como si pudieran leerse mutuamente el pensamiento.

—Pero ¿y qué hay de ese hombre silencioso que cuida de la finca? El que tiene los ojos del mismo color que un bosque —dijo Denise—. Por lo que he visto él trabaja muy bien para vosotras, ¿no es uno de los hombres del pueblo?

—No os preocupéis por el Alcalde —respondí, evitando hablar con ellos de Miguel—. Al final tendrá que ceder en lo de los trabajadores, tiene otras cosas de las que preocuparse.

Decidí no contarles nada de momento a los Lavigny sobre la nueva bodega que los Izquierdo se estaban construyendo a las afueras de San Dionisio.

—Mejor, porque queremos llevar vuestro vino a la Exposición Universal de 1900. Se celebrará en París y habrá exhibiciones y muestras enteras dedicadas al vino y a su elaboración. ¡Imagínate! Por supuesto tú tendrías que venir a París también, nadie conoce este vino como tú —dijo Denise sin poder ocultar su entusiasmo. Cuando hablaba deprisa su acento se volvía más líquido—. ¡Queremos presentarle Cálamo Negro al mundo entero!

Parpadeé sorprendida.

—¿París?

—Sí. Nuestro plan de negocio es seguir haciendo famosa la marca en Francia y Europa, y después de eso dar el salto a Estados Unidos. Al valle de Napa, en California —continuó ella—. ¿Qué te parece? ¿Verdad que es una idea maravillosa?

—Sí, suena genial, pero no sé cómo vamos a conseguir algo así. ¿California?

—La Exposición Universal de París será el momento perfecto para hacerlo. Están construyendo un enorme palacio de cristal y hasta un puente nuevo para la ciudad. Vendrán empresarios e inversores de todo el mundo buscando nuevas oportunidades de negocio —continuó Denise encantada con el plan de negocios—. ¿Quién sabe? Igual dentro de cinco u ocho años damos el salto a Estados Unidos comprando terrenos allí. El valle de Napa es muy popular ahora mismo para los bodegueros de medio mundo. Muchos están comprando tierras para instalarse allí y construir sus bodegas. El clima es suave, la tierra es rica y las condiciones son buenas. Y no hay filoxera.

Me detuve. Uno de los sarmientos me arañó el brazo, pero no me di cuenta de que sangraba porque las palabras de Denise todavía revoloteaban en mi cabeza.

—Todavía faltan unos cuantos años para la Exposición Universal de París. No agobies a Gloria con eso todavía —le pidió Vinicio con calma—. Pero Denise tiene razón: es un buen plan, y podemos conseguirlo siempre que estemos todos de acuerdo. Podemos llevar vuestro nombre y vuestro vino al otro extremo del mundo. Nos convertiríamos en una de las familias más importantes del negocio. Piénsalo.

—Lo consultaré con mis hermanas y lo pensaremos. Os daré una respuesta pronto —les prometí, todavía pensando en el valle de Napa.

Me limpié la sangre que salía del corte en mi brazo y miré al cielo. A esa hora, la tarde tenía siempre un color rojo brillante en el horizonte. «Una franja de fuego», solía llamarlo Verónica. Me pareció extraño porque esa tarde el cielo era mucho más naranja de lo habitual.

—Perfecto. Por eso precisamente es tan importante la cosecha de este año —continuó Denise, deteniéndose junto a mí—. Si podéis elaborar más Cálamo Negro estaremos mucho más cerca de poder producirlo en masa para satisfacer la demanda, que no deja de crecer. Pero Vinicio tiene razón: solo llevamos unos días aquí y únicamente hemos hablado de negocios. Mejor hablemos de la boda. He traído unas cuantas muestras de telas y revistas especializadas para que eches un vistazo, sin presiones.

—Sin presiones —repetí.

Denise se rio encantada y me cogió del brazo antes de añadir:

—Eso es. Quedan menos de un par de semanas para el gran día y sospecho que no has decidido nada todavía. Gracias a Dios, ya estoy yo aquí para ayudarte con los preparativos.

—Solo un par de semanas. —No me había dado cuenta hasta ese momento de lo poco que faltaba para la fecha que Vinicio y yo acordamos por carta el invierno pasado—. He estado muy ocupada con los asuntos de la bodega. Ya sabes que Diana, nuestra vinatera, murió hace algunos meses, y he tenido que...

Pero dejé de hablar cuando una bandada de pájaros voló sobre nosotros oscureciendo el día. Pasaron tan cerca que sentí cómo removían el aire a nuestro alrededor con sus alas. Sus picos hicieron un sonido espantoso al pasar por encima de nuestras cabezas. Me pareció que gritaban. Denise se abrazó como si estuviera asustada y vi como su hermano le ponía la mano sobre el hombro a modo de apoyo.

—¿Qué eran esos pájaros tan horribles? —dijo ella, todavía mirando a la gran nube negra que se alejaba en el cielo.

—Son cigüeñas —respondí—. Pero no deberían hacer eso, no es normal que vuelen así. Casi parece que estén huyendo de algo.

Me coloqué como pude los mechones rojos alborotados por el viento con una extraña sensación en la boca del estómago: el estremecimiento bajo la piel justo antes de una tragedia. De repente el aire de la tarde olía a humo.

Tardé un momento más en comprender lo que estaba pasando, pero entonces Teresa llegó corriendo por el camino entre las hileras de las cepas. Su pelo corto también estaba despeinado, tenía las mejillas acaloradas por la carrera y la misma expresión de pánico en los ojos que las cigüeñas.

—Es la bodega de los Izquierdo. Está ardiendo, alguien le ha prendido fuego. Se quema.

Esa noche, cuando fuimos a la finca de los Izquierdo, el suelo todavía estaba en llamas.

El humo del incendio era tan espeso que llenaba el aire, volviéndolo casi irrespirable. Un manto gris oscuro que llegó hasta Las Urracas esa misma tarde, arrastrado por el caprichoso viento del oeste. El mismo viento que había avivado las llamas haciendo imposible que los hombres que trabajaban en la construcción de la bodega de Marcial pudieran apagarlo. El humo se enredó en las ramas de nuestras viñas al pasar de largo, resistiéndose a marcharse sin causar más víctimas.

Tuvimos que vigilar el viento hasta bien entrada la noche por si acaso alguna chispa viajaba hasta nuestra tierra. Esa tarde, cuando el sol por fin se escondió en el horizonte en llamas, el cielo seguía teniendo el mismo color rojo que un atardecer de verano.

—¿Y si ha sido intencionado? El incendio. ¿Qué pasa si ha sido intencionado y creen que nosotras estamos detrás? Vendrán a buscarnos.

—Escucha, nadie vendrá a buscarnos porque no hemos hecho nada. Yo me acercaré hasta su finca para averiguar qué ha pasado exactamente y dejar muy claro que no tenemos nada que ver, pero necesito que te quedes en la casa con Verónica y los Lavigny —le dije a Teresa muy seria—. Bastante mal estarán las cosas ya por allí como para encima presentarme con los inversores franceses que nos han ayudado a salvar las bodegas. ¿Podrás hacerlo?

Teresa estaba de pie en el vestíbulo, el resplandor naranja del incendio sin extinguir entraba por las grandes ventanas en la pared del frente, dándoles a los muebles y al perfil de mi hermana mediana un aura siniestra. Su blusa, de color marfil con chorreras en el cuello, estaba manchada de hollín en las mangas igual que si hubiera intentado atrapar el humo a su paso. Se retorcía las manos con fuerza, pero noté que no se había quitado los guantes aún.

—Sí, puedo hacerlo.

—Genial. Todo irá bien. Tú solo quédate en casa y no dejes salir a nadie. Y vigila a Verónica, no sé por qué pero el fuego es como la luna llena o el solsticio de verano para ella —le pedí—. Y no creo que a nadie se le ocurra venir por aquí buscando problemas, pero recuerda que la carabina de la tía abuela Clara está en el armario. Por si acaso.

Me sujeté el pelo —que había atrapado el olor del humo del incendio— como pude con dos prendedores de marfil frente al espejo del vestíbulo. Ya estaba abrochándome la chaquetilla cuando Teresa se volvió hacia mí y dijo:

—Ahora es nuestra. La carabina, ahora es nuestra. —Sonreí, aliviada de que al menos hubiera escuchado algo de lo que había dicho—. No deberías ir tú sola. A saber cómo andarán los ánimos.

—No voy sola. Miguel viene conmigo.

Cuando abrí la puerta de roble el olor a tierra quemada y las últimas bocanadas de humo se colaron en la casa. Todavía me volví una vez más para mirar a Teresa. Aún llevaba los guantes puestos.

La finca de los Izquierdo estaba un par de kilómetros al sur de San Dionisio. Nos cruzamos con varios vecinos por el camino: algunos llevaban cubos de agua ya vacíos, mantas para asfixiar las llamas o rastrillos para arrancar los rastrojos que seguían ardiendo. Todos nos miraron al pasar. Caminé bien derecha, asegurándome de que me vieran bien y sin agachar la cabeza. No iba a regodearme, pero no lo lamentaba en absoluto: esperaba de corazón que sus malditas cepas americanas, inmunes a la filoxera, hubieran ardido hasta convertirse en cenizas.

Miguel no dijo una sola palabra hasta que llegamos a la entrada de la finca de los Izquierdo. De lo que quedaba de su finca, más bien:

—¿No prefiere que me ocupe yo, señora Gloria? Puedo acercarme y preguntar discretamente a los vecinos qué ha pasado en realidad. Así no tendrá que jurar que no han sido usted o sus hermanas.

—No te creerán si no lo digo yo, y puede que aun así tampoco me crean. Los conozco bien: para ellos, si me escondo ahora sería como admitir que hemos sido nosotras.

Las doscientas hectáreas de tierra de Marcial Izquierdo habían ardido sin piedad. El suelo todavía estaba encendido en algunas zonas, iluminado de color rojo brillante, y los hombres que intentaban apagar los rescoldos solo podían acercarse desde lejos con cubos de agua.

—Es mucho peor de lo que pensé —admití—. No creo que las cepas hayan sobrevivido al incendio.

—No —dijo él, con sus ojos pálidos perdidos entre las brasas—. Y aunque hayan sobrevivido al incendio, en esa tierra quemada no crecerá nada durante años.

A través de la densa cortina de humo vi a muchos vecinos tratando de ayudar —también algunos que se habían acercado simplemente por curiosidad o por pura satisfacción al enterarse de la noticia—, pero no vi a Marcial Izquierdo por ningún lado.

—Sin embargo, la estructura de la bodega parece que ha soportado el fuego —comentó Miguel, señalando al enorme esqueleto de madera y piedra que custodiaba el terreno—. Si planean acabarlo y seguir con su plan de producir vino, tendrán que traer las uvas desde alguna otra finca cercana.

—Su bodega es tan gigante, nueva y ostentosa como pensé que sería —dije en voz baja—. Todavía recuerdo cuando Marcial Izquierdo intentó convencerme de lo poco que le interesaban a él la modernidad y los avances. Y ese maldito escritorio de palosanto y caoba suyo.

Todavía faltaban la mayoría de los ladrillos en la fachada principal del edificio y apenas habían empezado a excavar las galerías subterráneas —pude ver los montones de tierra que ya le habían arrancado al terreno un poco más allá—, pero la complicada estructura de listones, refuerzos y vigas entrecruzadas ya dibujaba el perfil que tendría la enorme nave de la bodega de los Izquierdo.

—¿Qué haces tú aquí? —preguntó una voz femenina—. ¿Has venido a regodearte en nuestra tragedia? Pensé que estabas por encima de eso.

Jimena se acercó hasta donde estábamos, caminaba furiosa dando grandes zancadas sin preocuparse por pisar los rescoldos encendidos que todavía quedaban. Me fijé en que no se molestó en subirse el bajo de su vestido para caminar sobre la tierra abrasada, porque su ropa ya estaba sucia sin remedio. Cuando estuvo más cerca vi los restos de hollín y suciedad en su piel de muñeca, su pelo suelto en mechones despeinados que le llegaban casi hasta la cintura, y las manos negras.

—No he venido para burlarme. Únicamente quería saber si estabais todos a salvo —mentí con naturalidad.

Pero Jimena Izquierdo no era una mujer a la que se pudiera engañar con amabilidad y buenas palabras.

—Ahórratelo. Has venido para que no pensemos que alguna de tus hermanitas ha tenido algo que ver con el incendio. Sobre todo la pequeña, dicen que le gusta jugar con fuego y que no se quema con las llamas. —Jimena se limpió las manos en su falda de tafetán arruinada para siempre, despacio, dejando que su silencio nos pesara como una losa—. Hemos perdido todas las cepas. Ni una sola de las carísimas plantas de Marcial ha sobrevivido al fuego, así que enhorabuena, supongo. Es curioso que el incendio se centrara únicamente en las viñas, las llamas ni siquiera se han acercado a la bodega.

—Muy curioso, sí —respondí con la misma frialdad que ella—. ¿Ya sabéis qué ha pasado?

Jimena se colocó un mechón suelto con el dorso de la mano dejando un rastro de hollín en su mejilla.

—Dicen que han visto a tres hombres acercarse cuando se han ido los trabajadores —respondió ella—. No les han visto bien la cara, pero tienen que ser del pueblo o de la zona. Alguien que sabe a qué hora se marchan los hombres de la obra. Lo mismo ha sido alguno de tus seguidores.

El humo era más denso allí, bajaba por mi garganta dejando un regusto ácido y polvoriento —parecido a como sucedía en aquellas tardes, durante los años de la sequía interminable que secó el valle— y llenaba mis pulmones con cada respiración.

—¿Mis seguidores? —repetí, con el sabor del humo aún en la lengua—. No sé de qué hablas.

—Marcial está perdiendo apoyo entre los vecinos por tu culpa. Tu campaña por el ferrocarril nos ha pasado factura. Y lo que es peor: también está perdiendo amigos poderosos en Logroño mientras que a «las endemoniadas» os va cada vez mejor. Hay quien ya dice por ahí que esto lo han hecho partidarios del tren, tu tren. —Jimena miró alrededor para estar segura de que nadie más podía escuchar nuestra conversación—. Esto ha sido un aviso, para Marcial. Quieren que ceda en lo de la estación.

Una ráfaga de viento voló sobre la tierra, avivando los rescoldos y arrancando miles de chispas que flotaron en el aire nocturno. Algunos vecinos ahogaron un grito de aprensión al ver el ejército de luciérnagas ardientes pasando junto a ellos.

—¿Hay bajas? —le pregunté cuando las voces se convirtieron en murmullos.

—Tu hermanito. No sabemos dónde está, nadie lo ha visto desde esta mañana. Lo mismo ambas hemos tenido suerte y se ha convertido en cenizas.

—No lo creo. Rafael sí que camina entre las llamas sin quemarse.

—Ya, me lo imagino. He oído que vas a casarte pronto. Enhorabuena, supongo —dijo Jimena de repente—. Tu hermanito no habla de otra cosa desde hace una semana. Creo que está un poco dolido contigo porque no le has invitado a tu boda.

Sonreí sin nada de humor.

—Pobre —respondí secamente.

Un hombre se acercó hasta donde estábamos, caminaba despacio inclinándose hacia un lado, cojeando como si sintiera algún tipo de dolor. Solo cuando estuvo muy cerca y el humo se disipó a su alrededor, vi que era Marcial Izquierdo.

—Tú. ¿Qué crees que haces en mis tierras, demonio? —gritó mientras caminaba directo hacia mí—. Ya tienes lo que querías, ahora márchate por donde has venido o yo mismo te arrastraré del pelo fuera de este pueblo de una vez por todas.

Marcial no se detuvo ni aminoró el paso, estaba segura de que iba a golpearme, pero Miguel se interpuso. No pronunció una sola palabra, únicamente se colocó entre Marcial y yo. Fue suficiente para que el Alcalde diera un paso atrás.

—Veo que te has traído a tu perro guardián contigo. —Le lanzó una mirada de desprecio a Miguel, que no se había movido aún—. Yo podría darte trabajo, ¿sabes? Un trabajo más honrado y digno que servir a esas tres. Algo apropiado para un hombre con tu experiencia y tu historial. Y te pagaría bien, claro; el doble de lo que te paguen ellas. Así podrías dejar de preocuparte por ese asuntillo legal que te persigue... Serías un hombre libre.

—Ya soy un hombre libre.

Le rocé el brazo con suavidad para que se apartara, sentí las cicatrices afiladas de su piel en las yemas de mis dedos.

—Sí, eso es. Haz caso a tu ama, perrito. ¡Guau, guau! —gritó Marcial mientras Jimena miraba al suelo quemado—. De todas formas, no importa, por lo que a mí respecta esto ha sido cosa tuya. Tuya o de las otras dos. Yo apostaría por la mediana, no sé qué le hicieron en ese hospital para degenerados y anormales que está todavía más loca que la tuerta. Tu padre debió haberme hecho caso cuando se lo dije y enviarla a algún otro sitio del que nunca hubiera podido regresar.

—Basta —le corté. Después hice una pausa larga para estar segura de que me prestaba atención—. Ni mis hermanas ni yo hemos tenido nada que ver con el incendio. He venido aquí para aclarar ese punto.

Pero Marcial sacudió la cabeza mientras hacía un sonido ronco y desagradable.

—No, ni hablar. Puedes guardarte tus mentiras para esos traidores que tanto te apoyan. Los mismos que han quemado mis viñas esta noche para intentar presionarme. Y no contenta con el asunto del tren, además has estado convenciendo a los hombres, hablando con ellos a mis espaldas sobre darles un trabajo y una paga para que te ayuden en la vendimia. Haciendo política. —Marcial arrugó los labios en un gesto de puro odio y dio un paso más hacia mí—. Entérate: la política es para los hombres. Tú ni siquiera puedes votar; no tienes derecho, porque no vales lo mismo que un hombre. Acéptalo ya y deja de meterte en mi terreno. Soy el hombre que han elegido los que mandan de verdad para que gobierne este pueblo. Yo soy el alcalde de San Dionisio, no tú.

—Si eres el alcalde, haz que el tren pare en el pueblo de una maldita vez. Porque no voy a dejar de insistir y no pienso callarme, ya he pasado muchos años callada. Así que te recomiendo que convenzas a esos amigos poderosos tuyos cuanto antes. —Hice una pausa y señalé la tierra abrasada a nuestro alrededor—. Porque parece que estás empezando a perder el control de tu querido pueblo.

REGALOS DE BODA

El humo del incendio todavía tardó tres días con sus noches en disiparse. Y después del humo, las cenizas de las cepas americanas de los Izquierdo llegaron hasta Las Urracas flotando en el viento. Cubrieron el camino de entrada a la casa y se pegaron a las ventanas en el frente igual que nieve grisácea, manchándolo todo a su paso.

Cuando la ceniza nos dejó por fin, la primavera de ese año estaba a punto de terminar y los racimos en nuestras viñas habían empezado a cambiar de color para volverse de un tono rojizo.

Alvinia Sarmiento me envió una invitación para tomar el té en su finca dos días después. La invitación llegó en un sobre de papel grueso —caro al tacto— y perfectamente cerrada. Me la entregó en mano uno de los sirvientes que atendían a los Sarmiento, vestido con su uniforme negro impecable como si estuviera en una gran ciudad con bonitas aceras de adoquines en lugar de haber venido por el camino polvoriento. La invitación estaba escrita a máquina —seguramente por otra persona—, pero firmada por la mismísima Alvinia:

Estimada señorita Veltrán-Belasco:
La espero para tomar el té el próximo miércoles a las cinco en punto en nuestra casa familiar. Confío en contar con su presencia.
Atentamente,

ALVINIA SARMIENTO

El miércoles de esa semana llovía. Gotas cálidas y espesas que anunciaban la llegada de un verano húmedo en el valle. El camino de entrada hasta la casa principal de los Sarmiento estaba cubierto de grijo blanco para evitar el barro o los charcos. El tacón de mis botines se hundía entre las piedras con cada paso, pero al final del camino de grava, Alvinia me esperaba de pie frente a la gran puerta principal de su casa.

—Señorita Veltrán-Belasco, gracias por aceptar mi invitación —me saludó con frialdad—. Me hubiera gustado enseñarle nuestras viñas un poco más abajo de la casa, pero el tiempo no acompaña por desgracia. En lugar de eso he pensado que le gustará pasear por nuestra sala de barricas. Así podremos charlar sin tener que preocuparnos por la lluvia.

Sin esperar a mi respuesta, Alvinia empezó a caminar por la galería abierta que recorría todo el lateral de la casa hasta llegar a la nave de su bodega. No se parecía en nada a la bodega de Las Urracas. También era antigua, con las paredes gruesas de piedra para que el calor y la luz del sol no molestaran al vino que envejecía en las barricas. Pero su bodega era amplia, sin escaleras empinadas para bajar ni un laberinto de pasillos.

—Me sorprendió mucho recibir su invitación —dije cuando llegamos frente a una puerta de roble bien cerrada—. No pensé que fuera del tipo de mujer que toma el té con las vecinas.

Alvinia llevaba una cadenita de plata enganchada en el cinturón de su vestido de tafetán negro. Al final de la cadenita asomaba una llave de hierro forjado, de aspecto antiguo, con la que abrió la puerta de roble.

—A casi nadie le importa lo que las mujeres chismorreen

mientras toman el té. Es más privado así, ¿lo comprende? No es nada importante, tan solo hablan de «cosas de mujeres». De este modo a nadie le parece interesante lo que las mujeres hablan cuando están a solas —respondió, volviendo a colocarse la cadenita en su cinturón—. Solo somos dos mujeres que han quedado para tomar el té y hablar de sus cosas poco importantes.

La sala de barricas de los Sarmiento estaba perfectamente ordenada en hileras que llegaban hasta el otro extremo de la enorme cámara. Decenas —tal vez miles— de barricas de vino dormían en esa cámara esperando el momento de pasar a las botellas.

—Vaya. Ya veo que están muy equivocados en el pueblo: la producción de su finca no es precisamente pequeña como se rumorea en el valle —dije, intentando hacerme una idea aproximada del número de botellas que saldrían de allí.

Noté que los ojos de Alvinia brillaban de orgullo al contemplar su bodega.

—Una de las cosas más valiosas que he aprendido en esta vida es a pasar desapercibida. Si los demás te ven como a un gran enemigo, siempre habrá quien intente acabar contigo —respondió, caminando despacio entre las barricas—. Pero si piensan que eres una hormiguita, bueno, es más probable que no se molesten en quitarse el zapato para aplastarte.

Acaricié una de las barricas al pasar. En esa sala hacía fresco y los pelillos de mi brazo se erizaron debajo de las mangas de mi mejor vestido.

—No me ha invitado para tomar el té, ¿verdad?

—Mi familia y yo vamos a apoyar su propuesta del ferrocarril. Abiertamente —empezó a decir Alvinia con cautela—. Este pueblo se ha quedado atrás respecto a otros menos importantes de la zona, y a pesar de lo mucho que me gusta pasar desapercibida, al final siempre llega el maldito momento en el que hay que mojarse.

—Sí —admití—. Siempre llega ese momento.

Caminamos en silencio hasta el final de la sala, acompañadas solo por el crujido de nuestros vestidos.

—Antes de hacerlo, antes de enfrentarme al Alcalde y a su caterva de salvajes, necesito saber algo. —Alvinia se detuvo y me miró un momento—. ¿Tuvo algo que ver con lo que sucedió en la finca de los Izquierdo? El incendio, ¿fue cosa suya?

—No. Nosotras no tuvimos nada que ver con ese asunto.

La miré de refilón para ver su reacción. Alvinia tardó un instante, pero después asintió con la cabeza. Me había creído.

—Mejor. No podría apoyar a alguien que utiliza ese tipo de tácticas en sus negocios —respondió por fin—. Por eso mismo quería enseñarle este lugar. Esto que ve aquí, estas barricas, son mi legado. Lo que heredarán mis hijos cuando yo me haya ido. Y sus hijos después.

Comprendí en ese momento que a Marcial Izquierdo —igual que a Rafael— únicamente les importaba dominar el presente en el que ellos existían: el pueblo, el valle, la política en la capital... Pero a Alvinia Sarmiento le importaba el futuro. Aunque ella ya no fuera a existir en ese futuro quería —no, necesitaba— saber que su esfuerzo y su dedicación silenciosa durante tantos años no se perderían en la memoria.

—Descuide. Yo comprendo bien la importancia de mantener el legado familiar.

—Perfecto entonces, tendrán nuestro apoyo total y público para traer el ferrocarril a San Dionisio. —Alvinia empezó a caminar despacio entre las barricas, de regreso hacia la puerta de roble—. He oído que va a desposarse con ese joven extranjero. Enhorabuena.

Llegamos a la salida y solo entonces me di cuenta de que no había pensado en Vinicio desde hacía días.

—Gracias.

Después de nuestra visita a la sala de barricas tomamos el té en el porche delantero de la casa, a salvo de la lluvia que no había dejado de caer. Nos sentamos en las elegantes sillas de forja blanca parisinas, estilo bistró —que no aguantarían el clima del valle un verano más— bien a la vista de los criados y de los demás trabajadores de la finca para que nadie pensara que habíamos hablado de asuntos importantes.

Faltaban apenas cuatro días para mi boda con Vinicio, pero por algún motivo yo no podía dejar de preocuparme por la cosecha. Mi obsesión era tan evidente que Denise se ocupó de todos los preparativos: desde el vestido de novia hasta la decoración, pasando por los trámites burocráticos necesarios para poder contraer matrimonio fuera de Francia.

Intentaba ayudarla en todo y mostrarme siempre interesada en los detalles para el gran día, pero después del incendio en las tierras de los Izquierdo empecé a tener sueños terribles. Soñaba que nuestra madre incendiaba la bodega aprovechando un descuido de la señora Gregoria. Las llamas robaban todo el aire de las galerías subterráneas haciendo estallar las botellas de Cálamo Negro en sus estanterías. Después el fuego corría por la galería de cristal hasta llegar a la casa principal, y subía por las escaleras hasta el último piso, lamiendo con su lengua abrasadora la madera negra de las escaleras dobles hasta que estas colapsaban y se convertían en cenizas que flotaban en el aire. Nieve que nunca terminaba de caer al suelo, suspendida para siempre en el vestíbulo de Las Urracas.

—Es normal tener sueños así después de un desastre, aunque no haya sido nuestro desastre —me dijo Denise una noche mientras bebía conmigo en la cocina silenciosa—. A mucha gente le asusta el fuego, hay algo antiguo y temible en el fuego. No pasa nada; además está el asunto de la boda. Es normal que estés nerviosa, Gloria.

Celebraríamos la boda en la finca. No era lo habitual, pero los Lavigny no eran católicos ni tampoco ciudadanos españoles, así que tuvimos que escribir un requerimiento especial para que nos dieran permiso para casarnos en nuestras tierras.

—¿Puedes creer que ese botarate calvo y cabezón de Murillo se ha ofendido porque no le has consultado antes a él el asunto de la boda? —Teresa estaba terminando de colgar mi vestido de novia en la percha especial para dejarlo listo antes del gran día—. Él, que no tuvo reparos en organizar un exorcismo en esta misma casa, y que después no dudó en ayudar a padre a esconder su vergonzoso secreto. Todavía recuerdo cómo nos señalaba cada vez que venía a esta casa, con su dedo corto y rechoncho mientras decía: «Tenéis al demonio dentro. Todas».

—Me da igual ese viejo ridículo y sus pataletas. En ningún caso nos hubiera casado él —respondí, soltándome las horquillas del pelo con cuidado para quitarme el velo—. Habría ido hasta la iglesia de Haro para la ceremonia antes de tener que respirar el mismo aire que Murillo.

Denise se rio desde la cama donde estaba sentada.

—Vuestras costumbres me desconciertan algunas veces —admitió con una sonrisa—. Pero encuentro vuestro folclore y tradiciones fascinantes. La mayoría.

Esa había sido la primera y última prueba de mi vestido de novia. Las tres estábamos en mi habitación bebiendo Dubonnet en copitas de licor y escuchando música en el gramófono. El aire que entraba por la ventana abierta olía a verano y al azúcar que empezaba a engordar las uvas en el campo detrás de la casa.

—¿Seguro que no hubieras preferido otra cosa? —me preguntó Denise, mirándome ahora con los ojos muy abiertos—. Me sentiría terriblemente culpable si estuviera obligándote a casarte con un vestido que no te encanta. Aún estamos a tiempo de conseguir otro.

Volví a mirar el vestido que colgaba de la percha en el frente del armario. Estaba confeccionado con delicada gasa de seda de color marfil, con el corpiño ceñido hasta la cintura. Las mangas se estrechaban en el puño cerrado, de encaje de fino *chantilly* ribeteado en un lazo, a juego con el larguísimo velo. El fajín de raso se cerraba con un largo lazo a la espalda y estaba decorado con decenas de abalorios brillantes y perlas, cosidos a mano en el exclusivo taller de París donde Denise había encargado el vestido de novia y los trajes de dama de honor.

—El vestido es perfecto, más que perfecto. Gracias por escogerlo por mí y por ocuparte de que le hicieran los arreglos necesarios. —Sonreí para terminar de convencerla—. Es un bonito regalo de tu parte. Gracias.

—Ah, ya es suficiente de agradecimientos. —Denise se levantó demasiado rápido de la cama y vi como buscaba la pared con la mano para no perder el equilibrio—. ¡Es una boda, no un funeral! Deberíamos estar más contentas. Yo voy a tener tres nuevas hermanas, pero tú no pareces muy feliz con este asunto, *ma chère* Gloria.

Me cerré el quimono de seda, con grandes flores rosas y amarillas, que Denise me había traído de París por encima de mi combinación de raso especialmente hecha para mi vestido de novia.

—Pues claro que estoy feliz. Es solo que me preocupa la cosecha, nada más —respondí—. Es importante que la de este año esté a la altura si queremos elaborar más Cálamo Negro. Sigo intentando convencer a los hombres del pueblo para que trabajen en nuestra vendimia. Incluso les he ofrecido más dinero del que les paga Marcial, pero no hay manera. O son estúpidos o le tienen más miedo al Alcalde de lo que yo pensaba.

—O ambas cosas —respondió Teresa sin ocultar su desprecio por los vecinos que se habían burlado de ella durante años.

—Un problema cada vez. —Denise arrastraba las palabras más de lo habitual, pero todavía se la entendía bien a pesar de su acento y del Dubonnet—. Seguro que se nos ocurre algo para solucionar el asunto de la vendimia después de la boda, ya lo verás. Hemos salido de líos peores que un puñado de hombres testarudos y enfurruñados.

Lo pensé un momento y asentí despacio.

—Tienes razón, mucho peores —admití a mi pesar.

La música del gramófono llenó el silencio agradable de la habitación un momento.

—Lo que es seguro es que si el padre Murillo te viera con ese vestido de novia no aceptaría casaros ni en mil años. Seguro que es demasiado atrevido para él —bromeó Teresa.

—Unos hábitos también son demasiado atrevidos para esa rata traicionera —masculle.

No le había contado a nadie mi conversación con Jimena Izquierdo, pero no había olvidado que el «buen» párroco hubiera dado su consentimiento a la boda con su padre de haber estado en su mano. Igual que todos los demás.

Las dos se rieron juntas, no conocían la historia de Jimena.

—Pasado mañana Vinicio irá a Logroño a buscar el último documento y podréis casaros por fin. Tienen que enviárnoslo desde París, la burocracia puede ser un auténtico fastidio cuando se organiza una boda o un entierro. —Denise se sirvió más vino en su copita de licor—. Mi hermano estará fuera todo el día de mañana y pasado, pero no pasa nada porque ya está todo preparado. La vajilla especial, la nueva mantelería, las flores, las velas...

—Se te da realmente bien todo lo relacionado con la organización y los planes para una boda —dijo Teresa.

Denise hizo un gesto con la mano para quitarle importancia.

—Dirijo una sociedad familiar desde que tengo diecinueve años, organizar una boda no es nada comparado con convencer a un puñado de inversores asustados para que confíen su dinero a una chica sin experiencia en los negocios —respondió con una sonrisa—. Además, no creo que nunca llegue a organizar mi propia boda. No abundan precisamente los hombres deseando casarse con una sufragista y codirectora de una empresa familiar. Ni siquiera en Francia.

Las tres nos reímos juntas. Pero en el primer piso de la

casa Verónica empezó a tocar el piano, su sinfonía melancólica pronto enmudeció nuestras risas y la música que sonaba en el gramófono.

—Todavía no te ha visto con el vestido, ¿verdad? —preguntó Denise de repente—. Es extraño, normalmente la pequeña es alegre y charlatana, pero desde el incendio ese está... ausente. El otro día, mientras almorzaba, me dijo muy seria que ninguno de nosotros iríamos a tu boda. Imagínate.

Teresa y yo intercambiamos una rápida mirada de entendimiento silencioso.

—No tiene importancia. Ya se le pasará durante el banquete —añadió Denise, ajena a nuestra reacción—. Le he dado permiso para invitar a ese muchacho apuesto de pelo moreno que nunca habla. No recuerdo su nombre.

—Inocencio Izquierdo —dije.

—¡Eso es! He hecho bien invitándole, ¿verdad? —Denise nos miró un momento—. Sé que es de esa horrible familia que dirige el pueblo, pero él parece diferente.

—Claro que has hecho bien, no te preocupes por él —respondí, convencida de que Jimena no le permitiría asistir a la boda ni en un millón de años.

Esa noche soñé que corría por los pasillos del primer piso de Las Urracas. En mi sueño, todas las habitaciones prohibidas volvían a estar como antes: ocupadas por el polvo y los secretos. Huía de algo —o de alguien— por los pasillos estrechos y llenos de recovecos, con medios arcos bajos en el techo que me acariciaban el pelo al pasar, como una mano espectral. Llevaba puesto el vestido de novia que Denise había encargado para mí. Podía saberlo porque notaba el peso de la tela y los abalorios mientras escapaba, el velo de encaje de *chantilly* tirando de las horquillas en mi pelo. Mientras corría apoyaba la mano en la pared desconchada para no perderme en el laberinto de pasillos y habitaciones prohibidas. Mis manos estaban manchadas de algo caliente que dejaba un rastro rojo en las paredes. Sangre.

El día de mi boda el sol de verano bañaba Las Urracas. Era uno de esos primeros días veraniegos después de la primavera, donde por fin puede sentirse el cambio de estación flotando en el aire cálido.

Celebraríamos la ceremonia en el patio trasero de la casa, justo en el límite entre el suelo empedrado y el mar de viñedos que bajaban hasta el río. La parra que daba sombra al patio había florecido también esa primavera, así que instalamos una gran mesa de comedor —con sus sillas tapizadas— debajo del emparrado para el banquete. No sería una gran boda con una gran celebración, solo nosotros: la familia, Gabriela —que ya era casi de la familia también—, Inocencio Izquierdo y un puñado de vecinos que nos apoyaban pese a la prohibición de Marcial.

Sobre la larga mesa de nogal, Teresa colocó el mantel de hilo fino entretejido con dibujos florales y rematado por puntillas, con servilletas a juego para cada invitado cuidadosamente dobladas todas igual. Jarrones con flores silvestres cortadas aquella misma mañana, unos candelabros de oro viejo que encontramos por casualidad el año pasado en una de las habitaciones prohibidas, la cristalería más elegante que había en la casa y también la nueva vajilla.

Denise encargó una vajilla especial para la boda. Sus padres y sus abuelos, antes que ellos, habían estrenado una vajilla en sus bodas y según mi nueva hermana: «Habían sido felices cada día hasta el día de su muerte. La vajilla nueva es un símbolo de todo lo bueno y nuevo que empezáis hoy. Juntos». Era de porcelana fina, del mismo color marfil que mi vestido de novia. Cada una de las piezas estaba pintada a mano replicando el mismo diseño de encaje que las mangas del vestido y el velo de novia. Casi ochenta piezas de porcelana, de las cuales únicamente se rompió uno de los platillos de postre en su viaje desde París hasta San Dionisio.

—Ha quedado muy bonito —dijo Teresa, mirando su trabajo satisfecha—. Cuando empiece a marcharse el sol encenderemos las velas que hemos repartido por el patio y en el camino, se verá todavía más bonito que ahora.

Yo no me había vestido aún. El vestido de novia seguía colgado de la percha especial, en la puerta de mi armario, junto con el velo de encaje. Todavía llevaba el pelo suelto y aún tenía puesto el camisón y una de las chaquetas de lanilla por encima, aunque ya empezaba a darme demasiado calor.

—Sí, está precioso. Muchas gracias por ocuparte de esto —respondí, intentando no pensar en lo que sucedió la última vez que decoramos el patio de la casa para una celebración—. Ahora solo falta que el novio aparezca por fin. Ayer por la noche estaba tan cansada que me acosté antes de que Vinicio regresara de Logroño, seguro que todavía sigue durmiendo en su habitación.

—Seguro que sí. —Pero noté algo en la voz de mi hermana. Ella también tenía un mal presentimiento.

—Oh, *ma chère* Teresa! Has hecho un trabajo maravilloso con la decoración —exclamó Denise cuando salió al patio—. Ha quedado realmente precioso. Definitivamente tienes un don para las cosas que requieren de una paciencia especial.

Denise ya se había puesto su vestido de dama de honor, aunque todavía llevaba su pelo ceniza suelto y el *canotier* decorado con delicadas flores de cera en la mano.

—Vaya, estás muy guapa. No estaba muy convencida respecto al color de los vestidos de dama de honor, pero al verte ahora con él puesto está claro que me equivocaba —admitió Teresa.

Denise dio una vuelta sobre sí misma y la organza de su vestido se llenó de vuelo.

—¿Verdad que son fabulosos? Nuestros vestidos son el «algo azul» de Gloria —dijo con una gran sonrisa.

Los vestidos de dama de honor, que Denise había escogido, habían sido confeccionados en el mismo taller exclusivo que mi vestido de novia. Estaban hechos de organza y muselina, tan fina y vaporosa que al verlos me recodaron a los jirones de nubes que quedan atrapados en el horizonte al final del verano. Con un corpiño ajustado cubierto y elegantes *canotiers* decorados con flores de cera y lazos de raso para protegerse del sol.

—Voy a vestirme, y de paso a asegurarme de que Verónica se prepara también —dijo Teresa mientras caminaba hacia las puertas abiertas que conectaban el patio con la casa—. Y alguien debería ir a despertar al novio o se perderá su propia boda.

Denise se rio, pero la sonrisa enseguida voló de sus labios.

—¿No has visto a mi hermano hoy?

—Se supone que trae mala suerte ver a la novia antes de la boda y todo eso —respondí—. No le he visto desde antes de ayer, cuando salió para ir a Logroño a buscar el certificado de matrimonio. Pero tú le viste ayer, ¿verdad? Cuando regresó a la casa.

Denise tardó un momento en responder, pero adiviné su respuesta al ver la expresión en su rostro.

—No le he visto desde hace dos días. He estado tan ocupada con los preparativos que no me he parado a pensar en ello hasta ahora...

Noté que sus ojos temblaban. Puede que Denise no fuera una Veltrán-Belasco de sangre, pero en ese momento *supo* igual que yo, que algo iba terriblemente mal.

—Al diablo con las maldiciones y la mala suerte —dije,

dándole la mano para llevarla dentro de la casa—. Vamos las dos a buscar al novio. Tú mira en su habitación para ver si volvió anoche. Yo registraré la casa, la nave de la bodega y las galerías subterráneas por si acaso. Le diré a Miguel que nos ayude a buscarle por la finca.

Dentro de la casa el aire era más fresco, olía a flores recién cortadas y a la comida para el banquete de boda que esperaba en la cocina. Denise me soltó la mano.

—No, tú mejor ve a vestirte y a prepararte a tu habitación. Nosotras iremos a buscarle —dijo ella, todavía con una extraña mirada en los ojos—. Esto no es típico de mi hermano, Gloria. Él no es de esos hombres que desaparecen el día antes de su boda para evitar un matrimonio. Vinicio nunca haría algo semejante.

—Lo sé. Seguramente estará dormido en su habitación, o puede que ayer se le hiciera tarde para regresar de Logroño y decidiera quedarse a pasar allí la noche —respondí, todo lo convencida que el nudo en mi estómago me permitía—. Ve a buscarle. Yo subiré a prepararme para estar lista cuando le encuentres.

Denise me apretó la mano con gratitud y después desapareció por el pasillo lateral rumbo a la habitación de invitados. Yo todavía me quedé un momento más allí, esperando en el vestíbulo en tinieblas de Las Urracas por si acaso oía la voz adormilada de Vinicio desde su habitación. Pero un silencio tenso llenó el aire de la casa. Subí las escaleras despacio, agarrándome más fuerte de lo necesario al pasamanos de nogal negro.

No había terminado de abrocharme los botones de marfil en el costado de mi vestido de novia cuando oí el grito que venía de la entrada de la casa.

Era un grito de puro horror, el tipo de espanto que siempre precede al fin de algo hermoso.

Abrí la puerta y salí corriendo de mi habitación sin molestarme en terminar de cerrarme el vestido. No había tenido tiempo aún de colocarme el velo, así que el pelo suelto me hizo cosquillas en el cuello mientras bajaba las escaleras. Abajo, en el vestíbulo, Verónica esperaba inmóvil con su vestido de dama de honor azul cielo.

—¿Qué sucede? —le pregunté casi sin aliento cuando llegué hasta ella—. ¿Estás bien, pequeña? ¿Y ese grito?

Verónica tardó un momento en responder, su ojo bueno miraba la doble puerta abierta y se perdía en el camino de tierra frente a la casa.

—No he sido yo. Teresa me ha dicho que espere aquí y no salga, pero ya sé lo que hay fuera —dijo, mirándome por fin—. Es la muerte. Ha venido de visita a Las Urracas y se ha llevado algo.

Sacudí la cabeza sin comprender.

—¿Qué?

En ese momento Gabriela apareció en el vestíbulo, llevaba puesto un vestido de flores de color pastel, pero su cara estaba lívida.

—Un coche se ha parado en el cruce de caminos, Denise y Teresa han salido a ver quién era y he oído un grito terrible. —Gabriela hablaba deprisa, intentando ver las columnas de piedra que marcaban la entrada a la finca desde donde estábamos—. ¿Qué sucede, Gloria?

—No lo sé. Tú quédate en la casa con ella, voy a ver.

Fuera, el sol naranja de mediodía ya caía sobre la tierra con la promesa de aplastarnos a todos. Me puse la mano sobre los ojos para ver algo, al final del camino distinguí el coche de caballos del que hablaba Gabriela. También vi a dos mujeres vestidas con idénticos vestidos de color azul cielo y otras dos figuras, dos hombres. Los cuatro estaban de pie alrededor del coche y parecían muy atentos a algo que había dentro.

Un remolino de polvo se formó delante de mí y pasó volando muy cerca, manchando el bajo de mi vestido de novia. Una ráfaga de viento caliente hizo girar la veleta en el tejado y acarició los abalorios brillantes de mi vestido al pasar.

No había llegado aún a los pilares de piedra con nuestro nombre tallado, pero distinguí algo metálico en las piernas de uno de los hombres: era Miguel, que negaba con la cabeza mientras el otro hombre hablaba. Oí la voz de Teresa desde allí. Hablaba despacio, como si la lengua se le hubiera quedado pegada al paladar, y con el tono de voz que se utiliza para calmar a un niño durante una tormenta.

—... lo siento tanto... Deja que yo me ocupe, vuelve a la casa con Gloria.

Pero cuando pronunció mi nombre, los cuatro se volvieron para mirarme. Me fijé de repente en que Denise lloraba y estaba apoyada en Teresa porque sus piernas no la sostenían.

—No te acerques más, Gloria. —Teresa, siempre la hermana más racional de las tres, ahora tenía los ojos brillantes por las lágrimas—. Vuelve a la casa. Yo me ocupo, no lo veas así.

Pero ya era tarde. Corrí los últimos metros que me separaban del cruce de caminos, el vestido de novia se volvió mucho más pesado de repente y los cristales brillantes cosidos en el fajín tintinearon en mis oídos.

—No te acerques más, por favor. —Teresa intentó sujetarme cuando pasé a su lado, pero me solté de su mano libre—. Lo siento mucho. Lo siento tanto, Gloria...

Vinicio estaba muerto, tumbado en el suelo del carro mirando al cielo de verano. Pude distinguir sus ojos abiertos entre los restos de sangre seca y carne maltratada en que se había convertido su rostro. Iba vestido como la última vez que le vi, cuando me despedí de él dos días antes en ese mismo cruce de caminos, solo que ahora su ropa estaba manchada de sangre y desgarrada en algunas zonas.

—Unos hombres en Logroño me pagaron bien para que trajera el coche hasta este cruce hoy. Yo nunca fisgo en los paquetes de los demás y supuestamente eran unos cochinillos para un banquete de bodas. La señora de la casa en persona tenía que salir a recibirlo —dijo el cochero con voz rota—. Yo no lo sabía, lo juro. Me dijeron que era un regalo de boda. Para la novia.

Denise lloraba a mi lado, todavía en pie solo gracias a Teresa, pero me pareció que su llanto llegaba desde muy lejos. Despacio, alargué el brazo hacia el cuerpo en el suelo del carro, pero Miguel me sujetó la mano antes de llegar a tocarlo.

—No. No lo haga, señora Gloria. Él ya no está.

Vinicio se había convertido en una masa de carne hinchada por la muerte y el calor, con la ropa rasgada y su pelo ceniza pegado en mechones por la sangre.

—El perro —fue lo único que pude decir—. El perro...

En mi mente esas palabras eran una frase completa con su propio sentido, pero solo Miguel comprendió lo que estaba intentando decir.

—Sí, se parece mucho a lo que le hicieron al perro que la señorita Verónica encontró en este mismo cruce. Las heridas y los golpes parecen iguales —dijo muy serio—. El cochero dice que no recuerda a los hombres que le pagaron, solo que eran tres y que le dieron diez reales por un trabajo que cuesta menos de la mitad.

El hombre del carro dijo algo, pero yo no oí sus palabras. La boca de Vinicio estaba abierta, descolgada de una manera imposible y algo brillaba dentro. Incluso antes de soltarme de la mano de Miguel para cogerlo supe lo que era: una cuenta de nácar.

—Gloria, no —masculló Teresa, horrorizada cuando metí la mano en la boca abierta de Vinicio.

Pero miré la pequeña cuenta en la palma de mi mano. Después levanté los ojos hacia la única persona allí que comprendía lo que era. Miguel ya había visto esas mismas cuentas de nácar... sobre otro cadáver.

—Llévate a Denise a la casa y ocúpate del cuerpo. No dejes que se quede aquí fuera —le pedí a Teresa—. Voy a hacer algo que debí haber hecho hace años.

Esquivé el coche de caballos y eché a andar en dirección a San Dionisio. Teresa gritó algo a mi espalda, pero todo lo que oí fue el viento del oeste barriendo el cruce de caminos y haciendo girar la veleta de hierro en el tejado de Las Urracas.

Ni siquiera noté que Miguel me había seguido hasta que no llegué a la plaza del ayuntamiento. Era una tarde calurosa y el pesado vestido de novia —arruinado para siempre por el polvo y el sudor— se pegaba a mi piel con cada paso.

Igual que cualquiera que viviera en un lugar como San Dionisio, sabía que durante los días de verano era mejor refugiarse en casa hasta que el calor insoportable del mediodía se disolvía en el aire de la tarde. Por eso mismo todas las puertas y ventanas de las calles estrechas del pueblo estaban cerradas cuando me detuve frente a la casa-torre de los Izquierdo.

—¡Rafael! —Levanté los brazos casi sin fuerzas por el dolor y la caminata bajo el sol, y golpeé la puerta de la casa con las dos manos—. ¡Vamos! ¿Tienes miedo de una mujer? Deja de esconderte detrás de tu querido padre y da la cara.

Volví a golpear la puerta, me fijé entonces que el encaje de mis puños ceñidos estaba manchado con la sangre seca de Vinicio. Golpeé la puerta más fuerte, notando como los rosetones de los clavos se dibujaban en mi carne. Me pareció oír movimiento en el interior de la casa: pasos urgentes y voces amortiguadas al otro lado de la puerta.

—Rata. Da la cara por una vez en tu vida...

Agotada, me apoyé contra la puerta para recuperar el

aliento. Sentí mi propia respiración entrecortada contra la madera y mi corazón latiendo deprisa en las sienes. Golpeé la puerta con la mano abierta una vez más.

La puerta de la casa-torre de los Izquierdo no se abrió, pero oí algunas contraventanas de las casas cercanas abriéndose para ver qué era lo que sucedía. Los pasos lentos de Miguel llegaron hasta mí incluso antes de ese olor borroso a salitre que parecía seguirle a todas partes.

—Si has venido a impedir que acabe con él ya puedes volverte a casa con Teresa —dije, todavía con la frente apoyada en la puerta y los ojos cerrados.

—No he venido aquí para eso. No solo para eso —se corrigió—. Deje que la lleve de vuelta a la casa, por favor. Sus hermanas están muy preocupadas por usted y la señorita Denise necesita consuelo.

Arañé la puerta hasta que las yemas de los dedos me dolieron.

—Tenía que haberle parado los pies hace muchos años, en cuanto empecé a intuir la clase de hombre que resultaría ser —me lamenté—. Debí acabar con él entonces, sin importar lo que me hubiera pasado a mí. Pero le tenía tanto miedo... y estaba convencida de que no encontraría más felicidad en mi vida de la que tenía a su lado.

Miguel me sujetó la mano para evitar que siguiera arañando la puerta.

—Vamos. Vuelva a casa conmigo, señora —dijo, muy cerca de mi oído.

Me aparté despacio de la puerta dejando que él me sujetara. Hasta ese momento apenas me había dado cuenta de que mis piernas temblaban debajo de las capas de seda y gasa de mi vestido. Me apoyé en Miguel lista para hacer el camino de vuelta a Las Urracas y llorar mi pena donde nadie pudiera verme. Pero entonces la puerta de la casa-torre de los Izquierdo se abrió y la adrenalina corrió por mis venas, caliente y espesa.

—Deberías marcharte a tu casa. Estás dando un espectáculo lamentable, nada propio de una bodeguera de éxito y cabeza de familia.

Marcial Izquierdo apareció en el vano de la puerta. Estaba serio, con las manos en los bolsillos de su pantalón, pero noté un ligerísimo temblor en su labio.

—Dile que salga. ¡Dile que salga! —grité. Y mi voz rebotó en las fachadas de piedra de los cuatro edificios más importantes del pueblo donde no podía entrar—. Proteges a un asesino bajo tu techo, aunque tampoco es raro para una familia de desgraciados y traidores como los Izquierdo.

Le escupí. Pero el Alcalde sacó un pañuelo con sus iniciales bordadas del bolsillo de su pantalón y se limpió despacio.

—He oído lo que te ha pasado, lo que le ha pasado a ese muchacho con el que ibas a casarte. Es algo terrible y siento mucho tu pérdida, pero Rafael no ha tenido nada que ver —dijo, volviendo a guardar al pañuelo—. Ha estado en la casa y en la cooperativa estos dos días, tenemos testigos. Muchos.

—Me importan una mierda tus testigos. ¿Quieres el pueblo? Quédatelo. Pero consigue que Rafael salga aquí ahora mismo, o te juro por mis hermanas que el próximo incendio que sufriréis no será en campo abierto —prometí—. Te despertarás una noche, rodeado de humo negro justo a tiempo para ver como el techo de tu preciosa casa se derrumba sobre ti.

Sentí que Miguel me sujetaba por la cintura para evitar que me acercara más al Alcalde.

—Señora Gloria —dijo, intentando retenerme—. Volvamos a la casa, esto no es bueno para usted. Mañana le tocará golpear a usted, pero no hoy.

—Sí. Mejor haz caso a tu perro guardián. Vuélvete a ese palacete embrujado tuyo y llora hasta que ya no puedas más.

A pesar del agotamiento y la pena, alargué los brazos hacia el Alcalde intentando alcanzarle, pero Miguel me detuvo. Noté su brazo cubierto de cicatrices sujetándome contra su cuerpo, inmóvil.

—¡Suéltame! —le grité, pero esa fue la primera vez que Miguel no me obedeció.

Muchos vecinos se habían asomado a las ventanas de sus

casas al oír mis gritos. Algunas puertas se abrieron también y supe que antes de la puesta de sol, todo el mundo en el valle conocería la noticia del asesinato de Vinicio Lavigny.

Dejé de luchar y noté como el lazo de Miguel se aflojaba alrededor de mi cintura.

—Todavía no puedes ver lo que habéis provocado hoy —le dije a Marcial con voz extrañamente calmada—. Antes de un terremoto la tierra tiembla de manera imperceptible, como un aviso de lo que está por llegar. Solo las personas más sensibles y algunos animales pueden notarlo. De alguna manera sienten el daño y la destrucción que está por llegar saliendo de la tierra.

Escuché unos pasos acercándose a la puerta abierta y un momento después Jimena apareció al lado de su marido. Su pelo estaba suelto, llevaba el vestido arrugado y parecía que no había dormido en una semana, pero me sonrió con la misma educación forzada con la que sonreía al resto de los vecinos de San Dionisio.

—Lamentamos mucho tu pérdida, Gloria. Le conocimos brevemente, pero Vinicio Lavigny era un hombre bueno, seguro que hubieras sido feliz a su lado. Estoy convencida de que pronto encontrarán al responsable de su muerte, pero me temo que no será en esta casa —dijo muy despacio.

—Vaya, qué rápido has cambiado de opinión sobre mi «querido» hermano. Supongo que no podía esperar otra cosa viniendo de ti —respondí con desprecio.

Pero Jimena aguantó mis palabras, saladas por la furia y las lágrimas contenidas, sin cambiar de expresión y añadió:

—Por favor, acepta nuestro más sentido pésame en este día tan triste.

Me reí con amargura.

—Estáis escondiendo a un asesino. Tarde o temprano Rafael tendrá que salir de su agujero y, para entonces, todo el mundo sabrá lo que ha hecho. Y también sabrán que vosotros le protegéis, yo me encargaré de que lo sepan —dije con una sonrisa sin nada de humor—. Estáis acabados; la gente dejará de apoyaros, murmurarán sobre vosotros y querrán saber por qué protegéis a un asesino que ni siquiera es de vuestra familia. Vuestro mundo se acaba hoy.

Jimena no dijo nada, pero noté como tragaba saliva para aliviar el nudo de su garganta. Ella sí había sentido el temblor antes del terremoto.

Dejé que Miguel me sujetara por la cintura para ayudarme a volver a Las Urracas. Escuché algunas voces bajas de los vecinos que se habían asomado a la plaza para ver qué sucedía. No podía verla ya, pero casi sentía cómo Jimena temblaba debajo de las capas de su vestido, aunque aguantó toda la escena sin moverse de la puerta.

Al pasar cerca de dos hombres que habían rechazado trabajar en la finca solo una semana antes, uno de ellos se quitó el sombrero para protegerse del sol y murmuró un escueto:

—La acompaño en el sentimiento.

Yo no podía saberlo entonces, pero al oír mis gritos alguien más se había acercado a la ventana del desván de la casatorre de los Izquierdo para ver la escena. Mientras me alejaba apoyada en Miguel, noté unos ojos que me observaban desde el último piso de la casa.

Esa noche dormí sin pesadillas por primera vez en meses: ni fuego subiendo por las escaleras de la casa, ni cenizas, ni sangre en la pared. No hubo nada. Solo el vacío negro y absoluto que sigue a un estallido de dolor. Dormí hasta mediodía, y todavía llevaba el vestido de novia, arrugado y sucio, cuando me desperté en mi cama. Me arrastré al baño de la habitación, encendí el viejo calentador de carbón junto a la bañera y me quité mi vestido de novia —y la combinación a juego— dejando que se convirtieran en un montón de seda, gasa y pedrería inservible en el suelo.

Tres horas después, cuando el agua de la bañera ya estaba demasiado fría, alguien llamó a la puerta del baño.

—¿Puedo pasar? —preguntó Teresa, aunque ya había abierto la puerta—. Llevas una eternidad ahí dentro.

Estaba hecha un ovillo contra la pared de hierro fundido de la enorme bañera. Con las piernas recogidas contra el pecho —al cabo de un rato ya casi no me importaba ver las cicatrices de mis rodillas— y el pelo suelto hundiéndose en el agua fría.

—Lo sé, pero no tengo intención de salir. Nunca —repliqué.

—Lástima, he traído algunos de esos repugnantes cigarrillos de hierbabuena que tanto te gustan. Tendré que fumármelos yo sola. —Teresa entró en el baño y se sentó en el suelo de baldosas, muy cerca de la bañera—. Hace años que no lo pruebo. ¿Quién sabe? Puede que sea una de esas cosas que te gustan al volver a probarlas. Aunque desde luego, eso de probar para cambiar de opinión no me funcionó con los hombres.

Vi cómo encendía uno de los cigarrillos caseros y sonreí a mi pesar.

—Trae, dámelo. —Alargué las manos húmedas hacia la toalla y cogí el cigarrillo de Teresa—. ¿Cómo está Denise?

Era una pregunta estúpida, pero no la había visto desde el día anterior cuando Teresa la ayudó a entrar en casa después de que encontráramos el cuerpo de Vinicio.

—Mejor. Ya no llora y vuelve a pensar con algo de claridad. Le he preparado una infusión de valeriana para los nervios, pero ella prefiere ese vino de hierbas suyo, insiste en que es la mejor infusión para los nervios. —Teresa hizo algo parecido a una sonrisa.

—Dubonnet. Los soldados franceses de la legión extranjera lo toman mientras están en las colonias, las hierbas del licor sirven para enmascarar el sabor amargo de la quinina. Por eso lo beben: para aliviar los síntomas de la malaria, y el dolor —murmuré.

—Denise se marcha. Hoy mismo sale para Bilbao con el cuerpo. Dice que no quiere enterrarle aquí.

—Normal. Yo tampoco querría enterrar a mi familia en la misma tierra donde la han asesinado. —Le di una calada larga al cigarrillo y el baño se llenó de humo de hierbabuena—. Ha sido Rafael. Él lo ha matado, me juró hace tiempo que lo mataría si se me ocurría casarme con él y lo ha hecho.

—Siempre apunta al corazón el muy bastardo. —Teresa no dijo nada durante un momento, pero supe que ahora hablaba de su propio dolor—. ¿Tienes pruebas? De que ha sido Rafael, quiero decir. Podemos denunciarle, algo habrá que podamos hacer.

Dejé escapar un bufido.

—¿Denunciarle? La palabra de una mujer no vale nada

contra la de un hombre, y menos si ese hombre es Rafael Izquierdo.

—En el pueblo no se habla de otra cosa hoy. Y me han dicho que los periódicos de Logroño han publicado la noticia del asesinato de Vinicio en portada. Los guardias no tienen sospechosos aún, hablan de un robo o un ajuste de cuentas por un lío de faldas. —Teresa puso los ojos en blanco al decir la última parte—. Pronto tendrán que detener a alguien por el asesinato o todo esto será demasiado grande para que los Izquierdo puedan seguir ocultándolo. El poder y la influencia de Marcial Izquierdo no son infinitas.

Sacudí la ceniza del cigarrillo sobre el agua fría.

—Ellos le esconden, deberías haber visto sus caras ayer cuando aporreé la puerta de su bonita casa —dije con desprecio—. Especialmente Jimena. No, los Izquierdo seguirán protegiendo a Rafael porque es el mejor modo de protegerse ellos mismos. Imagina si se conociera la verdad, no solo sobre el asesinato. También sobre Rafael. Tú lo has dicho, el poder y la influencia de Marcial no es infinita.

Teresa se levantó despacio apoyando su mano enguantada en el borde de la bañera. Cogió una toalla del colgador en la pared y la dejó sobre los grifos de la bañera.

—Vamos. Sal del agua, vístete y baja a despedirte de Denise como ella se merece —me dijo, mirándome muy seria.

—Ni hablar. No pienso salir.

—Llevas horas ahí dentro y estás arrugada como si fueras una vieja de ciento diez años. Ayer todo el pueblo vio cómo te enfrentabas a los Izquierdo y ahora te apoyan vecinos que antes no te hubieran dado ni los buenos días. Así que sal de esa maldita bañera, vístete y baja a despedirte de Denise.

Intenté protestar, pero Teresa ya había dado media vuelta y cerrado la puerta del baño tras de sí. Terminé el cigarrillo y salí de la bañera.

Alguien había dejado unas flores en el cruce de caminos. Eran campanillas azules, formaban un ramillete apoyado contra una de las columnas de piedra de la entrada.

Esta vez Denise solo había mandado llamar dos coches de caballos: uno para ella y otro para que transportara el cuerpo de Vinicio. Dejó casi todas sus cosas en la casa, en la habitación del primer piso que ya llamábamos «la habitación de Denise». Sus vestidos, zapatos, perfumes, sombreros, libros, discos... todo seguía ahí. Sus baúles de viaje sin cerrar y con sus cajoncitos abiertos, tal y como ella los había dejado mientras se preparaba para la boda de su hermano a la que nunca asistiría.

Los dos coches de caballos ya estaban parados en el cruce polvoriento cuando yo salí de la casa.

—Escríbenos cuando llegues a Bilbao para que sepamos que estás bien —le pidió Teresa—. Y ten mucho cuidado, por favor.

Denise tenía los ojos inflamados por el llanto del día anterior, pero estaba serena y parecía tranquila.

—Claro. No os preocupéis por mí, me las arreglaré. Ya le he escrito un telegrama a un amigo del gobierno en París contándole lo que ha pasado. Abrirán una investigación oficial y hasta puede que los gendarmes vengan a haceros algunas preguntas. —Denise hizo una pausa y miró el segundo coche, el que llevaba el cuerpo—. Aunque nada de eso le devolverá la vida a mi hermano.

Intenté no mirar el coche, fingir que no veía el ataúd provisional tumbado entre los asientos.

—¿Qué va a pasar ahora? ¿Qué has pensado hacer cuando estés en casa? —le pregunté con suavidad.

—Después de enterrar a Vinicio con nuestros padres hablaré con los abogados de la familia para que me nombren oficialmente única administradora de la sociedad Lavigny. No creo que esos buitres de la junta de accionistas pongan muchas pegas a mi nombramiento. Y por supuesto sigo esperando esas botellas de Cálamo Negro, y muchas más los próximos años. —Denise miró la enorme silueta rectangular de Las Urracas al final del camino de tierra y suspiró—. Después de ocuparme de todos los asuntos legales creo que viajaré a Estados Unidos, al valle de Napa, para comprar unas cuantas hectáreas de tierra allí. Cuando se quiere conseguir algo grande, siempre hay que empezar por la tierra. Necesito un cambio de aires y ese era el sueño de Vinicio, así que empezaré por ahí.

—En Napa tendrán suerte de tenerte —dije, y era verdad.

—No creo que en California estén en absoluto preparados para mí y mis ideas modernas. —Denise intentó sonreír, pero sus ojos temblaron—. ¿Por qué será que siempre que nos despedimos en este cruce alguien ha muerto?

Me abrazó con fuerza y noté su pelo ceniza haciéndome cosquillas en el cuello. Después, sin soltarme aún, abrazó a Teresa con el otro brazo fundiéndonos las tres.

—Hoy el dolor nos ha vencido, aquí, pero llegará el día en que recuperaremos incluso este mismo cruce maldito. Se lo arrancaremos al dolor de sus garras afiladas —susurró. Después se separó de nosotras para mirarnos una vez más con los ojos húmedos—. Hasta pronto, *mes chéries* Veltrán-Belasco. Despedidme de Verónica. *Au revoir.*

Denise caminó despacio hasta el primer coche, se subió

con cuidado de no pisarse el bajo de su falda y cerró la portezuela. Los carruajes empezaron a moverse, lento al principio,
pero más rápido cada vez, hasta que se alejaron por el camino
seguidos de una nube de polvo.

El viento del oeste revoloteó sobre el cruce de caminos,
llevándose lejos las campanillas azules con su aliento invisible.

TRATOS CON DEMONIOS

El verano de aquel año pasó deprisa, como una nube en el cielo empujada por el viento del oeste. El calor de junio y julio terminó de engordar las uvas de nuestras viñas y para cuando llegó agosto, las frutas de color rojizo oscuro ya palpitaban con el azúcar de su interior.

La temida filoxera había llegado a algunos lugares de España y por todo el valle circulaban rumores de contagio y supuestos remedios para mantener la plaga lejos de las plantas. Cada mañana temprano, antes de que se levantaran mis hermanas y antes de que el sol cayera sobre nosotros, salía al patio trasero de la casa para inspeccionar las cepas. Caminaba entre las hileras de viñas examinando los troncos tortuosos, la corteza áspera, o daba la vuelta a sus grandes hojas de color verde brillante por si acaso había restos de la plaga en ellas. Pero siempre estaban limpias.

Los primeros dos días inspeccioné las plantas sola, el tercer día Miguel apareció para ayudarme, silencioso como siempre. Mucho más silencioso desde lo que le había sucedido a Vinicio.

—Dicen que algunas fincas de la zona ya están contagiadas. Es casi un milagro que en Las Urracas nos hayamos librado de la filoxera —le dije cuando terminamos de inspeccionar las plantas aquella mañana.

Miguel asintió despacio. El sol de los últimos meses había desdibujado las extrañas cicatrices en sus brazos, podía verlo porque siempre llevaba las mangas de sus camisas blancas de trabajo dobladas a la altura del codo. Notó que le observaba, pero no pareció importarle.

—Según mi experiencia, los milagros no suelen durar mucho —respondió él con una diminuta sonrisa.

Miré los racimos, más oscuros cada día, que colgaban de las plantas.

—Tienes razón. Pronto habrá que vendimiar, necesitamos hombres que quieran trabajar en nuestra finca. Si no conseguimos trabajadores, la cosecha se perderá y todo habrá sido para nada.

Una ráfaga de viento caliente llegó hasta donde estábamos y me revolvió el pelo suelto. Cuando el viento se alejó conté hasta tres y escuché la campana tañer en el patio trasero. Sonreí para mí.

—Encontrará una solución. Un problema cada vez, señora Gloria —repitió las palabras de Denise.

—Sí... un problema cada vez.

Miré en la dirección en la que se había alejado el viento cálido en su camino hasta la casa. Noté la cercanía del cuerpo de Miguel, tan cerca que mi falda rozó su mano.

—¿Se encuentra bien, señora?

—Si miras atentamente, justo ahora, casi podrás ver el rastro del dolor flotando en el aire. Aunque no puedas verlo podrás sentirlo, como la huella de un perfume que tarda en evaporarse por completo —murmuré sin mirarle—. El dolor siempre deja una huella, un rastro que podemos seguir. Una cicatriz.

La campana volvió a sonar en su poste, sacudida por la mano invisible del viento.

—Hay café, pan y mantequilla en la cocina por si quieres desayunar —sugerí como hacía cada mañana incluso sabiendo cuál sería su respuesta.

—No es necesario, gracias, señora Gloria. Seguiré revisando las plantas un rato más antes de que el calor se vuelva insoportable.

—Claro. Yo estaré dentro, por si acaso hoy es el día en que cambias de opinión —dije, mirándole directamente a esos ojos extraños suyos.

Antes de apartarme de él noté como sus dedos rozaban mi mano un segundo. Algo que hubiera sido un roce accidental en otras personas, pero no para nosotros.

—No cambiaré de opinión, señora Gloria —respondió con voz grave.

Caminé de vuelta a la casa sin decir nada más. Tenía pensado sentarme en la gran mesa de la cocina en silencio para leer un rato y desayunar antes de que el café se enfriara. Pero cuando ya estaba en el vestíbulo en penumbra de la casa, vi a alguien fuera, en el cruce de caminos. Era Verónica. Distinguí su pelo de fuego en el viento cuando me acerqué un poco más.

—Hola. ¿Qué haces aquí fuera tan temprano? —le pregunté con curiosidad.

En una mano Verónica llevaba uno de los tenedores para repostería de Teresa: era parecido a un tenedor de carne solo que considerablemente más grande. En la otra mano, una de las cajitas metálicas donde antes Diana —y ahora yo— guardábamos los cigarrillos caseros.

—Nada —respondió con una sonrisa demasiado inocente.

—Ya. Y si no haces nada, ¿por qué has salido aquí con esa cosa que usa Teresa para remover la mermelada?

Me fijé entonces en que Verónica no se había movido aún. Estaba de pie sobre algo en el suelo. El bajo de su vestido de verano estaba manchado de tierra, igual que el utensilio de cocina.

—¿Estás enterrando algo? —Vi la cajita metálica en su otra mano—. ¿Puedo saber qué es?

Verónica frunció los labios antes de decidirse a responder:

—Es para los demonios. Les pago con cosas hermosas y brillantes para que se mantengan lejos de nuestra casa y de nuestras viñas. Es un pago.

Miré la cajita metálica, con letras desgastadas en la tapa, y todavía tardé un momento más en reaccionar.

—Quiero que me escuches con atención, pequeña: no hay ningún demonio. Nunca lo hubo, siempre fue una mentira ideada por otros para poder tenernos controladas. Y tampoco estamos embrujadas —dije, absolutamente convencida de ello por primera vez en mi vida—. Hay dolor y secretos en nuestra familia, pero no estamos endemoniadas. No de la forma en que tú crees, al menos.

—Pero les pagamos. Cada semana entierro aquí una cajita con algunas de las cosas más valiosas y queridas para mí. Así los demonios se mantienen lejos de nuestra casa, igual que la plaga que devora las viñas de medio país —insistió—. Les pagamos, y a cambio ellos y su plaga no visitan Las Urracas de madrugada.

Me acerqué a ella y le coloqué con ternura un mechón en llamas detrás de la oreja.

—La filoxera que devora las cepas o las cosas terribles que viven dentro de algunas personas no son culpa tuya. De ninguna de nosotras —le dije con suavidad—. Todos tenemos un pequeño demonio dentro, susurrándonos. Algunas personas fingen que no lo oyen, pero otros... otros es la única voz que escuchan. Tú siempre has luchado contra esa vocecilla, más que nadie que conozca.

—Pero la sequía, las tormentas, el brote de cólera que mató a tantos hombres del pueblo cuando éramos pequeñas, el incendio en la finca de los Izquierdo y lo que vivía bajo esta casa antes... todo eso fue por nosotras.

—Puede que fuera por nosotras, no tengo modo de saberlo —admití—. Pero lo que sí sé, es que ninguna de nosotras provocamos esas cosas. No podemos atraer las tormentas o controlar la enfermedad, nadie puede hacer esas cosas. Así que deja de enterrar cajas en este cruce.

Verónica dudó un momento y miró la cajita metálica en su mano.

—¿Y qué pasa si te equivocas, Gloria? ¿Y si los demonios realmente caminan por Las Urracas?

Suspiré, el aire de la mañana ya se había vuelto demasiado caliente y quemaba en la lengua.

—Si quieres enterrar algo en este cruce, entonces hazlo porque eso es lo que deseas hacer. No porque creas que debes pagar un precio por ser como eres —respondí—. ¿Puedo saber qué hay en esa caja?

Verónica dejó el tenedor para repostería en el suelo, abrió la cajita metálica y me la entregó. Dentro había una hoja de papel doblada, un mechón negro de pelo sujeto con un lazo y una abeja muerta. Con mucho cuidado desdoblé el papel para ver lo que era: había un pentagrama con notas y silencios escritos en la letra puntiaguda de Verónica.

—Mi música por tu vino, me parece un trato justo. Es una página de la sinfonía en la que estoy trabajando, llevo diez años escribiéndola, pero aún no está terminada —dijo—. Ella era una de mis abejas, de mis favoritas. Murió ayer al otro lado del río porque no llegó a tiempo a la colmena.

—¿Y el mechón de pelo? —pregunté, aunque por el color negro como el carbón ya intuía la respuesta—. ¿A quién pertenece?

—Es de Inocencio Izquierdo. —Verónica hizo una pausa para ver mi reacción—. Ya sé que no te gusta su familia, a mí tampoco me gustan, pero él no tiene la culpa de quiénes son sus padres.

La miré, preguntándome si de alguna manera Verónica conocía la verdadera procedencia de Inocencio. Del mismo modo en que nuestra hermana pequeña conocía los nombres de cada una de sus abejas o soñaba con el futuro.

—No, Inocencio no tiene la culpa de eso. Igual que nosotras no tenemos la culpa de los pecados de nuestra familia —acepté—. Pero las cosas terribles y secretas que suceden antes de nuestro nacimiento también nos marcan. Es una marca invisible, como esa tinta mágica que te fabricaba Teresa cuando eras una niña para que escribieras mensajes secretos, ¿recuerdas? Pues así es el dolor: puede parecer invisible a los ojos, pero con la luz adecuada o el calor del sol siempre vuelve a aparecer.

—Hemos encontrado la forma de acabar con el embrujo. Con el de esta tierra y con el nuestro. —Verónica miró alrededor para estar segura de que nadie más nos escuchaba a pesar de que el cruce estaba desierto excepto por el polvo y el calor de la mañana—. La *Sinfonía contra los demonios*. Quería contártelo. La he tocado muchas veces intentando encontrar la solución. Una vez incluso la ensayé tanto tiempo al piano que los dedos se me volvieron de color morado oscuro y no pude cerrar las manos en tres días del dolor.

—Pequeña...

—No estaba en las notas, la solución nunca estuvo en las notas —continuó ella. Ahora hablaba muy deprisa, visiblemente emocionada de poder contármelo por fin—. Eran las palabras, las palabras extrañas que aparecen escritas en la primera página de la partitura: «Para romper un embrujo, una maldición o una promesa con un demonio, se debe enterrar a los causantes del maleficio en tierra resucitada para que así estos nunca puedan descansar. Después, la sangre de una víctima inocente debe empapar esa misma tierra resucitada hasta que su corazón deje de latir».

La veleta giró sobre sí misma en el tejado de la casa a pesar de que no había sentido el viento pasando a mi lado. En el patio trasero oí la campana sacudiéndose en su poste de madera.

—¿Lo ves? Es el aliento de los demonios que se pasean por este cruce. Quieren su pago. —Verónica cerró la cajita lista para enterrarla.

—Dices que lo habéis descifrado, las instrucciones para acabar con un embrujo. ¿Quiénes son supuestamente los causantes del maleficio? ¿Los que hay que enterrar en tierra resucitada? —pregunté, para intentar que se olvidara de enterrar la caja.

Pero en vez de eso Verónica me miró sorprendida, su ojo nublado tan abierto y brillante que casi pensé que podía ver.

—Está claro. Los causantes de nuestro embrujo son tres: Marcial Izquierdo, que entregó a su propio hijo a cambio de poder. Cayo Veltrán-Belasco, que dejó al demonio entrar en nuestra familia. Y don Mariano, el notario que arregló los papeles haciendo oficial el engaño y les guardó el secreto durante todos estos años —respondió muy seria—. Esos son los tres hombres que hay que enterrar en nuestra finca. Las Urracas es «tierra resucitada».

—No creo que... —pero había una siniestra lógica en todo lo que decía Verónica—. ¿Las Urracas es «tierra resucitada»?

—Lo es. Tú trajiste de vuelta la vida a esta finca. La resucitaste. La sequía terminó, la tierra se curó e hiciste despertar a las viñas —respondió convencida—. Y como la vida ha vuelto a Las Urracas, pronto nacerá un bebé también. Aquí, en esta casa.

Sacudí la cabeza sorprendida.

—No. No nacerá ningún bebé en Las Urracas, te lo prometo. Teresa y yo hicimos un pacto para no tener hijos jamás, para evitar así que la crueldad que llevamos dentro y la enfermedad de nuestra madre se extendiera —le expliqué con calma, a pesar de que odiaba hablar de ello—. Y tú eres muy joven aún para pensar en tener hijos.

—Lo he visto en un sueño: pronto habrá un recién nacido en Las Urracas. Mis abejas ya están deseando conocerle, se lo presentaremos el día siguiente de su nacimiento, tan pronto como le pongamos nombre.

Verónica se movió por fin y vi la tierra seca arañada donde ella ya había empezado a excavar con la ayuda del batidor de hierro. Dejó la cajita con cuidado en el suelo y volvió a coger el utensilio de cocina para seguir con lo que estaba haciendo.

—Antes has dicho «hemos». ¿Quién te ha ayudado a entender las instrucciones para terminar con el embrujo? —quise saber.

Verónica me miró sin dejar de arañar el suelo.

—Gabriela. No te enfades con ella por ayudarme, yo le insistí hasta que al final la convencí.

—No me enfado, es solo que me sorprende: Gabriela tiene una mente científica, igual que Teresa. Ellas creen en los números, las fórmulas matemáticas y en las cosas que pueden demostrarse científicamente, no en cosas invisibles.

Verónica se limpió las manos manchadas de polvo y tierra en la falda de su vestido de verano, que ya estaba arruinado.

—Gabriela cree en muchas cosas invisibles: la electricidad, la gravedad, las ondas de radio... Me dijo que también podía creer en los demonios.

—¿Seguro que no quieres venir dentro y hacerme compañía mientras desayuno? —le pregunté sin muchas esperanzas.

Pero Verónica se sopló un mechón de pelo que se le había quedado pegado a la mejilla por el sudor.

—No. Voy a terminar aquí.

Di media vuelta y empecé a caminar hacia la casa, detrás podía escuchar los terrones de tierra arrancados del suelo y la respiración entrecortada de Verónica.

—Ya solo quedan dos —dijo de repente.

Me volví para mirarla pero ella seguía ocupada excavando en el cruce de caminos, su pelo le cubría la cara y el vestido de lino fresco para el verano estaba manchado de polvo.

—Cayo ya no está. Solo faltan Marcial Izquierdo y el notario —añadió—. Cuando mueran los enterraremos aquí, en el lado oeste de la finca donde nunca llega el sol.

No respondí. Solo me alejé por el camino polvoriento en dirección a la casa con las palabras de Verónica todavía resonando en mis oídos.

Teresa había estado horneando galletas de mantequilla y toda la planta baja de Las Urracas olía a azúcar caramelizada y a guindas rojas empapadas en licor. El olor llegó flotando al despacho que compartíamos antes incluso de que Teresa entrara con un plato lleno de galletas recién sacadas del horno.

—Ten. No es una de mis medicinas para amortiguar el dolor, pero definitivamente también ayuda —me dijo, dejando el plato en el escritorio junto a una pila de facturas—. Comer es bueno para curar el corazón y te ayuda a pensar con claridad. Tu cerebro necesita alimentarse también.

—Ya pienso con claridad. —Dejé la nueva pluma a un lado para curiosear las galletas—. Ha escrito Denise. Todos los miembros de la junta de accionistas han votado a su favor, ya es oficialmente la única administradora de su fondo familiar. La próxima semana parte hacia Estados Unidos, me ha enviado la dirección del hotel donde se alojará en el valle de Napa mientras busca tierras en las que invertir.

Teresa sonrió.

—Al final va a hacerlo. Me alegro.

—Eso parece. Siempre fue el sueño de Vinicio —dije su nombre muy deprisa para que no se quedara enredado en mi lengua—. Y si este año podemos recoger nuestra cosecha y comenzar con la elaboración en serie de Cálamo Negro, estaremos más cerca de conseguirlo.

Teresa me rodeó para llegar hasta su escritorio y se dejó caer en su silla.

—¿Ya has leído los periódicos de la capital? —me preguntó con furia mal disimulada—. Dicen que Vinicio intentó estafar a unos temporeros para que trabajaran por menos del jornal en nuestra vendimia y que por eso... ya sabes. Los muy desgraciados han publicado el nombre de nuestra finca.

—Han sido los Izquierdo. Marcial es amigo de algunos directores de periódicos en la capital —repuse—. El muy bastardo necesita que los rumores sobre la culpabilidad de Rafael se olviden cuanto antes y ha conseguido desviar la atención hacia nosotras y nuestra bodega.

—Si aún quedaba algún hombre en el valle considerando trabajar para nosotras, después de este artículo seguro que ya ha cambiado de opinión.

Alargué la mano para coger una de las galletas y sentí el calor en las yemas de los dedos antes de tocar el plato. Justo en ese momento sonaron unos golpes en la puerta principal. Alguien llamaba.

—No esperamos a nadie —dijo Teresa, poniéndose de pie casi de un salto.

Se asomó con cuidado a la ventana para ver quién estaba en el pórtico. Cuando me miró de nuevo estaba pálida.

—¿Quién es? —le pregunté.

Pero no respondió, así que salí del despacho, atravesé el recibidor silencioso dando grandes zancadas, y abrí la pesada puerta de roble. Marcial y Jimena Izquierdo esperaban en el pórtico.

—No sé qué hacéis vosotros en mi puerta y me da igual. Ya os estáis marchando —dije con furia mal contenida—. A no ser que hayáis venido para decirme que vais a dejar de proteger a Rafael no tengo nada que hablar con vosotros.

Iba a cerrarles la puerta en la cara, pero Jimena me detuvo.

—Estamos aquí por el tren. El Alcalde ha conseguido que los hombres de la capital acepten construir una estación aquí, en San Dionisio.

Mis dedos se cerraron alrededor de la puerta con tanta fuerza que mis nudillos se volvieron blancos.

—¿El tren parará en San Dionisio? —pregunté.

—Sí. Lo has conseguido, tú tenías razón: será bueno para todos, nos conectará con el resto del mundo. Queríamos que fueras la primera en saberlo, tú y tu familia —respondió Jimena con voz firme—. ¿Podemos pasar para hablar de los detalles?

—No. —Vi el gesto contrariado en su cara de porcelana pero me dio igual—. Si pensáis que traer el tren a San Dionisio compensa de alguna forma lo que le habéis hecho a Vinicio es que sois más estúpidos de lo que pensaba.

Marcial dejó escapar un gruñido y abrió la boca para decir algo, pero Jimena le rozó el brazo para que mantuviera la calma.

—Sabemos que nada en el mundo te devolverá a tu prometido. Es una pérdida terrible e irreparable, pero no queremos que una tragedia familiar provoque una guerra en el pueblo —dijo ella—. No es una compensación justa por tu pérdida, eso lo sabemos, pero queremos demostrarte que vamos a terminar con esta enemistad entre nuestras dos familias. Es un gesto de buena voluntad por nuestra parte. Acéptalo como tal, Gloria.

Me reí. No con una risa discreta y suave de señorita que sabe que no debe molestar. No. Mi risa hubiera enfadado a la tía Angela, que me habría mandado a rezar o encerrado en el desván sin comida durante tres días por atreverme a reírme a carcajadas y con desprecio. Molestando.

—¿Buena voluntad? —repetí, todavía con una sonrisa desafiante en los labios—. Lo que pasa es que estáis perdiendo. Ya hay gente que piensa que proteger a Rafael es una mala idea, estáis perdiendo influencia en todo el valle y también los que mandan de verdad en la capital. Vuestro pequeño mundo se resquebraja y pensáis que el tren os va a salvar.

—El tren no nos salvará, a ninguno de nosotros. Pero de alguna manera has conseguido convencer incluso a la viuda de Sarmiento para que os apoye. Y no es precisamente fácil de persuadir, yo lo sé bien —respondió Jimena.

Oí unos pasos ligeros en el vestíbulo acercándose por detrás. El olor a mantequilla y a guindas conservadas en licor llegó hasta la puerta abierta antes que la voz de mi hermana.

—La estación de tren en San Dionisio es una buena noticia. Gracias por contárnoslo personalmente. Será muy bueno para nuestro negocio —dijo Teresa con frialdad—. Y gracias también por mencionar el nombre de nuestra finca en ese artículo del periódico. Ha sido un bonito detalle.

Marcial tosió. El Alcalde parecía más incómodo de lo que yo le había visto en mi vida. Ni siquiera la tarde en que aporreé la puerta de su casa, todavía vestida de novia, para obligar a Rafael a salir estaba tan contrariado como ahora.

—Las obras empezarán antes de la época de vendimia. No abunda la mano de obra ahora mismo porque muchos hombres han sido llamados a quintas para luchar en Cuba y también han movilizado a los reservistas, pero son apenas unos kilómetros de vías, así que esperamos que la estación esté lista y funcionando para Navidad —añadió Marcial sin ninguna emoción en la voz—. Tendrás tu tren, Gloria. Tú ganas.

Me miró como si estuviera esperando una respuesta, como si por alguna ley secreta yo estuviera obligada a responder. Sonreí. Qué acostumbrado estaba Marcial Izquierdo a conseguir una respuesta indulgente incluso de aquellos que le odiaban.

—Largaos de mi casa. Ya.

Me di la vuelta para dejar claro que la conversación había terminado, pero entonces Jimena comentó:

—Marcial, querido, ¿te importa ir volviendo al pueblo? Me gustaría hablar un momento con las Veltrán-Belasco, ya sabes, una pequeña y aburrida charla entre mujeres.

Jimena le dedicó una sonrisa encantadora, pero la mandíbula de su marido tembló conteniendo el odio dentro de su boca. Sin decir una palabra Marcial dio media vuelta y salió del pórtico para alejarse solo por el camino de tierra.

—El poder es una cosa curiosa. Quien lo tiene cree que durará para siempre, como el amor en unos recién casados. Al poder le gusta creer que es eterno, irrompible —empezó a decir Jimena cuando estuvimos las tres solas—. Pero la verdad es que siempre hay alguien, en algún lugar, planeando alzarse contra ese poder. Desobedecer. Empieza a haber demasiada gente desobedeciendo en este pueblo y eso es malo para mi familia.

—Un tren no será suficiente para que la gente se olvide de lo que habéis hecho —dijo Teresa—. Eso sin contar que el tren hará que todas las bodegas de la zona ganemos mucho dinero.

Jimena se colocó mejor el sombrero de fieltro que llevaba para protegerse del sol de verano, me fijé en que llevaba guantes de encaje a juego con su vestido color marfil para evitar quemarse la piel de las manos.

—Eso espero, los tiranos siempre son mejor aceptados por el pueblo en época de abundancia. Se les olvida así que no son libres —respondió sin perder la sonrisa—. Cuanto más trabajo y más pan haya para todos en el valle, mejor será para los Izquierdo. Todos nos estarán agradecidos por haber llevado el progreso y la prosperidad al pueblo. Gracias por la idea de la estación de tren, Gloria. Marcial necesitaba un empujoncito para terminar de convencerse y no lo hubiera conseguido sin tu... insistencia.

—Fuiste tú, ¿verdad? Tú quemaste las viñas de tu marido. —No era una pregunta, ahora estaba segura de que había sido cosa de Jimena Izquierdo—. Fuiste tú, y encima te plantaste ahí esa noche fingiendo que no sabías nada mientras intentabas culparnos a nosotras del incendio.

Jimena asintió.

—Así es, ya te conté en una ocasión que yo también tengo hombres trabajando para mí. Solo que son considerablemente más discretos que esos bestias que harían cualquier cosa por Marcial —dijo ella, sin el menor rastro de culpa en la voz—. Marcial empezaba a estar preocupado por vuestra influencia en el valle: le aterra perder el poder que tantos años le ha costado conseguir. Solo tuve que susurrarle que el incendio fue cosa de un par de exaltados que os apoyan y listo. Una mecha larga colocada en el momento preciso. Él perdió sus estúpidas viñas americanas, yo pude mantener mi colegio para las niñas, y de paso eso hizo que terminara de convencerse de que valía la pena acordar una tregua contigo. Siempre es cuestión de saber qué incendio provocar en cada momento.

—¿Y tienes más mechas largas escondidas por ahí? —le pregunté.

Ella me sonrió con dulzura, se inclinó hacia mí como si fuera a contarme un gran secreto y susurró:

—Ni te lo imaginas.

Después, y sin decir nada más, la Alcaldesa dio media vuelta y se alejó por el camino de tierra para reunirse con su marido en las columnas de piedra que marcaban el comienzo de nuestra finca.

—Jimena Izquierdo es definitivamente la madrastra de Blancanieves —bromeó Teresa, de pie junto a mí en el pórtico—. ¿Estás bien?

—A partir de hoy, mi propósito en este mundo será destruir a esa familia.

Era el último miércoles del curso antes del descanso de verano y esperaba a Verónica a la salida de la escuela para niñas de San Dionisio. Después de sus clases de música casi siempre volvía a casa para cenar acompañada por Gabriela, pero esa tarde había ido al pueblo para escribir unos telegramas y hacer algunos envíos, así que decidí acercarme a los barracones del colegio para esperar a Verónica. Había una docena de madres y hermanas en la explanada seca, esperando también. Hablaban entre ellas y alguna me miraba con curiosidad —o lástima— de vez en cuando. Gabriela apareció en la puerta de uno de los barracones y solo un momento después, las niñas y las jovencitas empezaron a salir.

—Ahora saldrá Verónica. Está sentada al piano tocando para las hijas de los que han llamado a quintas —me dijo Gabriela cuando llegó a mi lado—. La adoran. No sé si es porque las niñas, sobre todo las niñas pobres y sin futuro como estas, reconocen algo de sí mismas en tu hermana pequeña. Todas las niñas perdidas se entienden al final. Aunque Verónica ya tenga veinte años.

—A ella le gusta venir aquí. Creo que hace que se sienta... aceptada por todas esas niñas perdidas —respondí sin mirarla—. Así que gracias por ocuparte de todas ellas.

—Lo hago encantada. A pesar de que algunas de sus madres o familias me matarían si pudieran: odian profundamente lo que soy y también odian lo que hago por esas niñas —dijo Gabriela con pesar—. Una vez lanzaron una piedra contra el cristal de la ventana mientras daba clase. Me acertó en el hombro, tan fuerte que los capilares bajo mi piel se rompieron por el golpe y empecé a sangrar a pesar de no tener ninguna herida abierta. Así es esto, supongo. Es doloroso vivir sabiendo que entre mis vecinos hay personas que preferirían reventarme la cabeza con una piedra.

Noté que algunas mujeres ya no me observaban con lástima. Ahora miraban a Gabriela con una mezcla de curiosidad y censura, había conocido bien esa mirada. Hacía años, cuando aún me importaba obedecer porque pensaba que eso me mantendría a salvo, había visto esa misma mirada dirigida a mí —o a mis hermanas— muchas veces.

—Si no conseguimos hombres para que trabajen en nuestra finca perderemos la cosecha —dije, sin ver realmente a las niñas que empezaban a salir del barracón—. Necesitamos hombres para vendimiar, para que lleven las cestas a la bodega, ocuparse de las barricas, manejar las prensas... Nadie en este pueblo quiere trabajar para nosotras.

Gabriela suspiró. El aire cálido de la tarde le removió el bajo de su falda azul de algodón.

—Lo sé, las niñas y sus madres hablan a menudo de eso —empezó a decir—. Entre los hombres que todavía son fieles al Alcalde, los que han aceptado su dinero a cambio de no trabajar para las Veltrán-Belasco, los que han llamado al ejército y los que trabajan para Marcial en esa espantosa bodega suya en las afueras no quedan muchos hombres disponibles para vuestra vendimia.

—¿Marcial sigue adelante con la bodega?

—Sí, eso es lo que he oído al menos —respondió Gabriela—. Están planeando comprar las uvas de una finca de la zona y transportarla hasta su bodega esta misma temporada para empezar a elaborar su vino. Supongo que debe de estar realmente desesperado para hacer algo así, el precio de las uvas está por las nubes y ningún bodeguero quiere desprenderse de su cosecha. Y menos, para vendérsela a la competencia.

Aquel había sido uno de esos días eternos de verano, con el cielo azul transparente y el polvo suspendido en el aire que se pegaba en los labios. Las niñas charlaban animadamente en la explanada a pesar del calor, algunas se despedían de sus compañeras sin saber si regresarían a clase el próximo año.

—Ojalá alguien en este maldito pueblo estuviera de nuestra parte, solo para variar —murmuré—. Estoy harta de perder siempre. Las normas, la ley, las costumbres... todo está siempre de su parte.

—No todo. Ellas te apoyan. La mayoría de ellas, al menos —dijo Gabriela, señalando a las madres y niñas en la explanada—. Muchas me lo dicen a menudo y siempre en secreto, pero están con vosotras. Y sus madres también.

—Ya, qué pena que no puedan trabajar en la finca —bromeé.

Pero nada más decirlo en voz alta, una idea empezó a crecer en mi cabeza.

—¿Cuántas madres o hermanas mayores dirías que nos apoyan? ¿Diez? ¿Quince? —le pregunté a Gabriela.

Vi como sus ojos se iluminaban, ella acababa de tener la misma idea.

—¿Quieres que esas mujeres trabajen para ti? ¿En la vendimia?

—Sí, ¿por qué no? Ellas tienen manos igual que los hombres, pueden vendimiar exactamente igual.

—Sí, pero ¿qué pasa con Marcial Izquierdo?

—Que le den. El Alcalde no ha dicho nada de que las mujeres del valle no puedan trabajar en nuestra finca, ni siquiera se le ha ocurrido pensarlo porque son invisibles para él. Y los maridos de muchas están fuera de casa todo el día o han sido llamados a filas —continué. Hablaba deprisa porque me parecía mejor idea cada vez—. Muchos hombres puede que ni se enteren de lo que hacen sus mujeres durante el día, o puede que les dé igual. Les pagaremos el mismo jornal que a los hombres.

Gabriela miró al grupo de mujeres.

—Podría funcionar, sí. Desde luego, muchas mujeres agradecerían tener algo de dinero propio. —Después se volvió hacia mí y añadió—: Pero si lo hacemos ya no habrá vuelta atrás, Gloria. Contratar a sus mujeres es toda una declaración de guerra. Te odiarán por darles un trabajo.

—¿Me tirarán piedras también?

Gabriela sonrió con tristeza.

—Sí, es posible.

—Ya me han tirado piedras antes. Podré soportarlo —respondí, recordando aquella tarde en la orilla del lago de La Misericordia—. ¿Se lo dices tú a ellas? ¿O prefieres que lo haga yo?

—Yo se lo diré —me dijo con una diminuta sonrisa esperanzada en los labios. Gabriela también estaba harta de perder siempre.

La vi caminar hacia el grupo de mujeres, que enseguida se acercaron a ella para despedirse de la maestra. No podía oírlos desde donde estaba, pero sentí un cambio en el viento que bailaba en la explanada y me removía el pelo suelto. Unas cuantas mujeres me miraron y asintieron, alguna también sonrió.

Verónica se acercó hasta donde estaba y las dos miramos con curiosidad al grupo de mujeres junto a los barracones mientras Gabriela terminaba de explicarles nuestra oferta de trabajo.

—Van a aceptar. Todas ellas y muchas más después, cuando lo cuenten en sus casas —dijo Verónica, a pesar de que ella no tenía forma de saber cuál era nuestro plan—. Y el año próximo muchos de sus maridos se sumarán también.

—Parece que por fin tendremos cosecha en Las Urracas.

QUINTA PARTE

LA MAGIA DE LA TIERRA

TRAMPAS DE HUMO Y CRISTAL

La hilera de mujeres para trabajar en la vendimia de nuestra finca llegaba hasta el cruce de caminos. La mayoría de ellas eran mujeres de San Dionisio, pero también había algunas que se habían acercado desde pueblos de todo el valle al escuchar la noticia.

Las primeras que se apuntaron fueron las madres y hermanas mayores que esperaban a la salida de la escuela para niñas de San Dionisio. Esa tarde, cuando Verónica, Gabriela y yo llegamos a casa y le contamos nuestro plan a Teresa, ya teníamos casi diez nombres de trabajadoras en nuestra lista.

«Alguna seguro que se echa atrás, o puede que a última hora no le dejen presentarse», había dicho Teresa esa misma noche mientras preparábamos los sobres con el jornal para cada una de ellas. «A los hombres les da igual lo que hagan sus mujeres mientras no estén por ahí, en compañía de otras mujeres o ganando dinero.»

La mañana del día antes de la vendimia, salí a comprobar nuestras plantas como hacía siempre para asegurarme de que estaban libres de filoxera. Desde el primer calor de la primavera —cuando las vides rompieron a llorar por fin— hasta esa primera semana de octubre, las frutas en las plantas habían ido cambiando de color: del verde al amarillo, después al dorado pasando por todos los tonos posibles de rojo, hasta llegar a los racimos negros y bulbosos que colgaban de nuestras vides. Probé una de las uvas. La madurez y el contenido de azúcar eran perfectos.

—Mañana será el día —le dije a Teresa mientras desayunábamos en la cocina—. Las uvas ya están en su punto y no lloverá. Avisa a todas, mañana empezaremos a vendimiar.

El día de la cosecha me desperté antes de que saliera el sol. El cielo estaba oscuro aún, pero me vestí en silencio y bajé a preparar café. Sobre la enorme mesa de comedor de la cocina estaban los bocadillos, la fruta lavada y las cantimploras listas para ser llenadas del agua fresca que necesitarían las trabajadoras. Lo habíamos dejado todo preparado antes de acostarnos.

—Hoy será un buen día. El sol está saliendo y podremos trabajar unas cuantas horas antes de que apriete demasiado —dijo una voz masculina desde la puerta de la cocina.

Era Miguel, que me miraba apoyado en el marco de madera.

—Sí, no se debe vendimiar con lluvia, viento o tiempo revuelto. Ni tampoco hacer el trasiego de las barricas cuando hay ruido en la calle para no «asustar» al vino y que no se enturbie. En algunos pueblos incluso prohíben salir a la calle o circular carros para poder trasegar en calma —murmuré—. Diana me lo enseñó. Ojalá ella estuviera hoy aquí para ver lo que hemos conseguido.

—Ella sigue estando aquí. No solo los demonios caminan por Las Urracas, señora Gloria.

Sonreí. Miguel raramente entraba en la casa principal. Él prefería quedarse en la antigua cabaña de los guardeses que todavía seguía en pie al fondo de la finca. Marcial Izquierdo había vivido en esa misma casucha durante años, y seguramente Rafael había nacido allí.

—¿Qué haces en la casa? Normalmente prefieres evitar poner un pie aquí —le dije con suavidad.

—Ya hay mujeres fuera esperando para trabajar, junto a los pilares de piedra del camino. —Miguel hizo una pausa y me dedicó una pequeña sonrisa, algo muy poco habitual en él—. No suelo entrar en la casa porque no me gusta olvidar cuál es mi lugar. Así no tengo que preocuparme por desear cosas que no puedo tener.

El sol de octubre ya había despertado y entraba por la ventana. El suelo de color granate se volvió brillante, en llamas, cuando los primeros rayos de sol le acariciaron. Los ojos cambiantes de Miguel me parecieron estar hechos del mismo material que las extrañas baldosas. Dejé la taza vacía sobre la encimera de mármol y me acerqué despacio a él. No se movió, ni siquiera cuando mi mano rozó su pierna por encima de su pantalón de trabajo. El corazón me ardía debajo de las costillas, una criatura alada hecha de fuego deseando atravesar mi pecho para salir y revolotear por la cocina silenciosa.

—Menos mal que ya estás despierta. No podía dormir con los nervios de la vendimia. He dado vueltas en la cama toda la noche, inquieta. Supongo que así es como los niños esperan el día de su cumpleaños.

Teresa entró en la cocina como una exhalación, pero se paró en seco al vernos.

—Oh, hola. Buenos días —añadió con una media sonrisa.

—Sí, hoy tenemos un gran día por delante y mucho trabajo. Será mejor que continúes con lo que estabas haciendo, gracias —dije, apartándome deprisa de Miguel—. Si todo sale bien hoy, salvaremos la temporada y podremos empezar a producir nuestro propio vino.

Miguel murmuró una disculpa y salió de la cocina. Teresa esperó hasta que sus pasos se alejaron por el vestíbulo para decir:

—¿Qué hacía nuestro silencioso guardés aquí? Nunca entra en la casa a no ser que tenga que reparar algo.

—Nada. Solo ha venido a decirme que ya han llegado algunas mujeres para trabajar. Están fuera, esperando en el cruce.

Pero Teresa me dedicó una sonrisa indulgente y se apartó de mí para coger una taza limpia de la estantería.

—Mi querida Gloria, ya hay suficiente dolor y soledad en

esta vida como para añadirle más. ¿Alguna vez has tenido todos los ingredientes perfectos para hacer una tarta pero aun así has decidido usarlos para otra receta? —La miré sin comprender y ella hizo un gesto con su mano enguantada—. No, claro que no. Tú odias cocinar. Pero yo he preparado muchos dulces y tartas, y cuando los ingredientes adecuados están en la alacena... bueno, hay que utilizarlos juntos antes de que se echen a perder. O se usen para otra receta.

—No sé de qué hablas —mentí, mientras me servía el café humeante en mi taza.

Teresa me miró con sus ojos avellana, tan parecidos a los míos. Su pelo había crecido estos últimos meses y empezaba a rozarle los hombros.

—Claro que lo sabes. Yo uso guantes para protegerme del dolor, tú construyes paredes —me dijo—. El dolor es un poco como esta casa: llena de pasillos largos y sinuosos que no conducen a ningún lado, habitaciones prohibidas donde solo viven los fantasmas y el polvo, puertas que se golpean con el viento del oeste y paredes gruesas. El dolor también construye paredes si se lo permites, paredes tan gruesas como las de esta casa, y excava galerías profundas donde nunca llega la luz del sol.

La taza tembló un momento entre mis manos. Estaba a punto de responder cuando oí una ola de voces asustadas fuera y pasos rápidos atravesando el vestíbulo.

—Señora Gloria, debería salir ya —dijo Miguel, visiblemente alterado—. Tenemos un problema fuera, en los viñedos.

Dejé la taza y corrí hacia la puerta que conectaba la casa principal con el patio trasero. Ni siquiera tuve que abrir las puertas francesas de cristal para ver lo que sucedía fuera.

Langostas.

Una nube de langostas cubría las viñas. Muchas de ellas revoloteaban sobre las plantas, pero la gran mayoría estaba posada sobre nuestros racimos. Incluso con las puertas cerradas podía oír su repugnante aleteo, el sonido seco de sus patas sobre la tierra, aferrándose a nuestras cepas.

—Dios... —murmuró Teresa detrás de mí.

Me sujetó el brazo con fuerza y dio un respingo cuando un puñado de ellas chocaron contra el cristal de la puerta con un ruido sordo.

—Dios no ha tenido nada que ver con esto —dije, hablando por encima del murmullo áspero de los insectos—. Asegúrate de que todas las ventanas y puertas de la casa están cerradas para que ninguna de esas bastardas pueda entrar. Y dile a Verónica que no salga.

Las langostas atontadas por el golpe contra el cristal se movieron en el suelo empedrado del patio.

—¿Y tú qué vas a hacer?

—Voy a salir. Tengo que hablar con las mujeres que han venido para la vendimia y quiero ver el daño que esas malditas langostas le están causando a nuestra cosecha.

Sin decir nada más, abrí la puerta y salí al patio asegurándome de cerrarla bien detrás de mí.

El ruido fuera era ensordecedor, miles de insectos de color marrón revoloteaban sobre las cepas y saltaban entre las plantas. Mientras intentaba avanzar a través de las hileras de viñas, ellos se movían entre los terrones de tierra bajo mis pies, como un ejército crujiente devorándolo todo a su paso. Una langosta pasó aleteando muy cerca de mi oído, tanto que me removió el pelo y pude oír sus alas, rígidas y potentes, al pasar. Me fijé en que dos de ellas trepaban por mi brazo. Ahogué un grito de repulsión al ver cómo subían por mi piel con sus patas afiladas y agité el brazo tan fuerte como pude para que salieran volando.

Alguien me dio la mano y tuve que contener las ganas de gritar.

—No puede estar aquí, señora. Es peligroso —gritó Miguel por encima del sonido de los insectos—. Vamos al otro lado de la casa, allí está despejado. Tiene que calmar los ánimos, las mujeres se han asustado al ver las langostas y hablan de marcharse.

Le seguí entre la nube marrón que llenaba el aire sin soltarme de su mano. Cuando doblamos la esquina de la casa, el sonido de las langostas se volvió un murmullo sordo y desagradable al otro lado de la fachada. Me sacudí el pelo por si acaso alguna se había quedado escondida en mi melena, y después agité mi falda de algodón para trabajar tan fuerte como pude. Una langosta cayó aturdida al suelo y la pisé sin dudar, sentí cómo crujía bajo mis botines de lazo.

—Vamos a hablar con esas mujeres.

Y avancé por el camino de tierra hacia el cruce de caminos dando grandes zancadas. Esperando junto a los dos pilares que marcaban el principio de nuestras tierras, había un grupo de unas diez o quince mujeres.

—Señoras, gracias a todas por venir hoy. Yo sé bien que no siempre es fácil desobedecer a la familia, pero aquí están igualmente —dije, manteniendo la voz calmada a pesar de que aún podía sentir miles de patitas afiladas recorriendo la piel de mis brazos y mi cuello.

—¡Las langostas! —gritó una de las mujeres—. No podemos ni acercarnos a vendimiar siquiera con esos monstruos revoloteando por ahí.

—Nada ha cambiado —dije—. Recogeremos hoy la cosecha, todo lo que esas criaturas repugnantes no hayan devorado ya, y lo pondremos a salvo en la bodega.

—¿Y cómo se supone que vamos a hacerlo? —preguntó otra—. La paga está bien y quiero hacerlo, pero no hay forma de trabajar mientras las langostas se te meten por la ropa o te muerden las manos. Es imposible.

—Son un castigo. Las langostas son una advertencia para las Veltrán-Belasco y para todas nosotras por haber intentado salirnos con la nuestra —dijo una de las mujeres. Las demás la miraron para que continuara hablando—: Es un castigo por nuestra soberbia. Y también por la de ellas.

—Ni hablar —la corté—. Eso no son más que bobadas, las mismas bobadas que llevo escuchando toda mi vida para que siga teniendo miedo de hacer algo por mí misma.

—He encontrado dos de estas junto al río. Apuesto a que hay unas cuantas más repartidas por los viñedos. —Miguel nos enseñó una cajita de cigarrillos de cartón, dentro había restos de manzanas medio devorados, un pedazo de carne y algo parecido al almíbar—. Es una trampa casera para atraer a esas criaturas hasta estas tierras. Alguien ha colocado cajas así en los viñedos para hacer que vengan, apuesto a que también han soltado un puñado de ellas entre las plantas para que avisen al resto del enjambre.

Miré un momento la cajita de cigarrillos y el cebo mordisqueado dentro.

—Qué bastardos... —murmuré, después me dirigí al grupo de mujeres que me miraban esperando alguna indicación—. Es un castigo por atrevernos a desafiarles, sí. Pero sobre todo es su miedo lo que veo dentro de las cajas de cigarrillos; miedo a que lo consigamos.

Teresa y Gabriela llegaron corriendo por el camino desde la casa principal.

—Ya sé qué hacer —dijo con la voz entrecortada por la carrera y el entusiasmo—. Se le ha ocurrido a Gabriela en realidad, es muy lista. Yo solo he mejorado su idea, pero podría funcionar.

—Las langostas... igual que todos los insectos, odian el humo. Hace que se desorienten, se asusten y al final huyan —empezó a decir Gabriela—. Fabricaremos bombas de humo caseras para ahuyentar a las langostas. Es sencillo, eficaz y no dañará la cosecha.

—¿Humo? —repetí—. ¿Esa es vuestra gran idea?

—Sí, igual que sucede con las abejas. Los apicultores utilizan un pequeño artefacto que deja salir humo cuando inspeccionan las colmenas para asegurarse de que las abejas les dejan tranquilos. Todos, menos Verónica, claro. Ella no lo necesita —añadió Teresa con una sonrisa esperanzada—. Funcionará, Gloria. El humo es nuestra mejor solución para espantar a esas criaturas horribles sin dañar la cosecha.

Miré los rostros de cada una de las mujeres que habían confiado en nosotras, que habían salido de sus casas al amanecer incluso teniendo en contra a sus familias para esperar en el cruce de caminos con el objetivo de trabajar en la finca de las endemoniadas.

Asentí.

—Bien, hagámoslo —dije por fin.

Me sorprendieron las sonrisas y los aplausos bajos que recorrieron el grupo de mujeres; ellas tampoco estaban listas para volverse a sus casas y fingir que no estábamos a punto de hacer algo importante juntas.

—Genial. Es sencillo, en teoría —empezó a decir Teresa—. Solo necesitamos el nitrato de potasio que utilizamos como fertilizante. El mismo que usamos para las cepas. Y azúcar. Mucha azúcar.

—¿Azúcar? ¿Y cuánta tenemos en la casa?

Teresa se mordisqueó el labio inferior antes de responder:

—No la suficiente.

Un silencio pesado cayó sobre todos los que estábamos allí. El sonido de las langostas detrás de la casa llenó el aire de repente, apoderándose de la mañana.

—Yo tengo azúcar en mi casa, en el pueblo. Y también en el colmado. Unos cuantos sacos —dijo una de las mujeres con cautela—. Con ayuda, podría traerlo todo en media hora o menos para fabricar las bombas.

—Sí, yo también tengo azúcar en casa. La traeré —dijo otra.

—Y yo también...

Y antes de que me diera cuenta, media docena de mujeres se organizaron para volver a San Dionisio a buscar el azúcar de sus alacenas y despensas para traérnoslo a Las Urracas.

—Ve con ellas, por favor. Ayúdalas en lo que necesiten y asegúrate de que nadie las molesta —le pedí a Miguel.

Él asintió con una diminuta sonrisa en los labios y siguió en silencio al grupo de mujeres al otro lado del cruce de caminos.

—Las demás, necesitamos ayuda en el invernadero para preparar el nitrato. Está apartado de las langostas, pero si queréis también podéis quedaros aquí y almorzar, hay comida en la cocina de la casa —dijo Teresa, con su practicidad habitual.

Las mujeres que quedaban en el cruce asintieron y nos siguieron hacia la casa por el camino polvoriento.

—Tú vete encendiendo el fuego y buscando las ollas más grandes que tengamos. Vamos a necesitar cada tacita, cenicero y portavelas que podamos encontrar en la casa para llenarlos con la mezcla antes de que se seque y se endurezca. Y también necesitaremos algo que nos sirva de mecha —me dijo Teresa cuando llegamos al pórtico. Estaba encantada a pesar de todo, y sus mejillas parecían inflamadas—. Esas asquerosas langostas se han equivocado viniendo a nuestra finca.

Verónica y Gabriela rebuscaron en cada cajón, cada aparador y cada armario hasta que encontraron lo que Teresa les había encargado: cien recipientes pequeños pero resistentes al calor donde verter la mezcla para las bombas de humo. Ceniceros de porcelana, portavelas de cristal labrado lo suficientemente gruesos como para no estallar, tarritos de conservas para las especias, tazas de cristal para postres de la vajilla para la boda que jamás celebré...

—¿Crees que serán suficientes? —preguntó Gabriela, colocando los últimos portavelas en las encimeras de mármol de la cocina.

—Tendrán que serlo. De lo contrario no quedará mucha cosecha que salvar cuando esas malditas langostas terminen con todo —respondí, apartándome un mechón de la frente que se me había quedado pegado por el sudor.

Hacía calor en la gran cocina de Las Urracas. El fuego estaba encendido, y en la olla más grande que habíamos podido encontrar, la mezcla de nitrato de potasio y azúcar se había derretido por completo y comenzaba a tener el mismo color que un caramelo.

—¿Tienes las mechas preparadas?

Verónica asintió, todavía con el ovillo de sisal y las tijeras en la mano. Ella y otras dos mujeres se habían ocupado de cortar las mechas y colocarlas en el centro de cada uno de los recipientes.

—Perfecto. Ahora solo tenemos que llenar los moldes y esperar a que se endurezcan un poco para poder llevarlos fuera y encenderlos —dijo Teresa mientras cogía el cazo de cobre que colgaba en la pared con el resto de utensilios de cocina—. Con cuidado...

Teresa terminó de llenar los recipientes, que empezaron a endurecerse. El aire de la cocina olía a una mezcla de azúcar derretido y a algo parecido a cera de abejas.

—Ahora a esperar. —Teresa dejó el cazo inservible en la pila de cerámica—. En cuanto se sequen, las llevaremos fuera para colocarlas entre las cepas y espantar a esas desgraciadas antes de que acaben con todo. ¿Ya sabes quién ha hecho esto?

Lo sabía; o estaba bastante segura al menos. Miré la mezcla de color marrón oscuro enfriándose en las tacitas sin estrenar de mi boda.

—Tengo mis sospechas —respondí.

Los sacos, bolsas y cajas de azúcar que las vecinas habían traído estaban ahora vacíos y olvidados en un rincón de la cocina. Miguel había ido a la nave de la bodega para asegurarse de que no había más sorpresas desagradables esperándonos, como máquinas saboteadas o cestas agujereadas. Me asomé a una de las ventanas traseras de la cocina: la nube de langostas seguía revoloteando entre nuestros viñedos.

—Odio estar aquí, esperando, mientras esas cosas se comen nuestras uvas —dije, mirando al otro lado del cristal—. ¿Crees que la mezcla se habrá endurecido ya?

—Solo hay un modo de saberlo —respondió Teresa con una diminuta sonrisa.

Me dio una tacita de porcelana de color marfil, con el mismo encaje que mi vestido de novia pintado a mano en cerámica. Estaba caliente, igual que si dentro hubiera una infusión recién hecha, pero la mezcla en su interior ya se había solidificado.

—No pudiste utilizarlas en tu boda. Puede que este sea

ese nuevo comienzo para el que las encargó Denise —me dijo, sacando un par de cerillas del bolsillo de su delantal.

Asentí, cogí las cerillas y me coloqué el chal alrededor de la cabeza para evitar que las langostas revolotearan a mi alrededor. Cuando abrí las puertas que llevaban al patio trasero, el ruido insoportable de las alas y las patas de las langostas llenó el vestíbulo de la casa. Las mujeres se agolparon tras las puertas mientras yo avanzaba despacio por el patio hasta el límite de tierra donde empezaban las viñas. Cientos, miles de langostas caminaban sobre nuestras plantas y crujían bajo mis pies. Con cuidado, dejé la tacita en el suelo, encendí las dos cerillas rascando contra la tierra, y prendí la mecha.

Durante un momento no pasó nada, pero enseguida el fuego llegó a la mezcla de azúcar y una nube de humo blanco y espeso empezó a salir de la tacita elevándose hacia el cielo por encima de los viñedos. Las langostas que tenía más cerca tardaron un instante en reaccionar, pero pronto saltaron lejos y se alejaron volando tan deprisa como pudieron. Oí gritos de alegría y aplausos detrás de mí, y enseguida el resto de mujeres salieron al patio trasero armadas cada una con un puñado de portavelas, tacitas y cerillas.

Colocamos nuestras trampas entre las hileras de viñas, repartiéndolas como mejor pudimos entre las setenta hectáreas de tierra. Encendimos las mechas con cuidado y salimos de entre los viñedos. Pronto, varias columnas de humo empezaron a sobresalir por encima de las plantas llenando el aire de Las Urracas y volando con el viento hacia más allá del río.

El humo blanco que salía de nuestros improvisados recipientes era esponjoso como el algodón, y olía igual que el azúcar quemado en el fondo de una cazuela. Pero a medida que las columnas de humo se volvieron más densas fueron arrinconando a las langostas, que ahora huían despavoridas hacia la otra orilla del río. El ruido sordo de sus alas mientras se alejaban de nuestras tierras se mezcló con el sonido silbante de las trampas de humo que empezaban a ahogarse poco a poco.

Hubo aplausos y gritos de celebración cuando la nube marrón oscura de langostas se alejó volando de Las Urracas.

—¡Ha funcionado! ¡Ha funcionado! —exclamó Teresa, cogiéndome entusiasmada por el brazo—. Esos insectos repugnantes se han marchado y no parece que hayan causado muchos daños en nuestra cosecha.

Algunas mujeres examinaban las cepas para comprobar el alcance del daño, incluida Gabriela, que levantó el pulgar y nos miró con una sonrisa radiante.

—Sí, ha funcionado —dije sin poder contener mi alegría—. Eres un genio, Teresa.

—Sí que lo soy. Aunque Gabriela también tiene algo de mérito —bromeó.

Me quité el chal que me había protegido de las langostas, justo a tiempo de ver cómo Miguel y Verónica venían de la bodega con las primeras cestas de mimbre para recoger las uvas y los garillos.

—Lo has conseguido —susurró Teresa, dándome un empujón cariñoso—. Hubo momentos en los que pensé que no viviría para ver esto. Vendimia en Las Urracas. No sé cómo lo has hecho, pero has traído la vida de vuelta a esta tierra.

Sin decir nada más, Teresa se alejó para ayudar a Miguel a repartir las cestas y los garillos entre las mujeres, que ya se habían colocado en las hileras entre las viñas para empezar a cortar los racimos de la primera vendimia de Las Urracas.

Al atardecer de aquel día casi habíamos terminado de recoger la cosecha. Setenta hectáreas no era una superficie imposible de vendimiar entre veinte personas. Los daños en los racimos causados por las langostas apenas alcanzaban una décima parte o menos, y en la zona oeste de la finca solo habían crecido uvas raquíticas y secas. Así que al final del primer día, casi habíamos terminado de limpiar todas las cepas.

Los grandes cestos de mimbre estaban llenos de fruta que pesábamos entre dos antes de llevarlos a la nave de la bodega para empezar a procesarla. Apenas diez minutos después de haber cortado los racimos de la planta ya estaban a salvo en las tolvas para evitar que las uvas «sufrieran». Así era al menos como solía llamarlo Diana la vinatera.

—Creo que nunca había estado tan cansada en mi vida. Y me arden las manos, apenas puedo cerrar los dedos —dijo Verónica cuando llegó hasta la silla del patio trasero donde estaba sentada—. Noto como si mis dedos estuvieran en llamas y es posible que no pueda tocar el piano en un par de días. También me he cortado con esa azada diminuta que se ha vuelto pegajosa después de un rato, pero me ha encantado pasar el día fuera con más personas. Todas han sido muy amables conmigo. Eso ha sido bueno.

La miré. Había manchas de color vino en el delantal de su vestido, en su blusa beige y hasta en sus mejillas. Las tres habíamos utilizado un sombrero de paja con un gran lazo atado debajo de la barbilla para protegernos del sol, pero la piel pecosa de Verónica estaba enrojecida igualmente.

—Me alegro mucho. Parece que hayas estado persiguiendo mariposas por el campo o perdida en una tierra extraña —dije, sonriéndole con indulgencia—. Teresa ha ido dentro a buscar pomada de caléndula para los cortes en las manos y las rozaduras.

—¿Y cuántas uvas hemos recogido hoy? ¿Tenemos bastantes para elaborar más Cálamo Negro? —Verónica parecía cansada, sus hombros estaban inclinados hacia delante, pero hablaba deprisa—. ¿Y ahora cuál es el siguiente paso? ¿Las barricas que nos envió Denise?

Asentí despacio, yo tampoco recordaba haber estado tan cansada en mi vida.

—Eso es —respondí—. Las barricas de roble americano que Denise nos envió y que secamos al sol hace algunos meses. Cuando esté listo, el vino envejecerá dentro de esas barricas durante un tiempo antes de pasarlo a las botellas para que duerma en nuestra bodega y termine de envejecer.

Me incliné hacia delante en la silla. Desde el patio trasero podía verse el atardecer sobre las cepas de Las Urracas, explotando en un color naranja brillante que llegaba hasta donde estábamos.

—Me alegro mucho de que él nunca consiguiera hacerse con la finca —dijo Verónica, con la mirada perdida en el horizonte—. La tierra no hubiera despertado con él al mando; es de esas personas que matan todo lo que tocan. Tiene cenizas por dentro, nada más.

La miré, sorprendida. No recordaba que Verónica hubiera hablado de Rafael desde que se marchó de la casa con los Izquierdo hacía más de un año.

—Yo también me alegro —dije, limpiándole con cariño una mancha oscura de uva en la mejilla.

Teresa y Gabriela salieron de la casa en ese momento.

Cada una traía una bandeja con bocadillos, vasos y una fuente con pastelitos de crema.

—¡Qué hambre! —Verónica se abalanzó sobre uno de los bocadillos de queso antes de que el resto de mujeres llegaran hasta la mesa.

—La jarra con la limonada y el zurracapote están dentro, vete a buscarla, por favor —le pidió Teresa.

Verónica entró en la casa sin soltar la merienda mientras Gabriela encendía los faroles y las luces del patio trasero. El atardecer de otoño se volvió más naranja todavía. La fachada de piedra de la casa, que en otra época solo había servido para encerrar dentro el dolor y los secretos, esa tarde se iluminó con las risas compartidas y el sonido de los vasos al brindar.

—Señoras, por nosotras —dijo una de las mujeres, levantando su vaso lleno de limonada fresca.

Y todas las demás brindaron. Me dolían las manos, pero levanté mi vaso y brindé con las demás.

—Bueno, por nosotras y por el caballero silencioso —añadió una de ellas entre risas—. El único valiente que se ha atrevido a acompañarnos en esta cosecha. El año que viene la mitad de los hombres del pueblo se pelearán por trabajar en la vendimia de las Veltrán-Belasco.

Las mujeres brindaron otra vez, Miguel sonrió un momento y se alejó discretamente de la celebración.

—¿No vas a decirle nada? —Teresa estaba sentada en una de las sillas a mi lado. La luz del atardecer, y de los farolillos repartidos por todo el patio, se reflejaba en su pelo haciendo que pareciera en llamas—. Hoy has conseguido algo increíble, Gloria.

—Las trampas de humo han sido idea tuya...

—No me refiero solo a las malditas langostas —me cortó Teresa. Suspiró y después añadió—: Has traído la vida de vuelta a esta casa y a esta tierra. Hoy hemos recogido la cosecha de unas plantas que han dormido durante casi treinta años, en un suelo ácido donde no crecía nada más que polvo y después de una sequía eterna. Con la ayuda de las mujeres y con medio pueblo en nuestra contra. Comparado con eso, decirle a ese hombre lo que sientes por él debería ser fácil.

Le di un trago a la limonada en mi vaso. Todavía estaba fresca a pesar del calor de la tarde. El sabor ácido del limón mezclado con licor me hizo cosquillas al pasar por mi garganta seca.

—Ya le dije lo que sentía... más o menos —respondí, hablando tan deprisa como Verónica—. Y me rechazó, creo.

—¿Crees? —repitió ella con una media sonrisa—. Vale la pena estar segura, Gloria. Los muros demasiado gruesos no dejan pasar la luz del sol, ni la vida; y ya ha habido demasiada gente encerrada en esta casa. Es hora de salir, ve con él.

Teresa no hablaba solo de nuestra madre, encerrada entre tinieblas durante doce largos años. Durante casi toda nuestra vida, Las Urracas había sido una cárcel también para todas nosotras, una trampa mortal con el suelo de color granate.

—¿Y qué harás tú? ¿No me necesitáis aquí para nada? —pregunté, con el corazón latiendo muy deprisa de repente.

—Nos las arreglaremos sin ti durante un rato, créeme —respondió ella—. Aquí ya no hay mucho más que hacer: beberemos, tomaremos pastelitos de crema con vino dulce, algunas se atreverán a criticar a sus maridos y después todas volverán a casa con un sobre de dinero en el bolsillo de sus vestidos.

Me levanté. Las piernas me temblaron debajo de mi falda de algodón de verano, pero no supe si era por el cansancio o por la determinación corriendo por mi sistema.

—Tú serás la responsable de lo que suceda —dije mientras me alejaba, conteniendo una sonrisa.

—¡Puedo vivir con ese peso! —escuché que gritaba entre risas.

Dejé atrás el bullicio de la celebración en el patio trasero. Mientras me alejaba, las voces y el sonido de los vasos brindando se fue volviendo más borroso cada vez hasta que doblé la esquina de la casa. Allí la enorme mole de piedra de la casa marcaba la separación entre los dos mundos: la fiesta y sus voces alegres, y las cepas limpias que se extendían hasta el final de la finca. Justo donde se alzaba la casita de los guardeses de Las Urracas.

Detrás de la casa solo se oía el viento acariciando las hojas naranjas de las viñas, y levantando el olor de la tierra calentada por el sol. Sentí cómo removía mi pelo al pasar, empujándome desde la espalda para llegar hasta la puerta de la casita. Levanté la mano para llamar, pero justo en ese momento la puerta se abrió y Miguel apareció en el vano, casi como si el viento del oeste le hubiera arrastrado también hasta allí.

—Hola... —empecé a decir, pero entonces incliné la cabeza sorprendida y pregunté—: ¿Como sabías que estaba aquí?

—Te he visto por la ventana.

Noté como él había prescindido del «usted».

—Claro.

Miguel me miraba con esos ojos cambiantes suyos que algunas veces me parecían castaños, pero otras tenían el mismo brillo del vino antiguo.

—¿Sucede algo?

—No sé muy bien por qué he venido —admití con una pequeña sonrisa—. Llevo evitando venir a esa casita toda mi vida, aquí es donde todo empezó. Pero esta tarde, el viento del oeste me ha empujado hasta tu puerta y yo le he dejado hacerlo. No sé bien por qué.

Estaba parada tan cerca de él que podía sentir el calor de su cuerpo pasando a través de las capas de algodón de mi vestido de verano, su respiración en mi pelo. Mis dedos rozaron su mano casi sin querer, pero cuando su mano se cerró sobre la mía tuve la misma sensación que la noche en que todas las farolas eléctricas se encendieron al mismo tiempo en la plaza: una fuerza invisible que chisporroteaba en el aire, incendiándolo.

—Sé que no debería haber venido aquí... —murmuré, ahora mucho más cerca de él—. Pero dijiste que no te gustaba entrar en la casa principal para no ver las cosas hermosas que hay allí y que no puedes tener. Ahora no estamos en la casa.

Di un paso más hacia él, uno minúsculo sobre la tierra

suelta de esa zona de la finca. Miguel pasó el brazo por detrás de mi cintura.

—Tienes razón, pero ahora no estamos en la casa —susurró, muy cerca de mis labios.

Le besé; con la misma desesperación que la tierra agrietada busca la lluvia. Sentí como él me atraía contra su cuerpo, más cerca aún. Me puse de puntillas hasta que un momento después mis dedos dejaron de tocar el suelo, y ya solo existía el olor a salitre en el aire que lo llenaba todo, y el calor que salía del centro de mi cuerpo en oleadas. Una corriente invisible quemándolo todo debajo de mi piel.

Habían pasado años desde la última vez que había besado así a alguien: a Rafael, claro. Al otro, al hombre de ojos ceniza y sonrisa amable a quien nunca había besado así, no tuve tiempo.

Miguel me hizo girar en el aire y los dos entramos en la casita escondida al final de la finca.

—Ahora ya sé por qué te gusta vivir aquí —dije, con los labios contra la almohada—. Desde la única ventana de la casa puede verse todo el campo de viñas y, justo al final, la casa principal.

Estaba tumbada en la cama y, a través de la pequeña ventana en la otra pared, podía ver la sombra rectangular de Las Urracas en el horizonte, después del mar de cepas.

—Siempre pensé que esta casita estaba construida justo en este lugar para tener una vista diferente de la que se tiene desde la casa principal. —Miguel hablaba con la voz rasposa que dejan el sexo y los secretos compartidos—. Y para poder vigilar las cepas, claro.

Me reía y mi propia risa baja me hizo cosquillas en la garganta.

—Creo que esa es la frase más larga que te he escuchado desde que te conozco.

Miguel estaba sentado a mi lado en la cama, la espalda desnuda contra la pared blanca de yeso. No podía verle, pero sentí como sonreía.

—He pasado mucho tiempo solo —dijo, más serio ahora—. Y al final te acostumbras a no hablar. Hay palabras que no he pronunciado en años.

Me pareció un poco triste pensar en eso; como un recordatorio del mundo que nos esperaba fuera de esa casita, oculta de la mirada de todos. Tenía las sábanas enredadas en las piernas, pero no me moví, seguí tumbada de lado viendo cómo la noche caía sobre Las Urracas.

—¿Cómo te hiciste esto? —preguntó él con curiosidad.

Los dedos cálidos de Miguel pasaron deprisa sobre la marca horizontal que recorría mi espalda, dibujando la cicatriz casi recta con delicadeza.

—Fue hace mucho tiempo. Me caí de espaldas sobre las rocas del lago de La Misericordia y me corté con el borde del corsé —recordé con amargura—. Y desde entonces no he vuelto a utilizar uno. No es que lo extrañe precisamente, tan solo sirve para modelar el cuerpo y el espíritu con dolor.

No supe si seguía hablando de los malditos corsés o si me refería a mi antiguo hermano y amante.

—¿Fue él? —preguntó. Y detecté un matiz de ira creciendo en su voz.

—Sí. Pero deberías ver la cicatriz que le dejé yo —dije, sin ocultar una sonrisa de orgullo—. La mía al menos se tapa con la ropa y no tengo que verla muy a menudo. La suya no hay manera de ocultarla.

Los dedos de Miguel se apartaron de la cicatriz para bajar por mi espalda.

—¿Y esas extrañas marcas en tus rodillas? —preguntó—. ¿También fue él?

Me volví despacio para mirarle por fin. Su pelo castaño todavía estaba revuelto por mis manos y por el roce de las sábanas, y sus ojos tenían el mismo color que el otoño cuando tarda en marcharse.

—Ni hablar, yo ya te he contado una cosa sobre mis cicatrices, pero tú aún no me has dicho nada de las tuyas —empecé a decir con una diminuta sonrisa—. Ni siquiera estoy segura de que «Miguel» sea tu verdadero nombre. No tienes aspecto de «Miguel».

Se rio sin muchas ganas, pero añadió:

—¿Y de qué tengo aspecto si puedo saber?

Lo pensé un momento. Estudié su nariz recta, el arco de sus cejas, sus labios y la barba que cubría su mandíbula.

—No lo he decidido aún —admití—. Pero te lo diré cuando lo sepa, seguro que podemos buscarte un nombre falso mejor.

Pero él se encogió de hombros contra la pared.

—No sé qué decirte. Empiezo a acostumbrarme a este.

El brazo de Miguel estaba apoyado sobre las sábanas, pegado a mi cuerpo. Volví a ver las pequeñas marcas que cubrían la piel de sus brazos hasta el codo. Eran afiladas y rápidas, parecidas al camino de pólvora encendida que deja una cerilla en el suelo.

—¿Qué te pasó en los brazos? Nunca antes había visto unas cicatrices así, ni siquiera en los libros.

—¿Alguna vez has visto arena en llamas? La arena tiene el poder de apagar el fuego, lo asfixia hasta dejarlo sin aire. Pero también puede arder igual que cualquier otra cosa en este mundo. —Miguel seguía hablando, pero de repente me pareció que estaba a un millón de kilómetros de la casita, en un desierto de nombre extraño al otro lado de un mar—. Cuando las granadas de artillería estallan en el desierto, levantan una nube de arena en llamas a su alrededor. Apenas dura un momento, pero esta es la marca que la arena al rojo vivo deja en la piel. La que se ve, al menos.

Viéndolas ahora, las pequeñas cicatrices en la piel de su brazo tenían el aspecto de cientos de chispas volando por el aire.

—Lo siento. Y siento que huir de algo tan terrible te convirtiera en un fugitivo. Aunque como alguien que desobedece y que es incapaz de no meterse en problemas como yo, te diré que encajas aquí de maravilla —dije entre risas—. Eres otro endemoniado.

Miguel se rio en voz baja y su risa me removió el pelo suelto sobre la almohada.

—Tú también libras una guerra aquí, en este pueblo; cada día —respondió, mucho más serio ahora—. Hay guerras grandes y pequeñas, Gloria. Algunas suceden en desiertos lejanos y contra personas de nombres extraños. Pero hay otras guerras, guerras secretas pero sanguinarias, que se libran en pueblos como San Dionisio. En cada casa. Y esas guerras nunca terminan del todo, porque siguen naciendo nuevos soldados en cada una de las familias. Con cada generación, la guerra se alarga otros veinte años.

Dejé que sus dedos largos se enredaran en mi pelo y cerré los ojos un momento pensando en lo que acababa de decir.

—Puede que tengas razón, pero antes era mucho peor: antes llevaba la guerra dentro de mí. Ahora, al menos, mis enemigos son otros en lugar de yo misma —admití con una media sonrisa triste—. Al menos ahora solo lucho contra los demonios que están fuera.

Miguel no dijo nada durante un momento, pero intuí que mis palabras se habían quedado atrapadas en el aire espeso y tibio de la casita. Había visto anochecer hacía un par de horas desde la pequeña ventana en la pared, el campo volverse de color negro mientras el olor y el sabor de Miguel se quedaba pegado a mi piel. Casi podía sentir aún el sabor a salitre en la lengua, como si hubiera estado muy cerca del mar y el aire salado todavía estuviera en mi sistema.

—De donde yo vengo existe una flor especial que se usa para ahuyentar a los demonios, los malos espíritus y los monstruos que caminan por la noche.

—¿Una flor? —pregunté sorprendida.

—Eso es. La gente la clava en las puertas de sus casas para mantener la oscuridad fuera y ahuyentar a los monstruos que todavía rondan el mundo por las noches. Y a los demonios —dijo, mientras jugueteaba con un mechón de mi pelo—. Según la leyenda, la flor es tan hermosa y brillante que al verla, los demonios de la noche creen que es el mismísimo sol y corren a esconderse otra vez en sus agujeros.

Me gustaba la manera de contar historias que tenía Miguel. Su voz baja mientras me hablaba sobre demonios del viento en el desierto olvidado, o sobre flores misteriosas.

—¿Y dónde se supone que puedo encontrar esa flor tan especial? —pregunté con verdadero interés—. Nos vendría bien un poco de ayuda extra para mantener a los demonios a raya.

—Solo la he visto crecer en las montañas, en el lugar en el que nací. También es un valle, pero no se parece nada a este lugar. Hay árboles, siempre hace frío y hay niebla en el aire incluso en verano —respondió, y escuché la melancolía en su voz al pensar en su hogar—. La flor es dorada y grande. Crece directamente en el suelo y supongo que se parece bastante al sol; especialmente cuando todo el mundo vive cubierto de niebla y pasan los meses sin ver un solo rayo del astro. Supongo que de ahí viene su nombre. *Eguzkilore.** Flor del sol.

Intenté repetir la palabra pero fracasé miserablemente y me reí. Miré el techo bajo de la casita, inclinado para que la nieve en invierno no se acumulase en él y lo hundiera. Mi risa se fue apagando al pensar en la familia que vivió antes en ese lugar.

—¿Estás bien?

—Es extraño. Nunca pensé que me reiría aquí, precisamente aquí. Donde todo empezó: los secretos, las mentiras de nuestras dos familias —dije, con la voz como el cristal al pensar en todo lo que se había quedado por el camino—. No me cuesta imaginar a Marcial Izquierdo, en otra vida, mirando Las Urracas desde esta misma ventana pensando cómo cubrir el trecho de tierra que separa las dos casas.

Fuera de la casita, el viento oscuro sacudió las hojas de las viñas. Conté hasta cinco y la campana en el patio trasero susurró mi nombre.

* *Eguzkilore*: planta de hojas espinosas que crece casi pegada al suelo en forma de roseta. Habitual en el norte de la península. Crece en montañas, pastizales y prados. Florece de junio hasta septiembre.

Salí de la antigua casita de los Izquierdo antes del amanecer. Miguel aún dormía cuando me vestí entre tinieblas y salí de puntillas por la puerta. El aire de la madrugada llevaba prendido el olor de la tierra removida por el trabajo, de los racimos recién cortados y del zumo dulce que se queda pegado en las manos y el pelo después de la vendimia.

Todavía quedaban algunas hectáreas de cepas por limpiar. Las mujeres volverían dentro de dos horas a la finca para terminar de recoger las uvas y ayudarnos con las barricas. Todo lo que habíamos recogido el día anterior ya dormía a salvo en la nave de la bodega.

Avancé hacia la sombra de la casa principal caminando entre los viñedos, todavía oscuros, pisando la tierra fresca. Pensé en Diana la vinatera, en esa canción misteriosa y triste que siempre les cantaba a sus cepas robadas mientras caminaba descalza entre ellas, con su pelo desordenado suelto y su vestido ondeando en el viento, como yo ahora. Sonreí antes de que las primeras luces del día asomaran a Las Urracas.

La casa dormía. Las baldosas del suelo amortiguaron mis pasos cuando atravesé el vestíbulo. Mi plan era subir a mi habitación, darme un baño rápido y cambiarme de ropa antes de bajar a desayunar. Ya estaba en las escaleras negras cuando oí un murmullo que venía de la cocina.

—*One for sorrow...*

Alguien tarareaba en la cocina. Hacía años desde la última vez en que escuché la cancioncilla de cuna sobre las urracas. No reconocí la voz, pero entonces recordé todas esas veces en las que no había reconocido la voz —o la risa— de mi hermana pequeña. Verónica, como una urraca, había aprendido palabras, canciones y hasta a imitar la risa de nuestra madre.

—¿Hola? —pregunté, sintiéndome estúpida sin poder evitarlo.

Me asomé a la puerta de la cocina, casi convencida de que al mirar volvería a ver a aquella urraca solitaria que robaba las cuentas de nácar que salían inexplicablemente del grifo. Pero no.

Verónica e Inocencio estaban de pie frente al fregadero doble de mármol terminando de limpiar los vasos del día anterior.

—No sabía que estuvierais aquí —fue todo lo que se me ocurrió decir—. ¿Qué se supone que estáis haciendo, por cierto?

—Limpiamos los vasos y las jarras para la comida de hoy. El día será más corto, pero las mujeres necesitarán beber igualmente —respondió Verónica sin mirarme—. Inocencio me ayuda. Sabe lavar y secar los platos porque su hermana Jimena le deja pasar el rato con las chicas que trabajan en la casa de los Izquierdo, así no está por ahí «haciendo cosas peores con los hombres».

Si no hubiera estado a cinco metros de ella, habría jurado que quien hablaba era Jimena Izquierdo.

—Deja los vasos, no quiero que os cortéis o algo peor —respondí, todavía con una sensación incómoda corriendo bajo la piel—. Necesitamos todas las manos posibles para ayudar en la vendimia.

Verónica se volvió despacio hacia mí. Su ojo blanco destacaba en la penumbra de la cocina.

—Yo no me cortaré, lo juro.

Pero justo en ese momento, el vaso que tenía en la mano

resbaló entre sus dedos húmedos y cayó al suelo con un crujido, rompiéndose en un millón de cristales que salieron volando en todas direcciones. Di un paso hacia atrás para evitar la ola de astillas transparentes, pero supe que no había sido lo suficientemente rápida cuando sentí los mordiscos afilados del cristal en mis pies descalzos.

—Ahh... —masculle.

Miré hacia abajo, aún estaba oscuro pero intuí la sangre caliente haciéndome cosquillas entre los dedos.

—Qué curioso, algo que hace un segundo estaba unido ahora es un montón de pedacitos rotos que causan dolor —dijo Verónica con su voz habitual—. Estás descalza, será mejor que te sientes antes de que te hagas más daño.

La luz del amanecer empezaba a entrar por una de las ventanas sobre el fregadero. Aparté una de las sillas de alrededor de la mesa y me senté.

—¿Tú te has cortado? —le pregunté, subiendo los pies a la silla para ver las heridas.

Pero Verónica me miró como si acabara de decir una locura.

—No. Ya te he dicho que yo no me cortaría —respondió sin más—. Iré a buscar la escoba, necesitamos todas las manos y los pies posibles para ayudar en la vendimia.

Verónica se acercó a la gran despensa lateral para coger la escoba caminando entre los cristales rotos sin que ni uno solo de ellos crujiera bajo sus pies. La seguí con la mirada, pero entonces reparé en algo que había sobre la mesa de comedor. Alargué la mano y cogí una de las cajitas de tabaco que se amontonaban junto a las jarras de limonada todavía pegajosas. La abrí despacio. Dentro había pedazos de alguna fruta, algodones empapados que desprendían un olor dulzón y pasado.

—¿Qué es esto? —pregunté, todavía mirando la cajita de cartón en mi mano—. Verónica, ¿de dónde ha salido esto? ¿Lo has encontrado entre las viñas?

—No. Las ha traído Inocencio.

Miré al muchacho, tendría aproximadamente la misma edad que Verónica, pero era ya una cabeza más alto que ella.

—¿Tú lo has traído? ¿Sabes lo que es? —Me levanté de un salto y cubrí la distancia hasta él sin importarme los cristales que crujían bajo mis pies—. Estas son las mismas trampas que han atraído a las langostas hasta nuestras viñas. ¿De dónde las has sacado?

Pero Inocencio no respondió. Sus grandes ojos negros me miraban asustados, casi temiendo que fuera a golpearle. Reconocí esa mirada porque la había visto muchas veces en el espejo. Igual que yo, Inocencio Izquierdo no era ajeno a la violencia: ni a la que corría por sus venas ni a la que vivía en su misma casa.

—Inocencio las encontró ayer, en uno de los cuartitos que utilizan en su casa para dejar la ropa sucia hasta que las muchachas la lavan —respondió Verónica, ahora de pie a nuestro lado—. Él no ha hecho nada. Encontró una caja de botellas de vino llena de esas cajetillas y algunos frascos de cristal con agujeros en la tapa. Le pareció especial, así que cogió un par de cada para enseñármelos.

—¿No lo has hecho tú? —pregunté, mucho más suave ahora. Él negó despacio con la cabeza—. Disculpa. No era mi intención culparte por algo que no has hecho. Perdóname.

—Los agujeros en las tapas de los botes son para que lo que guardas dentro no se asfixie —dijo Verónica con tranquilidad—. Si metes algo vivo dentro de un frasco de cristal para retenerlo, necesitas hacerle agujeros con un sacacorchos en la tapa para que pueda respirar. De lo contrario se ahogará.

—Las langostas... —murmuré—. En estos botes de cristal guardaban las langostas que soltaron en nuestras tierras para atraer a las demás hasta nuestras cepas. ¿Sabes quién ha rellenado las trampas con manzana? ¿Quién guardaba langostas en estos frascos? Es Rafael, ¿verdad?

Inocencio asintió despacio, pero no respondió.

—Hay demonios que no nos abandonan jamás —dijo Verónica—. Y tu demonio particular pronto se aparecerá en el cruce de caminos para reclamarte algo que amas.

LA ESTACIÓN DE TREN

Una semana después de recoger la última uva de Las Urracas, nuestra cosecha fermentaba a salvo en las enormes tolvas de la bodega. Las mujeres que habían trabajado en nuestra vendimia se habían ido definitivamente, de vuelta a sus vidas invisibles. Aunque algunas habían jurado que intentarían convencer a sus maridos, hijos o hermanos para que trabajaran en la vendimia de Las Urracas el año próximo.

«Solo hace falta que un puñado de hombres del pueblo se anime a darle la espalda al Alcalde, en público y delante de todo el mundo, claro, para que los demás les sigan», había dicho una de las mujeres a modo de despedida. «Yo por mi parte, me arrepiento de haberlas juzgado tan mal a usted y a sus hermanas. Puede que estén endemoniadas, que las tres sean zurdas y tengan el pelo rojo, pero vaya si pagan y cumplen con lo prometido. Más que ningún hombre de los que he conocido.»

No volvimos a encontrar una sola langosta en nuestra propiedad. Aunque dos días después de espantarlas con las trampas de humo, Teresa leyó en el periódico que una nube de langostas salida de la nada, había devorado los campos de hortalizas que crecían al norte del valle.

Habíamos solicitado formalmente la instalación del tendido eléctrico en toda la finca. Por supuesto, a finales de esa misma semana supimos que nuestra solicitud se había perdido misteriosamente al llegar a Logroño.

«Tú también libras una guerra aquí, en este pueblo; cada día», había dicho Miguel.

Iba a visitarle por las noches, cuando mis hermanas dormían. Salía al mar de viñedos en tinieblas y caminaba hasta el final de la finca, a la casita donde empezó todo. Desde la única ventana que había en la antigua casa de los Izquierdo veía el amanecer sobre la fachada trasera de Las Urracas; el sol de otoño iluminando poco a poco los viñedos.

Aprendí muchas cosas sobre nuestro silencioso guardés en aquellas visitas a medianoche. Miguel —que desde luego no se llamaba así en absoluto— sufría «el mal del soldado». Un trastorno que a menudo experimentaban los hombres que regresaban de una guerra: pesadillas, alucinaciones que parecen reales y voces de personas muertas susurrando en su oído. «Definitivamente tú también estás algo endemoniado», le había dicho una noche entre besos. Aprendí que a él no le importaba la relación de Teresa y Gabriela, ni las palabras inexplicables de Verónica, o las abejas que a menudo la seguían a todas partes. No le importaban ninguna de aquellas cosas que durante años nos habían apartado del mundo, porque él tampoco encajaba del todo en el universo que existía fuera de la tierra agrietada de Las Urracas.

Esas noches también descubrí que Miguel hablaba un idioma extraño, repleto de consonantes y palabras misteriosas. Lo descubrí al escucharle murmurar entre sueños en una de las pocas horas que dormía. No me contó qué le había pasado en la pierna, pero las cicatrices en su piel eran irregulares, y todavía no tenían el color blanquecino que toman las cicatrices después de pasar años dibujadas en nuestra piel. Supuse que la herida de su pierna sería de la época de la guerra, o de poco tiempo después. Yo tampoco le hablé sobre las marcas pequeñas alargadas de mis rodillas.

En esa semana extraña y lenta, mientras el vino empezaba

a envejecer en nuestras barricas, tuve que ir a San Dionisio la tarde en que Verónica no regresó a su hora de su paseo con Inocencio Izquierdo.

Teresa les había dado permiso para pasear por el pueblo hasta las siete, pero «ni un minuto más». A las siete y veinte de aquella tarde no tuve más remedio que aporrear la puerta de la casa-torre de los Izquierdo.

—Verónica, ¿dónde está? —fue todo lo que dije cuando la puerta se abrió por fin y Marcial apareció en el vano—. Más te vale que esté bien.

No había visto a Marcial Izquierdo desde la tarde en que él y Jimena vinieron a Las Urracas para decirnos que el tren pararía por fin en San Dionisio. Al verle, ahora, con los ojos hundidos y más delgado dentro de su ropa elegante, me pareció que había envejecido diez años de golpe.

—Descuida, mujer. Tu hermana está perfectamente. Inocencio le estaba enseñando la biblioteca, se les habrá pasado la hora, nada más —respondió con poca paciencia.

—¡Verónica! —la llamé, deseando marcharme cuanto antes de allí.

No quería seguir viendo esa puerta con sus grandes clavos falsos de hierro forjado. Tuve que contener la tentación de mirarme las palmas de las manos para estar segura de que no tenía el rosetón de los clavos marcado en la piel como la tarde en que encontramos a Vinicio.

Por fin Verónica apareció en el vestíbulo de la casa. Nada más verla supe que algo iba mal.

—¿Estás bien, pequeña?

—Alguien grita. Alguien grita en esta casa, tan alto y tan fuerte que no podía leer los títulos de los libros —respondió ella, apresurándose por salir de la casa y volver a mi lado—. Quiero marcharme ya. También hay demonios en esta casa, he oído cómo susurran a través de las paredes. Gritan.

La miré un momento intentando comprender lo que quería decir, pero ella solo miraba la gran casa delante de nosotras.

—Será mejor que te la lleves ya, solo nos faltaba que alguien la escuchara hablar de demonios en nuestra casa. Además, apuesto a que tiene que tomarse su medicina para la cabeza —dijo Marcial con sorna—. Aunque creo que deberíais subirle la dosis, no parece que le haga demasiado efecto.

—No lo sé, Marcial, puede que nuestra hermana no vaya tan desencaminada al hablar de demonios en tu casa —respondí con una sonrisa torcida—. Después de todo, eres el dueño de una tierra quemada que no produce nada y estás levantando una bodega en la que este año no elaborarás una sola botella de vino. Puede que tú también estés endemoniado: no consigues cosechar, no puedes hacer vino, no logras tener más hijos... Se me ocurre que tú también tienes un demonio dentro, Marcial.

—Ya tienes tu tren. Has ganado —dijo con brusquedad—. Las obras para la estación de San Dionisio empezaron hace dos semanas y dicen que has conseguido vendimiar con la ayuda de algunas mujeres del pueblo. Ya lo tienes todo, ¿qué más quieres de nosotros?

—Quiero poder llevar mi negocio en paz, dejar de tropezar con vuestra peste a cada paso. ¿Langostas? Hay que estar muy desesperado para llevar langostas a la finca de otros —recordé con repugnancia—. Pero tampoco es que espere mucho más de una familia que esconde a un asesino.

—No lo escondemos. Es solo que, de momento, Rafael vive en nuestra casa y hace su vida normal aquí, en San Dionisio. El pobre no tiene más remedio que vivir con nosotros desde que tú y tus hermanas le echasteis de su verdadero hogar.

Me reí con amargura.

—Sí, ya me han contado que mi antiguo hermanito se pasea por este pueblo como si ya fuera el Alcalde. Dándose importancia y ocupándose de los asuntos de la cooperativa de vinos mientras Vinicio se pudre bajo tierra.

Oí un chasquido en el aire y unos segundos después las farolas de la plaza se encendieron al mismo tiempo. La luz pálida de las bombillas se coló por la puerta entreabierta de la casa de los Izquierdo, iluminando el vestíbulo y marcando aún más las ojeras de Marcial.

—Como si te importara algo ese francesito muerto. Dicen que el cojo y tú os entendéis muy bien —respondió él—. Tanto pelear y pelear contra Rafael, ¿y para qué? Para después acabar encamándote con el primero que llamó a tu puerta. Menudo ejemplo les das a tus hermanas, y al resto de muchachas de este valle, que se fijan en ti y te tienen en un pedestal. Esto es lo que pasa siempre que una mujer tiene algo de poder: que lo malgasta en tonterías y enamoramientos. Mejor así, que lo vayan viendo desde ya, antes de que se les ocurran ideas raras.

Iba a decir algo, pero Verónica me apretó la tela de mi falda con la mano, retorciéndola, ajena por completo a nuestra discusión. Noté que miraba asustada las diminutas ventanas en el último piso de la casa-torre.

—Sí, ya nos vamos, pequeña. —Después me volví hacia él y añadí—: Mucha suerte con tu bodega y con tu vino, Marcial. Te hará falta.

Nos dimos la vuelta juntas y ya nos habíamos apartado unos pasos de su puerta cuando Marcial dijo:

—Gracias por preocuparte tanto por mis asuntos, pero tengo una cosecha secreta envejeciendo en mi propia cueva. Y será más valiosa que nada de lo que hay en esta tierra. Será mi legado.

Le miré un momento con curiosidad, pero Verónica seguía retorciendo mi falda, como hacen los niños asustados con las mantas de su cama durante una tormenta.

A medida que nos íbamos alejando de la casa-torre de los Izquierdo, volví a sentir que alguien nos observaba, igual que la última vez. Cuando por fin llegamos a la mitad de la plaza bien iluminada, miré a las diminutas ventanas del último piso. Una sombra oscura se movió detrás de los cristales.

Después de su visita a la casa-torre de los Izquierdo, Verónica no habló durante dos días seguidos. Pensé que tal vez estaría disgustada conmigo por la forma en que me presenté a buscarla: como si ella fuera una niña pequeña que se había portado mal al desobedecer mis órdenes. Pero enseguida noté que no estaba enfadada ni con Teresa ni conmigo.

La noche siguiente, cuando bajaba las escaleras para reunirme con Miguel en la casita al final de la finca, encontré a Verónica en el vestíbulo de la casa principal. Estaba sola, en camisón y con el pelo suelto. La puerta doble estaba abierta de par en par, igual que si estuviera esperando a alguien que se acercaba por el camino de tierra.

—Ya viene —dijo sin volverse para mirarme.

Me asomé al pórtico pero no vi a nadie, solo la noche que se extendía hasta el horizonte. Cerré la puerta, asegurándome de echar bien la llave, y acompañé a Verónica otra vez hasta su habitación decorada con grandes palmeras y un eterno cielo azul.

—Te prometo que alguien gritaba. Oí su voz a través de los muros de la casa de los Izquierdo, se filtraba como el agua de lluvia al desván antes de reparar el tejado —me dijo desde la cama—. Lo malo de estar loca es que nadie te cree.

Salí de su dormitorio cerrando la puerta detrás de mí.

«Si estás cuerda tampoco te creen», pensé mientras me alejaba por el pasillo retorcido. Pero después, mientras caminaba entre las hileras de viñas atravesando la finca a oscuras, no podía dejar de pensar en sus palabras. Algo en la casa de los Izquierdo la había perturbado como hacía años que no le sucedía. No desde que nuestra madre salió de su tumba.

Esa misma noche le conté a Miguel lo que sucedía. No quería alarmar a Teresa, pero me preocupaba que Verónica volviera a ese estado medio comatoso en el que no hablaba y dormía durante todo el día para vagar en sueños por la finca.

—Tengo una idea. Puede que no sirva para curar definitivamente a tu hermana, pero seguro que la ayuda a sentirse más fuerte —dijo en voz baja mientras sus dedos se enredaban en mi pelo esparcido sobre la almohada—. Como si fuera un amuleto. Algo para que cuando lo mire, le recuerde que está a salvo en esta casa.

Me fijé en la manera en que la luz de la luna recortaba los rasgos de ese hombre tumbado a mi lado: su nariz pronunciada, el arco de sus cejas o sus labios.

—Siempre tan misterioso —murmuré con una pequeña sonrisa—. Algún día averiguaré lo que escondes de verdad.

—Espero que no. Ese día puede que yo deje de interesarte.

Me quedé despierta hasta mucho después de que Miguel se hubiera dormido, sentía su cuerpo tibio a mi lado y su respiración suave me acariciaba la cara. No podía dormir pensando en lo bueno que sería para Verónica —y para todos— tener un amuleto capaz de ahuyentar a los demonios.

Miguel no regresó a Las Urracas hasta la tarde siguiente. Se marchó de la casita al final de la finca antes del amanecer, sin despertarme. Cuando abrí los ojos el sol ya entraba por la única ventanita en la pared y la única respuesta que encontré fue una nota sobre la almohada escrita con letra pulcra y clara:

No contrates a otro guardés, volveré antes de que anochezca.

Me reí, sola en la casita, y guardé la nota en el bolsillo de mi vestido.

Las sombras sobre la tierra se volvieron alargadas cuando Miguel apareció en el camino de entrada de la casa.

—Si se te ocurre volver a largarte así te aseguro que buscaré otro capataz para la finca —le dije a modo de saludo, pero enseguida una sonrisa traicionera me delató—. ¿Dónde estabas?

Me fijé en que llevaba algo en la mano. Era uno de los sacos de azúcar que las mujeres que trabajaron en la vendimia habían dejado olvidados en la despensa de la casa.

—Nuestro amuleto —fue todo lo que dijo.

Miguel pasó a mi lado y, solo cuando vio que no había nadie que pudiera verle, me dio un beso en los labios. Noté ese sabor a salitre que le seguía a todas partes y algo más, algo nuevo.

—¿Qué hay en la bolsa? —pregunté, todavía muy cerca de él.

Despacio, Miguel sacó una cajita metálica de jabón y abrió la tapa. Dentro vi algo que me parecieron hebras blancas algodonosas.

—Son semillas —dije, sorprendida—. ¿Has estado todo el día fuera para traernos semillas?

Intenté contener una sonrisa pero fracasé miserablemente.

—Semillas, y también esto.

Miguel sacó una extraña flor de la bolsa. Era redonda, con hojas retorcidas alrededor, y tan grande como una fuente de porcelana para doce personas. Y era del mismo color dorado brillante que el sol del verano.

—Es una de esas flores mágicas de las que me hablaste. Una *eguzkilore* —repetí lo mejor que pude—. ¿Has ido hasta las montañas para traérnosla?

—No he tenido que ir tan lejos —admitió él, con una media sonrisa—. Pondremos esta en la puerta principal de la casa y después esparciremos las semillas en el campo que hay al otro lado del río para que crezcan el año próximo. ¿Te parece bien? Así tu hermana, o cualquiera de los que vivimos en estas tierras, sabremos que estamos a salvo.

Miré la enorme flor dorada en su mano un momento y después le miré a él: ese hombre lleno de secretos y de cicatrices que prácticamente se había materializado en nuestra puerta, pero que era capaz de caminar un día entero para traernos una flor mágica.

—Me parece perfecto —respondí.

Clavamos la flor del sol en la puerta principal de Las Urracas antes del atardecer.

—Durará muchos meses en vuestra puerta —dijo él, con el martillo en la mano—. Para cuando haya que cambiarla ya habrán florecido las demás.

—Me gustan las historias. Cuéntame otra vez cómo una flor puede espantar a los demonios —le pedí.

Miguel me dedicó una sonrisa rápida.

—Hace mucho tiempo, los humanos tenían miedo de los demonios y los monstruos que caminaban a sus anchas por el mundo al caer la noche, así que le pidieron ayuda a la Tierra —empezó a decir, igual que quien cuenta un cuento de hadas—. Y la Tierra creó la *eguzkilore*. Una flor tan hermosa y brillante que, al verla, los demonios de la noche creerían que era el mismísimo sol y tendrían que volver a esconderse en sus agujeros. Los humanos colgaron la Flor del Sol en las puertas de sus casas para protegerse del rayo, el trueno, la tempestad; y para ahuyentar a los monstruos y demonios que todavía rondan el mundo por las noches.

Le di la mano sin dejar de mirar el amuleto en nuestra puerta.

—Deberíamos ir al campo que hay al otro lado del río aprovechando la brisa de la tarde —dijo, apretándome la mano un instante—. Así las semillas podrán volar y extenderse por la tierra.

Le seguí hasta el extremo de la finca. La orilla en esa zona era resbaladiza y me mojé el bajo de la falda al cruzar el río, pero me dio igual. Al otro lado empezaba la tierra robada de Diana la vinatera. Desde donde estábamos se distinguía lo que aún quedaba en pie de su casucha y la silueta de las viñas donde la enterramos.

—Este es un buen lugar. Necesitan sol y tranquilidad para crecer —dijo él, sacando la cajita de jabón del bolsillo—. ¿Quieres hacer los honores?

Con cuidado, saqué algunas hebras suaves y algodonosas de la cajita. Las coloqué sobre la palma abierta de mi mano. El viento de la tarde me removió el pelo y se llevó las semillas volando, para repartirlas por la tierra.

El otoño de aquel año se fue poco a poco, despidiéndose de Las Urracas y de todo lo demás apenas un suspiro cada día. Las hojas en las viñas cambiaron de color hasta que por fin cayeron al suelo, la lluvia se fue volviendo más fría y los días más cortos y oscuros. La luz eléctrica no había llegado hasta nuestras tierras, así que los quinqués, los faroles de queroseno y los apliques de gas ciudad en las paredes volvieron a iluminar la casa en aquellos días cercanos al invierno.

Hicimos el primer trasiego una noche con la luna en cuarto menguante, a la luz de las velas para que el vino no se volviera turbio. Esa misma madrugada, después de dejar las barricas de roble americano en las galerías de la bodega, oí la campana del patio trasero sonando con el viento helado. Me acerqué a la ventana de la casita al final de la finca para mirar y, por un momento, casi distinguí la silueta de Diana la vinatera, de pie junto a la campana con su pelo suelto en la noche.

Las obras para la estación de tren de San Dionisio avanzaban mejor de lo previsto —eso era al menos lo que se murmuraba en el pueblo— y Marcial Izquierdo parecía estar recuperando parte del favor de nuestros vecinos —y de los demás bodegueros del valle— gracias a nuestra idea, la de Vinicio, en realidad.

No habían detenido a nadie por su asesinato. Hubo un par de sospechosos interrogados por los guardias en Logroño y otro en Laguardia, pero ninguno fue acusado oficialmente. Denise nos contó en una de sus cartas que las autoridades francesas pensaban que el asesino de Vinicio había huido de nuestro valle después del crimen: «Parece que en Francia les importa tanto como a vuestros guardias lo que le sucedió a mi hermano. Espero que tengamos algo de paz después del Año Nuevo». A pesar de eso, un ramillete de campanillas azules seguía apareciendo en los pilares de piedra de Las Urracas sin falta cada mes. Los pétalos delicados duraban solo hasta la primera ráfaga de viento, después se extendían por el camino de tierra que llevaba hasta la casa principal como una alfombra. Ninguna de nosotras sabía quién dejaba las flores para Vinicio.

Cuando faltaban apenas diez días para Nochebuena, el primer tren, que cubría la ruta entre Haro y Bilbao, paró por fin en el apeadero de San Dionisio.

Casi todo el mundo en el pueblo asistió a la inauguración de la pequeña estación construida a menos de diez minutos caminando desde la última casa de San Dionisio. Además de los vecinos, banqueros, empresarios y también algunos de los hombres del gobierno en Logroño se acercaron para asistir a la ceremonia.

La estación era apenas una plataforma levantada al final del camino que salía del pueblo, con las vías relucientes a un lado y las obras para terminar la estación al otro. Podías salir de San Dionisio en tren, pero aún no podías llegar en él.

—Esperaba que fuera... no sé, más grande —dijo Teresa sin ocultar su decepción—. Normal que lo hayan construido tan deprisa. No es más que una plataforma con un techado y dos bancos para esperar.

—Y no te olvides del maravilloso reloj —añadí entre risas, señalando el gran reloj que colgaba bajo la cubierta—. Pero no importa que la estación sea pequeña, ahora podremos enviar y recibir nuestras mercancías hasta casi cualquier lugar del país o del extranjero. Mucho más rápido y barato. Se acabó depender de coches, carros y caballos.

—El progreso ha llegado por fin a este rincón del mundo, a pesar de lo mucho que algunos han intentado frenarlo.

Marcial Izquierdo estaba en el otro extremo del andén atestado de gente, charlando con el notario y con otro hombre al que no reconocí. Había muchas voces en la estación y desde donde estábamos no podía escuchar su conversación, pero me pareció que don Mariano estaba incómodo y sudaba a pesar del frío porque se limpiaba la frente cada poco tiempo con su pañuelo.

—Sí, supongo que el progreso y el tren ya han llegado. Ahora solo hace falta que arreglen el camino de cabras que lleva hasta el pueblo para que nuestras botellas no vayan dando tumbos todo el camino hasta aquí —murmuré.

Teresa sonrió debajo del velito de su sombrero de tarde. Siempre que íbamos al pueblo Teresa se arreglaba igual que si fuera a almorzar con la reina. Se ponía un elegante vestido de tarde, un par de sus muchos guantes de piel fina, y escondía su pelo, aún demasiado corto —que yo sospechaba que ella misma se cortaba a escondidas porque había empezado a gustarle—, debajo de un bonito tocado de fieltro o terciopelo a juego del vestido.

«Me han obligado a vivir demasiado tiempo como si fuera una sombra de mí misma, despojada de cualquier rastro de feminidad. Me obligaron a pasar más de cuatro años vestida de hombre solo para castigarme.»

—Estás muy guapa, hermana —le dije a Teresa, casi adivinando sus pensamientos.

—Lo sé. Me temo que ya he tenido que romperle el corazón al hermano de un banquero de Laguardia. Estaba a punto de ir a buscarte para pedirte mi mano.

Me reí, y un momento después Teresa se unió a mi risa.

Yo también me había puesto el vestido más elegante que tenía en el gran armario de mi habitación para asistir a la inauguración. No había olvidado la impresión que les causé a los dos guardias de la prisión de mujeres la tarde en que fui de visita con el tarro de miel envenenada. Desde aquel día, y siempre que no tuviera que ocuparme de tareas en la bodega, me arreglaba para causar esa mezcla de admiración y temor que había visto en los ojos de aquellos dos guardias.

—Todo el mundo está aquí; incluso gente de la capital. Esos dos hombres con traje de ciudad y sombrero que hablan con Jimena Izquierdo son los hombres fuertes del gobierno en Logroño —susurró Teresa, señalando con la cabeza disimuladamente a Jimena y a los dos hombres que charlaban con ella—. Dicen por ahí que en la capital casi nadie apoya ya a Marcial porque creen que está demasiado anclado en el pasado. Ha perdido mucho poder en el valle en los últimos años. Ya sabes, con los nuevos tiempos los que mandan buscan lo mismo, pero con una cara más amable y moderna.

—¿La cara de Jimena Izquierdo por ejemplo? —sugerí.

Teresa arrugó la nariz debajo del velo.

—Desde luego tiene los contactos y el talento necesarios para ser cacique, pero no creo que consiguiera convencerles si algún día llega el caso —respondió—. Aunque Marcial esté perdiendo su favor, mientras haya candidatos varones para ocupar su puesto, el nuevo cacique será un hombre.

Jimena se rio con amabilidad, y sin molestar demasiado, de alguna ocurrencia de uno de los hombres con traje gris de rayas. Por la manera en la que miraban a Jimena, me pareció que esos dos hombres veían más allá de su vestido azul medianoche de raso y su tocado de terciopelo con plumas.

—Puede que no consiga convencerlos, pero definitivamente esos dos saben bien quién mueve los hilos invisibles en San Dionisio —dije, mirando a Jimena un momento más.

—Olvidémonos de la reina de San Dionisio un rato. Además, si nuestras bodegas y nuestra marca siguen creciendo y haciéndose más famosas cada año, pronto tú serás la reina de San Dionisio —me dijo Teresa con una media sonrisa—. La viuda de Sarmiento también ha venido, con sus dos hijos. Deberías hablar con ella después para darle las gracias por su apoyo. Y asegúrate de que te vea todo el mundo.

Puse los ojos en blanco, pero Teresa añadió:

—El fotógrafo ya está aquí, por cierto. Le he visto hace

un rato tomando una fotografía de los inversores que han puesto el dinero para la estación.

Justo en ese momento vi un destello blanco brillante con el rabillo del ojo, y el aire de invierno se llenó de olor a polvo de magnesio durante un momento.

—Voy a buscar a Gabriela para la fotografía de familia —añadió con un brillo en los ojos que no estaba ahí un segundo antes—. En cuanto llegue nuestro vagón especial pienso chantajear al fotógrafo si es necesario para que nos haga una fotografía a todos juntos. Sí, a todos.

Teresa se perdió entre la gente, pero vi la sonrisa en sus labios antes de desaparecer. «A todos.» Se refería a Miguel, claro.

Estaba de pie bajo el tejadillo de la estación, junto al único pilar, para refugiarme del viento gélido que se colaba entre las capas de mi vestido de color azul hielo. Busqué a Miguel con la mirada, pero a pesar de que era más alto y corpulento que el resto de los hombres del pueblo, tardé un momento en localizarle. Me sonrió entre la gente justo cuando dos vecinos pasaron a mi lado y me saludaron.

—Buenas tardes, doña Gloria —dijo uno de ellos, quitándose su sombrero de domingo para hablar conmigo—. En casa sabemos que tiene usted mucho que ver con que tengamos tren en el pueblo. Nuestras mujeres trabajaron en su finca durante la vendimia y les han ayudado con las cosas de la bodega después. Dice que son buenas patronas y pagan bien. Queríamos saber, si bueno... si tendría sitio para nosotros en la cosecha del próximo año.

—O para otros trabajos que necesiten en sus tierras. No nos importa trabajar a las órdenes del forastero —añadió el otro hombre, un vecino de ojillos pequeños que hacía un año no me daba ni los buenos días—. Verá usted, resulta que las obras de la bodega de los Izquierdo van para largo y hay quien dice que ya se han gastado todo el presupuesto y más.

—Seguro que podemos encontrarles un trabajo en Las Urracas, señores —respondí, con el mismo tono distante que tanto había odiado en Jimena Izquierdo—. Pero las mujeres que nos ayudaron este año tienen prioridad. Si después de ellas todavía hay trabajo para más manos, serán bienvenidos. Pueden decírselo también a los demás hombres del pueblo.

No les gustó mi respuesta, no esperaban escuchar que estaban por detrás de sus esposas en la lista de trabajadores para el año próximo. Lo supe por la forma en la que me miraron: con la misma mezcla de ultraje y rencor que había visto muchas veces en los ojos de Marcial —y también en otros hombres— cuando descubrían que no tenían más remedio que aceptar mis condiciones.

—Muchas gracias, doña Gloria —dijo el primero, y se llevó al otro tirando de él para que no se le ocurriera decir nada que empeorase las cosas.

—¿Haciendo nuevos amigos? —preguntó Miguel cuando llegó a mi lado.

Los dos hombres se mezclaron entre los demás vecinos, pero el de los ojillos resentidos aún se volvió una vez más para mirarme.

—Hace dos años, cualquiera de esos dos hombres que acaban de pedirme trabajo me hubiera escupido por atreverme a poner un pie en su amada cooperativa de vinos en el ayuntamiento de San Dionisio. Sospecho que al menos uno de ellos aún lo haría si pudiera —respondí—. Pero ahora se quitan el sombrero para dirigirse a mí y me llaman «doña Gloria».

Una diminuta sonrisa cruzó los labios de Miguel.

—El equilibrio de poderes cambia. Tú y tus hermanas sois más poderosas cada día, hasta esos dos pueden darse cuenta de lo que pasa —dijo—. He visto a Marcial Izquierdo con un hombre más joven. Tiene los mismos ojos de zorro que él.

—Rafael.

La palabra salió de mis labios igual que si tuviera vida propia y se hubiera escapado. Hacía meses que no decía su nombre en voz alta, no desde la tarde en que nos trajeron lo que quedaba del cuerpo de Vinicio.

—Imaginaba que estaría aquí. Es su maldito gran día —añadí entre dientes—. Los banqueros más importantes y los hombres del gobierno están aquí. Lo más seguro es que Marcial esté preparando el terreno para que le nombren nuevo cacique de San Dionisio pronto. Así mantendrán el poder en la familia, aunque Marcial esté acabado.

Igual que si fuera uno de esos demonios de los cuentos infantiles que aparece solo con pronunciar su nombre, Rafael se cruzó en mi mirada. Su pelo claro estaba más largo de lo que recordaba, peinado hacia atrás con pomada como si fuera uno de los hombres del gobierno. Llevaba puesto un traje de color gris piedra con una camisa blanca. Al verle ahora, después de tantos meses y de tanto rencor acumulado, me pareció que él seguía siendo el mismo hermano resentido y mentiroso con el que había compartido la cama. Nada había cambiado en él, tan solo la ropa.

—¿Estás bien? —Miguel me rozó la mano con disimulo.

Todavía tardé un segundo más en responder.

—Sí. Es solo que pensé que él también habría cambiado en este tiempo. Qué tontería —admití—. Y yo esperaba no odiarle igual que el día en que se marchó de Las Urracas, pero eso tampoco ha cambiado.

Sentí los ojos azules de mi antiguo hermano clavados en nosotros a través de la multitud que esperaba el tren.

—No tendrás que verle mucho más tiempo, desde aquí puedo ver la nube de la locomotora acercándose a la estación.

—Iré a buscar a Verónica para la fotografía. Hace un rato que no la veo.

Pero Miguel me detuvo.

—Yo lo haré.

Y se alejó de mí antes de que pudiera detenerle.

El murmullo de voces creció a mi alrededor, ellos también veían el tren acercándose por las vías.

—Hola, hermanita. He tenido que esperar a que tu perro faldero se marche para poder acercarme a saludarte.

Rafael estaba de pie a mi lado, con la misma sonrisa afilada que solía poner justo después de contarme alguna mentira.

—Veo que has salido reptando de la casa de tu papaíto para venir hoy. Supongo que no podías perderte tu gran día,

con los hombres del gobierno y todos los demás dándote pal-
maditas en la espalda como si algo de esto fuera mérito tuyo
—respondí, saboreando el desprecio en cada una de las palabras.

—Sí, he venido hoy, pero no por lo que tú crees —dijo,
con ese tono que siempre usaba para darse importancia.

—Veo que sigues siendo el mismo parásito asqueroso de
siempre, solo que ahora vistes mejor.

Al contrario de lo que pensaba, Rafael se rio en voz baja.

—Dios. Cómo te he añorado, Gloria —dijo, demasiado
cerca de mi oído—. Estás preciosa. No sé si es el dinero, la
viudedad prematura o el poder, pero estás más guapa que
nunca.

Dio un paso más, tan cerca ahora que la falda de mi vestido rozó sus pantalones.

—Y qué bien hueles. Desde luego no queda nada en ti de
esa niña despeinada y vulgar que parecía condenada a una
vida de miseria y servicio —añadió—. Todavía pienso en ti,
cada día...

Me reí de él. No con una risa baja y discreta, no. Me reí
tan alto que algunas personas que charlaban cerca de nosotros se volvieron para mirarme.

—Oh, Rafael. Ten cuidado, no te vayas a caer a las vías
justo ahora que llega el tren. Sería una lástima —dije, todavía
con una sonrisa.

Ahora sí, sus ojos se encendieron. La misma mirada de
violencia latente y orgullo herido que había visto en los dos
hombres que se habían acercado antes para pedirme trabajo.
La mirada que gritaba: «¿Cómo te atreves? Tú. Mujer».

—Ten cuidado, hermanita. Pronto desearás haber sido
más amable conmigo, sobre todo cuando escuches lo que tengo que decirte. Mejor no digas algo que puedas lamentar después.

Sentí como el suelo del andén temblaba bajo mis botines,
el tren estaba cerca.

—Sé bien que le mataste tú. A Vinicio. Y si ahora mismo
pudiera acabar con tu existencia sin que ese acto tuviera con-

secuencias para mí o para mis hermanas, lo haría sin pestañear. —Tragué saliva para intentar deshacer el nudo de espinas al final de mi garganta y añadí—: Ojalá te hubiera matado aquella tarde, Rafael, en el lago de La Misericordia. Lamentaré cada día de mi vida no haber tenido el valor de golpearte otra vez mientras estabas en el suelo, hasta que tu sangre hubiera empapado las piedras de la orilla. Eso es lo que lamento.

—Siempre fuiste una desagradecida, Gloria. Yo te salvé la vida en ese mismo lago mientras perseguías el diario de nuestra madre, y tú lamentas no haber acabado con la mía. Qué ironía.

Ahora el tren estaba tan cerca que el sonido de las ruedas rozando las vías llenó mis oídos. Una idea creció en mi mente por encima del ruido del tren acercándose.

—¿Cómo lo sabes? —pregunté en voz baja, pero entonces grité—. ¿Cómo lo sabes? Tú no estabas allí. Siempre me has contado que llegaste al lago por casualidad, buscándome, después de que yo me cayera intentando alcanzar el diario en el hielo...

Rafael no respondió, pero no hizo falta, le conocía demasiado bien.

—Tú lo pusiste allí —añadí, sin dejar de mirarlo—. Colocaste el diario de nuestra madre sobre el hielo del lago sabiendo que yo intentaría cogerlo. Tu intención era que me cayera al agua helada; querías matarme.

—¡No! Yo quería salvarte, Gloria. Por eso mismo esperé oculto detrás del camino hasta que el hielo se rompió y tú caíste al agua; porque quería salvarte, para que te dieras cuenta de lo mucho que te quería, de lo mucho que me necesitabas.

Intentó cogerme de la mano pero le di un manotazo para que no me tocara.

—Y eso te sirvió para que yo te estuviera agradecida, siempre en deuda contigo por haberme salvado del agua helada. Mi hermano mayor.

Mientras hablaba vi la locomotora entrando en la estación y llenando el aire de humo blanco.

—Yo soy mucho más que tu hermano mayor, Gloria. Admítelo ya y podremos solucionar esto —me pidió, casi como si realmente esperase que algo así pudiera suceder—. Las cosas van a volver a la normalidad muy pronto y entonces tú serás la que me suplique a mí para regresar a mi lado.

Me reí. Reconocí el tocado de Teresa entre la gente que se acercaba al tren e intuí a Miguel buscándome con la mirada. Estaba a punto de marcharme para ver nuestro vagón especial y hacernos la fotografía de familia, incluso me aparté de Rafael un paso, pero entonces le oí decir:

—Marcial Izquierdo ha conseguido que me reconozcan como hijo legítimo de nuestro padre. Soy oficialmente el primogénito de los Veltrán-Belasco. Voy a reclamar Las Urracas, Gloria.

—No te creo. Mientes, tú siempre mientes —respondí, pero mi voz tembló miserablemente y él lo notó.

Ahí estaba otra vez, arañándome la carne desde dentro como una criatura de uñas afiladas: la maldita sensación de perder siempre.

—No es mentira, Gloria. ¿Ves a ese hombre que habla con Marcial y con don Mariano? Es el encargado del registro en Logroño —dijo, señalando a los tres hombres con un movimiento de cabeza—. Gracias a los contactos de Marcial en la capital ha conseguido que den por bueno el certificado de nacimiento que arregló el notario. Ya es oficial, soy tu hermano mayor y también el heredero de todo. Dentro de algún tiempo, cuando la cosa se calme y todos los papeles del registro estén al día, os llegará una notificación formal por carta para que abandonéis la casa. Por supuesto tú puedes quedarte en Las Urracas, si quieres. Conmigo.

Estaba tan perdida en mis pensamientos que no oí los pasos de Miguel acercándose. Ni siquiera me di cuenta de que estaba a mi lado hasta que me rozó el brazo para llamar mi atención.

—El fotógrafo espera —dijo, mirando con cautela a Rafael.

—Voy.

Le seguí, caminando entre la gente entusiasmada que subía y bajaba del tren con grandes sonrisas mientras hacían planes para ir a Vitoria o a Bilbao. Pero yo temblaba debajo de mi vestido azul hielo.

—¡Piensa en mi oferta, hermanita! —gritó Rafael por encima de las demás voces mientras nos alejábamos.

Habíamos comprado todo un vagón especial para mercancías. Lo usaríamos para hacer nuestras entregas de vino y también para recibir suministros y todo lo demás. El vagón era todo de color negro, con grandes letras blancas pintadas en el frente usando el mismo diseño que las etiquetas de nuestras botellas de vino:

CÁLAMO NEGRO
BODEGAS LAS URRACAS
LA RIOJA

Al llegar vi que Teresa, Verónica y Gabriela ya me esperaban delante de nuestro vagón. Las tres tenían una gran sonrisa mientras decidían en qué lugar se colocarían para la fotografía.

—Te hemos dejado a ti en el centro, que para algo eres la cabeza de esta familia —me dijo Teresa sin dejar de sonreír. Pero nada más ver mi expresión, la sonrisa desapareció de sus labios—. ¿Qué sucede?

Miré el enorme vagón negro detrás de mis hermanas y sus caras iluminadas. El fotógrafo se colocó detrás de su máquina y ajustó el objetivo despacio, dándome tiempo para colocarme en mi sitio.

—Nada —mentí, intentando sonreír—. Venga, hagamos esa fotografía. Quiero colgarla en nuestro despacho y enviarle una copia a Denise.

Me coloqué entre Teresa y Verónica. Gabriela y Miguel se pusieron cada uno en uno de los lados.

—Muy bien. Ahora quédense quietos durante cinco segundos, por favor —nos dijo el fotógrafo.

Hubo un chasquido y después una nubecilla de humo salió de la cámara. La imagen de nuestra extraña familia de cinco, posando delante del vagón que llevaba nuestro nombre, quedó atrapada para siempre en la película de nitrato de celulosa.

Esa misma noche, al ver la fotografía en la cocina silenciosa de Las Urracas, notaría que todos sonreían en la imagen... menos yo.

LA COSECHA DEL TERREMOTO

L a notificación oficial para que abandonáramos la casa llegó por carta a Las Urracas el segundo día de primavera:

Por la presente, se informa que, de este día en adelante, el señor don Rafael Veltrán-Belasco es el varón primogénito y, por lo tanto, único heredero de todos los bienes y tierras de la familia Veltrán-Belasco.

Leí la carta una vez más antes de arrugarla hasta convertirla en una bola de papel y lanzarla con toda la rabia que aún me quedaba dentro hasta el otro lado de la habitación.

—¿Es la notificación? —preguntó Teresa con voz seca.

—Sí.

—Al menos ya ha llegado —dijo sin ninguna emoción en la voz—. Desde que nos contaste lo que Marcial había hecho no podía soportar vivir en la espera interminable, sin saber cuándo sucedería. Es como tomar un veneno sin saber cuándo hará efecto.

Me dejé caer en mi silla, saqué la cajita metálica del cajón del escritorio donde guardaba los cigarrillos y encendí uno. El humo con olor a hierbabuena llenó el despacho. Teresa se agachó para recoger la bola de papel y la estiró para leer por sí misma las malas noticias.

—Ya está. Cuatro líneas en una carta son suficientes para despacharnos de nuestra casa —dijo ella, con los ojos todavía entre las palabras del papel—. ¿El abogado qué ha dicho?

Le di una calada larga al cigarrillo y miré cómo el extremo encendido se volvía más rojo un segundo después.

—Ha dicho que todo es legal. Es la ley —pronuncié la palabra con desprecio—. Podemos recurrir, claro, pero no será barato y los jueces tardarán años en llegar a la misma conclusión: Rafael es el varón primogénito de la familia Veltrán-Belasco.

Teresa se sentó despacio detrás de su escritorio y estiró la maldita carta sobre la mesa una vez más.

—Todo es suyo ahora. La casa, las tierras, las cepas, el vino...

—Sí. Lo único que nos corresponde es una cantidad de dinero a modo de dote que Rafael podrá establecer a su voluntad, y algunos enseres domésticos como cazuelas, sábanas y cosas así. —Tuve que hacer una pausa por las palabras que se me atragantaban solo de pensarlas—. Tenemos una semana para dejar Las Urracas.

—Claro, por eso Marcial insistía tanto en terminar su bodega a pesar del incendio de sus cepas. Incluso ha contratado a más hombres para que terminen las cuevas antes del verano —dijo Teresa despacio—. Siempre supo que tendría una cosecha para procesar en su moderna bodega: la nuestra.

El sol tibio de la primavera entraba por la gran ventana en la pared detrás de mí. Podía notar cómo calentaba mi piel incluso debajo del corpiño de mi vestido. Fuera, el mundo seguía girando ajeno a nuestro desastre. La primavera ya había hecho llorar a los sarmientos semanas atrás y, ahora, algunas yemas de color verde brillante asomaban entre las cepas.

—Una semana —repetí, con los labios secos por el cigarrillo.

—Tú espera. En una semana pueden pasar muchas cosas, Gloria.

La miré sin comprender.

—¿Qué quieres decir?

Teresa se lamió los labios antes de hablar, un gesto que hacía cuando estaba a punto de decir algo que no le gustaba demasiado.

—Podemos venderlo todo. Hablaré con los Sarmiento, ellos ya quisieron comprar la casa una vez. Venderemos cualquier cosa de valor que haya en la casa. La maquinaria de la nave, las prensas, las barricas, incluso el vino que está envejeciendo ahora mismo en nuestra bodega. Piénsalo. Tenemos un inventario minucioso donde está anotada cada botella, cada corcho y cada gramo de fertilizante para las cepas. Yo misma lo escribí.

—¿Y en qué nos ayudaría eso? —pregunté muy seria.

—Muchos empresarios y bodegueros de la zona nos lo comprarían todo hoy mismo sin hacer preguntas —respondió Teresa, hablando deprisa—. Y aunque tengamos que aceptar un precio más bajo por todo, al menos reuniremos bastante dinero para no marcharnos de la casa con una mano delante y otra detrás. También vaciaremos las cuentas de la empresa. Hay mucho dinero, Gloria. No será suficiente para que nos compremos otra finca como esta, pero sí podremos marcharnos de San Dionisio, los cinco. Iremos a Napa, con Denise.

—Ya no son nuestras cosas, ni nuestro dinero. Pertenece a Rafael. No podemos tocarlo, es la ley.

Teresa se levantó de la silla.

—Me importa muy poco la ley; y a los que van a comprar nuestros bienes y nuestro vino por debajo del precio tampoco les importará. —Caminó decidida hacia la puerta del despacho—. Si tú quieres quedarte ahí sentada, regodeándote en el dolor, me parece bien. Pero yo voy a ir a visitar a los Sarmiento con nuestro inventario y el precio de cada cosa; les venderemos todo lo que no esté pegado al suelo. Antes de que llegue el final de la semana lo tendremos todo vendido y nos marcharemos. Que se quede la maldita casa si tanto la quiere.

Teresa salió del despacho caminando a grandes zancadas, oí la tela de su vestido crujiendo hasta que se alejó por el pasillo hacia el vestíbulo.

Hice un cálculo mental rápido: las barricas de roble americano, herramientas, la maquinaria de la nave, los muebles de la casa principal, las botellas de Cálamo Negro que envejecían en nuestra cueva... Incluso aunque solo consiguiéramos la mitad de su precio sería mucho dinero. Y eso, sin contar el dinero que había en las cuentas de la empresa. Apagué el cigarrillo en la tapa del tintero, que me servía de cenicero improvisado, y me levanté para seguirla.

Teresa estaba de pie en el vestíbulo. La luz de la tarde era baja y entraba por las grandes ventanas a ambos lados de la puerta abierta, dándole a las baldosas cambiantes del suelo el mismo tono cereza oscuro que nuestro vino. Teresa terminaba de colocarse su sombrero de fieltro con un lazo delante del espejo.

—Espera. Tu idea es buena, tienes razón en que debemos intentarlo al menos. Tú siempre tan práctica. Iré contigo a hablar con los bodegueros —le dije cuando llegué al vestíbulo—. Deja antes que le diga a Verónica que nos vamos...

Pero justo en ese momento un enjambre de abejas cruzó zumbando por delante de la puerta abierta oscureciendo la tarde.

—Qué extraño —murmuró Teresa—. Las abejas de Verónica nunca suelen alejarse tanto de la casa, y menos todas juntas.

Entonces la campana en el patio trasero empezó a sonar. No era el tañido lento y habitual que oíamos cuando el viento del oeste la movía con su mano invisible. No. La campana repicaba con fuerza, como si estuviera en el campanario de una iglesia anunciando un funeral.

—¿Qué está pasando? —gritó Teresa por encima del sonido de la campana.

Verónica se asomó al pasillo justo a tiempo de ver pasar a la última abeja volando hacia el horizonte. Atravesó el vestíbulo corriendo y salió de la casa persiguiendo a las abejas.

Iba a seguirla, pero el suelo de baldosas granates tembló bajo mis pies.

—¡Es un terremoto!

La sacudida se volvió más fuerte y subió por mis piernas como una corriente eléctrica. Un suspiro después perdí el equilibrio y me caí de bruces al suelo del vestíbulo. El lado derecho de la cara me palpitaba por el golpe contra las baldosas. Toda la casa se movía a nuestro alrededor. Oí el sonido de cristales rompiéndose en las habitaciones de arriba, las piedras de sillería de Las Urracas chocando entre sí con un ruido ensordecedor mientras las ventanas abiertas se golpeaban contra las paredes. Un grifo se abrió de golpe en la cocina; oí el agua corriendo sobre la encimera hasta caer al suelo como un riachuelo. El mundo entero se movió con una sacudida más fuerte que las anteriores y el gran espejo del vestíbulo se soltó de la pared, golpeando a Teresa antes de llegar al suelo.

La oí gritar y los pedazos afilados del espejo volaron en todas direcciones. La campana en el patio trasero dejó de gritar y un segundo después el mundo se detuvo.

—Teresa... Teresa, ¿estás bien? —Me había mordido la lengua al caer y ahora la boca me sabía a sangre.

Intenté levantarme, pero las piernas no me respondieron, así que me arrastré por el suelo hacia mi hermana. Me corté la mano con uno de los pedazos del espejo y dejé una huella ensangrentada en las baldosas casi del mismo color.

—Sí, estoy bien —masculló Teresa en el suelo—. Siempre he odiado ese maldito espejo.

Me reí a pesar de que me dolía la cabeza. Intenté levantarme de nuevo, me costó, pero esta vez lo logré. Por un momento casi me pareció que el suelo volvía a moverse debajo de Las Urracas, pero era solo el golpe de mi cabeza que me había desorientado.

—Vamos, arriba. Despacio. —Le di la mano a Teresa a pesar de que estaba sangrando y la ayudé a levantarse—. Tiene pinta de que te va a salir un chichón ahí.

Teresa se tocó la frente. Justo donde el espejo la había golpeado tenía un bulto rojo que se volvería más oscuro al cabo de un par de horas.

—Auch... —dijo, quitándose el sombrero y dejándolo caer al suelo—. Tú estás sangrando.

—Me he cortado la mano con el dichoso espejo, no es nada. ¿Dónde está Verónica?

Di un paso tembloroso hacia la puerta abierta y entonces lo vi: una nube de polvo marrón llenaba el aire. Era tan densa que no podía ver más allá del pórtico. Me acerqué más y distinguí las dos columnas de piedra al final del camino y la silueta del resto del mundo. Me pitaban los oídos. Tosí. El polvo suspendido en el aire se pegaba a mis labios y me arañaba los ojos.

—¡Verónica! —grité, pero mi voz se perdió en el valle.

Una mano salió de entre la cortina de polvo y se agarró a mi brazo con fuerza.

—Las abejas me lo habían susurrado, pero no les hice caso —dijo Verónica contra la tela de la manga de mi vestido—. ¿Ya se ha terminado?

—Sí, ya ha pasado. ¿Estás bien?

Asintió. Su pelo de fuego estaba alborotado y tenía manchas de tierra en la blusa, pero aparte de eso, Verónica parecía estar bien.

—Ve adentro con Teresa —le pedí. Y al rozar su mejilla le dejé un rastro de sangre—. Ten cuidado con los cristales rotos, están por todas partes.

—Yo no me corto —dijo Verónica, antes de entrar en la casa principal.

Pensé un momento qué había querido decir, pero enseguida caminé hasta el final de la casa para llegar al patio trasero. Allí el polvo empezaba a asentarse y el aire estaba más limpio. La campana se mecía despacio en su poste de madera, las sillas estaban tiradas y se había abierto una grieta en el empedrado del suelo. Una cicatriz irregular que llegaba hasta el límite de tierra donde empezaban los viñedos.

—Gloria...

La voz de Miguel sonó por encima del silbido agudo dentro de mi cabeza. Le vi acercándose tan deprisa como podía. Me abrazó con fuerza, tanto que mis pies se levantaron del suelo un instante. Su olor familiar, a salitre y a brisa fresca, ahuyentó al aire lleno de polvo durante un momento.

—Estoy bien, estoy bien —susurré, cerca de sus labios.

—¿Y ellas?

—También.

Aun así, cuando me separé de él me rozó el pelo y la cara como si quisiera estar seguro del todo.

—Sangras —dijo con la voz ronca por el polvo.

Me miré la mano. Con la adrenalina latiendo bajo mi piel casi no había notado la sangre caliente que salía del corte en la palma de mi mano.

—No es nada. —Miré hacia el mar de cepas que llegaba hasta el río—. ¿Crees que las plantas están bien? ¿Y la bodega? Debería bajar y ver si las botellas y todo lo demás ha soportado el temblor.

Di un paso hacia la nave de la bodega, pero él me sujetó de la mano para detenerme.

—No, espera. No bajes aún —dijo, sin soltarme todavía—. Algunas veces justo después de un terremoto hay otro. Si bajas ahí y la tierra tiembla otra vez, puede que te quedes atrapada.

Asentí. La idea de terminar encerrada en el laberinto de galerías igual que nuestra madre hizo que un escalofrío caminara de puntillas sobre mi piel a pesar del calor y la adrenalina.

—¿Seguro que estás bien? —me preguntó, examinándome el corte en la mano.

—Sí. Un poco mareada, eso es todo. —Intenté sonreír para tranquilizarle pero fracasé miserablemente—. Y me pitan los oídos; es extraño porque hay mucho silencio. Nunca me había molestado eso...

Como si ese universo quisiera burlarse de mí, en ese momento los gritos y todo lo demás llegaron hasta Las Urracas arrastrados por el viento. Un murmullo de voces lejanas creciendo, los ruidos de animales, los gritos y el sonido de confusión que acompaña siempre a los momentos después de un desastre llenaron el silencio gélido del valle.

Miré hacia el cerro donde se levantaba San Dionisio. El polvo envolvía las casas igual que si fuera la niebla de una mañana de otoño y oscurecía el cielo.

—Le diré a Teresa que prepare café. Esta va a ser una noche larga.

Cuando el polvo levantado volvió a posarse y los gritos de angustia se evaporaron en el aire era casi medianoche.

—La hora de las brujas —bromeó Gabriela intranquila, sentada a la gran mesa de comedor de la cocina.

El gas ciudad no funcionaba en Las Urracas, el circuito había cedido en algún punto y ahora no llegaba a los apliques de las paredes. Cuando la noche llegó a nuestras tierras era mucho más oscura de lo habitual. Sin luna ni estrellas en el cielo. Salí al pórtico envuelta en un chal de lana y con el corte de la mano ya vendado, pero no vi ni una sola luz en kilómetros. Solo la tierra de color azul oscuro y la silueta del cerro de San Dionisio al fondo.

Encendimos todos los faroles y lámparas de queroseno que encontramos en la casa y los llevamos a la cocina y al vestíbulo para poder ver. Después de barrer los cristales del suelo y de cerrar la tubería de la cocina para que el agua dejara de inundar el piso, hicimos el recuento de daños: un par de ventanas rotas, las molduras del pasillo se habían desprendido, algunos paneles de cristal del invernadero se habían resquebrajado y teníamos un par de espejos rotos incluyendo el del vestíbulo.

«Catorce años de mala suerte», había dicho Verónica mientras recogía los pedazos brillantes del suelo.

En el despacho, la tinta de mi juego de escritorio se derramó sobre la notificación de nuestro inminente desahucio. Pero eso fue todo.

Esperamos hasta la madrugada, pero la tierra no volvió a temblar, así que cogí uno de los faroles y crucé la galería de cristal para ir a la bodega. En la nave principal todo parecía estar bien: un par de barricas vacías volcadas, herramientas tiradas por el suelo y una de las ventanas de sobre hecha añicos. Bajé a las galerías para asegurarme de que nuestro vino seguía durmiendo en las barricas y envejeciendo en las botellas con la etiqueta de Cálamo Negro.

En los túneles hacía frío, pero el aire estaba claro y no olía a alcohol. Era poco probable que alguna de las botellas de las estanterías se hubiera roto con el temblor. Aun así, las inspeccioné para estar segura y revisé las barricas de roble. No había fugas. Nada. No había forma de saber qué efecto tendría el terremoto en el vino, si afectaría de alguna manera a su sabor o a su color, pero al menos todo seguía en su sitio.

«Dentro de algunos años, llamarán a esta añada en particular "la cosecha del terremoto"», pensé mientras iluminaba un momento la última hilera de botellas para asegurarme. «Puede que los coleccionistas de vino y los sumilleres de restaurantes de media Europa quieran una de estas botellas. Como si el vino que contienen fuera más especial por haber sobrevivido al temblor sin romperse.»

Regresé a la casa por la galería. El farol que se balanceaba en mi mano movía las sombras en la tierra al otro lado del cristal. Todavía evitaba utilizar esa pasarela para acceder a la nave de la bodega, sobre todo después de la puesta de sol. Algunas veces, cuando la luz de afuera se volvía de color azul y las sombras se estiraban, mis ojos me engañaban y me hacían ver la silueta de nuestra madre. Duraba apenas un instante, pero podía verla con claridad: con su pelo completamente blanco, sus pómulos de muerta y su vestido empapado en sangre, de pie, en el pasillo de cristal.

Apreté el paso para llegar cuanto antes a la casa principal.

Esa madrugada, los demonios caminaban por Las Urracas. Ya podía ver la puerta que conectaba la galería con el vestíbulo de la casa cuando unos golpes fuera en el cristal me helaron la sangre.

Toc-toc-toc.

Me quedé muy quieta sin volverme para mirar, como un niño escondido bajo las mantas esperando a que el monstruo de debajo de la cama pase de largo. El farol encendido se balanceó en mi mano.

Toc-toc-toc.

Me giré despacio hacia la pared de cristal convencida de que nuestra madre estaría al otro lado, en la tierra oscura, mirándome con sus ojos sin vida y sus mejillas hundidas.

Acerqué el farol al cristal para ver algo. Era una mujer, con el pelo largo y despeinado cayéndole sobre la cara. Al ver que me acercaba volvió a golpear el cristal con las manos abiertas para llamar mi atención. Estaba encogida, sus hombros caídos como si sintiera un gran dolor o estuviera herida.

Me aparté y caminé hasta el final de la galería. La desconocida volvió a golpear el cristal desesperada al ver que me alejaba. Cuando llegué al vestíbulo de la casa principal abrí la doble puerta de roble.

—¿Hola? —pregunté en la oscuridad.

La única luz fuera provenía del farol, que se balanceaba en mi mano con un lento quejido metálico. Teresa llegó al pórtico con otro farol y las mejillas encendidas.

—¿Qué pasa? ¿Cómo se te ocurre salir aquí tú sola?

—Hay una mujer fuera, creo que está herida —respondí—. Estaba intentando decirme algo.

Teresa levantó el brazo con el farol para iluminar el camino de tierra y el campo oscuro alrededor.

—No hay nadie aquí fuera, Gloria. Es muy tarde y hace frío, ha sido un día espantoso y te has dado un buen golpe en la cabeza. Peor que el mío —me dijo con suavidad—. Deberías descansar unas horas. Mañana será tan terrible como hoy o más, pronto empezarán a sacar a los muertos.

Miré alrededor un momento más buscando a la desconocida, pero por fin asentí y dejé que Teresa me condujera dentro de la casa. Cuando ya estábamos a punto de cerrar la puerta, una voz quebrada salió de la oscuridad.

—Ayuda... por favor, señora.

La desconocida que pedía ayuda era casi una niña, me pareció que sería un par de años más joven que Verónica. Su cara estaba manchada de tierra, su pelo oscuro y largo enredado en mechones como si hiciera semanas desde la última vez que se había peinado. Me fijé en que estaba envuelta en una manta sucia, escondida dentro como un caparazón. Noté que la piel de sus brazos era del mismo color que la canela que Teresa usaba para sus tartas, pero sus labios estaban terriblemente pálidos.

—Me he escapado —murmuró, mirándonos con los ojos muy abiertos—. No sé cómo, pero he conseguido salir después del temblor sin que nadie en la casa me viera. La puerta estaba abierta. He corrido todo lo que podía en mi estado, pero no creo que pueda llegar más lejos caminando. Por favor.

Nunca jamás había visto a la muchacha, y, sin embargo, había algo terriblemente familiar en sus ojos desesperados y en la manera en que me miraba.

—¿Cómo te llamas? —preguntó Teresa.

—Emilia, señora. Ese es mi nombre, sí. —Había un ligero acento en sus palabras que no pude reconocer porque empezaba a desvanecerse, como sucede cuando se pasa mucho tiempo alejada de personas con tu mismo acento—. Déjeme entrar, por favor, o deje que duerma en el otro edificio aunque sea, pero no le diga a él que estoy aquí cuando venga preguntando. Por favor, él vendrá a buscarme. Sé bien que él vendrá porque ansía lo que tengo, me lo he llevado y buscará en todas partes hasta encontrarlo.

Miré a Teresa y me di cuenta de que ella estaba tan confundida como yo.

—¿Alguien te tenía encerrada y has huido después del terremoto? —le preguntó Teresa.

—Sí, señora —respondió muy deprisa—. No sé si habrá sido por el temblor o qué, pero la puerta de la habitación estaba abierta. He bajado las escaleras con cuidado porque había escombros, vigas caídas y alguien que gritaba de dolor en la casa, pero aun así he conseguido llegar a la puerta y salir a la plaza sin que me vean. Luego he corrido fuera del pueblo, escondiéndome entre las sombras para que nadie pudiera verme y hacerme volver con él. Esta era la única casa con luz, señora.

Una idea siniestra empezó a formarse al fondo de mi cabeza, aleteando como una polilla que intenta alcanzar la llama.

—No comprendo, ¿quién te tenía retenida, Emilia? ¿Sabes cómo se llama? —preguntó Teresa, y su voz tembló. Ella también empezaba a intuir la respuesta—. Su nombre.

Emilia parpadeó casi por primera vez con sus enormes ojos.

—El Alcalde. Marcial Izquierdo, señora. Por eso mismo he venido a su casa —respondió ella como si fuera evidente—. Vi cómo aporreaba su puerta y la manera en que le gritaba meses atrás. La vi desde el ventanuco del desván donde me tenía presa.

Miré a Teresa, que intentaba comprender el alcance de las palabras de esa muchacha con ojos de gata asustada. Casi pude oír los engranajes de su mente científica girando, pensando en todos los escenarios posibles. Para Emilia, pero también para nuestra pequeña y extraña familia.

—Gloria —dijo, pero no supo cómo terminar la frase—. ¿Qué vamos a hacer? No podemos dejarla aquí fuera.

—Eras tú. Tú nos mirabas desde la ventana. Sabía que alguien me observaba, pero no podía imaginar... —murmuré—. Verónica tenía razón aquella tarde: alguien gritaba en la casa de los Izquierdo, pero no era un demonio, eras tú.

—Sí, señora. Hace semanas escuché una voz que no era de ninguno de los que viven en la casa. La escuché cantar en un idioma extraño muy cerca de la puerta del desván, así que grité pidiendo ayuda, pero lo mismo la asusté porque dejó de cantar y desde entonces no ha vuelto a la casa.

El viento oscuro barrió el polvo del camino de la entrada y formó un remolino en el suelo del pórtico.

—Gloria —insistió Teresa, tirando de mi chal para llamar mi atención.

—Sí, vamos dentro. Tú también, Emilia. Ya pensaremos qué vamos a hacer.

Las dos entraron en la casa, pero yo todavía me quedé fuera un momento más, mirando a la noche alrededor para estar segura de que no teníamos más visitas. En el tejado de la casa, la veleta de hierro giró hasta apuntar de nuevo al oeste.

Me aseguré de cerrar bien la puerta doble. Esa misma tarde ya habíamos asegurado las ventanas rotas por el temblor con tablones de madera.

—¿Hola? —saludó Gabriela sin comprender. Estaba en el vestíbulo con un farol de queroseno en la mano—. ¿Va todo bien?

—Ella es Emilia. Es... —Miré a Teresa buscando ayuda, pero ella estaba aún más preocupada que yo—. Marcial Izquierdo la tenía encerrada en su casa y ha conseguido huir después del terremoto.

—¿Qué?

Verónica se asomó desde la puerta de la cocina, y también Miguel. El vestíbulo de la casa se llenó de preguntas. Noté como Emilia se encogía todavía más dentro de su manta al ver a Miguel.

—No te preocupes por él —le dije.

Pero ella no pareció muy convencida.

—Él me buscará, señora. Tarde o temprano vendrá a esta casa buscándome, porque no dejará que me vaya con lo que le he robado —susurró Emilia—. Me he llevado lo que más le importa en el mundo.

—¿A Marcial? ¿Qué le has robado? —quise saber.

Emilia se quitó la manta despacio. Debajo llevaba lo que parecía un vestido blanco de verano que le quedaba al menos dos tallas pequeño. Estaba embarazada.

—Su hijo, señora. Lleva casi un año y medio intentándolo y esta vez lo ha conseguido. —Emilia se pasó la mano por la tripa con afecto—. Antes me daba igual lo que le pasara al niño mientras me dejara irme después del parto, tal y como me prometió, pero ya no quiero que él se lo quede. Dice que es su heredero, su legado. Está obsesionado con eso. Es lo único en este mundo que le interesa, el niño.

Todos nos quedamos en silencio. Miré la barriga de embarazada de Emilia sabiendo que era una bomba unida a un reloj lista para estallar. Pero Gabriela recogió la manta del suelo y se la devolvió con cuidado de no espantarla.

—Vamos, te ayudaré a limpiarte y después buscaremos una cama para que descanses esta noche, ¿te parece bien? —le preguntó con suavidad—. Cuando te hayas aseado un poco te llevaré algo de cenar.

Emilia sujetaba con fuerza los extremos arrugados de la manta, pero asintió despacio y acompañó a Gabriela escaleras arriba.

—Está embarazada... —dijo Teresa en voz baja—. Pero ella tiene razón, Gloria. Vendrá a buscarla a esta casa. La buscará debajo de cada piedra de este maldito valle si hace falta.

Un piso más arriba oí como la puerta de uno de los baños se cerraba y el agua corría en la bañera.

—Me lo contó. Marcial me lo dijo y yo no supe leer entre líneas —me lamenté—. Fue la tarde en que Verónica se quedó en la casa. Me dijo que tenía una cosecha muy especial escondida, que asombraría al mundo y no sé cuántas estupideces más. Ya sabes que le gusta hablar como si fuera un gran líder político o un profesor de universidad.

Fuera, el viento sacudió las ventanas de la casa y entró en el vestíbulo silbando por debajo de la puerta. Las llamitas de las lámparas temblaron tras el cristal.

—Claro. Por eso nunca ha reconocido a Rafael como hijo legítimo a pesar de cuánto deseaba tener un heredero —dijo Teresa—. No era solo para conseguir nuestra finca. Era porque el muy bastardo ya tenía uno en camino. ¿Qué vamos a hacer? Dentro de cinco días tendremos que marcharnos de esta casa por culpa de su otro hijo. Y Marcial va a venir a buscarla, Gloria.

Me senté despacio en uno de los peldaños de la escalera. La madera de nogal negro era muy antigua, pero había soportado el terremoto sin siquiera agrietarse.

—Que venga. Ahora tenemos algo que Marcial ansía más que nada en este mundo —dije con voz calmada—. Veremos cuál de sus dos hijos es más importante para él.

La noche después del terremoto duró casi un invierno entero. Y como un invierno interminable cubrió de escarcha la tierra, las viñas y el resto del mundo alrededor. Cuando las primeras luces pálidas de la mañana asomaron por el horizonte, oí los golpes en la puerta que llevaba esperando desde que Emilia había dejado caer la manta. El reloj conectado a la bomba acababa de marcar las doce.

Abrí la puerta con la carabina bien cargada, sujeta en la mano sin la venda, y una sonrisa pegajosa en los labios.

—Buenos días, Alcalde. ¿Ha perdido algo? —le guiñé un ojo—. Tiene mal aspecto.

Marcial Izquierdo estaba despeinado, su pelo —claro y escaso— parecía manchado de polvo y algo más. Sangre. Su elegante camisa blanca estaba rota en las mangas y por fuera del pantalón, también manchado de tierra. Me fijé en que tenía pequeños cortes y arañazos en el dorso de las manos, pero sobre todo me impresionaron sus ojos. Seguían siendo igual de claros que los de Rafael, pero su mirada parecía la de alguien desesperado, fuera de sí.

—Está aquí. Sé que está aquí, me han dicho que la vieron bajar por el camino después del temblor. —Su labio inferior temblaba de pura rabia mal contenida con cada palabra—.

Devuélvemelos. El bebé que espera es mío, yo lo he engendrado. Es mi heredero.

Mi sonrisa de desprecio se volvió más amplia. Me aseguré de que viera el arma en mi mano.

—Estoy confusa, pensé que Rafael era tu heredero —dije con voz pausada—. Por eso mismo has usado todo tu poder e influencia en la capital para asegurarte de que se le reconozca como el primogénito Veltrán-Belasco.

Marcial puso la mano en el marco de la puerta, apoyándose como si necesitara recuperar el aliento. Pero la quitó deprisa al ver mi expresión.

—Lo he perdido todo, Gloria. Todo. La estructura de la bodega se ha derrumbado con el temblor y los hombres que trabajaban debajo de las vigas, excavando las cuevas en el suelo han... han muerto. Todos. Más de cuarenta hombres. —Hizo una pausa antes de continuar—. Nunca me recuperaré de esto, es un desastre. Los vecinos no me lo perdonarán nunca. En el pueblo ya no me quieren, y si no me quieren, no les valgo de nada a los de la capital como cacique. Tú ganas, solo devuélvemelos y te dejaré tranquila. A ti y a toda tu familia.

Cuarenta hombres muertos. Tuve que apoyarme en la culata de madera de la carabina para que no se notara el temblor de mis manos.

—No puedo hacer nada por ti —dije con voz seca—. Dentro de cuatro días tendremos que marcharnos de nuestra casa por tu culpa. Y por culpa de Rafael.

—¿Qué quieres? ¿La casa? Conseguiré que él cambie de idea, le convenceré para que permita que os quedéis. ¿Qué te parece? —me preguntó mientras asentía, convencido—. Eso haremos, sí. Tú me la devuelves y a cambio hablo con Rafael para que os deje seguir viviendo en Las Urracas. Es justo. Total, ella solo es una muchacha, una gitanita deslenguada que vivía de la caridad ajena y que se iba con cualquiera por unas monedas. No vale esta casa.

Me reí sin nada de humor.

—Pensé que eras más listo, pero ahora veo que no eres

más que un viejo desesperado que sabe que está a punto de perder el poder. —Con cautela, me acerqué un poco más a él—. Nunca, ni en un millón de años, podrás convencer a Rafael para que renuncie a Las Urracas.

El terremoto había levantado todo el polvo acumulado durante años en el suelo, en cada grieta de los muros de Las Urracas. La mayor parte se había disipado ya y ahora dormía de nuevo en los rincones oscuros. Pero todavía podía saborearlo suspendido en el aire, sentir cómo crujía entre mis dientes.

—Pensabas que podías manejarle a tu antojo, pero yo conozco a Rafael, le conozco mejor que nadie en este mundo. Es un perro rabioso, un animal herido desde el día en que nació. Se desangra, siempre, todo el tiempo. No puedes razonar con él y no puedes convencerle.

—Claro que puedo, tú solo...

—No —le corté—. Rafael es un demonio, uno de un tipo distinto al tuyo. Y tú le has quitado la correa para que nos muerda a todos. ¿Qué crees que te hará cuando se entere de que nunca has tenido intención de reconocerle como a tu hijo? ¿Que solo le has estado manipulando todo este tiempo?

Vi como mi respuesta pasaba deprisa por detrás de los ojos desencajados de Marcial.

—Sí, eso es justo lo que te hará —añadí.

Muy despacio, Marcial se arrodilló en el suelo bajo el pórtico. Sus manos estaban frías cuando intentó cogerme la mano libre como si fuera a rezar conmigo. Le di un manotazo para apartarle, pero no me moví.

—Pídeme lo que quieras, lo que sea —suplicó con voz temblorosa—. Te daré cualquier cosa a cambio del niño, compréndelo. Es mío.

Al mirar a Marcial a sus ojos claros, de golpe recordé todas las veces que Rafael me había suplicado perdón. Era el mismo perdón falso y desesperado que suplicaba Marcial ahora. El perdón traicionero de quien teme que su presa escape de entre sus garras definitivamente.

—Eres igual que él —dije, muy despacio y con la garganta

seca de repente—. Nunca, hasta este momento me había dado cuenta de lo mucho que Rafael tiene de ti. Y ni siquiera le criaste. Realmente puede que la mala sangre no se pueda evitar ni curar.

El viento fresco de la primavera llegó hasta la entrada de la casa y la campana sonó en el patio trasero.

—Ya no hay Bodegas Izquierdo, se acabó —continuó Marcial como si nada—. Y si quieres puedo hablarles bien de ti a los hombres del gobierno en Logroño. Habrá un nuevo cacique en el pueblo y podrías ser tú, todos en San Dionisio te respetan, Gloria. Aunque seas una mujer. A los que mandan eso no les importa gran cosa, prefieren un varón, claro, pero sé que a ti te aceptarían de buen grado.

—No quiero nada de eso —respondí, todavía intentando ignorar el parecido entre Rafael y ese hombre que se arrodillaba en mi puerta—. Quiero que lo arregles. Consigue que esa rata de notario advenedizo firme un certificado dando fe de que Rafael no es un Veltrán-Belasco. Ni siquiera tenéis que contar la verdad sobre lo que hicisteis, pero saca a Rafael de nuestra casa. Me basta con eso.

Marcial se retorció dentro de su traje arruinado.

—No le gustará. A ninguno de los dos.

—No es mi problema. Puedes contentar a Rafael o quedarte con el hijo de Emilia, pero no ambas cosas —dije con frialdad—. Tendrás que escoger qué hijo es más beneficioso para ti.

No respondió, solo se quedó en el suelo con la mirada perdida intentando arrancarme una gota de lástima. Ya iba a cerrarle la puerta en la cara cuando me sujetó la falda para detenerme.

—Espera. Tú ganas, mujer. Hablaré con el notario para que arregle lo del certificado —respondió por fin, y escuché su orgullo herido en cada una de sus palabras—. Ahora saca a Emilia aquí para que me la lleve de vuelta a lo que me queda de casa.

Me reí y le solté la mano de mi falda. Marcial se levantó para mirarme desafiante. Ya no quedaba ni rastro de ese supuesto arrepentimiento y culpa en sus ojos claros.

—Últimamente pienso a menudo en esa historia acerca de tu escritorio de caoba que me contaste el día que entré en la cooperativa de vinos. ¿Sientes ya el nudo alrededor de tu cuello? —le pregunté con una media sonrisa—. Tu palabra no vale nada para mí. Trae ese certificado y me pensaré lo del niño. Ahora lárgate de mis tierras.

Y sin decir nada más entré en la casa y cerré la puerta dando un portazo.

Tuve que apoyarme en la puerta para coger aire. Dejé la carabina contra la pared, el corazón me latía deprisa en el pecho.

—Lo has hecho muy bien —dijo Miguel, mirándome con algo parecido a una sonrisa.

—Lo sé —murmuré.

Tal y como habíamos acordado, Miguel había estado todo el tiempo en el vestíbulo cerca de la puerta por si acaso Marcial no se tomaba bien el chantaje o intentaba entrar a la fuerza en la casa.

—No sabía que fueras tan buena contando historias. Casi me creo que vas a dejar que se lleve a la señorita y al bebé.

—Sí. Antes fantaseaba con la idea de ser escritora. En otra vida —recordé—. Pero pronto quedó claro que escribir no sería mi destino.

—Hubieras sido una gran escritora. —Le miré un momento, no dejaba de sorprenderme eso de él: el hombre que apenas hablaba siempre sabía qué decir—. ¿Cómo supiste que aceptaría? Marcial. ¿Cómo sabías que escogería al bebé en vez de a Rafael?

—Porque en el fondo, se avergüenza de Rafael. Para él, Rafael sigue siendo ese crío que nació al otro lado de la finca mientras él miraba por la ventana pensando en cómo llegar a la casa principal —respondí—. Y si Rafael es cuanto queda de él en este mundo después de morir, será como si nunca hubiera salido de esa casita.

Teresa se asomó desde el pasillo. Llevaba puesto el mismo vestido con flores que el día anterior, tenía dos círculos oscuros debajo de sus ojos por la falta de sueño, y el golpe de su frente había pasado de rojo intenso a morado.

—He visto cómo se alejaba por el camino. ¿Ha funcionado? —me preguntó.

Asentí.

—Creo que sí. ¿Cómo está Emilia?

Teresa se lamió los labios antes de responder.

—No demasiado bien. Creo que no falta mucho para que llegue el bebé. Según Gabriela, los nervios, la caminata hasta aquí y el temblor pueden precipitar el nacimiento.

—Qué bien —dije con ironía—. ¿Y qué hacemos?

Todavía sentía el corazón latiendo deprisa y el polvo en los labios, pero Teresa me sonrió.

—Esperar.

Después volvió a desaparecer por el pasillo. Escuché cómo se perdían sus pasos y una puerta que se cerraba.

—Durante años, en ese pasillo todas las puertas estaban cerradas. Cerradas para nosotras —murmuré, todavía mirando el lugar por el que Teresa había desaparecido—. Verónica creía que los demonios se escondían en esas habitaciones prohibidas, y que susurraban detrás de las paredes por las noches. Cada piedra de esta casa, las molduras del techo, las baldosas del suelo... todo, está unido por ese mal augurio que late bajo la piel cuando sopla el viento. Eso lo sé, pero no quiero marcharme.

Caminé hasta el primer peldaño de la escalera de nogal negro y me senté despacio. Miguel se acercó y se sentó a mi lado.

Excepto por unos cuantos cristales rotos, el suelo de la cocina empapado, el patio trasero agrietado y el espejo del vestíbulo hecho añicos, el terremoto apenas había rozado Las Urracas. Pero San Dionisio había sufrido mucho más.

Cuando entré en el pueblo al día siguiente, lo primero que llamó mi atención fue el rastro de escombros, cristales rotos, basura y cascotes amontonados que llenaban las calles. El rastro de destrucción que había dejado la sacudida de la tierra era tan grande, que incluso antes de llegar a lo que aún quedaba en pie de la primera casa del pueblo, ya tuve que desviarme del camino para esquivar lo que parecían ser unas traviesas de madera que habían llegado hasta allí rodando cerro abajo.

Hace algunos años, recuerdo que leí un libro acerca de un imponente barco británico que se quedó atrapado en alta mar en mitad de una tormenta de hielo. No se hundió por culpa de las olas, tan altas como un edificio, ni por el viento helado que arrastraba el hielo golpeándolo desde todas direcciones. No. El barco simplemente se desintegró. La tormenta fue tan terrible que desmenuzó el barco convirtiéndolo en un reguero de escombros, madera y restos inútiles que el mar arrastró hasta la costa durante días. A las calles retorcidas de San Dionisio también parecía que hubieran llegado los restos de un naufragio.

Los pocos vecinos con los que me crucé caminaban en silencio, cabizbajos, muchos todavía tenían restos de polvo en el pelo y en la cara. Sin detenerme, subí la cuestecilla empedrada que llevaba hasta la plaza. Mis botines rompieron el silencio de un pueblo todo de luto, y mientras avanzaba, me pareció que miles de ojos furiosos me espiaban detrás de las ventanas rotas.

Jimena Izquierdo estaba en la plaza; en lo que aún quedaba de la plaza, mejor dicho. La vi de pie, delante de la estatua en honor a su padre. Inocencio estaba con ella, todo vestido de negro con los hombros caídos hacia delante y los ojos muy abiertos, igual que si acabara de despertar de una pesadilla.

Crucé la plaza silenciosa hacia ellos, con cuidado de no pisar los escombros que ahora cubrían la zona. El suelo de la plaza del ayuntamiento estaba levantado en algunas zonas, y debajo del moderno y elegante empedrado se veía la misma tierra polvorienta que cubría el camino que llevaba hasta Las Urracas.

—La placa con el nombre se ha agrietado por el temblor y ahora querrán cambiarla por una nueva. Ojalá se hubiera destruido la estatua entera junto con el resto de este maldito pueblo, pero hasta en eso tuvo suerte —dijo Jimena, sin mirarme—. Si has venido para regodearte te recomiendo que vuelvas a tu casa. Según dicen, no os queda mucho tiempo para seguir viviendo allí.

—Lo mejor de ti, Jimena, es que nunca me decepcionas. Siempre eres exactamente tan mezquina como espero que seas —respondí con algo parecido a una sonrisa—. No he venido a regodearme. Busco a tu marido o al notario, tengo que tratar unos asuntos importantes con ellos. ¿Sabes dónde puedo encontrar a alguno de los dos?

Jimena me miró por fin, y si no la conociera tan bien hubiera jurado que lloraba. O que había estado llorando hasta hacía un momento. También me fijé en que tenía una marca roja en su piel de nieve, cerca de la mandíbula. La clase de marca que deja un bofetón. Gracias a Rafael yo lo sabía bien.

—Oh sí, sé dónde puedes encontrarlos a los dos. Mi querido esposo está ahora mismo discutiendo con tu hermanito. Llevan un día y medio gritándose, peleándose y lanzándose cosas. Por eso mismo hemos tenido que salir de la casa antes de que alguno de los dos nos mate. —Miró un momento a Inocencio, que parecía completamente ajeno a mi presencia—. El buen notario y su mujer están muertos. Murieron en el terremoto. El techo de su casa nueva se les cayó encima mientras cenaban. Eso es lo que dicen al menos.

—¿Qué? ¿El notario está muerto? —dije con la boca seca de repente—. No puede ser. ¿Y sabes si ha dejado algún tipo de certificado para tu marido?

El plan de vender los activos y la maquinaria de la bodega se había ido al traste después del terremoto: casi todos los que nos hubieran comprado nuestras herramientas o nuestro vino se habían visto afectados por el temblor y no se gastarían un real en comprarnos nada ahora mismo. El notario y su certificado sobre Rafael eran nuestra única posibilidad de conservar Las Urracas.

—Si te refieres a ese misterioso certificado que Rafael encontró «casualmente» entre las ruinas de la casa del notario, sí; algo he oído —respondió con sarcasmo—. Pero no queda mucho de él, Rafael ya se ha encargado de hacerlo pedazos. ¿Por qué crees que Marcial y él llevan discutiendo casi dos días? A tu hermanito no le ha hecho ninguna gracia descubrir que Marcial iba a traicionarle en favor de su nuevo hijo. Miedo me da lo que pueda hacer.

Los cables eléctricos que antes sobrevolaban las higueras para llegar hasta las fachadas de algunas casas ahora estaban tirados por el suelo. De uno de ellos salía un río de chispas cada treinta segundos más o menos, junto con una sacudida; casi como si fuera una serpiente a la que acaban de cortarle la cabeza, pero que se resiste a morir todavía.

—¿Tú lo sabías? —le pregunté sin rodeos—. Lo de esa pobre chica que Marcial tenía encerrada. ¿Lo sabías?

Jimena tomó aire y dejó de mirar la estatua de su padre para volverse hacia mí:

—¿Tienes uno de esos cigarrillos? Ya sé que las señoras no deben fumar en público y todo eso, pero tampoco es que un cigarrillo pueda empeorar mucho más las cosas ya.

Saqué la cajita metálica del bolsillo de mi falda, cogí uno y le ofrecí otro a Jimena.

—No sabía que estuviera embarazada —respondió, con el cigarrillo entre los labios—. ¿Cómo se encuentra?

No respondí, así que Jimena añadió:

—Vamos. No me mires así, Gloria. Tú eres muchas cosas, pero no eres una engreída mojigata: sabes de sobra cómo funciona el mundo. Y de haber estado en mi situación, hubieras hecho exactamente lo mismo que yo.

—Debiste haberla ayudado —mascullé, mientras me encendía el cigarrillo.

—La ayudé. Ella no necesitaba comida ni nada parecido porque Marcial la trataba bien, todo lo bien que se podría esperar, pero yo también he cuidado de ella. A mi manera y sin ponernos en peligro a nosotros —se defendió, señalando a Inocencio con un movimiento de cabeza—. ¿O quién crees que subió hasta ese asqueroso desván, aprovechando la confusión después del terremoto, para abrirle la puerta y que pudiera escapar? Fui yo. ¿Te crees que Marcial se acordó de ella? No. Él tardó seis horas en acordarse de su amante embarazada y en subir a comprobar si aún vivía. Así que no te atrevas a decirme que no la ayudé.

—Menuda ayuda. Deberías haber visto el estado tan lamentable en el que la pobre chica llegó a nuestra casa.

—De no haber sido por mí, nunca hubiera llegado. Hasta le llevé medicinas y remedios para que no se quedara embarazada. Eso es lo que ella quería por encima de todo: no quedarse embarazada de Marcial —dijo, más suave ahora—. Se las compré a tu hermana, por cierto. Puedes preguntárselo a ella si no me crees. Y de paso dile que me devuelva el dinero, porque está claro que no han funcionado.

Recordaba la sorpresa de Teresa cuando me contó que Jimena Izquierdo le había comprado un tónico para evitar los embarazos.

—¿Cómo has podido mirar hacia otro lado mientras sucedía algo así ? Sobre todo tú. —Miré de refilón a Inocencio.

—Yo no le debo al mundo la gracia que no ha tenido conmigo, Gloria. No te equivoques. He pasado por lo mío, nadie tiene derecho a exigirme que sea amable o buena por eso. Tengo el mismo derecho a mirar por mí que cualquiera. —Jimena hizo una pausa y miró a las ventanitas del desván de su casa-torre—. Estaba cuidando de Inocencio y de mí. Por eso le di la medicina y por eso no hice nada para sacarla del desván: si esa chiquilla nunca se quedaba embarazada, Marcial no me repudiaría.

Cerca de donde estábamos, el cable en el suelo escupió un puñado de chispas más y enmudeció por fin.

—Vosotros no tenéis hijos —murmuré como si acabara de darme cuenta—. Si tu marido tiene un hijo con otra mujer, podría reconocerlo como legítimo y casarse con ella.

—Y entonces tendríamos que marcharnos del pueblo, lo perderíamos todo —añadió con aspereza—. Por si no te habías dado cuenta aún, el mundo es un lugar oscuro y cruel si eres una mujer. Y de ninguna manera iba a volver a ese lugar oscuro y cruel, ya pasé los primeros quince años de mi vida en ese agujero. Lo siento en el alma por esa pobre niña, pero era o ella o nosotros.

Jimena le dio una calada larga a su cigarrillo, el olor familiar a hierbabuena y a tabaco barato cubrió el olor a ruina que flotaba en la plaza.

—Pero si le entregas el bebé a Marcial, él lo reconocerá como hijo natural y será el final. No solo para nosotros dos, también para ti, tus hermanas y para vuestra pequeña y extraña familia —continuó ella—. No importa lo que te haya prometido a cambio de ese niño, no puedes dárselo.

Pensé un momento en lo que Jimena estaba diciendo.

—Me ha ofrecido ser la nueva cacique —respondí por fin—. Dice que cuento con el favor del pueblo y que él puede convencer a los hombres del gobierno en Logroño, aunque sea una mujer. A ellos, al final, lo que les interesa es alguien que pueda gobernar este pueblo.

—El muy bastardo traidor... —masculló Jimena, pero enseguida se recompuso y añadió—: Da igual lo que te haya ofrecido. No te fíes de sus lágrimas de cocodrilo, de sus súplicas o de cualquier promesa que te haya hecho, porque te aseguro que te aplastará en cuanto tenga ocasión. Créeme, sé de lo que hablo.

—¿Qué quieres decir?

Aunque estábamos casi solas en la plaza, Jimena miró alrededor para estar segura de que ninguno de los vecinos que habían ido llegando desde hacía un rato nos escuchaba.

—Tú eres muy espabilada, Gloria. ¿Nunca te has preguntado qué le pasó a su primera esposa? A la madre de Rafael.

Milagros. La madre de Rafael. La mujer que desobedecía, que nunca iba a la iglesia y que cobraba por leer las cartas y la buenaventura en su casita al final de nuestra finca. Diana la vinatera me había hablado de ella.

—Desapareció. El Aguado, fue él...

Pero no terminé la frase. Sabía de sobra que ese hombre era inocente de al menos uno de los crímenes por los que estaría encerrado hasta su último aliento.

—Veo que ahora lo comprendes por fin. Yo no sería la primera esposa que Marcial Izquierdo entierra en un agujero oscuro y frío. —La voz de Jimena tembló al pensar en ello—. Así que sí, cuando pensé que mi marido podía matarme y librarse de mí igual que hizo con su primera esposa, tuve muy claro que no haría nada por esa pobre chiquilla.

Recordé todo lo que Diana me había contado sobre la primera esposa de Marcial. Intenté imaginarla, sentada en la puerta de la casita al final de nuestra finca con el pelo suelto como Diana y fumando esos mismos cigarrillos de hierbabuena y tabaco barato. «Milagros me pegó este vicio; y también el vicio de desobedecer», me había contado Diana aquella tarde de verano mientras buscábamos a Angela Raymond.

—¿Qué le pasó? —quise saber de repente—. A Milagros quiero decir, ¿cómo murió?

Noté como los hombros de Jimena se tensaban debajo del corpiño de su vestido. Hasta ese momento no me había dado cuenta del peso de los secretos —suyos y ajenos— que guardaba Jimena Izquierdo.

—No sé cómo murió exactamente, pero murió por hacer demasiadas preguntas, eso seguro —me advirtió—. Marcial le dijo que su hijo había muerto mientras dormía para poder entregarle el bebé a tu padre. Rafael. Pero imagino que Milagros vería al niño que crecía en la casa principal y le reconoció. De la misma manera que tu madre siempre supo que Rafael no era su hijo. Solo que tu madre tuvo algo más de suerte: cuando empezó a preguntar demasiado la encerraron en la bodega.

Intenté imaginar a esas dos mujeres: nuestra madre y Milagros Izquierdo, separadas por un mar de viñas pero unidas sin saberlo por un secreto terrible. Un secreto que había marcado la vida de al menos dos generaciones, y que nos seguiría allá donde fuéramos, igual que nuestra mala sangre. Las dos mujeres compartían además el mismo destino siniestro, el que se cerró la misma noche en que tres hombres decidieron falsificar ese certificado de nacimiento. Cada uno por un motivo diferente, pero sobre todo, porque podían.

—¿Lo sabe Rafael? Lo de su madre —pregunté, todavía con la voz frágil por lo que acababa de descubrir—. ¿Sabe que Marcial mató a su madre para que no hablara?

Pero Jimena se rio en voz baja.

—Ni siquiera le ha preguntado a Marcial por ella desde que vive en nuestra casa —respondió—. Volveré a respirar tranquila cuando tu hermanito se instale en vuestra casa y desaparezca por fin de mi vista. Fracaso, orgullo herido, ansias de poder y una mediocridad tan espantosa que hasta él mismo puede sentirla debajo de la piel. Rafael está hecho de ese material que convierte a algunos hombres en demonios.

El reloj del ayuntamiento dio las doce. Desde hacía un rato, algunos vecinos habían empezado a acercarse a la plaza. No hablaban mucho, pero el murmullo de voces empezaba a parecerse al de un día normal en San Dionisio. Intuí que se estaban organizando en grupos para despejar el suelo de escombros y retirar los cables eléctricos con cuidado.

La puerta de la casa-torre de los Izquierdo se abrió de golpe. Rafael salió a la calle, seguido de Linares y de otros dos hombres. Su pelo claro estaba despeinado, salvaje; e incluso desde donde estábamos, pude ver sus puños apretados a ambos lados de su cuerpo. Conocía de sobra esa postura de Rafael: la tensión en sus hombros, la mandíbula rígida y los puños apretados a ambos lados de su cuerpo.

Al verles aparecer, todo el mundo en la plaza se olvidó de lo que estaban haciendo. Un silencio espeso llenó el aire del mediodía. Tuve la misma sensación que acompaña a los primeros segundos después de cortarte en un dedo con un cristal afilado: aún no puedes ver la sangre, pero sabes que pronto sangrarás.

—¡Marcial Izquierdo, nuestro querido Alcalde, ha muerto esta mañana! —gritó Rafael, para asegurarse de que todo el mundo en la plaza pudiera escucharle—. Sufrió terribles heridas durante el terremoto y también después, mientras luchaba valientemente para rescatar a los hombres atrapados bajo los escombros de su bodega. Pero no ha podido seguir luchando más, hoy no se ha despertado.

La voz de Rafael se reflejó en las paredes de los edificios que envolvían la plaza del ayuntamiento. No hubo coro ni murmullo de voces. Nada. Un grupo de vecinos se acercó más a la puerta abierta de la casa-torre. Ahora ya no podía ver a Rafael, pero no necesité verle la cara para saber que mentía; también supe que sonreía.

—Siguiendo la última voluntad de Marcial Izquierdo, yo, su querido protegido, seré el nuevo alcalde de San Dionisio hasta las próximas elecciones.

Entre los vecinos no hubo aplausos, ni vítores de alegría por la noticia de nuestro nuevo alcalde, solo silencio. Ellos también habían intuido el primer relámpago en el horizonte antes de la tormenta.

Miré a Jimena: estaba lívida junto a mí y sus labios temblaban. Noté como apretaba con fuerza a Inocencio.

—Puede que haya una forma de ayudarnos mutuamente —le dije.

LA SEGUNDA VEZ

El cementerio de San Dionisio estaba al otro lado del cerro donde se alzaba el pueblo. Lo construyeron en una de las zonas más altas del valle para evitar que si el río o la presa volvían a desbordarse algún día, los muertos salieran nadando de sus tumbas. Además era imposible ver el cementerio desde ninguna de las ventanas de las casas del pueblo. También lo construyeron precisamente allí para eso: para no tener que mirar a la muerte cada día.

El pequeño cementerio apenas abarcaba dos hectáreas de tierra y estaba rodeado por un muro de piedra, más alto y grueso, que el muro de cualquiera de las casas del valle. La única entrada era una gran puerta de enrejado de hierro, casi tan alta como el muro.

El día de primavera en que enterramos a Marcial Izquierdo, y a otros cuarenta y tres vecinos de San Dionisio, no cabía un alma más en el pequeño cementerio. Muchos de los que habían sobrevivido al terremoto lo habían perdido todo —o casi todo—; algunos tenían la pierna entablillada, el brazo en cabestrillo o heridas por toda la cara, pero igualmente desfilaban entre las tumbas del suelo para despedirse del Alcalde.

—El muro así de alto es para asegurarse de que nadie puede salir del cementerio. Nadie muerto, al menos —me dijo Verónica en voz baja cuando llegamos a la puerta de hierro—. O eso es lo que ellos creen. ¿Debería decir algo? ¿Crees que lo saben?

Estaba cogida de mi brazo y había venido todo el camino desde Las Urracas sin soltarme, como si tuviera miedo de perderse por el caminito de tierra que llevaba hasta el cementerio. Podía oír cómo crujía la tela rígida de su vestido de luto con cada paso. Como Verónica era la más joven, su vestido era de color morado oscuro en lugar de negro como los nuestros, sin ningún adorno excepto el velo negro para cubrirse el rostro. Pero por algún motivo, Verónica se había negado a ponérselo antes de salir de casa y lo había dejado olvidado sobre la mesa de la cocina.

—No, no creo que debas contárselo a nadie —respondí con paciencia—. Es solo una de esas cosas que la gente normal prefiere no saber. Les gusta creer que los muertos están, ya sabes: muertos.

Verónica asintió despacio.

—Claro. La gente normal —repitió ella.

Después me soltó el brazo y la vi alejarse entre el resto de los vecinos que esperaban pacientemente para entrar en el cementerio, hasta que llegó donde estaba Gabriela. Me pareció que murmuraban algo, como si ambas compartieran un secreto. Estaba a punto de acercarme para preguntárselo, pero Teresa me rozó el brazo.

—Siempre he odiado este lugar. No soy supersticiosa ni nada parecido, no con los cementerios —dijo con una sonrisa avergonzada—. Pero esos cipreses que crecen junto a la puerta me producen la misma sensación que escuchar un cristal rompiéndose solo o que la campana del patio trasero tocando a medianoche.

Los tres cipreses crecían en uno de los lados junto a la puerta enrejada, pegados a la tapia del cementerio. Eran tan altos que asomaban casi dos metros por encima del muro y afilados como puñales.

—Descuida. No tardaremos —le prometí.

Desde donde estábamos ya podía ver las flores sobre una de las tumbas recientes, supuse que sería la de Marcial. Crisantemos, lirios y hasta rosas casi imposibles de conseguir en San Dionisio.

—¿Se puede saber qué hacemos aquí, Gloria? Marcial ha muerto y el dichoso notario también. Ya no hay mucho que podamos hacer. —Los ojos avellana de Teresa me miraron desde el otro lado del velo negro de su tocado de luto—. Deberíamos habernos quedado en casa cuidando de Emilia y del bebé. El parto ha sido bueno, pero me preocupa haberlos dejado solos.

—Emilia y el bebé están descansando. Están bien. Además, Miguel se ha quedado en la finca con ellos, por si acaso. Pero tienes razón —admití—. Una de nosotras debería volver a la casa para hacerles compañía.

Emilia había dado a luz el día anterior. Una niña. No le había escogido un nombre a la pequeña todavía, pero la niña era perfecta. No había un solo rasgo de Marcial Izquierdo —o de Rafael— en ella. Era guapa como la luna llena y se parecía a su madre.

«Verónica me dijo hace meses que nacería un bebé en esta casa», le había confesado a Teresa la noche anterior mientras tapaba a la recién nacida con la manta más suave que encontramos en la casa. «Y yo le dije que eso no pasaría jamás, porque tú y yo habíamos hecho un pacto para no tener hijos nunca y evitar extender nuestra mala sangre a otra generación de Veltrán-Belasco.»

—Tú vuelve a casa y hazle compañía a Emilia. Yo me quedo al funeral —le dije—. De todas formas, tengo que hablar con Jimena de un asunto.

Teresa me sonrió, aliviada de no tener que entrar en el cementerio.

—¿Seguimos sin saber si Jimena es amiga o enemiga? —me preguntó.

—Creo que Jimena es como esa dichosa veleta que hay sobre el tejado de la casa, que cambia de parecer según sople el viento. Pero siempre a su favor —respondí.

Asintió y después buscó a Gabriela con la mirada, que seguía maquinando algo con nuestra hermana pequeña.

—Miedo me da lo que estarán tramando esas dos. Llevan ya un par de días contándose secretos —bromeó. Pero miró a los cipreses afilados y la sonrisa desapareció de sus labios—. Ten cuidado ahí dentro. Hay mucho muerto hoy, pero también mucho vivo.

—Descuida.

La vi alejarse por el camino, avanzando a contracorriente de las personas que todavía estaban llegando al cementerio, hasta que desapareció de mi vista.

El viento agitó los cipreses cuando entré en el cementerio y el día tibio de primavera se volvió frío de golpe.

Avancé entre las hileras de tumbas recientes. Algunos vecinos murmuraban en grupitos, pero la mayoría miraba a los muertos bajo tierra, que esperaban pacientemente.

Alvinia Sarmiento y sus dos hijos también estaban allí, con gesto serio y vestidos de negro. Habían perdido todas sus barricas en el terremoto. Los listones de madera no habían aguantado el temblor y el precioso líquido rojo que envejecía dentro se había derramado por el suelo de su bodega. Lo habían perdido todo. Saludé a los tres con una inclinación de cabeza antes de continuar.

El pequeño cementerio de San Dionisio no podía acoger a todos los vecinos que habían muerto durante el terremoto, de modo que algunos habían sido llevados al cementerio de Briñas para poder enterrarles allí. Pero Marcial Izquierdo tenía una tumba el doble de grande que las demás, con una gran cruz de piedra donde grabarían su nombre y su cargo dos días después. Solo la tumba de nuestro padre —a quien no había ido a visitar ni una sola vez desde que murió— ocupaba también dos parcelas del codiciado suelo consagrado.

—El luto te sienta bien, hermanita —susurró Rafael a mi lado—. Ya me había dado cuenta antes, pero hoy estás especialmente guapa. El negro es tu color. Al verte tan radiante nadie diría que pasado mañana lo perderás todo: la casa, tus queridas viñas, tu empresa...

Faltaban dos días para la fecha en que debíamos abandonar Las Urracas. La notificación oficial estaba arrugada y se había manchado de tinta durante el terremoto, pero seguía sobre mi escritorio.

—Veo que estás muy afectado por la muerte de tu padre —dije sin volverme para mirarle—. Sé perfectamente que Marcial no murió por ninguna herida causada por el terremoto. Lo sé porque esa misma mañana vino a verme y apenas tenía unos rasguños. Ni siquiera tuve que insistirle para que aceptara traicionarte, estaba encantado de librarse de ti por fin. Otra vez. Por eso sé que tú lo hiciste: le mataste. Jimena me contó que llevabais todo el día en la casa discutiendo. También vi el bofetón en la cara de Jimena.

Le miré de refilón para ver su reacción, no me había dado cuenta hasta ese momento de que Linares estaba de pie a su lado y me miraba con sus ojos hundidos, rodeados de arrugas.

—¿Y a quién vas a contárselo? —Una sonrisa torcida cruzó deprisa sus labios—. Aunque me hubieras visto estrangular a ese bastardo traicionero con tus propios ojos, nadie te creería jamás. Ni tampoco a esa víbora de Jimena. Ya la he puesto en la calle para que no pueda malmeter en mi contra hasta que esté todo arreglado con los hombres de la capital; a ella y a su hermano medio subnormal.

Jimena Izquierdo estaba de pie junto a la tumba de Marcial. Llevaba puesto un elegante vestido de luto de raso, con las mangas de farol que se cerraban en sus puños. Su cara estaba cubierta por un velo de encaje negro con el que apenas se distinguían sus rasgos. Noté que apretaba un pañuelito blanco bordado en la mano, aunque desde que yo había llegado no la había visto derramar una sola lágrima. Pero Jimena sabía —seguramente mejor que nadie a quien hubiera conocido en toda mi vida— lo importante que eran las apariencias. Inocencio estaba a su lado y miraba al suelo, cabizbajo. Me fijé en que llevaba un ramillete de campanillas azules en la mano. Sonreí con tristeza: él era quien dejaba las flores para Vinicio en el cruce de caminos.

—¿Y qué harás para evitar que alguna de nosotras cuente lo que sabemos? —pregunté con voz calmada—. No creo que te queden muchas más cuentas de nácar para ir dejando por ahí.

Rafael se encogió de hombros igual que si acabara de sugerir una locura.

—Su palabra o la tuya no valen lo mismo que la mía, porque todo el mundo sabe que sois unas mentirosas. Todas. Nacéis mintiendo.

Me levanté el velo despacio y me volví para mirarle. El aire de la mañana olía a flores y a tierra removida.

—Nunca permitiré que te quedes con Las Urracas.

—Pero si ya son mías —respondió él con una sonrisa odiosa. Y detrás de él, Linares se rio en voz baja—. Son mías por derecho; me las merezco.

—Tú no te mereces nada.

—Ten cuidado, eso mismo fue lo que él me dijo antes de morir. —Ahora Rafael ya no se reía. Arrugó las cejas y sus ojos se encendieron—. Me dijo que yo era todo lo que odiaba de sí mismo: un pobre necio empujado por la avaricia y el orgullo herido. No podía ni mirarme a la cara sin verse a sí mismo, le daba asco. Yo, su propio hijo. Su primogénito, su legado.

El padre Murillo se abrió paso entre la multitud para llegar hasta la cabeza de la tumba de Marcial Izquierdo, delante de la cruz de piedra. Caminaba lento y ceremonioso a pesar de que no tenía ni un solo rasguño. Su casa, unida a las dependencias de la iglesia, era casi el único edificio de todo San Dionisio que había aguantado el temblor sin perder siquiera una teja de su tejado.

—En este día triste, nos hemos reunido todos aquí para honrar la vida de un gran hombre... —le escuché que decía con su voz aflautada.

Los cipreses que crecían pegados al muro se estremecieron en el viento y su murmullo se oyó por encima de la homilía de Murillo. Algunos vecinos miraron al cielo, estudiando las nubes blancas que ahora pasaban volando deprisa sobre nosotros.

—¿Creías que podrías desobedecer siempre? ¿Que íbamos a permitir que las demás mujeres te vieran y pensaran que ellas también podían desobedecer? Tú no tienes derecho a desobedecer. —Rafael me habló igual que si estuviéramos otra vez en la orilla del lago de La Misericordia. Casi sentí sus dedos apretándome las mejillas hasta hacerme sangre—. Espero que hayas hecho las maletas, hermanita. Dos días. Tú pierdes, y yo gano.

Rafael se apartó de mí con su odiosa sonrisa en los labios, listo para ocupar su lugar al frente del grupo de personas que rodeaban la tumba de Marcial. Pero antes de que se hubiera alejado lo suficiente como para no poder escucharme, dije:

—Tú espera. En dos días pueden pasar muchas cosas.

La mañana después del funeral de Marcial Izquierdo brillaba el sol.

Una de las niñas de la escuela de artes y oficios para señoritas de San Dionisio bajó corriendo el camino de tierra que llevaba hasta la entrada de Las Urracas. La vi llegar por la ventana del despacho mientras organizaba las facturas del último trimestre. Una nubecilla de polvo marrón siguió a la niña cuando llegó al pórtico de la casa y llamó nerviosa a la puerta doble.

—Señora, señora... ha llegado —me dijo la niña, casi sin aliento cuando abrí—. El telegrama que esperaba.

Agitó una nota de papel delante de mi cara. La cogí despacio y la leí en silencio, dos veces para estar segura, mientras la niña me miraba expectante con los ojos muy abiertos.

—Gracias por traerlo —dije por fin—. Después del terremoto algunas comunicaciones no funcionan del todo bien.

La niña asintió, contenta de haber sido útil. Le di algunas monedas y cerré la puerta principal. No me di cuenta entonces, pero sujetaba el telegrama con tanta fuerza que mis uñas se clavaron en la palma de mis manos.

La luna llena brillaba en el cielo en nuestra última noche en Las Urracas. La luz de plata entraba por la pequeña ventana en la pared de la casita al final de la finca. Me vestía intentando no hacer ruido para no despertar a Miguel, que dormía ese sueño ligero que a menudo terminaba en pesadillas o en susurros en ese idioma misterioso que había aprendido al nacer.

Oí un murmullo fuera. Pensé que sería solo el viento y terminé de cerrarme los botones en el costado de mi falda. El aire de la noche era fresco y me erizó la piel nada más abandonar las sábanas calientes. Pero entonces volví a oír un rumor fuera de la casita: eran voces. Al menos dos voces diferentes que se colaban por la rendija de la puerta de la casita. Me acerqué a la ventana para mirar, casi temiendo que Rafael o Linares se hubieran colado en nuestras tierras un día antes.

Dos figuras cuchicheaban cerca del límite de la finca, en el extremo oeste donde apenas crecía nada más que uvas pequeñas y amargas. Enterraban algo. Distinguí un montículo de tierra junto a una de ellas y la pala con la que volvían a llenar de tierra el agujero. Una de las misteriosas figuras era Verónica. Lo supe por su forma de andar: se movía igual que si oyera la misma melodía invisible desde el día en que nació. Tuve que mirar un poco más para distinguir a su cómplice. Era Gabriela, que manejaba la pala casi con la misma habilidad que los lápices de dibujo.

—¿Qué sucede? —La voz baja de Miguel se coló en mis pensamientos.

Le miré un momento antes de responder, la luz de la luna llena hacía que sus ojos apenas parecieran humanos.

—No estoy segura —admití, volviendo a mirar lo que pasaba fuera—. Creo que Verónica y Gabriela están enterrando algo en el lado oeste de la finca.

Sentí como Miguel se levantaba de la cama para acercarse a la ventana, noté su olor familiar en el aire oscuro de la casita antes de que llegara a mi lado.

—¿Otra vez? —preguntó con una diminuta sonrisa.

Fuera, Verónica se acercó al agujero en el suelo y vi como tiraba un puñado de tierra dentro.

—¿Tú ya lo sabías?

Miguel asintió.

—Hace un par de meses las vi excavando en la misma zona. Sentí curiosidad y antes de amanecer me acerqué para ver qué habían enterrado.

Recordé a Verónica, enterrando cajas y latas con cosas preciosas para ella en el cruce de caminos para ahuyentar a los demonios. Pero había un bulto en el suelo, no podía distinguirlo bien, pero era mucho más grande que una lata de cigarrillos.

—¿Y qué era? —pregunté, aunque por la tierra que aún quedaba amontonada junto a Verónica ya imaginaba la respuesta.

—No lo sé, pero por la tierra removida era algo grande. Desde esa noche una de las cepas que crecía allí se ha secado. Igual que si estuviera... congelada.

Verónica y Gabriela seguían trabajando bajo la luz de la luna sin sospechar que estaban siendo observadas.

—Sé lo que están enterrando. Y también sé lo que enterraron hace dos meses —murmuré sin mirarle—. «Para romper un embrujo, una maldición o una promesa con un demonio, se debe enterrar a los causantes del maleficio en tierra resucitada para que así estos nunca puedan descansar. Después, la sangre de una víctima inocente debe empapar esa misma tierra resucitada hasta que su corazón deje de latir.»

—¿Qué significa? —preguntó con curiosidad.

—Son las palabras para deshacer un embrujo. Como un conjuro o algo parecido. Verónica descubrió un misterioso libro de partituras olvidado en el antiguo despacho de nuestra madre hace años. *Sinfonía contra los demonios* —respondí con una media sonrisa—. En todos estos años no hemos conseguido averiguar nada acerca del libro o sobre el autor, pero al menos ahora ya sé de qué hablaban en el cementerio durante el funeral.

Miguel las miró un instante más y luego se volvió hacia mí.

—¿Quieres decir que...?

—Sí. Están enterrando a Marcial Izquierdo en nuestras tierras, y puede que también al notario —admití, pensando en cómo iba a explicárselo a Teresa—. Y seguramente, lo que enterraban hace un par de meses era lo que quedaba de nuestro horrible padre. Por eso la cepa que crece encima de su tumba apenas da frutos.

Las observé mientras terminaban de llenar el agujero con tierra otra vez.

—¿Y qué más hace falta? —preguntó Miguel mientras sus dedos subían despacio por mi brazo—. Para que se rompa el embrujo, ¿qué más hay que hacer?

—Se supone que alguien tiene que desangrarse en esta tierra hasta que su corazón deje de latir. Una víctima, un inocente. Pero yo no conozco a ninguno.

—Yo tampoco. —Se rio en voz baja, pero enseguida se puso serio otra vez—. Se me ocurre que puede que sea una de esas cosas, como sucede a menudo con las canciones de cuna o con los cuentos infantiles. Tal vez no sea algo literal, sino una especie de acertijo. Un conjuro. Las palabras no siempre significan lo que nosotros creemos que significan.

Me pareció que Verónica acariciaba las ramas de una de

las viñas, después miró hacia la casita y estuve segura de que me veía con su ojo lleno de niebla.

—Sí, las palabras pueden ser lo que nosotros queramos. —Recordé todas las historias que había leído durante años, escondida en los rincones polvorientos de Las Urracas mientras las palabras me salvaban—. Si te parece bien esperaré aquí hasta que terminen.

—Claro —respondió él, y me besó despacio.

Cuando regresé a la casa principal la noche aún cubría la tierra. Caminé entre las hileras silenciosas de viñas, todavía pensando en las misteriosas instrucciones para deshacer un embrujo. Solo nos quedaba encontrar una víctima inocente —o todo lo inocente que alguien pueda ser en nuestro valle seco— dispuesta a desangrarse en el suelo de Las Urracas para dejar de estar endemoniadas.

Sonreí en la oscuridad y entré en la casa principal por la puerta del patio trasero, como hacía todas las noches que me escabullía para ir a visitar a Miguel a la casita al final de la finca.

Alguien cantaba en la casa. La voz venía de una de las habitaciones en el pasillo lateral. En otra vida, allí solo estaban las habitaciones prohibidas con sus muebles amontonados, protegidos del polvo por sábanas viejas, junto con el resto de las cosas olvidadas de Las Urracas. Ahora allí estaba la habitación para los invitados. Para todos excepto para Denise Lavigny, que tenía su propio dormitorio en el segundo piso.

Avancé despacio por el pasillo entre tinieblas hasta la puerta abierta de la habitación de invitados. Emilia no oyó mis pasos en el pasillo al acercarme porque estaba descalza. Estaba sentada en la mecedora, frente a la ventana esperando al amanecer. Desde allí se veía el océano de viñas hasta el horizonte, todavía oscuro. Emilia tenía su pelo oscuro suelto y cantaba una nana en voz baja mientras mecía a la pequeña, aún sin nombre, en sus brazos.

Volví por el pasillo y subí por la escalera de madera negra hasta mi dormitorio. Todavía podía oír el murmullo de la voz dulce de Emilia atravesando los gruesos muros de la casa. Me dejé caer en la cama y cerré los ojos para quedarme dormida en la que podía ser mi última noche en Las Urracas.

La mañana siguiente amaneció como uno de esos días brillantes de primavera, cuando parece que el verano espera ya agazapado a la vuelta de la esquina.

Rafael vendría esa misma mañana para instalarse en Las Urracas, así que después de peinarme, me puse uno de los vestidos que Denise Lavigny dejó en la casa la última vez que se marchó llevándose el cadáver de su hermano. Era un precioso vestido de muselina, con muchas capas en la falda que giraban en el aire de la mañana con cada uno de mis movimientos.

Bajé las escaleras y atravesé el vestíbulo. La casa estaba tan silenciosa que oí el murmullo de las abejas de Verónica mientras trabajaban fuera, en su colmena. La tarde anterior me confesó que había contado nuestro plan a las abejas para que ellas estuvieran al corriente como parte de la familia que eran.

El sol me calentó la piel de la cara y los brazos cuando salí al camino de tierra. Su caricia era suave todavía, pero ya sabía que dentro de algunas semanas no podría caminar bajo el sol sin sombrero. Mientras avanzaba hacia las dos columnas de piedra, noté que la brisa fresca de la mañana me revolvía el pelo suelto y jugueteaba con la falda de mi vestido.

Todos estaban ya allí. Esperando en el cruce de caminos.

Mis hermanas, Gabriela, Miguel, Jimena e Inocencio Izquierdo, Emilia con la niña sin nombre en brazos y aproximadamente otros sesenta vecinos de San Dionisio que me saludaron con un movimiento de cabeza o sonrisas de alivio al verme aparecer.

—Llegas tarde, hermana —me dijo Teresa en voz baja cuando llegué hasta ella—. No recuerdo que te hayas quedado dormida un solo día en tu vida, y precisamente hoy eres la última de la casa en despertarte.

—Han venido casi todos —comenté, mirando a los vecinos que ocupaban el cruce de caminos—. Muchos más de los que pensé que vendrían.

—Bueno, la ocasión lo merece —respondió Teresa—. Denise ha llegado hace un rato también. Hemos desayunado juntas, pero tú ni siquiera te habías despertado todavía.

Denise Lavigny también estaba allí. Me guiñó un ojo debajo de su sombrero de mimbre con flores de tela de muchos colores.

No tuvimos que esperar mucho tiempo en el cruce. Dos minutos después de las once de la mañana, Rafael bajaba por el camino de tierra que llevaba hasta Las Urracas.

Rafael llevaba puesto uno de los trajes que Marcial había encargado para él en un intento fallido de hacerle parecer más moderno y respetable. Puede que Marcial Izquierdo solo fuera un cacique de pueblo que había salido del fango de Las Urracas, pero había aprendido de su segunda esposa la importancia de persuadir a los demás con las apariencias.

Le vi acercarse por el camino con una gran sonrisa petulante en los labios y una copia de nuestra carta de desahucio en la mano.

Pero la sonrisa se esfumó del rostro de Rafael nada más vernos.

—Ya veo que es cierto lo que dicen: si esperas en el cruce de caminos el tiempo suficiente, al final ves pasar al mismísimo demonio —le dije a modo de saludo—. Hola Rafael.

Él miró a las casi setenta personas que le esperábamos de pie y llenábamos el cruce de caminos frente a los pilares de piedra. Supe que no le gustó vernos allí parados, pero consiguió disimular bien el primer golpe de efecto de nuestro plan.

—Qué decepción, ni siquiera estás armada. Pensé que al menos intentarías amenazarme para evitar lo inevitable. Como puedes ver, te he traído una copia de la carta con la notificación para que abandonéis la casa —respondió con tranquilidad—. ¿Y dónde está esa vieja carabina con la que la tía abuela Clara se voló los sesos? ¿No la has traído para intimidarme? Conozco a uno que todavía se acuerda de esa arma y del aceite de ortigas.

—No. Hoy no necesito la carabina.

Rafael se estremeció dentro de su elegante traje. Puede que nadie más allí se diera cuenta, pero yo le conocía lo suficientemente bien como para notarlo.

—Veo que te has traído a todo el pueblo para que vean cómo te echo de mis tierras. Agradezco la cortesía, pero no necesito público para librarme de vosotras.

Sonreí. Había notado el ligerísimo temblor en su voz.

—Nada de eso. Te marchas de San Dionisio, Rafael. Hoy mismo. Estás desterrado.

—¿Desterrado? —repitió él con una sonrisa de alivio—. No, tú no puedes desterrarme. No eres nadie, no tienes ese poder.

—Tienes razón, yo no tengo ese poder. Pero el alcalde provisional de San Dionisio sí que lo tiene.

Rafael metió las manos en los bolsillos de su traje.

—Me da igual. Les contaré a los hombres del gobierno en Logroño lo que pretendéis hacerme. Y también a todos los demás, banqueros, empresarios, bodegueros... todos los que hacían negocios con Marcial y que esperan que yo sea su sucesor. Así no se hacen las cosas —dijo, y su orgullo herido se filtró en sus palabras—. Verás lo que te pasa cuando les cuente lo que estás intentando hacerme. Lo que os pasa a todos los que estáis hoy aquí.

Miró al grupo de personas detrás de mí, esperando alguna reacción a sus amenazas, pero ni siquiera consiguió arrancarles un murmullo. Nada. A mi lado estaban Teresa, Verónica,

Jimena Izquierdo y Denise. Inmediatamente detrás Miguel, Gabriela, Inocencio y Emilia. Los Sarmiento también estaban allí, junto con el resto de los vecinos que le miraban en silencio. El único sonido que llegaba hasta el cruce de caminos era el sonido chirriante de la veleta en el tejado, que giraba despacio en la brisa de la mañana.

—Pero Rafael, no hace falta que vayas hasta Logroño para quejarte —le expliqué muy despacio—. El alcalde provisional estará encantado de escuchar tus quejas, ¿verdad que sí, señora Izquierdo?

—Desde luego. Me tomo muy en serio los problemas de mis vecinos —respondió Jimena con su habitual sonrisa gélida.

—Ni hablar. Tú no puedes ser el nuevo alcalde, ni siquiera de manera provisional. Eres una mujer.

—Verás, todos esos hombres con los que mi marido hacía negocios están muy de acuerdo en que yo sea la nueva alcaldesa hasta que «la situación se calme» —añadió Jimena sin disimular su satisfacción—. Ellos saben bien que era yo quien movía los hilos en San Dionisio. Prácticamente me han suplicado que acepte el puesto de Marcial.

Rafael sacudió la cabeza varias veces.

—Me da igual lo que te hayan prometido esos trajeados del gobierno. Va contra la ley. Las mujeres no podéis votar ni ser elegidas.

—Pero votar, votar... lo que se dice votar, aquí no vota casi nadie —le recordé—. Dentro de algún tiempo ya nos organizaremos para hacer elecciones. Aunque quedan pocos hombres con derecho a voto en el pueblo: entre el cólera, la guerra y el derrumbe de tu bodega. Pero algo se nos ocurrirá. De todas formas, los que mandan de verdad están muy ocupados con la inminente guerra contra Cuba y Estados Unidos como para fijarse en lo que pasa en San Dionisio.

Rafael tragó saliva. Vi como la nuez en su garganta subía y bajaba deprisa. La carta certificada que traía en la mano se le cayó al suelo. Se agachó para intentar recogerla, pero Teresa fue más rápida que él. La cogió y la rompió en pedazos que volaron con el viento en todas direcciones.

—Soy el heredero, Las Urracas es mía y en cuanto hable con ellos y se lo aclare todo, seré confirmado por los hombres del gobierno en Logroño como el nuevo alcalde.

—Nada de eso va a pasar, Rafael —le aseguré con voz calmada—. Te has pasado la vida convencido de que eras más importante de lo que eres en realidad: para nosotras, para nuestro padre, para el tuyo... Además de eso has matado a tres personas, que sepamos. Y puede que tú tengas razón y nadie vaya a creernos nunca si lo contamos, pero te marchas. Hoy. Y nunca podrás regresar a San Dionisio.

—¿O qué? —preguntó desafiante.

—O lo contaremos. Todo. Y no solo hablaremos Jimena y yo. Verás, la policía francesa no prestaba mucha atención a las sospechas de la señorita Lavigny acerca de lo que le pasó a su hermano, así que contrató a una agencia de detectives muy conocida en América. Han estado aquí, ¿lo sabías? En Logroño, preguntando acerca de la noche en que asesinaron a Vinicio Lavigny, y resulta que tienen un puñado de testigos: muchos allí se acuerdan de un hombre con los ojos claros que alardeaba de ser el hijo secreto de Marcial Izquierdo, y a otro que le acompañaba con una cicatriz redonda en la palma de la mano. ¿Te resulta familiar? —pregunté con una media sonrisa—. Incluso han tenido la amabilidad de enviarnos un telegrama con sus progresos en la investigación. Tú eres su principal sospechoso, por cierto.

Vi como Rafael sacaba las manos de los bolsillos. Sus puños estaban apretados y su mandíbula tensa. Había visto muchas veces esos mismos gestos en mi antiguo hermano y amante justo antes de recibir un golpe o un insulto. Por eso sonreí al verle.

—No es posible. No hay forma humana en la que hayáis podido organizar algo así sin que yo me haya dado cuenta. Ni hablar. Solo sois un hatajo de mujeres, críos, viudas y dos docenas de hombres contando al tullido y al subnormal de Inocencio.

—Ha sido muy fácil hacerlo, igual que lo hicimos con las trabajadoras para la vendimia en Las Urracas —respondí—.

Y ha sido tan fácil porque tú ni siquiera nos veías. Éramos invisibles para ti.

—No podéis hacerme esto. A mí no —empezó a decir con voz más aguada de lo normal—. Entérate. ¡Yo soy Rafael Izquierdo!

Gritó, pero nunca había sido tan patético como en este momento, intentando comprender de dónde le había venido el golpe letal.

—Mira a tu alrededor, Rafael: ya está hecho. Nunca más podrás volver a San Dionisio o irás a prisión, así que empieza a caminar —dije, sin molestarme en ocultar una sonrisa—. Espero que hayas hecho las maletas, hermanito. Tú pierdes, y nosotras ganamos.

Rafael todavía dudó un momento más. Miró hacia la casa, enorme y silenciosa, al final del camino de tierra. Después dio media vuelta y empezó a caminar entre los vecinos, que se apartaban a su paso. Algunos le miraban con desprecio, otros murmuraban o le insultaban entre dientes mientras Rafael, cabizbajo, se alejaba por el camino.

Él no se volvió ni una sola vez, pero yo no dejé de mirarle hasta que desapareció en el horizonte.

La misma tarde en que desterramos a Rafael de San Dionisio, y de nuestras vidas, presentamos a la hija de Emilia a las abejas. Según Verónica, las abejas eran criaturas que se ofenden con facilidad si se sienten excluidas de los grandes acontecimientos familiares, como los nacimientos o los funerales.

Milagros. Ese fue el nombre que Emilia escogió para su pequeña.

Después de la presentación oficial de la pequeña Milagros, abrimos las últimas dos botellas de Cálamo Negro que quedaban en nuestra bodega y merendamos los pastelitos de crema inglesa y mermelada de moras que Teresa había preparado.

—No todos los días se vence al diablo —dijo Teresa, jugueteando con su pelo, todavía mucho más corto que el del resto de mujeres del valle.

—¿Quién sabe, *ma chère* Teresa? Puede que dentro de algunos pocos años la moda sean las mujeres con el pelo corto —dijo Denise con su acento cantarín—. Y tú habrás sido una adelantada a tu época.

Las dos se rieron.

Estábamos alrededor de la mesa de comedor en la gran cocina de la casa, bien iluminada, después de que reparasen el escape de gas que había en el circuito principal. Me llevé mi copa a los labios, pero antes de que pudiera beber, oí un ruidito que venía de fuera. Denise seguía hablando animadamente y Gabriela se rio al descubrir que se había manchado los dedos de mermelada de moras, pero yo volví a oí el ruidito.

Venía de fuera de la casa y me pareció que ya lo había oído antes. Me levanté y caminé hacia la puerta, pero Miguel me detuvo.

—¿Sucede algo? —preguntó extrañado.

—No, solo quiero salir un momento a tomar el aire —mentí con una pequeña sonrisa—. He tomado demasiado vino, creo.

Miguel me soltó la mano y me dejó ir. Mientras atravesaba el vestíbulo de la casa, el sol se acercaba al horizonte y la luz naranja entraba por las ventanas en el frente haciendo que las baldosas se volvieran de color rojo sangre.

No había nadie en el pórtico. Pero el viento del oeste me saludó cuando salí al camino de tierra. Volví a oí el ruidito y entonces lo vi: dos urracas cuchicheaban en el camino un poco más adelante. Sin cerrar la puerta de la casa, salí al camino para verlas mejor.

Al contrario de lo que mucha gente cree —yo incluida— las urracas pueden imitar voces humanas, sonidos de su entorno e incluso cantar. Y las dos que había en el camino casi parecía que estuvieran susurrando mi nombre con sus voces inhumanas:

«*Gloria-Gloria*».

Dos gorjeos cortos y rápidos, pero que sonaban extrañamente igual que mi nombre. Cuando estuve lo suficientemente cerca, me miraron un segundo con sus pequeños ojos negros y un instante después salieron volando.

Entonces vi a Linares, de pie en el camino casi como si se hubiera materializado en el aire de la tarde. Ni siquiera tuve tiempo de sorprenderme antes de que él sacara algo afilado y brillante de su bolsillo para clavármelo en el costado.

Durante un momento no sentí ningún dolor. Incluso bajé la cabeza para estar segura de que realmente me había apuñalado. La empuñadura de madera sobresalía de mi cuerpo y en el corpiño de mi vestido prestado de muselina empezaba a aparecer una mancha oscura. Sangre. Entonces una ráfaga de dolor me subió deprisa desde el costado, tanto y tan intenso que mis piernas temblaron. Intenté sacarme el cuchillo, pero mi mano se había vuelto lenta de repente. Linares fue más rápido y volvió a apuñalarme, muy cerca de la primera herida.

Sentí el calor inconfundible de la sangre que empapaba el corpiño del vestido de Denise. Traté de taponar las heridas con mis manos torpes y dejé escapar un gemido de dolor cuando apreté sobre los cortes. La sangre empapó mis manos rápidamente y caí sobre el camino de tierra con un ruido seco.

—Ya te dije que algún día vendría para devolverte el favor —dijo Linares, mirándome desde arriba. Pero me pareció que su voz llegaba desde muy lejos—. Casi tienen que cortarme la mano por tu culpa.

Me escupió.

Entonces recordé que había dejado la puerta doble de la casa abierta; si conseguía gritar y hacerles salir, Linares huiría. Abrí la boca para pedir ayuda, pero la lengua me sabía a sangre y la voz no llegó a mi garganta. Escuché cómo se reía.

—Os habéis librado de Rafael porque siempre ha sido un tibio, pero a mí nadie me hace chantaje. Mucho menos una guarra como tú, que se dejaba hacer de todo por su hermano. Él mismo me lo contó con pelos y señales.

Me arrastré despacio sobre el camino. Podía notar los pequeños botones del vestido clavándose en mi piel, y las uñas llenas del polvo que cubría la tierra mientras intentaba avanzar.

Vi a las dos urracas en el pórtico de la casa, gritando mi nombre como si quisieran advertir de lo que sucedía a los que estaban dentro.

«Gloria-Gloria.»

Mi cerebro funcionaba más lento cada vez y tenía la boca llena de polvo. Me di la vuelta despacio para poder ver el cielo de la tarde sobre mí, con todos sus tonos preciosos de naranja y rojo. Mi sangre empapó el suelo agrietado del camino. Unos destellos de luz estallaron detrás de mis ojos y recordé algo que me había contado Teresa sobre lo que le sucede al cerebro antes de morir.

—*One for sorrow...* —murmuré entre los labios secos.

Muy lejos escuché gritos y después unos pasos acercándose que hicieron temblar la tierra. Una eternidad después Linares cayó al suelo cerca de mí. Estaba inmóvil y el costado de su cabeza sangraba, pero sus ojos seguían abiertos, igual que sucede con algunas personas cuando duermen.

Vi el rostro preocupado de Miguel, sus manos manchadas de sangre sobre mi costado y sus ojos cambiantes examinando mis heridas con la confianza de quien ha visto muchas. Me miró. Sus labios se movían, intentaba decirme algo pero ya no podía escucharle.

El viento del oeste barrió el camino y me removió el pelo, levantó una nube de polvo al pasar a mi lado y se marchó volando hacia la casa. Antes de cerrar los ojos vi briznas de mi pelo rojo flotando en el aire de la tarde.

La veleta sobre el tejado de la casa giró deprisa. Lo último que oí fue la campana sonando en el patio trasero.

La segunda vez que morí, soñé que me ahogaba en las aguas heladas del lago de La Misericordia. Los muertos del viejo San Dionisio salían por las ventanas de sus casas sumergidas para sujetarme con sus dedos afilados, y tiraban de mí hacia el fondo negro del lago.

El agua oscura baja por mi garganta hasta inundar mis pulmones, después se extiende por todo mi cuerpo helando mi sangre y todo lo que existe bajo el agua tiembla a mi alrededor, como la tarde del terremoto. El agua helada sale de mi cuerpo por el costado y siento cómo congela mi carne herida al pasar.

Antes de abrir los ojos alguien tararea una nana infantil.

—*Two for joy...*

Es mi madre, la madre buena, que ha venido a despedirse. No. Es Verónica. Abro los ojos pero ya no hay agua negra, ni muertos con la carne de las mejillas hundidas y dedos afilados tirando de mí.

Me desperté en mi habitación dos días después. Teresa fingió que no estaba llorando, Miguel me besó despacio y Verónica siguió tarareando.

Linares no me mató, pero me dejó dos cicatrices nuevas por las que se me escapó la sangre y casi también la vida.

—Diez centímetros más arriba y no hubiéramos podido hacer nada para traerte de vuelta —me dijo Miguel, resistiéndose a salir de mi habitación—. Después de todo, me sirvió de algo haber visto y curado tantas heridas en el desierto.

A lo que quedaba de Linares le juzgarían dentro de un año, eso si algún día se despertaba después de que Miguel le hubiera golpeado la cabeza contra la tierra.

Han pasado cinco meses desde aquella tarde y el verano ya es apenas un recuerdo en el aire. Falta una semana para la vendimia de este año, y será una buena cosecha. Lo sé al tocar las uvas jugosas y oscuras que cuelgan en nuestras cepas. Diana me enseñó a distinguir cuándo están listas para ser recogidas.

En el patio trasero de la casa, debajo de la parra que ya cubre la gran mesa y las sillas, Gabriela pasa el rato con la pequeña Milagros sentada en su regazo. Le está enseñando a leer porque cree que: «Cuanto antes empiece, mejor». En la misma mesa, Teresa garabatea la fórmula de unas nuevas vitaminas para las cepas, mientras Emilia finge que escucha con interés la apasionada charla de Verónica sobre la relación entre las sufragistas y la música moderna. Miguel me observa, de pie en el límite que separa el patio empedrado de las viñas. Sus ojos cambiantes me miran y sé que no ha olvidado aún la tarde en que casi me desangré en el camino de tierra.

De vez en cuando todavía me duelen las heridas en el costado si camino deprisa o si me levanto demasiado rápido, así que paseo despacio entre las hileras de viñedos hasta el extremo oeste de la finca. Esa zona está lejos de la orilla del río y de la luz del sol. Allí hay tres plantas congeladas y tres hombres enterrados debajo de cada una de las plantas; endemoniados ellos ahora para toda la eternidad.

Miro las viñas secas y no sé si el embrujo se rompió al enterrar sus cuerpos en esta tierra resucitada. O puede que fuera mi sangre, empapando el camino polvoriento que lleva hasta la casa, la que ahuyentó a los demonios de Las Urracas. O tal vez la maldición nunca existió, y era solo otra mentira más de las muchas que nos contaron siendo niñas.

Puede que las Veltrán-Belasco ya no estemos endemoniadas, pero algunas tardes el viento del oeste trae consigo susurros misteriosos que se cuelan por las rendijas de la casa y llenan de murmullos los pasillos vacíos y las habitaciones silenciosas. La veleta sobre el tejado aún gira deprisa, incluso cuando el viento se retira del valle por fin. Algunas noches, desde mi habitación, todavía puedo oír pasos suaves donde antes estaban las habitaciones prohibidas. Y me pregunto si los demonios no serán como esos invitados maleducados, que siempre tardan demasiado en marchase de una casa ajena.

Ahora las flores del sol crecen en esta tierra y los perros ya no ladran al pasar frente a Las Urracas. Pero hay quien todavía se santigua si tiene que atravesar el cruce de caminos, rezando en voz baja para que los demonios no decidan aparecerse justo en ese momento.

Y algunas veces, cuando el invierno ha sido especialmente frío y especialmente oscuro, las vides en el lado oeste de la finca producen unas uvas amargas, muertas por dentro, congeladas incluso en los días más calurosos del verano. Llamamos a esas uvas, la mala cosecha.

AGRADECIMIENTOS

Antes de nada, un millón de gracias a todos esos lectores y lectoras de *El bosque sabe tu nombre*. Gracias a quienes llegáis hasta aquí, la última página de mis historias, y me escribís a: alaitzleceaga@gmail.com para contarme cuánto os ha gustado (o no). Me encanta leer vuestros emails (aunque tarde un poco en responder) así que, por favor, no dejéis de escribirme. Gracias también a todos los que venís a mis presentaciones, me escribís a través de las RRSS, sacáis mis libros de las bibliotecas para leerlos o esperáis pacientemente para que os dedique el libro y haceros una fotografía conmigo.

Gracias a todos los periodistas, *bloggers*, reseñistas y prescriptores de libros en general. A todos los que leéis y comentáis mis historias, consiguiendo que estas vuelen y lleguen a más personas. Gracias.

Gracias también a los libreros y libreras, que hacen un trabajo maravilloso recomendando historias a sus lectores en librerías grandes y pequeñas.

No me olvido de esos editores extranjeros, que siguen apostando por mis historias y por mis personajes.

Muchas gracias también a todas las personas maravillosas que trabajan en Penguin Random House y en Ediciones B. Sin vuestro esfuerzo, tiempo y dedicación, los libros nunca llegarían a sus lectores. Gracias de corazón.

Gracias a Nuria Alonso e Irene Pérez, por su paciencia.

Carmen Romero, editora incansable y guardiana de los libros. Gracias mil veces.

Gracias a mi querida agente, Justyna Rzewuska. Profesional increíble y persona genial. Gracias por no perder nunca el sentido del humor y seguir siempre hacia delante.

No quiero olvidarme de las trabajadoras de cierto hospital frente al mar Cantábrico, que se han volcado con mi historia. Gracias a todas.

Gracias a mi familia, por guardarme los secretos.

A Florence Welch, por enseñarme que «es difícil bailar, llevando un demonio sobre tus hombros».

Gracias en especial a todas esas mujeres que desobedecen cada día, por enseñarme. Y gracias también a las que querrían desobedecer, pero no se atreven o no pueden. A todas.

Gracias siempre a mi marido, por no soltarme de la mano.

ÍNDICE

PRIMERA PARTE
LAS VIÑAS MUERTAS

Juegos de niños 11
La partida de búsqueda 73
Los inocentes 113

SEGUNDA PARTE
LA MALA COSECHA

Las rendijas del dolor 147
La fiesta de la vendimia 173
Miel de azalea 211

TERCERA PARTE
EL VINO SECRETO

Solas otra vez 235
Veneno de acción lenta 257
Oscuro e inconfesable 293

CUARTA PARTE
LA VENDIMIA MALDITA

Dos tipos de lágrimas 333
Fuego en el horizonte 373
Regalos de boda 403
Tratos con demonios 431

QUINTA PARTE
LA MAGIA DE LA TIERRA

Trampas de humo y cristal 451
La estación de tren 479
La cosecha del terremoto 501
La segunda vez 531

Agradecimientos 559